FLEURS DE FEU

DE LA MÊME AUTRICE

Saga du Nuage blanc

Le Pays du nuage blanc, L'Archipel, 2013 ; Archipoche, 2014.
Le Chant des esprits, L'Archipel, 2014 ; Archipoche, 2015.
Le Cri de la terre, L'Archipel, 2015 ; Archipoche, 2016.

Saga maorie

Les Rives de la terre lointaine, L'Archipel, 2016 ; Archipoche, 2017.
À l'ombre de l'arbre kauri, L'Archipel, 2017 ; Archipoche, 2018.
Les Larmes de la déesse maorie, L'Archipel, 2018 ; Archipoche, 2019.

Saga des îles

L'Île de la mangrove rouge, L'Archipel, 2020 ; Archipoche, 2021.
L'Île aux mille sources, L'Archipel, 2019 ; Archipoche, 2020.

SARAH LARK

FLEURS DE FEU

traduit de l'allemand
par Jean-Marie Argelès

ARCHIPOCHE

Ce roman a été publié sous le titre
Die Zeit der Feuerblüten
par Lübbe, Cologne, 2013.

Notre catalogue est consultable à l'adresse suivante :
www.archipoche.com

Éditions Archipoche
92, avenue de France
75013 Paris

ISBN 979-10-392-0178-0

Mehemea ka patai koe ki ahau
he aha te mea nui o tenei ao,
maku e kii atu :
he tangata, he tangaka, he tangata.

« Si tu me demandes
ce qu'il y a de plus important au monde,
je te répondrai :
les hommes, les hommes, les hommes. »

(Adage maori)

DEVENIR ADULTE

Raben Steinfeld – Mecklembourg
Baie de Peraki – Nouvelle-Zélande (île du Sud)

1837

1

— Bonjour, monsieur !

Saluant en chœur leur instituteur, trente-cinq élèves âgés de six à quatorze ans se levèrent sagement de leurs rustiques bancs de bois à l'entrée de M. Brakel.

Celui-ci parcourut les visages d'un œil rapide. La semaine précédente, il n'y avait pas eu classe. Pourtant, nombre d'enfants avaient l'air exténués et amaigris. Rien d'étonnant, puisque les rejetons des journaliers et des paysans avaient passé leurs vacances d'automne à récolter les pommes de terre dans les champs. L'instituteur savait que, agenouillés du lever au coucher du soleil, ils avaient longé les sillons afin de déterrer les tubercules. Les enfants des artisans qui possédaient quelques champs plus petits, où la récolte durait moins longtemps, se portaient un peu mieux.

— Bonjour, les enfants ! répondit Brakel et, d'un signe, il leur signifia de s'asseoir.

Il fut surpris de voir que Karl Jensch, un adolescent de treize ans, grand mais chétif, n'obéissait pas.

— Que se passe-t-il, Karl ? demanda-t-il d'un ton sec. Tu as l'intention de suivre le cours debout ?

Le garçon secoua la tête d'un air malheureux.

— Non, je suis juste venu pour dire… je ne viendrai plus à l'école… à partir d'aujourd'hui. Ce n'est plus possible, il y a encore à faire dans les champs et, ensuite, chez le seigneur. Et mon père est malade, nous avons besoin d'argent. Alors, je ne pourrai pas… je ne pourrai plus venir à l'école…

On aurait dit que la voix de Karl allait se briser. L'instituteur fut lui aussi désolé : les enfants des journaliers fréquentaient certes l'école quatre ou cinq ans seulement, mais ce garçon intelligent apprenait vite, si bien que Brakel avait songé à parler de lui au pasteur. Peut-être existerait-il un moyen de lui permettre de continuer ses études en l'envoyant au séminaire ? Il était bien sûr trop jeune encore, et puis son père ne serait pas d'accord. Karl avait raison, la famille avait besoin de l'argent qu'il gagnait. Quant au *junker*, le hobereau local…

Raben Steinfeld appartenait à un grand-duché. Brakel aurait pu s'entendre avec le duc et son hobereau afin de favoriser la promotion du fils du journalier Jensch si ce dernier ne se montrait pas aussi entêté, et si, comme la plupart des habitants de Raben Steinfeld, il ne cessait de chercher noise au grand-duc !

Le junker était un adepte de l'Église réformée, de même que le roi et la plupart des nobles. À Raben Steinfeld toutefois, l'écrasante majorité des habitants étaient de fervents vieux-luthériens et la paroisse ne laissait pas passer une occasion de provoquer son suzerain. Par chance, celui-ci ne les persécutait pas comme l'avait fait peu auparavant le roi de Prusse. Pourtant, ces frictions irritaient le junker. Il ne faisait pas l'ombre d'un doute qu'il ne financerait pas les études d'un enfant de ces gens-là, au risque sinon de se retrouver un jour aux prises avec un pasteur obstiné de plus.

— C'est dommage, Karl, soupira Brakel, mais c'est bien de ta part de m'avoir averti. Alors, que Dieu t'accompagne, mon garçon.

Tandis que Karl rassemblait ses crayons et son ardoise, l'instituteur se tourna vers l'autre élève modèle de la classe, Ida Lange. Brakel se demandait toujours pourquoi Dieu avait affligé le fils des Lange d'une véritable faiblesse d'esprit alors qu'Ida, la fille aînée, âgée de douze ans, absorbait son enseignement telle une éponge. Dieu aurait pu se contenter de lui attribuer la beauté et le charme – un visage en forme de cœur, aux traits réguliers, des cheveux brun foncé et des yeux d'un bleu de porcelaine –, elle était également douceur et docilité, qualités qu'elle devait sans aucun doute à l'éducation paternelle. Jakob Lange, forgeron, élevait en effet sa famille de manière très stricte. Contrairement au père de Karl, il aurait pu laisser son enfant plus longtemps à l'école, mais il n'en était pas question pour une fille. Brakel était certain qu'Ida quitterait la classe dans un peu moins d'un an.

Pour l'instant, elle apportait un peu de lumière dans son quotidien ennuyeux. Des enfants comme Karl et Ida faisaient son bonheur, alors qu'il n'éprouvait que peu de plaisir à instruire les autres, rétifs à l'apprentissage de la lecture et de l'écriture.

– Tu nous as apporté un nouveau livre, Ida... euh... Anton ? demanda-t-il en apercevant un livre, *Les Voyages du capitaine Cook*, sur le pupitre de l'aîné des fils Lange.

Le garçon n'avait pas l'air d'y porter un grand intérêt. La veille déjà, en se rendant à l'office, Ida, fort excitée, avait d'ailleurs déjà raconté à son instituteur que son père venait de rapporter de Schwerin un nouveau livre. Cela se produisait à l'occasion. Jakob Lange s'intéressait aux contrées exotiques et tentait de faire partager ce goût à ses fils, comportement inhabituel chez un artisan, strict luthérien par ailleurs. Mais Brakel avait dans l'idée qu'il songeait parfois à émigrer. Réputé s'y connaître en chevaux, il était certainement mécontent, n'ayant pas le droit d'acheter des terres dans le village, de devoir les louer. Aussi était-il en conflit perpétuel avec le junker qui, un jour ou l'autre, le chasserait, quand bien même il appréciait son travail. Depuis quelques décennies, de nombreux vieux-luthériens étaient ainsi partis pour l'Amérique. Lange devait envisager de les imiter.

Anton approuva de la tête, d'un air ennuyé, et poussa le livre vers Ida. Mais la fillette, loin de s'en emparer pour le présenter à la classe, regarda en direction de Karl, qui n'arrivait pas à abandonner son pupitre. L'évocation du livre avait attiré son attention, suscitant la compassion d'Ida.

— Ida, la tança Brakel.

Se ressaisissant, elle leva la tête.

— C'est un drôle de livre ! expliqua-t-elle de sa voix douce, capable de captiver les plus endormis de la classe quand elle lisait à haute voix. C'est l'histoire d'un capitaine qui part sur les mers et découvre des pays inconnus ! Et imaginez, monsieur, que ce livre a été écrit dans une autre langue que la nôtre ! Pour que nous puissions le lire, il a d'abord fallu le… traduire !

Ida indiqua que l'auteur était un homme du nom de John Hawkesworth.

— Traduit du grec ? s'écria Karl.

L'adolescent n'avait pu se retenir. Il aurait déjà dû être parti, mais ce livre lui avait remis en mémoire des histoires de navigateurs jadis évoquées par leur instituteur, notamment celle d'un certain Ulysse ayant vécu des aventures terrifiantes dans la Grèce antique.

— Non, Karl, intervint Brakel. John Hawkesworth a écrit en anglais l'histoire du capitaine Cook. Et ce n'est pas une légende, comme l'est l'*Odyssée*, mais une histoire réelle. Mais décide-toi, à présent, Karl. Si tu restes, assieds-toi !

Karl se dirigea vers la porte, lançant sur la classe un ultime regard où se mêlaient le regret et l'envie, un regard presque tendre quand il s'arrêta une fraction de seconde sur Ida. Il l'aimait bien. Parfois, quand il travaillait aux champs et s'abandonnait à ses pensées, il se permettait de rêver éveillé. Il se voyait, jeune homme, faire la cour à Ida, fonder avec elle un foyer et, chaque soir, revenir dans leur maison où elle l'attendrait. Quotidiennement, il entendait cette douce voix, tous les matins son regard tombait en premier sur ses cheveux bruns et son beau visage. Parfois s'éveillaient aussi en lui des pensées interdites, mais il s'en défendait avec vigueur. En fait, il aurait aussi dû s'interdire ses rêves innocents d'un avenir avec elle. Jamais ils ne deviendraient réalité. Même si Ida devait un jour répondre à son affection, son père ne donnerait pas son accord à une union avec le fils d'un journalier. Karl, au demeurant, n'en voulait pas à Jakob Lange. Lui-même ne se voyait pas imposer à Ida une existence comparable à celle de sa mère.

La famille Jensch ne se maintenait à flot qu'à grand-peine. Le père de Karl, sa mère et lui-même, désormais, travaillaient la journée entière dans les champs du junker et acceptaient en outre d'autres labeurs. Ils gagnaient, ce faisant, un *Pfennig* de l'heure, du moins les hommes. Souvent les employeurs se dispensaient de verser cette somme, les rétribuant en nature. En ce jour également, Karl ne toucherait quasiment rien après avoir arraché les dernières pommes de terre dix heures durant. Le propriétaire du champ le renverrait chez lui avec, pour tout salaire, un sac de pommes de terre.

Karl ruminait donc des idées noires en se mettant à la tâche dans le champ de Peter Brandmann, charpentier, qui n'avait pas eu le temps de finir la récolte pendant les vacances d'automne, même avec l'aide de ses fils, Ottfried et Erich. Ces derniers n'avaient pas dû déployer beaucoup d'ardeur à la tâche… Afin de libérer un peu de la rage qui l'habitait, Karl maniait sa houe avec vigueur. Une rage qui s'était emparée de lui la veille, quand son père lui avait ordonné d'abandonner l'école. Le travail, pourtant, ne le rebutait pas, car il savait trop bien à quel point sa famille avait besoin d'argent. Mais les quelques heures de classe le matin ne l'auraient pas empêché de trimer l'après-midi et le soir afin de rattraper le temps perdu. Il aurait bien trouvé un emploi quelconque ! Même durant l'hiver qui approchait !

Il recouvra un peu de calme au bout d'une demi-heure. Il essuya la sueur de son front. Non, il n'avait pas le droit d'en vouloir à son père. Pour être franc, il devait lui donner raison. Il était en effet difficile de trouver de l'embauche pendant la saison froide. Quand le soleil se couchait, on cessait de travailler dans les fermes et les ateliers, où, de toute façon, il n'y avait quasiment rien pour les journaliers, le patron travaillant seul ou avec un unique compagnon. C'étaient ses enfants qui, après l'école, lui donnaient la main et apprenaient ainsi le métier. Lui, Karl, n'en apprendrait en revanche aucun…

Découragé, il planta à nouveau sa houe dans la terre noire. La seule échappatoire aurait été le séminaire dont avait parlé M. Brakel un jour. Mais l'affaire était désormais réglée. Malgré ses efforts, il ne put empêcher les larmes de lui monter aux yeux. Il les essuya d'un geste déterminé. Un garçon ne pleurait pas. Et un bon chrétien acceptait son sort avec humilité.

Le soleil était à présent haut dans le ciel. Les premiers élèves sortant de l'école passaient en courant le long du champ des Brandmann, essentiellement des enfants de paysans, les fermes étant situées entre le village et le château du junker, alors que les maisons, les ateliers et les lopins des artisans étaient groupés autour de l'église et de l'école. La forge, en revanche, se trouvait à l'extérieur du village. Karl se surprit à attendre l'arrivée d'Ida. Si elle n'avait pas de courses à faire, son chemin la mènerait par ici.

Peu après, Karl aperçut la sœur d'Ida, Elsbeth, qui sautillait allègrement, et son frère Anton qui la suivait d'un air renfrogné. Lui aussi avait la perspective d'un après-midi aux champs ou à la forge. Lange n'était pas un partisan de l'oisiveté et ses enfants trimaient presque autant que ceux des journaliers. Mais ils avaient au moins un avenir.

Déçu de ne pas voir Ida, il reprit sa tâche et sursauta en entendant une voix douce prononcer son nom.

— Ida ! s'exclama-t-il en se retournant et en ébauchant un sourire, avant de reprendre la physionomie inexpressive qu'on attend de la part d'un journalier en plein labeur. Que… que veux-tu ?

Il espéra ne pas avoir été trop impoli. En fait, il aurait aimé lui parler. Mais il aurait été obligé de la regarder et elle aurait vu les larmes dans ses yeux…

— Tiens, dit-elle, tu as oublié ton cahier.

Il n'esquissa pas un geste pour prendre le cahier. Il ne l'avait en réalité pas oublié car c'était un des cahiers de devoirs à la maison que l'instituteur avait récupérés avant les vacances et qu'il avait ce matin déposés sur son bureau. Karl n'avait pas osé réclamer le sien avant de quitter la classe, pourtant un objet précieux pour lui. Jamais il n'en avait possédé un avant que M. Brakel ne lui donne celui-ci l'année passée.

— Tu as eu vingt sur vingt. C'est toi qui as eu la meilleure note.

Karl ne put résister plus longtemps : au moins revoir une dernière fois le « Très bien » écrit à l'encre rouge…

S'approchant d'Ida, il quitta son bonnet et passa la main dans ses cheveux blonds. Avant l'école, il avait aplati ses boucles en les mouillant, mais le vent venait de les décoiffer. Ce n'était pas une tenue pour rencontrer celle qu'il désirait épouser dans ses rêves. Karl eut honte de sa chemise usée jusqu'à la corde et de son pantalon de travail sale et trop ample.

Ida lui donna le cahier. Elle était jolie dans sa robe noire et son tablier à bretelles blanc. Des vêtements simples eux aussi, mais propres et moins usés. N'ayant pas de sœur aînée dont elle aurait eu à porter les vêtements, elle avait même droit de temps à autre à des robes neuves.

— J'ai dit au maître que je te l'apportais. Je…

Elle avait eu l'intention d'en dire plus, mais elle pouvait difficilement avouer qu'elle avait pris son temps après la classe, attendant que tous les élèves soient partis avant de demander le cahier à M. Brakel.

— Je n'en ai plus besoin, maintenant, tu aurais pu le laisser, dit Karl d'une voix éteinte.

— Moi, j'aurais voulu le garder, déclara Ida d'un air malheureux.

Karl comprit en un éclair qu'Ida le comprenait. Elle aussi aimait l'école, mais elle non plus ne pouvait espérer étudier une fois qu'elle aurait treize ans. Karl ne put retenir un sourire.

— Ce n'est pas ce que je voulais dire, murmura-t-il. Je… te remercie. Moi aussi… j'ai envie de le garder.

— Je suis désolée, dit-elle en baissant les yeux.

— On n'y peut rien, répondit-il en haussant les épaules. Mais… mais l'histoire du capitaine Cook… j'aurais bien aimé l'entendre.

Le visage d'Ida s'éclaira, ses yeux se mirent à briller.

— Oh oui, c'est une histoire formidable ! s'écria-t-elle. Imagine un peu : en Angleterre, une société de savants a équipé un bateau pour observer les étoiles depuis les mers du Sud ! Les étoiles, tu te rends compte ? Pour ça, ils ont donné une masse d'argent !

— Mais on peut les observer d'ici aussi, les étoiles. Pourquoi aller si loin dans le sud ?

— Elles doivent y briller plus fort, estima Ida. Et on doit en voir d'autres de l'autre côté du globe… Mais ce n'est pas tout ! Le capitaine avait aussi une autre mission, une mission secrète. On avait pensé qu'il devait y avoir des terres, des terres inconnues, là-bas, à l'autre bout du monde, et le capitaine a été chargé de les explorer. Des spécialistes des plantes et des animaux sont partis avec lui. Les animaux étranges qu'ils ont découverts, on a peine à y croire ! Et quel voyage dangereux !

Fasciné, Karl l'observait tandis qu'elle évoquait à grands gestes toutes ces merveilles de la nature, riant et s'étonnant avec elle des énormes lapins que les indigènes appelaient des kangourous, des poissons de toutes les couleurs peuplant des rochers gigantesques, merveilleux à voir mais dangereux.

Ils en oublièrent l'heure, tandis qu'Ida évoquait des plages blanches comme la neige et des palmiers se balançant au gré du vent. Soudain, le bruit d'une charrette qui approchait, tirée par un lourd percheron, les ramena à la réalité. Ils s'écartèrent l'un de l'autre quand ils entendirent la voix impérieuse de Jakob Lange.

— Ida ! Que diable fais-tu ici ? À l'instant encore, je grondais Anton parce qu'il m'avait dit que tu traînais avec un… Je lui disais que ma fille ne traînait pas à la sortie de l'école et surtout pas en compagnie d'un garçon qui…

— Elle m'a juste apporté mon cahier, se hasarda à dire Karl pour défendre Ida, qui semblait résignée. C'est le maître qui… qui le lui a demandé.

En présence de son père, Ida, d'ordinaire si vive, était comme paralysée.

— Ton instituteur te fait porter ton cahier ? ironisa Lange. Par ma fille ? Tu ne le crois pas toi-même, Jensch ! Et puis, comme me l'a dit mon fils, tu as quitté l'école à partir d'aujourd'hui. Pourquoi aurais-tu besoin d'un cahier ?

Lange, depuis son siège, jeta un œil sur le cahier que Karl avait posé, ouvert, sur la hotte à demi remplie de pommes de terre. Il lut le commentaire écrit de la main par Brakel et grimaça.

— Menteur, et prétentieux avec ça ! asséna-t-il. Tu exposes tes notes comme si cela changeait la place que Dieu t'a attribuée ! Tu n'as pas honte, Jensch ?

Karl savait qu'il devrait maintenant baisser la tête d'un air humble. Jakob Lange donnait de temps à autre du travail aux journaliers. Mieux valait ne pas l'irriter. Mais il en fut incapable. Tout au contraire. Il fusilla le forgeron du regard.

— Comment savez-vous ce que Dieu a décidé pour moi ?

À ces mots, Ida sursauta. Karl constata qu'elle avait peur quand on contredisait son père. Il eut pitié d'elle en dépit de son rang bien supérieur au sien.

Jakob Lange ne daigna pas répondre. Il se tourna vers sa fille :

— Toi aussi, tu vas devoir réfléchir à tes péchés. À traîner ici, tu voles son temps au Seigneur comme tu voles à Peter Brandmann la force de travail de ce garçon qui, par ta faute, baye aux corneilles au lieu d'arracher les pommes de terre. Je vais en informer Brandmann, bien sûr. Et ton salaire, mon garçon, sera diminué en conséquence. Viens maintenant, Ida !

Celle-ci, sans accorder un regard à Karl, monta sur la charrette, tête basse, puis s'assit sur la surface de chargement, les jambes pendant dans le vide. Attitude étrange de la part d'une fille sur une charrette… Puis Karl vit ce qu'elle avait derrière la tête : quand la charrette s'ébranla, un petit livre s'échappa comme par hasard d'un pli de la jupe d'Ida : *Les Voyages du capitaine Cook*. Karl n'eut plus qu'à s'en saisir. Il hésita un bref instant. Allait-il rattraper l'attelage ? Peut-être avait-elle réellement perdu le livre ? À cet instant, elle leva la tête et lui fit un clin d'œil.

2

— Pas celle-là ! déclara d'un ton ferme Priscilla, sans permettre au client de s'attarder plus longtemps à contempler la fillette délicate, aux cheveux d'un blond clair, qui nettoyait les tables du pub.

On n'était qu'en fin d'après-midi. Les baleiniers travaillaient encore à la construction du nouveau bateau de George Hempleman, qui les occupait ainsi entre deux chasses. Puant la sueur et l'huile de morue, assoiffés de bière et de whisky, ils ne surgiraient ici que plus tard, jetant des regards concupiscents sur les filles. Mais ils ne verraient pas la fillette qui se serait retirée au premier signe. Or Barker, le propriétaire, avait fait entrer ce client à l'improviste, un homme mince, de haute taille, vêtu d'un complet noir élimé et d'une chemise au col bizarre. Il paraissait plus soigné que les clients habituels et s'exprimait de manière plus châtiée, même s'il ne faisait pas montre de plus de scrupules quant au choix d'une partenaire.

— Et pourquoi ? protesta-t-il d'une voix aiguë. M. Barker m'a dit que je pouvais choisir !

Effectivement, sur un appel de Barker, toutes les putains s'étaient rassemblées dans le pub. À vrai dire, le client n'avait pas grand choix. Il n'y avait là que l'énergique Priscilla, plutôt osseuse, la grosse Noni et Suzanne, une blonde fragile, jeune encore, qui avait été belle, mais dont la totale apathie troublait les hommes, de même que les repoussaient son odeur de whisky et son aspect négligé. Elle portait une robe à paillettes couleur de pêche, mais crasseuse. Elle ne la lavait jamais, pas plus qu'elle n'aurait pris de bain si Priscilla et Noni ne l'y avaient obligée. Elle avait le regard vide, ne semblant pas voir le client et n'ayant aucun geste pour protéger sa fille.

— La petite est encore trop jeune ! expliqua en revanche Priscilla. Mais, bon Dieu, vous devriez le voir vous-même, révérend Morton ! ajouta-t-elle, insistant, avec une grimace ironique, sur le mot « révérend », tandis qu'elle fusillait du regard Barker, qui aurait tout de même dû faire sortir la fillette.

Celle-ci leva les yeux. « Révérend », cela avait à voir avec la religion : Mrs Hempleman avait un jour employé ce mot. Sinon, elle disait « pasteur », bien sûr. Mrs Hempleman ne parlait guère que l'allemand et préférait d'ailleurs qu'on l'appelle « Frau Hempelmann ». C'est toujours avec respect qu'elle évoquait les gens d'Église. Ils semblaient lui manquer. Un jour, M. Hempleman lui avait promis d'aller chercher un révérend s'il s'en montrait un dans la région. Mais l'homme qui se trouvait dans le pub ne semblait pas répondre aux attentes de Linda Hempelmann : il lançait des regards aussi lubriques que les autres, ce qui ne le rendait guère respectable. C'était en tout cas en arguant de son état d'ecclésiastique qu'il s'était présenté à M. Barker et, d'un ton onctueux, avait déclaré qu'il désirait quelque détente avant de partir apporter la parole de Dieu aux sauvages.

La fillette en déduisit qu'il s'agissait d'un missionnaire. Encore un mot qu'elle avait saisi lors de l'entretien entre Linda Hempelmann et son époux, ce dernier ayant formulé l'espoir de voir incessamment arriver un missionnaire chargé de convertir les tribus maories dans la région de la baie de Peraki.

— Elle n'est plus si jeune que ça, grommela M. Barker en ignorant Priscilla.

Le propriétaire du pub, petit et rondouillard, était, à part Suzanne, le seul à connaître l'âge réel de la fillette. À la suite d'une querelle dans Botany Bay, le quartier du port, il avait emmené la mère et l'enfant de Sydney jusqu'en Nouvelle-Zélande, attiré par les perspectives d'un pays vierge. La fillette n'avait gardé qu'un vague souvenir de bagarres et de couteaux volant dans tous les sens, puis d'une fuite précipitée avec Suzanne. Noni et Priscilla s'étaient un jour jointes à eux. Elle se rappelait que cette dernière la soutenait pendant que, sur le bateau, elle ne cessait de vomir.

— Elle ne va pas tarder à avoir treize ans. Je la mettrai alors au travail, révérend ! Mais, jusque-là…

Barker se tortillait visiblement. S'il n'avait tenu qu'à lui, il n'aurait pas épargné l'enfant, mais il craignait la réaction de Priscilla. Si elle se sauvait et se plaçait sous la protection d'un autre souteneur, sa boutique serait plus sinistre encore qu'elle ne l'était.

Le révérend examinait maintenant la fillette de plus près, l'obligeant à tourner vers lui son doux visage ovale, ses grands yeux noisette. Il se frotta l'entrejambe en soupirant. La fillette lui plaisait, mais, à la vue de ses traits enfantins, il avait conscience qu'il lui serait difficile de trouver une excuse d'ordre pieux avant de trouver une « détente » entre ses bras. Il se força à sourire d'un air paternel.

— Tu es très jolie, petite. Voudrais-tu me dire le nom qu'on t'a donné à ton baptême ?

Elle haussa les épaules. Elle n'avait à coup sûr jamais été baptisée et elle ne savait même pas ce qui se cachait sous ce mot. Quant à son nom… Si, à sa naissance, Suzanne avait encore eu assez de tête pour lui en choisir un, personne ne s'était donné la peine de le retenir. Le seul nom dont elle se souvînt était *Kitten*. C'est ainsi que les putains du bordel de Barker, à Sydney, avaient nommé entre elles le bébé négligé qui, courant entre leurs jambes, évoquait pour elles un chaton égaré et affamé.

— Elle est butée, s'excusa Barker auprès du révérend, et un peu demeurée. La mère est complètement toquée, mais docile et agréable à regarder, dit-il, montrant Suzanne.

Laissant enfin Kitten en paix, l'ecclésiastique porta son choix sur Noni, moins attirante, mais moins dérangée que Suzanne, n'ayant pas non plus l'énergie et l'ironie de Priscilla. La rouquine rondelette se leva donc et conduisit l'homme dans l'un des appentis faits d'os de baleine et de bâches montés derrière le pub.

Le pub lui-même était une construction rudimentaire : quatre poteaux grossièrement taillés dans des hêtres austraux et couverts de restes de bois inutilisés lors de la construction de la maison des Hempleman. Les bâches protégeaient mal du vent et de la puanteur des cadavres de baleines pourrissant sur la plage, mais au moins les clients étaient-ils à l'abri de la pluie.

Kitten, soulagée de voir le révérend partir avec Noni, s'enfuit. Barker la laissa aller sans discuter plus longtemps de l'heure de sa « mise en service ». Mais il déversa sa colère sur Priscilla.

— C'est la dernière fois que tu me tires dans le dos à propos de la petite de Suzanne ! lança-t-il. Cela fait assez longtemps que nous avons nourri ce chaton. Si j'avais su ce que cela me coûterait, je l'aurais noyée dès qu'elles sont arrivées. Mais bon, elle est mignonne et, à la longue, elle me rapportera. Et si je ne me trompe pas, il doit bien y avoir treize ans que Suzanne en a accouché. D'après ce que j'entends dire, elle est en chaleur au moins une fois par mois. Elle ne doit pas être si jeune que ça.

Kitten, qui était restée devant le pub afin d'entendre ce qui se dirait, se mordit les lèvres. Priscilla lui avait conseillé de cacher à M. Barker que, depuis quelque temps, elle avait chaque mois des saignements. Elle lavait donc en cachette les serviettes que Noni lui avait données afin d'absorber le sang. Loin d'être demeurée, Kitten était dégourdie, si bien qu'elle avait pris soin d'éviter M. Barker. Mais Suzanne l'avait trahie le mois précédent, ayant trouvé les serviettes et s'étant mise à se lamenter sur le triste destin des femmes. Cela avait sans doute mis la puce à l'oreille de Barker, qui allait donc bientôt ranger Kitten parmi ses filles de joie.

— Après la prochaine grande pêche, elle n'y coupera pas, Priscilla ! annonça-t-il donc. Quand Hempleman aura fait une bonne prise et que les gars s'en seront mis plein les poches. Avant, il faudra bien sûr la débourrer…

Kitten se figea. Qu'est-ce qu'il racontait là ? Il voulait la… ce gros type voulait être le premier homme avec qui elle…

— Toi ? s'étonna Priscilla, l'intonation de sa voix exprimant quelque chose de nouveau – de la jalousie !

Kitten soupira. Elle savait que Priscilla fricotait avec Barker, tout en se demandant sincèrement ce que sa protectrice pouvait bien trouver à ce souteneur. Elle espérait sans doute qu'il finirait par la vouloir pour lui seul. Priscilla avait un jour confié à Kitten qu'elle détestait la puanteur des baleiniers. Peut-être qu'elle préférait l'odeur de bière et de graillon de Barker…

— Tu serais bien bête de sacrifier tout ce qu'elle pourrait te rapporter autrement !

L'intonation de Priscilla avait de nouveau changé. Kitten connaissait bien ce ton de voix, celui qu'elle prenait quand elle entendait mener quelqu'un par le bout du nez.

— Ma douce, répliqua-t-il avec un rire sale, elle n'en mourra pas. Je vais gagner un bon paquet avec elle ! Une fois qu'elle sera apprivoisée…

— Oh, docile, elle l'est déjà, rétorqua Priscilla. Elle sait qu'elle n'a pas le choix. Et elle doit certainement en brûler d'envie…

Kitten bondit d'indignation. Priscilla ne pouvait pas penser ça d'elle ! Elle savait bien qu'elle ne voulait pas faire la putain. Elle lui avait bien souvent déclaré qu'elle ne voulait pas finir comme sa mère ! D'ailleurs, la vie de Priscilla et de Noni ne lui paraissait pas enviable. Bon, elles s'en sortaient, elles avaient de quoi manger et boire. Parfois elles riaient même ensemble et semblaient s'amuser. Noni avait un ami qui lui avait promis de l'épouser quand il aurait gagné un peu d'argent comme baleinier. Et Priscilla avait Barker…

— Pourquoi donc te donner cette peine ? s'étonna la putain. Ou bien est-ce qu'elle t'excite ?

— M'exciter ? Allons donc… Comme si je m'intéressais à un pareil poulet déplumé ! Tu le sais bien… moi, j'en tiens pour les femmes grandes et fortes…

Kitten se boucha les oreilles pour ne pas entendre.

— Eh bien, ne touche pas à la petite, finit par conseiller Priscilla. Et réfléchis à tout ce que tu pourras en tirer ! Il va y avoir plus d'un gars qui aura envie d'être le premier à la déniaiser.

— Pour ça, tu as raison ! éclata de rire le souteneur. Combien je vais pouvoir demander ? Qu'en penses-tu ? Le double ? Le triple du prix normal ? Oh, et puis non, j'ai une meilleure idée ! Nous allons la mettre aux enchères ! Ça va être un sacré spectacle, crois-moi ! On va leur faire tirer la langue, aux gars… on va l'exposer, la gamine. Ils pourront la lorgner toute la soirée et s'exciter, s'exciter… Il faudra lui trouver quelque chose comme une jolie robe…

Kitten s'éloigna. Elle ne voulait pas en entendre plus. Aux enchères ! Et Priscilla qui n'avait rien dit ! Au contraire, c'est elle qui avait donné l'idée à Barker... Kitten se sentit trahie. Puis elle se souvint que Priscilla ne lui avait jamais laissé le moindre doute sur le sort qui l'attendait. Bien sûr, tant qu'elle avait été une enfant, la putain l'avait protégée et, maintenant encore, elle aurait sûrement aimé lui procurer quelques mois de répit, voire des années. Mais, à la fin des fins, Priscilla en était persuadée : pour une femme seule dans ce pays à peine peuplé encore, il n'existait pas de moyen honorable de subsister. Kitten n'aurait d'autre choix que de se vendre.

— Il faut juste t'en tirer au mieux ! avait-elle tenté de la persuader. Et puis, ça ne durera pas éternellement. Tu es une fille magnifique, et il va bien se trouver un gars qui voudra t'épouser. Faut juste ne pas toucher au schnaps et ne pas t'amouracher du premier qui te paraîtra gentil. Cherches-en un de sérieux, qui économise son argent parce qu'il a envie de réussir dans la vie... Il y a des gens qui cultivent des terres dans les plaines, à l'arrière de Port Victoria. Avec un peu de chance, tu finiras paysanne.

Kitten ne trouvait pas attirante l'existence dans une ferme, bien que n'en ayant encore jamais vu, son monde se limitant aux abords de la station de pêche à la baleine. Elle n'aurait jamais connu d'autre logis que le taudis du pub, s'il n'y avait eu « Frau Hempelmann ».

Pensant à cette dernière, Kitten se sentit mieux. Peut-être existait-il tout de même une issue à sa fâcheuse situation. George Hempleman avait fondé la station dont il était propriétaire. Il pouvait certainement faire quelque chose pour elle si sa femme le lui demandait. Il faudrait bien sûr raconter à celle-ci ce qui la menaçait. Kitten frissonna à l'idée d'importuner Linda avec ce genre de choses. Mais rien d'autre ne lui vint à l'esprit. Le mieux était de ne pas attendre davantage. D'autant que les premiers clients allaient arriver au pub. Il était temps pour elle de s'éloigner d'ici…

Quittant la plage, elle s'enfonça dans la pénombre de la forêt. À proximité de la côte poussaient des palmiers nikau, des hêtres, des espèces de lauriers roses et d'autres arbres et buissons que Kitten ne connaissait pas. Elle aimait la forêt, on y respirait mieux, le sol humide de la dernière pluie et le rideau végétal semblant faire obstacle à l'odeur de putréfaction qui empuantissait la plage.

Elle suivait le chemin menant à la demeure des Hempleman, un chemin assez raide, George Hempleman ayant bâti sa maison au-dessus de la forêt qui donnait sur un plateau couvert d'une prairie de tussack. C'est au milieu de cette prairie que se dressait la maison en bois d'où l'on jouissait d'une vue superbe sur la masse d'arbres et la baie. Hempleman veillait à ce que les baleines capturées soient vidées et dépecées hors de vue depuis sa demeure. Le pub et les cabanes des baleiniers ne déparaient pas non plus le spectacle s'offrant aux yeux de Linda Hempelmann quand elle avait la force de sacrifier à un moment d'oisiveté sur sa terrasse.

Chose qui, malheureusement, était de plus en plus rare ces derniers temps. Frau Hempelmann était malade, du cœur. Elle souffrait de crises qui la clouaient au lit. M. Hempleman ne cessait d'attirer l'attention sur la nécessité de ne jamais l'énerver et de la préserver de toute contrariété en relation avec la station baleinière. C'est avec défiance qu'il avait, au début, accueilli les fréquentes visites de Kitten. Mais son épouse ne se lassait pas de lui dire la joie que lui procurait la fillette.

George et Linda Hempleman s'étaient établis dans la baie de Peraki, sur la péninsule de Banks, deux ans plus tôt, peu avant l'arrivée de Barker et de ses putains. À l'époque, Frau Hempelmann se portait bien mieux. Ayant entendu parler de ces femmes, elle était venue leur jeter un coup d'œil, dans l'espoir, peut-être, de trouver de la compagnie. Mais aucune des trois n'était une fréquentation pour elle. Elle ne pouvait, même en imagination, voir ces femmes s'asseoir dans ses canapés et ses fauteuils dans leurs robes imprégnées de saleté et de graisse.

Kitten sourit en se souvenant de la voix basse mais agréable de Linda Hempelmann s'exprimant dans une langue qui lui était alors inconnue. Elle s'était très vite bien entendue avec la femme seule dans sa demeure. Tout avait commencé par le regard quasi incrédule jeté par Kitten sur la sucrerie que lui offrit la dame la première fois où elles s'étaient rencontrées, sur la plage. Jamais encore on ne lui avait offert de friandise.

— Et lorsqu'on vous offre un biscuit, on dit « *Danke !* », lui avait signifié Frau Hempelmann quand, des deux mains à la fois, Kitten avait enfourné dans sa bouche la friandise.

Après avoir attentivement regardé la dame, l'enfant avait répété le mot nouveau. On se comportait poliment les uns avec les autres chez Linda Hempelmann. Kitten avait beaucoup à apprendre, mais elle absorbait tout naturellement le savoir en manière de bonne conduite et, surtout, la langue nouvelle. La dame lui ayant assuré dans sa demeure un refuge l'après-midi et le soir quand le pub ouvrait et que les putains accueillaient leurs clients, elle apprit rapidement l'allemand. De plus, Suzanne s'endormant et cuvant son vin généralement dans les bras de son dernier client, il ne restait plus de place pour Kitten dans le réduit, si bien qu'elle dormait très souvent dans l'écurie de la maison de maître.

George Hempleman n'était pas au courant. Kitten se faufilait jusqu'à l'écurie quand elle l'entendait rentrer chez lui et, le matin, elle avait regagné depuis longtemps la plage au moment où il quittait sa femme. Linda, en revanche, n'ignorait rien. Quand elle se portait encore assez bien, elle déposait à l'aube un peu de lait, de pain et de miel devant la porte de l'écurie. Mais il y avait plusieurs semaines de cela… Désormais, c'était Kitten qui apportait les repas au lit à son amie.

Ce jour-là, la fillette ne pressentit rien de bon quand elle trouva désertés le salon et la cuisine. L'absence de la maîtresse de maison se faisait sentir, même si son époux s'efforçait de tenir les lieux propres. Tout était en désordre, la vaisselle du petit déjeuner n'avait pas été lavée, les coussins du canapé n'avaient pas été secoués et, bien sûr, personne n'avait ôté la poussière.

Kitten, pour signaler sa présence, appela son amie puis se dirigea vers la chambre à coucher de Linda, pièce désormais installée au rez-de-chaussée. Tout en parcourant l'appartement, remettant ici et là un objet ou un meuble en place, elle eut une idée. Puisqu'elle allait officiellement devenir adulte, Frau Hempelmann pourrait l'engager comme bonne ! Elle pourrait loger chez elle, prendre soin d'elle et tenir la maison en ordre. Ou plutôt non, mieux valait ne pas loger ici…

Bien que rêvant souvent de dormir dans un vrai lit, dans une vraie chambre, Kitten n'était pas naïve. Son amie était malade et son mari était un homme, après tout ! Kitten avait parfois entendu Barker grogner que ses putains n'étaient pas assez bonnes pour le patron. Les baleiniers affirmaient qu'il fréquentait un bordel de Port Victoria.

– Chaton ?

Frau Hempelmann ouvrit les yeux quand Kitten entra. La chambre, autrefois une pièce destinée au bricolage, était assez petite. Kitten avait souvent trouvé son amie assise près de la fenêtre ouvrant sur la baie, occupée à broder.

— Quel plaisir de te voir ! Et quelles belles fleurs ! Des fleurs de feu…

Kitten lui rendit son sourire. Elle savait que la malade serait heureuse de ce bouquet de fleurs rata qu'elle avait cueillies devant la demeure. Dans cette région, le rata poussait en abondance, soit sous la forme de buissons, soit comme parasite des arbres. Mais Linda aimait ces fleurs et leur avait trouvé ce nom poétique.

— Il suffit que je les dispose dans ce vase, dit Kitten tout en jetant les fleurs kowhai fanées.

La jeune fille s'efforçait de paraître insouciante en dépit du choc qu'elle venait d'éprouver à la vue de son amie qui paraissait de jour en jour plus fatiguée. Et plus âgée ! Linda ne devait pourtant pas avoir beaucoup plus de trente ans, ses cheveux autrefois blonds et brillants grisonnaient et ternissaient à vue d'œil. Elle avait le visage blafard et émacié, les yeux cernés, enfoncés dans leurs orbites.

— Alors, vous vous sentez mieux, Frau Hempelmann ? demanda Kitten, feignant de prendre sa question au sérieux. Dois-je vous préparer un thé ? Avez-vous besoin de quelque chose ?

— Voudrais-tu me peigner ? répondit la dame en se redressant sur son lit et en passant une main sur ses cheveux en désordre. Un thé, oui… un thé, ce serait divin. Mais on a le temps, tiens-moi encore un peu compagnie, Chaton, puis tu iras chercher du thé et des tartines de miel pour nous deux, d'accord ?

La malade ne semblait pas avoir vraiment faim, mais elle savait qu'à cette heure-là Kitten n'avait encore pas eu grand-chose à se mettre sous la dent. Priscilla et Noni cuisinaient pour elles ou pour leurs amis du moment, rarement pour la fillette. Suzanne, quant à elle, ne cuisinait pas du tout et ne conservait pas l'argent qu'elle gagnait. Kitten soupçonnait ses clients de ne pas tous la payer. Barker, de son côté, prélevait sa dîme. Le reste se transformait en whisky.

Kitten, habituée à supporter la faim, ne se formalisa pas de devoir attendre un peu. Elle entreprit de brosser les cheveux de son amie, les releva et les attacha avec l'un des peignes d'écaille que celle-ci avait rapportés de Sydney.

— Voulez-vous aussi vous laver un peu ? proposa Kitten.

— Volontiers, mais il va falloir que tu m'aides, avoua Frau Hempelmann avec tristesse.

Il lui déplaisait d'être dépendante. Kitten, en revanche, n'était pas rebutée par ce travail et elle aida même Linda à changer de chemise de nuit, après lui avoir savonné et rincé le corps.

— Je trouve que vous devriez toujours avoir quelqu'un chez vous qui vous aide un peu, commença-t-elle prudemment…

— Bien sûr que ce serait une bonne chose, mon enfant. Mais on ne trouve pas ici de femme de ménage. Georg avait l'intention de voir chez les Maoris… mais je ne veux pas avoir chez moi une de ces sauvages ne parlant pas un mot de ma langue…, répondit la malade en fronçant les sourcils avec mépris.

Kitten ne voyait pas non plus une Maorie dans cette maison. Toutes les deux avaient un peu peur des indigènes grasses et à demi nues qui traînaient avec curiosité autour de la station, vendant des patates douces ou des céréales aux baleiniers. Ces femmes devaient posséder des champs et des jardins dans leurs villages. Elles étaient certes amicales, mais ne parlaient que des bribes d'anglais, et on les imaginait mal cirant des meubles ou aidant une lady à s'habiller. Et puis elles avaient un air menaçant, avec ces étranges vrilles tatouées autour de leurs lèvres.

— Mais moi, je pourrais vous aider ! lança Kitten en prenant son courage à deux mains. Je sais où tout est rangé et ce qui vous plaît. Et puis…

— Mais tu es encore une enfant, petit chaton ! sourit Frau Hempelmann d'un air indulgent. C'est gentil à toi de vouloir te rendre utile, et tu m'es déjà d'un grand secours. Mais tu es trop jeune pour réellement travailler !

— C'est ce que vous croyez ! s'exclama Kitten avec désespoir. Mais M. Barker voit ça tout à fait autrement. Il a d'autres idées sur ce qu'est le travail…

Effrayée, elle se tut. Elle n'avait pas voulu être aussi explicite. Effectivement, son amie avait dressé l'oreille. Son visage blême avait pris quelque couleur… Elle avait dû la choquer, allait-elle subir une crise ? Kitten chercha les sels. Mais Frau Hempelmann repoussa le flacon que lui tendait la fillette.

— Tu veux dire que ce type a l'intention… qu'il veut que tu te… que tu te vendes ?

— Il n'y a ici pas d'autre travail. Du moins pour une fille. Je ne peux rien faire d'autre que ce que fait ma mère si vous ne m'engagez pas, dit Kitten en réprimant un sanglot. Je travaillerais de toutes mes forces, je pourrais vraiment vous aider, je…

— Mais je ne suis plus ici pour très longtemps, mon enfant, souffla Linda en levant une main avec peine.

— Vous partez ? M. Hempleman abandonne la station ? s'écria Kitten, stupéfaite, car les affaires marchaient bien, le compagnon du patron, le capitaine Clayton, quittant la station tous les quelques mois, avec son bateau plein d'huile et d'autres produits tirés des baleines, qui se vendaient bien en Angleterre.

— Non, mon époux reste ici, murmura la malade. Et, avec l'aide de Dieu, il trouvera peut-être une autre femme…

— Une autre femme ? Mais pourquoi ? Vous ne voulez tout de même pas le quitter, vous…

— Si, même si le mot vouloir n'est pas le bon. Georg, dit Linda, se refusant toujours à angliciser le prénom de son compagnon, Georg a toujours été pour moi un bon époux, et moi j'ai toujours été pour lui une femme aimante. Mais je…, mon Dieu, mon enfant, faut-il vraiment que je te le dise ? Je vais mourir. Je vais rejoindre Dieu. Je l'entends déjà qui m'appelle, mon chaton.

Kitten ressentit soudain de la haine pour ce dieu dont elle n'avait jamais entendu parler avant de connaître Frau Hempelmann mais qui semblait jouer un grand rôle chez les Allemands. Et qui maintenant avait décidé de la priver de la seule protection dont elle avait pu bénéficier !

— Mais ce n'est pas possible, Frau Hempelmann ! Vous n'êtes pas si vieille que ça ! Bien sûr, vous êtes malade, mais cela s'arrangera. Vous vous êtes jusqu'ici toujours remise de vos crises. Et si vous me permettez maintenant de m'occuper de vous… tout ira bien en un tour de main, et…

— Non, cela ne va pas s'améliorer, mon enfant, crois-moi. La dernière crise a été trop sévère et je suis lasse, fillette. C'est avec joie que je répondrai à l'appel de Dieu. Je suis navrée pour toi, et bien entendu pour Georg aussi, dit Linda en caressant la joue de Kitten.

— Mais… mais quand… ?

Kitten lutta contre l'envie de pleurer. Naturellement, elle savait bien qu'il n'y avait pas de réponse à cette question. Son amie ne pouvait savoir quand son dieu avait l'intention de la rappeler. Peut-être que ce ne serait pas tout de suite. Peut-être encore plusieurs mois… un an… Elle pourrait économiser l'argent qu'elle aurait gagné ici, puis partir, échapper à la station quand Frau Hempelmann serait morte…

— Quelques jours seulement peut-être, mon enfant, quelques semaines tout au plus. Et, comprends-le, tu dois le comprendre… je ne peux pas te prendre chez moi. De quoi cela aurait-il l'air ? De quoi mon mari aurait-il l'air de prendre une jeunesse chez lui, quelques jours avant la mort de sa femme… Je suis vraiment désolée, ma petite…

Kitten serra les poings. Elle se fichait totalement de la réputation de George Hempleman. Mais même si elle arrivait à faire changer d'avis son amie, il lui serait impossible de quitter le pub au bout de quelques jours ou quelques mois. Barker remettrait la main sur elle sitôt Linda morte.

— Tu veux bien nous préparer maintenant un thé, ma chérie ? murmura à nouveau Frau Hempelmann. Peut-être… peut-être pourrais-je une nouvelle fois parler de toi à Georg. Il existe peut-être un moyen… Une famille à Port Victoria, par exemple, qui serait à la recherche d'une bonne…

En dépit du ton optimiste de son amie, Kitten fut sans illusions. Port Victoria était un lieu aussi désolé et peuplé d'aventuriers que la baie de Peraki. Il y avait bien sûr, depuis peu, quelques colons dans les Canterbury Plains, d'après ce qui se disait, et il devait bien y avoir des femmes et des enfants parmi eux. Mais ces gens-là avaient-ils besoin d'une bonne ? Alors qu'ils n'avaient même pas encore une maison ? Et une épouse allait-elle faire entrer chez elle une fille comme elle ? L'enfant bâtard et sans nom d'une putain, même si, de l'avis général, elle était jolie ? Y compris dans la voix de Priscilla, il y avait eu une pointe de jalousie lors de sa conversation avec Barker à son sujet. Et voilà que Frau Hempelmann craignait qu'au-delà de sa mort la fille pût séduire son époux !

Non, tout en préparant le thé et en coupant ce pain dont elle avait presque perdu l'envie, Kitten bandonna tout espoir. Il n'existait pas pour elle 'issue honorable. S'il ne lui venait pas à l'esprit une lée nouvelle, elle devrait se soumettre aux souhaits e Barker.

3

Au bout d'une semaine, une baleine se manifest enfin dans la baie. Un ultime sursis pour Kitten. Penda la construction des bateaux, les hommes ne gagnaie pas de quoi s'offrir une putain, si bien que Priscilla Suzanne furent sous-employées. Seule Noni eut d l'occupation, le missionnaire n'étant pas habité d'un forte envie de faire route en direction des « sauvages Il passait certes une partie de ses journées chez Lind Hempelmann, avec qui, à la demande de l'époux, priait pour lui donner du courage, mais, le soir, il faisa une apparition régulière au pub et choisissait en gén ral Noni. Il rêvait pourtant très visiblement toujours d Kitten, qu'il dévorait du regard quand, en sa présenc elle rendait service à Linda.

La fillette se serait volontiers éclipsée, mais elle ne s résignait pas à laisser son amie seule avec le révérenc La malade avait besoin d'aide pour le moindre geste e on ne pouvait bien sûr pas attendre de l'ecclésiastiqu qu'il la redresse dans le lit ou approche une boisson d ses lèvres. Par ailleurs l'homme, un anglican, ne parlai pas l'allemand, tandis que Linda s'exprimait difficile ment en anglais. Elle était heureuse que Kitten traduis leurs conversations. Le révérend feignait d'admirer l fillette qu'il invitait à s'asseoir à côté de lui sur le lit, lu passant parfois le bras autour de la taille d'un geste qu se voulait paternel et approbateur quand elle retrouvai une citation biblique anglaise dans une bible allemande. Elle ne lisait pas encore très correctement, car Linda n'avait entrepris de le lui apprendre que lorsqu'elle était déjà bien malade.

— Il voudra enchérir, dit Kitten, découragée, à Noni qui lui arrangeait une robe de sa mère.

Barker, afin de compléter sa parure, avait même acheté des paillettes à Tom Carpenter, un marchand ambulant commerçant aussi bien avec les Blancs des fermes isolées qu'avec diverses tribus maories, offrant farine, légumineuses et colifichets. Sans oublier le whisky, qu'il vendait moins cher que Barker.

— Et il aura sans doute assez d'argent pour cela, grâce à sa paroisse d'origine qui se cotise pour lui. S'ils savaient où passent leurs sous ! soupira Noni.

— Mais je ne veux pas de lui ! s'énerva Kitten.

Noni l'ayant poussée devant le vieux miroir que se partageaient les putains, Kitten tourna la tête. Elle refusait de se voir dans cette nouvelle tenue. Un bref regard en coin lui avait suffi pour vérifier que son corps menu, dans cette étroite robe rouge, allait affoler les hommes. Si Barker l'obligeait de surcroît à défaire sa natte et à laisser tomber sur ses épaules ses boucles dorées…

— Le mieux, c'est que tu t'y habitues tout de suite, commenta Noni, indifférente, en plissant le tissu au-dessous de l'encolure, si bien que la fillette semblait avoir des seins. Nous ne pouvons pas choisir nos clients. Et le curé, au moins, il ne pue pas l'huile rance. Et puis, il n'est pas violent et a vite fait son affaire. Il n'est donc pas le pire. Ce ne serait pas bien du tout que le premier soit un jeune plein de feu qui, va t'en savoir, serait capable de te tourner la tête ! Cela te donnerait une fausse impression de ce qui t'attend.

Kitten ne répondit pas. Elle ne voulait ni d'un jeune fougueux ni d'un homme, quel qu'il soit ! En tout cas, pas quelqu'un payant pour utiliser son corps ! De plu en plus désespérée, elle cherchait une issue, depuis qu Barker avait fixé les enchères pour après la prochain pêche. Les regards lubriques de tous les hommes la sui vaient depuis lors. Elle osait à peine sortir.

Par une belle matinée ensoleillée, Kitten, sortan d'une nuit d'angoisse auprès d'une Linda qui cherchai désespérément à respirer, entendit le cri tant redouté :

— Baleine en vue dans la baie ! Tous aux bateaux !

Kitten ne put voir depuis la maison les préparatifs mais elle entendit les voix des hommes et ressentit l tension dans l'air. Les baleiniers, au-dessous d'elle mettaient à l'eau des embarcations lestées de douz rameurs et d'un harponnier. Elles semblaient bie fragiles face aux énormes créatures que les homme s'apprêtaient à combattre. D'un seul coup de queue la baleine pouvait renverser une barque, aussi gross fût-elle, mais ne le faisait pas. Ces animaux paci fiques préféraient s'enfuir que se défendre quand le hommes leur lançaient des harpons. Et ils laissaien toujours les embarcations arriver à portée de tir, alor qu'ils auraient pu plonger et disparaître.

Ils ne se débattaient qu'une fois les barbelures d harpon profondément enfoncées dans leur chair, cher chant à se débarrasser des cordes à l'aide desquelle les hommes les tiraient vers la côte. Il était générale ment trop tard. La douleur et la perte de sang privaien de leurs forces les géants des mers et ils finissaient, au bout de plusieurs heures, par abandonner la lutte. Les équipages étaient eux aussi épuisés à la fin du combat, quand commençait un autre travail. Ils dépeçaient alors à coups de hache la bête gisant sur la plage, parfois encore vivante, et mettaient à bouillir les morceaux de chair afin d'obtenir de l'huile... Kitten se secoua. La puanteur de cette cuisine en plein air allait planer des jours durant sur la baie.

Le soir même, les hommes seraient vraisemblablement trop fourbus pour disputer une fille aux enchères. Barker allait reporter de vingt-quatre heures la grande fête. Kitten n'avait pas encore de véritable plan pour y échapper, sauf, bien sûr, qu'elle pourrait prétexter l'aide à apporter à Frau Hempelmann. Barker aurait quelque peine à l'arracher au lit de la malade, il…

— Chaton !

Son amie l'appelait d'une voix faible. Elle quitta la fenêtre. Elle fut rassurée en constatant que Linda était réveillée. Un bon signe. Elle se força à sourire en se tournant vers elle.

— Le… révérend va arriver. Peux-tu… me redresser un peu ?

Cela aussi paraissait encourageant. Après la mauvaise nuit qu'elle avait eue, Kitten ne l'aurait pas crue capable d'une telle volonté de vivre. Pendant qu'elle s'affairait à laver et peigner son amie, M. Hempleman apparut.

— Linda, ma chérie, comment te sens-tu ?

Ayant déposé un léger baiser sur la joue de son épouse, il se releva vivement.

Linda lui sourit néanmoins.

— Bien, souffla-t-elle. Je… je t'en prie… assieds-toi un peu à côté de moi.

Elle lui tendit la main et ce mince effort la fit tousser.

— J'ai quelque chose à te dire, je…

— Chérie, ce n'est pas possible maintenant, on vient d'apercevoir une baleine. Il faut que je descende et mette mes gars à bord, veiller à ce qu'ils ne se fassent pas massacrer par l'animal…

George Hempleman avait pour habitude d'observer et de coordonner la chasse depuis une embarcation plus importante, en criant ses ordres à l'aide d'un porte-voix.

— Et puis, regarde, le révérend est déjà là. Nous nous verrons ce soir…

Il avait visiblement hâte de partir.

— Si Dieu le veut… dit sa femme dans un souffle.

Elle était plus pâle que jamais. Kitten eut l'impression qu'elle s'était ratatinée pendant la nuit. Elle comprit que son décès était imminent.

— Révérend, je ne vous remercierai jamais assez de ce que vous faites pour ma femme, dit encore le patron des baleiniers en tapant amicalement sur l'épaule de l'ecclésiastique, avant de tourner les talons sans laisser au révérend le temps d'aborder la question des dons.

Le prêtre essayait sans arrêt de convaincre la mourante de léguer une forte somme à sa mission, mais elle ne lui répondait jamais. Kitten pensait qu'elle ne possédait rien qu'elle pût léguer. Son mari était le seul à subvenir aux besoins du ménage. Et, même s'il se montrait généreux, où Linda aurait-elle pu dépenser son argent, dans ce trou ?

Ayant rangé les affaires de toilette, Kitten obéit à contrecœur à la demande du révérend de s'asseoir auprès de lui afin de lire des passages de la Bible et d'écouter la mourante qui désirait se confesser. À écouter les péchés véniels avoués par Linda, elle lui parut plus que jamais une authentique sainte, mais Dieu semblait condamner jusqu'à une simple pensée d'orgueil. En tout cas, l'agonisante n'avait à se repentir que de broutilles dont le révérend l'absolvait.

Vers midi, Frau Hempelmann s'endormit, ce qui permit à Kitten de fuir le révérend et de se réfugier dans l'ombre de la forêt. Toujours en lutte avec la baleine, les hommes étaient maintenant proches du rivage. D'ici une ou deux heures, l'animal serait échoué. La fillette espéra que M. Hempleman prendrait le temps d'une visite à son épouse avant le dépeçage. L'état de son amie l'inquiétait : certes, elle était plus éveillée que les autres jours, mais les forces semblaient avoir abandonné son corps. Le révérend, qui lui prenait souvent le pouls, avait hoché la tête d'un air soucieux. Si Linda voulait dire encore quelque chose à son mari, mieux valait ne pas tarder.

Kitten cueillit un nouveau bouquet de roses rata dont elle meubla la chambre de la malade. Elle venait de finir quand Linda s'éveilla.

— Mon mari… murmura-t-elle, et… le prêtre… je… l'heure est venue, petite, je… j'entends les anges… Tu les entends… toi aussi ?

Tout ce qu'entendait Kitten, c'étaient des cris de triomphe au loin. Les hommes devaient avoir réussi à tirer la baleine sur la plage.

— Quant à toi, chaton… j'ai réfléchi, et je me suis dit que je te donnerai…

Luttant pour retrouver son souffle, elle voulut continuer, mais le révérend, qui s'était absenté pour aller manger ou fuir l'atmosphère pénible de la maison dans les bras de Noni, refit son apparition dans la chambre. Kitten eut un haut-le-cœur à l'idée que les doigts qui venaient de pétrir les seins de Noni allaient toucher les mains de la mourante. Après un bref coup d'œil sur la malade, il se tourna vers Kitten.

— Mon enfant, l'heure est arrivée ! Cours à la plage chercher son mari. Je prierai avec elle pendant ce temps. Si Dieu le veut, elle pourra encore lui dire adieu…

— Mais… chaton…

Linda essaya de rappeler son amie. Elle avait visiblement quelque chose à lui dire. Kitten n'osa pas désobéir. Elle partit en courant. Entre le pub et la mer, le corps de la baleine était agité de soubresauts, entouré d'hommes en proie à l'excitation et armés de couteaux et de haches. Le sable était déjà coloré du sang de l'animal et les premiers feux avaient été allumés… Kitten détourna les yeux de ce spectacle répugnant. Heureusement, George Hempleman était là. Elle n'eut pas besoin de beaucoup d'explications. Dès qu'il la vit, il se dirigea vers elle.

— Fillette… est-ce qu'il arrive quelque chose à…

— Oui, elle vous demande…

Il partit en courant et elle eut peine à le suivre. Ils arrivèrent à la chambre hors d'haleine. Ils entendirent le révérend prier de sa voix de fausset. Elle devait être encore en vie. Mais Kitten ne put que l'entrevoir, George Hempleman souhaitant rester seul en ces derniers instants.

— Attendez à l'extérieur, révérend ! ordonna-t-il en s'asseyant au chevet de sa femme. Et toi, fillette… merci beaucoup… Ces derniers jours, tu as été d'une grande aide pour ma femme et nous te donnerons certainement une petite compensation…

— Chaton… chuchota Linda, mais son époux ne céda pas, refusant de la laisser approcher une dernière fois.

— Va, maintenant, dit-il. Tu auras à faire sur la plage… ou ailleurs, je ne sais où… Je crois que Barker t'a cherchée. Donc, je t'en prie…

— Je reviens tout à l'heure, Frau Hempelmann ! eut encore le temps de crier Kitten.

Elle n'avait pas le sentiment que son amie allait mourir dans quelques minutes. Le révérend devait exagérer. La malade la réclamerait ce soir encore. Kitten se donnait ainsi du courage en quittant les lieux. Mais le dernier et faible appel de sa maternelle amie résonnait toujours dans sa tête : « *Chaton…* »

Elle n'eut aucune envie de se montrer sur la plage, préférant se cacher dans la forêt et garder en vue la maison. Si jamais Linda sentait sa présence… À un moment, elle se dit que l'agonisante serait heureuse qu'elle prie pour elle. Elle s'y essaya, sans toutefois avoir le sentiment que quelqu'un l'entendait. Même les arbres familiers se taisaient. Le vent lui aussi avait cessé de bruire dans leurs branches.

Dans la maison, rien ne bougea pendant des heures. Ce n'est que bien plus tard, alors que la nuit tombait et que les hêtres lançaient des ombres fantomatiques, que Kitten entendit un halètement et une voix irritée l'appelant. Une voix de femme. Elle crut d'abord, contre toute raison, qu'il s'agissait de Frau Hempelmann. Puis elle reconnut la voix de Noni. La putain grimpait avec difficulté le chemin.

— Kitten ! souffla-t-elle enfin, mi-irritée, mi-soulagée. Ah, te voilà ! Arrive, sinon Barker va nous en passer une bonne, à nous deux. Il y a une heure, il a envoyé ta mère te chercher. Elle a bien sûr oublié, à supposer qu'elle ait compris. Elle est à côté de ses pompes depuis ce matin. Et je dois à présent te mener au pub dans ta jolie robe. Mais tu n'étais pas là… et Barker…

— Je dois me changer ? Mettre la… nouvelle robe ? Mais… il ne va tout de même pas, ce soir déjà, me…

— Ben non ! Aujourd'hui, les types sont trop crevés, après leur boulot sur la baleine. Il veut les mettre en appétit. Demain, quand l'animal aura été dépecé, ils toucheront leur paie et voudront faire la fête. Et s'ils te voient aujourd'hui dans ta belle tenue, ils rêveront de toi toute la nuit. Allez, arrive, Kitten. Il faut y aller. Tu n'as quand même pas envie que Barker vienne lui-même et te traîne par les cheveux !

Le souteneur en était tout à fait capable et, s'il montait ici faire du tapage, on l'entendrait depuis la demeure. Soupirant et jetant un dernier regard sur cette dernière, Kitten suivit Noni, se disant qu'elle en aurai bientôt fini avec son exhibition et qu'elle reviendrai alors s'occuper de Linda.

— Regarde-toi, au moins ! reprocha Noni.

Elle avait aidé Kitten à revêtir la robe rouge, lui avai dénoué et brossé les cheveux et l'avait un peu maquil lée. Un petit peu seulement, pas à la manière criard habituelle aux putains, afin que la fillette n'ait pas l'ai trop frivole. C'était en effet une vierge que l'on mettai aux enchères ! Le visage de Kitten reflétait le comba qui se livrait en elle, entre révolte et résignation.

— Tu es si belle ! Les types vont offrir une fortun pour toi ! Et pense un peu au fric ! On garde dix pou cent de nos gains…

— Il faudrait que ce soit le contraire, répliqu Kitten, furieuse. C'est vous qui devriez recevoir la par du lion, c'est vous qui trimez, lui…

— Nous, mon trésor ! sourit Noni. Tu es des nôtre à présent. Je ne te conseille pas de réclamer davantag à Barker. Nous avons déjà essayé, pas ta mère bien sû qui vit dans son monde à elle, et je me souviens très bien combien j'ai eu mal aux reins après…

Kitten se demanda si Barker avait aussi rossé Priscilla. Non, sans doute. Grande et forte comme elle l'était, elle avait dû parvenir à ses fins et encaisser en secret une plus grande part de ses recettes. Si elle ne s'était pas laissé embobiner par les déclarations d'amour de Barker…

— Allez, viens, petite ! dit enfin Noni en forçant Kitten à sortir du « vestiaire » des filles de joie, séparé du pub par des rideaux rudimentaires.

Il régnait dans celui-ci une intense activité et une puanteur abominable que transportaient les hommes sur eux, dans leurs habits, dans leurs cheveux et certainement à l'intérieur de leur peau. La plupart, morts de soif après le dur labeur du dépeçage, avaient devant eux des chopes de bière.

Écœurée, Kitten crut qu'elle allait vomir. Mais elle n'avait encore rien dans l'estomac. Barker la traîna alors, accompagnée des « Oh ! » et des « Ah ! » d'un public échauffé, vers une table et une chaise disposées au centre d'un espace gardé libre.

— Monte sur la chaise, puis sur la table, petite ! ordonna le tenancier d'un ton si menaçant que Kitten escalada sans résistance, mais les yeux baissés, la « tribune » improvisée. Le voilà, les gars ! Le chaton de Suzanne, plus jeune, plus joli et moins évaporé que sa mère. Et il ne coûte pas un whisky supplémentaire, c'est en effet encore une enfant. Mais, à compter de demain, elle accomplira ici son travail comme les autres femmes. Après que l'un d'entre vous l'y aura préparée. Les gars, je ne sais pas si vous avez déjà eu l'occasion de rencontrer comme ici une vierge authentique. L'un de vous sera le premier à poser la main sur elle. Et pas que la main !

Des rires éclatèrent. Kitten essayait d'ignorer la foule des hommes, mais sa timidité les excitait autant que les regards mauvais qu'elle leur lançait d'ordinaire quand ils se montraient trop pressants. Elle avait beau faire, elle affolait les hommes.

— Cela coûtera bien entendu une petite fortune. J'aurais même la plus grande peine à fixer un prix. Voilà pourquoi j'ai choisi une solution à la Salomon : c'est celui qui la désire le plus qui paiera le plus ! Demain, juste avant la fermeture du pub, vous pourrez acheter aux enchères la première nuit avec la petite. Une nuit entière, les gars ! Je vous le garantis : une vraie nuit de noces ! Celui qui l'achètera demain l'aura pour lui seul jusqu'au lever du soleil !

Barker laissa aux hommes le temps de discuter entre eux de cette perspective et de commander de nouvelles bières. Pendant ce temps, il ordonna à Kitten de pivoter sur la table et de relever un peu l'ourlet de sa robe. Elle obtempéra en évitant toute coquetterie.

— Bon, alors, les gars, à demain ! reprit ensuite Barker. Demain ! Demain après le travail, je vous attends tous ici…

— Non !

Effrayée, Kitten se retourna, regardant dans la direction de la voix impérieuse qui, depuis la porte d'entrée, venait d'interrompre Barker. Ce ne pouvait être le sauveur des histoires de princes et de princesses. Effectivement, elle reconnut M. Hempleman qui vint se planter devant ses hommes.

— Demain, le pub restera fermé. Linda, ma chère épouse, que Dieu la bénisse, a rendu l'âme il y a une heure. Demain, après le travail, j'aurai le triste devoir de la porter en terre. Et j'attends que vous tous soyez là !

Tout en parlant, M. Hempleman laissa courir sur l'assemblée un regard menaçant qui tomba soudain sur Kitten, accablée de honte. Pourvu qu'il ne l'ait pas reconnue avec ce maquillage et cette robe qui la vieillissaient. Pourvu que…

Mais son espoir était vain, bien sûr.

— Toi aussi, alors… espèce de petite pute dévergondée ! lança-t-il d'un ton méprisant. Ma femme s'est toujours occupée de toi et, maintenant, à l'heure de sa mort, tu es là, à t'exhiber devant tes clients. C'est répugnant ! Tu… tu ne mérites pas…

Il s'interrompit et s'essuya les yeux d'un geste bref. Puis il se disposa à partir.

— Par ailleurs, les gars, c'est maintenant aussi la fermeture ici. Je n'ai pas envie d'être dérangé par des gens ivres pendant que je veille mon épouse.

Dans son désarroi, Kitten ressentit néanmoins un ertain soulagement à l'idée de l'ultime sursis que lui ffrait la fermeture du pub. Barker la laissa tranquille uand elle descendit de la table en tremblant, car il 'affairait autour de M. Hempleman, lui exprimant ses ondoléances et sa compréhension quant à son ordre de ermeture.

Kitten en profita pour s'éclipser. En dépit de la pluie, lle se retira dans la forêt où elle se pelotonna à l'abri 'un jeune palmier nikau qui la protégeait de l'humi-ité. Mais c'est à peine si elle prenait garde à la pluie, les armes inondant ses joues.

4

Le lendemain, les hommes finirent de dépecer la baleine, sur laquelle on prélevait non seulement des paquets de graisse, mais aussi les fanons qui serviraient à fabriquer d'autres baleines, celles utilisées pour les corsets et les crinolines des dames. On extrayait aussi de la boîte crânienne le blanc de baleine et, des intestins, l'ambre gris qui entrerait dans la composition de certains parfums. Une matière qui valait de l'or. L'atmosphère était tendue, les hommes se sentant floués de leur fête du soir et se demandant si Hempleman les paierait tout de suite ou s'il attendrait les jours à venir.

Affamée et épuisée, ankylosée et trempée après sa nuit dans la forêt, Kitten revint auprès des femmes. Elle n'eut aucune réaction quand Noni lui reprocha d'un ton acerbe d'avoir sali la « robe de mariée » qu'il faudrait laver.

Dans la soirée, Linda fut enterrée. Kitten aurait aimé pouvoir orner le cercueil de fleurs rata, mais elle n'osa pas s'approcher de George Hempleman, qui pas un instant ne s'éloigna de sa défunte épouse. Elle resta donc derrière les hommes, en compagnie des filles de joie tandis que le révérend récitait la prière des morts puis entonnait un hymne repris tant bien que mal par ceux des hommes qui le connaissaient, les autres se contentant de fredonner. Quelques Irlandais entonnèrent enfin « Danny Boy », leur chant traditionnel. Puis le cercueil fut déposé en terre et les hommes se dispersèrent.

Kitten s'accroupit avec les autres femmes devant la cabane, les hommes s'étant réunis autour de feux sur la plage. Ils se passaient des bouteilles de whisky achetées à Carpenter, récemment revenu de sa tournée dans les tribus maories dispersées autour de Peraki Bay. La station lui servait de base et il avait profité des obsèques pour faire quelques affaires avant de repartir en tournée le lendemain. Le capitaine Clayton lui avait en effet offert de l'embarquer, avec sa charrette et son cheval, sur sa goélette, et de le déposer dans le delta de Wairau River où, avant son retour en Europe, l'attendait le butin d'une autre station de baleiniers. Le colporteur espérait rencontrer, dans la région de la baie de Tasman, des tribus maories plus importantes et que l'on disait plus civilisées que les tribus locales.

— J'ai mes raisons de ne pas aimer passer la nuit chez ces gens-là, ici, confia-t-il au missionnaire, le révérend Morton. Ce Hone Tuhawaiki, leur chef, a vendu les terres à Hempleman, mais cela ne l'empêche pas de mener sans cesse des attaques contre les colons. Et ça peut devenir sanglant quand ses guerriers perdent la tête. On parle même de cannibalisme…

Kitten, qui, sans le vouloir, entendait leur conversation, car pour discuter avec Carpenter, Morton s'était bien entendu installé auprès des femmes, vit le missionnaire tressaillir. S'il n'avait jusqu'ici manifesté que peu de zèle pour se rendre auprès des tribus les plus proches, il sembla tout à coup ne plus en avoir envie du tout.

— Et… et dans le nord, est-ce qu'ils sont plus pacifiques ? s'inquiéta-t-il.

— Ma foi, pas forcément. Mais les colons y sont installés depuis plus longtemps, ils ont plus de contacts avec les indigènes et ils ont… d'une certaine façon appris comment se comporter. On ne se mange plus les uns les autres, on négocie… enfin, le plus souvent.

Moi, en tout cas, je préfère cette région-là. Les affaires y marchent d'ailleurs mieux, car ces gens ont envie de tou ce qui rend la vie des Blancs plus facile : les couvertures, les casseroles, les poêles… Et ils ont du pognon, car ils vendent sans cesse des terres aux nouveaux colons.

— Peut-être…, réfléchit tout haut le révérend, peut-être sont-ils aussi plus ouverts à la parole de Dieu.

— J'en sais rien, révérend. En tout cas, pour l'instant, la Bible n'est pas un article très demandé. Mais vous pouvez changer les choses. Si vous le voulez, je peux vous emmener.

— Vous feriez ça ? Mon activité, là-bas, pourrait rencontrer un terrain plus fertile, n'est-ce pas ?

— C'est plutôt qu'ici, elle pourrait porter un coup à mes affaires, si le chef Tuhawaiki devait bientôt boulotter un missionnaire. Je me préoccupe surtout de ne pas ouvrir l'appétit de ces sauvages… Je compte naturellement sur une petite contribution aux frais du voyage, car le capitaine Clayton ne me transporte pas à l'œil.

— Je ne dispose que de moyens modestes, je…

— Ma foi, ils ont paru suffire pour des putains, m'a-t-on dit. Révérend, je ne crois pas que je sauverai mon âme en transportant gratis un curé chez les sauvages… Soit vous payez votre contribution, soit vous évangélisez Tuhawaiki…

— Est-il alors obligatoire de lever l'ancre dès demain ? J'estime que ce… ce serait manquer de piété, si l'on songe que Mrs Hempleman vient juste de décéder. J'envisageais de prêter assistance au veuf un ou deux jours encore… Il devrait être possible de convaincre le capitaine…

— Prêter assistance au veuf ? Laissez-moi rire, révérend, vous êtes bien plus soucieux de participer aux enchères pour la blondinette. Vous n'arrêtez pas de la dévorer des yeux depuis que nous sommes ici ! Ce n'est pas bon pour la réputation de votre Église… Vous devriez vous retenir. Mais, comme je l'ai déjà dit, peu m'importe ce que vous fabriquez. Et je pense que le capitaine s'en fiche lui aussi. Tout comme de la douleur du vieux Hempleman. Le bateau est chargé, il lèvera l'ancre. Le temps, c'est de l'argent.

Kitten ne put s'empêcher de rire en entendant le révérend soupirer. Son envie d'être le premier à coucher avec elle ne valait tout de même pas de courir le risque d'être dévoré. Cette conversation, pour autant, n'avait pas amélioré son moral. Elle avait songé, durant ces dernières heures, à s'enfuir chez les Maoris. Peut-être l'accueilleraient-ils ? Elle pourrait voler quelques semences et des babioles dans la voiture de Carpenter et ainsi négocier son accueil. Mais, si l'aventure devait être aussi périlleuse…

Une autre idée, soudain, lui traversa l'esprit. Et si elle s'enfuyait sur le *Bee*, le bateau du capitaine ? Elle avait cru que le capitaine partirait directement pour l'Europe, comme d'habitude. Elle avait naturellement déjà envisagé de se cacher à bord et d'échapper ainsi à Barker, puis aussitôt reculé devant le risque de mourir de faim et de soif, durant les trois mois de traversée. Mais jusqu'à Cloudy Bay ? Ce ne devait pas être trop éloigné, sinon ce détour n'en vaudrait pas la peine pour le capitaine Clayton. Elle pourrait se dissimuler dans la charrette de Carpenter, qui protégeait ses marchandises d'une bâche. Une cachette idéale ! Et il se trouverait bien, parmi tous ces produits, quelque chose à manger, de la farine ou des biscuits de mer.

Seule la destination n'était pas idéale. Cloudy Bay n'était en définitive rien d'autre qu'une station de baleiniers. Ce serait changer un cheval borgne contre un cheval aveugle ! Mais Carpenter n'avait-il pas parlé de colons blancs avec qui commerçaient les Maoris du coin ? Peut-être y avait-il à proximité une agglomération, voire une ville, seule possibilité pour une jeune fille de trouver un travail honnête, comme bonne dans une maison ou dans un magasin. Le cœur de Kitten se mit à battre la chamade…

Bien sûr, il était possible qu'elle se retrouve dans un bordel là-bas aussi. Mais la fillette se ressaisit. Fuir était de toute façon son unique chance ! Ici, son sort était scellé. Inutile de réfléchir plus longtemps. Elle vit du coin de l'œil que Noni rêvassait, le regard perdu dans le feu. Priscilla avait rejoint Barker et le réconfortait de la perte de sa recette du jour. Suzanne s'était approchée d'un autre feu, où elle buvait de temps à autre une gorgée de whisky à la bouteille que lui tendait un des hommes. Elle ne passerait sans doute pas la nuit seule et ne se soucierait pas de l'absence de sa fille.

Kitten se leva discrètement. Noni ne dit rien. Seul le révérend la suivit du regard, d'un air malheureux, tandis qu'elle partait à la recherche de la charrette.

Elle la trouva un peu à l'écart de la station, à l'abri de la puanteur. La lune et des myriades d'étoiles éclairaient à peine les lieux, où régnaient un silence et un calme absolus. Elle grimpa sur la charrette et se glissa sous la bâche. La cachette, à l'exception d'une odeur étrange, était presque confortable. En tâtonnant, Kitten découvrit un tonnelet de choucroute. De là l'odeur ! Ce chou coupé en lanières, tassé et fermenté, était apprécié des marins car sa consommation prémunissait contre le scorbut lors des longues traversées. Cela avait été le plat préféré de Linda, sans doute un plat allemand. Carpenter lui en apportait à chacune de ses venues. Il n'avait osé le proposer à M. Hempleman, qui voulait faire oublier ses origines allemandes. Kitten, en revanche, aimait la choucroute, cuite ou crue. Elle aurait donc de quoi manger pendant le trajet, mais aussi de quoi boire, même si l'eau vinaigrée n'était pas sa boisson préférée. Satisfaite, elle s'installa à son aise entre les nombreuses couvertures. S'il ne venait pas maintenant à l'idée de Carpenter de conclure encore quelques affaires avec des baleiniers, plus rien ne pouvait se passer.

Rassasiée et fatiguée après la nuit agitée de la veille, elle s'endormit rapidement et ne se réveilla que lorsque la charrette s'ébranla. Carpenter n'avait donc pas soulevé la bâche et un bref coup d'œil au-dehors lui confirma qu'il ne risquait guère de le faire, désormais. Le soleil venait juste de se lever et, en cette heure matinale, rien ne bougeait encore sur la plage. La charrette s'arrêta certes un instant, mais elle entendit le colporteur saluer le révérend, que la peur de terminer dans l'assiette d'un chef maori avait tiré du lit de Noni. L'ecclésiastique prit place à côté de Carpenter, qui fit bientôt embarquer la charrette à bord.

Tout se passa sans encombre. Les rampes qui avaient servi au chargement des produits la veille n'avaient pas été démontées. Kitten retint son souffle quand Carpenter et le révérend descendirent de leur siège et que les hommes du capitaine Clayton amarrèrent la charrette sur le pont de la goélette. Le commerçant dételа le cheval et le mena à l'entrepont. Puis elle fut seule. Elle craignait encore que Carpenter vienne chercher des couvertures, par exemple pour les vendre à Morton, qui ne se serait pas préparé aux nuits à bord. Mais rien de tel ne se produisit avant que le capitaine ne donne des ordres. Les voiles furent hissées, les rampes démontées.

Kitten ne se détendit qu'au moment où elle sentit le bateau se balancer sous elle. Le *Bee* leva l'ancre et prit le large. Elle avait échappé à Barker ! Même si on la découvrait, à présent, le capitaine ne ferait pas demi-tour pour ramener son bien au tenancier du pub. Kitten faillit réciter l'une des prières d'action de grâce que son amie Linda lui avait apprises, mais elle se ravisa : mieux valait ne pas attirer sur elle l'attention du Dieu de Morton !

Il fallut deux journées pour atteindre Cloudy Bay, un parcours sans histoire pour l'équipage et pour Kitten, qui ne vit ni n'entendit rien, à part les voix des matelots sur le pont et le bruit du vent dans les voiles. Personne ne s'approcha de la charrette, si bien que la fillette finit par se glisser hors de la bâche pour satisfaire ses besoins naturels. La nuit, cela n'avait absolument rien de dangereux, la charrette étant rangée entre des caisses à l'avant du bateau, tandis que le gros de l'équipage dormait dans l'entrepont.

Kitten n'arrivait pas à croire à sa chance, chance qui, hélas, la quitta quand ils atteignirent Cloudy Bay. Elle constata que son espoir que la station jouxte une grosse agglomération était vain. Inspectant la plage pardessous la bâche, elle ne vit que des os de baleine, des barques et les habituelles cabanes rudimentaires. La station était plus petite et plus ancienne que celle de Hempleman. Mais Kitten était sans illusions : ici aussi il y aurait un pub et quelques putains. Le propriétaire et souteneur mettrait à son service le sang neuf tombé du ciel avec autant d'enthousiasme que Barker. Mieux valait donc rester cachée, tant que faire se pourrait.

Le pays, à l'arrière de la station, paraissait merveilleux, plus plat qu'à Peraki Bay à proximité immédiate de la plage, mais on voyait au premier plan des collines verdoyantes et, au loin, des montagnes enneigées. On distinguait aussi l'embouchure d'un fleuve, le Wairau. Traversait-il l'agglomération dont Carpenter avait parlé ? Arriverait-on à une ville en le remontant ?

Kitten y songea, mais la perspective de traverser seule la nature sauvage la terrorisa. De toute façon, Carpenter ne lui fournit pas l'occasion de quitter sa cachette. En dépit des protestations du révérend, qui aurait volontiers pratiqué sa détente habituelle avec les dames du pub, le commerçant s'éloigna aussitôt de la plage et la charrette s'engagea sur un sentier longeant le fleuve.

— J'ai eu un jour des problèmes, ici, expliqua-t-il à Morton. L'exploitant de la station est un escroc. Je lui avais livré une charrette entière de provisions, mais il les avait trouvées trop chères. Que faire ? Comme je maintenais mes prix, je me suis retrouvé en un éclair entouré de vingt types patibulaires me dépassant d'une tête. Pour finir, il ne m'a même pas payé mon prix d'achat et j'ai été heureux de m'en tirer la vie sauve. Du coup, je quitte les lieux tant que le capitaine Clayton est là.

Kitten n'eut donc pas l'occasion de descendre de la charrette. Elle pouvait juste espérer que Carpenter se rende dans une agglomération peuplée de Blancs. C'est alors que le révérend s'enquit de leur destination.

— Arriverons-nous dès aujourd'hui en ville ? Vous avez l'autre jour parlé de colons blancs…

— Je parlais de Tasman Bay, révérend ! Si vous aviez consulté une carte, vous sauriez que les quelques régions habitées par des Blancs se trouvent à l'autre bout de la route Cook, presque sur la côte ouest, alors que nous venons de débarquer sur la côte est. Traverser l'île en une journée est impossible. Et qu'irions-nous y faire ? Mes clients, vos futures ouailles, vivent à l'intérieur des terres. Te Rauparaha, le célèbre chef, est établi sur le Wairau. C'est là que nous nous rendons. J'ignore si nous y arriverons aujourd'hui. Mais demain à coup sûr. Vous pouvez d'ici là apprendre quelques mots de maori : *kia ora* pour dire bonjour, *haere mai* pour souhaiter la bienvenue. Et encore *ka mate* pour dire « je meurs ». Ils ont même un célèbre *haka*, la danse rituelle des indigènes. Vous pourrez le chanter pendant que l'eau chauffera dans le chaudron…

Kitten, prise de peur, ne prêta pas attention aux protestations du révérend, furieux de ces perpétuelles allusions à sa terreur des sauvages. Carpenter les menant directement à une tribu maorie, il allait découvrir sa présence dès qu'il mettrait ses produits en vente ! Elle décida de se laisser glisser discrètement de la charrette avant de se trouver trop loin de la station, afin de gagner d'une manière quelconque les colonies de l'autre côté de la baie. Un coup d'œil par-dessous la bâche lui confirma qu'ils suivaient toujours le fleuve, ce qui lui permettrait de s'orienter facilement. Les rives étaient couvertes d'une végétation beaucoup plus luxuriante qu'à Peraki Bay, les palmes de fougères arborescentes surplombaient les eaux du fleuve et de faux-palmiers, noyés dans les ratas, se dressaient vers le ciel. Elle crut même reconnaître un arbre kauri. Le cours d'eau semblait navigable, ce qui expliquait le mauvais état du chemin.

Kitten s'apprêtait à se laisser glisser à terre quand, profitant d'une amélioration de la chaussée, Carpenter mit son cheval au trot. Il comptait donc arriver chez les Maoris avant la nuit. Impossible de mettre son plan à exécution ! Elle se résigna en soupirant. Elle serait donc découverte à leur arrivée dans la tribu. Carpenter serait certes furieux, mais elle parviendrait peut-être à le persuader de l'emmener quand il aurait fait affaire avec les indigènes. Il allait sans doute rejoindre ensuite une agglomération blanche afin de s'y réapprovisionner. Il voudrait bien entendu obtenir d'elle un dédommagement. Elle n'aurait d'autre choix que d'accéder à ses désirs, mais peut-être se présenterait-il alors une possibilité de fuite… Déçue, elle laissa errer son regard sur le fleuve, ses nombreuses ramifications et bancs de sable.

— Ses eaux sont très poissonneuses, indiqua en cet instant Carpenter à son compagnon, de moins en moins loquace à mesure qu'ils avançaient dans ces contrées sauvages. Les Maoris pêchent les poissons à l'aide de nasses. Sinon, ils font cuire des plantes, certaines parties des fougères et cultivent des patates douces. Depuis l'arrivée des Blancs, ils aiment aussi les céréales, qu'ils ne connaissaient pas auparavant. Les semences se vendent donc fort bien. Ah oui, vous ai-je déjà dit que le chef Te Rauparaha doit son nom à une plante dont les racines sont comestibles et accompagnent merveilleusement le poisson ?

Carpenter était manifestement d'excellente humeur. Kitten espéra qu'il le resterait quand il la découvrirait. D'ailleurs, la forêt de fougères commençait à se clairsemer et la fillette aperçut des champs cultivés. Le campement des Maoris ne devait pas être loin… Effectivement, le chemin devint plus égal et elle entendit des voix. Des voix d'hommes et de femmes, joyeuses et bienveillantes. Carpenter n'était donc pas ici un inconnu.

Quand la charrette s'arrêta, des saluts furent échangés, Carpenter baragouinant en maori et l'un des autochtones répondant en mauvais anglais :

— Bonjou, Ca-pin-ta ! Nous attendre toi beaucoup de lunes. Nous contents !

— Je suis content moi aussi, Te Puaha ! répondit Carpenter en riant. J'espère surtout un bon repas, il y a des jours que je n'ai plus rien mangé de frais.

Carpenter devait avoir eu l'appétit aiguisé par l'odeur de viande grillée qui parvenait jusqu'à la charrette.

— Et toi amener quelqu'un ? Qui être ?

— Je suis le révérend Morton, répondit le prêtre, qui avait retrouvé la parole, et je viens vous apporter le salut de Dieu et sa bénédiction !

Kitten prit peur en entendant alors des cris menaçants et un martèlement. Risquant à nouveau un œil elle vit avec terreur un nombre impressionnant de jeunes hommes frappant le sol de leurs javelots, massés devant le missionnaire qui avait levé les bras pour accorder sa bénédiction.

— Baissez les mains, espèce d'idiot ! hurla Carpenter. Ne vous énervez pas, Te Puaha, il veut seulement dire bonjour. Sa manière de dire *kia ora*, compris ?

Le révérend laissa retomber les bras et Te Puaha retrouva son sourire. C'était un jeune homme trapu comme la plupart des Maoris présents. La peau foncée de leurs visages portait des tatouages, des vrilles, des sortes de feuilles…

— Nous croire massue, expliqua Te Puaha, conciliant. Ou arme-feu, fusils, toi dire comme ça, non ? Toi en avoir apporté, Ca-pin-ta ? Toi promis !

Ayant laissé retomber la bâche, Kitten ne put voir si Carpenter acquiesçait.

— Nous parlerons plus tard de la marchandise. Dites d'abord *haere mai* au révérend Morton, répondit le colporteur. Il ne vous veut pas de mal. Il n'est pas un de ceux qui évangélisent avec le feu et l'épée. Il a trop la trouille pour ça.

Les bruyantes salutations des Maoris empêchèrent d'entendre les protestations du révérend.

— Ami de Ca-pin-ta, ami aussi des Ngati Toa ! Maintenant, après saluts, filles danser *haka*, femmes cuire repas, toi apporter whisky, hein ?

Kitten se raidit. Ça y était ! Les bouteilles de whisky étaient à côté du tonnelet. Et Carpenter allait soulever la bâche. Ce que fit en réalité Te Puaha au milieu des rires et des chants. Stupéfait, il fixa la jeune fille, qui se faisait toute petite entre les couvertures et les sacs de semence.

— Hé, Ca-pin-ta ? Quoi toi apporter ? Vouloir vendre petite fille ?

Plutôt que de fermer les yeux pour ne pas être vue, comme elle en aurait eu envie, Kitten braqua ses beaux yeux noisette sur le jeune Maori, puis sur Carpenter qui avait surgi.

— Pas croyable ! s'écria ce dernier, ahuri à son tour. Qu'est-ce que tu fiches ici ? Mais… tu es de Peraki Bay, n'est-ce pas ? La fille qu'ils voulaient vendre aux enchères !

— Vendre fille ? s'étonna Te Puaha.

D'autres Maoris s'étaient regroupés autour de lui, des femmes et des enfants aussi. Ils semblaient vouloir comprendre. Te Puaha, en tout cas, échangea quelques mots avec une femme mince, aux longs cheveux noirs, qui, en dépit de ses tatouages, ne paraissait pas menaçante. Il y avait au contraire de la douceur dans ses traits.

— Ne m'en veuillez pas, implora Kitten. J'ai voulu me sauver de Peraki. C'est pour ça que je me suis cachée dans votre charrette. J'ai mangé un peu de choucroute… je… je suis vraiment désolée… mais si vous m'emmenez jusqu'à la colonie, alors… alors je chercherai un travail honnête et je vous rembourserai et…

— Commence par descendre ! ordonna Carpenter. Tu perturbes ma clientèle.

Kitten obéit en tremblant. Elle osa enfin lancer un bref regard circulaire et s'aperçut, étonnée, qu'elle se trouvait dans un véritable village. Tout autour de la place où Carpenter avait arrêté sa charrette, il y avait de coquettes maisons en bois, aux pignons de toutes les couleurs, avec des avancées semblables à des vérandas et décorées de sculptures en bois également. De tailles différentes, elles répondaient certainement à des usages divers. Devant l'une d'elles, les femmes cuisinaient.

Devant une autre étaient dressées des sculptures gran
deur nature, en bois toujours, multicolores. Kitte
s'était imaginé autrement un village de sauvages.

Elle examina alors les physionomies de ces êtres vigou
reux, à la peau foncée et aux yeux ronds. Aussi bien le
hommes que les femmes portaient de larges ceintures e
des jupes en lanières qui, lorsqu'ils marchaient, provo
quaient un bruissement pareil à celui d'un oiseau en vo
Les hommes portaient des espèces de capes en plumes
tandis que les femmes se couvraient le haut du corps ave
des pièces de tissu et tiraient vers l'arrière leurs cheveux
l'aide de larges bandeaux. Les cheveux des hommes for
maient une sorte de chignon au sommet du crâne. Ce
êtres avaient un aspect étrange, mais rien de menaçant
Les yeux de Kitten tombèrent alors sur le révérend, qui l
regarda en retour d'un air concupiscent.

— Toi ? Les voies du Seigneur sont impénétrables
Te voilà… et je suis là moi aussi.

Kitten se tourna vers Carpenter.

— Je ne voulais pas être vendue. Je ne veux pas
devenir une putain. Je vous en prie. Emmenez-moi
la colonie de la route Cook. Je travaillerai… Comme
bonne ou n'importe quoi d'autre…

Carpenter se mit à rire, presque avec pitié.

— Petite, je ne sais pas ce que tu t'imagines, mais ce
n'est qu'un trou. Il n'y a que deux ou trois fermiers avec
leur femme et une ribambelle d'enfants. Ils n'ont pas
besoin de personnel de maison. Puis il passe de loin en
loin quelque missionnaire et des arpenteurs. Pour tout
ce beau monde, il y a une épicerie et deux ou trois pubs
dans lesquels tu trouverais à coup sûr du travail. Mais
pas un travail honnête.

Kitten baissa la tête. Donc, à nouveau rien pour elle,
un nouvel espoir déçu. La voix de fausset du révérend
se fit de nouveau entendre :

— Chacun de nous doit accepter son destin et occuper la place que Dieu lui a attribuée !

Elle le fusilla du regard. Puis, comme le missionnaire se signait, les Maoris, trouvant ce geste suspect, empoignèrent à nouveau leurs massues. La femme à la physionomie douce sembla demander à nouveau une traduction à Te Puaha qui, à l'évidence, ne comprenait goutte à l'étrange manière de s'exprimer de l'ecclésiastique.

— Holà, holà, vous y allez un peu fort ! intervint au contraire Carpenter. Dieu ne peut pas vouloir que la petite soit vendue comme du bétail ! Ne dites-vous pas sans cesse dans vos prêches que les filles faciles sont damnées ? Et leurs clients aussi par la même occasion ?

— Précisément non ! répondit le révérend avec irritation. C'est ce que j'explique à cette fille. Elle n'est pas damnée. Dieu, dans son infinie bonté, lui a conservé sa virginité et l'a conduite jusqu'ici. Jusqu'à moi ! Je suivrai son ordre et je prendrai cette fille pour femme ! Nous ferons un bon ménage chrétien…

Kitten fut saisie de crampes, le monde tournoya devant ses yeux et elle eut envie de vomir. Tout en elle se refusait à prendre cet homme pour époux. Même si c'était là l'unique chance de devenir une femme convenable. Une certaine agitation commença à s'emparer des spectateurs involontaires du drame qui se jouait dans leur village. Te Puaha traduisit pour la grande femme mince.

— Un bon ménage chrétien ? s'indigna Carpenter. Vous êtes trois fois plus âgé qu'elle, espèce de salaud. Ce n'est encore qu'une enfant. Vous devriez avoir honte d'avoir ne serait-ce que l'idée de mettre cette gosse dans votre lit.

— Mieux vaut une jeune fiancée qu'une jeune pécheresse, affirma le révérend en se dirigeant vers

Kitten. À toi de décider, ma belle. Veux-tu, avec l'aide de Dieu, devenir pour moi une bonne épouse ?

Kitten recula.

— Non, dit-elle à voix basse. Non, je…

Elle chercha par où lui échapper, tandis qu'il la guettait tel le chat la souris. Elle était presque acculée contre le mur d'une maison. Paniquée, elle choisit la fuite en avant et faillit heurter la femme maorie à la cape. Elle murmura une excuse et allait reprendre sa course quand les mains chaudes de celle-ci se posèrent sur ses épaules l'en empêchant, tandis que, sur un signe de la tête de sa part, trois colosses maoris firent barrage de leur corps entre la fillette et le révérend.

Te Puaha se tourna vers Carpenter.

— Ami à toi, Ca-pin-ta ?

— Pas vraiment, soupira ce dernier. Mais ne lui faites tout de même pas de mal, il…

— Fille du chef dire qu'il doit partir ! Elle garder la fille. Elle donner argent à toi si toi laisser elle libre.

Kitten n'en crut pas ses oreilles. Elle remercia des yeux sa protectrice, tandis que Carpenter engageait les négociations. Il aurait certes bien aimé se débarrasser du révérend, mais on ne pouvait le laisser partir seul dans cette nature sauvage. Bien entendu, il laisserait la fillette à la fille du chef pour rien, sauf peut-être moyennant une légère contribution, mais il estimait qu'il fallait trouver où loger Morton jusqu'au lendemain matin.

Kitten se désintéressa des hommes en discussion quand la femme maorie s'adressa à elle.

— Toi *ingoa* ? demanda-t-elle.

Kitten la regarda, perplexe. Le mot n'avait pas été prononcé par Carpenter dans sa discussion avec Morton.

— Moi, Te Ronga, poursuivit la femme en pointant un doigt sur sa poitrine, puis en direction de la fillette : toi ?

— Comment nom à toi ? lui vint en aide Te Puaha.

Kitten réfléchit. Elle avait certes compris le geste de la femme, mais elle en avait assez d'être appelée « Chaton ». Puisqu'elle était désormais adulte – quoi qu'il arrivât maintenant, son enfance était derrière elle –, il lui fallait aussi un nom d'adulte.

— Cat, dit-elle finalement, trouvant logique que Kitten devînt Cat.

— *Poti !* traduisit Te Puaha en riant, en même temps qu'il montrait du doigt un chat en train de faire sa toilette devant une maison. Ça être cat, non ? Nous dire *poti*.

Kitten opina.

— Poti, répéta-t-elle en souriant, un doigt montrant sa poitrine.

— *Haere mai*, Poti, dit alors Te Ronga en s'inclinant de manière théâtrale pour signifier qu'il s'agissait d'un souhait de bienvenue, *haere mai* dans la tribu des Ngati Toa.

Cat la regarda avec incrédulité. Lui proposait-elle réellement de rester ? Comme membre de sa famille ? Elle hésita. Puis elle examina les visages de Te Ronga et des femmes de la tribu. Cela lui rappela soudain Linda Hempelmann. Ces femmes, malgré leur apparence étrange, malgré leurs tenues et leur langage bien différents de ceux de l'Allemande, si distinguée, n'étaient pas moins amicales que celle-ci. Et elles étaient incontestablement honorables.

— *Kia ora*, Te Ronga ! dit-elle.

LE SANKT PAULI

Raben Steinfeld, Hambourg
Bahia, Nelson – Nouvelle-Zélande (île du Sud)

1842-1843

1

L'hiver avait débuté précocement, comme cela ne s'était pas produit depuis des années. La neige et la glace donnaient bien du fil à retordre aux habitants de Raben Steinfeld, bien qu'on ne fût que début novembre. Le froid et l'humidité avaient transpercé la pauvre veste de Karl ; ses chaussures et son pantalon étaient trempés d'eau glaciale. Haletant, il maudit le mauvais temps. Une nouvelle chute de neige venait de recouvrir le passage qu'il avait dégagé à la pelle pour ouvrir l'accès à la maison de la veuve Kruse. Mécontente, car elle risquait de glisser dès le lendemain matin, elle en avait profité pour diminuer de moitié le salaire du journalier, comme s'il était responsable du mauvais temps. Par ailleurs, le fermier Friesmann, qu'il avait auparavant aidé à remettre sur pieds une grange écroulée sous le poids de la neige, l'avait payé en nature, un sac de farine et un lot de pommes de terre. Même pas le morceau de lard ou la saucisse espérés !

— Remercie Dieu pour ce que tu reçois, ta mère pourra en faire une bonne soupe pour toute la famille, avait rétorqué le paysan quand Karl avait timidement réclamé un salaire en deniers et en pfennigs.

Le jeune homme n'avait pas insisté. Si Friesmann ignorait encore qu'il n'avait plus de famille – sa mère était décédée à la fin de l'été, son père et son frère cadet bien auparavant –, il ne serait pas mieux disposé en l'apprenant. Bien au contraire, il serait capable de diminuer lui aussi sa paie sous le prétexte qu'un homme seul a de moindres besoins.

Il soupira. Rompu de fatigue et glacé jusqu'aux os au terme de cette longue journée de labeur, il sentit un frisson descendre le long de son dos à l'idée qu'il allait devoir faire sa soupe après avoir cassé du bois et allumé le feu. Puis il se secoua. Il n'allait tout de même pas en rajouter ! Il venait de gagner quelque chose, ce qui, en hiver, n'allait pas de soi. Il avait de quoi vivre quelques jours avec le pfennig que lui avait versé la veuve et les vivres du paysan. Il n'empêche : vivre aussi misérablement n'était pas une vie. Ses parents et son frère en étaient morts. Il sentait l'épuisement l'envahir.

Bien sûr, il était encore jeune et fort. Il toussait certes parfois, mais ne crachait pas le sang. Et il pouvait travailler dur sans que le souffle lui manque. Mais à la longue… Il était sans illusions. Un journalier du Mecklembourg n'avait pas une longue espérance de vie. Aussi ne songeait-il même plus à se marier et à fonder une famille. Il aurait une trop lourde responsabilité sur les épaules. Lui endurait la faim et le froid, mais il ne supporterait pas de voir en souffrir une femme aimée. Et surtout pas Ida…

La neige, qui tombait de plus en plus dru, lui cachait à présent presque le chemin et le village. Une femme, emmitouflée dans une cape de laine et sortant de la maison la plus proche, ne fut pour lui qu'une ombre presque fugitive que le vent semblait vouloir emporter. Elle portait de plus un sac manifestement lourd.

Il se demanda s'il devait l'attendre et l'aider, malgré son envie de se mettre enfin au sec chez lui. Puis il reconnut Ida et frissonna. Il venait de penser à elle à l'instant et la voilà qui surgissait. Un hasard étrange. En fait, non, car il ne cessait de penser à elle. Malgré lui, en toutes circonstances. Son beau visage en forme de cœur s'imposait en permanence à son imagination.

— Bonsoir, Ida, lança-t-il.

Elle leva la tête et sourit en le reconnaissant.

— Bonsoir, Karl, dit-elle passant son sac d'une épaule sur l'autre. Un temps épouvantable, non ?

— Oui. Mais que fais-tu dehors à cette heure ? dit-il en s'emparant du sac. Laisse, je vais le porter.

Ida abandonna volontiers son fardeau. Karl eut l'eau à la bouche en sentant l'odeur qui sortait du sac en jute. Du jambon… du pain frais…

— Le fermier Vieth vient de tuer le cochon. Et mon père a… convoqué une réunion, ce soir, quand il fera nuit. Il m'a fallu aller chercher un peu de charcuterie à offrir aux visiteurs. Je devrais être rentrée depuis un bon moment, mais Frau Vieth n'a pas cessé de parler et de parler. Elle ne voulait pas me laisser partir. Finalement, elle m'a donné encore un pain car je n'aurai plus le temps d'en cuire.

Karl soupira. La fille d'un fermier se voyait offrir, pour avoir supporté un bavardage, plus que ce qu'un journalier gagnait en trois heures. Il décida de penser à autre chose. C'était après tout son jour de chance. Non content de lui avoir procuré du travail, le Ciel lui offrait le bonheur de cheminer en compagnie d'Ida et d'avoir avec elle une vraie conversation, ce qui n'avait guère été possible depuis qu'il avait abandonné l'école. Elle avait fait de même un an plus tard. Ils ne s'étaient que rarement croisés, surtout après la mort de la mère d'Ida lors de la naissance de sa plus jeune sœur. À treize ans, d'un jour à l'autre, Ida s'était retrouvée en charge du foyer des Lange, y compris des soins à donner au nouveau-né. Elle s'était occupée de son mieux du bébé qui, malheureusement, avait suivi sa mère au bout de six mois.

« Dieu donne et Dieu reprend », avait dit Jakob Lange avec stoïcisme. Ida, elle, était restée inconsolable.

— Ton père organise une réunion de prière ? s'enquit Karl. Par ce temps. Et un mardi ? Quelqu'un est-il malade ?

Il ne s'étonnait pas qu'on ne l'ait pas invité. Son père avait pourtant été un des piliers de la paroisse luthérienne. Le pasteur appréciait beaucoup la belle voix du pieux Friedrich Jensch qui, lors de chaque office, chantait les cantiques de Martin Luther. Jensch n'en avait guère tiré profit et les riches membres de la paroisse l'avaient vite oublié. Karl, qui en gardait gros sur le cœur, s'était souvent laissé aller à critiquer le pasteur et les propriétaires de terre. On le tenait donc pour quelqu'un de belliqueux, de récalcitrant. On l'admettait à l'église, mais il n'était pas associé à la vie de la paroisse.

— Non, ce n'est pas une réunion de prière, répondit Ida. Il s'agit… Père s'est récemment rendu à Schwerin, pour son travail, et il a vu une affiche… puis il a rencontré quelqu'un, quelqu'un de distingué avec un nom curieux. En fait, son nom de famille, c'est Beit, c'est simple, mais il a un drôle de prénom, quelque chose comme Joon Nicholas.

— Jamais entendu parler… Qui cela peut-il être ?

— Il appartient à un… une espèce de maison de commerce, quelque chose comme ça… Elle s'appelle en tout cas la Compagnie de Nouvelle-Zélande. Il y a aussi dans l'affaire une compagnie maritime de Hambourg, rapporta Ida.

— Nous avons lu une histoire, autrefois, à propos de la Nouvelle-Zélande ! s'exclama Karl. Le livre du capitaine Cook, tu te rappelles ?

— Mon père veut émigrer ! avoua Ida. Ce Beit recrute des colons pour la Nouvelle-Zélande. Il paraît qu'il y a là-bas autant de terre qu'on veut et que tout le monde peut en acheter. Pas comme ici…

Dans le Mecklembourg, le servage n'avait été aboli que vingt ans plus tôt et les paysans et les artisans ne pouvaient acquérir de la terre qu'au travers d'un bail emphytéotique. La propriété semblait assurée, mais les membres des paroisses vieux-luthériennes restaient méfiants. Si le duc de Mecklembourg ne les avait certes jamais persécutés pour leur foi, ce n'avait pas été le cas du dernier roi de Prusse, Frédéric-Guillaume III. Après sa mort, son fils avait mis fin à l'interdiction de célébrer les offices vieux-luthériens, mais Jakob Lange et ses amis ne croyaient pas à une paix durable. Les hobereaux pourraient toujours prétexter de leur fidélité à la pure doctrine de Martin Luther pour les chasser de leurs terres.

— Et Père veut gagner à cette idée les autres paysans. D'après M. Beit, nous pourrions partir avec toute la paroisse. Ce ne serait pas très cher : trois cents livres anglaises pour la traversée et plus de quatre-vingts arpents de terre. Je ne sais pas combien de thalers ça représente, mais mon père dit que nous pourrions tous nous le permettre.

Karl soupira. C'était peut-être vrai pour les paysans, mais, pour lui, c'était hors de question, même s'il ne s'était agi que de trois cents pfennigs. Pourtant l'idée d'un pays nouveau lui faisait battre le cœur. Laisser derrière lui toute cette existence ici, en commencer une nouvelle…

Ida, en revanche, ne semblait pas enthousiaste, bien au contraire. Karl s'en aperçut.

— Mais toi, tu ne voudrais pas partir ? demanda-t-il.

— J'irai où ira mon père, ou mon mari, lâcha Ida en haussant les épaules.

Karl ressentit comme un coup de poignard dans le cœur. Il savait pourtant qu'Ida était fiancée à Ottfried Brandmann, le pasteur l'ayant récemment annoncé en chaire. Ils ne tarderaient pas à se marier, Ida ayant dix-sept ans, âge auquel la plupart des filles étaient déjà mariées. Mais elle continuait à remplacer sa mère auprès de ses frères et sœurs plus jeunes, et Jakob Lange voulait la garder chez lui jusqu'à ce que ses enfants soient plus indépendants. De plus, Ottfried ne semblait pas pressé de terminer son apprentissage de charpentier. Travaillant dans l'atelier de son père, il n'avait toujours pas livré son chef-d'œuvre. Mais tout cela n'était plus qu'une question de mois.

— Ottfried ! ne put s'empêcher de s'exclamer Karl, peut-être sous l'effet de l'atmosphère étrange entourant leur promenade, bien propre à faire oublier la réalité. Tu veux vraiment l'épouser ? Tu l'aimes ?

Ida s'arrêta, le regardant avec de grands yeux, troublée.

— C'est quelqu'un de bien, dit-elle. Il est le fils aîné, c'est lui qui héritera. Si nous n'émigrons pas… mon père…

— Oublie donc un peu ton père, Ida ! Dis-moi ce que tu ressens à l'idée de ce mariage ? Veux-tu… est-ce que tu le désires ?

La pâleur de l'hiver, sur le visage d'Ida, céda la place à la rougeur de la honte quand elle eut saisi la pleine signification de ces mots.

— Quels mots tu emploies, Karl Jensch !

Karl regretta aussitôt son accès de jalousie. Elle allait interrompre là leur conversation et ne plus jamais lui adresser la parole. Il se trompait pourtant. Ida eut besoin de quelques secondes pour reprendre ses esprits.

— Toutes les filles se marient…, dit-elle à voix basse. C'est la volonté de Dieu. Et qu'elles aient de l'affection pour leur époux… cela vient par la suite. Ottfried et moi sommes assortis. Il est artisan, il est croyant… Mon père dit que c'est ça l'important, que le reste vient ensuite.

Elle chercha du regard l'assentiment de Karl. Il n'était pourtant pas disposé à simuler la compréhension.

— Mais ton cœur, Ida ? Il faut pourtant que tu ressentes quelque chose pour ton futur époux ! Est-ce qu'on t'a demandé si tu veux l'épouser ? Et lui, il te l'a demandé ?

Karl ne put s'empêcher de poser ces questions qui le torturaient depuis l'annonce des fiançailles. Il était pourtant insensé de se laisser ainsi aller. Ida pouvait remarquer ce qu'il ressentait pour elle. Ce serait très embarrassant.

— Ottfried est quelqu'un de bien, répéta Ida. Il m'a offert un cadeau à Noël. Et nous nous sommes déjà souvent tenus par la main après l'office. Il convient tout à fait… il… il est d'une bonne famille de vieux-luthériens…

Karl renonça. Ida semblait ne pas comprendre où il voulait en venir, ou bien elle préférait ne pas aborder le sujet. En tout cas, elle paraissait ne pas remettre en question la décision de son père. Ottfried devait lui aussi accepter le destin que Jakob Lange et Peter Brandmann avaient déterminé pour leurs enfants. Ce qui n'était pas étonnant, leur arrangement lui accordant la main de la plus jolie fille du village.

— Tu vas donc émigrer avec Ottfried ? dit-il changeant de sujet. En Nouvelle-Zélande ? C'est encore plus loin que l'Amérique…

— C'est bien plus loin que l'Amérique, confirma-t-elle. Je crois qu'il faut naviguer trois mois. Mais je ne sais si les Brandmann viendront. C'est de ça que les hommes discutent ce soir… Merci beaucoup, Karl, de m'avoir porté mon sac.

La maison des Lange était à présent visible malgré les flocons. Ida fit mine de reprendre son sac. Elle ne souhaitait manifestement pas être vue en sa compagnie. Pourtant, le risque était inexistant, la maison étant entourée d'une haie de mûriers couverte de neige. Karl lui redonna le sac, mais n'était pas prêt à la laisser partir ainsi.

— Et si les Brandmann ne partent pas, tu n'épouseras pas Ottfried ? demanda le jeune homme, ne sachant ce qu'il souhaitait : Ida dans un pays lointain, mais libre, ou ici, mais unie à un homme pour lequel elle ne ressentait rien, hormis une espèce de respect commandé par l'appréciation paternelle.

— J'épouserai Ottfried de toute façon. Si les Brandmann n'émigrent pas, je resterai ici avec lui. Mais il faudra précipiter le mariage… Je crois… je crois que le bateau appareille en décembre.

Puis elle s'éloigna.

— Et toi que souhaites-tu ? lui demanda Karl dans une ultime tentative pour la libérer de son armure d'obéissance et de renoncement. Qu'est-ce que tu préférerais ?

Se retournant, elle regarda Karl droit dans les yeux, un regard plein de tristesse et de résignation qui le glaça.

— Je ne souhaite rien du tout. Les souhaits, c'est bon pour les rêveurs qui font perdre du temps au Seigneur.

— Et que demandes-tu dans tes prières ? insista Karl, dans l'espoir qu'elle répondrait à la question formulée autrement.

— L'esprit de soumission, chuchota-t-elle. Je demande que Dieu m'accorde l'esprit de soumission.

La plupart des paysans de Raben Steinfeld étaient rassemblés autour de la grande table des Lange quand Ida fit son entrée. Elle reconnut Beckmann, le sellier, Schieb, le boulanger, et Busche, le cordonnier. Bien sûr aussi les Brandmann, Peter étant venu avec son fils Ottfried.

Elle s'excusa de son retard et salua les hommes. Ottfried retint un peu sa main, la serrant de manière possessive tout en lui souriant d'un air complice. Elle s'efforça de répondre à son sourire sans donner l'impression de badiner avec son fiancé. Elle se surprit à jauger froidement le jeune homme.

Ottfried était imposant, bien plus lourd que Karl. Il serait certainement un jour aussi enveloppé que son père, à qui il ressemblait d'ailleurs déjà. Il avait un visage rond, des traits agréables, les yeux peut-être trop proches l'un de l'autre, mais beaux. Ida remarqua pour la première fois qu'ils étaient marron. La bouche était grande, les lèvres charnues. La jeune fille rougit à l'idée qu'elles l'embrasseraient bientôt. Le nez, droit, n'était ni trop gros ni trop petit, les cheveux, châtains, n'étaient pas très abondants. La chevelure de son père s'éclaircissait déjà.

Ida conclut de son examen qu'Ottfried ne la dégoûtait pas, mais ne lui faisait pas battre le cœur. Quand elle avait rencontré Karl, en revanche, son cœur s'était mis à battre plus vite, sans doute en raison de la soudaineté de son apparition et de ce que son père désapprouvait qu'elle parle avec lui. Par ailleurs, elle avait toujours su que Karl avait les yeux verts, verts comme les saules l'été.

— Et qu'est-ce qui nous garantit que ce Beit n'est pas un escroc ?

Les hommes reprirent leur conversation quand Ida se dirigea vers la cuisine. Elle les entendit tandis qu'elle coupait le pain et disposait le jambon et les saucisses sur une assiette, songeant avec un peu de mauvaise conscience à Karl qui avait porté toutes ces gourmandises alors qu'il ne devait pas avoir grand-chose à se mettre sous la dent. Si elle lui avait proposé quelque chose, il aurait, par fierté, sûrement refusé.

— Il y a derrière lui cette compagnie néo-zélandaise, répondit Peter Brandmann. Et une maison de commerce de Hambourg: De Chapeaurouge & Co. C'est eux qui fournissent le bateau. Beit possède toutes sortes de certificats et d'accréditations. Ce n'est certainement pas un escroc…

— Est-il de bonne confession ? s'informa le cordonnier.

— Je ne le lui ai pas demandé, dit Lange en haussant les épaules. Mais il est père de famille, sa femme et ses enfants partiront avec nous. Ainsi que deux missionnaires. Nous ne serons donc pas privés d'aide spirituelle sur le bateau.

— De bonne confession ? s'obstina Busche d'un ton sévère.

— M. Beit m'a assuré qu'il existe déjà une mission, dans la région de Nelson, qui nous est destinée, animée par des prêtres qui ont fui le roi de Prusse. Donc pas des réformés. Il m'a aussi assuré que nous pourrons fonder notre propre paroisse. Donc, si nous partons ensemble, nous pourrons conserver notre vie de communauté. Tout sera comme ici, nous garderons notre langue, nos coutumes…

— En Nouvelle-Zélande, c'est l'été en ce moment.

Ida se mordit la langue, à peine ces mots lui avaient-ils échappé. Mais elle n'avait pu se retenir. Ce ne serait pas « comme ici », c'était un autre pays, avec d'autres plantes, d'autres animaux… d'autres étoiles ! Elle se souvenait du livre sur le capitaine Cook.

Les hommes rirent avec bienveillance.

— Eh bien, voilà un autre argument ! déclara Horst Friesmann, dont le toit de la grange s'était écroulé sous le poids de la neige, la veille.

— Des arguments, il n'en manque pas ! grogna Lange en jetant un regard de reproche à sa fille. Surtout pour vous, les paysans. Réfléchis un peu, Friesmann ! Combien de terre possèdes-tu ici ? Sept hectares ! À peine de quoi vivre, surtout si, l'été, tu dois travailler pour le junker, comme un misérable journalier ! Mais là-bas ! Vingt hectares dans l'immédiat et, par la suite, tu achèteras autant de terre que tu voudras. À perte de vue, du terrain libre, sauvage, qui attend que nous le rendions fertile !

— Puisque tu emploies le mot « sauvage », je pense tout de suite aux indigènes, observa le sellier. Est-ce qu'il y a des… des Indiens ?

Ses voisins opinèrent. Tous avaient déjà entendu des histoires horribles sur des atrocités commises par les indigènes d'Amérique.

— Il n'y a pas d'Indiens, expliqua Lange. Le pays n'était pas habité, à l'origine. Avant les Anglais il est arrivé quelques nègres depuis je ne sais quelles îles. Paraît qu'ils sont inoffensifs. Et s'ils sont justement installés sur les terres que nous voulons avoir, on les leur achètera pour quelques perles en verre…

Ida se retint de parler. Dans le livre sur le capitaine Cook, ce n'était pas comme ça. D'après le navigateur, les habitants de la Polynésie étaient des guerriers. Il était même question de cannibales.

— On croirait le paradis, ricana Brandmann. Un paradis pour trois cents livres anglaises. Mais Dieu le veut-il, Lange ? A-t-il accordé sa bénédiction ?

— Le don de la grâce divine… répondit Jakob Lange, citant Martin Luther tout en joignant les mains. Sera sauvé celui qui l'accepte avec foi. Pas les timorés, Peter. Pas les hésitants ! Ayons confiance en Jésus-Christ, acceptons l'idée que c'est Dieu qui nous conduit, que c'est lui qui m'a conduit à Schwerin juste au moment où John Nicholas Beit y tenait sa conférence. Nous sommes toujours restés fidèles aux vraies doctrines – il est donc juste et mérité que Dieu nous en récompense. Vous n'avez pas à vous décider immédiatement, mais bientôt. Prenez ces brochures que j'ai rapportées de Schwerin, lisez-les. J'ai aussi quelques affiches que je placarderai dehors quand la neige cessera de tomber. Et maintenant, prions tous afin que Dieu nous éclaire et nous montre le bon chemin. Aussi long soit-il…

Le lendemain, Ida fit quelque chose qu'elle-même ne comprit pas. Elle glissa une des brochures sous la porte de la chaumière qu'habitait Karl, en veillant, bien sûr, à ce que personne ne la voie. Surtout pas Karl ! Il ne fallait pas qu'il croie qu'elle se moquait de lui car, en définitive, jamais il ne disposerait des trois cents livres. Mais il fallait simplement qu'il sache où elle partait.

2

Sa conversation avec Ida avait bouleversé Karl. Il ne s'était donc pas trompé. Elle ne dévoilait rien d'elle-même, ne s'avouant même pas ses sentiments, ses désirs et ses rêves, mais elle était au fond aussi insatisfaite de son sort que lui. Elle aspirait à plus que le travail ménager et la maternité dans ce trou au fin fond du monde. Elle aurait préféré lire des livres et écrire des rédactions que d'avoir dû, à treize ans, prendre soin d'un bébé qui, de plus, était mort entre ses bras. Elle était obéissante, mais elle ne voulait pas vraiment d'un mariage avec un homme que son père lui avait choisi. Son avenir n'aurait néanmoins pas été très différent si son père l'avait autorisée à aller plus longtemps à l'école. Les deux filles du hobereau avaient fréquenté le lycée, et puis, pour finir, on les avait mariées elles aussi.

Il ne savait pas ce qu'il devait souhaiter à Ida. Il n'était pas non plus question pour lui de la demander en mariage. Elle avait sans doute raison de s'efforcer à la soumission. Lui-même devrait peut-être s'y résoudre, au lieu de sans cesse rager et s'insurger. Dieu doit avoir ses raisons d'assigner à chacun sa place…

Il récita une prière, mais ne se sentit pas vraiment réconforté quand il finit par s'enrouler dans sa couverture. Le lendemain matin l'attendait à nouveau le déneigement de l'entrée de la veuve Kruse. Pourvu qu'au moins elle le paie ensuite !

La veuve, bien sûr, ne payait pas en liquide, mais elle le rétribua bien au-delà d'un malheureux pfennig : elle lui apporta une chope de bière chaude pendant qu'il travaillait à l'extérieur et lui glissa ensuite une miche de pain ainsi qu'une entame de saucisse ! Avec ce qu'il restait de la soupe de la veille au soir, cela ferait un déjeuner royal. Une consolation pour le fait qu'il n'aurait pas d'autre travail ensuite. Par ce froid, les paysans et les artisans allaient se calfeutrer chez eux et se consacrer à leurs occupations de routine.

Ayant ouvert la porte de sa chaumière, Karl considéra avec étonnement le dépliant imprimé posé par terre. *New Zealand Company*… Fasciné par le contenu des premières lignes, il oublia dans l'instant le pain et la saucisse et survola le texte, avant de le relire une deuxième puis une troisième fois. C'était bien ce qu'Ida avait dit ! Dans un lieu du nom de Nelson, dans l'île du Sud de la Nouvelle-Zélande, on disposait de terres et on recrutait d'éventuels colons. Le nom de John Nicholas Beit figurait aussi sur l'imprimé, avec son adresse à Hambourg.

Un plan audacieux naquit dans sa tête. Il s'effraya de sa propre témérité. S'il le mettait à exécution, cela l'empêcherait de gagner son salaire chez la veuve et, s'il ne trouvait pas d'autre travail les jours suivants, il crèverait de faim ! Puis il revit en pensée la tristesse dans le regard d'Ida, qui lui avait tout révélé de sa nausée à l'idée de la vie qui l'attendait à Raben Steinfeld et, en même temps, de sa peur devant un départ pour l'inconnu. Il fallait essayer de ne pas la laisser seule !

Il eut vite fait de retrouver son ancien cahier au fond de sa malle. Le crayon était là aussi, tout comme le livre sur le capitaine Cook qu'il avait lu et relu des centaines de fois. Il lécha la mine du crayon, hésitant, car il n'avait plus écrit un mot pendant cinq ans. Puis le « Très bien » écrit en marge par l'instituteur Brakel lui redonna courage. Il avait su écrire. Il n'avait certainement pas oublié. Il entreprit de rédiger la première lettre de sa vie.

Quelques jours plus tard, la lettre était sur le bureau de John Nicholas Beit, dans son comptoir de Hambourg. Sa fille Jane ouvrait sans plaisir son courrier, tâche qu'il lui confiait volontiers, fort occupé qu'il était par les préparatifs de l'embarquement des colons pour Nelson. Le départ approchait et l'humeur de Jane s'assombrissait. Elle était au plus bas en ce jour. Lors de l'essayage de la robe de fête dont elle avait pris les mesures deux semaines plus tôt, ses hanches et sa poitrine s'étaient trouvées à l'étroit ! Elle avait invectivé la couturière, lui reprochant de s'être trompée, mais elle avait bien vu dans les regards de sa mère et de ses sœurs qu'elles n'en croyaient pas un mot. Aucun doute n'était possible : elle était en bonne voie pour devenir une forte femme, selon la prudente formulation de sa mère et de la couturière. Ses sœurs se montraient moins prudentes en paroles. Mais Jane était incapable de se modérer : à la moindre contrariété, au moindre ennui, la faim la prenait. Et, comme elle était de mauvaise humeur depuis que son père avait décidé qu'ils partiraient en Nouvelle-Zélande, elle était devenue la meilleure cliente des chocolateries de Hambourg.

Jane ne voulait pas partir en Nouvelle-Zélande. Elle détestait la Nouvelle-Zélande ! Et pourtant le climat était moins déprimant en Nouvelle-Zélande qu'à Hambourg. Au moins sur les côtes, il ne pleuvait ou ne neigeait pas continuellement. Même en hiver le soleil se montrait parfois et, actuellement, c'était d'ailleurs l'été. La région de Nelson était belle. Quelqu'un aimant un pays vaste et montagneux, des plaines herbeuses à l'infini et des collines boisées attendant d'accueillir des maisons en rondins et des champs cultivés y trouverait son bonheur. Lectrices assidues de revues illustrées retraçant les aventures de courageuses pionnières dans les prairies d'Amérique, beaucoup de jeunes filles de la bonne société de Hambourg rêvaient de vivre au sein d'une nature vierge.

Jane n'était pas de celles-là. Au contraire, elle appréciait les agréments de la noble demeure que M. de Chapeaurouge avait louée à son père et à sa famille : l'eau courante – un réseau de tuyaux amenant l'eau de l'Elbe directement dans la maison –, les modernes lampes à pétrole, la chaleur procurée par les cheminées et les poêles en faïence… Elle n'avait en revanche aucune envie d'agriculture ou d'élevage. Intelligente, elle avait toujours fait la fierté de ses parents ; elle aimait tout particulièrement le calcul et rêvait de tenir la comptabilité d'une grande maison de commerce.

C'est le hasard qui l'avait menée à cette découverte. Sa mère, Sarah, avait embauché un des comptables des Chapeaurouge comme précepteur de ses filles, qui devaient apprendre à tenir un ménage. Après une heure d'enseignement, Jane avait appris tout ce qu'elle avait à apprendre et avait voulu en savoir plus. De bonne grâce, le jeune homme l'avait alors initiée aux arcanes de la comptabilité commerciale. Spécialité qui n'était pas cataloguée comme inconvenante pour les filles, beaucoup de femmes de commerçants tenant la comptabilité quotidienne de leurs époux. Une situation qui n'aurait pas été pour déplaire à Jane. Elle aurait pu se marier à Hambourg avant le départ du reste de la famille, son père accompagnant les émigrants recrutés par sa compagnie. M. de Chapeaurouge, après avoir constaté avec quelle efficacité Jane aidait son père au comptoir, avait en effet proposé à celui-ci d'aborder ce sujet avec d'honorables familles de commerçants.

Mais Beit avait refusé, prétextant que Jane était trop jeune pour être mariée. Ce qui était absurde car elle allait sur ses vingt ans. En réalité, il était plus que temps qu'elle se marie ! Ce n'était pas la vraie raison et Jane se disait qu'elle s'était elle-même mise dans ce mauvais pas. Elle n'aurait pas dû se rendre aussi indispensable ! Elle avait eu tort de soulager son père du travail d'organisation qu'exigeait, au-delà du recrutement, ce transport de colons. Si Jane s'était à ce point impliquée, c'est qu'elle s'ennuyait en compagnie de ses sœurs et de leurs amies, qu'elle ne prenait aucun plaisir aux divertissements auxquels s'adonnaient les jeunes filles de sa condition sociale. Elle se fichait de sa tenue et n'aimait pas danser, pas plus que ne l'attiraient des sorties dans ce pluvieux Hambourg. Elle avait enfin horreur de monter à cheval.

Elle préférait de beaucoup s'acquitter de la correspondance de son père, louer des logements pour les colons avant leur embarquement et expédier les documents nécessaires au voyage. Elle contrôlait de plus les paiements, les exigeant si nécessaire, et coordonnait le travail avec de Chapeaurouge, qui avait de son côté mené les négociations sur l'affrètement d'un bateau. C'est elle qui avait rédigé le dépliant publicitaire, alors que son père se consacrait à ce dont il était le plus capable : parler et marchander, nouer des contacts, tenir des conférences et recruter des colons. Rien d'étonnant, donc, à ce qu'il refuse d'abandonner cette liberté. Sans compter qu'il faudrait du temps et de l'argent pour embaucher un comptable à sa place.

Soupirant, elle ouvrit une première lettre, sans enthousiasme désormais. Mais autant profiter de ce travail au comptoir tant qu'il durerait ! Car elle n'avait pas d'illusions sur ce qui l'attendait : dès que le *Sankt Pauli* quitterait le port, Beit n'aurait plus besoin de sa fille.

Sur le bateau déjà, mais ensuite aussi lors du partage des terres à Nelson, puisque ce seraient des collaborateurs de la New Zealand Company ou du gouverneur qui le prendraient en charge, ainsi que les écritures nécessaires. Jane n'aurait plus qu'à s'ennuyer ferme avec ses sœurs, jusqu'au moment où son père lui aurait trouvé un mari.

La lettre finit néanmoins par retenir son attention: une page de cahier scolaire soigneusement pliée, portant l'adresse du comptoir écrite d'une main presque enfantine. Difficile, d'après le sceau, de déceler d'où elle provenait. Toutefois, en lisant la lettre, elle comprit que l'expéditeur avait dû la confier au secrétaire du junker local afin qu'il l'expédie. Sans doute moyennant un dédommagement qui, vu sa pauvreté, avait dû lui paraître royal…

Monsieur John Nicholas Beit,

Je voudrais par la présente vous présenter très humblement une requête concernant votre émigration en Nouvelle-Zélande. Je suis en possession d'un dépliant qui offre des terres en vente dans un lieu du nom de Nelson et beaucoup de membres éminents de ma paroisse envisagent d'aller s'y installer. Moi aussi, je suis très attiré par une vie dans un autre pays. Je suis un bon travailleur, dur à la tâche, et je pourrais me rendre utile partout où votre compagnie aurait la bienveillance de m'envoyer bâtir des maisons ou cultiver des champs. Mais je suis désargenté, je me loue comme journalier dans le village de Raben Steinfeld. Je travaille beaucoup, mais ce que je gagne suffit si peu à me faire vivre que je n'arrive pas à croire que je suis ici par la volonté divine. C'est pourquoi, après une prière fervente et avec l'espoir que vous me pardonnerez mon impudence, j'ose m'adresser à votre très estimée personne. Y a-t-il aussi du travail pour des colons sans moyens en Nouvelle-Zélande ? Existe-t-il peut-être la possibilité que la New Zealand Company m'avance l'argent de la traversée et bénéficie ensuite, durant quelques mois ou quelques années, de ma force de travail ? Je suis un homme honnête et vous pouvez avoir la certitude que je mettrai tout en œuvre pour rembourser au plus vite ma dette en bel et bon argent.

Dans l'espoir que vous et Dieu m'accorderez aide, compréhension et indulgence,

Karl Jensch

Suivait une adresse, celle d'un domaine du Mecklembourg. Le secrétaire du junker ferait certainement suivre une éventuelle réponse.

Tirant sur le lobe d'une de ses oreilles, elle se demanda comment répondre à cette lettre. Les consignes de son père étaient sans équivoque : rejeter dans un premier temps toutes les demandes provenant de journaliers et autres traîne-misère. Plus tard, peu avant l'embarquement, on pourrait peut-être procéder autrement si les passagers payants venaient à manquer et accorder les places vides sur le bateau à des colons sans moyens. La Compagnie en gardait la possibilité. Depuis qu'en Angleterre il ne s'était pas trouvé le nombre suffisant de colons pour les terres nouvelles, on recrutait désormais beaucoup de journaliers. Beit désirait l'éviter dans l'immédiat et tenait à cet effet les propos onctueux propres aux prêtres et aux junkers pour remettre les traîne-misère à leur place : acceptez avec humilité ce que Dieu vous a accordé et ne vous rendez pas coupables du péché d'orgueil en aspirant à vous élever au-dessus de votre état !

En réalité, ces propos cachaient de pures considérations financières, ce qui n'échappait pas à Jane. Elle le reprocha à son père. Non qu'elle ne comprît pas son calcul, mais elle ne supportait pas d'être prise pour une idiote. Le calcul était en fait très simple : John Nicholas Beit recevrait dix-huit livres anglaises pour chaque colon débarquant en bonne santé à Nelson, un gain net s'il s'agissait de voyageurs payants. Les trois cents livres payées par les familles qui émigraient couvraient facilement la traversée, y compris dans le cas de familles nombreuses, et les petites sommes qu'on réglerait aux tribus maories pour l'achat de terre à Nelson ne valaient même pas la peine d'en parler. Une affaire juteuse, donc, pour la Compagnie que Beit entendait bien satisfaire et pour de Chapeaurouge qui affrétait le bateau. Mais, si on emmenait des journaliers, le prix de leur traversée était soustrait des gains de Beit, sans compter le risque d'introduire dans la paroisse de Nelson des fainéants et des bons à rien. S'il restait néanmoins des places pour ces gens-là, Beit se livrerait à de sérieuses recherches au sujet des candidats au départ, en interrogeant leurs pasteurs et d'éventuels anciens employeurs.

Ce Karl Jensch n'inspira rien de bon à Jane. Le style de la lettre évoquait quelqu'un d'intelligent, mais à l'esprit contradicteur. Il se dégageait de cet écrit l'impression que l'homme s'était vu souvent reprocher son manque d'humilité et de docilité. L'homme, n'acceptant pas sa place misérable, semblait bien décidé à faire un pied de nez à Dieu ! Et maintenant, ironie du sort, sa vie était entre ses mains à elle, Jane Beit.

Elle se demanda si elle allait implorer l'aide de Dieu avant de prendre sa décision. Mais elle n'avait aucune envie de prier. À quoi bon d'ailleurs ? Ici, ce n'était pas à Dieu que revenait d'opérer un miracle, mais à une fille forte que démangeait l'envie de faire un peu payer son injustice à son père. Souriant, elle se mit à écrire. L'exercice du pouvoir procurait un sentiment agréable.

Une semaine plus tard, les doigts tremblants, Karl Jensch ouvrit une enveloppe épaisse que venait de lui remettre le secrétaire du junker, non sans avoir encaissé un pfennig supplémentaire alors que l'expéditeur avait probablement payé la livraison. Karl était si fiévreux que le papier de l'enveloppe se déchira et qu'en tomba un billet pour une traversée ! Il n'en crut pas ses yeux, mais le billet l'autorisait expressément à prendre place, le 26 décembre 1842 à Hambourg, à bord du *Sankt Pauli*, et lui garantissait d'être nourri durant le voyage, qu'il effectuerait dans l'entrepont. On lui donnait également des indications quant aux bagages à emporter et aux frais de transport des biens personnels. L'enveloppe contenait aussi un bon pour un logement à Hambourg avant l'embarquement, la consigne d'avoir à se présenter à un examen médical dans le port et une autorisation à monter dans le véhicule mis par la maison de Chapeaurouge à la disposition des émigrants pour les transporter, eux et leurs biens, du Mecklembourg à Hambourg. Elle indiquait également à Karl qu'il devrait se présenter à un bureau de la principauté du Mecklembourg, produire son livret de travail et un extrait du registre paroissial afin d'obtenir un passeport.

L'enveloppe contenait enfin une lettre indiquant les raisons de son acceptation :

Monsieur Jensch,

Au nom de la New Zealand Company, je vous remercie de votre intention de vous installer comme colon à Nelson, en Nouvelle-Zélande. La fondation de cette communauté réclamera beaucoup d'efforts et de travail.

Voilà pourquoi des colons jeunes et en bonne santé sont pour nous les bienvenus si leur venue n'est pas liée à l'obtention de terres. Les seules qualités exigées sont le courage, le zèle et l'honnêteté, qualités dont, à en juger par votre lettre, vous n'êtes pas dépourvu, bien au contraire.

J'ai donc le plaisir de vous transmettre, ci-joint, les documents indispensables à la réalisation de votre projet. Prenez-en soigneusement connaissance et présentez-vous avec ponctualité aux lieux indiqués, muni de toutes les pièces voulues.

Amicalement,

J. Beit

« J. Beit » ! Le mandataire de la New Zealand Company s'était donc occupé en personne de sa demande. Karl se demanda s'il allait rire ou pleurer, incapable de se rendre compte de ce qu'il avait entre les mains. Puis il recouvra ses esprits, s'agenouilla dans sa chaumière et remercia Dieu pour cette existence nouvelle.

3

Le premier réflexe de Karl fut d'informer Ida. Il ne savait pas si c'est elle qui avait glissé sous sa porte le dépliant, mais il le supposait. De toute façon, il espérait qu'elle serait heureuse qu'il la suive dans sa nouvelle patrie. Cela, bien sûr, ne changerait rien au projet de son mariage avec Ottfried. Elle serait d'ailleurs la première à le lui confirmer.

Les Brandmann avaient fini par décider d'être du voyage. Onze familles de Raben Steinfeld, essentiellement des artisans mais aussi quelques paysans, s'étaient portées volontaires, tous membres importants de la paroisse. Le village ne serait plus le même et le junker regrettait particulièrement la perte du forgeron Lange et sa connaissance des chevaux. Tous avaient vendu sans difficulté leurs fermes et leurs ateliers, le junker ayant prêté l'argent nécessaire aux candidats à leur succession. Ceux-ci seraient ses obligés pendant des années, de nouveaux serfs en quelque sorte.

Tout en lisant et relisant ses documents, Karl essaya de s'imaginer sa conversation avec Ida et la manière dont elle accueillerait son succès. Il ne serait de toute façon pas simple de provoquer une rencontre « fortuite ». Le village était toujours enneigé, et les femmes étaient à la maison, affairées à tout emballer. Allait-il se rendre devant chez elle et lui crier de sortir ? Il en fut tenté, car mécontenter le père n'avait à présent plus d'importance. En Nouvelle-Zélande où les colons employeurs ne devaient pas manquer, il ne serait plus obligé de travailler pour les gens de Raben Steinfeld.

Quelque chose, pourtant, le fit hésiter. Un peu de superstition ou une sorte d'instinct qui le mit en garde. Au village, il était l'unique sans-le-sou que Beit emmènerait et les autres participants seraient mécontents de devoir payer leur traversée alors que la Compagnie prendrait son voyage à sa charge. Qu'allaient-ils bien encore inventer pour contrecarrer ses plans ? Trouver quelque chose l'obligeant à rester au village, monter le junker contre lui ou empêcher le pasteur de lui donner un extrait du registre paroissial ?

Après mûre réflexion, il décida donc de ne rien dire à qui que ce soit. Mieux valait que les autres n'apprennent sa présence qu'une fois à bord. Y compris Ida. Avec de la malchance, on pourrait le voir s'entretenir avec elle et, soumise à la pression de son père, elle risquait d'avouer la vérité. Elle savait se taire, mais pas mentir.

À contrecœur, Karl garda donc son secret pour lui, allant jusqu'à mentir au pasteur pour obtenir de lui l'extrait du registre paroissial :

— L'hiver, je n'ai pas de revenu ici, monsieur le pasteur. Et je me refuse à mendier. Mais si je pars quelques semaines dans le Brandebourg ou le Holstein, je pourrai peut-être trouver quelque chose.

Le passage d'une principauté à une autre nécessitant la possession d'un papier d'identité, l'ecclésiastique s'exécuta sans autre forme de procès. Karl décida aussi de ne pas utiliser le véhicule fourni par de Chapeaurouge. Avec un balluchon pour tout bagage, il trouverait bien un autre moyen de parcourir les quatre-vingts miles entre le village et Hambourg. Au besoin, il les ferait à pied.

Bien que tout fût réglé pour lui, Karl aurait néanmoins eu beaucoup de questions à poser à John Nicholas Beit, mais il ne pouvait décemment pas l'importuner de ses doutes et de sa soif de savoir. Au tout dernier moment, il pensa à quelqu'un qui en savait plus que lui et qui ne le trahirait pas. Il ne savait pas pourquoi il accordait une telle confiance à son ancien instituteur, qu'il n'avait plus qu'incidemment salué, échangeant avec lui quelques formules de politesse, depuis son abandon de l'école. Il gardait néanmoins le sentiment d'avoir là un ami. Peut-être parce que M. Brakel ne faisait pas de différences entre les enfants des paysans et des journaliers, seules comptant pour lui l'application et l'intelligence.

La veille de son propre départ – il allait quitter le village une semaine avant les autres –, il frappa à la porte de l'enseignant, tortillant nerveusement entre ses mains sa casquette qu'il avait respectueusement ôtée. Il fut soulagé de voir le visage du maître s'éclairer d'un sourire qui chassa l'étonnement premier.

— Karl Jensch ! Quel bon vent t'amène ? Je ne m'attendais vraiment pas à ta visite… Entre, tu es trempé et frigorifié. Quitte ta veste, nous allons la faire sécher auprès du feu.

Karl entra avec timidité. L'instituteur était occupé à lire un livre auprès de la cheminée, une chope de bière posée à côté du confortable fauteuil.

— Assieds-toi donc ! dit-il à Karl qui passait d'un pied sur l'autre, n'ayant jamais appris à se tenir en société. Veux-tu une bière toi aussi ? Ça te réchaufferait ! Qu'est-ce qui t'amène, Karl ? demanda-t-il après avoir préparé la boisson promise. Vas-y, dis-moi ce que tu as sur le cœur !

— Ça, dit Karl, les fesses posées sur le rebord de la chaise, sortant du sac qu'il portait à la ceinture la lettre de Beit.

— Oh, je suis heureux pour toi, Karl ! s'exclama Brakel quelques secondes plus tard, un large sourire aux lèvres. J'ai toujours eu tant de peine à te voir aux prises avec une telle misère. Toi, avec ton intelligence, tu ne méritais pas de devoir trimer des journées entières pour quelques pfennigs !

— Vraiment, monsieur ? s'écria Karl sous l'effet de la surprise. Vous ne condamnez pas cela ? Vous ne pensez pas que c'est arrogant de ma part et que je devrais rester à la place que Dieu m'a attribuée ?

— Ah, Karl, qui connaît les desseins de Dieu ? Et les chemins sur lesquels il nous guide ? Ne serait-ce pas de l'orgueil d'estimer qu'il ne peut changer ses projets te concernant ? Non, mon garçon, tu n'as pas de soucis à te faire pour cela. Rien n'arrive contre la volonté du Tout-Puissant. S'il t'accorde la grâce de faire ton bonheur, saisis-la hardiment !

— Merci, monsieur ! dit Karl du fond du cœur.

— Tu n'as pas à me remercier. Mais es-tu venu me voir pour ce seul souci ? C'est un genre de question que je poserais plutôt au pasteur.

Qui répondrait vraisemblablement d'une tout autre manière, se dit Karl, mais il garda sa réflexion pour lui.

— Non, monsieur. J'ai d'autres choses qui me préoccupent… Je voudrais mieux connaître ce… nouveau pays.

— La Nouvelle-Zélande ? Alors, là, tu n'es pas le seul, sourit l'instituteur. Mes élèves ne parlent plus que de ça. Mais je n'y ai jamais mis les pieds. Je doute que mes réponses soient toujours exactes. Mais commençons par le plus simple. Tu voudrais savoir où c'est, n'est-ce pas ?

— Non, répondit Karl, presque vexé. Il y a longtemps que je le sais ! Je l'ai lu.

— Ah, dans le fameux petit livre sur le capitaine Cook, la seule chose que notre sage Ida ait jamais égarée de sa vie. C'est ce que je me suis dit quand le livre a disparu, peu après qu'elle était venue chercher ton cahier. C'est toi qui l'as dérobé ou bien te l'a-t-elle donné ?

— Je ne suis pas un voleur, monsieur ! déclara Karl, vexé.

— C'est bon, c'est bon ! répondit Brakel en levant les mains en signe d'excuse. Ce n'était qu'une question et tu n'avais que treize ans alors, mais tellement envie de lire cette histoire. Donc, si tu as lu ce livre, tu sais mieux que moi où se trouve ta nouvelle patrie. En tout cas, mieux que tes compagnons de voyage. Anne Bensemann, en tout cas, croyait que la Nouvelle-Zélande se situait de l'autre côté du Brandebourg.

L'instituteur eut l'air soulagé de voir Karl gagné par le rire.

— Mais tout n'est pas écrit dans les livres, observa Karl. En tout cas pas dans celui-ci. Il y est dit, par exemple… il y est dit qu'on y parle une autre langue…

— Oui, la Nouvelle-Zélande est une colonie britannique et la plupart des colons viennent d'Angleterre, d'Irlande ou d'Écosse…

— Anton Lange prétend que nous ne serons pas obligés de l'apprendre, que nous resterons entre nous…

— Je crois plutôt qu'Anton n'a pas envie de l'apprendre. Les livres n'ont jamais été son fort.

— Heinz Bensemann, lui, dit que c'est une langue facile, que les petits enfants apprennent à la parler tout seuls. Est-ce facile, monsieur ? Je suis un peu perdu, une langue étrangère… Cela me fait peur.

Brakel réfléchit. Lui-même n'avait jamais entendu un mot d'anglais. À l'école normale, il n'avait appris que quelques bribes de grec et de latin. Il avait gardé en mémoire d'interminables cours de vocabulaire et de grammaire.

— Non, Karl. Tu n'apprendras pas une langue tout seul. Quand on est devenu adulte, ça ne marche plus. Et ce n'est pas facile non plus. Je présume que bien des émigrés, surtout les plus âgés, auront de la peine. Mais toi, Karl, tu es jeune et intelligent. Je suis certain que, très vite, tu parleras aussi couramment l'anglais que l'allemand. D'autant mieux que tu parles un excellent allemand et pas seulement le patois bas-allemand. Le mieux serait que tu t'achètes à Hambourg un dictionnaire. La traversée sera longue et tu auras le temps d'étudier…

Karl se sentit un peu rassuré. L'idée du dictionnaire lui plut. Pour ça, il dépenserait avec plaisir les quelques pfennigs qui lui restaient.

— Et qu'as-tu encore sur le cœur ?

— En fait, ça ne me regarde pas, parce que… parce que je ne pourrai pas acheter de terre…

— Pose quand même ta question !

— Je me fais à vrai dire un peu de souci…

Les soucis en question tournaient en réalité autour d'Ida, mais il ne l'avouerait pas à l'instituteur. Mal à l'aise, il faisait passer d'une main dans l'autre sa chope de bière.

— Allez, dis-moi ce qui te tracasse ! Peut-être vas-tu un jour gagner quelque argent qui te permettra d'acquérir de la terre, mais, tu sais, je ne suis pas connaisseur en la matière, je n'ai pas de terre et même l'école appartient à la paroisse.

— Monsieur, cette terre qui sera mise en culture en Nouvelle-Zélande… ce n'est pas rien… vingt hectares par famille… et il arrivera d'autres colons. Est-il possible qu'elle n'appartienne à personne ? Une chose pareille existe-t-elle ? Des centaines d'hectares n'appartenant à personne ? Peut-être qu'il s'agit de forêt vierge, mais ici, dans le Mecklembourg, nous avons aussi d'épaisses forêts. On pourrait les essarter et les coloniser. Mais c'est impossible, car elles appartiennent au prince. Ou à je ne sais qui. Je pense à... euh... à l'Amérique...

Karl n'osa pas exposer son problème qui irriterait peut-être l'instituteur : s'il avait compris ce qui se racontait de la colonisation de l'Amérique, on avait vendu aux colons de la terre prétendument sans propriétaire, jusqu'au moment où les Indiens s'étaient manifestés et avaient commencé à scalper les intrus... Il y avait eu des malentendus pour le moins, voire de la tromperie.

— Ma foi, Karl, je n'en sais rien, soupira Barker. Je me suis naturellement un peu renseigné, mais personne n'a pu me fournir de données certaines à ce sujet, Jakob Lange moins que quiconque. La réalité est qu'il y a en Nouvelle-Zélande des autochtones. Combien ? Nul ne le sait. Peut-être sont-ils trop peu nombreux pour occuper tout le territoire. Les informations sur ce point sont contradictoires. Il est prétendu d'un côté que le territoire sur lequel sera fondée Nelson est totalement vierge et libre et que, avant l'arrivée des Anglais, personne ne s'en est emparé. D'un autre côté, ce M. Beit a également dit, un jour, qu'on l'avait acheté aux indigènes.

— Aux sauvages ? s'étonna Karl.

Cook avait parlé de cannibales en Polynésie et les Indiens, en Amériquc, avaicnt coutume de mutiler leurs victimes. Karl avait donc peine à imaginer ces gens en partenaires fiables.

— J'ignore à quel point ils sont sauvages. Peut-être sont-ils raisonnables. Et peut-être aussi qu'on leur a proposé un prix convenable pour des terres dont ils n'ont pas besoin.

— Mais... ?

— Il se peut aussi que les colons aient été mieux armés, avança Barker avec précaution, que les négociations aient été menées à l'aide de fusils. Il paraîtrait que les Anglais ne prennent pas de gants avec les « sauvages ». Il n'y a qu'à penser aux esclaves noirs d'Afrique… Je ne sais vraiment pas, Karl. Tu vas devoir découvrir cela toi-même. En tout cas, je te conseille d'être prudent. Car autant je suis convaincu que tu as fait le bon choix, autant je te souhaite bonne chance du fond du cœur… Tu ne vas pas débarquer dans un paradis, mon gars ! Rien, en ce bas monde, n'est sans épines, aucun chemin n'est dépourvu de cailloux. Ne l'oublie pas, Karl ! Va dans ce pays avec l'esprit ouvert, mais garde aussi les yeux ouverts !

Karl Jensch quitta Raben Steinfeld le lendemain, au petit jour. Il ne prit congé de personne, et la neige, qui tombait à nouveau, eut tôt fait d'effacer ses traces.

4

Ida ne savait plus où donner de la tête devant le nombre de problèmes qu'elle avait à régler, d'objets qu'elle avait à emballer. Le transport de biens du ménage était onéreux, si bien que son père avait décidé d'en laisser le maximum et de vendre la maison meublée. En revanche, il lui avait confié le soin de trier les petits objets nécessaires à la vie quotidienne. Fallait-il emporter les nappes brodées et la literie fine de la dot de sa mère ? Maintenant que se précisait son propre mariage, elle avait de la peine à l'imaginer sans trousseau. Son père emportait ses outils, mais auraient-ils besoin de casseroles et de poêles, d'assiettes et de gobelets ? Ils ne possédaient pas de porcelaine, uniquement des objets en terre cuite sans valeur. Mais si ces objets n'existaient pas en Nouvelle-Zélande ?

Elle avait des milliers de questions à poser, et personne pour lui répondre. Elle se limita donc au plus strict nécessaire : pour elle et sa sœur deux robes, deux tabliers chacune et des sous-vêtements. Pour son père et ses frères, une seule chemise et un pantalon en plus des vêtements qu'ils auraient sur eux. Ce n'était pas beaucoup, Ida ayant privilégié sa dot. On devait pouvoir acheter des vêtements à Nelson ! On ne s'y promenait tout de même pas tout nu ! Mais y aurait-il de la literie, des nappes et des serviettes, et son père serait-il disposé à payer un trousseau pour elle et sa sœur s'ils laissaient au Mecklembourg toutes ces merveilles ? Par ailleurs ils ne disposeraient pas des coffres pendant la traversée, ainsi que l'annonçait la circulaire de Beit. Il suffisait donc de mettre dans les balluchons de quoi se changer à bord.

Elle se demanda aussi, en dépit des promesses, comment ils seraient nourris. Ne serait-il pas avisé d'emporter un peu de pain et de charcuterie ? Trois mois en mer… Cette traversée la terrifiait.

Elle n'eut donc guère le temps de penser à Karl, mais, quand ils eurent pris place sur la charrette qui les emmenait, sans grand confort, à Hambourg, elle eut des regrets. Elle aurait au moins pu aller prendre congé. Mais lui aussi aurait pu passer lui souhaiter bonne chance ! À l'idée qu'elle ne le reverrait jamais, elle ressentit une vague douleur, mais elle tenta de ne plus penser à lui. Chacun devait rester à l'endroit que le Seigneur lui avait assigné… Les hommes tout au moins, alors que les femmes avaient à suivre leur mari. Qui était-elle donc pour oser se plaindre que leur sort, celui de Karl et le sien, soit si différent ?

Le trajet jusqu'à Hambourg dura un jour et une nuit. Un jour et une nuit durant lesquels ils furent secoués et chahutés, sur leur véhicule précaire. Elsbeth, sa jeune sœur, et Franz, son petit frère, ne cessèrent de récriminer. Anton en revanche, l'aîné, était d'excellente humeur. Il avait pris place dans une charrette en compagnie d'Ottfried et d'autres jeunes gens qui tous débordaient de projets. Ils iraient à la chasse et auraient de la viande à ne savoir qu'en faire… Dans ce nouveau pays, il n'y aurait pas de junkers s'attribuant tout le gibier !

Ils ne firent que rire de l'objection d'Ida qui leur signala qu'il n'y avait pas de cerfs et de chevreuils en Nouvelle-Zélande, juste des oiseaux et des insectes.

Elle était apparemment la seule à avoir lu le livre sur la Nouvelle-Zélande et l'Australie que son père avait acheté lorsqu'il était allé pour la dernière fois à Schwerin. Elle avait au moins appris que la Nouvelle-Zélande, à la différence de l'Australie, n'abritait ni serpents venimeux ni autres animaux dangereux.

— Ah, vivement le temps qu'il fera là-bas ! s'enthousiasma Anton quand il recommença à neiger…

Encore un espoir qu'Ida doucha : dans de grandes parties de l'île du Sud, il pleuvait très souvent, avait-elle lu. À vrai dire, elle n'avait aucune idée de l'endroit où se trouvait Nelson. Tous ces jeunes rêvaient de gagner enfin largement leur vie grâce à leur métier. Anton, notamment, qui pensait qu'ils seraient les seuls forgerons et maréchaux-ferrants de l'endroit. Il ne lui vint pas à l'esprit qu'il n'y aurait peut-être pas de chevaux…

À un moment, cessant d'écouter les discussions de ses compagnons, Ida sombra dans un demi-sommeil. Elle était pourtant tout sauf reposée quand ils arrivèrent à Hambourg, une ville imposante, intimidante. Le cocher les mena directement à la maison où ils étaient hébergés. Ottfried et Anton partirent aussitôt à la découverte de la ville. Elle mit au lit les enfants dans l'un des dortoirs, propres et en ordre. Elle lava ensuite son linge de corps : qui sait quand ils auraient de nouveau de l'eau ? Et puis, le lendemain matin aurait lieu la visite médicale et elle voulait s'y présenter propre… Elle s'allongea à son tour et s'endormit sur-le-champ, ne s'éveillant qu'un bref instant, au retour des jeunes gens. Son père et M. Brandmann les réprimandaient, car ils sentaient le schnaps à plein nez.

— Mais c'est Noël ! se défendit Anton.

Ce qui était exact. Submergée par la fièvre et les travaux du grand départ, Ida avait en effet oublié qu'on était le 24 décembre. L'embarquement aurait lieu le 26.

— C'est d'autant plus grave, se fâcha Lange. Vous injuriez Dieu en vous saoulant la nuit de la naissance de son fils !

Les pères obligèrent alors leur progéniture à s'agenouiller pour demander pardon à Dieu. Réveillés par l'algarade, d'autres colons protestèrent, si bien que Brandmann et Lange repoussèrent la pénitence jusqu'à la messe du lendemain matin. La propriétaire du logement connaissait en effet une église où l'office était célébré selon le rite vieux-luthérien.

Ida et les plus petits de ses frères et sœurs s'y rendirent dans une tenue propre et coquette. Elsbeth et Franz portaient des vêtements un peu longs pour eux – Ida avait retouché pour le petit, sept ans, une veste d'Anton qui en avait seize –, mais ils n'étaient pas les seuls, les colons ayant prévu que leurs enfants allaient grandir et qu'ils n'auraient sans doute pas l'occasion de les rhabiller de sitôt. Seul Anton était quelque peu défait après sa courte nuit arrosée. Ida espéra qu'elle aurait le temps, après l'office, de le convaincre de se changer en vue de la visite médicale. Mais il n'en fut rien.

C'est en effet un John Nicholas Beit fort impatient qui attendait les émigrants. Une jeune fille rondelette l'accompagnait, qui marquait d'une croix chaque nom d'une liste. Ida examina avec curiosité l'homme à qui elle devait ce changement brutal dans son existence. Elle le trouva imposant. Grand et corpulent, il portait une barbe qui recouvrait presque entièrement son large visage. Il inspirait le respect. Il évoqua pour Ida les patriarches bibliques. À vrai dire, il se montra bourru et irrité face aux colons qui, se pressant autour de lui, le harcelaient de questions. Après avoir vérifié leurs papiers d'identité, il les mena au port où les attendait le médecin.

— Vous êtes en retard. Je vous avais pourtant fait savoir que vous deviez vous présenter à huit heures au contrôle sanitaire, dit-il encore.

— Le jour de Noël, répliqua Jakob Lange avec un haussement d'épaules, le premier devoir d'un chrétien est de chanter les louanges de Dieu et de célébrer la naissance de son fils !

— Durant les trois heures que vous allez maintenant devoir patienter, vous aurez le temps de prier ! ironisa Beit. Entre-temps, tous les émigrants pour l'Amérique sont arrivés et ils font la queue. Je m'étais mis d'accord avec le médecin pour qu'il vous examine d'abord. Ce n'est plus possible, ces gens organiseraient une émeute. Prenez la file à présent !

Des centaines de personnes attendaient effectivement devant un entrepôt, sur la jetée. Ida vit la mer pour la première fois, ou du moins ce qu'elle crut être la mer. Elle apprit plus tard que cette vaste étendue d'eau n'était que l'Elbe, non loin de son embouchure. Elle contempla avec inquiétude cette eau grise et trouble où flottaient des blocs de glace, ainsi que les énormes voiliers en attente de leur cargaison humaine.

Il fallut plusieurs heures pour que le tour des Lange arrive. Ils étaient gelés jusqu'aux os quand ils purent pénétrer dans le bâtiment et observer le travail du médecin. On ne s'était, en effet, même pas donné la peine de lui aménager, ne serait-ce qu'avec des rideaux, un espace isolé des regards. La première crainte d'Ida, à cette vue, fut de courte durée : l'examen n'était que superficiel, le médecin se contentant de regarder la langue et de prendre le pouls des patients. Les enfants devaient baisser la tête, afin qu'il puisse constater une éventuelle présence de poux.

Ida aurait eu la honte de sa vie s'il avait soumis ses frères et sœurs à cette inspection, mais l'homme avait l'œil et décelait vite à quelle famille il avait affaire. À Jakob Lange il demanda juste si l'un des siens toussait ou souffrait d'une maladie contagieuse. Il finit par relever une manche de la robe d'Elsbeth, à la recherche d'une rougeur ou d'une pustule, indices de la rougeole ou d'une autre maladie infantile.

Quelques minutes plus tard, la visite fut terminée pour les villageois de Raben Steinfeld, tous crédités d'une excellente santé.

– Demain matin, contrôle des papiers d'identité, ordonna John Nicholas Beit une fois qu'ils furent revenus à leur logement. La douane se trouve tout à côté de la jetée, vous ne pouvez pas la manquer. Mais n'allez pas de nouveau vous précipiter à l'église ! Nous avons pris rendez-vous pour vous à sept heures. Vous bénéficierez d'un traitement privilégié. Ne gâchez pas cette chance. Notre bateau lève l'ancre à seize heures !

Les habitants de Raben Steinfeld, furieux de la condescendance de Beit, décidèrent alors d'aller en groupe à l'office du soir afin de prier Dieu de leur accorder une traversée sans problème. Ida, transie, aurait préféré se glisser dans son lit dès leur soupe chaude avalée, mais elle ne put se soustraire à la volonté collective. Elle chanta donc avec ferveur les louanges du Seigneur tout en grelottant de froid.

Les choses s'étaient mieux passées pour Karl Jensch. Il s'était dispensé de la messe du matin, soucieux de respecter à la lettre les consignes de la notice. À sept heures trente, il était déjà devant l'entrepôt de la visite et en était ressorti à huit heures pile. Il put ainsi remettre directement à Beit son certificat médical, mais fut légèrement déçu que l'agent de la New Zealand Company ne prête aucune attention à ses remerciements pourtant formulés avec humilité. Il n'avait aucun souvenir de sa lettre… Mais des gens aussi importants avaient sans doute d'autres chats à fouetter. Karl salua alors avec déférence, mais sans plus, la jeune fille rondelette qui s'approchait de Beit, une liste à la main. Il partit ensuite pour la ville, qu'il n'avait pas eu le temps de visiter, alors qu'il était là depuis trois jours déjà.

Son voyage s'était déroulé sans incident, même si, en vérité, il avait dû beaucoup marcher. Rares avaient été les véhicules lui permettant de parcourir un bout de chemin. Le dernier conducteur à le prendre avait en revanche été de bon conseil : on cherchait toujours, sur le port, des hommes prêts à charger et décharger les bateaux. On y travaillait jour et nuit. Karl, sans abri car son billet de logement n'était valable que pour deux nuits, s'échina donc quarante-huit heures d'affilée avant de gagner son hébergement. Cela lui rapporta une somme rondelette, un argent pour le voyage sur lequel il n'avait pas compté. Bénéficiant de trois repas gratuits, il n'avait rien à dépenser pour se sustenter. Couché sur un lit de camp, dans le dortoir, il ne se souvenait pas avoir connu de Noël où il ait été aussi satisfait et rassasié qu'en ce jour. Son seul regret était de n'avoir pas encore aperçu Ida. Il avait espéré au moins l'entrevoir de loin. L'hôtesse lui expliqua alors que les familles étaient logées ailleurs, elle-même ne louant qu'à de jeunes gens, soit des émigrants, soit des travailleurs du port.

Donc, tandis qu'Ida faisait la queue pour la visite médicale, Karl déambulait dans les rues de Hambourg, admirant les gigantesques docks, les somptueuses demeures des riches négociants et les rues commerçantes. Dans l'une d'elles, il découvrit une librairie où il acheta un dictionnaire allemand-anglais ! À vrai dire il en trouva trois. Embarrassé il s'adressa au vendeur qui lui recommanda le petit vert.

— Regardez, il contient non seulement les mots dans les deux langues, mais, à la fin, il propose même quelques tournures, expliqua l'homme en lui montrant une liste de phrases importantes : « bonjour – *good morning* », lut-il à haute voix.

Ce n'est pas si difficile que ça, se dit Karl. Ça ressemble à notre patois.

— C'est très bien, je le prends ! s'exclama-t-il avec enthousiasme.

Pendant que le vendeur empaquetait le volume, Karl décida de sacrifier quelques pfennigs à l'achat d'un livre sur la Nouvelle-Zélande. En dépit du choix réduit, il tomba sur un ouvrage de mince format consacré à l'Australie et à la Nouvelle-Zélande. En l'ouvrant, il découvrit un dessin représentant un indigène néo-zélandais qu'on appelait un Maori. Cela emporta son choix.

Très satisfait, il regagna son logement, heureux à l'idée du bon repas qui l'attendait et se coucha tôt, à l'heure des poules. Les lampes à gaz restant allumées jusqu'à vingt-deux heures, il en profita pour commencer à travailler son anglais. En s'endormant, il murmura ses premières tournures anglaises :

— *Good evening, Ida! Glaad to seeh you… ou!*

Le lendemain matin, les cent cinquante-trois passagers du *Sankt Pauli* se retrouvèrent avant l'heure devant la douane. Cette fois, Karl eut une très brève vision de la famille Lange. Les gens de Raben Steinfeld étaient serrés les uns contre les autres, tandis que Brandmann s'emportait contre l'impolitesse des douaniers qui, disait-il, avaient fouillé son coffre, le suspectant de se livrer à la contrebande.

— Je vous avais pourtant dit d'être ici à l'heure et de m'attendre ! rétorqua Beit. Arriver trop tôt est aussi négatif que d'arriver trop tard, comme hier. Bon, donnez-moi vos papiers et attendez ici. Je vous ferai entrer l'un après l'autre et ce sera vite réglé.

L'opération se déroula effectivement en un clin d'œil grâce à la médiation de Beit. Il accompagnait un chef de famille après l'autre jusqu'à la douane et, quelques minutes plus tard, un employé de la maison de commerce de Chapeaurouge portait directement les bagages à bord. Les formalités effectuées, le jeune employé montra aux habitants de Raben Steinfeld comment se rendre sur le *Sankt Pauli*. Karl le savait, car, dès son premier jour à Hambourg, il l'avait examiné et appris qu'il s'agissait d'un ancien navire de guerre transformé pour accueillir des passagers. Un trois-mâts qui, par beau temps, naviguait sous seize voiles.

Karl, après avoir vu Ida et sa famille se diriger vers la jetée, suivit à son tour Beit jusqu'à la douane. Sans qu'on le lui demande, il ouvrit son balluchon pour qu'on le contrôle.

— Tu n'as pas la tête de quelqu'un qui exporte des richesses, dit le douanier en riant et en le laissant passer sans autre forme de procès. Bonne chance dans ta nouvelle vie !

5

Les émigrants étaient encore sur la jetée quand Karl arriva. Une rampe dotée d'une rambarde permettait d'accéder au bateau. Deux matelots se tenaient là, prêts à venir en aide, mais ils barraient encore le passage. Karl vit que les villageois priaient, la tête baissée. Un inconnu, grand et chauve, avec un col romain, priait à voix très haute, relayé ensuite par un homme plus petit. Un autre ecclésiastique à coup sûr. Tous deux imploraient Dieu de leur assurer une traversée sans problèmes et la réussite dans la tâche qui les attendait dans leur nouveau pays.

– Ce sont des missionnaires, dit quelqu'un.

Karl se souvint d'avoir entendu dire au village qu'ils bénéficieraient d'une assistance spirituelle en Nouvelle-Zélande, mais aussi sur le bateau. Il baissa lui aussi la tête et pria avec ferveur. Quelques rangées devant lui, Ida obligeait ses frères et sœurs à prier eux aussi, mais avait le plus grand mal avec Franz qui, comme Anton, brûlait de monter à bord, tandis qu'Elsbeth, accrochée à sa jupe, pleurait à chaudes larmes. Elle semblait redouter l'embarquement et avoir une peur bleue de ce voyage au bout du monde.

Beit avait entre-temps associé à la famille Lange une famille inconnue qui avait attendu un peu à l'écart : une femme trapue, corpulente, avec une tripotée d'enfants dont paraissait faire partie la jeune femme qui l'avait accueilli, cette fois encore une liste à la main. Plus un serviteur et ce qui semblait être une femme de chambre qui surveillaient les bagages des Beit, une multitude de valises et de caisses. Bien que baissant lui aussi la tête pendant la prière, Beit paraissait impatient de voir ses ouailles installées à bord.

La prière terminée, c'est un homme de taille moyenne, mince, en uniforme de capitaine, qui avança sur la rampe.

— Mesdames et messieurs, lança-t-il d'une voix habituée à donner des ordres, je vous souhaite la bienvenue à bord du *Sankt Pauli*. Je m'appelle Peter Schacht et je suis votre capitaine, c'est moi qui suis responsable de la sécurité d'une bonne traversée, avec l'aide de Dieu, naturellement… N'hésitez pas, quel que soit votre problème, à vous adresser à moi. Je suis soucieux de votre bien-être. Vous serez certainement, durant le voyage, soumis à des contraintes et des désagréments liés à la petitesse du bateau. On n'y peut hélas rien, mais je ferai mon possible pour les limiter. En général, ces ennuis sont vite oubliés quand la beauté du pays nouveau s'offre aux yeux. Donc, montez sans hâte à bord, les familles restent groupées. Dans l'entrepont vous attendent des membres de l'équipage, qui vous indiqueront où vous logerez. En premier lieu, je vais demander aux passagers en cabine de monter. M. Beit avec sa famille et messieurs les pasteurs Wohlers et Heine…

Seize personnes répondirent à ce premier appel. La fille aînée de Beit eut une brève explication avec son père. Elle aurait voulu rester sur la rampe afin de compléter sa liste, mais sa mère protesta avec vigueur contre cette idée. C'est finalement Beit qui se posta avec les documents à côté de l'entrée et marqua d'une croix les noms de ceux qui passaient devant lui. Karl fut de nouveau l'un des derniers, Ida et ses sœurs étant depuis un bon bout de temps à bord quand il posa le pied sur le pont. Il aurait volontiers jeté un coup d'œil alentour, mais un matelot, d'un signe, ordonna aux passagers de descendre à l'intérieur du bateau par une trappe étroite. Pourtant, quand il entendit le nom de Karl il le stoppa du bras.

— Les hommes seuls passent en dernier. Vous êtes logés tout à l'arrière. Laissez les autres passer avant vous. Cela vous donnera le temps de faire connaissance, dit l'homme en montrant trois autres jeunes hommes à l'écart, deux inconnus blonds, dégingandés, et… Ottfried Brandmann !

— Qu'est-ce que tu fiches ici ? s'exclama celui-ci, stupéfait. Mais où as-tu pris l'argent pour le voyage ?

— Bonjour à toi aussi, Ottfried, se moqua Karl, heureux de pouvoir enfin sortir du bois. Et…

— Nous n'avons pas eu besoin d'argent ! répondit un des dégingandés. C'est bien ça, hein, Hannes ?

— Grâce à Dieu, c'est la Compagnie qui paie notre traversée, confirma ce dernier. Toi aussi, non ? demanda-t-il, tourné vers Ottfried.

— Pas du tout ! Notre famille est au nombre des futurs propriétaires terriens de Nelson. La traversée est comprise dans le prix d'achat. On m'a prié de partager un dortoir avec d'autres célibataires, parce que les logis pour les familles sont trop petits. Mais il n'était pas question de rebuts et de traîne-misère. Matelot ! cria Ottfried à un membre de l'équipage en train de guider les derniers passagers, deux femmes seules en l'occurrence, vers leur logis. N'y a-t-il donc pas de différences entre les passagers qui paient et ceux qui ne paient pas ? Mon père se plaindra si je suis moins bien logé que ma famille.

— Le capitaine reçoit la même somme pour chacun de ceux qu'il débarque sains et saufs à Nelson, expliqua l'homme. Quelqu'un paie donc pour ces trois garçons. Et ici, dans l'entrepont, tous les locaux sont les mêmes. Le vôtre est peut-être un peu plus petit, mais vous n'avez pas de langes à changer. Crois-moi, sois heureux d'être avec ces gars. Les enfants qui ont le mal de mer et qui hurlent, c'est un véritable enfer !

Cela ne suffit pas à calmer Ottfried, et ce d'autant moins qu'on entendit des cris de colère.

– C'est intolérable ! hurlait Jakob Lange. Je veux parler immédiatement à M. Beit !

– Encore un à qui son logement ne convient pas, constata le matelot en levant les yeux au ciel. Vous autres, le mieux est que vous descendiez maintenant et occupiez votre logement, tout de suite à gauche au bas des marches.

Les deux garçons blonds descendirent l'escalier sans barguigner, suivis par Karl qui ne fut pas surpris à la vue de l'entrepont, puisque, les jours précédents, après avoir déchargé des bateaux, il avait aidé les charpentiers à remonter l'entrepont des bâtiments vides de leur cargaison. Les voiliers emmenaient en effet les migrants dans les colonies puis ramenaient des marchandises. Après avoir rangé les coffres et les provisions dans le fond du voilier, on installait au-dessus l'entrepont : posés sur des poutres en bois, des réduits équipés de couchettes rudimentaires. La place était particulièrement étroite dans ceux des célibataires, les deux couchettes superposées occupant presque tout l'espace. Karl se laissa attribuer sans protester une des couchettes supérieures, n'ayant avec lui que son balluchon et deux livres et se doutant qu'Ottfried réclamerait une couchette inférieure, apparemment plus confortable. Lequel Ottfried s'éclipsa avant toute autre chose afin d'aller se plaindre.

Ida était gênée d'entendre son père lever la voix à peine arrivé sur le bateau, mais elle était elle aussi démoralisée. Les Lange devaient se partager un réduit avec quatre étroites couchettes superposées.

— C'est en ordre, estima le matelot qui les avait guidés. Trois adultes et deux enfants qui se partagent une couchette. C'est prévu comme ça, personne n'a plus de place.

— Personne n'a plus de place ? explosa Lange. Et les Beit alors ? Et les missionnaires ?

— Il aurait fallu louer en première classe, monsieur, expliqua l'homme avec courtoisie. Mais c'est cher, une traversée coûte plus que celle d'une famille dans l'entrepont. Si vous pouvez vous le permettre, parlez-en avec le capitaine.

Puis il tourna les talons et partit s'occuper d'autres passagers non moins indignés.

— Je ne dormirai pas dans le même lit que Franz ! déclara Elsbeth qui avait cessé de pleurer.

Ida soupira. À ce qu'il semblait, il allait donc lui revenir, à elle, de partager la couche du petit frère. Elsbeth avait douze ans, un âge difficile, et elle était têtue. Elle était de plus la chouchoute de son père qui lui passait bien des choses qui auraient valu quelques claques à Ida au même âge.

— Mais ce n'est pas possible qu'une fille et un garçon dorment dans le même lit ! insista Elsbeth.

Son père allait sans aucun doute lui donner satisfaction et associer Franz à Anton, ce qui ne manquerait pas de soulever un nouveau problème.

— Je te prends avec moi, Franz ! décida Ida. Nous nous blottirons l'un contre l'autre et nous aurons chaud quand les autres gèleront.

Pendant ce temps, une altercation opposait Jakob Lange, Ottfried et Peter Brandmann à John Nicholas Beit. Que son fiancé se plaigne de son logement n'étonna pas Ida outre mesure, mais le nom de Karl Jensch venant d'être prononcé, elle tendit soudain l'oreille.

— Mais puisque je vous le dis, insistait Ottfried, tourné vers son père et Jakob Lange. Je partage mon logement avec ce Jensch, un journalier, un bon à rien et un escroc qui n'a pas payé un pfennig pour la traversée et qui occupe une cabine comme les autres passagers…

— Vous attribuez des lits à des va-nu-pieds, Beit ? explosa Brandmann. Et vous logez des familles de six personnes dans un réduit obscur de quatre couchettes seulement ?

Les Brandmann s'étaient donc vu attribuer un logement semblable à celui des Lange. Les quatre enfants les plus jeunes, dont certains avaient plus de treize ans, devaient partager deux couchettes.

— Abandonnez ce ton ! jeta Beit d'une voix si ferme que le silence se fit dans l'entrepont. Vous saviez que vous louiez une traversée dans l'entrepont. Qu'espériez-vous ? Des lits à baldaquin ? Et, bien entendu, nous avons attribué une seule couchette par personne aux émigrants libres dont la traversée est payée par la Compagnie. Ce sont en effet des adultes. Maintenant, regagnez vos cabines et cessez de perturber les opérations de départ. Le capitaine va lever l'ancre…

— Je veux rencontrer le capitaine ! exigea Brandmann.

— Peter, qu'est-ce qui te prend… ? intervint Frau Brandmann afin de calmer les esprits. Le capitaine sait comment nous sommes logés. C'est toujours comme ça que ça se passe…

— Il est inacceptable qu'un journalier soit mieux traité que mes enfants ! s'obstina Lange. Donnez la place dans la cabine à mon fils aîné et ce type dormira par terre !

Ida eut soudain pitié de Karl. Heureusement qu'il n'était pas obligé d'entendre ça ! Mais Beit ne céda pas.

— Cet homme ne peut coucher par terre ! grommela-t-il. Le règlement l'interdit. Vous constaterez vous-mêmes que ce n'est pas possible, quand la mer sera agitée et qu'il y aura des entrées d'eau !

— Des entrées d'eau ici ? Nous devons encore nous attendre à des inondations? s'indigna Brandmann derechef, oubliant le journalier et se mettant à critiquer l'état des poutres et des planches de l'entrepont.

Ida cessa d'écouter et refoula la honte de voir sa famille au cœur d'une révolte. Depuis qu'elle avait appris la présence de Karl, ce que pouvaient penser des Lange et des Brandmann les autres émigrants lui était soudain égal. Son pouls battait plus vite. Quelle chance pour Karl de pouvoir prendre un nouveau départ à Nelson ! Elle ne savait pas comment les choses se présenteraient en Nouvelle-Zélande, mais il se disait qu'en Amérique chacun pouvait espérer faire fortune, même un journalier ou un sans-le-sou.

Et, pour ce qui la concernait… Elle s'en sortirait de toute façon. D'autres avaient survécu à une traversée dans l'entrepont ! Tout à coup, elle ressentit une sorte de joie. Elle s'interdit alors avec énergie de s'abandonner à l'idée qu'elle n'était désormais plus seule.

Les passagers de l'entrepont ne furent pas autorisés à monter sur le pont afin de jeter un dernier coup d'œil à leur ancienne patrie, le capitaine ayant expliqué que son équipage avait besoin de place pour le maniement des voiles. Peu d'entre eux s'en plaignirent, la plupart étant issus du Mecklembourg rural. Hambourg ne les intéressait guère et ils n'avaient pas de parents venus les accompagner.

Jakob Lange réunit les membres de sa paroisse dans le couloir devant les « cabines » pour une brève prière. Les autres émigrants se joignirent à cette cérémonie. Tous étaient des vieux-luthériens et eux aussi voyageaient en groupes. Seules deux familles originaires de la région de Güstrow avaient choisi d'émigrer indépendamment de leurs paroisses. Jakob Lange eut donc la certitude que les émigrants constitueraient une seule communauté, au moins le temps de la traversée. Les seules exceptions étaient les hommes et les femmes voyageant isolément, si bien qu'on les considéra avec méfiance. Hannes et Jost, les deux compagnons de Karl, n'étaient pas du Mecklembourg. C'étaient des Hambourgeois. Karl ne sut pas d'emblée s'ils étaient vieux-luthériens ou réformés, mais ils se montraient extrêmement pieux. Hannes lui raconta que Beit les avait recrutés dans un foyer chrétien destiné aux marins où ils avaient atterri pour des raisons qu'il garda pour lui. Beit avait surgi un jour dans cet asile et, tel « un ange », leur avait offert la traversée. Karl s'étonna : serait-il l'unique journalier et sans-le-sou du Mecklembourg qui aurait sollicité de Beit la faveur d'une traversée ?

La première nuit à bord, durant laquelle le *Sankt Pauli* descendit jusqu'à l'embouchure de l'Elbe, fut tout à fait paisible. Le lendemain seulement, il gagna la pleine mer. Beit profita du beau temps pour familiariser les passagers avec la routine quotidienne à bord. Il s'avéra qu'il entendait imposer une stricte discipline. Dès le premier matin, il rassembla tous les hommes sur le pont et répartit les tâches. Lange et Brandmann furent chargés de peser les rations, d'autres de distribuer les repas, d'autres encore de fonctions de surveillance. Il donna lecture d'une liste d'amendes auxquelles exposeraient les infractions au règlement. Il était notamment interdit de séjourner sur le pont, à l'exception d'une heure quotidienne et de l'office dominical.

— On se croirait en prison ! ronchonna Ottfried, qu'un poste de surveillant lors de la distribution des repas finit par apaiser.

Ces postes de responsabilité étaient convoités. Aussi les heureux élus assumaient-ils leur fonction avec rigueur. Karl n'avait pour sa part pas postulé. Ses chances auraient de toute façon été minces car les habitants de son village ne lui adressaient pas la parole. Beit, d'ailleurs, se montrait plutôt inamical envers lui, regrettant sans doute d'avoir accepté la demande d'un journalier. Karl avait eu connaissance de l'altercation du premier soir entre Beit et Brandmann et préférait rester à l'écart, passant le temps dans sa cabine à lire ses livres et à étudier et ne montant sur le pont qu'à l'heure prévue. Il espérait y rencontrer Ida et échanger quelques mots avec elle.

Les deux premiers jours, cela se révéla impossible, car la jeune fille, appuyée au bastingage au milieu des habitants de Raben Steinfeld, contemplait la surface grise qui se perdait à l'horizon dans un ciel gris lui aussi. Karl ne trouvait pas cette vue aussi exaltante que la décrivait le livre sur le capitaine Cook.

Le troisième jour, le *Sankt Pauli* se trouvant en plein Atlantique, se leva un vent violent qui projeta sur le pont des vagues écumantes. Il se mit à tomber une pluie glacée qui chassa très vite dans leurs cabines les derniers passagers.

— C'est une tempête, déclara l'un des matelots à Karl, nous fermons les écoutilles.

Effectivement, Karl constata qu'on était en train de fermer les trappes menant à l'entrepont. Il descendit dans sa cabine. L'air était devenu étouffant, l'obscurité régnait et le bateau s'était mis à tanguer et à rouler. De premiers voyageurs assiégeaient les rares latrines. Peu après, la tempête empira et l'entrepont ne fut plus qu'un enfer de bruits, d'objets virevoltant dans tous les sens, de gens priant, criant et vomissant.

Karl, qui s'était d'abord retiré dans sa cabine, aurait préféré assister à la tempête depuis le pont, entendre les cris des matelots à la manœuvre, le bruit du vent dans les voiles. La décontraction de Hannes et de Jost, qui avaient déjà navigué, le rassurait. Ils s'efforçaient de dormir. Karl, au bout d'un moment, n'y tint plus. Il se fraya un chemin vers l'endroit où il pensait qu'Ida était logée. Peut-être aurait-il l'occasion de lui glisser quelques mots de réconfort.

Il la rencontra effectivement dans le couloir. Blême, à bout de forces, elle portait un seau de vomi en direction des latrines.

— Ida ! Tu vas bien ? demanda-t-il en essayant en vain de lui prendre le seau des mains.

— Bien ? Le bateau sombre et tu me demandes si je vais bien ?

— Le bateau ne sombre pas. Il y a toujours des tempêtes sur l'Atlantique. Le capitaine Cook l'écrivait déjà. Et on m'a dit que le *Sankt Pauli* était solide. Le tangage n'est qu'une question de quelques heures. Ensuite tout s'arrangera.

Il y avait foule devant les latrines. Les surveillants essayaient de maintenir un certain ordre parmi les gens qui cherchaient à arriver, parfois trop tard, aux toilettes.

— Il n'y en a pas assez. Trois latrines pour plus de cent trente personnes…

— Beit a certifié à mon père que le règlement n'en exigeait qu'une pour cinquante personnes…

— Eh bien, nous avons de la chance alors, sourit Karl. Tu n'as pas le mal de mer ?

— Non, mais les autres oui… Est-ce que tu crois que ça va durer toute la traversée, Karl ?

Alors qu'Ida avait enfin réussi à vider son seau, une bourrasque la fit chanceler. Karl la retint et la garda une seconde dans ses bras.

— Excuse-moi ! dit-elle en se libérant vivement, rouge de confusion. Il faut que j'y retourne… L'un ou l'autre a dû entre-temps vomir à nouveau.

Karl la suivit le long du couloir obscur, prêt à la rattraper en cas de besoin.

— Je reste ici, au cas où tu aurais besoin de moi, lui glissa-t-il quand elle disparut derrière la porte. Si je… si je peux t'être utile d'une manière ou d'une autre…

Ida fit signe que non, mais elle dut bientôt revenir sur son refus, débordée par la situation. Les enfants pleuraient et vomissaient sans arrêt. Anton, gémissant sur sa couchette de peur ou de douleur, ne lui était d'aucune aide. Même son père était incapable d'aller aux latrines. Entre deux vomissements, il priait d'une voix faible. Ida se retrouva donc bientôt dans le couloir, chancelant sous le poids d'un nouveau seau. Elle ne protesta pas quand Karl le lui prit des mains.

Tous deux passèrent une nuit épouvantable, Karl transportant seau sur seau, Ida lavant le plancher avec l'eau qu'il lui ramenait, jusqu'à ce que se réalise la prévision de Beit : tout à coup, l'eau de mer envahit l'entrepont par les trappes non étanches. En dépit des serpillières et des baquets fournis par l'équipage, l'eau chargée de vomissures et d'excréments monta jusqu'à la cheville.

Karl entendit Ida, à l'intérieur, tenter de rassurer les siens qui croyaient leur dernière heure venue :

— Vous étiez pourtant là quand Père et M. Brandmann ont parlé avec M. Beit ? Quand il a dit que c'était tout à fait normal…

Si personne n'avait communiqué cette information à Karl, il en allait de même des passagers qui n'avaient pas assisté à l'altercation. Pris en conséquence de panique, ils se mirent à crier et prier à haute voix, se bousculant pour grimper l'escalier. Leur terreur grandit encore quand ils ne purent ouvrir les trappes. Le cauchemar semblait ne pas avoir de fin.

Soudain, la tempête se calma ; le bateau avait retrouvé des eaux calmes. Ida sortit de sa cabine.

— Tu crois… tu crois que c'est fini ? demanda-t-elle en se frottant les yeux.

— On dirait, la réconforta Karl qui, à force d'attendre debout et d'avoir porté le seau hygiénique en veillant à ne pas le renverser malgré les mouvements du bateau, avait le dos et les épaules rompus. Je vais aller demander confirmation, mais cela va prendre un peu de temps car les matelots doivent être occupés. Est-ce que je peux… revenir ensuite ?

— Non, dit Ida d'un air de regret. Dès que ce sera terminé, mon père ira mieux. Et il se fâchera s'il te voit là.

— En fait, il devrait plutôt me remercier, dit Karl avec un rire amer. Il pense sans doute que je n'ai rien à faire ici, non ? Non seulement ici, à côté de toi, mais plus généralement sur ce bateau.

Ida opina.

— C'est ce qu'ils pensent tous, avoua Ida, mal à l'aise. Ils disent que tu as abandonné la place que t'avait assignée le Seigneur. Que tu as enfreint l'ordre divin…

Karl contempla le visage défait d'Ida, des taches pourpres sur les joues, ses yeux rougis, ses cheveux dénoués et trempés de sueur, sa robe sale qui pendouillait. Elle était néanmoins pour lui infiniment belle. Il voulut avoir le cœur net quant à ses sentiments à son égard.

— Mais j'ai prié pour avoir une pareille occasion. Peut-être que Dieu a entendu ma demande, dit-il en s'avançant et en posant légèrement ses mains sur ses bras comme pour l'empêcher de fuir la question qu'il allait lui poser. Ou bien est-ce que j'aurais dû demander à rester humble ?

Elle ne répondit pas, mais il put lire sur son visage une alternance rapide de sentiments divers, compassion et peur, soumission et révolte.

— Est-ce que j'aurais dû rester et prier pour demeurer humble, Ida ? répéta-t-il d'une voix plus dure.

Elle eut un geste pour se libérer, mais elle y renonça en secouant la tête avec force.

— Je suis heureuse que tu sois là, murmura-t-elle. Et peut-être… peut-être que j'ai moi aussi prié pour toi.

6

Les jours suivants, il ne se produisit plus de tempête d'une telle force. Les entrées d'eau restèrent certes à l'ordre du jour, car de violentes chutes de pluie, habituelles en cette saison, inondèrent à nouveau le pont.

— Mais pourquoi émigrez-vous en plein hiver? s'étonna un matelot auprès de qui Lange se plaignait de ces désagréments. L'Atlantique est agité même en plein été, alors maintenant… Un miracle que ce ne soit pas pire encore !

Ida, quant à elle, trouvait la situation assez insupportable comme ça. Tout était humide ou trempé, le plancher de l'entrepont, les vêtements, les balluchons… Partout régnait une odeur de moisi et de putréfaction, les latrines débordaient. En raison de la pluie, les trappes restaient fermées, si bien qu'il n'était pas possible d'aérer. Beit ne fit qu'aggraver le mécontentement en rendant responsables de la situation les surveillants qu'il avait nommés. Il les remplaça sans ménagements. Aucune amélioration n'étant intervenue, il diminua les rations en guise de punition pour les colons qui n'assuraient pas l'ordre et la propreté dans leurs locaux. Ayant protesté au nom de sa paroisse, Lange perdit ses fonctions à la cuisine.

Beit se comportait de plus en plus en despote, bousculant les hommes chargés de l'ordre, déterminant arbitrairement la taille et le contenu des rations et envoyant de jeunes femmes nettoyer les cabines de sa famille et aider la femme de chambre. À leur retour, elles décrivaient le confort des premières classes, ce qui n'améliorait pas l'humeur des colons. Quand de premiers enfants commencèrent à tousser et qu'un jeune garçon mourut d'une gangrène du poumon, la colère fut à son comble.

Karl se consolait en se disant que la situation n'était que provisoire. Bientôt, le bateau entrerait dans le golfe de Gascogne, où le temps serait meilleur, plus chaud…

— Trop chaud ! s'amusa un matelot. Attends un peu, dans quelques semaines vous vous plaindrez de la chaleur !

Karl continuait à se tenir à l'écart des passagers et occupait son temps à apprendre l'anglais. Il connaissait désormais par cœur les idiotismes de son livre, si bien qu'il avait entrepris de chercher dans son dictionnaire les mots lui paraissant importants et de les retenir. Désireux de mettre son nouveau savoir à l'épreuve, il rechercha un interlocuteur pendant l'heure de promenade sur le pont. Ce qui ne fut pas simple. Les passagers de première classe, les Beit notamment, ne se mêlaient pas au menu peuple et restaient dans leurs cabines durant cette heure de liberté. Les missionnaires, eux, se montraient un peu, animant des groupes de prière les fins de semaine. Karl se risqua à adresser la parole à l'un des deux, Wohlers, mais il ne parlait pas l'anglais.

— Cela se fera tout seul quand nous serons sur place, mon garçon, répondit-il.

Karl se demanda comment cet homme se représentait sa mission. Les indigènes ne comprendraient pas un mot d'allemand et, s'il comptait répandre la bonne parole, il devrait bien utiliser l'anglais. Comptait-il apprendre le maori ? Karl dut donc recourir à d'autres moyens, quitte à enfreindre les règles. Par une belle matinée ensoleillée, il eut l'audace de grimper l'escalier menant au pont et de chercher à qui adresser la parole.

Jane Beit profitait du soleil et de la chaleur sans que son humeur en fût un tant soit peu améliorée. Elle avait pour habitude de flâner le matin sur le pont. De préférence à l'heure du petit déjeuner, de manière à éviter les remarques de sa mère à propos des énormes rations qu'elle se réservait pour lutter contre l'ennui et la dépression. Sachant qu'elle mangeait trop, elle se promettait donc tous les matins de remplacer le petit déjeuner par cette promenade, au terme de laquelle, frigorifiée, elle retrouvait sa mauvaise humeur.

Ce matin-là, donc, rassérénée par le beau temps, elle fut heureuse de pouvoir passer plus de temps sur le pont, à l'abri des disputes de ses frères et sœurs, des récriminations de son père à l'encontre de ces bons à rien de colons : un enfant était déjà mort et, si l'état sanitaire ne s'améliorait pas dans l'entrepont, des épidémies ne manqueraient pas de se déclarer. Penser à son père l'assombrit de nouveau : ses craintes s'étaient vérifiées et, depuis que le bateau était en mer, elle n'avait rien à faire, condamnée à un interminable ennui.

Elle passa sans saluer devant un matelot en train de laver le pont au balai-brosse et découvrit enfin quelqu'un sur qui passer ses nerfs ! Un passager de l'entrepont ! Et qui n'essayait même pas de se cacher. Non content de lui sourire quand elle s'approcha de lui, il osa même lui adresser la parole !

— *Goot mornink, ladi!* baragouina-t-il.

Jane ouvrit de grands yeux, incrédule.

— *Issnt it a nize dei ?*

Jane fronça les sourcils. Avait-elle affaire à un fou ?

— Vous n'avez rien à fiche ici ! l'engueula-t-elle. Se balader sur le pont et importuner les gens ! Quelle effronterie ! Regagnez à l'instant vos quartiers avant que je n'informe mon père !

Tournant les talons, elle se dirigea vers les cabines. D'un pas majestueux, du moins l'espérait-elle. Pourvu qu'elle ne grossisse pas au point de marcher en se dandinant, comme sa mère. Karl la suivit des yeux avant d'aller à la rencontre du matelot qui avait observé la scène en hochant la tête.

— Est-ce que j'ai dit quelque chose qu'il ne fallait pas ? lui demanda-t-il.

— Sais pas, mon gars, ai pas écouté, dit celui-ci dans son dialecte hambourgeois. Mais t'en fais pas, y aura pas de pet. L'est comme ça, la gonzesse, à engueuler les gens qui lui passent sous le nez…

— C'est juste que… je lui ai parlé anglais. Et peut-être bien… il se pourrait que j'aie dit quelque chose qui l'a vexée…

L'homme, petit, leva les yeux vers l'émigrant qui le dépassait d'une bonne tête avant de se remettre à frotter le pont.

— Qu'est-ce t'as dit ?

Karl répéta ce qu'il avait à l'instant bredouillé à la jeune femme. L'homme s'immobilisa et rigola.

— T'as pas pu la vexer avec ça. Mais c'est pas non plus de l'anglais.

— Non ? Mais c'est pourtant écrit là, dans mon dictionnaire. Je l'ai acheté exprès pour ça. Et ce qui y est écrit ne serait pas vrai ?

— Ça doit être vrai ce qui est écrit dans ton bouquin, dit le matelot, hilare. C'est juste que ça se dit autrement que c'est écrit. Je pense, en tout cas. J'ai pas encore lu beaucoup d'anglais…

— Parlé, oui ? Vous… euh… tu parles anglais ?

— Pas comme les gens distingués. Juste comme on parle dans les ports, commander une bière et un rhum, lever une putain, marchander… acheter à manger…

— Dis quelque chose !

— Eh bien, ce que tu voulais dire à la donzelle, c'est : *Good morning, lady*. Mais les Anglais disent plutôt « *Miss* ». Le capitaine lui dit « Miss Jane » ou « Miss Beit ».

— *Miss* veut dire « mademoiselle » ! s'écria Karl, pressé de prouver ses connaissances.

— *Isn't it a nice day?* lut le matelot quand Karl lui eut montré l'expression dans le livre.

La prononciation était étrange et Karl sentit la tête lui tourner. Heureusement qu'il avait à présent un expert sous la main.

— Tu pourrais peut-être m'apprendre ? Je te paierais…

Pourvu qu'il ne me demande pas trop, songea Karl.

— Non ! Le petit peu que je connais doit pas être non plus très correct. Garde ton pognon…

— Mais tu en sais plus que les autres ! Je t'en prie ! Est-ce que… est-ce que je peux t'aider ? supplia Karl en montrant le pont et le balai-brosse. Comment tu t'appelles au fait ?

— Hein, dit l'homme.

— Et moi, Karl.

— Tu n'as pas le droit d'être sur le pont. Comment tu vas t'y prendre ?

Karl imagina d'abord demander une autorisation à Beit, mais se dit que ce n'était pas une bonne idée. Hésitant, il leva les yeux vers la passerelle, où le capitaine discutait avec son second.

Il prit son courage à deux mains. Le capitaine s'était montré bienveillant en les accueillant et il s'efforçait toujours d'arranger les choses lors des querelles entre

Beit et les colons. De toute façon, le capitaine pourrait tout au plus lui dire non. Il n'allait tout de même pas le jeter à l'eau s'il se fâchait.

Il grimpa sur la passerelle et fut pris d'espoir en voyant que Schacht ne faisait qu'en sourire.

— Qu'est-ce que je peux pour toi, mon garçon ?

Peu après, Karl était employé aux tâches subalternes sur le pont et avait appris que le travail se disait «*job*» en anglais. Il aiderait Hein et les autres, le capitaine se fichant de la langue qu'ils parleraient. Pour finir, il l'avait congédié en anglais et, bien que n'ayant rien compris, Karl avait trouvé son ton bienveillant: «*So good luck, boy. After you have finished your studies, you will be welcome in every harbour. I hope they won't forget to teach you the word "French disease"…*»

Quelques semaines de travail en plein air plus tard, Karl avait perdu sa pâleur de passager de l'entrepont. Il nettoyait le pont, entretenait les canots de sauvetage et, à l'occasion, aidait à hisser une voile. Grâce aux matelots, il apprenait des mots anglais dont il ne connaissait parfois même pas le sens en allemand. Il pressentait qu'il s'agissait de choses qu'un chrétien n'était pas tenu de savoir. Mais il en apprenait aussi d'utiles et il s'aperçut un jour que la prononciation des mots de son dictionnaire obéissait à des règles. Pendant son temps libre, il s'exerça alors et vérifia auprès de ses compagnons qu'il prononçait correctement. Malheureusement, beaucoup de ces mots leur étaient inconnus. Pour lever une fille dans un port, point n'était besoin de se servir d'une charrue ou d'une herse, d'une pelle ou de semence. Karl avait aussi du mal à former des phrases avec les termes qu'il apprenait. Les matelots ne connaissaient que des expressions toutes faites et il ne parvenait pas à démêler la grammaire sous-jacente.

Enfin, Karl eut la chance de voir un jour le majordome des Beit, un petit homme amical parlant assez bien l'anglais, se joindre à eux. Peter Hansen fut d'autant plus heureux d'aider Karl que ce dernier, contrairement à ses camarades matelots, ne le taquinait pas à propos de son « job de bonne femme ». Beit, à vrai dire, n'était pas un patron facile. Il ne cessait de reprocher à son majordome ses fautes, notamment son incapacité à lire dans ses yeux ce qu'il désirait. Karl n'aurait pu supporter longtemps pareil traitement. Il s'en ouvrit un jour à Hansen.

— Ça fait partie du job, mon gars. Il a besoin d'un paillasson. Et je suis là pour ça. Vous, les colons, vous feriez mieux d'être un peu plus coulants. Vos perpétuelles récriminations ne servent qu'à le rendre furieux. Et ici, sur le bateau, vous ne pouvez lui échapper.

Lange, Brandmann et quelques autres passagers de l'entrepont ne cessaient en effet, malgré l'amélioration du temps et la disparition des entrées d'eau, de se plaindre de la nourriture ou de l'interdiction de séjour sur le pont, l'air confiné de leurs logements se révélant catastrophique pour la santé. Deux autres petits enfants ayant succombé, les réclamations devinrent véhémentes. Beit, en réponse, reprochait aux colons diverses infractions au règlement, distribuait des amendes et réduisait les rations alimentaires au prétexte que les provisions s'épuisaient, estimant que les colons devraient se restreindre jusqu'à la prochaine escale, à Bahia. Le cuisinier, en revanche, déclarait que les réserves suffisaient et que seule la qualité des aliments laissait à désirer, comme c'était le cas sur les bateaux au long cours.

— À Bahia, nous irons au consulat ! annoncèrent des hommes d'une autre paroisse qui lancèrent une pétition mettant Beit en cause.

Comme Lange et Brandmann hésitaient à la signer, les hommes des diverses paroisses se rencontrèrent sur le pont, durant l'heure de loisir, pour débattre de leurs désaccords. Karl en profita pour s'approcher d'Ida. Comme les autres femmes, elle faisait sécher les vêtements de la famille après les avoir lavés avec l'eau douce accumulée par les pluies antérieures dans les canots de sauvetage. Il la surprit en train d'étendre la robe de sa sœur au-dessus d'un canot. Elle était seule. Karl se dirigea discrètement vers elle et lui adressa un bonjour longuement travaillé :

— *Good morning, Ida! I am glad to see you! How are you and how is your family?*

Ida leva les yeux, déconcertée, puis sourit à son tour.

— Mais qu'est-ce que tu racontes ? C'est de l'anglais ? Où l'as-tu appris ?

— *Yes, Ida, I am learning English*.

Il rayonna quand il vit qu'elle le comprenait.

— *Yes* veut dire oui ? demanda-t-elle. Et *learning* apprendre ? Mais pourquoi m'appelles-tu *Aïda* ?

Karl lui fit signe de se dissimuler un peu en sa compagnie derrière une superstructure. Dans son excitation à l'idée de s'initier à la langue de son futur pays, elle obéit.

— C'est ton nom en anglais, Ida ! Les lettres se prononcent autrement. Au début, cela paraît compliqué, mais en fait non… Regarde !

Accroupi, Karl dessina quelques mots dans la poussière du pont, une poussière qui ressemblait à du sable. Le bateau devait approcher d'une côte. Ida s'appliquait quand elle sursauta. Frau Brandmann l'appelait.

— Ida ! Que fais-tu là ? Avec…

Karl salua respectueusement la mère d'Ottfried, qui se garda de répondre. La peur qui envahit les traits d'Ida était le signe qu'il allait y avoir du grabuge.

— Arrive, il faut remonter les paillasses pour les faire sécher, ordonna Frau Brandmann d'un ton sec.

— Je peux vous aider ? proposa Karl, qui ne reçut qu'un regard réprobateur en guise de remerciement.

— Ida !

La jeune fille n'osa qu'adresser un timide signe de tête à son ami avant de suivre, la tête basse, sa future belle-mère.

Bien entendu, le père d'Ida lui sonna les cloches le soir même. Il arriva à l'instant où elle bordait Franz et mettait à profit ces quelques minutes de calme pour apprendre à ses jeunes frère et sœur leurs premiers mots d'anglais. Elsbeth répétait les expressions sans grand zèle, au contraire de Franz qui s'appliquait :

— *Good morning, Ida! Good afternoon, Elsbeth! Good night, Franz!* babillait-il avec joie.

Jakob Lange fronça les sourcils en l'entendant.

— Vous fabriquez quoi, Ida, Franz ?

— C'est de l'anglais, Père, expliqua Ida. Nous devrons bien l'apprendre si nous voulons nous comprendre avec les gens de Nouvelle-Zélande. C'est Karl Jensch qui me les a appris…

Elle préféra citer elle-même le nom de son ami afin de couper l'herbe sous les pieds de son père.

— J'ai su que tu parlais avec ce garçon ! Alors que je te l'ai interdit maintes fois. Chez nous, déjà ! Et, en plus du fait qu'il est un imbécile et un vaurien, il n'est pas admissible qu'une fille convenable parle seule avec un homme. Tu es fiancée, Ida ! Est-ce que je vais devoir te marier ici, sur le bateau pour préserver ta réputation ?

À l'idée de ce mariage précipité, Ida sentit le froid l'envahir. Même sa soumission avait des limites. Elle ne voulait à aucun prix consommer son mariage ici, sur une paillasse, dans le même réduit que son père, ou celui de la famille d'Ottfried.

Elle baissa la tête.

— Non, Père, pardonne-moi, je… je n'y avais pas réfléchi. Notre conversation était totalement anodine. Si l'occasion se représente, je prierai Ottfried d'y assister. Ça lui ferait le plus grand bien d'apprendre lui aussi quelques mots d'anglais avant notre arrivée…

— Bêtises que tout cela, grogna Jakob Lange. Ottfried apprendra quand nous serons arrivés. À supposer même qu'il en ait besoin… Nous allons fonder notre propre village, il s'appellera Sankt Pauli et nous y parlerons la langue de Martin Luther, la langue de la Bible…

Ida garda la langue dans sa poche : la Bible, traduite par Luther, n'avait-elle pas été écrite dans une autre langue ?

— Mais les autorités ? On parlera anglais dans les administrations. Sans compter les commerçants…

— Bien sûr qu'on n'évitera pas de devoir apprendre quelques mots. Mais on ne va pas embêter nos femmes avec ça. C'est toi, dans le Mecklembourg, qui allais chez le prince quand il y avait un problème ? C'est toi qui achetais les chevaux ou les tuiles ? demanda Jakob avec un rire indulgent.

— Je ne suis pas certaine que nous pourrons aussi simplement refaire Raben Steinfeld à l'autre bout du monde, observa-t-elle avec une audace inhabituelle. Nous ne serons plus dans le Mecklembourg…

— Laisse-nous, moi et ton mari, nous charger de ça. Dès que de la terre nous aura été attribuée, vous pourrez vous marier, Ottfried et toi. Elsbeth aura treize ans le mois prochain, assez âgée pour me tenir le ménage. Il est grand temps que tu te maries, ça t'enlèvera de la tête tes idées de grandeur. Apprendre l'anglais… mieux que ton mari, possiblement ! Mais où va-t-on ? Maintenant, file au lit et demande au Seigneur de t'accorder l'humilité !

Ida s'allongea sur sa paillasse en soupirant. C'était donc ça le problème : elle ne devait pas parler mieux l'anglais qu'Ottfried ! Alors qu'elle avait toujours appris plus vite que lui. Elle se souvint du plaisir que lui procuraient l'école, l'apprentissage de la lecture et de l'écriture. Et de son bonheur quand le maître les félicitait.

Elle et Karl.

Durant l'heure libre du lendemain, Jakob Lange et les Brandmann ne quittèrent pas Ida de l'œil. Elle trouva néanmoins le moyen d'aller jusqu'au canot de sauvetage afin d'y récupérer la robe d'Elsbeth qui avait séché entre-temps. Elle jeta un regard furtif dans la direction où elle pensait que Karl se trouvait. Il l'observait en effet de loin.

Elle laissa glisser son livre sur la Nouvelle-Zélande sous la rame. Karl l'y trouverait à coup sûr. À sa grande surprise, sa main rencontra un autre livre. Elle le prit et le cacha dans la poche de sa jupe. Karl lui lança un clin d'œil quand, la cloche ayant annoncé la fin de la promenade, elle passa devant son réduit.

Plus tard, couchée, elle ouvrit le livre et aperçut un dessin représentant un colosse aux tatouages menaçants, un guerrier maori. Il s'agissait donc d'un livre sur son nouveau pays. Un bout de papier en tomba, avec l'inscription *From Karl, for Ida*.

Le cœur battant, elle murmura les exercices que Karl avait écrits à son intention : *My name is Ida. I live in Nelson, New Zealand. Your name is Karl. You live in Nelson, New Zealand. Ida has a brother. His name is Franz. He lives in Nelson, New Zealand. Ida has a sister. Her name is Elsbeth. She lives in Nelson, New Zealand. Karl and Ida and her family live in Nelson, New Zealand.*

Ayant retenu par cœur les phrases, elle se rendit compte alors que la dernière aurait dû commencer par «*Ottfried and Ida*». Mais ce n'était certainement pas la phrase qu'elle souhaitait prononcer en premier dans sa nouvelle langue. Elle préféra se concentrer sur ce qu'elle avait appris la veille: *Good night*, *Karl*. Elle renonça à ajouter *I am glad to see you*, car il n'était pas devant elle.

Mais, un peu plus tard, elle le vit dans ses rêves.

7

Le 3 mars, le *Sankt Pauli* fit escale à Bahia, au Brésil, en un lieu appelé Salvador, « le Sauveur », comme le signalèrent les missionnaires lors de l'office dominical, soulignant que les habitants de ce pays étaient de fieffés papistes. Il était donc interdit de se rendre dans une de leurs églises, a fortiori d'assister à une de leurs messes.

Nombre de femmes en furent chagrinées car des messes des morts devaient être célébrées. En effet, quelque temps avant l'arrivée à Bahia s'était déclarée une maladie qui ressemblait à la variole, le médecin du bord n'avait pas été affirmatif sur ce point. Elle avait en tout cas emporté trois petits enfants. Ida, elle, brûlait d'envie d'enfin fouler la terre ferme et d'échapper à l'exiguïté de l'entrepont.

Effectivement, l'escale fut pour elle plus qu'un intermède réconfortant. La découverte de Salvador de Bahia fut une authentique révélation, une image du paradis tel qu'elle se l'imaginait. Fascinée, elle contempla depuis le bateau de larges plages de sable clair, bordées de forêts verdoyantes et de pimpantes maisons de toutes les couleurs, sous un soleil chaud et radieux que jamais elle n'avait cru pouvoir exister. Sur le port, on vendait des fruits frais, inconnus, mais qui semblaient succulents. Surtout après la nourriture ingurgitée pendant des semaines !

Malheureusement, Beit commença par ne pas accorder aux colons l'autorisation de débarquer, prétextant que Salvador n'était pas sûre et que, livrés à eux-mêmes, ils seraient la proie des aigrefins et des assassins. Lange, Brandmann et d'autres tempêtèrent. Ils comprenaient bien entendu la mise en garde, et jamais ils n'auraient exposé femmes et enfants à de tels dangers. Mais qu'est-ce qui s'opposait à ce que les hommes jettent un coup d'œil à terre ?

Finalement, onze jeunes émigrants, des têtes brûlées, quittèrent le bateau en douce et parvinrent au consulat allemand où ils remirent une pétition. Réclamation qui ne remporta en fait guère de succès. Le personnel écouta leurs récriminations, prit la pétition et promit de la transmettre à la New Zealand Company. Mais ne s'engagea à aucune aide concrète. Un collaborateur accompagna néanmoins les onze à leur retour et demanda à s'entretenir avec le capitaine et Beit. Démarche provoquant un accès de fureur chez ce dernier, qui se vengea sitôt l'employé parti. Il convoqua les onze sur le pont, où il les laissa attendre sous un soleil brûlant, avant de rendre son verdict : chacun devrait payer une amende d'une demi-couronne pour avoir quitté le bâtiment sans autorisation. Démoralisés par le fait que le consul n'ait pas levé le petit doigt, les autres colons attendirent dans l'entrepont que leur soient enfin attribués les logements en ville promis.

Karl, lui, quitta le bateau en compagnie des matelots qui avaient aussitôt obtenu une permission à terre. Il visita la ville, observant l'activité des gens, généralement petits, bruns de peau et aux cheveux noirs, habillés de vêtements bariolés, riant beaucoup et parlant fort dans une langue qu'il ne comprenait pas. Aux alentours du port, beaucoup possédaient quelques bribes d'anglais. Karl fut très fier d'être compris quand il s'enquit d'un établissement de bain, lequel, malheureusement, se révéla un établissement d'un type très particulier qui fit monter le rouge au front du jeune garçon. Il eut plus de chance en ce qui concerne la nourriture. Dans une cuisine de rue, il obtint en échange d'un pfennig un ragoût de haricots avec de la viande, et du riz et des fruits. Il emporta ces derniers à bord et les déposa pour Ida sous le siège du canot de sauvetage.

To eat, écrivit-il sur un bout de papier, *mango, banana, orange.*

Il ajouta en allemand: «Il faut les peler.» Il aurait pu trouver ce verbe dans son dictionnaire, mais Ida ne l'aurait pas compris en dépit de ses rapides progrès, du moins concernant l'écrit, obtenus grâce à leur correspondance quotidienne secrète.

Leurs rencontres seraient plus faciles une fois à terre. Du moins l'espéraient-ils, Karl notamment, qui fut heureux d'entendre le capitaine leur annoncer le lendemain que des logements les attendaient un peu en dehors de Salvador.

Soulagés, les occupants de l'entrepont prirent possession de cabanes en bord de plage, «des baraques» selon le mot méprisant de Brandmann qui se plaignit sans plus tarder quand sa femme eut aperçu des cafards. Ida, elle, était sous le charme. Certes, ces cabanes en bois recouvertes de palmes étaient rudimentaires, mais la plage était d'une beauté à couper le souffle et la forêt tropicale en arrière-plan était paradisiaque. Il faisait soleil tous les jours, les fleurs exhalaient des parfums exotiques et, le soir, de la musique provenait de la ville proche, sur des rythmes endiablés mêlant le son des tambours, des flûtes et des mandolines.

Les habitants de Bahia étaient amicaux et ouverts. Très vite, des curieux, y compris des femmes et des enfants, se montrèrent dans ce campement improvisé, certains vendant des fruits et des légumes. Des marchands ambulants proposaient également des fruits, mais aussi des espèces de galettes de crabe frites. Des matelots montrèrent aux colons comment pêcher des poissons et les faire cuire aussitôt sur des feux allumés à même la plage. Peu à peu, les Mecklembourgeois purent compléter les maigres rations de Beit. Les autochtones marchaient à vrai dire toujours pieds nus, ce qui soulevait l'indignation de la plupart des femmes de colons, mais ravissait Ida qui osa enlever en cachette chaussures et bas pour se promener sur le sable chaud de la plage et patauger dans la mer. Elle ne s'était jamais sentie aussi légère et heureuse !

Ses compatriotes ne partageaient pas cette légèreté et persistaient à observer de leur mieux les règles et les coutumes de leur pays natal. Certains, se souvenant des mises en garde de Beit, se méfiaient des Brésiliens et de leur étrange alimentation. Jakob Lange, craignant l'empoisonnement, interdit ainsi à ses enfants d'accepter de la nourriture proposée par les indigènes. Frau Brandmann chassait les enfants étrangers, crépus et bruns de peau, qui s'approchaient de leurs feux.

Les missionnaires officiaient sur la plage, remerciant Dieu de leur avoir permis d'arriver déjà jusqu'ici, puis leurs ouailles chantaient en chœur ; quelques femmes, souffrant encore du mal du pays, tombaient en larmes. L'étrangeté de cette vie nouvelle soudait ainsi les rangs des futurs membres de la paroisse Sankt Pauli.

Karl en était toujours tenu à l'écart et il lui fallut une semaine entière avant de pouvoir parler avec Ida. Les femmes devaient aller puiser de l'eau potable dans un ruisseau coulant dans la forêt dominant la plage. Exceptionnellement, personne ce soir-là n'avait accompagné Ida quand elle était allée renouveler les provisions d'eau du ménage. Karl l'attendait.

— *Good afternoon, Ida! Can I help you?*

— *Thank you*, répondit-elle avec fierté. Oh, Karl, jamais je n'aurais pensé que cela puisse être aussi beau !

s'exclama-t-elle. Est-ce que ce sera aussi beau en Nouvelle-Zélande ?

— Je ne sais pas, mais je ne le pense pas. D'après ce que Beit a raconté à ton père, ce devrait, là-bas, ressembler au Mecklembourg. Les matelots disent que ça ressemble à l'Angleterre, qu'il y pleut beaucoup. Tu te plais ici, toi ?

— Plaire ? dit Ida en souriant. C'est trop peu dire. C'est le paradis ici. J'aimerais pouvoir y rester !

Karl reposa le seau qu'il lui avait pris des mains. C'était peut-être idiot, ce qu'il allait dire, mais il fallait saisir sa chance…

— Alors, restons ! Prenons la fuite ! Je trouverai du travail, dans le port par exemple. À Hambourg, j'ai déchargé des bateaux, c'était bien payé. Et si nous apprenions l'anglais, ou le portugais… Je connais déjà une phrase, Ida : *Você é linda*. Ça veut dire : tu es jolie.

Elle tourna la tête, confuse, mais Karl ne se laissa pas décourager.

— Il y a même un consulat allemand, Ida ! Nous nous y présenterons, ils pourront peut-être nous aider. Est-ce que tu veux rester ici avec moi, Ida Lange ? Veux-tu m'épouser ?

Elle eut un rire nerveux.

— Tu… tu plaisantes… Nous ne pouvons pas nous sauver comme ça, nous…

— Qui pourrait nous en empêcher ? s'écria-t-il, lui saisissant les mains.

Comme elle ne les retira pas immédiatement, il prit courage.

— Ton père ? Beit ? Si nous partons en douce, la nuit, avant que tous soient remontés à bord, ils ne nous rechercheront pas longtemps. Un ou deux jours, peut-être. Le capitaine n'acceptera pas d'être retardé plus longtemps. Nous nous cacherons. Dans la forêt, ou je louerai une pièce dans le port.

— Mais je ne peux pas t'épouser. Je vais épouser Ottfried, tu le sais bien. C'est décidé… et ma famille… je dois aller en Nouvelle-Zélande, dit Ida en retirant ses mains des siennes.

— Qui a décidé ? protesta-t-il. Dieu ? Je n'ai pas entendu de voix céleste ayant annoncé au monde qu'Ida Lange ne devrait épouser qu'Ottfried Brandmann.

— Tu blasphèmes, Karl ! s'exclama Ida en se signant. Je suis fiancée à Ottfried. Cela a été annoncé en chaire…

— Depuis une chaire du fin fond du Mecklembourg, à cinq mille miles d'ici ! Ça ne t'engage en rien, Ida ! Nous sommes dans un autre pays, un autre continent ! Nous sommes libres !

— Non, Karl, on ne peut échapper à son destin. Oui, je sais, tu l'essaies et tu as raison. Et je crois que c'est Dieu qui l'a décidé pour toi. Mais pas pour moi. Je dois faire ce que dit mon père. On doit honorer son père et sa mère, dit l'Écriture. Que penseraient de moi les gens du village si je partais comme ça avec toi ? Sans que Dieu et les hommes nous aient unis ! Ce serait pécher, Karl !

Bien que conscient qu'elle ne changerait plus d'avis, du moins pas pour l'instant, et que sa tentative avait été prématurée, il ne put s'empêcher de saisir à nouveau Ida par les avant-bras et de l'obliger à le regarder.

— Mais je t'aime, Ida ! Ça ne compte pas ?

— Non, répondit-elle avec calme. Ça ne compte pas du tout… Enfin… je veux dire que c'est bien que tu m'aimes, nous devons tous nous aimer les uns les autres, a dit Jésus-Christ. Mais pas comme… Pas comme mari et femme. Comme mari et femme, seuls Ottfried et moi nous le pourrons.

Karl eut envie de la secouer, mais aussi de l'attirer dans ses bras. Comment être bornée à ce point ? Elle devait pourtant ressentir la même chose que lui… il le lisait dans ses yeux… Une impulsion irrésistible le poussa à l'étreindre. Avant qu'elle ait pu prendre conscience de ce qui lui arrivait, il l'attira à lui et l'embrassa, sa langue cherchant sa bouche. Ida se tortilla, cherchant à échapper à l'étreinte, avant de céder. Ses lèvres s'ouvrirent et, une fraction de seconde, il sembla même qu'elle allait répondre au baiser. Mais non ! Elle ne s'enfuit pourtant pas quand il la lâcha. Désemparée, elle leva les yeux vers lui.

— Je regrette…, murmura-t-il. Mais… mais ne dis plus jamais que ça ne compte pas !

Sur ces mots, il se détourna. Peut-être avait-il tout fichu en l'air, mais au moins il l'avait embrassée !

Ida demeura sur place, figée. Un instant elle ferma les yeux, s'autorisant à revivre le baiser. Elle aurait voulu avoir honte et être furieuse, se sentir salie, dénoncer peut-être cette agression, mais elle ne ressentait que du bonheur. Ce qui était pire que tout le reste. Jamais plus, elle ne laisserait Karl l'approcher de si près. Le mieux serait sans doute de cesser leurs cachotteries. Son père avait raison, elle n'avait pas à apprendre l'anglais.

Elle rouvrit les yeux. Elle se résolut de ne plus penser aux trois mots portugais qu'elle venait d'entendre. *Você é linda…* Tu es jolie… Des mots qui vous faisaient rêver, mais elle n'avait pas le droit de rêver ! Sans doute le danger résidait-il là, peut-être qu'il y avait dans ces langues étrangères trop de mots portant à rêver…

Elle tenta de ne plus penser à Karl. Vaudrait-il mieux épouser Ottfried avant leur arrivée ? Montrer ainsi à Karl – et à Dieu – qu'elle ne trichait pas. Il lui faudrait se faire à cette idée. Mais, en dépit de son repentir, elle sut à l'instant qu'elle ne pourrait se l'imposer. Elle suivrait son destin avec humilité, mais elle ne le forcerait pas.

Tous les émigrants de Raben Steinfeld remontèrent à bord après vingt-quatre jours d'escale, pour la seconde partie de leur traversée. Deux passagers faisaient en revanche défaut, Hannes et Jost, qui avaient joué les filles de l'air.

— Des canailles ingrates ! explosa Beit dans sa fureur.

Karl ne fut pas étonné de leur défection. Leur piété lui avait d'emblée paru suspecte. Les deux lascars avaient dû s'embarquer pour profiter de quelques mois d'entretien gratuit. Jamais ils n'avaient levé le petit doigt quand la besogne pressait. La perspective de s'associer à une paroisse de dévots à l'autre bout du monde les avait certainement rebutés. Karl ne leur en voulait pas, mais l'idée de les imiter ne lui était à aucun moment venue à l'esprit. Cela aurait été, se dit-il avec un sourire amer, se dérober à son destin.

Car, il en était plus que jamais convaincu, son destin était lié à celui d'Ida !

8

Il fallut deux mois et demi supplémentaires pour atteindre la Nouvelle-Zélande. On était fin juin quand la terre fut en vue. La deuxième partie de la traversée, en dépit d'un temps variable, avait été paisible. Il régnait maintenant une fraîcheur certaine.

— C'est l'hiver en Australie et en Nouvelle-Zélande, confirma Hein à Karl qui lui empruntait un pull-over. Nous n'allons pas tarder à arriver. On devrait dans les prochains jours apercevoir la terre de Van Diemen.

— La fameuse île-prison ? demanda Karl, qui n'avait pas oublié ses lectures.

Il possédait toujours le livre acheté par Jakob Lange à Hambourg, qu'il avait échangé avec Ida contre le sien. Il espérait que le père ne découvrirait pas le pot aux roses, car Ida ne venant désormais plus au canot de sauvetage, toute restitution était devenue impossible. Elle passait le plus clair de son temps dans sa cabine et ne lui accordait plus un regard sur le pont. Il aurait voulu se gifler pour son audace à Bahia !

— Oui, l'île-prison, mais pas de souci, on n'y fait pas escale. Nous allons passer entre la terre de Van Diemen et l'Australie. Puis encore un peu moins de mille miles et on sera arrivés à Nelson. Tu veux vraiment rester là-bas ? Réfléchis bien. Tu as creusé ton trou ici, sur le bateau, et je parie que le capitaine serait heureux que tu t'engages.

Karl accueillit le compliment avec plaisir, mais il n'arrivait pas à s'imaginer passer sa vie sur un bateau. Il avait envie de travailler la terre, même si, à nouveau, ce n'était pas la sienne.

Il faisait nuit noire quand le *Sankt Pauli* accosta à Nelson. Au réveil, les colons contemplèrent avec ahurissement les maisons de bois toutes simples entourant le bassin portuaire, de jolies constructions à pignon, fonctionnelles, à deux étages généralement, avec une véranda ou une boutique au rez-de-chaussée. Toutes assez neuves et aux couleurs pastel, le bleu et le jaune prédominant. De la jetée qui entourait le port partaient de petites rues accueillantes et propres. Les habitants vaquaient déjà à leurs occupations quotidiennes et, à leur vue, Frau Brandmann, qui craignait de rencontrer des «indigènes», se sentit rassurée. Ces gens étaient blancs et habillés comme eux. Ils se protégeaient du froid hivernal avec de simples châles, car la température était bien moins rigoureuse qu'au Mecklembourg.

— Quand pourrons-nous débarquer? s'enquit Lange auprès du capitaine. J'aimerais voir notre pays le plus tôt possible…

— Du calme, du calme, monsieur Lange, sourit le marin. M. Beit est parti dès l'aube chercher Arthur Wakefield, le fondateur de Nelson et le mandataire de la Compagnie. C'est lui qui vous attribuera vos parcelles dans les prochains jours. D'ici là, vous serez logés à Nelson. Mais je n'en sais pas davantage. Ayez encore un peu de patience et remerciez Dieu pour cette traversée relativement calme…

Durant les quelque six mois de mer, on avait juste déploré le décès de six enfants, bilan tragique en soi, mais bien inférieur aux pertes habituelles dans ce genre de voyage. Comme les missionnaires avaient accompagné Beit, ce sont Lange et Brandmann qui tinrent un office divin improvisé. Mais ils avaient la tête ailleurs, inquiets de l'absence de Beit. Leur inquiétude grandit encore quand ils le virent, de loin, arriver écumant de rage.

— Qu'en est-il de notre terre ? l'apostropha Lange à peine eut-il mis le pied sur le pont. Quand allons-nous... ?

— Il n'y a pas de terre ! éructa Beit, fou de fureur. Je suis désolé, je suis aussi déçu et indigné que vous. Mais entre-temps il est arrivé d'Angleterre de nouveaux colons à qui Wakefield a attribué les terres qui nous étaient destinées. Maintenant il faut...

La suite de ses paroles se perdit dans les cris de rage.

— Pas de terre ?

— On nous a floués !

— Et notre argent ?

Beit leva la main pour obtenir un peu de silence. N'y parvenant pas, il se mit à hurler :

— Taisez-vous ! Laissez-moi vous donner des explications ! Flouer n'est pas le mot juste : regardez autour de vous, de la terre, il y en a ici à revendre. On en trouvera pour vous ! Mais pas tout de suite. À moins que vous vous décidiez pour les quelques bouts de terrain qui restent. Wakefield n'a pas tout attribué. Mais ces bouts sont séparés les uns des autres. Vous auriez alors des voisins anglais...

— On nous a promis que nous obtiendrions notre propre propriété collective, protesta Lange. Ce n'est que dans ces conditions que nous...

— Je le sais, et si vous y tenez, cela se fera. Dans quelque temps, d'autres terrains seront défrichés. Dans la plaine du Wairau, au bord d'une rivière, à trente miles à l'est d'ici. Une terre exceptionnellement fertile. L'arpentage devrait être en cours.

— Devrait ? s'inquiéta Brandmann. Alors, l'arpentage est en cours ou non ?

— Eh bien… euh… il y a de petits problèmes… des malentendus… avec les indigènes, les Maoris.

— Avec les sauvages ? En quoi cela les regarde-t-il ?

— Eh bien… ils… ils considèrent dans une certaine mesure ce pays comme le leur.

Nouveau tumulte ! Certains colons vilipendant les « sauvages », d'autres Beit et Wakefield.

Brandmann imposa le silence en se plantant devant Beit.

— À quoi devons-nous nous attendre, Beit ? À des attaques d'Indiens ? Les problèmes de propriété n'avaient pas été réglés avant qu'on fasse venir des colons ?

— Si ! le capitaine Wakefield a acheté la terre aux Maoris, ici à Nelson et dans la plaine du Wairau. Mais le chef de ces gens-là ne veut pas le reconnaître. En bref, il veut toucher plus ! Et il joue à présent les émeutiers. Il a incendié les cabanes des arpenteurs, avant de les chasser. Cela vient juste de se produire et le capitaine n'a donc pu déjà réagir. Mais ce n'est qu'une question de jours. Le chef de la police, Augustus Thompson, prépare une expédition pour aller arrêter le meneur dans son campement. Il sera jugé comme incendiaire à Nelson. Il semble que ce soulèvement soit le fait de ce Te Rauparaha. En général, ces sauvages sont d'un abord facile. Le problème sera donc bientôt réglé. Mais pas du jour au lendemain. Je suis désolé…

Beit avait effectivement l'air contrit, ce qui apaisa un peu les colons.

— Et jusque-là ? On va de nouveau camper sur la plage ? demanda Brandmann.

— Bien sûr que non ! Votre entretien est assuré pour les trois prochains mois. D'honorables habitants de Nelson se sont proposés pour vous accueillir et la Compagnie financera votre séjour. Le capitaine Wakefield m'a demandé de vous souhaiter la bienvenue de sa part en dépit de ces contrariétés indépendantes de sa volonté. On va vous remettre vos nouveaux papiers, puisque la nationalité britannique vous est accordée. Préparez donc vos bagages. Ma fille est en train de dresser la liste des habitants chez lesquels vous allez être répartis. Les familles ne seront pas séparées, soyez sans crainte. Essayez de considérer ces contretemps comme une chance, car vous pourrez faire ainsi la connaissance de vos nouveaux compatriotes, explorer Nelson et ses environs… Et, je le répète, bienvenue en Nouvelle-Zélande, *ladies and gentlemen* !

La famille d'Ida se retrouva bientôt sur la jetée venteuse. Beit avait indiqué que les coffres et les malles seraient entreposés afin de ne pas encombrer les hôtes. Il fallait donc s'attendre à être logé à nouveau dans un espace restreint et à ne pouvoir se changer. Et se montrer reconnaissant envers des inconnus. Ida soupira à cette idée. Le seul avantage de ce fâcheux contretemps était de repousser son mariage avec Ottfried.

Abattue, elle suivit son père, à qui Jane Beit avait remis un bout de papier avec une adresse : Mortimer Partridge, 8 Trafalgar Street. Il voulut demander son chemin, mais il était incapable de se faire comprendre. Un homme finit par lui prendre le billet des mains et, dans l'incapacité de se faire entendre à son tour, il dessina dans la poussière du chemin le trajet à suivre.

— *Thank you*, dit Ida timidement.

Son père lui lança un regard mauvais.

— Tous mes remerciements pour la peine que vous vous êtes donnée, monsieur ! dit-il à son tour, en allemand – d'une voix tonitruante, comme s'il avait affaire à un sourd.

— *You're welcome. Have a nice day!* répondit l'homme avec un clin d'œil complice pour Ida dont le cœur se mit à faire des cabrioles tant elle était fière d'avoir compris.

Le reste de cette journée qui avait si mal commencé se passa de manière plus heureuse pour les Lange. Leurs hôtes, M. Partridge, un petit homme rouquin, et sa femme Alice, rondelette et à l'aspect maternel, possédaient une maison dans une rue animée. Ils n'avaient qu'un enfant, un garçon de l'âge de Franz. Ils avaient visiblement compté sur une progéniture plus nombreuse, car deux vastes chambres à coucher étaient inoccupées. Mrs Partridge en attribua une à Jakob et à Anton, l'autre serait partagée entre Ida, Franz et Elsbeth. Il n'y avait que deux lits dans cette dernière, mais Mrs Partridge fit comprendre à Ida qu'ils pourraient sans peine en monter un autre, car ils tenaient une épicerie et vendaient aussi des matelas ou de la literie.

— On pourrait peut-être acheter le lit de Franz, proposa Ida.

— Nous n'avons pas assez d'argent pour faire des cadeaux, Ida, trancha Jakob d'un ton sec. Je fabriquerai moi-même un lit. Ou bien Ottfried le fera. Comme ça, son salaire restera dans la famille.

Il remercia ensuite les Partridge de la même voix tonitruante que précédemment dans la rue. Ils répondirent par un sourire amical. Accueillants et désireux de s'entretenir, ils ne parlaient malheureusement pas un mot d'allemand. Ce qui n'empêcha pas Mrs Partridge d'adresser sans cesse la parole à Franz, qu'elle avait placé à côté de son fils, Paul, pour le repas. Le jeune garçon apprit très vite de nouveaux mots anglais.

— *Pea!* annonça Paul en le bombardant de petits pois.

— *Roastbeef*, ajouta Mrs Partridge en montrant la viande qui, au goût d'Ida, n'avait pas été servie assez cuite.

Paul ayant demandé comment s'appelait Franz, sa mère prénomma Francis le jeune Lange qui rougit de plaisir. Ida, bravant la réaction possible de son père, se montra du doigt et dit « Aïda ». Les Partridge applaudirent.

— Et moi, je peux aussi avoir un nom ? réclama Elsbeth qui, la seconde suivante, devint Elizabeth.

Après le repas, tous les Lange prirent un bain dont le besoin se faisait sentir, au sens littéral du terme. Ida et Anton passèrent la moitié de l'après-midi à charrier de l'eau pour remplir le baquet des Partridge. L'accueillante hôtesse alla chercher au magasin des vêtements et sous-vêtements pour les deux filles. Ida insista pour que son père les paie.

— Il nous faudrait trop de temps pour en confectionner d'autres, dit-elle, vêtue d'une robe bleue à bordures rouges que lui avait choisie Mrs Partridge. Nous ne pouvons plus nous montrer dans nos vieux vêtements, ils sont tachés et usés. Regarde un peu comme ceux-ci sont beaux, Père ! Je n'avais encore jamais vu une robe avec de la dentelle ! ajouta-t-elle en montrant Elsbeth.

Jakob Lange fut loin d'être enchanté par les nouvelles tenues de ses filles, qui ne répondaient pas aux conceptions d'un vieux-luthérien, et il le laissa voir. Mais il paya.

Pour le dîner, il y eut du pain et de la charcuterie en tranches. Si M. Partridge, à midi, avait souhaité la bienvenue à ses invités en quelques mots, Jakob Lange se crut obligé, avant toute chose, de présenter solennellement et toujours d'une voix tonitruante ses remerciements pour l'accueil qui leur était réservé. Les Partridge écoutèrent avec patience sa tirade.

— *Thank you*, Jakob ! dit enfin avec soulagement Mortimer Partridge. *But you have to learn English. God might understand you. But the rest of us…*

Après un sommeil réparateur dans des draps propres et frais, Ida salua ses hôtes en anglais. Elsbeth l'imita, suscitant l'euphorie de Mrs Partridge. Ida et Betty allaient à coup sûr apprendre très rapidement leur nouvelle langue, estima-t-elle. Sans plus tarder, elle les prit sous son aile, les initiant à la préparation d'un petit déjeuner anglais. Ida confectionna du porridge, Elsbeth prépara du *coffee*.

Après le petit déjeuner, Jakob Lange se rendit à l'administration municipale afin de retirer leurs nouveaux papiers d'identité, de s'informer de leur situation et, surtout, de s'entretenir avec ses anciens compatriotes. Il revint ensuite, accompagné de Peter et Ottfried Brandmann, et trouva ses enfants occupés, Anton comme homme à tout faire dans le magasin, Franz lançant à Paul un ballon en forme d'œuf dans la cour et les deux filles chantant en anglais dans la cuisine.

Jakob Lange lança à ses filles un regard furieux et aux Brandmann un regard entendu. Ida, quand les trois hommes s'éloignèrent, l'entendit déclarer à ses compagnons :

— Eh bien, vous voyez ce que je vous disais. Il nous faut partir d'ici au plus vite, ils font de nos enfants des étrangers.

9

Jane Beit s'ennuyait à nouveau. Explorer la vaste maison que la New Zealand Company avait fait construire pour sa famille ne lui avait pris que quelques heures. Maussade, elle avait pris possession de sa grande chambre à coucher déjà meublée. D'autres femmes se seraient peut-être plu à la décorer, mais pas Jane qui, de surcroît, ne trouvait pas utile de surveiller Margaret Hansen, la femme de chambre, occupée à déballer et ranger ses affaires.

Flânant d'une pièce à l'autre, elle tomba sur son père dans son comptoir. Il parut heureux de la voir.

— Ah, Jane, tu n'as rien de précis à faire ? Tiens, il y aurait une facture à établir…

S'approchant, elle reconnut les papiers des colons. Son père devait certainement informer la Compagnie de l'heureuse arrivée des passagers du *Sankt Pauli* afin de pouvoir toucher sa rétribution. Cette paperasserie le rebutait.

— Volontiers ! Y a-t-il des formulaires ou faut-il que j'établisse la facture sur une feuille avec ton en-tête ? D'ailleurs est-ce que tout cela a déjà été déballé ?

— Ça doit être là quelque part. Tout à l'heure, quand Hansen a vidé les coffres, je l'ai eu entre les mains… Tu vas vraiment arriver à t'en sortir seule ? Il faut que je passe à la municipalité. Wakefield organise une expédition pour aller voir les Maoris, pour cette histoire de la vallée du Wairau. Je vais essayer de trouver quelques gars du *Sankt Pauli* pour qu'ils y participent. Ça les occuperait.

— Bien sûr que je m'en sortirai, affirma Jane, qui avait déjà eu vent de cette expédition punitive. Ne t'en fais pas, je trouverai tout ça.

Beit partit sans demander son reste et Jane fut heureuse de pouvoir consacrer quelques heures à une occupation moins abrutissante que le rangement des armoires. Après avoir consulté les listes de passagers du capitaine Schacht et constaté qu'elle n'aurait aucun mal à établir le nombre de personnes dont son père avait la charge, elle partit à la recherche du papier à en-tête qu'elle savait avoir elle-même emballé au départ de Hambourg, soulevant les liasses et documents épars sur le bureau paternel. C'est alors qu'elle tomba sur un dossier dont le titre l'intrigua :

Enquête gouvernementale à propos de l'achat de terres et de l'implantation d'immigrants dans la baie de Tasman.

De quoi pouvait-il bien s'agir ? Elle s'empara du document. L'auteur en était un certain William Spain, un chargé de mission du gouverneur d'Auckland, responsable des litiges territoriaux. Bien que sachant que son père en serait mécontent, elle se mit à lire. Il était à coup sûr question des colons du Mecklembourg. S'il la prenait en flagrant délit, elle trouverait une excuse.

Le haut fonctionnaire, après quelques rapides lieux communs, allait droit au fait : l'acquisition par la New Zealand Company de terres sur lesquelles Nelson et les colonies environnantes avaient été construites avait donné lieu à une plainte. De la part d'un chef maori ! Te Rauparaha, *ariki* de la tribu des Ngati Toa. Il prétendait avoir été escroqué lors de la vente des terres de sa tribu au capitaine Wakefield. La somme citée par Spain dans son rapport parut effectivement ridiculement faible à Jane pour ces immenses territoires. Il était certes habituel d'extorquer leurs terres aux Maoris pour une bouchée de pain avant de les revendre bien plus cher aux nouveaux colons. Mais les profits que la New Zealand Company espérait tirer de l'opération étaient « excessifs », selon l'expression prudente de Spain.

La malchance pour Arthur Wakefield avait été que Te Rauparaha l'eût très vite remarqué et qu'il connût déjà assez bien les manières d'agir de ses voisins blancs pour ne pas les affronter à la tête d'une troupe insuffisamment armée. Au contraire, il avait porté plainte, de manière tout à fait civilisée, auprès du gouverneur de l'île du Nord, observant que de la terre avait été attribuée à des colons alors qu'elle n'était pas incluse dans l'accord signé et ajoutant qu'il joignait à sa plainte les cartes prouvant que les Maoris étaient dans leur droit.

Jane vérifia si ces annexes étaient effectivement jointes. Elle fut terrifiée. Il était évident que le chef disait la vérité. Le capitaine Wakefield avait pour une bonne part outrepassé le contenu des accords signés avec Te Rauparaha ! Et voilà que William Spain, dans son rapport, menaçait de révéler le pot aux roses ! Jane s'imaginait sans peine ce que cela signifiait : s'il exigeait le strict respect des accords signés, quelques colons déjà installés perdraient leurs terres. Et d'autres, comme ces Allemands du *Sankt Pauli*, devraient renoncer dans un premier temps à se voir attribuer le moindre lopin. Ils allaient donc réclamer leur remboursement… Jane avait entre les mains une véritable bombe. Les jours de la New Zealand Company étaient peut-être comptés !

Certes, Spain avançait qu'il y avait des moyens d'éviter le conflit. Mais… Un frisson parcourut l'échine de Jane quand elle se rappela ce qu'Arthur Wakefield avait derrière la tête ! Peut-être que son père l'ignorait encore, mais c'est ce document qui avait motivé sans aucun doute l'expédition prévue contre les Maoris en lieu et place des négociations envisagées par Spain. Le chef de la tribu se laisserait-il intimider par un déploiement de forces ? Non, il fallait envisager d'autres solutions.

Jane se mit à l'œuvre et, en quelques secondes, trouva les dossiers de la Compagnie dans l'armoire de son père. Un coup d'œil lui suffit pour prendre connaissance des recettes et des dépenses ; elle fut rassurée de constater que les sommes inscrites au crédit étaient considérables : même s'il faudrait un jour dédommager les Maoris, cela serait possible sans mettre la Compagnie en péril. À condition que le dédommagement ne fût pas excessif… Elle réfléchit aux stratégies possibles en vue de satisfaire les Maoris.

Elle conçut les grandes lignes d'une lettre apaisante adressée à la Commission des revendications territoriales où serait exprimé le désir de la Compagnie de mettre fin aux malentendus, s'imaginant qu'on pourrait peut-être associer son père aux négociations avec les Maoris. Il ne parlait pas leur langue, mais il avait un grand pouvoir de conviction. N'avait-il pas convaincu une pleine cargaison de paysans mecklembourgeois obtus de se rendre en pays inconnu ? Il serait certainement capable de convaincre ce chef de tribu de renoncer, moyennant un prix raisonnable, aux terres déjà attribuées.

Alors que l'opération punitive de Thompson et de Wakefield était à coup sûr une erreur. Plus Jane recueillait d'informations à la lecture des documents, plus il lui paraissait inopportun de se montrer agressif envers ce Te Rauparaha, de le forcer à quoi que ce soit, voire de l'arrêter. Cela pourrait provoquer une guerre qui reviendrait plus cher à la Compagnie que payer des dédommagements. Elle conçut aussi un plan détaillé afin de rassembler les sommes nécessaires. Les revenus de la Compagnie en seraient naturellement diminués, de même que les gains escomptés par Wakefield et son père, qui devraient réduire leur train de vie. Il faudrait de même restreindre sans doute les investissements pour la voirie et l'entretien des bâtiments publics, ce que les habitants comprendraient si on leur présentait les termes du choix : moins de croissance ou guerre. Jane jeta alors sur le papier les grandes lignes d'une allocution que son père ou, mieux encore, Wakefield pourrait prononcer devant les colons.

Quelques heures plus tard, une liste complète de mesures à prendre et de projets de textes était posée sur le bureau et Jane, très fière d'elle, attendait son père, certaine qu'il allait aussitôt demander à voir Wakefield.

À peine fut-il entré qu'elle lui présenta le fruit de son travail. Il paraissait de joyeuse humeur, sans doute du whisky avait-il été servi chez Wakefield. Mais il n'était pas ivre. Tant mieux !

– Mais que fais-tu encore ici ? s'étonna-t-il. Tu n'as pas fini la facture ?

Elle avait effectivement totalement oublié sa mission première.

– Je n'ai pas encore commencé. Mais regarde, Père… j'ai trouvé ça, dit-elle, tout excitée en lui tendant le rapport de Spain, il faut que tu le lises. Je suis tombée dessus quand…

– Tu lis mon courrier ?

Mais, avant d'admonester sa fille comme il en avait l'habitude en pareille circonstance, il parut comme tétanisé par ce qu'il lisait. Elle avait donc eu raison : il n'avait jusqu'ici pas été informé de la plainte de Te Rauparaha ! Il termina rapidement sa lecture et jeta le papier sur son bureau.

— Fâcheux ! Mais c'est le problème de Wakefield. Curieux quand même qu'il n'en ait rien dit… Mais qu'as-tu à voir avec tout ça, Jane ? C'est inouï ! Tu ouvres mon courrier alors que je te confie la garde de mon bureau ! Je…

— Père, c'est un pur hasard. Ce rapport m'est tombé sous l'œil, je n'ai ouvert aucune enveloppe. Mais tout cela est sans importance. Le problème, c'est de savoir comment réagir à cette plainte et à la lettre du gouverneur, puisque c'est en son nom que parle ce Spain. Il faut faire quelque chose. Mais pas faire parler les armes ! Tu ne penses tout de même pas que cette expédition de Wakefield va arranger quoi que ce soit ?

Sans laisser son père l'interrompre, elle lui exposa son plan avec flamme, attendant des félicitations, car il la laissa parler jusqu'au moment où il éclata d'un rire tonitruant.

— Incroyable ! Ma petite Jane veut sauver la Compagnie ! Après avoir été la seule à déceler ce qui la menaçait ! Jane, ma petite, tu plaisantes ou quoi ?

— Mais Père, quiconque tant soit peu au courant de la situation financière de la Compagnie doit s'inquiéter. Le gouverneur peut la briser s'il en a envie : il lui suffit d'accéder aux demandes des Maoris. Les dédommagements qu'auraient à payer les colons seraient considérables ! Sans compter que les indigènes auraient alors le droit de récupérer leurs terres dans l'état où elles étaient à l'origine, faire détruire les habitations d'une bonne partie de Nelson ! Père, il faut de toute urgence négocier avec les Maoris.

— Tais-toi ! explosa-t-il. Et ne parle de tout ceci à personne ! Tu attirerais sur nous la risée générale…

— Ou peut-être que je convaincrais des gens plus influents que moi ! eut-elle l'audace de dire. Que dirait de tout ça M. Tuckett, le responsable de l'arpentage des terres ? Vous avez déjà eu des difficultés avec lui, non ? Père, si vous ne mettez pas tous les gens dans le coup, si vous n'apaisez pas les Maoris et le gouvernement et si vous n'associez pas des gens comme Tuckett aux décisions concernant les colons, la Compagnie n'a plus de longs jours devant elle !

Beit leva la main et gifla sa fille. C'était la première fois qu'il frappait un de ses enfants. Cette gifle fut une énorme surprise pour Jane… et un signal d'alarme. Son père avait saisi la bombe qu'était ce rapport ! Mais il n'était pas disposé à en tirer les conclusions logiques.

— Il faut absolument faire quelque chose, Père ! l'implora-t-elle quand même. Il ne sert à rien de me punir ! Je ne suis que… eh bien, je suis celle qui t'a apporté de mauvaises nouvelles. Mais je peux t'aider à résoudre ce problème. Lis ce que je propose, Père, je t'en prie. Empêche ces représailles contre Te Rauparaha !

— S'il y a une chose que j'empêcherai, c'est que tu continues à t'occuper de problèmes qui ne te regardent en rien et auxquels tu ne comprends rien. Les curés ont raison : Dieu ne peut trouver bon que les femmes se mêlent des affaires. Et je vais régler très vite tout ça. Il est temps que tu consacres ton temps aux affaires de femmes. Je ne t'ai pas assez serré la bride, Jane. Ta mère avait raison ! Soucie-toi de ta dot et de ton trousseau, fillette. Dès que j'aurai trouvé un homme qui fasse un tant soit peu l'affaire, nous te marierons !

10

— Tu vas te joindre à eux ! déclara Peter Brandmann à son fils d'une voix ne souffrant pas contradiction. Je veux que tu observes ce qui va se passer !

— Mais je ne comprendrai pas le moindre mot, objecta encore Ottfried, toujours aussi hésitant quant à sa participation à l'expédition.

Certes, il brûlait d'envie d'échapper un peu à sa famille, car son père, depuis qu'ils étaient à Nelson, soumettait ses enfants à un contrôle strict. Fini, les bars brésiliens et les rencontres avec d'autres jeunes ! Pas moyen d'aller boire une bière dans ce qu'on appelait ici un pub ! Surtout que sa mère gardait ses enfants groupés autour d'elle, tant elle se déplaisait chez le couple d'Écossais qui les hébergeait dans leur petite maison. Redoutant que ces gens exercent une mauvaise influence sur ses enfants, elle opposait un visage rébarbatif à toutes leurs tentatives d'approche. Ottfried avait donc hâte de quitter ce logement et de s'éloigner des siens. Mais l'idée de s'associer à une expédition militaire contre des indigènes ne le séduisait pas non plus. Il n'avait pas passé des mois en mer pour venir se faire scalper !

Or, son père et Jakob Lange étaient inflexibles.

— Qu'y a-t-il à comprendre ? Tu as des yeux pour voir et tu pourras ensuite nous raconter ce que tu as vu. Par exemple, comment s'est déroulée l'arrestation, s'il y a eu des résistances…

— Il est important que nous fassions acte de présence, ajouta Lange. Nous ne pouvons envoyer les Anglais tirer les marrons du feu. Ils doivent constater que nous nous engageons, que nous sommes prêts à nous battre pour notre terre…

— Nous battre ? Mais je n'ai pas même un fusil, objecta le jeune homme, dont la formation militaire se réduisait au tir à la fronde contre les oiseaux du Mecklembourg.

— Mon Dieu, ils vont bien vous armer, non ? fulmina Lange tandis que, haussant les épaules, Brandmann concédait :

— D'accord, on va en acheter un. Il sera de toute façon bon de posséder chez nous une arme de chasse et, qui sait, nous aurons peut-être à nous défendre dans ce pays de sauvages…

— Tu as raison, Peter. Moi aussi, je devrais peut-être…

— Anton vient, lui aussi ? demanda Ottfried, soudain ragaillardi à l'idée de ne plus partir seul.

— Anton n'a que seize ans, objecta Lange. Ils n'emmènent pas d'enfants ! Pour l'instant, à ce que je sais, il n'y a que ce Jensch qui soit de la partie, le dernier de ceux à qui je confierais le soin de défendre notre terre !

Karl avait en effet été le premier à s'inscrire quand on avait fait appel à des volontaires, y voyant une chance de gagner un peu d'argent, de découvrir le pays, de rencontrer des indigènes et de manger gratis quelques jours. Aucune famille ne s'était proposée pour l'accueillir, Beit ne s'étant pas senti obligé envers lui puisqu'il ne recevait pas de terre. Il avait passé les premières nuits dans un réduit, à côté d'un pub du port, dont le propriétaire lui laissait la jouissance en échange de quelques travaux. Mais Karl ne se voyait pas nettoyer éternellement des tables de bistrot…

— Et Jensch n'a sans doute pas d'arme, poursuivit Lange. Qui sait, peut-être qu'ils ne le prendront pas s'ils disposent d'assez de volontaires. Tu vas t'engager, Ottfried, et nous allons voir s'il n'y a pas une boutique qui vend des armes.

Le seul magasin susceptible d'en vendre se trouvait sur le port. Le propriétaire, ayant longtemps travaillé dans la station baleinière dirigée par Georg Hempelmann, parlait l'allemand. Aussi fut-il heureux d'en faire étalage auprès de ses nouveaux clients. Le problème était que, spécialisé dans les articles de pêche, il ne vendait pas d'armes à feu.

— Ici, il n'y a rien à chasser, expliqua-t-il. Les animaux ne sont ni dangereux ni comestibles. Il n'existe que quelques oiseaux, dont la plupart ne volent même pas. Ils s'enterrent au pied des arbres pendant la journée. Les Maoris n'ont qu'à les ramasser.

Ottfried trouva rassurant que les indigènes n'aient pas besoin d'armes. Mais Lange voulut savoir s'ils ne représentaient pas pourtant un réel danger pour l'expédition projetée.

— Allons donc, rigola le commerçant. Les Maoris sont pacifiques. On peut toujours s'arranger, avec eux. Mon ancien patron a eu des problèmes avec eux les premières années, puis il leur a offert une barque et ensuite ça a bien marché. Et ici, ce Te Rauparaha… il est furieux, et pas sans raisons. L'année passée, une femme de sa tribu a été tuée par l'un des colons. Wakefield a laissé l'assassin s'enfuir. Intentionnellement ou pas, la question n'a pas été résolue, mais le chef ne se sent pas pris au sérieux. Voilà pourquoi il fait à présent des difficultés. Au lieu de négocier et de présenter des excuses, le chef de la police brandit une menace de guerre. Au fond, c'est une guerre pour le pouvoir entre nos deux petits hommes – notre policier mesure tout juste un mètre cinquante et l'autre chef n'est guère plus grand – qui aiment l'un et l'autre jouer les importants. Il ne faut pas prendre ça au sérieux, tant que ça ne dégénère pas.

— Dégénérer ? Comment ça ? s'inquiéta Lange.

— Eh bien, dit le commerçant en se grattant le menton, je vois que Thompson fait une expédition dans la vallée du Wairau avec un ramassis de types qui n'ont encore jamais vu le moindre Maori. Il se peut qu'ils aient l'humeur guerrière. Et les guerriers maoris ne sont pas non plus des petits saints. S'ils se rencontrent, il se pourrait que Wakefield et Te Rauparaha perdent le contrôle de leurs troupes, que s'engage un combat et que les choses tournent mal. Mais si tout se déroule normalement, ils se disputeront un peu, ils évoqueront l'assassinat impuni et l'incendie, feront des concessions réciproques. Chacun repartira de son côté et enverra de nouveaux négociateurs, si bien que, dans quelques mois, le propriétaire touchera une rallonge et que les arpenteurs pourront reprendre le travail.

— Dans quelques mois, l'arpentage pourra reprendre ? s'étouffa Peter Brandmann. Il va donc falloir attendre au moins un an avant que nous puissions cultiver nos terres !

— C'est possible, concéda le commerçant. Mais qu'y faire ? Je peux vous vendre un équipement de pêcheur. Vous pouvez pêcher ici ou là, à votre guise, ça aide à passer le temps…

Ce fut au tour de Lange de s'étrangler de fureur.

— Vous n'avez pas d'armes du tout ? insista Ottfried, de moins en moins désireux d'affronter les indigènes sans arme.

— Bon, puisque vous insistez. J'aurais bien quelque part ici un fusil. Une espèce d'aventurier me l'a échangé contre une ligne pour la pêche. Sans doute quelque soldat déserteur. C'est un bel objet, mais un vieux rossignol. Personne jusqu'ici ne s'y est intéressé.

Peter Brandmann, qui n'avait aucune notion de ce qu'était une arme à feu, l'examina d'un air de connaisseur.

— Une bonne raison, alors, de nous faire un prix !

Peu de temps après, le commerçant alla dans sa cour, accompagné des immigrants, afin d'apprendre à Ottfried à se servir de l'engin. Le jeune homme sut bientôt comment charger l'arme et tirer. Parfois même dans la direction souhaitée ! Les trois hommes s'en retournèrent chez eux, satisfaits.

— Je ne comprends pas ce Wakefield, déclara Jakob Lange en chemin. Il ne devrait faire qu'une bouchée d'une bande de sauvages qui ne tirent même pas avec un arc et des flèches et se contentent de déterrer leur gibier. Il devrait raser leur campement comme ils ont, eux, rasé celui des arpenteurs et anéantir ces types.

— Ce ne serait pas une manière d'agir chrétienne, objecta Brandmann.

— Foutaises ! Ce ne sont après tout que des païens… Il ne peut être agréable à Dieu qu'ils bloquent ainsi nos terres.

Le 17 juin 1843, Ottfried, Karl et quarante-neuf autres hommes montèrent à bord du brick gouvernemental *Victoria*. À part les arpenteurs, tous ces volontaires étaient armés. Thompson avait même remis un fusil à Karl. Mais aucune formation dans le maniement des armes n'avait été dispensée. Le bâtiment remonta le cours du Wairau, au bord duquel on estimait que devait se trouver le campement des Maoris. Chacun comptait le trouver en quelques heures.

– Ensuite, j'espère que cette affaire des terres sera réglée, expliqua Jakob Lange à ses enfants, ignorant les réserves du commerçant.

La veille, Beit avait informé les immigrants que le capitaine Wakefield envisageait de déposer les arpenteurs dans la vallée du Wairau, dès que le chef maori aurait été arrêté. Les travaux de mise en valeur commenceraient ensuite sans retard.

– Prions maintenant pour que Dieu nous accorde sa miséricorde, reprit Lange en joignant les mains. Oh, Seigneur, tends une main secourable notamment à mon futur gendre Ottfried. Qu'il accomplisse son devoir pour nous tous et nous revienne en bonne santé et victorieux !

Ida s'associa sagement à la prière, mais, en cachette, en rajouta une pour Karl. Elle était inquiète pour les deux hommes. Et se demandait si le Seigneur pouvait accorder sa bénédiction à une existence nouvelle commençant par une expédition punitive contre les premiers habitants du pays…

LA BLONDE MAORIE

Vallée du Wairau, Nelson

1843

1

– Tu vas traduire, n'est-ce pas ? s'assura Te Puaha.

Avant l'arrivée de Cat chez les Maoris, six ans plus tôt, c'est lui qui s'acquittait de cette mission et il ne s'était jamais défilé. Récemment encore, quand Te Rauparaha avait chassé les arpenteurs de Wakefield du territoire des Ngati Toa, il leur avait fait comprendre, poliment, mais clairement, qu'ils étaient indésirables. Bien que s'exprimant correctement dans la langue des *pakehas*, Te Puaha ne serait cette fois pas à la hauteur de la tâche. Comme les gens de Wakefield venaient au village, et non le contraire, la jeune fille pourrait sans danger participer aux négociations.

– Bien sûr, répondit-elle. De toute façon, tout le monde sera là, puisque Te Ronga a préconisé un *powhiri* en bonne et due forme.

– On pourrait tout aussi bien s'en passer, car les *pakehas* n'apprécient pas qu'on les accueille avec des danses et des chants. Cela va plutôt les contrarier, ces gens n'ont pas de patience.

– Mais c'est *tikanga*, objecta Cat, rapportant les propos de sa mère adoptive. Les dieux seront plus favorables aux négociations si nous respectons les usages. Nous abrégerons. Je me suis déjà mise d'accord avec Te Ronga à ce sujet, nous respecterons ainsi l'usage des *pakehas* d'en venir rapidement au fait.

— Tu as fait au mieux, répondit avec un clin d'œil le vigoureux jeune homme, un neveu du chef. Je crois que je vais les saluer et leur souhaiter la bienvenue à leur bord, puis les conduire à terre et les mener au lieu où se dérouleront les négociations. Tu nous rejoindras à la fin de la cérémonie.

Cat rejeta en arrière ses longs cheveux blonds retenus par un bandeau aux couleurs de la tribu. Les *pakehas* seraient à coup sûr surpris par cette interprète, car, jusqu'ici, Cat s'était contentée de servir de contact entre la tribu et les marchands ambulants ainsi que les quelques missionnaires passant par le village. Te Ronga ne l'autorisait pas à accompagner les hommes lors d'actions diplomatiques ou guerrières. Elle savait très bien combien les femmes comptaient peu, chez les colons blancs.

— J'espère que ma présence ne va pas les troubler, ni celle de femmes parmi les anciens de la tribu.

— Mais non ! D'ailleurs Te Ronga accompagnera Te Rauparaha. Et elle n'a jamais eu de peine à affirmer sa *mana*, son autorité comme vous dites. Et toi, tu es *tohunga*, ils devront s'y résoudre.

Cat sourit avec fierté, car elle était heureuse que la tribu lui ait attribué ce titre honorifique après avoir découvert qu'elle parlait non seulement l'anglais, mais aussi l'allemand. Les Maoris appelaient *tohunga* quelqu'un possédant un savoir exceptionnel dans un domaine particulier, qu'il s'agît des dieux ou de la médecine, mais aussi de la construction de maisons ou de la sculpture de statues. Son mérite était d'autant plus grand que, durant ces six années, il lui avait fallu apprendre la langue de la tribu ainsi que tout ce qui relevait de sa vie quotidienne, la pêche, la culture des patates douces…

— Comment avais-tu jusqu'ici réussi à survivre, la taquinait Te Ronga qui, pleine d'affection, facilitait son intégration à la tribu.

Après avoir déclaré que Cat était sa fille, lors de son arrivée au village dans la charrette de Carpenter, elle avait accompagné dans la maison-dortoir du village la fillette stupéfaite et effarouchée de cette coutume collective et lui avait attribué une couche. Seuls les chefs disposaient en effet d'une maison personnelle, où ils accueillaient leurs épouses. Cat devait plus tard constater que Te Ronga dormait souvent chez son mari, Te Rangihaeata, avec lequel elle entretenait une relation étroite. Mais, lors des premières nuits, la jeune Maorie avait couché à côté d'elle afin de la rassurer, tentant de lui expliquer qu'elle n'avait ici rien à craindre. Cat s'était ensuite aperçue avec étonnement que les membres de la tribu soutenaient Te Ronga dans ses efforts pour la familiariser avec sa nouvelle existence et que les femmes de l'âge de sa protectrice l'appelaient elles aussi leur fille. Les plus âgées l'appelaient *mokopuna*, leur petite-fille.

C'est Te Puaha qui lui avait expliqué un jour que tous les enfants appartenaient à la tribu. Voilà pourquoi elle avait ici de nombreuses mères. Au début, elle avait pris Te Puaha, qui servait en permanence de traducteur entre elle et Te Ronga, pour l'homme le plus important du village. Elle lui en était d'autant plus reconnaissante qu'il ne lui avait pas une seule fois jeté un regard concupiscent !

Elle s'était si vite acclimatée à sa nouvelle vie qu'elle ne pensait plus que rarement à sa mère Suzanne, aux putains et aux pêcheurs de la baie de Peraki. Barker et son pub n'étaient plus qu'un mauvais souvenir. La puanteur de l'huile de baleine avait cédé la place aux senteurs aromatiques de la cuisine maorie et aux parfums des plantes et des fruits. Elle avait appris à tisser, travaillait dans les champs et, quand la nourriture se faisait rare, au printemps, elle partait avec la tribu pour des régions plus hospitalières. Ces migrations saisonnières avaient parfois lieu en été, mais à l'appel des esprits et des dieux. Les Maoris grimpaient alors dans leurs canots et remontaient la rivière à la rame en direction de sanctuaires où ils honoraient les dieux par des chants et des prières. Ce pouvaient être des rochers aux formes bizarres, des volcans ou des lacs cristallins, mais parfois simplement des lieux où du sang avait autrefois été versé. Au cours de ces pérégrinations, Cat découvrit le nord de l'île du Sud d'*Aotearoa*, le nom que les Maoris donnaient à la Nouvelle-Zélande.

Parfois, ils rencontraient d'autres tribus, des tribus sœurs de la leur, ou des membres des Ngai Tahu, tribus hostiles. Dans ce dernier cas, le rituel de salutation, le *powhiri*, était tendu, les *hakas* et les simulacres de combat, démonstrations de force des guerriers, n'étaient plus un jeu. Mieux valait ne pas s'en prendre aux Ngati Toa conduits par Te Rauparaha ! Jusqu'ici tout s'était bien passé et ce dernier était un guerrier redouté dans toute l'île du Sud. Aussi Cat n'éprouvait-elle aucune crainte à l'idée de la visite des *pakehas*, même pas – entourée comme elle le serait de guerriers musculeux – à l'idée des regards lubriques que lui lanceraient certains d'entre eux.

Cat sourit intérieurement en songeant au révérend Morton venu évangéliser les Maoris, qui, renonçant à sa mission, s'était réfugié dans un rassemblement de colons qui s'était bientôt appelé Nelson. Elle savait à présent que les Maoris, s'ils écoutaient avec plaisir les histoires bibliques, préféraient continuer à vénérer leurs propres dieux et demi-dieux. Ils avaient même des divinités féminines. Le soir, auprès des feux, les *tohungas* racontaient leurs aventures et évoquaient Kupe, le premier colon de l'île, venu d'une île appelée Hawaiki où les âmes des Maoris retournaient après leur mort.

Cat avait appris l'histoire de Papa et Rangi, la terre et le ciel, qui avaient dû se séparer de leurs enfants afin de créer le monde et ses beautés et avait écouté, fascinée, les aventures du demi-dieu Maui, un gaillard solide et effronté qui bravait même la mort.

Bien qu'avec un peu de remords, elle trouvait ces histoires plus captivantes que les histoires bibliques de Frau Hempelmann, où il était sans cesse question du péché et du pardon imploré d'un Dieu qui ne répondait jamais. Les Maoris, eux, expédiaient vers le ciel, à l'aide de cerfs-volants colorés, leurs prières et leurs souhaits, et ils adoraient leurs dieux en se livrant à des danses et en chantant à plusieurs voix. Des filles de son âge l'ayant invitée à participer à ces rites, elle s'y était pliée avec plaisir, apprenant même à jouer de leurs instruments.

Autre chose était de savoir si elle croyait à ces dieux et à leurs pouvoirs. *In petto*, elle se disait que les fleurs de rongoa auraient des vertus médicinales même si Te Ronga ne demandait pas aux esprits l'autorisation de les cueillir et elle ne réussissait pas à imaginer qu'il pourrait arriver quoi que ce soit à celui qui braverait l'interdit de manger ou de boire en des lieux qui avaient un jour été déclarés *tapus*. Son passé tumultueux lui avait donné un fort sens des réalités et elle se conduisait avec Te Ronga comme elle s'était jadis comportée avec Frau Hempelmann, respectant ses croyances, priant et chantant avec elle sans jamais mettre quoi que ce soit en doute. Elle enregistrait de plus tous les enseignements que lui dispensait cette spécialiste en plantes médicinales et l'écoutait quand elle aidait les femmes ou les enfants à surmonter quelque douleur.

Très vite, Cat avait compris la chance qu'avait été son adoption par Te Ronga, issue d'une famille noble et très influente parce que fille du chef. La dignité de chef était même déjà reconnue à son époux, Te Rangihaeata, ce qui signifiait qu'un jour il succéderait à Te Rauparaha. C'est en revanche à ses talents de *tohunga* qu'elle devait sa place au conseil des anciens, une assemblée qui décidait des affaires de la tribu, rendait justice et conseillait le chef en matière de vente de terrains et de rapports avec les *pakehas*. Cat, d'abord surprise, constata très vite que les femmes pouvaient être hautement estimées au sein des tribus. Que quelqu'un ait une *mana* ou non ne dépendait pas du sexe. Les coutumes des Maoris en matière de sexe étaient d'ailleurs différentes de celles des *pakehas*. Il ne serait par exemple venu à l'idée de personne de payer une femme maorie pour lui faire l'amour et personne non plus ne jetait un regard méprisant à une jeune fille disparaissant dans la forêt avec un garçon dont elle venait tout juste de faire la connaissance. Chacune des femmes de la tribu était honorable, qu'elle fût fille légitime ou non, mariée ou non, chaste ou non.

Cat avait le sentiment qu'elle était la seule des filles de son âge à n'avoir encore jamais couché avec un homme. On la taquinait à ce sujet, laissant entendre qu'elle attendait un prince *pakeha*, alors que la venue d'un colporteur ou d'un missionnaire qui la déshabillaient du regard suffisait à la mettre dans un embarras tel qu'elle se cachait au dernier rang des filles lors du rituel d'accueil de ces Blancs. Elle n'aimait pas non plus danser vêtue du *piu piu*, une jupette en feuilles de lin durcies, pas plus qu'elle n'imitait les femmes qui, l'été, flânaient dans le village sans rien sur le haut du corps. Le fait que les hommes de la tribu ne l'importunaient pas tenait sans doute à ce qu'ils acceptaient son manque d'intérêt pour la chose, mais sûrement aussi à ce que, pour leur goût, elle était trop faiblement bâtie, trop pâle de peau, qu'elle avait le visage trop mince… Cat, en réalité, ne recherchait pas le contact des hommes, n'était pas tentée par le mariage. Les hommes se jetant sur le corps de sa mère ivre lui avaient coûté trop de nuits sans sommeil. La jeune femme qu'elle était devenue était incapable de rêver d'un amant.

– Quand le bateau des *pakehas* arrivera-t-il ? demanda Cat à Te Puaha. Et combien sont-ils ?

– Dans les cinquante, estiment les guetteurs. L'arpenteur, le dénommé Cotterel, en est, tout comme le capitaine Wakefield. On les a vus remonter la rivière quand le soleil était au plus haut. Ils devraient être ici avant son coucher.

2

— Nous nous approchons d'eux sans qu'ils nous aient aperçus ! annonça Thompson à ses hommes. L'effet de surprise est très important ! Et nos armes sont bien visibles, le plus important étant d'intimider ces gaillards…

Karl, attentif, fut heureux de comprendre l'essentiel de l'allocution. Il songea alors qu'il lui fallait apprendre comment charger son fusil, au lieu d'admirer le paysage défilant sous ses yeux.

Le Wairau était bordé d'une végétation verdoyante, de plantes exotiques dont les branches, les panicules ou les palmes touchaient l'eau. De temps à autre, elle laissait la place à de vastes plaines couvertes d'une mer d'herbes tussack. Le sol au-dessous devait se prêter à la culture ou à l'élevage, s'était dit Karl. Mais il devait à présent se soucier de son fusil…

Laissant Thompson continuer ses fanfaronnades, il tenta de sortir l'arme de son étui. N'y parvenant pas, il regarda autour de lui et vit qu'un homme jeune, à côté de lui, levait les yeux au ciel en entendant Thompson poursuivre ses discours sur l'effet de surprise. Après un instant de réflexion, Karl lui sourit.

— Les Maoris nous ont vus depuis longtemps ? demanda-t-il dans son mauvais anglais.

— Tu peux en être certain, répondit l'homme avec flegme. Ils connaissent chacun des arbres, chacun des buissons. Et il n'en manque pas pour se cacher derrière, dit-il en montrant la rive d'où, en revanche, le *Victoria* ne pouvait échapper à personne.

— Mais vont-ils… comment dit-on, déjà ? demanda Karl en effectuant un geste symbolisant une attaque.

Son compagnon, à peu près de son âge, aux abondants cheveux bruns et aux yeux vifs, se mit à rire et prononça le mot *attack*.

— Ils sont en réalité très pacifiques, dit-il. Il ne faut pas craindre une embuscade de leur part. Leurs guetteurs vont juste annoncer au village quand nous arriverons et alors ils vont organiser en notre honneur tout un rituel d'accueil. Et c'est moi qui vais avoir la mission de faire tenir tranquilles nos deux admirables chefs jusqu'à la fin de la dernière danse, voire de les persuader de dire quelques mots de remerciement.

— Toi, une mission ? *Sorry*, je ne comprends pas tout, je viens d'arriver, j'apprends l'anglais, mais lentement.

L'homme – Karl s'aperçut alors qu'il rassemblait ses cheveux en arrière, en une espèce de queue de cheval liée par une bande de cuir – lui accorda soudain plus d'attention.

— Ah, tu es du *Sankt Pauli* ? Un de ces colons allemands qui n'ont pas eu de terres ? Christopher Fenroy, dit-il en tendant la main. Je suis l'interprète. Mais je ne parle que l'anglais et le maori.

— Karl Jensch. Du *Sankt Pauli*, oui ! Mais je ne reçois pas de terre. *Free immigrant* juste. Je n'ai pas d'argent.

Fenroy opina d'un air compréhensif.

— Ici, il y a beaucoup de travail. Construction de routes, bientôt de voies de chemin de fer… Si tu es travailleur, tu t'en sortiras vite. Et tu parles déjà assez bien l'anglais.

— Tu es colon ? Tu es anglais ?

— Non, tu as devant toi un des rares spécimens nés dans ce coin du monde. Pas en Nouvelle-Zélande, mais en Australie. Mes parents, d'abord émigrés à Sydney, sont venus ici quand j'avais dix ans.

— Vous avez une ferme ?

— Non ! Mon père fait de petits jobs, ici ou là. Il se débrouille comme il peut. Nous sommes en fait des sans-le-sou, mais nous portons un nom prestigieux. Les Fenroy sont une vieille famille anglaise noble. Des parents à nous résident dans un château du Yorkshire. Notre branche était déjà pauvre en Angleterre. Mais bon, je ne suis pas à plaindre. On a besoin d'interprètes et ils ne sont pas trop mal payés.

— Où as-tu appris le maori ? C'est facile ? Je peux aussi l'apprendre ?

— Non, c'est très difficile. Je l'ai appris enfant, mon père se rendant d'une tribu à l'autre pour vendre des semences, des articles de ménage… Mais le plus souvent du whisky. Je jouais pendant ce temps avec les garçons maoris. Plus tard aussi avec les filles, si tu vois ce que je veux dire… sourit le jeune homme d'un air malicieux, si bien que Karl ne fut pas choqué.

— Et ils ne t'ont pas fait de mal ?

— Non, ils ne font même pas de mal à des idiots comme Thompson et Wakefield. Parfois j'admire leur patience envers nous, les Blancs. C'est pourtant un peuple fier. Ce Te Rauparaha qu'ils veulent arrêter comme un vulgaire malfaiteur est un grand chef qui a dirigé et gagné des guerres contre d'autres tribus. Tout comme son gendre Te Rangihaeata. Avec quelqu'un comme lui, il vaudrait mieux être en paix. J'espère qu'on va en rester aux menaces et ne pas commettre de conneries. Franchement, si Tuckett ne me l'avait pas demandé, je n'aurais pas été de l'expédition. Il espère pouvoir négocier, avec mon aide. Cotterel est lui aussi un bon bougre…

— Qui sont Tuckett et Cotterel ? Et tu pourrais me dire comment ça fonctionne, ça ? demanda Karl en sortant son fusil de l'étui.

— Frederick Tuckett est l'arpenteur en chef de la Nouvelle-Zélande et Cotterel travaille pour lui. Il devait arpenter la vallée du Wairau, mais les Maoris les ont chassés. Il n'a pas opposé de résistance. Un homme raisonnable, je te le disais. J'ai beaucoup travaillé avec lui, surtout dans l'île du Nord. J'espère que je vais comprendre le dialecte d'ici… Bon, et puis je suis aussi venu parce qu'il a ici des contacts intéressants.

— Des contacts ? s'étonna Karl en essayant de charger le fusil.

Fenroy le lui prit des mains et enfonça une balle dans le canon d'une main experte.

— M. Tuckett connaît quelqu'un qui pourrait m'être utile. J'ai tant envie d'une ferme !

— Moi aussi, rigola Karl. Il manque juste l'argent…

— Exactement. L'argent, on peut soit le gagner, soit en hériter, soit l'épouser. Or quelqu'un rêve de donner à sa fille un grand nom anglais. Tu dois d'ailleurs le connaître. Les Beit sont bien venus avec le *Sankt Pauli*, non ?

— Tu veux épouser la fille de John Nicholas Beit ?

— Si Dieu et le papa le veulent, oui… Bien sûr, il faudra aussi que la fille le veuille. J'espère qu'elle est jolie. Mais entre nous : si la dot consiste en quelques hectares de bonne terre, j'en rabattrai. C'est en tout cas une autre raison pour moi d'être là. Mon éventuel futur beau-père doit tenir très fort à ce que cette mission se termine de manière heureuse !

Si Fenroy parut heureux à cette pensée, Karl, évoquant la silhouette de Jane, eut pitié de son compagnon, mais se garda de détruire ses illusions.

— As-tu déjà vu cette fille ? Sur le bateau ou à l'arrivée ? Elle s'appelle Janet, ou Jane ou…

Fenroy s'interrompit et s'approcha du bastingage pour mieux voir où ils se trouvaient, puis, montrant une espèce d'embarcadère, il s'écria :

— Nous sommes arrivés ! Regarde, c'est le village.

Karl oublia Jane Beit. Cherchant des tentes, il ne vit d'abord que quelques canots sur une plage de galets. Quelques embarcations étaient déjà à l'eau et l'une d'elles venait à la rencontre du *Victoria*. La tension monta d'un cran sur le brick. Karl n'était pas le seul à n'avoir jamais vu de Maoris : des hommes à la peau brune, grands, musclés et à forte carrure, torse nu, vêtus de pagnes découvrant des cuisses énormes.

Le plus effrayant, c'était les visages ! Au-dessus du nez et du front étaient tatouées des vrilles bleuâtres qui les faisaient paraître agressifs et menaçants. Des hommes saisirent leur arme.

— Restez calmes, abaissez vos armes, ordonna quelqu'un d'une voix claire et placide.

C'était un homme grand, sans armes, qui avait pris la parole. Mince, il était sobrement vêtu.

— C'est Tuckett, annonça Fenroy.

— Mais qu'est-ce qu'ils ont sur le visage ? balbutia Karl.

— Les tatouages de la tribu. Les Maoris les appellent des *mokos*. Abaisse ton arme avant que l'un d'eux ne se sente menacé, souffla Fenroy. Ils égratignent la peau et versent de la peinture dans les plaies. C'est épouvantable, je sais, mais les goûts et les couleurs ne se discutent pas… Tous en portent, y compris les enfants, et si l'on s'y connaît, on peut même dire à quelle tribu, *iwi* en maori, ils appartiennent.

— Mais… mais ils ont des armes, souffla Karl, qui ignorait le mot anglais pour javelot.

— Bien sûr. Ce sont des guerriers. Ils viennent nous saluer. Une sorte de garde d'honneur.

Le premier canot accosta le *Victoria* et un homme de haute taille, souriant de toutes ses dents, s'apprêta à grimper à bord. Vêtu d'un ample manteau marron par-dessus une espèce de jupe en feuilles de lin séchées, il parlait un peu l'anglais.

— *Kia ora, pakehas*, cria-t-il à l'adresse des arrivants. Bienvenue dans l'*iwi* des Ngati Toa !

Avec plus d'agilité et de grâce qu'on aurait pu l'attendre d'un homme de si grande stature, il se hissa par-dessus le bastingage, ce qui eut pour effet d'intimider les colons à l'instant encore prêts à en découdre. Le colosse avait certes laissé son javelot dans son canot, mais il portait une espèce de massue à la ceinture. Ottfried était blanc comme neige. Le Maori s'avança vers Wakefield, Thompson et les arpenteurs.

— À moi de travailler, maintenant, dit Fenroy à Karl en lui donnant sur l'épaule une tape d'encouragement, puis il rejoignit le groupe des responsables.

— Moi Te Puaha, neveu du chef, annonça le Maori à Wakefield en lui tendant la main. Moi vous saluer au nom de Te Rauparaha…

— Peut-être souhaitons-nous ne pas être salués par lui, répondit Thompson.

— Moi, saluer ! insista le jeune homme, troublé et vexé, en gardant la main tendue.

Ayant évalué du regard la foule des gens rassemblés derrière les chefs, il savait combien de mains tenaient des fusils. Certains grommelaient des insultes. Te Puaha abaissa sa main.

— Moi inviter vous à monter dans canot, canot du chef. C'est honneur pour Wakefield… et Thompson.

— Mais d'où il connaît mon nom, ce singe ? demanda Wakefield à son compagnon.

— Moi avoir déjà honneur de parler pour le chef, répondit le Maori sans relever l'insulte, le mot singe devant lui être inconnu. Pour vente de terres. Maintenant, s'il vous plaît, Wakefield, vous venir saluer la tribu, le chef. Et ne pas être avec chef comme avec moi. Lui, pas patient !

Les derniers mots avaient le ton de la menace.

— *Capitaine* Wakefield, capitaine, s'il vous plaît ! exigea Wakefield.

Fenroy intervint alors. D'un geste, il somma le capitaine de se taire et adressa quelques mots de politesse au Maori. Il se présenta, présenta Tuckett également, ainsi que Cotterel.

— Nous nous connaissons déjà ! déclara ce dernier, un homme très mince, tout en longueur. *Kia ora*, Te Puha.

L'arpenteur tendit la main au Maori, oublieux des avanies subies de la part de la tribu quelques semaines plus tôt.

— Excuses, dernière fois, rencontre pas amicale, sourit Te Puaha. Mais impossible arpenter sur terres des autres. Mieux faire comme aujourd'hui. Venez dans *marae* des Ngati Toa, saluer, manger, parler..., ajouta-t-il en les invitant d'un geste à prendre place sur le canot.

Tuckett jeta un coup d'œil à Cotterel et les deux arpenteurs lui obéirent. Wakefield et Thompson n'eurent d'autre choix que de les imiter.

— Canots pour tous, déclara Te Puaha en montrant les canots entourant le *Victoria*. Tous bienvenus. *Haere mai*.

— Ces gens veulent nous accueillir tous pour une cérémonie de bienvenue, expliqua Fenroy au reste de la troupe. Vous pouvez donc monter sans crainte dans leurs canots, mais, je vous en supplie, restez calmes et polis ! Nous sommes des invités ici...

– Des invités ! ronchonna Ottfried, qui s'était placé à côté de Karl, sans doute afin d'avoir près de lui quelqu'un parlant sa langue maternelle. Comme si nous rendions une visite de politesse…

Occupé à remettre son fusil dans son étui, Karl ne répondit pas. Décidé à faire confiance à Fenroy, il prit place dans le premier canot qui se présenta.

3

Un chemin assez large reliait la rive à l'enclos ceinturant le village maori, un portail en arc, peint en rouge et orné de statuettes divines, servant d'entrée et ouvrant sur une place bordée de bâtiments. Karl contempla avec stupéfaction les maisons décorées. À Nelson, on avait toujours parlé d'un « campement maori » et il l'avait imaginé sous la forme d'un campement indien en Amérique. De là, son ahurissement à découvrir des bâtiments plus robustes et plus coquets que les fermes de Raben Steinfeld et que la plupart des maisons de Nelson. Comment parler de peuple non civilisé ?

Il estima qu'entre quatre-vingts et quatre-vingt-dix habitants étaient rassemblés, les femmes et les enfants au milieu du groupe, entourés d'hommes âgés et de guerriers armés. Un peu à l'écart, les attendait un autre groupe d'hommes et de femmes richement vêtus de capes serrées par de larges ceintures aux motifs splendides et aux couleurs vives, portant des bijoux de jade et de nacre. Tous étaient soit âgés soit d'un âge mûr, à l'exception d'une jeune fille blonde qui passait difficilement inaperçue. Et pas seulement en raison de son jeune âge !

— Je n'en crois pas mes yeux, une Maorie blonde ! s'exclama Fenroy qui, sur les indications de Te Puaha, avait placé ses chefs face aux Maoris et demandé à leur escorte de s'asseoir à côté et derrière eux.

Karl observa à son tour la jeune fille, effectivement tout à fait différente des autres indigènes. Semblant avoir dix-huit ou dix-neuf ans, délicate, mince et très jolie, elle n'était pas tatouée ! Bien que bronzée, elle avait une peau claire. Ses vêtements maoris étaient plus longs que ceux des autres femmes. Le nouvel ami de Karl la fixait des yeux comme face à une apparition.

— C'est une *pakeha* ! souffla-t-il à Tuckett.

— Elle est belle comme le jour, dit l'arpenteur en riant. Ce doit être la fille d'une Maorie et d'un Blanc. Cela se produit assez souvent…

— Mais ces métis ne sont jamais blonds ! Du moins pas ceux de la première génération. Elle doit…

Fenroy fut interrompu par un cri bruyant poussé par une femme. Les hommes l'entourant redevenant soudain nerveux, il quitta la jeune fille des yeux et entreprit de les apaiser à nouveau, intervention d'autant plus nécessaire qu'un guerrier, sortant du groupe des Maoris, leur tint un discours, gesticulant et brandissant ses armes.

— Ce n'est que le *mihi*, le début du rituel, expliqua-t-il. Bientôt, ils vont danser, pas de panique.

Karl, aux côtés de Fenroy, semblait le seul à s'intéresser au discours du Maori qu'il traduisait ou, plutôt, résumait.

— Il nous souhaite la bienvenue, présente les Ngati Toa, détaille leurs origines et leur histoire. Il insiste sur les guerres menées et gagnées par eux… Et à présent ils se mettent à prier ! Déjà ? Sacrebleu, d'ordinaire le *mihi* peut durer des heures. Et, normalement, nous aurions dû répondre, nous présenter et dire bonjour. Mais avec messieurs Wakefield et Thompson, ce n'est pas demain la veille. D'ailleurs les Maoris ne paraissent pas s'attendre de leur part à cela.

Un autre homme, très jeune, l'air martial, se détacha alors du groupe, poussant des cris, grimaçant et tapant le sol de son javelot à plusieurs reprises, puis se mettant à danser. D'autres hommes accompagnèrent son exhibition de leurs chants. Ensuite, d'autres guerriers le rejoignirent en brandissant javelots, boucliers et massues. Karl entendit Ottfried dire d'une voix éteinte :

— Mon Dieu, c'est effrayant…

Karl, pas rassuré non plus, demanda à Fenroy s'ils étaient dangereux.

— Bien sûr, ricana celui-ci d'un air sinistre. Regarde-les donc un peu ! Cent cinquante livres de muscles qui affirment avoir le courage de cent guerriers et envisager de dévorer leurs ennemis tout crus. Ce qu'ils faisaient il y a quelques années encore, une antique tradition polynésienne…

— Mais ils n'ont pas de fusils, tenta de se rassurer Karl.

— Qui t'a raconté ça ? Bien sûr qu'ils ont des armes à feu ! Wakefield a versé huit cents livres au chef pour ses terres. Que crois-tu qu'il a acheté avec ça ? Des vêtements pour enfants ?

Il vint à l'esprit de Karl que huit cents livres pour la région de Nelson et la vallée du Wairau étaient une somme ridicule. Pas étonnant que le chef fût furieux ! Il vérifia une nouvelle fois que son fusil était bien là.

— Mais ils ne vont pas nous attaquer en plein *powhiri*. La danse, le *haka*, sert à intimider. Les guerriers se présentent avec leurs armes, ils dissuadent l'autre de leur chercher noise. Cette tactique d'intimidation des Maoris a d'ailleurs évité bien des combats, la tribu rivale reconnaissant que l'autre est au moins aussi forte qu'elle. Pourquoi alors se taper dessus ?

Cependant les *pakehas* étaient de plus en plus nerveux et tendus, seuls leurs chefs semblaient s'ennuyer, Wakefield et Thompson manifestant une impatience discourtoise.

— J'ai toujours dit que les Maoris n'étaient pas des idiots, poursuivit Fenroy. Tiens, regarde, ils sont redevenus pacifiques. Normalement les guerriers des visiteurs devraient danser, maintenant… Ah, mais, c'est déjà au tour des jeunes filles. Jamais je n'avais vu de cérémonie d'accueil aussi courte. Ces gens font preuve d'une grande compréhension à notre égard : au lieu de faire danser tout le village, ils se limitent aux plus belles…

Effectivement, seules huit jeunes filles dansaient, magnifiques avec leurs jupons brun clair et leurs dessus colorés, chantant et agitant de petites balles de lin au bout de rubans bariolés.

— Et regarde ! La blonde ! s'écria Fenroy, charmé. Ce n'est pas une Maorie ! Jamais de la vie ! Elle doit…

Les jeunes filles cessèrent leur chant avant qu'il ait pu terminer sa phrase. Les colons, enfin détendus, applaudirent, ce qui fut agréable aux Maoris. Les danseurs précédents auraient sans doute aimé, eux aussi, être récompensés. Karl eut un peu pitié d'eux. Mais, sans laisser le temps aux Maoris de poursuivre leur rituel, Thompson bondit.

— Bon, maintenant ça suffit les trémoussements, s'écria-t-il. Qui de vous est Te Rauparaha ?

Fenroy et la jeune fille blonde eurent la même réaction, le traducteur se plaçant à côté du policier, elle à côté d'un homme plutôt petit, vêtu d'un manteau richement décoré de plumes, qui bondit à son tour et se dirigea vers l'officier.

— C'est moi, dit-il d'une voix paisible. Quoi vous vouloir de moi ?

Un murmure d'effroi parcourut les rangs des Maoris quand l'Anglais repoussa la main que lui tendait le chef.

— Je ne suis pas ici pour échanger des politesses ou voir danser quelques filles nues. En public encore !

Les gens civilisés vont au pub pour ça. Il s'agit ici d'une arrestation. Je…

Fenroy hésitait encore à traduire, cherchant ce qu'il pouvait transmettre de ces propos au chef, quand la jeune femme blonde prit la parole, tournée vers Te Rauparaha.

— Elle traduit ? demanda Karl à Fenroy.

— Plus ou moins, répondit celui-ci en lui traduisant à voix basse ce qu'elle disait au chef : « Le *pakeha* est impressionné par notre danse même si elle ne correspond pas exactement aux coutumes anglaises. Mais il demande qu'on arrête là l'échange de politesses. Il… »

Alors que le chef s'entretenait brièvement avec ses conseillers, la jeune fille adressa poliment la parole aux Blancs, dans un anglais parfait.

— Messieurs, les chefs des Ngati Toa vous présentent leurs respects. Notamment le chef de la tribu, Te Rauparaha. Comme il sait que nos coutumes ennuient les *pakehas*, il vous souhaite la bienvenue selon vos usages, en vous tendant la main…

Thompson ne bougea pas, mais Tuckett se dirigea vers le groupe des dignitaires maoris et leur tendit la main. Wakefield lui aussi se ravisa et échangea une poignée de main avec Te Rauparaha. La jeune fille présenta l'autre chef par son nom, Te Rangihaeata.

— Moi, je m'appelle Poti, dit-elle en s'inclinant légèrement, Cat, dans votre langue. Je suis *tohunga* et j'ai le droit de traduire pour les chefs.

Christopher, toujours sous le charme, lui tendit spontanément la main.

— Enchanté. Je… je m'appelle Chris Fenroy. Le *tohunga* accrédité pour les *pakehas*.

— Alors, j'espère que nous allons tous les deux œuvrer pour la paix, dit-elle l'air grave.

Chris acquiesça, mais Thompson se dressa devant le chef, agitant une feuille.

— J'ai ici une décision de justice qui m'autorise à t'arrêter, toi, Te Rauparaha, pour incendie criminel et destruction de biens anglais et à te déférer devant le tribunal de Nelson.

Fenroy, jetant un regard désespéré à Cat, traduisit, ce qui amena un sourire sur les lèvres de la jeune fille.

— Tu as dit quoi ? s'enquit Karl.

— Que les anciens de Nelson avaient été émus et fâchés par la destruction des cabanes des arpenteurs et qu'ils aimeraient parler à ce sujet avec Te Rauparaha.

Le chef reprit la parole et, après quelques secondes de réflexion, la jeune fille traduisit à son tour.

— Te Rauparaha est très honoré de l'invitation, mais il tient à préciser qu'il n'a rien commis d'illégal. Vos gens campaient sur nos terres, et leurs cabanes avaient été construites avec du bois de nos forêts. Il ne voit donc aucune raison de vous accompagner à Nelson pour discuter d'affaires passées. Mais il serait prêt à négocier ici et tout de suite la vente d'autres terres.

— Qu'est-ce que c'est que ce baratin ? répliqua Thompson en esquissant le geste de saisir le chef par le bras avant de se raviser, effrayé. Tu n'as pas entendu ? Tu es arrêté. Tu vas venir avec nous. Un point c'est tout.

Le chef répliqua vivement.

— Je ne suis pas votre esclave, traduisit Chris en douce pour Karl.

— Je demande à être traité un peu plus poliment, traduisit Cat.

— Et lequel d'entre vous est Te Rangihaeata ? reprit Thompson qui n'avait pas prêté attention aux présentations. Nous l'emmenons lui aussi. Complicité. Je vais donc à présent…

Fenroy essaya de jeter quelques mots d'apaisement, mais chacun avait bien compris ce qui avait été dit.

— Gardons notre calme ! intervint Tuckett. Le chef a raison, nous devrions parler des terres. *Ariki* Te Rauparaha, je suis l'arpenteur en chef de Sa Majesté la reine Victoria sur Aotearoa…

Cette fois, Fenroy traduisit fidèlement.

— … et j'ai examiné les terres que ta tribu a vendues aux *pakehas* de Nelson. Je regrette de te le dire et vous n'avez jamais eu l'intention de tromper qui que ce soit, mais quelques parcelles ne se prêtent pas à l'usage que comptent en faire nos colons, elles sont trop près de la rivière et la terre sera inondée à chaque crue. On ne peut y construire de maison.

Te Rauparaha opina et dit quelques mots que Cat traduisit.

— On n'est pas obligé de construire sur toutes les terres. Parfois, il vaut mieux les abandonner aux esprits qui savent quoi en faire.

Tuckett encaissa le coup avant d'objecter :

— C'est incontestablement sage, *ariki*. Nous aussi, nous nous soumettons à la volonté divine. Mais nos colons sont venus de loin pour cultiver la terre ici. Nous ne pouvons les décevoir. C'est pourquoi nous voudrions, à la place des régions marécageuses, vous proposer de…

Wakefield empêcha Thompson d'interrompre l'arpenteur et le fit patienter jusqu'à ce que les propos de Tuckett aient été traduits. Le chef répondit alors, Cat servant de traductrice :

— Le chef est d'accord pour que les *pakehas* s'établissent dans la vallée du Wairau, mais il vous faudra acheter les terres. Comme vous l'avez dit vous-même, personne n'a été trompé. Le capitaine Wakefield a vu les terres avant de les acheter. Si cela ne lui convenait pas, il n'aurait pas dû les prendre. Mais maintenant elles lui appartiennent et, s'il veut en plus la vallée du Wairau, il faut négocier.

Wakefield, soldat et peu compétent en matière de terres, à qui Tuckett avait tenu le même discours, grogna, mécontent, et Tuckett soupira. Le chef ajouta encore un mot :

– C'est d'ailleurs ce que prévoit votre loi.

– Notre loi ? lança Thompson hors de lui, sortant d'autres papiers et les brandissant sous le nez du chef. La voilà, la loi, la loi de la reine…

Te Rangihaeata, furieux, se plaça devant son beau-père pour le protéger.

– Ici, chez nous ! Pays des Ngati Toa. Loi des Ngati Toa ! cria-t-il, avant d'être interrompu par Te Rauparaha.

Cat fut incapable de rendre leur échange, trop rapide. Fenroy chuchota à Tuckett :

– Te Rangihaeata a dit à Thompson qu'il devait laisser le chef tranquille. Te Rauparaha laisse d'ailleurs la reine tranquille. Ou bien aurait-on déjà vu en Angleterre un Maori se mêler des affaires de la reine ? Ça dégénère, M. Tuckett, il faut au plus vite ramener le calme. Heureusement que le chef reste pacifique et qu'il retient son gendre…

Te Puaha, à son tour, joua les modérateurs, appelant à la pondération alors que Thompson, cette fois, attrapait le chef par le bras. Ils en vinrent aux mains et Thompson saisit son arme.

Affolée, Cat traduisit quelques rudes mises en garde de Te Rauparaha par un simple :

– Je vous en prie, conservez votre calme ! qui lui valut un regard de Te Puaha oscillant entre désapprobation et blâme.

– Le chef vous met en garde, dit-il, se chargeant de la traduction. Ne le menacez pas !

Te Rauparaha passa la main sous son manteau et cria quelque chose. Sans doute une nouvelle mise en garde. Karl repensa à ce que lui avait dit Fenroy à propos de l'armement des Maoris. Le chef saisissait-il lui aussi une arme ?

— Baïonnette au canon ! hurla Thompson quand des Maoris avancèrent afin de venir en aide à leur chef.

Karl était désemparé. Il ne voulait tirer en aucun cas, mais, autour de lui, on sortait les pistolets et on mettait la baïonnette au canon.

— À l'attaque, les Anglais ! cria Wakefield.

— Attendez !

— Mais attendez encore un peu ! Nous n'allons tout de même pas déclencher une guerre !

Karl entendit Fenroy, Tuckett, Cat et Te Puaha appeler au calme et à la raison.

Les *pakehas* semblèrent alors effectivement hésiter. Ils ne formaient pas une troupe de soldats de métier, ils n'étaient qu'un ramassis d'aventuriers et de colons, peu enclins à affronter une horde de gigantesques guerriers maoris sur un seul ordre plus ou moins hésitant.

C'est alors que partit un coup de feu.

4

Une fraction de seconde le temps resta comme suspendu, alors que le monde de Cat s'écroulait.

À l'instant pourtant la situation lui paraissait certes dangereuse, mais contrôlable, et le conflit avec cet abruti de Thompson avait été presque un jeu entre elle et ce traducteur des *pakehas*, un jeune homme si sympathique. Il avait aussitôt compris comment le pratiquer et, si Thompson avait manifesté une once d'intelligence, les *tohungas* des deux camps auraient arrangé l'affaire. Et maintenant ? D'abord des cris de guerre de part et d'autre, puis le coup de feu – et Te Ronga poussant un gémissement étouffé, portant la main à la poitrine et s'écroulant sans bruit, entre elle et Te Rangihaeata.

Elle ne comprit pas immédiatement ce qui s'était passé ou peut-être refusa-t-elle d'accepter la vérité. Hébétée, elle contempla la scène soudain plongée dans l'immobilité, sa mère adoptive inanimée, une tache rouge s'élargissant sur sa poitrine, Fenroy aussi hébété qu'elle et les *pakehas* des rangs desquels le coup était parti sans qu'elle ait vu qui en était l'auteur.

Puis le monde reprit son cours. Des femmes pleuraient, des hommes criaient et Te Rangihaeata tomba par terre, prit sa femme dans ses bras et entonna sa plainte funèbre.

— *Hei koni te marama. Hei koni te ra. Haere mai te po*. Adieu lumière, adieu le jour, le noir de la mort est le bienvenu.

La voix du chef recouvrait le tumulte qui régnait désormais sur la place du village. Des femmes et des enfants se réfugiaient dans les maisons au milieu des détonations, des hommes couraient en hurlant des ordres. La plupart des colons, à la vue de la femme agonisante et des guerriers qui se jetaient sur eux, tournèrent les talons et s'enfuirent en direction du bateau.

Wakefield et Thompson tentèrent en vain de les regrouper et de passer à la contre-attaque ou d'organiser une retraite en bon ordre. La panique s'était emparée des *pakehas* et la soif d'une vengeance sauvage habitait les Maoris.

Karl suivit Ottfried, qui avait été l'un des premiers à prendre la fuite. Fenroy voulait continuer à parlementer, mais il suffit à Karl d'un regard sur le visage des Maoris pour savoir que le temps de la diplomatie était révolu. Il vit des éclairs s'échapper de leurs fusils, qu'ils maniaient avec dextérité, arrosant les fuyards d'une grêle de balles. Karl n'eut ni le temps ni l'envie de sortir le sien de son étui…

Dévalant la pente menant à la rive, il vit des hommes tomber et entendit Wakefield et Thompson traiter leurs hommes de couards. Quelques-uns obtempérèrent et ripostèrent. Karl ne se retourna pas pour voir s'ils avaient fait mouche. Puis il entendit un cri juste derrière lui et entrevit Tuckett, l'arpenteur, trébucher et s'agenouiller. Il se précipita à son secours et le tira à l'abri d'un buisson. L'homme gémissait en se tenant la cuisse droite. Une blessure sans gravité, mais qui l'empêchait de reprendre seul la fuite. Karl ne prit pas le temps de réfléchir.

— Bras sur mon épaule ! dit-il en le redressant avant de le soutenir. On court, maintenant !

Tuckett essaya, puis fit une pause en haletant.

— Nous nous rendons, cria Wakefield derrière eux. Posez les armes ! C'est de la folie, il faut stopper ça ! Rendez-vous, les gars !

Karl le vit attacher un mouchoir à une branche et l'agiter. Tuckett sembla hésiter : ils avaient presque atteint la rive et déjà quelques hommes mettaient à l'eau les canots maoris. D'autres essayaient de rejoindre le *Victoria* à la nage. Ottfried en était. Il jeta un regard paniqué au capitaine, mais sans comprendre son geste ni, bien sûr, ce qu'il avait dit.

Karl remit Tuckett sur ses pieds. Si Ottfried ignorait la signification du drapeau blanc, comment les Maoris pourraient-ils la connaître ? D'autant que l'arpenteur avait besoin d'un médecin.

— Foutons le camp ! ordonna-t-il.

Il hésita entre un canot et la rivière et finit par pousser Tuckett à l'eau, recherchant la protection d'un canot. On entendait toujours crier. Karl se demandait comment il allait monter à bord, quand on lui lança une corde dont il entoura le torse de l'arpenteur. Les hommes de l'équipage hissèrent ce dernier tandis que Karl grimpait à bord grâce à une échelle de corde. Épuisé, il retomba derrière le bastingage, juste derrière Ottfried.

Les guerriers maoris, de leur côté, sautaient dans leurs canots afin de stopper le brick, d'autres lui tiraient dessus. Quelques Anglais rescapés répliquèrent, donnant ainsi à de derniers fuyards la chance de monter à bord tandis que l'équipage hissait les voiles. Ottfried voulut les imiter, mais dut au préalable recharger son arme. Karl se demanda à quel moment il avait bien pu tirer. Pas pendant la fuite en tout cas, pas une fois il n'avait regardé derrière lui. Puis il se mit à l'abri d'une superstructure, un des matelots donnant les premiers soins à Tuckett.

— Ce n'est pas grave, la balle est ressortie, constata le matelot avec flegme. Et aucun vaisseau sanguin important n'a été touché… Je vais tout de même ligaturer…

— Merci à vous de m'avoir secouru, dit l'arpenteur à Karl. Je serai mieux soigné à Nelson que dans un village maori…

— Je n'ai pas fait beaucoup. Les Maoris tuent-ils les gens ?

Le *Victoria*, pendant ce temps, profitant d'un vent vif, avait réussi à distancer les canots. L'heure était venue d'un premier bilan. Un bilan désastreux : il manquait vingt-deux hommes à l'appel, dont Wakefield, Thompson, Cotterel et Fenroy.

— Vous vouliez savoir s'ils tuent leurs prisonniers ? demanda alors Tuckett. J'espère que non. Ils vont sans doute réclamer de l'argent avant de les relâcher. Peut-être des marchandises, des concessions… Ils vont certainement demander que leur soit livré l'assassin que Wakefield n'aura pas déféré à la justice…

— Il y a à présent deux assassins, observa Karl.

Par calcul, perte de sang-froid ou par simple ignorance du maniement de l'arme, quelqu'un avait tué un membre de la famille de Te Rauparaha. L'affaire en était d'autant plus grave.

— Nous ne pouvons qu'espérer et prier, soupira Tuckett. Et ces hommes peuvent remercier le Ciel que Fenroy soit parmi eux. Il parle la langue des Maoris, connaît leurs coutumes. Si quelqu'un peut les tirer de là, c'est bien lui.

Christopher avait, tout comme Karl, aussitôt estimé que le plus sage était de s'enfuir sans plus attendre. Mais il n'avait pas réussi à le faire sans avoir au préalable balbutié des excuses à la jeune fille blonde, sans savoir si elle les avait entendues. Dans sa fuite, il s'était retrouvé en compagnie de Wakefield, désormais partisan de négocier :

– Arrêtez ! Ce fut un accident ! disait-il à leurs poursuivants maoris, naturellement incapables de le comprendre.

Il saisit alors l'interprète par le bras :

– Restez là ! Vous n'allez tout de même pas vous enfuir lâchement ! Traduisez !

Christopher, paniqué, tenta de se libérer, mais les Maoris leur étaient déjà tombés sur le dos.

– Nous nous rendons ! hurla Wakefield. Nous nous rendons !

Christopher traduisit et fut soulagé d'entendre la voix de Te Rauparaha :

– Assez ! Faites-les prisonniers…

Peu après, Christopher se retrouva sur la place du village avec dix-huit autres survivants, mais les mains liées cette fois. Quelques-uns d'entre eux, dont Thompson, étaient blessés. Trois autres *pakehas* avaient péri et les Maoris entreposèrent leurs corps sur le bord du *marae*. Les femmes maories déploraient la mort de trois guerriers.

– Le même nombre de morts, murmura Wakefield. Une bonne chose, ça facilitera les pourparlers…

– Et la femme, observa Fenroy.

Le jeune chef était toujours au même endroit, berçant sa femme dans ses bras, pleurant et se lamentant. Tout comme la jeune fille blanche qui essayait de le séparer de son épouse afin qu'elle soit transportée ailleurs. Elle tenait la main de la morte comme s'il était possible de la réveiller.

— La femme, c'était un accident, s'obstina Wakefield.

Te Rauparaha s'approcha alors de Te Rangihaeata, puis, s'agenouillant à côté de la femme, s'assura qu'elle était morte avant de psalmodier à son tour une plainte funèbre adressée aux dieux.

— Qu'est-ce qu'il fabrique ? demanda Wakefield à son interprète.

— Il pleure sa fille. La femme était donc une parente, sans être obligatoirement sa fille, peut-être aurons-nous la chance que ce ne soit qu'une nièce…

— Ça va coûter chaud, gémit Wakefield.

À la fin de sa plainte funèbre, Te Rauparaha se tourna vers les prisonniers et dit quelque chose à son gendre et à Cat qui se redressa, sans doute afin de servir d'interprète. Te Rangihaeata se releva d'un bond et apostropha le chef :

— Tu ne vas quand même pas négocier ! Tu ne peux pas les gracier ! Ils ont tué ta fille !

Chris traduisit pour le capitaine, tandis que des cris d'approbation montaient des rangs des Maoris, les guerriers tapant le sol de leur javelot. Le chef donna alors des directives, adressa un signe à quelques femmes et à quelques hommes avant de se diriger vers une maison. Les élus, les doyens de la tribu le suivirent ainsi que, un peu plus tard, Te Rangihaeata qui abandonna à regret le cadavre de sa femme. La jeune fille blonde recouvrit le corps d'une couverture. Ensuite elle s'approcha avec réticence des prisonniers.

— Je suis désolé, lui dit Chris dans la langue des Maoris.

Wakefield ajouta en anglais :

— Le chef doit nous croire, personne n'a voulu…

— Le chef ne doit rien, répliqua la jeune fille avec rudesse. Il va maintenant débattre avec les anciens de la tribu qui vont décider de votre sort.

— Mais il devrait m'associer aux délibérations, protesta Wakefield. Nous pourrions alors…

Chris eut envie de frapper cet homme qui, bien que son supérieur, n'était plus pour lui qu'un ignorant stupide et sans cœur.

— Pour l'amour du Ciel, arrêtez donc ! lui cria-t-il. Vous ne comprenez donc rien ? Ils ne délibèrent pas à propos de cinquante ou cent livres de réparation. Il s'agit de nos têtes ! Te Rangihaeata veut que nous soyons mis à mort !

Il se tourna vers Cat quand, effrayé, Wakefield se tut enfin et lui demanda en lui montrant la défunte :

— Qui était-ce ? Elle comptait beaucoup pour toi, n'est-ce pas ?

— Ma mère adoptive, Te Ronga, la fille du chef et la femme de te Rangihaeata. Elle était la mère de nous tous, la fille de nous tous… elle parlait avec les esprits…

— Je t'en prie, crois à mes sincères regrets, gémit Chris. Cela n'aurait pas dû arriver.

— Ce n'est pas ta faute. Et je crois aussi qu'aucun de ceux-là n'a tiré. L'arpenteur n'était même pas armé. Et la plupart des autres n'étaient pas au premier rang, ils auraient dû tirer de derrière, à travers les rangs de leurs camarades. Mais les anciens le verront-ils de cet œil ?

— Quand rendront-ils leur jugement ?

— Dans la nuit. Il faut attendre…

Chris se pencha en arrière. Assis par terre, les poignets douloureux, il était terrorisé à l'idée de ce qui les attendait, mais ne pouvait quitter la jeune fille du regard, s'empêcher d'admirer ses beaux yeux marron.

— Tu t'es bien débrouillée, osa-t-il dire. Ta traduction. Nous… nous étions sur le bon chemin.

— Tout est allé de travers, soupira Cat. Te Ronga dirait que nous avons fâché les esprits en abrégeant le *powhiri*. Mais vous, vous n'avez même pas attendu le *karanga*…

Le *karanga*, cri poussé par la femme du plus haut rang de la tribu, terminait la cérémonie d'accueil et nouait un lien entre les dieux et les deux tribus.

— C'est Te Ronga qui l'aurait poussé ?

— Oui, elle l'aurait poussé. Elle a toujours voulu la paix.

Cat se redressa et elle déclara à Wakefield d'un ton impitoyable :

— On vous mettra au courant au petit matin. D'ici là vous pouvez prier.

Fenroy passa une nuit épouvantable, frigorifié et attaché, dans un enclos un peu à l'écart de la place, terrorisé à l'idée de mourir le lendemain. On les y avait enfermés car il était plus aisé de les y surveiller, et afin de libérer la place où se préparaient les funérailles. Les femmes chantèrent toute la nuit des complaintes et des incantations. Même les prisonniers que Wakefield et Chris avaient, d'un accord tacite, laissés dans l'ignorance de ce qui les menaçait ne purent fermer l'œil.

Cat, qui aurait dû aider à préparer l'exposition du corps de la défunte, ne parvint pas à s'éloigner du lieu de la réunion des anciens. Elle resta accroupie à l'ombre du bâtiment, enveloppée dans une couverture, se sentant aussi abandonnée et désespérée qu'après la mort de Frau Hempelmann. Avec, pourtant, une angoisse supplémentaire, celle de devoir, le lendemain, non seulement assister à un enterrement, mais aussi à dix-neuf exécutions. Elle connaissait Te Rangihaeata : quand il s'était mis quelque chose dans la tête, seule Te Ronga était capable de l'en détourner. Si les *pakehas* avaient la moindre chance de sauver leur peau, elle était entre les mains de Te Rauparaha qui, en tant que chef, avait le dernier mot. Or, il avait dû lui aussi voir que les prisonniers étaient innocents. À moins que ? Il avait en effet concentré son attention sur Thompson…

Cat eut beau se creuser les méninges, elle ne parvint pas à se rassurer : si le conseil des anciens voulait la tête de Wakefield et de ses compagnons, Te Rauparaha ne s'y opposerait pas.

La décision tomba au moment où la jeune fille avait sombré dans un sommeil agité. Elle fut réveillée en sursaut quand les juges sortirent du local où ils délibéraient. Elle s'approcha de la porte pour essayer d'apprendre ce qui venait d'être décidé.

Te Rangihaeata et Te Rauparaha marchaient de front.

— Tu as pris la bonne décision ! dit le premier. Te Ronga valait plus que toutes les rançons du monde. On ne peut racheter sa vie.

— Mais notre décision peut menacer la paix, soupira l'*ariki*. Espérons que leur conseil des aînés ou leur gouverneur seront raisonnables…

— Aotearoa nous appartient, maugréa son gendre. Nous pouvons à tout moment les tailler en morceaux, et c'est ce que nous allons leur prouver demain.

Cat perdit courage. Le verdict était donc tombé. Elle vit en pensée Chris Fenroy, ses cheveux bruns plus longs que ceux de la plupart des *pakehas*, ses yeux rieurs où, à sa vue, s'allumait une lueur qu'elle n'avait encore jamais vue chez quiconque, son visage amical et juvénile… Ses mouvements souples, son intelligence… Et il était si rare qu'un *pakeha* parle la langue des Maoris ! Il était *tohunga* ! D'après la croyance de Te Ronga, les dieux l'avaient doté de dons particuliers. Elle l'aurait pris sous sa protection, ne l'aurait pas laissé tuer.

Plongée dans ses pensées, Cat s'était dirigée vers l'enclos des prisonniers. Il devait dormir… Elle ne le réveillerait pas... elle allait... Elle contourna les sentinelles, plus attentives aux préparatifs funèbres que vigilantes. La plupart des prisonniers s'étaient endormis d'épuisement. Cat décida de s'en remettre à la décision des dieux, ou plutôt à l'esprit de Te Ronga auquel elle accordait plus de foi : si Fenroy dormait, elle s'en irait. Sinon... Elle s'approcha sans bruit.

— Poti ?

La voix faible la tira de ses pensées. Chris était appuyé contre un poteau de la clôture, à l'extrémité de l'enclos. Il avait essayé de briser ses liens en les frottant contre le bois.

— Christopher Fenroy, dit-elle avec la gravité d'un juge lisant son verdict.

— Ils ont décidé, n'est-ce pas ? Ils... vont nous tuer.

— Oui, ils tueront Wakefield et Thompson, mais pas toi... tu es *tohunga*, tu ne devrais pas...

— Tu parles sérieusement ? s'étonna-t-il, presque joyeux. Mais j'ai entendu dire d'autres choses de ton peuple, à supposer que ce soit ton peuple. Un jour, quand nous nous rencontrerons au Ciel ou à Hawaiki, tu me raconteras ce qui t'a conduite ici. Si je suis bien informé, dans les anciens temps, non seulement on tuait les *tohungas,* mais on les mangeait afin de s'attribuer un morceau de leurs talents...

— Non !

Cat n'avait jamais voulu entendre parler de ça, qui ne correspondait pas à la vision généreuse qu'avait Te Ronga du monde. Elle prit alors sa décision. Sans bruit et aussi invisible qu'une ombre, elle se rapprocha encore, prit son couteau et trancha les liens de Christopher.

— Tu nous laisses nous enfuir ? demanda-t-il, incrédule. Donne-moi ton couteau, je vais libérer les autres...

Comme elle était visiblement réticente, il ramassa une pierre tranchante et se tourna vers Wakefield endormi.

— Non, je ne vous laisse pas vous enfuir, dit-elle résolue. Juste toi ! Tu es le seul à pouvoir fuir sans te faire remarquer. Si tu les libères tous, les sentinelles vont donner l'alarme avant que les premiers aient quitté l'enclos. Votre bateau est parti depuis longtemps. Vous serez vite repris ou abattus.

Chris comprit qu'elle avait raison. Les dix-neuf hommes n'avaient aucune chance. Lui seul en avait une : on ne remarquerait son absence qu'au matin, peut-être même pas. Il ignorait si on les avait comptés. Et il connaissait ce pays, il savait comment rejoindre Nelson. Il lutta contre sa mauvaise conscience. Il voulait vivre ! Sans perdre une seconde, il passa en rampant sous la clôture et prit, dans un réflexe, les mains de Cat.

— Merci, Poti ! Et, encore une fois, je suis désolé…

— Pars ! le pressa Cat en lui montrant la délimitation du *marae* au-delà de laquelle commençait la forêt. Suis la haie, derrière la cuisine, il y a une autre porte. Le chemin mène au ruisseau qui coule vers la rivière…

Chris ayant disparu dans la nuit, elle regagnait la place de réunion quand elle entendit la voix de Te Rangihaeata.

— D'où viens-tu, ma fille ?

Elle sursauta. Il était sans doute resté seul dans la salle de réunion d'où il avait vue sur la place du village. Il avait pu aussi observer l'enclos des prisonniers.

— Je… J'ai fait un petit tour…, balbutia-t-elle. J'ai le cœur plein de tristesse…

— Mais n'as-tu pas aussi un peu de peine pour les *pakehas* ? demanda-t-il d'un ton cette fois légèrement insidieux. Ils vont mourir, tu le sais ?

— Ah bon ? C'est ce qui a été décidé ? fit-elle mine de s'étonner, mais elle ne savait pas mentir. Eh bien… ils l'ont mérité. Ce Wakefield n'est pas un bon chef, et encore moins cet officier. Ils…

— Tu ne ressens donc pas les choses comme une *pakeha*, Cat ?

Cat sursauta à nouveau. Jamais encore on ne l'avait appelée par ce nom depuis son arrivée au village. Te Ronga ne l'appelait que Poti.

— Je ressens les choses comme la fille de Te Ronga, affirma-t-elle. C'est-à-dire que je les ressens comme un être humain. *Tangata*, tu comprends ?

Elle prononça le mot avec un *a* bref après le premier T, désignant ainsi tous les êtres humains de la terre. Un *a* long aurait signifié les gens d'une tribu.

Le chef la dévisagea longuement.

— Tu as au moins bien appris notre langue, dit-il. Puis, montrant les prisonniers dans l'enclos : C'est toi qui, demain, leur annonceras notre verdict. Prouve-nous que tu es *tangata*, de la tribu des Ngati Toa.

Christopher, quittant le village, n'alla pas loin. Il n'aurait su expliquer son hésitation. Il aurait pourtant dû se hâter de sauver sa peau, peut-être même d'aller chercher de l'aide pour ses compagnons. Mais, s'il s'enfuyait maintenant à Nelson, le frère de Wakefield enverrait aussitôt des hommes. Sans doute, une nouvelle fois, une troupe hétéroclite dont les Maoris ne feraient qu'une bouchée. D'où de nouveaux morts, ce qui déclencherait une guerre. Menée désormais par de vrais soldats de la garnison d'Auckland. Le village ne pourrait rien contre eux. Et Cat… Chris songea aux massacres, dans les diverses colonies, dont il avait entendu parler. Quand les choses devenaient sérieuses, ni les colons ni les indigènes n'épargnaient les femmes et les enfants.

Non, avant de déclencher cette avalanche, il verrait si cela avait le moindre sens. Si les Maoris repoussaient l'exécution, il irait à Nelson et mettrait les choses en route. Après tout, ses compagnons représentaient plus pour lui que cette fille étrangère. Mais s'ils étaient morts avant son arrivée dans la colonie… il n'y aurait plus lieu de se presser. Il pouvait alors persuader Tuckett de prêcher la modération aux colons de Nelson afin que reprennent des négociations avec le gouverneur à Auckland.

Il se cacha donc à proximité du village, ce qui n'était pas un problème pour lui qui, enfant, avait appris auprès de ses camarades maoris comment se camoufler, comment se nourrir de baies et de racines. Il passa le reste de la nuit au bord de la rivière, pensant, pour se changer les idées, à la ferme qu'il achèterait avec l'aide de la fille de Beit.

Pourtant, dans le demi-sommeil auquel il succomba, c'est le visage de la jeune fille blonde qui lui apparut.

5

Cat aurait pu dire à Chris qu'un chef maori repoussait rarement une décision une fois prise et elle aurait dû savoir qu'un homme comme Te Rauparaha s'en tenait à ses décisions. Il n'envisageait pas, en effet, de confier à son gendre le soin des exécutions et d'imposer à une jeune *tohunga* la corvée d'annoncer leur sort aux condamnés. Aussi, dès le petit matin, il apparut en grand apparat, muni de tous les insignes de son pouvoir. Sans donner la moindre indication quant à ses intentions, il fit se rassembler ses guerriers afin d'escorter Wakefield et ses hommes jusqu'à une clairière au bord de la rivière. Les femmes et les enfants les suivirent ainsi que Cat ; elle redoutait que les chefs la chargent de servir d'interprète.

Après avoir regroupé ses guerriers autour des *pakehas* partagés entre la terreur et l'espoir soulevé par la vue de la rivière, il se planta devant Wakefield et Thompson qui, ayant repris connaissance, s'appuyait sur l'un de ses hommes, le visage décomposé par la douleur.

— Il a besoin d'un médecin, réclama Wakefield. Vous pourriez prouver votre bonne volonté en le laissant partir le premier.

— Où est l'homme qui parle notre langue ? s'enquit le chef sans lui prêter attention.

Cat sentit son cœur s'affoler. Elle n'avait pas envisagé cette éventualité. Les gardes de l'enclos non plus, visiblement, car l'un d'eux s'avança, honteux.

— Un prisonnier s'est échappé, *ariki*, avoua-t-il. Il devait avoir un couteau. Ses liens étaient coupés…

— Comment? s'exclama Te Rauparaha, contrarié, mais lucide, lui-même ayant à maintes reprises échappé à ses ennemis. Vous n'avez donc pas fouillé les prisonniers?

— Nous avons dû ne pas voir le couteau, dit le garde, penaud, mais l'air de douter de son explication.

— Il ne s'est pas enfui, quelqu'un l'a libéré! s'exclama Te Rangihaeata en avançant à son tour. J'en accuse Poti, la *pakeha* qui vit chez nous. Je l'ai vue, hier, venir de l'enclos et elle a eu peur en me voyant. Elle tenait d'étranges propos… je suis certain que c'est elle…

Te Rauparaha sembla un instant se demander s'il allait faire comparaître la jeune fille, puis il se ravisa.

— On parlera de ça plus tard! dit-il, puis il se dirigea vers Wakefield, leva la hache à lame de diabase qui faisait partie des insignes du chef maori et l'abattit sur le chef des *pakehas* en poussant un cri perçant.

Ses guerriers se déchaînèrent. Cinquante d'entre eux, armés de javelots, de massues et de couteaux, se jetèrent en hurlant sur les prisonniers. Le massacre auquel Chris, caché derrière des fourrés de fougère à la lisière de la clairière, assista avec épouvante dura quelques minutes. Les malheureux périrent en quelques secondes, mais les guerriers ne se contentèrent pas de les abattre. Ils s'acharnèrent sur les corps sans vie.

— Hachez-les menu! hurla Te Rangihaeata en se mettant à danser, ivre de vengeance.

Te Rauparaha finit par mettre fin à la scène.

— Ça suffit! Ne les mutilez pas jusqu'à les rendre méconnaissables, sinon on nous accusera d'en avoir mangé des morceaux. Or ils n'en valent pas la peine, ajouta-t-il crachant devant le cadavre de Thompson. Hainga… lança-t-il encore.

Sur ce, une des doyennes s'avança, leva sans un mot la tête tranchée de Wakefield et la plaça sur un morceau de pain.

Cat connaissait la signification de ce geste : un vrai chef ne devait pas entrer en contact avec le trivial, le quotidien. En couchant la tête du capitaine sur du pain, la femme exprimait son mépris à son égard. Cet homme s'était appelé capitaine, mais, en tant que chef et dignitaire, il avait failli.

— Que les hommes se lavent ! ordonna Te Rauparaha en montrant la rivière. Toi aussi, Te Rangihaeata. Puis nous nous réunirons sur la place du village. Poti…

La jeune femme baissa la tête, aveu déjà, pour le chef, de sa culpabilité.

— Tu vas avoir à t'expliquer devant la tribu.

Te Rangihaeata renouvela ses accusations dès que Cat se retrouva seule au milieu de la place. Mais le chef lui ordonna de se taire et se tourna vers elle.

— As-tu libéré le *pakeha*-tohunga ? demanda-t-il d'une voix dure.

Cat, décidée à ne pas se laisser intimider, releva la tête et le regarda droit dans les yeux.

— Oui, *ariki*. Mais je ne l'ai pas fait parce que je… ça n'a rien à voir avec la couleur de ma peau ou avec le fait que mes ancêtres sont venus à Aotearoa sur un autre canot que les Ngati Toa. C'est simplement parce que j'ai entendu la voix de ma mère. C'est l'esprit de Te Ronga qui m'a guidée.

Il y eut dans le groupe des habitants quelques cris d'étonnement, mais la majorité des villageois se mit à rire.

— Mais tu ne crois pas à nos esprits !

L'attaque, lancée depuis le groupe des jeunes femmes, fut une totale surprise pour Cat, qui considéra avec stupéfaction Haki, dont elle avait toujours pensé qu'elle était son amie.

— Je l'ai vue cueillir les fleurs de rongoa sans s'adresser aux esprits.

— Et elle a mangé près de Te Waikoropupu alors que c'est *tapu*…, dit une autre.

— Je… je ne savais pas que la source est *tapu*. Je…

— Il y a en effet beaucoup de choses que tu ne sais pas ! cria une femme âgée avec haine. Tu te dis fille des Ngati Toa, mais tu n'es pas des nôtres.

Désemparée, Cat regarda autour d'elle. La veille encore, la tribu avait été sa famille, les femmes ses mères, les filles ses sœurs et ses amies. Maintenant, elle ne lisait sur la plupart des visages que jalousie et haine.

— Te Ronga m'a appelée sa fille ! protesta-t-elle. Elle m'a adoptée…

— Et qu'est-ce que cela lui a rapporté ? demanda la plus âgée du village. Te Ronga est morte et tu soutiens ses assassins !

— Mais non ! cria Cat, comprenant avec désespoir que la tribu la rejetait. J'ai seulement… J'ai simplement agi dans son esprit… Te Ronga n'aurait pas tué le *pakeha-tohunga*…

— Te Ronga était des nôtres et aurait fait ce que le conseil avait décidé !

C'était de nouveau la voix de la doyenne et Cat vit le cercle des villageois se resserrer autour de la femme. Tous les visages n'étaient pas hostiles, beaucoup ne reflétaient qu'une certaine indifférence. Elle ne lut de pitié que dans les yeux de Te Puaha qui, d'ailleurs, gardait la main sur sa massue. Serait-il prêt, lui au moins, à la défendre ? En tout cas, cela lui redonna du courage et elle eut la force de contredire la femme :

— Le conseil n'aurait jamais pris cette décision si Te Ronga avait été présente !

— Tu l'aurais peut-être influencée ? Fille de *pakeha* !

C'est la mère de Haki qui venait de l'insulter et Cat, d'un seul coup, mesura la haine et la jalousie qui, dès le début, avaient couvé derrière les dehors amicaux de certains membres de la tribu. Si elle n'était pas arrivée au village, peut-être que Te Ronga aurait choisi Haki pour la mener sur le sentier des *tohungas*.

— La fille *pakeha* a ensorcelé ma femme ! siffla Te Rangihaeata. Te Ronga n'avait pas d'enfants, qui sait qui en était responsable ! Nous devons lui faire suivre le même chemin qu'aux autres *pakehas*, nous…

— Assez ! cria Te Rauparaha en levant sa hache d'un air menaçant et en se plaçant entre Cat et son gendre. Je ne permettrai pas qu'on insulte l'esprit de Te Ronga alors qu'elle n'est même pas enterrée ! Ma fille était *tohunga*, c'était une femme pleine de sagesse, elle parlait avec les esprits. Comment une fillette *pakeha* aurait-elle pu l'ensorceler ? Qui sait si elle n'est pas en train de nous parler par la bouche de sa fille adoptive…

Cat le regarda, incrédule. Allait-il réellement l'aider ? Rétablir sa position au sein de la tribu ? Mais elle savait bien que ce n'était pas possible. Les propos des femmes avaient tout détruit.

— Te Ronga ne faisait pas de différence entre Maoris et *pakehas*, parvint-elle néanmoins à dire. Est-ce que vous vous souvenez du chant qu'elle nous a appris ? *He aha te mea nui o te ao ? He tangata ! He tangata !* Les êtres humains sont ce qu'il y a de plus important sur terre, ils…

— C'est bon, c'est bon, fillette, dit le chef d'un ton apaisant. Nous l'avons connue. Quand tout ceci sera terminé, la tribu se rappellera à nouveau qui elle était…

Quand tout ceci sera terminé ? Cat le regarda sans comprendre. Qu'est-ce qui serait terminé ? Ce tribunal ? Ou son séjour chez les Ngati Toa ? Le chef envisagerait-il de la tuer elle aussi ?

Te Rauparaha décrivit un large cercle autour d'elle, ce qui desserra les rangs du cercle des habitants, car il était *tapu* que l'ombre du chef tombe sur un de ses sujets.

— Tu ne peux pas rester, Cat, dit-il alors et elle sentit un froid l'envahir en entendant son nom anglais. Tu as montré hier à quel monde tu appartiens, de ta propre initiative ou inspirée par l'esprit de ma fille, peu importe. Mais tu vas retourner à ton peuple, ressens-le comme une punition ou comme une mission. Pars animée par la haine de Te Rangihaeata ou par l'amour de l'esprit de Te Ronga. Personne ne va te poursuivre, personne ne te fera du mal, mais il n'existe pas pour toi de chemin de retour. *Haere ra*, Poti !

Le chef inclina brièvement la tête, avec respect, un salut qu'il n'accordait qu'à une *tohunga*. Puis il leva la main et le cercle des Ngati Toa s'ouvrit pour Cat.

Il lui fallut faire effort sur elle-même, mais elle partit la tête haute. Très lentement, elle traversa la place et franchit le portail en direction de la rivière. Elle n'allait pas se faufiler par une porte latérale comme un voleur… Ce n'est qu'après avoir quitté le *marae* que, en quête d'aide, elle prit en main le *hei-tiki*, un pendentif en jade offert par Te Ronga. La seule chose qu'elle emportait, l'unique souvenir qui lui rappellerait Te Ronga. Parvenue à la rivière, elle s'agenouilla et lava les larmes de son visage. Qu'allait-elle faire, maintenant ? Elle devrait suivre la rivière jusqu'à Nelson. Mais ensuite ?

— Poti ?

Elle sursauta en reconnaissant la voix de Christopher.

— Que fais-tu là ? Tu devrais être en route pour Nelson !

Bien qu'inquiète, elle fut néanmoins soulagée. Elle n'accomplirait pas seule le trajet jusqu'à Nelson.

Chris sortit de sa cachette dans les fougères.

— Je n'ai pas pu… il a fallu que je voie ce qu'ils faisaient de Wakefield. Et ensuite, j'ai voulu savoir ce qu'il advenait de toi. Je ne pouvais tout de même pas les laisser te…

— Qu'aurais-tu pu faire ? Et comment as-tu réussi à nous suivre ? Le *marae* est enclos…

Elle trembla à l'idée qu'il s'était faufilé à l'intérieur uniquement pour être près d'elle, mais, en même temps, elle fut remplie d'une joie étrange.

— J'ai grimpé sur un arbre, un kahikatea, dont les branches passent par-dessus la clôture. Poti, je suis tellement peiné pour toi ! Ils t'ont exclue de la tribu, n'est-ce pas ?

— Ils ne peuvent pas exclure quelqu'un qui n'a jamais été des leurs. Et ils m'ont donné à comprendre qu'il en était ainsi. J'ai vécu un mensonge… six ans durant. Mais partons ! Qu'ils ne te tombent pas dessus !

Cat se dirigea vers un sentier étroit, à peine visible dans les fourrés de la rive. Chris la suivit.

— Tu es donc bien une *pakeha* ? demanda-t-il quand ils eurent laissé le village à bonne distance.

Elle suivait le cours de la rivière, mais loin de la rive et par des sentes si bien cachées qu'il était impossible à des guetteurs maoris de les apercevoir. Elle avait parcouru ces lieux des dizaines de fois avec Te Ronga. Elle ne répondit tout d'abord pas. Puis Chris l'entendit dire avec lassitude :

— Je ne suis rien du tout…

Il l'arrêta, la fit se tourner vers lui et lui posa les mains sur les épaules.

— Ce n'est pas vrai. Tu es merveilleusement belle, et tu es une *tohunga*, tu es intelligente. Tu étais la fille de Te Ronga. Tu m'as sauvé la vie. Et maintenant, dis-moi ton vrai nom !

— Je n'ai pas de nom !

— Mais tu as déjà vécu chez les *pakehas* ! Tu parles l'anglais. On t'a obligatoirement donné un nom. Et il serait plus simple si je pouvais te présenter à Nelson sous ton nom anglais. Les Maoris ne doivent pas y être en odeur de sainteté. Comment vais-je t'appeler ? *Pakeha-tohunga* ?

Il lui sourit et se surprit à souhaiter lui trouver un nom. Ce devrait être le nom d'une fleur, une fleur délicate et fragile portant en son sein le germe de la vie. Rata peut-être, une plante aux fleurs rouges ne sachant pas elle-même ce qu'elle était vraiment et se nourrissant d'autres plantes. Sur un sol pauvre, elle formait un buisson défiant les tempêtes, mais devenait parfois un arbre puissant et superbe. Si indestructible qu'on l'appelait le bois de fer.

La jeune femme, alors, sembla se résoudre à répondre. Au bout d'un instant d'hésitation encore, elle murmura :

— Cat, appelle-moi tout simplement Cat.

6

Le *Victoria* et les rescapés arrivèrent à Nelson tard dans la nuit. Les hommes restèrent le plus souvent silencieux, ruminant de sombres pensées ou revivant les instants tragiques qu'ils venaient de vivre, remerciant le Ciel d'avoir pu sauver leur peau.

Karl ne quitta pas Tuckett, qu'il avait aidé à s'installer avec un confort relatif grâce à des couvertures fournies par l'équipage et qui, tourmenté par le sort des prisonniers, ne trouvait pas le repos, brûlant d'arriver à bon port pour tenter de les secourir.

— Vous êtes malade, une balle dans la jambe. Vous ne pouvez rien faire. Et qui fait office de gouverneur à la place de Wakefield ?

— Wakefield n'est pas gouverneur, jeune homme. Il occupe juste la fonction en tant que président de la New Zealand Company et c'est son frère qui le remplace. Il est colonel, mais tous deux sont des têtes brûlées, des aventuriers. Non, le vrai gouverneur est à Auckland, sur l'île du Nord, où je vais me rendre le plus vite possible.

— Mais votre blessure ? C'est loin, l'île du Nord ?

— Vous avez émigré tout récemment, n'est-ce pas ? sourit l'arpenteur. D'où venez-vous ? Pour faire bref, la Nouvelle-Zélande est constituée de deux îles principales séparées par un détroit, le détroit de Cook. Nous nous trouvons sur l'île du Sud, mais celle du Nord est plus peuplée, si l'on comprend la population maorie.

Auckland est déjà une véritable ville. Le détroit n'est large que de treize miles. La traversée est rapide, parfois agitée, le vent soufflant très fort en ces lieux.

Karl opina. Il se rappela que Fenroy lui avait déjà parlé de l'île du Nord.

— Le climat y est beaucoup plus agréable, poursuivit Tuckett, plus chaud, surtout dans sa partie septentrionale où il est quasiment subtropical. Mais il me reste à apprendre d'où vous venez et comment vous vous appelez.

Karl se présenta et, relatant l'équipée du *Sankt Pauli*, lui expliqua qu'il était *free immigrant*.

— Je cherche un *job*, ajouta-t-il, et j'apprends l'anglais.

— Pour un citoyen anglais depuis… attendez un peu, quatre jours seulement, vous parlez exceptionnellement bien l'anglais, savez-vous ? Quant au job, aimeriez-vous travailler avec moi ? D'abord comme auxiliaire, bien sûr, mais je crois que vous avez la tête bien faite. Donc, si le travail d'arpenteur vous intéresse…

— Je m'intéresse beaucoup aux pays et à la terre, répondit Karl qui n'en revenait pas de sa chance.

— Toutes les conditions sont donc réunies ! Le mieux est que vous m'accompagniez à Auckland. Vous m'épaulerez, au plein sens du terme, compte tenu de mon handicap présent.

Karl aida Tuckett à descendre du bateau et l'accompagna jusqu'à son lieu d'habitation, une maison, non loin de la mairie, où une veuve louait des chambres. Celle que Cotterel et Fenroy se partageaient n'étant hélas pas occupée, l'arpenteur lui proposa d'y passer la nuit. Mrs Robins, la loueuse, qui avait le sommeil léger, les entendit entrer et leur prépara même à manger. Le lendemain, elle insista pour examiner la blessure de son locataire et protesta devant son intention de ne pas rester au lit.

— Si elle s'infecte, vous pouvez en mourir, prévint-elle tout en renouvelant le pansement.

— Mrs Robins, si je n'entreprends rien, mes hommes risquent de périr là-bas. De même que le capitaine Wakefield et une douzaine de colons volontaires pour cette expédition. Je dois m'occuper de ça... Jensch, courez jusqu'au port et voyez si un bateau ne partirait pas aujourd'hui pour Wellington. On continuerait ensuite par voie de terre.

Karl revint assez vite annoncer qu'un navire baleinier était à l'ancre, prêt à partir, et que le capitaine était disposé à les emmener.

— Bien, dit Tuckett, je vais m'entretenir avec le jeune Wakefield afin de le dissuader d'envoyer aussitôt à Wairau une nouvelle troupe de crétins armés. Soutenez-moi, Jensch, et trouvez-moi des béquilles, s'il vous plaît.

Karl se rendit d'abord au magasin des Partridge, avec le secret espoir, malheureusement déçu, d'y rencontrer Ida et de lui annoncer qu'il avait trouvé du travail. M. Partridge lui conseilla de tenter sa chance à la pharmacie, mais, changeant son fusil d'épaule, Karl lui acheta un couteau à sculpter. Une heure plus tard, il retrouvait Tuckett avec deux cannes qu'il avait taillées dans des branches de ce qui ressemblait à un hêtre. L'arpenteur pouvait les loger sous ses aisselles et marcher en ménageant sa jambe blessée.

Tandis qu'ils montaient à bord du baleinier, Tuckett expliqua à son jeune compagnon que l'arbre en question était bien un hêtre, un hêtre austral fréquent sur l'île du Sud, et il lui dispensa, pendant la traversée, une véritable leçon de botanique, enrichie de croquis dessinés à la main. Cet ancien ingénieur du bâtiment était un pédagogue, heureux de communiquer son savoir et parlant lentement afin que Karl ait le temps d'enrichir son vocabulaire. Celui-ci, jamais las d'apprendre, se promit d'acheter à Wellington ou Auckland un dictionnaire plus riche que le sien. Ne souffrant pas du mal de mer malgré une mer démontée, il prit donc du plaisir à la traversée en dépit de l'angoisse qu'il éprouvait en pensant à son ami Fenroy et aux hommes aux mains des Maoris.

Christopher et Cat, malgré leur connaissance des forêts de l'île et de leurs ressources, ne prirent aucun plaisir à leur marche de plusieurs jours. Ils furent vite trempés par une première pluie quelques heures après leur fuite et souffrirent du froid, la nuit, sans protection. Ils n'osaient pas allumer de feu et durent ainsi se contenter de racines et de baies. Pourtant, bons marcheurs et capables de s'orienter la nuit et le jour, ils avançaient vite. Cat avait appris auprès de Te Ronga, lors des longues randonnées des Maoris, à se concentrer sur elle-même et le paysage, à faire corps avec la nature.

Chris admirait cet art de la pérégrination silencieuse, malgré son naturel qui l'aurait poussé à parler. Il respectait d'autant mieux son mutisme qu'il fallait toujours redouter la présence de guetteurs indigènes.

Ils arrivèrent à Nelson à la fin du troisième jour. Angoissée, Cat s'arrêta quand ils aperçurent les premières maisons dans l'obscurité, hésitant à suivre son compagnon. Elle pourrait survivre seule au milieu de la nature sauvage.

— Bienvenue chez les *pakehas*, Cat ! l'encouragea Chris. Tu verras, ils ne sont pas si méchants que ça.

— Mais bien sûr, ironisa Cat. Les gens vont m'accueillir à bras ouverts, surtout quand ils verront mon accoutrement.

Chris dut convenir qu'elle avait raison. Certes, elle n'avait pas gardé sa robe de danse et portait même une jupe en tissu plus longue que celle des filles de la tribu. Mais ce qui lui servait de corsage était sans manches. Une tenue que les colons croyants et pudibonds trouveraient des plus inconvenantes.

— Il va falloir t'équiper plus convenablement, plaisanta Chris tout en cherchant une solution.

Il se rappela alors que le magasin général où il avait acheté des provisions avant l'équipée sur le *Victoria*, une boutique située dans une rue latérale, vendait aussi des vêtements. S'ils attendaient la tombée de la nuit, Cat passerait inaperçue.

— Enfile tout d'abord ma veste, proposa-t-il. Puis nous te procurerons l'indispensable si les gens du magasin me font crédit. Mais ils m'ont fait bonne impression.

Cat le suivit avec une certaine inquiétude, elle craignait bien sûr l'accueil des *pakehas*, mais c'était aussi, depuis leur fuite de Sydney, sa mère et elle, la première fois qu'elle entrait dans une agglomération de Blancs. Des maisons de deux étages séparées par des rues étroites… et partout de la lumière derrière les fenêtres fermées, des bougies ou des lampes à gaz, supposa-t-elle. Chez les Maoris, seuls les feux éclairaient les nuits…

Seule, jamais elle ne se serait risquée à entrer en ville. Mais elle se sentait protégée par Chris. Elle s'en défendait pourtant, car c'était un Blanc. Il aurait tout aussi bien pu être un pêcheur de baleines ou un chasseur de phoques. Il fréquentait sûrement les pubs et, s'il s'était trouvé à Peraki Bay, jadis, il aurait sans doute participé aux enchères… Pourtant, elle ne parvenait pas à s'en persuader. Quelque chose en elle lui disait qu'il était différent.

La boutique des Partridge était fermée depuis la tombée de la nuit, mais les propriétaires logeaient au-dessus du magasin. Il y avait de la lumière derrière les fenêtres. Ils ne dormaient donc pas. Cat se cacha derrière Chris quand il frappa à la porte.

— Ils ne t'entendent pas, chuchota-t-elle, car personne n'avait répondu. Ils sont en haut. Nous allons devoir attendre jusqu'à demain matin.

Elle avait de nouveau perdu courage : dans ce cas, la moitié de la ville la verrait et bavarderait à son propos.

— Alors, nous allons frapper en haut, rétorqua Chris en prenant un caillou et en le jetant contre une des fenêtres.

— Tu vas casser la vitre !

— Je fais attention, se défendit Chris en jetant une seconde pierre.

Il y eut cette fois une réaction.

— Qui est là ? dit un homme après avoir ouvert la fenêtre. Qu'est-ce qui vous prend ? C'est une plaisanterie ou quoi ? Espèce de canaille !

Chris fit un geste d'apaisement. Il n'avait pas compris un mot de ce que lui avait lancé l'homme. Sans doute un des émigrés allemands qui avait été logé là.

— Excusez-nous de vous déranger, mais c'est un cas d'urgence. Nous avons un achat à faire… si donc vous pouviez avertir quelqu'un de la famille des propriétaires…

— Disparaissez ! trancha l'homme en s'apprêtant à refermer la fenêtre.

Lui non plus n'avait rien compris de ce que lui avait dit Christopher.

— Je vous en prie… nous avons besoin d'aide.

À l'immense surprise de Chris, Cat était intervenue. Elle avait dû se faire violence pour prendre la parole, mais la langue ne lui créait pas de problème ! Elle parlait allemand !

— Je vous en prie, allez chercher quelqu'un de la famille des propriétaires.

Aussi stupéfait que Chris, Jakob Lange examina l'étrange fille indécemment vêtue qui lui répondait dans sa langue. Il grommela quelque chose, tandis que de la lumière s'allumait dans la chambre d'Ida et d'Elsbeth. Elles allaient avertir les propriétaires, il pouvait donc sans problème reprendre sa lecture de la Bible et poursuivre ses réflexions depuis le retour d'Ottfried. À l'évidence, un départ rapide pour la vallée du Wairau était exclu, alors que la paroisse était en train de lui échapper, ainsi qu'à Brandmann. Quelques jeunes hommes avaient déjà quitté leur famille pour tenter leur chance dans une station de pêche à la baleine. Des filles semblaient disposées à se laisser approcher par de jeunes Anglais. Même Elsbeth voulait s'appeler désormais Betty et bavardait avec des inconnus dans la boutique des Partridge ! Si cela continuait ainsi, il allait devoir la marier avant Ida.

Celle-ci aussi, d'ailleurs, manifestait un intérêt malsain pour des types peu convenables : n'avait-elle pas osé demander à Ottfried des nouvelles de ce Karl Jensch ? Il avait lu dans son regard l'inquiétude puis le soulagement à la nouvelle qu'il était lui aussi sain et sauf. Il était grand temps de la caser ! Mais il fallait au préalable qu'Ottfried ait une maison à lui et des terres. En tout cas, le garçon allait dans le bon sens, il avait compris ce qu'on attendait de lui, même si cela lui avait coûté. On pouvait montrer de la compréhension à son égard car il avait fait son possible…

Lange et Brandmann avaient convenu qu'il ne participerait pas à la prochaine expédition. S'il y en avait une ! Les survivants ayant parlé de prisonniers et de morts, les colons avaient d'abord cru qu'elle ne tarderait pas. Mais un certain Tuckett était parti pour Auckland afin d'examiner avec le gouverneur la suite à donner à l'affaire. Il allait tenter d'influencer ce dernier. Or

Tuckett, à en croire les colons, était un quaker, membre d'un mouvement religieux qui refusait toute guerre, y compris les guerres légitimes contre les païens et les indigènes barbares.

Ayant entendu son père pester, Ida avait vu l'homme et la jeune femme demandant à parler aux Partridge. Elle avait compris en partie ce qu'avait dit Chris et elle suivait à présent ses hôtes qui, en robe de chambre, descendaient au rez-de-chaussée, intrigués par la requête des deux jeunes gens. Quelques achats ? À cette heure ?

Après avoir fait entrer les étranges clients, Mrs Partridge découvrit Ida dans l'escalier et lui demanda son aide :

— Ah, Ida, descends ! Aide-nous à trouver une robe pour la jeune lady. M. Fenroy l'a ramenée du campement des Maoris ! Les sauvages l'avaient enlevée…

Ida en comprit assez pour suivre Mrs Partridge, mais elle vit bien que la jeune femme, en jupe trop courte, voulait objecter quelque chose. Le jeune homme à ses côtés lui ordonna d'un petit geste de se taire.

— … et figure-toi que M. Fenroy leur a lui aussi échappé ! Comment y êtes-vous parvenu, M. Fenroy ? Racontez-nous tout pendant que nous habillons votre jeune amie. Vous serez si mignonne, mon enfant, lorsque vous serez vêtue comme quelqu'un de civilisé ! Et comment se porte le capitaine Wakefield, M. Fenroy ? Et les autres ? Prisonniers des sauvages ! Mais on va vite les libérer !

De nouveau Ida ne comprit qu'à moitié, mais elle se rendit compte, à voir le visage de l'inconnu aux cheveux bruns, que l'optimisme de la dame n'était pas de saison. Elle apprit ensuite, première des immigrés du *Sankt Pauli*, le massacre de Wairau. Christopher ayant décrit l'exécution des prisonniers, Cat, à la demande d'Ida, lui traduisit à contrecœur son récit en allemand, en quelques mots seulement, mais qui suffirent à plonger la jeune Allemande dans l'inquiétude : serait-il possible de vivre en paix, après cela, avec ces Maoris qu'on disait jusqu'ici très accueillants ?

Elle trouva presque plus angoissante encore la réaction de son père quand, un peu plus tard, elle frappa à sa porte pour lui raconter les événements. Il l'écouta sans broncher, sans manifester la moindre horreur, la moindre tristesse. Il se contenta d'un bref commentaire :

— C'est bien entendu terrible et regrettable pour les victimes et leurs familles. Mais peut-être devait-il en être ainsi. Les autorités ne vont désormais plus hésiter à envoyer des troupes. Dieu veut que ces sauvages soient une bonne fois pour toutes chassés de notre terre !

SCHACHTSTAL

Nelson, village de Sankt Pauli

1843-1844

1

– M. Fenroy ! Quelle bonne surprise ! Vous voilà de retour. Les sauvages vous ont-ils libéré ? Et qui nous amenez-vous ?

Christopher n'espérait pas entrer dans la pension sans attirer l'attention de la vigilante Mrs Robins. Il sursauta néanmoins en entendant sa voix.

– Quelle jeune fille ravissante ! poursuivit-elle. Mais vous ne comptiez tout de même pas vous faufiler ici avec elle ?

Si la remarque avait le ton du reproche, l'espièglerie brillait pourtant dans les yeux de la logeuse. Elle considérait à l'évidence Chris Fenroy comme quelqu'un de convenable. Elle éclaira de sa bougie le visage de Cat, sa robe et ses cheveux, et parut tout à fait satisfaite. C'est que Mrs Partridge, sa première frayeur passée, après avoir exprimé ses condoléances à Christopher pour la mort de M. Cotterel, n'avait pas ménagé ses efforts pour transformer la blonde Maorie en une parfaite jeune *pakeha*. Elle avait choisi une robe marron foncé, toute simple, qui lui allait très bien et qui, sans corset, soulignait sa taille mince. Une robe à manches longues, bien sûr, et boutonnée jusqu'en haut. Elle lui avait apporté de l'eau pour une petite toilette et noué ses longs cheveux blonds en un chignon décent, pas trop serré néanmoins. Sa métamorphose avait suscité l'admiration de Chris et un intérêt amical chez Mrs Partridge. Cat s'était aussitôt sentie mieux. Aucun des *pakehas* ne semblait voir en elle une putain.

— Mais qu'allez-vous penser là, Mrs Robins ! s'indigna Chris pour la forme. Jamais je ne compromettrais Miss Cat en allant seul dans une chambre avec elle, encore moins en cachette. Mais, blague à part, nous sommes porteurs de nouvelles très tristes et alarmantes, et, en dépit de l'heure tardive, quelque regret que j'en aie, nous devons importuner M. Tuckett. Je…

— M. Tuckett n'est malheureusement pas là. Il est parti avant-hier pour Auckland avec son nouvel assistant, afin d'y rencontrer M. FitzRoy, le gouverneur. À cause du capitaine Wakefield, vous savez…

Christopher dut recommencer son récit de l'exécution, conscient que Mrs Partridge et Mrs Robins auraient tôt fait de propager la nouvelle en ville. Il devrait se lever de bonne heure afin de la communiquer en personne au colonel Wakefield, avant qu'il n'apprenne la mort de son frère par la rumeur publique.

— Je vous en prie, gardez la nouvelle pour vous jusqu'à ce que j'aie rencontré le colonel, dit-il à la logeuse, sans nourrir la moindre illusion à cet égard. Je vais me présenter à lui dès l'aube. Mais qu'allons-nous faire maintenant de Miss Cat ? Elle va avoir besoin d'un emploi.

— Dans un premier temps, je vais assigner une chambre à Miss Catherine, décida Mrs Robins. Quant à un emploi… eh bien, il n'y a ici pas beaucoup de familles employant des domestiques. Renseignez-vous auprès de la famille Beit, M. Fenroy ! Ils ont toujours besoin de personnel.

Il y avait eu dans sa voix une pointe de désapprobation, mais Christopher ne chercha pas à en savoir davantage. Au contraire, il la remercia pour sa proposition. Beit, agent de la New Zealand Company, devrait être en mesure d'apprécier les qualités de Cat, notamment sa connaissance de trois langues.

— Nous rendrons visite à M. Beit dès demain, répondit-il en informant Cat en quelques mots des fonctions de cet homme. Et M. Tuckett ne va pas tarder à être de retour.

Cat n'aurait jamais cru que quelque chose pouvait être aussi moelleux, parfumé et souple que le lit, l'édredon et les coussins de la chambre où Mrs Robins la conduisit. De plus, pour la première fois de sa vie, elle se retrouvait seule dans un espace fermé, loin du réduit dans lequel sa mère recevait ses clients, loin aussi des ronflements et des rires étouffés du dortoir des Ngati Toa. Si un pareil silence la rendit d'abord nerveuse, elle ne tarda pas à en goûter les charmes. Le lendemain matin, elle se dit n'avoir jamais si bien dormi de sa vie. De surcroît, Mrs Robins lui apporta au lit une tasse de thé et des petits pains beurrés.

— M. Fenroy est debout depuis deux heures. Dégustez les petits pains, ma chérie, je suis allée exprès les chercher chez le boulanger ce matin… M. Fenroy vous fait dire de dormir tout votre soûl et de prendre le petit déjeuner en paix… Je vous ferai volontiers des œufs au jambon, tout frais lui aussi, je viens de passer chez le boucher… Et ensuite, attendez le jeune homme. Il passera vous prendre dès qu'il en aura fini à la mairie. Ah, j'espère qu'il n'y aura pas de guerre ! On a certes toujours un peu peur, ici, si près des campements de ces sauvages… Qu'est-ce que vous y faisiez donc, Miss Catherine ? Vous étiez prisonnière ? Est-ce qu'on vous a… ? J'espère qu'on ne vous a pas… euh… approchée de trop près, Miss Catherine. Je n'ose y penser ! Ces guerriers gigantesques…

— Je ne m'appelle pas Catherine, seulement Cat. Et personne ne m'a approchée de trop près. J'ai vécu chez les Maoris.

Elle ne pouvait savoir l'avalanche qu'elle avait déclenchée en racontant son histoire à cette commère...

Christopher passa plus de temps à la mairie qu'il ne l'avait envisagé. Il réussit pourtant à informer le colonel avant la propagation de la nouvelle en ville. Il avait failli être précédé par un missionnaire arrivé de Wairau presque en même temps que lui. Le révérend Vincent Tate, un homme d'un certain âge, profondément croyant, qui portait la bonne parole dans la région depuis des années, entretenait de bons rapports avec les tribus, malgré ou peut-être grâce au fait que ses conversions se comptaient sur les doigts d'une main. Il était passé par hasard chez les Ngati Toa et avait appris la mort de Te Ronga et les événements qui l'avaient suivie. Sur instruction du chef, Te Puaha l'avait accompagné auprès des morts. Il avait pu les enterrer, avec l'aide de Te Puaha et de quelques hommes, mais pas les ramener à Nelson. Il était ensuite parti pour Nelson sur le canot avec lequel il circulait sur les fleuves d'un village à l'autre. Il compléta de la sorte le récit que Christopher avait fait au colonel. Peu après, les deux hommes durent rendre compte à un représentant du gouvernement.

Le gouverneur FritzRoy délibérait toujours avec Tuckett et d'autres conseillers, mais il avait déjà envoyé à Nelson William Spain, le commissaire aux revendications foncières, avec la mission d'empêcher toute opération irréfléchie. C'était le fameux Spain, l'homme chargé de superviser toutes les acquisitions de terres en Nouvelle-Zélande. Ce petit homme réussissait en général à réaliser le tour de force d'obtenir des prix favorables aux colons sans se mettre les Maoris à dos. En revanche, ses relations avec le capitaine Wakefield avaient été moins bonnes. Il avait découvert nombre d'irrégularités commises par la New Zealand Company lors de l'achat de terres. Wakefield avait aussi tenté d'entraver d'autres enquêtes, voire de saboter de nouvelles négociations avec les Maoris.

Le commissaire, toujours calme et aimable, interrogeait maintenant les diverses personnes impliquées dans les événements, commençant par Christopher et Tate. Tate confirma pour l'essentiel le témoignage de Chris et le compléta : Te Rauparaha s'était senti provoqué par Wakefield et Thompson et cela avait influencé sa décision d'accéder à la demande de Te Rangihaeata qui exigeait que Te Ronga fût vengée, alors que le chef considérait que la mort de sa fille avait été accidentelle, refusant de penser qu'elle avait été visée par le tireur. Il ne s'excuserait pas de l'exécution des prisonniers, mais ne voulait pas la guerre. Spain sembla approuver leurs déclarations et congédia Chris et le missionnaire une fois le procès-verbal signé.

— Des erreurs ont été commises des deux côtés, regretta-t-il. C'est tragique pour les familles des défunts. Mais c'est aussi un coup fatal porté à la poursuite de la colonisation de la région. En fait, je devais bientôt négocier avec le chef. Je l'en avais avisé et il était disposé à parler de la plaine du Wairau. Il va maintenant falloir laisser se reposer l'affaire plusieurs années…

Sur le chemin menant à la maison de Beit, Christopher mit Cat au courant de son entretien avec Spain. Il l'avait trouvée en train de laver la vaisselle et elle lui avait annoncé que Mrs Robins était partie au marché.

— Je me demande ce qu'elle peut bien aller y chercher, alors qu'elle est déjà allée chez le boulanger et le boucher…

— Du public, dit Chris en riant. Elle brûle de raconter à la ronde ce que je lui ai appris hier. En tout cas, le frère de Wakefield est au courant. J'ignore si les femmes des autres victimes le sont.

— Le bavardage, au moins une chose que *pakehas* et Maoris ont en commun, constata la jeune fille, plus détendue que la veille.

Ses premiers contacts avec les *pakehas* avaient donc été assez positifs, se dit Chris, en espérant qu'il en irait de même avec les Beit. Du reste, il allait aussi chez les Beit pour une raison personnelle, quelqu'un, en mairie, lui ayant fait savoir que « lord Fenroy » était respectueusement prié de leur rendre visite quand il en aurait le temps...

Il était à la fois tendu et heureux, même s'il ressentait une pointe de regret. S'il se fiançait, il ne pourrait plus travailler avec Cat, du moins sans provoquer des soupçons chez ses futurs beaux-parents et sa fiancée. Il aurait pourtant aimé en apprendre plus sur sa vie avant et chez les Maoris. Regrets avivés par le spectacle charmant que lui offrait ce matin la jeune fille reposée, propre et bien coiffée. Ses traits étaient plus doux et féminins qu'auparavant. Il se demanda quel âge elle avait et – il faillit rougir à cette pensée – si elle était encore vierge. Si elle avait adopté les coutumes des Maoris, et c'était peu vraisemblable, les filles faisant leurs premières expériences sexuelles dès quatorze ou quinze ans. Or il estimait que Cat devait avoir dix-huit ou dix-neuf ans, âge auquel la plupart étaient déjà mariées.

— Au fait... chez les Maoris, tu avais un mari ? se risqua-t-il à demander, ce qu'il n'aurait fait en aucun cas avec une Anglaise.

— Non, je n'ai plu à aucun, dit-elle en souriant, mais avec un regard en coin pas innocent. Et aucun ne m'a plu, d'ailleurs. Et toi ? As-tu une femme ? Une *pakeha*, je veux dire... Tu as bien dû avoir des filles maories...

Cette dernière allusion n'avait rien de méprisant, car ainsi étaient les coutumes : dans toute la Polynésie, les femmes autochtones se montraient accueillantes envers leurs hôtes blancs. Chris y décela néanmoins comme un soupçon de jalousie.

— Aucune ne m'a plu, répondit-il, espérant qu'elle ne poserait pas de question au sujet des filles *pakeha*s.

Mais ils étaient entre-temps arrivés chez les Beit.

C'est Peter Hansen, en tenue de majordome – costume noir, chemise blanche, veste grise et cravate noire – qui leur ouvrit. Cat n'en crut pas ses yeux.

— Puis-je vous débarrasser de votre veste, sir ? Et vous, de votre châle, madame ? dit-il en s'emparant du fichu conseillé par Mrs Partridge pour accompagner la robe marron. Qui dois-je annoncer à M. Beit ?

— Fenroy. Je crois que M. Tuckett a annoncé ma visite. Et je vous présente Miss Cat. Vous… N'as-tu pas de nom de famille, Cat ? On devrait à tout prix trouver quelque chose.

La jeune femme rougit sous son regard et celui de cet homme étrange.

— Il n'y a que Cat ! répondit-elle d'un air de défi.

L'homme opina et s'inclina.

— Veuillez attendre, je vous prie. Je suis certain que M. Beit vous recevra immédiatement.

— Et si cela devait durer plus longtemps, nous nous ferions un plaisir de vous faire apporter par un de nos esclaves quelque rafraîchissement… ajouta Chris quand l'homme eut tourné les talons. Bon Dieu, un majordome ! Je sais que ça existe à Londres, mais ici… !

— C'est quoi, un majordome ? Mais… mais M. Beit n'a pas vraiment… d'esclaves, si ?

— Non, ce n'était qu'une plaisanterie. L'esclavage est aboli. Les majordomes, dans les grandes maisons, ont sous leurs ordres une armée de domestiques, de la cuisinière à la femme de chambre… Mais chut, le revoilà. Ça n'a pas traîné.

Le majordome annonça que M. Beit attendait M. Fenroy, sans évoquer Cat, à qui, toutefois, il ne barra pas le passage quand elle suivit Chris. La maison lui fit presque peur, plus somptueuse que celle des Hempleman, avec ses meubles cirés aux étranges pattes de lion, ses lampes dorées, ses miroirs et ses tableaux encadrés…

Beit les attendait dans une pièce sobre, sans apparat, aux meubles sombres et aux fauteuils de cuir, où régnait une très légère odeur de fumée de cigare. Grand, barbu, il alla au-devant de Chris avec un large sourire et lui tendit la main.

– Mylord Fenroy ! le salua-t-il d'un air important. Je suis extraordinairement heureux de faire votre connaissance.

– Moi de même, M. Beit, répondit Chris en serrant la main tendue. Mais je ne suis pas un lord. Un seul membre d'une famille est habilité à porter ce titre.

– Bien entendu, vous avez raison, où avais-je la tête ? J'aurais dû vous donner du « *viscount* ».

Chris se demanda s'il était judicieux de le contrarier à nouveau. Il n'y avait en effet qu'un seul Viscount Fenroy, l'héritier désigné du lord. Chris était loin du compte, mais Beit n'avait donc aucune idée de la noblesse anglaise. À quoi bon tenter de lui expliquer ?

– Appelez-moi Fenroy, je vous prie ! Ou Christopher… nous ne sommes en effet pas en Angleterre, M. Beit.

– Je comprends, la réserve britannique, *viscount* ! Naturellement ! Nous nous entendrons à merveille. Mais… qui nous avez-vous amené là ? Je… je suis en droit de penser que M. Tuckett vous a averti du… euh… motif de notre rencontre ? Et vous avez jugé opportun de venir accompagné d'une… euh… jeune femme ?

— M. Tuckett a fait montre d'une très grande discrétion, répliqua Christopher avec un sourire d'excuse. Je vous prie bien entendu de ne pas vous méprendre. Je suis très heureux que vous… que vous ayez songé à moi pour la question qu'il a évoquée et je ne souhaitais en aucun cas vous offenser, vous ou votre fille. Mais nous souhaitions trouver le plus vite possible un emploi pour Miss Cat et…

— Ah bon… Une parente éloignée, sans doute ? Ou une des domestiques de votre famille ? Qu'elle se présente au majordome, il se trouvera à coup sûr quelque chose pour elle. Et maintenant…

Christopher l'interrompit sans se laisser démonter.

— Excusez-moi, M. Beit, vous ne m'avez pas compris… Ayez la bonté de me laisser tout d'abord m'expliquer, et, certainement aussi, vous souhaitez en savoir plus sur l'affaire de la plaine du Wairau et ses derniers développements…

Cat écouta sans mot dire le récit de Chris à propos de l'expédition et du rôle qu'elle y avait joué.

— Vous le voyez, sans Miss Cat, je ne serais plus en vie. Je lui en suis redevable, je ne voudrais pas qu'elle regrette d'avoir pris le risque d'abandonner son existence chez les Maoris. D'autant qu'elle est disposée à nous faire profiter de ses inestimables connaissances des Maoris, de leurs coutumes et de leur langue…

— Mais vous la parlez, vous aussi, objecta Beit, peu intéressé.

— Bien sûr. Mais Cat a vécu chez les Maoris et cela donne un tout autre regard sur leur culture, leur comportement, leurs valeurs… En outre, elle parle allemand, ajouta Chris, résigné devant l'indifférence de Beit.

— Ah oui ? s'anima un peu Beit. Comment cela s'est-il fait ? Mais c'est pratique… M. Hansen !

Le majordome apparut si vite que la seule explication possible était qu'il attendait derrière la porte.

— Que désire monsieur ?

— Conduisez, je vous prie, la nouvelle bonne à votre femme, à la cuisine où elle pourra se rendre utile. Il paraît qu'elle parle allemand, on pourrait de surcroît l'employer auprès des enfants afin qu'ils n'oublient pas tout à fait leur « langue paternelle », dit-il d'un air négligent, comme s'il n'accordait guère d'importance à la chose.

Cat devait ultérieurement apprendre qu'il était allemand, mais que sa femme, Sarah, était d'origine anglaise. Les enfants étaient bilingues, mais depuis qu'ils étaient à Nelson, l'anglais prenait bien entendu le dessus.

— Merci… Cat, nous nous mettrons sans aucun doute d'accord à propos de votre salaire. Et maintenant, revenons à nos affaires, *viscount*… Puis-je vous offrir un whisky ? Il est plus aisé de discuter de questions délicates quand on…

Cat eut encore le temps de lancer un regard perplexe à Christopher avant de suivre le majordome.

La cuisine, au rez-de-chaussée, était une vaste pièce dotée de fourneaux et de plans de travail sur les côtés. Des casseroles de cuivre et des poêles de toutes tailles étaient suspendues aux murs. Cat vit aussi une étagère à épices et des paniers de fruits et de légumes. Deux femmes, l'une de l'âge du majordome et une autre beaucoup plus jeune, étaient assises à une table de bois, au milieu de la pièce, en train de boire un café. Toutes deux étaient vêtues de coquettes robes bleu clair sous des tabliers blancs et portaient des coiffes.

— Une nouvelle bonne, Margarete, annonça le majordome. M. Beit pense qu'elle pourrait t'aider auprès de ses filles, elle parle allemand.

— Réellement ? dit la femme avec un sourire amical non dénué d'un soupçon de compassion. Eh bien peut-être que ça facilitera un peu les choses. Est-ce que tu t'y connais dans tous les trucs que les femmes de chambre ont à faire ? Comment on s'occupe d'une lady, la coiffer, la lacer, entretenir le linge ?

Cat resta sans voix.

— Non, finit-elle par avouer.

— Je m'y attendais. Tu es une des filles de paysans du *Sankt Pauli*, hein ? C'est drôle, je ne t'ai pas vue sur le bateau… Comment t'appelles-tu, au fait ? Moi, je suis Mrs Hansen, la gouvernante. C'est en tout cas comme ça qu'ils m'appellent depuis peu, maintenant qu'on a davantage de personnel. Avant, j'étais tout simplement la femme de chambre de Mrs Beit. Je te montrerai avec plaisir comment tout fonctionne, mais…, dit-elle en haussant les épaules, geste que Cat ne sut interpréter. Ma foi, j'espère que tu apprends vite… Je te présente Mary, notre femme de ménage…

— … qui n'apprend pas très vite, l'interrompit d'un ton sarcastique la jeune femme brune, au visage rond et candide cachant une certaine malice paysanne. Mais personne ne peut apprendre aussi vite que la Beit le voudrait.

— Mary, s'il te plaît, la morigéna Mrs Hansen. Combien de fois devrai-je te dire qu'on ne parle pas comme ça de ses patrons ? Même s'ils ne nous rendent pas toujours la vie facile, la vie des domestiques est ainsi. Cat ne comprend certainement que la moitié de ce que nous disons, pas vrai, petite ? Moi, j'ai conservé un épouvantable accent écossais. Mais quel drôle de nom tu as, au fait ! J'aurais pensé à une abréviation de Catherine. Mais, pour une Allemande…

— Je ne suis pas allemande. Et Cat n'est pas une abréviation. Cela veut simplement dire…

— Le chat ! cria Mary en bondissant, tout excitée, de son siège. Oh non, Mrs Hansen, M. Hansen, ce n'est tout de même pas la fille des Indiens ?

— La quoi ? demanda le majordome. Allons, Mary, même toi tu devrais savoir que les Indiens sont en Amérique du Nord…

— La fille des Maoris, rectifia Mary. Mrs Hansen, je voulais justement vous dire ce que j'ai appris ce matin au marché. Elle était chez les sauvages. Et ce que raconte Mrs Robins sur elle, vous n'en croiriez pas vos oreilles !

2

Lors de la première rencontre entre Chris Fenroy et Jane Beit, les choses se passèrent aussi mal qu'on pouvait l'imaginer en semblable circonstance. Cela commença dès l'apparition de Jane, en aucune façon l'elfe blond et gracieux des rêves secrets de Chris. Certes, sans trop d'illusions, il était décidé à ne pas s'autoriser la moindre déception. Pourtant, à la vue des formes amples et de la face de pleine lune de son éventuelle fiancée, il dut se faire violence pour sourire.

Jane ne se donna pas cette peine. Elle l'examina attentivement et Beit paracheva le désastre quand il entreprit de présenter l'un à l'autre les jeunes gens.

— Ma fille Jane… le *viscount* Christopher Fenroy.

— *Viscount*? Vous héritez donc d'un comté en Angleterre ? se moqua la demoiselle.

Christopher s'en voulut de n'avoir pas d'emblée mis les choses au clair. Jane, élevée dans un environnement anglais, connaissait évidemment la signification des titres de noblesse.

— Fenroy tout court, Miss Beit, votre père s'est quelque peu mépris…

— Cela lui arrive, dit-elle d'un air pincé. Bon, on fait quoi maintenant, M. Fenroy? Avez-vous apporté des fleurs ?

— Je… euh, cela s'est fait si vite…, balbutia-t-il, pris de court.

— Bon, eh bien je peux me dispenser d'appeler une bonne pour disposer le bouquet dans un vase. D'un autre côté, ce genre d'attention permet de surmonter les pénibles premiers instants…

— Jane, supplia Beit.

— Comment allons-nous donc procéder en son absence ? poursuivit Jane sans accorder le moindre regard à son père. Allons-nous parler de la pluie et du beau temps ? Il y a davantage de soleil ici que plus au sud, dans la région de Canterbury, mais vous le savez déjà, probablement…

— Miss Beit…, articula Chris, interloqué mais comprenant qu'elle faisait allusion aux terres agricoles que venait de lui promettre son père.

Beit avait acquis un nombre incalculable d'hectares de terres vierges à l'intérieur du pays, un véritable petit royaume sur les rives du fleuve Waimakariri.

— Vous n'êtes pas obligé de répéter mille fois « Miss Beit », qui ne tardera d'ailleurs pas à s'appeler Mrs Fenroy, coupa Jane. Ou Lady Fenroy. Ce qui n'est pas correct, mais qui s'en souciera ? Nous posséderons sans doute plus de terres que le lord du même nom. Et vous deviendrez au moins un gentleman-farmer.

— Jane ! répéta le père, plus sèchement.

Christopher regretta d'avoir refusé le whisky proposé peu avant. Cela lui aurait peut-être donné un peu de courage. Il lui fallait en tout cas dire quelque chose. Cette jeune femme ne mâchait pas ses mots…

— J'espère que je me montrerai digne d'un gentleman. Et vous avez certainement été éduquée afin de devenir une lady. Nous connaissons donc l'un et l'autre la manière dont sont conclus les mariages entre lords et ladies et nous nous en sortirons certainement au mieux. La prochaine fois, j'apporterai des fleurs.

— Oh, ne vous donnez pas cette peine ! Dites-moi plutôt ce à quoi je dois m'attendre. Que m'offrirez-vous si je vous épouse ?

Chris resta perplexe. Que signifiait cette question ? La jeune femme ne donnait en tout cas pas l'impression de souhaiter qu'il parle de lui.

— Eh bien, je… je suis jeune, pas totalement sot, travailleur… honnête…

— Honnête, *viscount* ? l'interrompit Jane qui, les yeux brillants, semblait pour la première fois prendre plaisir à cet entretien. Épargnez-moi, je vous prie, les lieux communs, je suis sûre que mon père ne choisirait jamais pour moi un abruti ou un fainéant. Mais à quoi va ressembler ma vie, M. Fenroy ? Dans votre… notre… ferme ?

— J'ai dans l'idée une exploitation agricole de grande ampleur. Pas seulement en raison de l'étendue des terres, mais aussi… eh bien, car cette île représente un énorme potentiel ! La colonisation vient à peine de commencer et, les prochaines années, les gens vont affluer. Tous ne travailleront pas dans l'agriculture. Il y aura des villes et les géologues et arpenteurs avec qui j'ai parcouru le pays sont certains de la présence de richesses minières. Aujourd'hui déjà, il faut nourrir les stations baleinières et les nouvelles agglomérations. Les débouchés ne devraient pas manquer pour les céréales, les pommes de terre, le maïs, pour tout ce que nous cultiverons…

— Nous ? Vous n'attendez pas de moi que je travaille la terre ?

— Non, évidemment. Même si… vous voudrez sans doute avoir un jardin, d'abord un jardin potager… et plus tard… une roseraie, pourquoi pas ?

— Non, pas question. Je me fiche des légumes comme des roses et je n'y connais de toute façon rien. Mais vous, M. Fenroy, vous vous y connaissez ?

— Si je…, bafouilla le jeune homme à nouveau désarçonné, si je m'y connais en roses ? Non, pas vraiment, mais j'ai déjà travaillé dans l'agriculture, je…

Il s'interrompit. La vérité était que son expérience en ce domaine était fort réduite. Son père avait certes donné des coups de main dans des fermes, un peu partout dans le pays, mais le seul légume avec lequel il avait eu affaire était la kumara, la patate douce, qu'il ramassait avec ses amis maoris et faisait cuire dans la cendre chaude. Aliment de base des tribus, la patate ne figurait guère au menu des Blancs.

— Des connaissances en matière agricole et d'élevage sont le minimum requis pour quelqu'un qui veut exploiter une ferme, objecta Jane. Mais vous y connaissez-vous en matière de comptabilité, de gestion, de recrutement et de direction du personnel… puisque ce doit être une grande entreprise ?

— J'y arriverai bien, dit Chris d'un ton peu convaincu car il avait peu pensé à cet aspect des choses.

— Bon, se résigna Jane, heureusement que je m'y connais en la matière. Au moins nous ne mourrons pas de faim.

— Miss Jane, tenta Chris une dernière fois, désireux de converser malgré tout aimablement avec cette jeune personne, je n'attends pas de vous que vous vous surmeniez pour assurer notre subsistance. Au contraire, j'aspire de tout cœur à vous offrir la vie dont vous rêvez. Peut-être que les débuts seront lents, mais, à la longue, vous aurez une grande maison, du personnel… Une ville va bientôt naître au sud de l'embouchure du Waimakariri, elle offrira sans aucun doute des activités culturelles.

— Vous pouvez attendre encore un peu avant de me construire un opéra… Mais bon, vous avez joué cartes sur table et je vais y réfléchir. Maintenant, veuillez m'excuser, ma mère m'attend. Ce missionnaire, un certain Tate, organise cet après-midi une cérémonie funèbre, disons plutôt une prière collective… Nous devons y participer. M. Fenroy… j'ai été heureuse de faire votre connaissance…

Puis elle disparut.

L'après-midi, lors de la cérémonie, Jane Beit n'accorda pas un regard à Christopher. Quelques jours plus tard, il reçut néanmoins une brève lettre d'elle lui demandant de paraître chez ses parents à l'occasion d'un thé. Il apporta bien entendu des fleurs et il faillit mourir de honte quand Mrs Beit fit venir Cat afin qu'elle les mette dans de l'eau. Il n'avait plus vu la jeune fille depuis sa première visite et elle avait donc dû accepter l'emploi de domestique proposé. Elle regarda Chris du coin de l'œil, fit mine de lui dire bonjour, mais se ravisa. Lui était-il interdit d'adresser la parole aux invités de ses maîtres ?

Christopher supporta le bavardage guindé de tradition lors des thés, Mrs Beit l'interrogeant à propos de sa famille, de son travail, de ses projets, Jane se contentant d'écouter. À moins qu'elle ne fût perdue dans ses pensées. Elle ne s'adressa à Chris qu'au moment où il prenait congé.

— La tradition veut que nous commencions par nous rendre ensemble à l'église. Nous sommes des luthériens ou des réformés, mon père se reconnaissant dans l'une ou l'autre religion, selon les circonstances. Vous appartenez sans doute à l'Église épiscopale. Nous la choisirons donc. C'est de toute façon la seule ici. Ah oui, une cour décente exige aussi que vous participiez à un pique-nique avec moi, pour faire un tour à la rame sur un lac, un truc comme ça. Il faudra alors que je glousse. Pendant ou après, je me renseignerai…

Elle lança sa tirade, le visage totalement inexpressif.

— Vous m'avez donc accepté, Miss Jane ?

— Pour votre nom, M. Fenroy, puisque c'est de cela qu'il s'agissait…

Après ces fiançailles mémorables, Chris sortit de temps à autre avec Jane Beit, se montrant avec elle lors de la cérémonie funèbre en l'honneur des victimes du massacre de Wairau ainsi qu'à des fêtes paroissiales. Il remercia le Ciel quand, quelques semaines après l'incident de Wairau, appelé « tumulte » par le gouvernement, Tuckett le convoqua dans l'île du Nord. Sur celle du Sud, les discussions avec les Maoris étaient interrompues, comme Spain s'y était attendu. Mais, au nord, les colonies poussaient comme champignons après la pluie depuis que, en 1840, l'ancien gouverneur William Hobson et le médiateur James Busby, envoyé par la Couronne, avaient signé avec les tribus locales le traité de Waitangi, fixant les droits et les devoirs des Maoris et des *pakehas*. Les arpenteurs travaillaient sur l'ensemble du territoire.

Chris fut étonné et heureux d'y retrouver Karl Jensch, avec qui, son anglais s'améliorant de jour en jour, il devenait facile de s'entretenir. Le jeune Allemand manifestait de réels talents en matière de calcul et des techniques auxquelles recouraient les géographes. Tuckett ne tarissait pas d'éloges à son égard. Chris et lui devinrent vite des amis. Auprès des feux de camp ou dans les pubs des agglomérations, ils parlaient de leurs vies respectives, de leurs désirs et de leurs rêves. Karl évoquait Ida, alors que Chris restait laconique au sujet de Jane. Karl essayait de lui tirer les vers du nez car il avait connu la jeune fille pendant leur traversée des mers.

— Seras-tu heureux avec elle ? finit-il par demander. Elle est si compliquée…

— Elle est intelligente.

De cela, au moins, Chris était convaincu, chacune de ses remarques étant pertinente. Subtile et souvent rosse.

— Malgré tout, tu ne l'aimes pas. Et elle ne t'aime pas non plus… c'est du moins l'impression que j'ai. Peut-être que je me trompe.

Chris eut un rire amer.

— Elle aurait alors une drôle de manière de le montrer, plaisanta Chris. Mais, quant à l'amour, il faut simplement attendre… cela arrive peut-être… avec le temps…

— Il te suffirait d'ajouter que tout cela est la volonté de Dieu, que tel est ton destin ou ton unique chance d'entrer au paradis pour ressembler aux Lange et aux Brandmann. Sérieusement, quand tu parles de Jane, je crois entendre Ida parler d'Ottfried. À la différence toutefois que toi tu vas avoir une ferme et voir tes souhaits les plus chers exaucés. Ida, en revanche… elle ne se permet même pas de souhaiter quoi que ce soit…

Ida vivait désormais depuis des mois chez les Partridge et son existence, à vrai dire, ne laissait place à aucun souhait particulier. La maison était confortable, sans comparaison avec celle de Raben Steinfeld. Sa sœur et elle n'avaient jamais passé un hiver aussi agréable qu'ici. En Allemagne, elles devaient couper le bois de chauffage et le transporter jusqu'à la cheminée. La vie de la famille, dans le glacial Mecklembourg, se déroulait dans l'unique pièce chauffée, alors que les hivers, à Nelson, étaient beaucoup plus doux et que les Partridge disposaient de poêles en faïence alimentés par un feu unique. M. Mortimer s'en occupait ou, à l'occasion, demandait à Anton de l'aider. Les filles se contentaient d'aider Mrs Partridge à faire le ménage ou, plus agréable encore, à tenir le magasin.

C'est surtout Elsbeth qui s'investissait dans l'activité de vendeuse, bavardant gaîment avec les clientes et flirtant en cachette avec les jeunes hommes quand elle était certaine que son père n'était pas là. Ida était plus réservée, mais elle continuait elle aussi à apprendre l'anglais et aimait s'entretenir avec Mrs Partridge sur Dieu et le monde. S'il n'avait tenu qu'à elle, elle aurait continué cette existence pendant des mois. En dépit du conflit entre les idées et les désirs de la paroisse Sankt Pauli et la vie quotidienne à Nelson, conflit qui jetait une ombre sur sa vie et la forçait à commettre des cachotteries.

Jakob Lange, Peter Brandmann et les chefs de famille des autres immigrés mecklembourgeois refusaient toujours de s'adapter et d'apprendre l'anglais, même s'ils manifestaient maintenant une certaine ouverture d'esprit lorsque leurs fils s'y essayaient. Ils interdisaient en revanche à leurs filles de communiquer plus que nécessaire avec leurs hôtes.

— Les femmes doivent rester à la maison et respecter les usages, intima Jakob à Elsbeth après l'avoir une nouvelle fois surprise au magasin. Si vous vous adaptez à cette vie, ce ne sera plus jamais comme à la maison. Nous vivons pour l'heure un intermède fâcheux qui aurait dû cesser depuis longtemps. Dès que nous aurons notre terre, tout changera. Vous aurez vos fermes, vous épouserez des hommes bons et pieux et vous aurez assez à faire dans vos jardins, dans les champs et dans vos cuisines. Vous n'aurez pas besoin de langue étrangère pour ça.

Le père d'Ida espérait donc que l'attribution de terres intervienne sans attendre, mais les choses traînaient en longueur. Après l'incident de Wairau, les immigrés avaient cru à un châtiment rapide des Maoris, qui seraient chassés de leur territoire. Mais le gouverneur d'Auckland, représenté à Nelson par son mandataire

Spain, semblait d'un autre avis, ce que Lange et Brandmann ne comprenaient pas. Ils finirent par demander des explications au propriétaire du magasin d'articles de pêche, qui parlait allemand.

– Non, une expédition punitive ne servirait à rien, Spain a raison sur ce point. Cela rendrait les chefs plus furieux encore. Je vous l'ai déjà dit : en général on peut s'entendre avec ces types. Même concernant des réparations financières à propos de meurtres ou d'homicides involontaires. Ils agissent d'ailleurs de la même façon entre eux, *utu*, appellent-ils ça. En tout cas, la discussion porte sur la vallée du Wairau, qui devrait servir de dédommagement pour la mort de Wakefield et de ses hommes. Mais on n'arrive pas à un accord. Spain estime qu'en l'occurrence ce serait plus aux *pakehas* de s'excuser qu'aux Maoris. Le jeune Wakefield a soif de sang, mais le gouverneur ne bouge pas pour l'instant, d'autant qu'il n'a pas d'interlocuteur. Te Rauparaha est parti pour l'île du Nord, sans doute afin de recruter des alliés. Engager une expédition dans ces conditions, ce serait mettre le feu aux poudres, provoquer des soulèvements un peu partout. Personne ne veut de ça. Ne vous faites donc pas d'illusions pour vos terres. Vous n'obtiendrez jamais la vallée du Wairau. Mettez plutôt la pression sur Wakefield et Beit ! Ils ont tellement escroqué de terres aux Maoris qu'il doit bien y en avoir quelque part pour vous !

Brandmann et Lange prirent à ce point l'affaire à cœur qu'ils intervinrent au moins une fois par semaine auprès de la municipalité. Wakefield faisait de plus en plus souvent dire qu'il n'était pas là, car il lui était difficile de se faire comprendre de ces Allemands quand Beit était lui aussi absent, chose de plus en plus fréquente. Ottfried servait d'interprète. Il apprenait l'anglais pour l'heure, quittant tous les soirs sa famille pour « se faire l'oreille ». À son retour, il puait la bière et le whisky et, devenu récalcitrant depuis le massacre de Wairau, refusait de prier et faire pénitence comme son père l'exigeait. Mais son anglais ne progressait guère.

Personne n'aurait escompté que le bon M. Partridge fût un jour à l'origine du tournant pris par les colons allemands.

— Aujourd'hui, les missionnaires étaient à Nelson, annonça-t-il lors du dîner commun. Les Allemands de Moutere. Quelqu'un pourrait traduire pour M. Lange ? dit-il en s'adressant à Ida.

Mais celle-ci resta bouche close, craignant à juste titre le courroux paternel. Elle fit également signe à Elsbeth de se taire. C'est Anton qui entreprit de traduire peu ou prou le récit de Partridge. Les missionnaires du *Sankt Pauli*, les pasteurs Wohlers et Heine, avaient pris une mission en charge, avec un autre pasteur, un certain Riemenschneider, à Moutere, à vingt miles de Nelson. Ils venaient parfois se ravitailler et s'enquéraient des colons allemands.

— Ils seraient heureux de votre visite, conclut M. Partridge.

— La mission vieux-luthérienne ? s'écria Lange. Celle dont Beit avait parlé jadis ? Je croyais que c'était un mensonge de plus !

Anton étant dépassé par les événements, Elsbeth prit triomphalement le relais.

— Non, non, la mission existe déjà depuis un certain temps et ses responsables changent. Mais ce sont toujours des Allemands. Deux ou trois. Je ne sais trop qui ils évangélisent car les Maoris ne passent jamais par la vallée du Moutere, trop souvent inondée.

Ida se dit que la mission avait dû être fondée du temps où le roi de Prusse persécutait les vieux-luthériens. Les autochtones avaient dû fuir, et, désormais, les missionnaires vivaient leur foi en paix.

— Des ecclésiastiques sans paroisse, ça existe ? s'étonna Lange.

— Quand ils ne prêchent pas pour les wetas et les kiwis, plaisanta Partridge.

Elsbeth s'abstint de traduire pour ne pas énerver son père. Les wetas, elle le savait, étaient des insectes géants, une sorte de sauterelle, et les kiwis les oiseaux nocturnes s'enfouissant pendant la nuit.

— Comment se rend-on là-bas ? s'enquit Lange.

Dès le lendemain matin, Brandmann, Lange et deux membres âgés de la paroisse, accompagnés d'Ottfried qui souffrait d'une gueule de bois, louèrent un bateau et remontèrent la vallée du Moutere, située à l'ouest de Nelson. Ils revinrent le soir même, enthousiastes.

— Nous allons déménager ! déclara Lange au dîner. Nous avons enfin la possibilité de vivre en communauté religieuse. Les pasteurs de là-bas nous loueront les terres derrière la mission. Nous pourrons nous y installer, au moins provisoirement, et nous serons enfin entre nous. Nous pourrons y entendre la messe, prier ensemble.

Les vieux-luthériens du *Sankt Pauli*, qui avaient refusé d'utiliser l'église épiscopale pour leur culte, se réunissaient en effet en plein air pour prier, la fréquentation se trouvant de ce fait réduite les jours dc pluie.

— Les pasteurs seront heureux de diriger la paroisse. Et, surtout, là-bas c'est le paradis, avec d'immenses prairies propices à la culture. Le fermier Friesmann est enthousiaste. Au milieu de tout ça, des arbres, espacés et, tout autour, des collines boisées…

— Mais le fleuve Moutere déborde assez souvent, observa Mortimer Partridge quand Anton lui eut résumé les descriptions de son père d'un sec « *river, good land* ». Vous devrez veiller à ne pas vous laisser mouiller les pieds.

Anton s'abstint de toute traduction.

— Demain, en tout cas, nous irons voir Wakefield ! Il sera surpris. Jamais il ne nous aurait cru capables de trouver une solution par nous-mêmes ! Mais nous ne renoncerons pas à nos terres. Nous ne construirons que des cabanes là-bas. Nous ne fonderons notre village que sur un terrain qui nous appartiendra en propre !

Anton approuva de la tête, tandis qu'Ida et Elsbeth échangèrent des regards contrits. L'idée de quitter leurs chambres vastes et confortables pour une cabane provisoire ne les enchantait guère…

Le colonel Wakefield accueillit une délégation de cinq Allemands avec son déplaisir habituel. Mais, Brandmann et Lange ne cessant d'évoquer avec enthousiasme la vallée du Moutere, son intérêt et son attention grandirent. Il pria les visiteurs d'attendre dans l'antichambre de son bureau, fit venir Beit, s'entretint quelques minutes avec lui, et les deux hommes firent à nouveau entrer la délégation.

— Bon, eh bien, puisque vous vous plaisez tant à Moutere…, commença-t-il, Beit traduisant… nous serions de notre côté disposés à vous faire une offre définitive. Les terres bordant les rives du fleuve sont à vendre.

3

— Nous recevons enfin nos terres ? Dans la vallée du Moutere, la vallée des missionnaires ?

Brandmann venait d'annoncer à l'assemblée des colons l'offre de Wakefield, déclenchant un brouhaha dans la grange mise à leur disposition, la pluie ne cessant de tomber depuis deux jours.

— Mais c'est loin de tout, non ?

— Est-ce qu'il y a des sauvages là-bas ?

— Est-ce que ce sont des terres agricoles ?

— Pourquoi personne ne s'y est intéressé jusqu'ici ?

Brandmann eut de la peine à ramener le calme.

— Ce n'est bien sûr pas la porte à côté, admit-il, c'est sans doute pour cette raison que personne n'a eu l'idée de nous les proposer. On nous avait promis du terrain dans les environs.

— Mais la vallée de Wairau, souffla Ida à Ottfried qui l'accompagnait, c'était bien aussi à vingt miles de Nelson.

Il ne daigna pas lui répondre. Il sentait encore la bière.

— Et puis, ce n'est pas difficile d'y aller, poursuivit Brandmann. En bateau, un saut de puce. Nous avons fait l'aller et retour dans la journée.

— De plus, nous n'avions pas dans l'idée de nous installer trop près de nos… euh… de nos amis anglais, le relaya Lange. Quand on songe au relâchement des mœurs qu'on observe après ces quelques semaines…

De ce point de vue, donc… Comment s'appelle cette vallée, au fait ? Nous serons les premiers à lui donner un nom bien allemand. Ce qui ne posera aucun problème dans cette colonie. Et les terres sont fertiles, des prairies et des arbres au bord du fleuve, de la forêt sur les collines alentour, donc assez de bois de construction.

— Nous commencerons par l'église ! s'enthousiasma Brandmann, qui se voyait reprendre ses activités de charpentier.

— Et pas de campement de sauvages, ni proche ni lointain, s'écria Ottfried, soulevant un point qui lui tenait à cœur, surtout depuis l'expédition. Les missionnaires nous ont assuré que les indigènes ont vendu ces terres et sont partis.

Une voix l'interrompit alors depuis la porte :

— Les Maoris n'ont pas eu besoin de quitter la vallée puisqu'ils ne s'y sont jamais installés.

Interloqués, les membres de la paroisse se retournèrent. Ida crut que son cœur allait cesser de battre. Sur le seuil se tenait Karl Jensch, ruisselant d'eau malgré son suroît et son long imperméable.

— Et pour une bonne raison, ajouta-t-il. Les terres du fleuve Moutere sont en quelque sorte des polders, des terres inondables qui sont recouvertes d'eau à chaque crue du fleuve, des crues régulières, aussi bien l'hiver que l'été. Le cours d'eau est alimenté par les montagnes où il pleut abondamment. Je dois donc vous dissuader de vous installer en cet endroit. M. Spain n'a d'ailleurs pas enregistré ce territoire en tant que zone d'occupation.

— Qui est-ce ? demanda un colon d'un autre village que Raben Steinfeld.

— Qu'es-tu venu fiche ici ? cria Brandmann.

— Je suis venu vous mettre en garde. M. Tuckett est furieux qu'on vous ait attribué ces terres. Nous ne l'avons appris qu'à notre arrivée ici, à midi, et nous avons eu peur que vous ayez déjà donné votre accord définitif. Informé de votre réunion, je suis venu aussitôt.

— Notre réunion, comme tu l'as si bien dit, le reprit Lange d'un air buté. Mais, encore une fois, qu'est-ce que tu fiches ici ?

— Je viens de vous le dire, insista Karl, étonné qu'on ne l'ait pas compris. Par ailleurs, je suis de Raben Steinfeld comme vous. Je suis venu sur le *Sankt Pauli*, comme vous, et ma famille a toujours été membre de la paroisse.

— Un fainéant sans terre ! gronda Lange.

— Un journalier, rectifia Karl, cherchant à garder son calme. Ce n'est pas la même chose. Et c'était il y a longtemps déjà. Je travaille depuis presque deux mois pour M. Frederick Tuckett, l'arpenteur en chef de la New Zealand Company. M. Tuckett n'a aucun intérêt à vous vendre des terres non cultivables, ce qui n'est pas le cas du colonel Wakefield et de M. Beit. Vous feriez ainsi mieux de m'écouter.

— Ce jeune homme ne reçoit donc pas de terre ? demanda l'homme de tout à l'heure.

— Non, soupira Karl. Je suis venu comme immigrant libre. Sur le *Sankt Pauli*, vous vous souvenez peut-être. Je partageais une cabine avec le fils de Jakob Lange, Ottfried ! Tu devrais peut-être t'exprimer sur ce point, Ottfried. Tu souhaites certainement offrir à ta femme un foyer sûr, dit-il en apercevant le fils de Lange parmi les présents, une Ida inquiète à ses côtés.

— Je m'associerai à la décision de la paroisse, répondit Ottfried avec flegme. Ce que les anciens décideront sera bien. Quant à toi… je ne crois pas un mot de ce que tu dis. Seule l'envie parle par ta bouche.

Karl hésita. Ottfried avait raison d'une certaine manière, il le jalousait fortement. Mais pas pour un bout de terre au bord du Moutere. Il n'aurait pas échangé son travail actuel contre une parcelle de bonne terre. Il exerçait un métier d'avenir, apprenait la langue du pays et parcourait la Nouvelle-Zélande en tous sens. Il ne serait devenu sédentaire qu'à cause d'Ida.

— J'ai le droit de parler ici, s'obstina-t-il. En tant que membre de la paroisse. Vous ne pouvez me l'interdire. Ma famille était pauvre, mais respectée. Donc, je le répète : n'acceptez pas l'offre de Wakefield ! Attendez que soit attribué du terrain colonisable. Ce n'est après tout qu'une question de temps.

— Mais les missionnaires vivent là-bas depuis des années, intervint à nouveau le même homme.

— Ils changent sans arrêt, m'a-t-on dit, répondit Karl avec un haussement d'épaules. Demandez donc aux occupants actuels combien de fois leur station a été inondée. Ou bien pourquoi elle est bâtie sur une hauteur. Car c'est bien ça, non ? Je n'y suis encore jamais allé.

Une dernière remarque qui était une erreur. Il fut submergé par un flot de reproches indignés. Comment pouvait-il se permettre de donner des conseils à propos d'un territoire qu'il ne connaissait pas ?

Brandmann et Lange échangèrent, eux, un bref regard.

— Elle est sur une hauteur ? demanda Ida à Ottfried.

— Elle offre une très belle vue sur la vallée !

Ida avait compris ! Mais les colons, unanimes, se détournèrent de Karl.

— Nous allons donc voter, suggéra Brandmann. Que les hommes qui sont pour la fondation de Sankt Pauli dans la plaine du Moutere lèvent la main…

Et les femmes ? Ida faillit prendre la parole, mais ça n'aurait rien arrangé. L'avis des femmes n'était jamais pris en compte. Elles devaient obéir à leur mari et supporter les conséquences sans se plaindre.

Karl quitta la grange alors que l'on comptait les rares voix contraires. Ida saisit sa chance à l'instant où Ottfried fut appelé dans les premiers rangs afin de faire signer des papiers aux colons. Elsbeth la vit se faufiler au-dehors et Ida eut un instant peur que sa sœur soupçonne quelque chose et la dénonce. Mais elles échangèrent un bref regard qui la tranquillisa. « Elsbeth » se serait hâtée d'informer leur père, mais « Betty » garderait le silence.

Dehors, il pleuvait toujours. Ida vit Karl remettre son chapeau et s'apprêter à monter sur un cheval. D'où pouvait-il bien le tenir ?

— Karl !

Le jeune homme se retourna en reconnaissant sa voix.

— Ida !

Radieux, il la conduisit sous un avant-toit de la grange.

— Ida, que je suis heureux de te voir ! J'aurais voulu prendre congé jadis, mais tout est allé si vite. Tuckett, ce travail… un véritable travail, Ida ! Je fais une formation d'arpenteur. Ce n'est pas chose aisée, d'ordinaire il faut avoir étudié à l'université. Mais ici, il n'y en a guère et Tuckett trouve que j'ai du talent. En soi, il suffit de savoir calculer. En tout cas, il y a du travail pour des années, voire des décennies. C'est bien payé, c'est agréable. J'ai même un cheval, comme tu vois. Il s'appelle Brandy… Ida, parle-moi de toi ! Tu n'es pas encore mariée ?

La question était plus une affirmation qu'autre chose. Il savait bien qu'elle habitait toujours chez les Partridge.

— Si nous nous installons, je le serai bientôt, dit-elle.

— Ida, je parle sérieusement. Si tu as un peu d'influence sur Ottfried, essaie de le dissuader de prendre de la terre à Moutere. Elle coûte très cher, trois cents livres, et ils ne vous rembourseront jamais quand le terrain se sera révélé un lac de boue. Vous n'aurez alors plus rien.

— Il ne m'écoutera pas.

— Alors, essaie au moins de persuader ton père et les autres de ne pas commencer par bâtir une église, mais de creuser des canaux de drainage. Il serait peut-être possible de détourner le fleuve en cas de crue. Je demanderai à Tuckett.

— Ils ne se laisseront pas dicter par une jeune femme ce qu'ils doivent entreprendre en premier, dit Ida en riant sans joie. Ils ne veulent même pas que nous parlions anglais, nous les femmes. Nous devons juste les aider à reconstruire un Raben Steinfeld semblable à celui qu'ils ont laissé au Mecklembourg. Et respecter les coutumes… Je peux juste espérer, Karl, que ton M. Tuckett se trompe.

Malgré l'apparente résignation de ces propos, Karl se sentit encouragé. Ida ne se révoltait pas encore, mais elle exprimait au moins son amertume et ses doutes quant aux projets de la paroisse. Karl aurait voulu être patient cette fois et attendre. Mais bon Dieu, il ne pouvait pas non plus attendre éternellement ! Avec une grande douceur, afin de ne pas l'effaroucher, il l'entoura de ses bras.

— Il y a une autre solution, Ida, et tu le sais. Ma proposition de venir avec moi et de m'épouser vaut toujours. Et cette fois, il ne s'agira pas d'une fuite aventurière. Accompagne-moi simplement à Auckland, nous ne sommes ici que pour quelques jours, Tuckett et moi, car un de nos amis se marie. Ensuite, nous retournerons sur l'île du Nord. Nous voyagerions tous ensemble, de jour, aux yeux de tous, tu ne serais pas compromise. Tu pourrais d'abord loger dans la famille de Tuckett jusqu'à notre mariage. Puis je louerais une petite maison, on appelle ça un cottage, avec un jardin. Un jardin, Ida ! Des fleurs, quelques légumes… pas des champs où tu te tuerais à la tâche. À la longue, ton père s'y ferait, Ida ! Tu ne perdrais pas le contact avec ta famille.

Ida hésita. C'était si agréable à entendre et elle se sentait si bien ici, à l'abri de la pluie… à regarder Karl dans les yeux, ses yeux calmes et amicaux, sans ce mélange d'inquiétude et de trouble qu'elle avait l'impression, depuis quelque temps, de lire dans ceux d'Ottfried. Elle ne se défendit pas quand il approcha son visage du sien pour l'embrasser.

Mais la voix de son père brisa le charme.

— Ida ! Qu'est-ce que ça veut dire ? Arrive ici !

Lange n'attendit pas que les deux jeunes gens s'éloignent l'un de l'autre. Il se rua sur eux et la tira, fou de rage.

— Et toi, Jensch, disparais ! Si je te vois une fois encore avec ma fille, je ne réponds plus de rien !

Karl crut, à le voir, qu'il allait le frapper. Mais Jakob fit un geste de dénégation.

— Mais bon, tu n'en auras de toute façon plus la possibilité. La décision vient d'être prise, Sankt Pauli sera créé au bord du Moutere ! Et dès que la première cabane aura été construite, tu te marieras, Ida !

Karl vit avec regret Ida entrer sans résistance dans la grange avec son père, et se demanda une seconde s'il allait intervenir, essayer une nouvelle fois de la gagner à la révolte. Mais elle ne l'entendrait pas. Et puis, dans la grange, il y avait de toute façon une centaine de colons surexcités qui croyaient à portée de main une résurrection de leurs villages et le rétablissement de leurs coutumes. Ce serait une folie de s'opposer à eux, un suicide.

Il abandonna alors et sortit sous la pluie avec son cheval. Il allait revenir à la pension et se changer. Dans quelques heures, ils fêteraient le mariage de Christopher Fenroy.

4

Dans sa robe de mariée d'un blanc immaculé, surchargée de ruchés et d'écharpes, Jane se fit l'effet d'un énorme gâteau à la crème. Mrs Hansen l'avait pourtant taillée aussi étroite qu'il était possible sans lui couper le souffle. Elle se demanda comment elle allait tenir toute une soirée en pareil accoutrement. Mais bon, cela aurait pu être pire si ses parents avaient fixé la noce au petit matin !

Heureusement que Christopher n'était arrivé qu'à la dernière minute. Lui non plus ne semblait pas porté par les ailes de l'amour, illusion à laquelle Jane ne s'était pas un instant abandonnée. Au contraire, elle savait bien qu'il endurait un supplice. Il était avec elle comme une souris devant un chat. Elle jouait avec lui un jeu qui lui procurait presque un certain plaisir. L'une des deux misérables raisons qui lui avaient fait préférer Fenroy à d'autres prétendants.

Son père l'avait présentée à trois hommes après avoir décidé de se débarrasser d'elle le plus vite possible, décision accélérée par l'issue catastrophique de l'expédition de Wakefield. Il l'épiait sans cesse, ce qui la blessait à défaut de l'étonner. Peu nombreux, en effet, étaient ceux qui, à Nelson, étaient au courant de la situation pitoyable et des difficultés de la New Zealand Company. Et que sa fille fût de ceux-là lui déplaisait. Et pourtant, certains aspects du plan qu'elle avait imaginé pour sortir la Compagnie de cette impasse auraient encore pu avoir un effet. Mais, n'en ayant cure, son père avait précipité son mariage.

L'idée de faire d'elle une Lady Fenroy, jeu de l'esprit dans un premier temps, avait pris de la consistance après qu'elle avait découvert cette maudite lettre. Beit avait de l'ambition et la perspective de faire entrer sa fille dans l'une des meilleures familles anglaises l'avait séduit. Le don d'une terre était pour lui une dot peu douloureuse et, compte tenu de sa volonté d'éloigner Jane, le choix de Fenroy était opportun car leur mariage serait suivi d'une installation plus au sud, dans la région de Canterbury, aux antipodes de la civilisation bien qu'à quelques centaines de miles de Nelson seulement.

Le deuxième prétendant, un militaire travaillant auprès de William Wakefield, signifiait un départ pour Auckland dans un premier temps, puis dans l'une des colonies nouvellement créées qu'il fallait défendre contre les Maoris pas encore pacifiés vivant alentour. Jane était horrifiée à l'idée de vivre non seulement dans la solitude, mais de plus sous la menace de tribus hostiles, en l'unique compagnie de néo-colons terrorisés. Quant au numéro trois de la liste, un militaire lui aussi, les choses n'étaient guère différentes : il était stationné dans la terre de Van Diemen, en Australie ! Certes, les indigènes de l'endroit avaient déjà été exterminés, mais l'armée avait la charge de surveiller des hordes de détenus ! L'homme avait expliqué qu'elle n'aurait qu'à diriger le ménage d'une grande demeure, car, nourri d'ambitions politiques, il avait besoin d'une épouse sacrifiant aux relations sociales. Il avait compris, dès sa première visite, que Jane ne ferait pas l'affaire.

Il lui restait donc à choisir entre Fenroy et le lieutenant Archinson, le premier nommé et sa ferme lui paraissant le moindre mal car le militaire n'envisageait à l'évidence pas une seconde de l'associer à la préparation de ses campagnes. Christopher, en revanche…

Le jeune homme avait raison. La Nouvelle-Zélande était un pays d'avenir, une ferme dans le Canterbury pourrait devenir prospère. Pas sous la direction de Fenroy, c'était certain ! Si elle ne se trompait pas, il n'avait pas la moindre idée de la direction d'une entreprise. En dépit de l'enthousiasme avec lequel il se lançait dans l'aventure, il ne pouvait cacher qu'il n'avait jamais réfléchi à la comptabilité, à la politique du personnel ou à un plan de développement. Un vaste champ d'occupations s'ouvrait donc devant elle. Il lui suffirait de le convaincre de l'associer, ce qui lui semblait à sa portée, puisqu'elle avait déjà réussi à l'intimider au point qu'il était quasi incapable de lui dire non.

La seconde raison de son choix était d'ordre plus intime, elle touchait aux peu ragoûtantes exigences corporelles liées au mariage. Jane ne désirait ni Fenroy ni Archinson, mais elle devrait bien, de gré ou non, permettre à son époux de se coucher sur elle afin d'échanger des fluides corporels. C'est du moins ce qu'elle avait compris des devoirs conjugaux. En l'occurrence, elle préférait le jeune et mince Fenroy au gras et pesant Archinson dont émanait, même lorsqu'il était au repos, une légère odeur de sueur.

Christopher donc… Elle soupira. Enfin, lui au moins avait peur d'elle.

Christopher arriva en fin d'après-midi à la réception organisée chez les Beit avant la cérémonie nuptiale. Le père n'avait pas voulu d'un mariage à l'église épiscopale, afin de ne pas se mettre à dos les colons allemands. Sa maison était donc décorée en vue de la cérémonie. Le majordome, au salon, indiquait déjà leur place aux premiers invités. Les bonnes recevaient les derniers arrivants, les débarrassant de leur imperméable. C'est Cat qui ouvrit à Christopher. C'était la première fois, depuis qu'il l'avait laissée chez les Beit, qu'ils se retrouvaient seuls face à face.

— Laisse ça, dit-il, avec gêne et mauvaise conscience quand elle s'inclina sagement devant lui, toujours aussi gracieuse, ses magnifiques cheveux blonds à peine masqués par la petite coiffe de sa tenue de soubrette. C'est moi, Cat. Moi, Christopher. Tu n'as pas besoin de te mettre à genoux devant moi.

Cat accueillit la plaisanterie d'un sourire amer.

— Nous y sommes astreints, dit-elle, et comme Mary ne cesse de penser que je vais brandir ma massue et frapper autour de moi, je préfère adopter un comportement civilisé.

— Oh, Cat ! se désola Chris. Tu n'es pas heureuse ici, je le savais, mais j'ai vraiment essayé…

Il s'interrompit. S'était-il vraiment efforcé de trouver un autre emploi pour elle ? Il avait certes parlé d'elle à Tuckett, qui s'était montré intéressé, mais il avait du pain sur la planche avec ses responsabilités nationales. Ils étaient de plus sans cesse en déplacement dans l'île du Nord…

— Mais cela va-t-il à peu près bien pour toi ?

— Pour sûr, dit-elle, exprimant ce qu'elle se disait sans arrêt depuis qu'elle avait atterri à Nelson, à savoir que dans sa première vie, son sort avait été bien pire.

À l'inverse de Chris, elle ne trouvait pas humiliant son travail chez les Beit. Autrefois, chez Frau Hempelmann, une place de bonne lui était apparue comme le sommet de l'ascension sociale. Ensuite, chez les Maoris, toute femme, quel que fût son rang, participait aux travaux ménagers ou aux travaux des champs, y compris Te Ronga. Seule la qualité de votre travail vous valait la considération des autres.

Chez les Beit, il était impossible de s'attirer une quelconque reconnaissance. Mrs Beit trouvait à redire à toute occasion, usant de mots durs et de reproches si méchants que Mary fondait souvent en larmes. Cat avait choisi d'imiter les Hansen, qui supportaient les humeurs de la patronne avec stoïcisme. Mais travailler dans ces conditions était tout sauf un plaisir, d'autant que les filles Beit avaient adopté les manières de leur mère avec le personnel. L'aînée surtout, en permanence mal lunée, se plaisait à houspiller les employés. Cat ne l'aimait pas et, jusqu'à ce soir, n'avait pas vraiment cru que Chris voulût l'épouser.

En tout cas, apprendre qu'il allait se marier lui avait donné un coup au cœur. Elle ne comprenait pas pourquoi et essayait de ne pas penser du mal de lui. Il ne s'était finalement rien passé entre elle et lui. De plus elle n'était pas en quête d'un mari. Il n'empêchait : s'imaginer Chris et Jane ensemble lui était douloureux… Peut-être lui faisait-il seulement pitié.

Cette idée lui donna le courage de lui adresser un sourire de consolation.

— Je vais bien, Chris. Les Beit ne sont pas toujours très faciles à vivre, mais les Hansen sont très gentils. Ils… ils ne me demandent pas de…

Cat s'interrompit. La deuxième raison de son insatisfaction pesait plus lourd que la première. Il s'agissait de la réputation contre laquelle la « fille maorie », souvent aussi appelée la « chérie des Maoris » quand ce n'était pas « la sauvage », devait lutter. Cela avait été une lourde erreur de sa part de raconter son histoire à Mrs Robins. Mais elle ne se doutait pas de la manière dont les gens allaient interpréter les récits de la logeuse. Cat ne lui avait rien confié de compromettant. Qu'y avait-il d'inconvenant, en effet, à avoir été la fille adoptive d'une guérisseuse maorie ?

Les femmes de Nelson s'étaient pourtant jetées sur cette histoire comme des vautours sur un cadavre. Mary avait entendu dire, sur le marché, que Cat avait participé à la bataille. Elle avait bien entendu partagé la couche de tous les hommes, sans doute l'interprétation par Mrs Robins des nuits communes dans le dortoir du village. D'ailleurs Cat était parvenue à trouver, en y réfléchissant de plus près, l'origine des autres ragots : Mrs Robins s'était montrée fort curieuse des us et coutumes des Maoris et Cat lui avait répondu de manière ingénue. Comment aurait-elle pu imaginer que, par exemple, ses explications sur le cannibalisme en Polynésie seraient dénaturées à ce point ?

Mais que les histoires courant sur Cat aient été brodées par la seule Mrs Robins ou non, la jeune fille n'avait pas pu les rectifier. Dès qu'elle sortait de chez les Beit, elle devait affronter au mieux des bordées d'insultes. Sitôt le massacre de Wairau connu, elle fut même accueillie par des jets de fruits pourris ou de cailloux. Elle reçut plus d'une fois des menaces. À un moment donné, le bruit courut qu'elle avait participé au massacre lui-même.

Heureusement, Mrs Beit et ses enfants vivaient tellement à l'écart qu'aucun d'eux n'eut vent de ce qui se racontait en ville. Les Hansen, eux, manifestèrent très vite de la compréhension à son égard, ayant vite vérifié combien elle était convenable et sociable. Ils la crurent quand elle tenta de réfuter, au moins pour les gens avec qui elle vivait, les bruits courant sur son compte. Elle eut moins de succès auprès de Mary et de Joey, le valet, qui continuèrent à la regarder avec défiance.

Cet accueil et l'obligation de rester confinée à la maison étaient une rude épreuve pour celle à qui Te Ronga avait appris à vivre dans et avec la nature. En dehors des heures de travail, elle ne trouvait guère à s'occuper. Jusqu'au jour où Mary laissa traîner dans leur chambre un roman de quatre sous dont elle entreprit de déchiffrer les premières phrases. Elle avait appris à lire avec Frau Hempelmann, mais avait beaucoup perdu par manque de pratique. De plus, elle avait toujours lu de l'allemand alors que Mary lisait de l'anglais. Elle trouva assez vite les différences entre les mots et leur prononciation dans les deux langues et, par la suite, passa chaque minute de ses loisirs à lire, n'hésitant pas à subtiliser quelque ouvrage de la bibliothèque de son patron, dévorant romans et livres spécialisés, histoires d'amour et récits de voyage. C'était là l'unique rayon de soleil de son existence, pourtant insuffisant à l'aider à prendre une décision quant à son avenir.

Chris parut comprendre ses problèmes.

— Je vais réfléchir et te trouver quelque chose, Cat ! Je te le promets. Peut-être… peut-être aimerais-tu nous accompagner, Jane et moi. Nous… nous partons pour le Canterbury.

Pour un peu, Cat aurait éclaté de rire.

— Non, non ! En aucun cas. Excuse-moi si je m'exprime maintenant de manière non… civilisée. Mais ta Jane… plutôt que de partir avec elle dans une ferme loin de tout, je retournerais chez Te Rangihaeata et me laisserais dévorer ! Pourquoi l'épouses-tu ?

Démonté par le caractère direct de la question, Chris n'eut d'autre recours que la franchise.

— La terre ! Elle apporte pour dot de la terre pour une ferme. Le principal, c'est la terre !

— Non, répondit Cat et elle cita la devise favorite de sa mère adoptive : « Le principal, ce sont les êtres humains. »

5

– Ce n'est pas moi qui t'ai mouchardée ! chuchota Elsbeth à Ida en se rapprochant d'elle à la toucher.

Les deux sœurs n'avaient pu se parler depuis que, la veille, leur père avait surpris la jeune femme en compagnie de Karl. Il leur avait imposé de laisser la porte de leur chambre ouverte car il voulait entendre ce qu'elles se disaient. Ida en avait déjà conclu qu'Elsbeth ne pouvait avoir été la moucharde.

– C'est Anton. Je lui ai dit que tu étais allée au petit coin et c'est pour ça qu'ils t'ont laissé tant de temps. Mais, comme tu ne revenais pas, il est allé voir père…

– C'est bon, la rassura Ida en s'enveloppant dans son écharpe.

Il faisait froid, sur le bateau qui remontait le Moutere. Dans la nuit, il avait gelé et le spectacle des palmiers de la rive et des fougères recouverts de givre avait quelque chose d'irréel. M. Partridge avait déconseillé aux colons de partir ce jour-là pour la mission, expliquant que ce temps ne durait guère dans la région et que mieux valait attendre le dégel. Mais les Allemands n'avaient rien voulu entendre. Les choses étant mûres, ils ne voulaient pas perdre un jour de plus pour prendre possession de leurs terres. Ils avaient donc loué des bateaux pour transporter gens et matériaux de construction. Seuls quelques-uns s'étaient mis en route avec leur famille, la plupart préférant laisser femme et enfants à Nelson tandis qu'ils bâtiraient des abris provisoires.

Jakob Lange, lui, n'avait pas voulu laisser ses enfants un jour de plus sous « l'influence corruptrice » de la ville, quant à Frau Brandmann elle n'entendait d'aucune façon rester à Nelson sans les hommes. Les Lange et les Brandmann partageaient ainsi un bateau avec trois autres familles, gelés jusqu'aux os. Ida n'ayant pas apporté du Mecklembourg assez de vêtements d'hiver, Mrs Partridge l'avait dépannée en lui prêtant un châle. De plus, des ballots de lainage étaient du voyage car Lange jugeait superflu d'acheter des vêtements de confection. Au village de Sankt Pauli, on allait se remettre à coudre, et bientôt même à tisser et tricoter.

— Nous élèverons aussi des moutons, avait annoncé Brandmann.

Ida se demanda comment il comptait se les procurer. À sa connaissance, il n'y avait pas un seul mouton dans l'île du Sud, quelques bœufs seulement. Elle enveloppa sa sœur dans le châle, assez large pour deux et, ainsi blotties l'une contre l'autre, enfouies sous la couche de laine, elles purent continuer à bavarder sans être entendues.

— Je trouve Karl bien plus beau garçon qu'Ottfried, chuchota Elsbeth. Tu ne préférerais pas l'épouser ? Vêtu comme il est à présent… Tu as vu ce manteau ? Je suis sûre qu'il t'en achèterait un aussi. Moi, si je me marie, ce sera avec un homme riche. Et quelqu'un que j'aime vraiment.

— Elsbeth, arrête tes bêtises. Tu es pratiquement fiancée à Friedrich Hauser, j'ai entendu ce que se sont dit Père et Tobias Hauser.

Friedrich était le fils du couvreur, dont il était l'apprenti. Il devait avoir dans les seize ans et il faudrait encore quelques années avant de songer à son mariage, mais des pourparlers avaient déjà commencé. Une union avec Friedrich était la promesse d'un avenir assuré. D'ici que toutes les maisons de Sankt Pauli aient leur toit, Friedrich et ses frères auraient certainement déjà leurs propres enfants.

— Avec moi ? Pas question ! Fritz est bête et obèse. Tu sais qui me plaît, Ida ?

Ida ressentit comme un coup de poignard. Petite, Elsbeth lui avait toujours confié ses secrets. C'était anodin à l'époque, mais, en ce jour, il était douloureux de l'entendre parler de ses rêves qui jamais ne se réaliseraient.

— Tommy McDuff, de Nelson.

Le fils du boulanger ! Ida se surprit à sourire. Ainsi s'expliquait pourquoi sa sœur se portait toujours volontaire pour aller acheter le pain et pourquoi elle aimait tant accompagner son père quand il rendait visite aux Brandmann, qui logeaient chez les McDuff ! Mais elle ne pouvait se contenter de sourire de cette naïveté et regarder ailleurs, maintenant qu'elles n'étaient plus à Nelson et qu'il n'y avait plus la bonne Mrs Partridge pour secouer la tête avec indulgence quand Betsy lui confiait ses rêves enfantins. Ida renonça à lui prêcher l'obéissance qu'elle devait à son père, car cela ne servirait à rien. Très vite, il lui faudrait revenir sur terre et admettre qu'elle ne reverrait sans doute jamais son Tommy, aucune des femmes ne pouvant espérer quitter Sankt Pauli dans les années à venir. Les hommes ne les y emmèneraient jamais, pas plus qu'ils ne les emmenaient jadis à Schwerin. Quant à Elsbeth… elle ne s'imaginait visiblement pas ce qui l'attendait quand elle, Ida, serait mariée.

Jakob Lange n'avait pas caché qu'Elsbeth la remplacerait. Elle deviendrait adulte du jour au lendemain afin de contribuer à la subsistance de la famille. Ida se reprocha de ne pas l'avoir préparée à cette perspective. Mais, par ailleurs, leur père avait toujours gâté sa cadette, lui permettant de se défiler devant certaines tâches ménagères. Quand il en irait de son confort et de celui d'Anton, il serait en revanche sans pitié…

— À ta place, en tout cas, je préférerais épouser Karl, reprit Elsbeth. Tu pourrais vivre à Wellington ou une autre grande ville plutôt qu'ici, dans ce pays sauvage.

— Chut !

Ida fit taire sa sœur quand elle vit la silhouette d'Ottfried surgir à côté d'elle. Il se laissa tomber sur un banc.

— Nous y sommes ! dit-il triomphalement.

La forêt de fougères des rives avait effectivement laissé la place à une plaine ouverte et ils suivaient une vallée couverte de touffes d'herbes tussack givrées, une vallée vaste et plate, parsemée de quelques arbres petits et malingres, mais bordée par des collines boisées. Des bâtiments sur une des collines : la mission.

— Bienvenue à Schachtstal ! Ça te plaît ? demanda Ottfried.

— Schachtstal ? s'étonna Elsbeth, maussade. Je croyais que l'endroit s'appelait la vallée du Moutere.

— Un nom impossible à prononcer. Nous avons rebaptisé la vallée en lui donnant le nom de Schacht, le capitaine du bateau, qui a toujours été bienveillant avec nous.

— On donne en général aux vallées le nom des cours d'eau qui les parcourent, observa Ida. Vous avez donc aussi rebaptisé le fleuve ?

Ottfried la regarda, perplexe. Il ne s'était jamais posé ce genre de question. Mais, tout excité, il la fit se lever du banc car le bateau était sur le point d'accoster. Ils empruntèrent une espèce de ponton peu rassurant, délabré.

— Et puis quoi encore… finit-il par répondre à l'interrogation d'Ida. Allez, arrive, viens voir notre terrain.

C'est mon père qui a le plan des parcelles. Je me suis arrangé pour avoir l'une des plus belles. Directement au bord du fleuve…

— Directement au bord du fleuve ? s'effraya Ida. Et si Karl avait raison ? Si le fleuve déborde ?

— Des bêtises, tout ça. Et puis nous n'allons pas bâtir la maison au bord de l'eau.

Ida regarda sur sa droite puis sur sa gauche. Le terrain était absolument plat. Que l'on construise les maisons à quelques centaines de coudées du fleuve ou au bord de celui-ci, il n'y aurait sans doute pas de différences en cas de crue.

— Du calme, du calme, Ottfried ! intervint Jakob Lange, qui lança à son futur gendre un regard satisfait, bien que le trouvant trop impatient. Il faut d'abord mesurer exactement les parcelles. Wakefield nous enverra très prochainement des arpenteurs. D'ici là, nous ne pouvons pas prévoir de construction. Imagine un peu les conflits si une maison repose à moitié sur la parcelle d'un autre… Et il y a de toute façon assez à faire. Nous allons d'abord monter à la station et remercier Dieu de nous avoir menés à bon port et donné ce pays fertile ; les femmes seront certainement heureuses de trouver un peu de chaleur. Ensuite nous dresserons les tentes pour la nuit et, d'ici là, les bateaux avec le matériel seront arrivés. Nous les déchargerons aujourd'hui encore. Demain, nous bâtirons des cabanes avec toute la force que Dieu nous accordera ! Les autres familles attendent à Nelson. Et tu le sais : nous ne célébrerons le mariage que lorsque tout le monde sera là et que chacun aura un toit.

Pour gagner du temps, les hommes s'étaient résolus à acheter un chargement de planches, ce qui éviterait de devoir abattre les arbres derrière la mission. Ils pourraient ainsi monter des cabanes rudimentaires en quelques jours. Mais même Ida avait vu, lors du chargement, que les planches avaient des trous laissés par les nœuds et qu'elles étaient de mauvaise qualité. Les cabanes feraient certes obstacle au vent et à la pluie, mais les chauffer serait un cauchemar.

Bon, elle aviserait le moment venu, maintenant elle n'aspirait plus qu'à une petite place bien au chaud.

Mais cela ne se fit pas aussi vite qu'espéré. Les pasteurs vinrent en effet à leur rencontre, portant une croix, et entonnèrent un choral. La première action de grâce eut donc lieu sur le ponton, suivie de la montée jusqu'à la mission, où l'on se réunit pour un petit office divin sur le terrain où serait installé le campement. Il soufflait une bise glaciale, mais la vue sur la vallée était superbe. En dépit du froid, Ida ne put s'empêcher d'admirer la splendide Schachtstal, une prairie plate et certainement fertile qui s'étendait à perte de vue, coupée par un ruban argenté serpentant en son milieu, le Moutere. Bientôt elle verdirait et, l'année suivante, à l'approche de la moisson, elle ne serait plus qu'un tapis doré. Quel merveilleux spectacle elle offrirait, parsemée de fermes coquettes disposées le long de chemins bien entretenus !

Soudain, Ida ressentit une joie véritable à l'idée de cette vie nouvelle. Bien sûr, elle avait connu à Nelson une existence plus confortable qu'à Raben Steinfeld, plus libre aussi. Mais la vie avait été agréable aussi au Mecklembourg ! Or, ici, les étés étaient plus chauds et les hivers moins rudes qu'en Allemagne. Peut-être qu'elle aurait moins de travaux pénibles à accomplir qu'autrefois. Elle voulait en ce jour ne penser qu'aux bons moments de la vie à la campagne. Elle lut dans les yeux de ses voisins la même envie. Frau Brandmann semblait brûler d'un feu intérieur et Frau Krause portait avec fierté son enfant nouveau-né, le premier enfant de colons né en Nouvelle-Zélande. Tous chantaient avec ferveur les vieux chants à la gloire de Dieu. Seule Elsbeth ne paraissait pas impressionnée.

— Si je ne rentre pas bientôt au chaud, je me mets à hurler ! menaça-t-elle, tournée vers sa sœur.

Franz lui aussi pleurnichait, blafard, totalement frigorifié. Il fallait d'urgence lui trouver un abri, songea Ida, inquiète. Peu après pourtant, les femmes et les enfants se pressaient devant la cheminée de la mission, une maison trop petite pour tant de gens.

— Nous aurons besoin de notre propre salle de réunion, déclara Frau Brandmann. Et d'une véritable église. Mais les hommes ont déjà pris cette décision hier. L'église sera le premier bâtiment de Sankt Pauli !

D'un seul coup, se remémorant les mises en garde de Karl, Ida sentit son euphorie et sa joie s'envoler. L'inquiétude s'empara à nouveau d'elle. Karl, perspicace, avait prévu que les colons agiraient ainsi. En irait-il de même concernant ses mises en garde contre les crues du fleuve ?

Les colons travaillèrent d'arrache-pied, si bien qu'au bout d'une bonne semaine les familles disposèrent d'abris de fortune, semaine que les hommes, animés par l'ardeur à l'ouvrage, vécurent dans la joie et l'euphorie. Les femmes, rapidement ramenées à la réalité, la passèrent à lutter contre le froid et l'humidité. Le gel avait cessé, mais Franz toussait dès le lendemain de leur arrivée, au désespoir d'Ida car personne n'avait songé à emporter des médicaments. Par chance, il se trouva dans la pharmacie des missionnaires un sirop dont ils assurèrent qu'il était efficace, bien que fabriqué selon une recette des autochtones.

Démentant les mises en garde de Frau Brandmann qui suspectait les indigènes de vouloir les empoisonner, le remède fit des miracles, d'autant que des hommes et d'autres enfants avaient eux aussi pris froid. La fonte du peu de neige avait en effet transformé le campement en marécage. Les femmes avaient eu le plus grand mal à allumer des feux pour la cuisine.

Les hommes, en revanche, triomphèrent en constatant que le niveau du fleuve n'avait que peu augmenté en dépit du dégel, tous remerciant Dieu de leur avoir accordé cette grâce et se gaussant des prédictions pessimistes. Ida jeta un regard en douce sur les trois missionnaires, dont le silence l'intrigua.

— Prions… prions en tout cas Dieu que cela dure, finit par dire le pasteur Wohlers, tandis que le pasteur Riemenschneider essayait de doucher quelque peu l'enthousiasme des colons :

— Ma foi, il arrive que le fleuve soit un peu plus turbulent…, murmura-t-il, mais sans impressionner les hommes, qui se remirent à l'ouvrage sur leur chantier.

Soudain, un cri perçant venant de la tente des Krause immobilisa toute la troupe.

— Des rats ! Mon bébé, mon Dieu, mon bébé !

Quelques secondes plus tard, tous les colons ou presque étaient rassemblés devant la tente, mais, par chance, il n'était rien arrivé au petit Richard. Les rats autour du panier servant de berceau, avant d'être dérangés par l'entrée de Frau Krause dans la tente, avaient sévi dans les provisions. D'autres femmes constatèrent elles aussi que la nourriture entreposée dans leur tente avait été dévorée et couverte d'excréments.

— Mais d'où viennent-ils ? tempêta Ida, qui avait une sainte frousse des rats. Et que faire contre eux ? Nous…

— Contre eux ? Il y a lui, dit le pasteur Wohlers en montrant un chien à longs poils bruns et blancs, que les femmes avaient à plusieurs reprises chassé des tentes. Il s'appelle Chasseur. Mais il ne chasse pas bien, il dort le plus clair du temps. Comme nous ne le nourrissons pas, nous supposons qu'il bouffe pas mal de ces bestioles…

On voyait effectivement les côtes de l'animal. Ida se souvint que sa mère lui avait toujours recommandé de bien nourrir les chats. Seuls les chats en bonne santé sont des chasseurs. Elle chercha parmi les restes avariés quelque chose à lui donner.

— Jamais ce chien n'a chassé, monsieur le pasteur, dit le paysan Friesmann. C'est un chien de berger, tout juste capable de rassembler les rats dans un coin et veiller à ce qu'ils ne s'échappent pas.

Le père d'Ida, lui, voulut aller au fond du problème :

— Mais d'où viennent-ils ? Je croyais qu'il n'y avait pas de nuisibles en Nouvelle-Zélande. C'est ce qui nous avait été dit…

— Ils sont effectivement venus, je ne sais comment. Dans un premier temps à bord d'un bateau. Mais ensuite ici, à la mission ? Que sais-je ? Dans un bateau de ravitaillement, ou un bateau nous apportant du mobilier, votre bois peut-être…

— Ils ne peuvent s'être multipliés de la sorte en deux jours, observa Frau Krause, d'un ton mordant. Nous avons un besoin urgent de mort-aux-rats. Tant que nous n'en aurons pas, je ne pourrai quitter l'enfant de l'œil.

Les rats restèrent un problème lancinant. Les femmes avaient beau s'efforcer de garder les aliments hors de leur portée, les rongeurs arrivaient à percer les sacs et même les caisses en bois fabriquées par les hommes. C'est Ida qui, ignorant les reproches de son frère et de sa sœur supportant mal l'odeur de chien mouillé régnant sous leur tente, se sortit le mieux d'affaire. Elle tint même tête à son père, tant elle avait une peur panique de ces nuisibles : Chasseur, copieusement nourri de bouillie de semoule et, occasionnellement, de petits morceaux de saucisse, continua à dormir entre sa paillasse et celle d'Elsbeth. S'il n'attrapa pas le moindre rat, il eut un effet dissuasif certain.

Fin août, le grand jour arriva : les hommes accueillirent leurs familles lors d'un office divin sur le ponton. Le temps s'était mis de la partie, le soleil brillant la journée entière. Quelques femmes pleurèrent néanmoins. Les cabanes n'avaient rien à voir avec les maisons dont elles avaient rêvé. De plus, l'équipement ménager était quasi nul. Les biens des colons, entreposés à Nelson, ne les rejoindraient que progressivement.

— Elles ne devraient pas se plaindre, commenta Ida, c'est toujours mieux que les tentes.

Aidée d'Elsbeth, elle disposa de nouvelles paillasses sur le sol de la cabane après avoir jeté les anciennes, remplies de puces, petit cadeau de Chasseur. Elsbeth, entre-temps convertie au confort d'un logement sans rat, sacrifia un morceau de savon afin de laver dans le fleuve le chien récalcitrant.

— Reste à savoir qui le gardera quand tu seras mariée, supputa Elsbeth. Ce serait vache que tu l'emmènes maintenant que je l'ai lavé.

— Nous avons besoin de chiens, répondit Ida d'un air absent, ayant d'autres soucis à l'approche de son mariage. Et de chats… Il y a des chats à Nelson…

— Si seulement nous pouvions y revenir…

Elsbeth ne cachait pas son peu de goût pour la vie à Sankt Pauli. Elle préférait de loin le travail au magasin à celui des champs.

— Quand le matériel du ménage sera là, tout ira mieux, la consola Ida, qui n'en pensait pas moins.

Elle se souvenait très bien qu'elle avait emballé peu de choses à Raben Steinfeld afin de ne pas entraîner de coûts supplémentaires pour la traversée. Mais maintenant… Jakob Lange réagit effectivement avec fureur quand les coffres de la famille arrivèrent enfin.

— Mais où sont nos couverts ? Nos casseroles, les poêles… ? Au lieu de quoi, je trouve des draps brodés… Je ne comprends pas, Elsbeth ! Mais comment ai-je pu vous faire confiance ?

C'est Elsbeth qui essuyait les foudres paternelles car Ida passait la journée à aménager sa propre future cabane, ayant emporté avec elle sa dot. Elle trouva dans la corbeille de mariage d'Ottfried des ustensiles de ménage. Les Brandmann avaient en effet emporté en Nouvelle-Zélande quatre caisses, la peur des « non-civilisés » de Frau Brandmann ayant triomphé de la radinerie de son époux. Il faudrait néanmoins acheter diverses choses.

Ida contempla avec tristesse la cabane qu'elle allait partager avec Ottfried dès le lendemain. Le retard dans la livraison du matériel lui avait accordé un sursis, mais son père, Brandmann et les missionnaires avaient fixé la date de leurs noces. Le 5 septembre serait un jour de fête puisqu'il verrait le mariage d'Ottfried et d'Ida ainsi que le baptême du bébé des Krause. Mais le clou de la fête serait la pose de la première pierre de l'église ! Le partage des parcelles n'était encore que provisoire, mais chacun avait concédé avec joie une partie de son éventuel futur lot pour le terrain sur lequel serait bâti le lieu de culte, au milieu du village. Les hommes avaient déjà abattu des arbres, à la grande satisfaction des Brandmann dont les talents de charpentiers, désormais indispensables, seraient rétribués par la paroisse.

Ida avait entre-temps visité le terrain sur lequel serait bâti son futur foyer. Effectivement un endroit idyllique sur lequel poussaient même quelques-uns des arbres chétifs parsemant la plaine. Si les arbres des collines avaient repris une apparence florissante avec le retour de la chaleur, tel n'était pourtant pas le cas des palmiers nikau devant chez elle, aux feuilles effilochées comme si une tempête les avait balayées.

À l'idée de la noce, Ida, bien que s'en défendant, éprouvait de l'abattement plutôt que de la joie. Le village était pourtant tout entier occupé à préparer la fête. Les femmes faisaient cuire le pain dans un four provisoire. Quant à la viande, il avait fallu se contenter de quelques poules amenées de Nelson. Il y avait en revanche quantité de poissons frais, chaque ruisseau descendant des collines étant si poissonneux que même Franz réussissait à pêcher des truites à la main. Du moins des poissons ressemblant à des truites, savoureuses en tout cas. Les femmes avaient aussi installé un fumoir et une soupe de poissons mijotait déjà. Elles avaient tenté de remplacer les ingrédients de leur patrie par des plantes locales.

Ida s'en voulait de son humeur morose. Aussi se força-t-elle à réagir comme il convenait aux plaisanteries et aux paroles amicales des femmes tandis qu'elle regagnait la cabane des Lange afin d'essayer une dernière fois sa robe. Les femmes avaient aidé Ida à se confectionner, avec le tissu de laine bleu foncé amené de Nelson, une robe toute simple montant jusqu'au cou, assortie d'un tablier blanc et d'une coiffe mise en forme avec de l'amidon de pomme de terre… La jeune femme n'avait en revanche pas de chemise de nuit. À vrai dire, elle préférait ne pas penser à la nuit de noces. Elle ne savait même pas exactement ce qui se passerait alors, ne connaissant que les bruits qui, sur le *Sankt Pauli*, renseignaient les voisins quand un époux s'acquittait de ses devoirs conjugaux. Rien de très encourageant, mais elle était bien décidée à se comporter avec humilité, comme s'étaient comportées sa mère et toutes les générations de femmes avant elle.

Elle souriait donc quand, le lendemain, Ottfried la conduisit à l'autel improvisé dans l'église qui, pour l'heure, en était réduite à sa « première pierre ». Il pleuvait légèrement et les bâches destinées à protéger le pasteur, les nouveaux mariés et l'enfant à baptiser étaient si peu étanches que sa coiffe ressembla vite à un oiseau mort plutôt qu'à un chapeau. C'est du moins l'impression qu'elle eut en découvrant la coiffe de Stine Krause, qui elle aussi s'était mise sur son trente-et-un. Son bébé n'arrêtait pas de crier. Franz, lui, toussait de nouveau et semblait avoir de la fièvre. Bien qu'inquiète à son sujet, Ida se dit que c'était désormais à Elsbeth de s'en soucier. Elle ne pourrait s'occuper de deux ménages à la fois, du moins lorsque la construction des maisons serait terminée. Certaines femmes commençaient à aménager un jardin. Ida devrait bientôt elle aussi se mettre à bêcher et semer.

Ottfried avait l'air très soigné dans son complet du dimanche, son chapeau n'étant pas encore trempé. Pourtant, dès qu'il l'enleva, la pluie transforma vite ses cheveux de plus en plus clairsemés en fines mèches lui pendant sur le visage, le faisant paraître plus bouffi encore. Ida ne put s'empêcher de penser à la remarque d'Elsbeth le comparant, à son désavantage, avec Karl.

Le contact des mains et des bras de Karl avait été plus agréable que l'étreinte maladroite d'Ottfried après leur « oui », un oui ferme et fier chez Ottfried, murmuré et résigné chez Ida. Elle aurait voulu y mettre plus de conviction, mais n'y parvint pas.

Elle ne parvint pas non plus à chasser l'image de Karl quand Ottfried lui fit traverser la foule des colons en liesse qui les félicitait. Peter Brandmann et Jakob Lange trinquèrent.

Mais fêter les événements dehors, comme il avait été prévu, se révéla impossible. Pour fuir la pluie, les gens se répartirent dans quelques cabanes, souvent regroupés en fonction de leur village d'origine. La paroisse n'était pas encore vraiment soudée.

Ida se retrouva en compagnie d'Ottfried dans la cabane exiguë des Brandmann, où les gens étaient serrés comme des sardines. Ottfried ne s'occupait pas d'elle, le nouveau marié devant d'abord trinquer avec les hommes de Raben Steinfeld. Elle mangea du riz et du poisson du bout des lèvres, lançant en douce à Chasseur, sous la table, de larges portions. Finalement, Frau Brandmann sortit de l'une de ses caisses un véritable trésor pour les dames : de la liqueur de cassis.

Ida refusa d'abord d'en boire, son repas lui pesant déjà sur l'estomac, mais les femmes l'obligèrent à en prendre un grand verre.

— Ça aide, conseilla une des plus jeunes, sans préciser en quoi.

Les autres acquiescèrent d'un air entendu.

— Ça fait mal et c'est désagréable, mais ça passe vite, observa Stine Krause, plus précise. Et quand, après, tu as un petit enfant…

En tout cas, après avoir goûté de cet alcool inhabituel, Ida se sentit réchauffée et un peu ivre, ce dont elle eut honte. Ottfried ne s'aperçut de rien.

Il était en effet en état d'ébriété avancée quand la journée toucha à sa fin et que tous regagnèrent leur cabane. Il alluma d'une main malhabile leur unique lanterne. Il titubait quand il prit le bras d'Ida.

— Allez, viens maintenant, nous… nous rentrons chez nous. Il est temps.

6

Jane Fenroy réussit à repousser la consommation de son mariage avec Christopher. Sans véritable raison à part un vague malaise à l'idée de se livrer à cette opération peu ragoûtante, pour ainsi dire porte à porte avec ses parents et ses frères et sœurs. Ils devaient passer leur nuit de noces chez les Beit, avant le départ de Chris qui allait s'occuper de construire une maison provisoire sur leurs terres du Canterbury. Il s'agissait en fait, pour Jane, d'une épreuve de force. Elle voulait voir jusqu'où aller avec Christopher. Ce fut en réalité d'une simplicité biblique. Après quelques heures passées avec les invités de la noce, le couple se retira dans la suite que les parents leur avaient préparée. C'est Cat qui y attendait Jane pour l'aider à ôter l'incommode robe qui se déchirerait sans doute dans l'épreuve, mais qui s'en souciait ?

Jane jeta un bref regard à Christopher avant d'entrer dans la chambre à coucher.

— On le fait maintenant ou attendons-nous un soir où tu seras dégrisé ? demanda-t-elle froidement.

Une question déloyale car Chris n'était pas ivre. Il avait bien entendu bu un verre de champagne, puis quelques autres verres avec ses amis. Mais il ne titubait pas plus qu'il ne bafouillait, ne donnant en aucune façon matière à penser qu'il ne serait pas à la hauteur de ses devoirs. L'attaque de Jane lui porta un rude coup. Il fit un bond en arrière, rougit et baissa la tête.

— Ce… ce sera comme tu voudras, Jane…

Avec un sourire sadique, Jane fit un signe à Cat qui, horriblement gênée, ne savait où se mettre.

— Bon, alors restons-en là. Cat, viens m'aider à enlever cette robe, j'étouffe dans ce corset… Et toi, Chris, je te souhaite une bonne nuit.

Elle ignorait où il dormirait et s'en moquait. Sur un canapé ou un fauteuil du salon de la petite suite sans doute… En tout cas, le lendemain matin, avant même que Jane descende pour le petit déjeuner, il était parti.

— Il est pressé de bâtir son nid, susurra sa mère. Mais on peut comprendre qu'il veuille avoir son propre foyer où il pourra agir à sa guise. Cette nuit, il s'est au demeurant montré très réservé. On n'a absolument rien entendu…

Jane en conclut qu'elle avait pris la bonne décision. Il était superflu que, dans la maison de ses parents, tout un chacun participe, ne serait-ce que d'un point de vue acoustique, à sa vie conjugale.

Christopher revint pourtant plus tôt que prévu, enthousiasmé par son nouveau pays et sa demeure, semblant avoir oublié ou du moins refoulé l'affront de la nuit de noces.

— Tout est allé très vite, Jane ! Une tribu maorie vit dans la région, les Ngai Tahu. Ils sont beaucoup plus sociables que les Ngati Toa. Les hommes se sont tout de suite déclarés prêts à m'aider, d'abord pour construire la maison, mais aussi pour défricher les terres. Nous avons même monté une maison dans le style de leurs salles de réunion.

— Une sorte de tipi ? s'exclama Jane, horrifiée.

Surprise par l'arrivée de Chris, elle n'avait pas eu le temps de s'apprêter un tant soit peu. Elle paraissait plus difforme encore dans sa robe d'après-midi et elle avait beau se dire qu'il lui était indifférent de lui plaire ou non, elle n'en trouva pas moins que sa tenue manquait de dignité.

— Comment ça, un tipi ? Tu n'as encore jamais vu de village maori, Jane ? Ces gens n'ont rien de commun, mais alors rien, avec les Indiens d'Amérique du Nord. Ils ne logent pas sous tente, sauf durant leurs pérégrinations. Enfin, tu verras par tes propres yeux puisque nous serons pour ainsi dire leurs voisins. Nous pouvons semer immédiatement et je pourrai dès ce printemps cultiver les champs. Quand comptes-tu partir, Jane ? Un bateau appareille pour Port Victoria dès demain.

Bien que n'ayant aucune envie de vivre à la campagne et encore moins dans le voisinage de sauvages, elle ne se sentait pas à l'aise dans la maison paternelle dans sa situation de femme mariée. Toujours sous l'égide de sa mère, elle devait de surcroît supporter le regard goguenard et les questions indiscrètes de ses sœurs. Il n'existait en tout cas pas de raison de repousser un départ, les caisses contenant sa dot étant prêtes depuis des semaines. Il restait auparavant à passer le cap de la nuit…

Par chance, Christopher n'essaya pas de s'approcher d'elle, car il avait rendez-vous avec Tuckett qui, dans le cadre de l'enquête sur le massacre de Wairau, mais aussi en raison de la possible faillite de la New Zealand Company, se trouvait à Nelson. Son père avait beau lui dissimuler les détails de l'affaire, elle en savait assez pour comprendre que l'avenir ne serait pas radieux. L'installation des colons allemands dans la vallée du Moutere avait bien sûr permis de gagner du temps, mais ce coup de maître n'avait fait que renvoyer les problèmes de la société à plus tard.

Toujours est-il que, ce soir-là, Christopher avait bu quelques verres de bière en compagnie de Tuckett, après quoi, quelque peu éméché cette fois, il n'avait pas tenté d'entrer dans la chambre à coucher conjugale. À la table du petit déjeuner, le lendemain matin, il était en tout cas d'humeur assez renfrognée.

Sur le coup de midi, le bateau appareilla pour Port Victoria, les bagages de Jane ayant été embarqués dans la matinée. Chris accompagna Jane à bord, après avoir salué ses parents et remercié le père pour le don du terrain.

— Il est sans doute mis au nom de Jane ?

— Non, il est à ton nom, déclara Beit. Où irions-nous si nous nous en remettions aux bonnes femmes… ?

Jane se maîtrisa, mais Chris vit à son regard combien elle bouillait intérieurement. Alors, bien que soulagé de ce qu'elle n'aurait pas à se mêler des affaires de la ferme, il se crut obligé de la consoler.

— Les femmes maories possèdent souvent leurs propres bouts de terre, dans la mesure bien sûr où le verbe posséder a un sens chez eux. Mais si une femme utilise un terrain, il est considéré comme étant le sien. De manière générale, les femmes maories ont à peu près les mêmes droits que les hommes. Il existe par exemple des chefs qui sont des femmes.

— Des femmes qui sont chefs ? s'écria Jane, qui pour la première fois ne répondait pas à Chris par une moquerie. On n'a pourtant pas entendu parler de ça lors du traité de Waitangi.

— Non, mais des femmes étaient venues participer aux négociations. C'est Hobson et Busby qui les renvoyèrent. Les tribus concernées élurent alors sans tarder des chefs masculins. Il y a toujours des gens pour prendre le pouvoir en profitant de ce qu'un chef est en difficulté ! C'est d'ailleurs pourquoi il n'existe pratiquement pas de femmes à la tête d'une tribu dans l'île du Nord, même si beaucoup font partie des anciens et des *tohungas*. En tant qu'interprète j'ai souvent eu affaire à elles. Elles se débrouillent aussi bien que les hommes.

Chris songea alors à Cat, le cœur lourd. Il l'avait à peine vue la veille au soir, mais qu'elle se tienne à l'écart n'avait rien d'étonnant après la scène pénible du soir des noces… Après avoir aidé Jane à se déshabiller, elle avait disparu pour réapparaître les bras chargés de literie, ce qui avait permis à Chris de dormir confortablement. Ensuite, après avoir fait mine de partir, elle s'était ravisée.

— Cette femme a beaucoup de *mana*, avait-elle dit et, depuis, Chris se demandait s'il y avait eu de la moquerie dans sa voix.

Depuis Port Victoria, on atteignait les Canterbury Plains par un col ou en prenant un bateau qui quittait la baie par le nord pour remonter un fleuve encore sans nom.

— Pour nous, bien sûr, expliqua Chris. Les Maoris l'appellent Waimakariri. Il serait tellement simple de conserver les noms d'origine. Cela éviterait les dialogues de sourds.

— Les Allemands ont donné à la vallée où ils sont maintenant installés le nom du capitaine de leur bateau, remarqua Jane.

Elle constatait que, lorsqu'il était question de problèmes d'ordre général, converser avec Chris était possible. Elle l'avait déjà bien éduqué. Quand il n'était pas obligé de flairer un piège derrière chaque mot, il la regardait tel un chien dont on caresse la tête.

— Et leur village Sankt Pauli ! En quoi ils ne font rien d'autre que les Maoris, qui conservent précieusement le nom des canots avec lesquels ils sont jadis venus à Aotearoa, poursuivit Chris. Eux aussi, sais-tu, sont des immigrants, ils arrivaient de Polynésie.

— Quelqu'un devrait le raconter aux Allemands, dit Jane en riant. Ils arrêteraient peut-être de se signer s'ils apprenaient que leur village s'inscrit dans la tradition des sauvages !

— Il est vraisemblable qu'ils ne le croiraient pas, ils ont fait fi des mises en garde contre le Moutere et se sont installés en zone inondable. Il va de nouveau y avoir du vilain pour ton père et la Compagnie. Heureusement que nous sommes partis avant l'ouragan.

Le paysage, dans le Canterbury, était, comme le climat, très différent de celui des environs de Nelson. Plus de forêts, mais des plaines s'étendant jusqu'à l'horizon, couvertes d'herbes tussack et bien arrosées par des pluies fréquentes. Les étés y étaient plus frais, mais les hivers plus doux qu'à Nelson. Parfois un bosquet, de hêtres essentiellement, rompait la monotonie des prairies. Il y avait aussi des arbustes rata, des buissons plutôt que des arbres. Jane en fut étonnée.

— Mais c'est rempli de mauvaises herbes ici !

Ayant trouvé le temps long durant la remontée du fleuve, elle devait à présent marcher jusqu'à la ferme, d'où son nouvel accès de mauvaise humeur. Son imagination ne l'avait pas trompée : une ferme à l'écart de toute civilisation ! Bien que prévenue, elle se révolta contre son sort. Des années s'écouleraient avant que se développe ici une affaire où elle trouverait à s'affirmer.

— Oui, il faudra arracher pas mal de buissons, admit Chris, qui, pour sa part, aimait ces plantes rata aux fleurs de feu, comme les appelait si joliment Cat. Mais leurs fleurs ne sont-elles pas magnifiques ? Je songeais à appeler notre ferme la station rata…

— Pour que chacun pense aussitôt à des rats ? ironisa Jane. Mais où est la maison ?

Christopher montra du doigt une petite élévation de terrain dans la plaine.

— J'ai envisagé, si tu en es d'accord bien sûr, que nous bâtissions notre demeure définitive sur cette colline là-bas. Une ferme de deux étages… Pour l'instant, nous avons monté, derrière la colline, une maison en rondins. Nous en ferons plus tard une grange.

Jane fut effectivement stupéfaite quand elle découvrit la maison à un étage, trapue, avec un toit en bâtière et un pignon triangulaire décoré de sculptures en bois au-dessus de l'entrée. Jamais elle n'aurait imaginé que les autochtones vivaient dans de telles maisons.

— Tu entres ou bien je te porte pour franchir le seuil ? Il paraît que ça chasse les mauvais esprits, lui dit Chris.

— Tu ne crois tout de même pas aux esprits ?

— Les Maoris y croient, eux.

— Alors tu peux leur demander de me faire passer le seuil, dit Jane qui entra en ouvrant elle-même la porte.

L'intérieur n'attira pas de remarque dédaigneuse de sa part. Avoir réalisé cela en si peu de temps était prodigieux : Christopher avait partagé le vaste espace en plusieurs pièces séparées par de simples parois de bois. Il y avait d'abord une entrée ouvrant sur la pièce principale jouxtant une petite cuisine et une chambre à coucher. Il y avait dans la cuisine une porte donnant sur l'extérieur. Derrière la chambre à coucher se trouvait une autre pièce.

— Au cas où… au cas nous aurions des enfants avant que la nouvelle maison soit terminée.

Ayant remarqué que son silence suffisait à démonter son mari, Jane se garda de tout commentaire.

— Serais-tu… serais-tu d'accord pour qu'on rentre les caisses et tes meubles demain seulement ? demanda Chris qui, au terme d'une longue journée, n'avait guère envie d'atteler le cheval qui hennissait dans le corral derrière la maison et de charger seul une charrette.

Les… les meubles les plus indispensables sont déjà installés.

Il y avait en effet une table, deux chaises, une étagère, une poêle et une casserole ainsi qu'un peu de vaisselle. Sans compter un large lit massif !

Jane décida de ne pas créer de difficultés. Lasse et affamée, elle souhaitait avoir au plus vite quelque chose dans son assiette.

— Ne ramène que le panier de la nourriture. Pendant ce temps, je mettrai la table.

Peu après, ils étaient assis devant un petit festin préparé à l'avance par la cuisinière des Beit, de la viande fumée, des cuisses de poulet rôties, du pain. Le lendemain, Jane en était consciente, ils ne banquèteraient plus. Elle avait vu les provisions achetées par son mari, essentiellement des céréales et des légumes secs. Sans doute attendait-il d'elle qu'elle fasse la cuisine et cuise le pain. Elle ne l'avait encore jamais fait, mais savait comment procéder. Qu'en serait-il dans la pratique ?

Le panier contenait une bouteille de vin qu'elle avait posée sur la table. Voyant que Chris ne l'ouvrait pas, elle comprit le message. Cette nuit, elle ne pourrait se dérober. Sauf s'il lui venait une autre idée…

Après quelques secondes de réflexion, elle décida de ne pas repousser plus longtemps l'inexorable.

À environ trois cents miles au nord, Ida, le même soir, suivait son époux, sous la pluie, à travers le village derrière la mission. La lanterne d'Ottfried n'éclaira que faiblement l'intérieur de la cabane, mais Ida fut un peu réconfortée de reconnaître la literie et la nappe de table dont, la veille, elle avait tenté d'agrémenter leur maigre mobilier. Ottfried, qui avait déjà passé ici sa dernière nuit de célibataire, avait pourtant laissé le lit défait et la nappe pleine de cire fondue et de taches. Il n'avait pas non plus lavé la vaisselle de son repas.

— Allez, déshabille-toi, dit-il. Je ne te regarde pas.

La cabane n'ayant qu'une pièce, elle dut quitter sa robe pendant qu'il faisait mine de tourner le dos. Elle le vit l'épier entre ses doigts alors qu'elle se glissait le plus vite possible dans sa chemise de nuit, par pudeur, mais aussi en raison du froid. La cabane avait bien sûr un âtre, mais Ottfried ne s'était pas donné la peine d'allumer un feu avant de partir à la noce. Il n'avait même pas préparé de bois de chauffage.

— Je vais te tenir chaud, dit-il quand elle se plaignit du froid. Tu es prête ?

Il regardait maintenant d'un œil concupiscent la jeune femme angoissée qui se cachait derrière la couverture. Elle écarquilla les yeux quand, baissant son pantalon, il découvrit son sexe dressé.

— Mais... mais... qu'est-ce que c'est ? Est-ce que tu... est-ce que tu l'as déjà fait ? s'effraya-t-elle.

Il éclata de rire. La question n'avait rien de stupide car, à Raben Steinfeld, il n'aurait certainement jamais eu l'occasion d'enfoncer son sexe dans le corps d'une femme avant son mariage. Mais il avait mis à profit l'escale à Bahia pour rattraper le temps perdu...

— N'aie pas peur, chérie ! fanfaronna-t-il. Ton époux va te montrer comment ça marche...

Il éteignit et Ida se sentit entourée d'une obscurité plus noire que celle de toutes les nuits auparavant. Elle savait que ce n'était qu'une impression. À cet instant, elle entendit un gémissement... C'était Chasseur qui s'était glissé derrière eux dans la cabane et qui, roulé en boule devant l'âtre, semblait partager son mal-être.

Jamais encore Ottfried ne l'avait approchée de si près, elle avait son souffle dans le visage, un souffle chargé de relents d'alcool, une haleine mauvaise. Sa bouche chercha la sienne, sa langue écarta ses lèvres et elle eut dans la bouche le goût du poisson et du schnaps qu'il avait ingurgités. De dégoût, elle faillit se tortiller pour échapper à cette bouche, mais la peur de ce qui allait suivre la paralysa. Sans un geste, elle laissa Ottfried lui pétrir les seins avant de se jeter sur elle. Son poids la cloua sur le lit. Puis elle sentit quelque chose de dur, de vivant farfouiller dans son bas-ventre. Elle sentit comme un coup de poignard en elle. Bien que s'étant juré de supporter en silence toutes les épreuves, elle poussa un cri. Le poignard ressortit quand Ottfried se releva pour donner un coup de pied au chien qui avait bondi au secours d'Ida.

— Maudit cabot !

Chasseur gronda, puis gémit et s'enfuit en jappant. Ida se retint ensuite de crier. La douleur fut moins vive après que quelque chose se fut déchiré dans son bas-ventre. En revanche, Ottfried resta une éternité sur elle, s'activant, son poids l'empêchant de respirer. Il ne cessait de pousser en elle, émettant des sons effrayants, des gémissements, des halètements…

Cela passe vite. Ida se souvint de ce qu'avaient dit les femmes… À l'évidence une sinistre plaisanterie ! Pour sa part, cela dura des heures, jusqu'au moment où Ottfried finit par s'écrouler.

— Voilà une bonne et douce chose de faite, ma chérie, murmura-t-il, mais n'aie pas peur, je vais vite retrouver des forces. Je fais ça quatre fois la même nuit, la putain de Stephen's, dans le port, n'en revenait pas. Je vais me reposer un peu.

Ida n'osa pas bouger tandis qu'il retrouvait son souffle, le vilain engin de son entrejambe tout mou et visqueux posé sur sa cuisse. Elle-même saignait, ce qui l'inquiétait car elle avait eu ses règles la semaine précédente… Et puis, effectivement, Ottfried bougea de nouveau ! Ce fut la reprise des douleurs et de la peur, sauf que, cette fois, il s'endormit quand il eut assez d'elle. Elle essaya prudemment de se faufiler hors du lit et de se laver. Mais Ottfried l'attrapa avant qu'elle ait réussi à se lever.

– Reste, réchauffe-moi, murmura-t-il, ses bras se refermant sur elle comme un étau.

Prisonnière, elle resta éveillée, grelottant, accablée de douleurs, démoralisée et désespérée. Combien de temps supporterait-elle cela ?

Jane s'extirpa de sa robe et de son corset pendant que Christopher menait le cheval à l'écurie. Elle se demanda vaguement qui l'avait nourri la veille. Puis elle s'enveloppa nonchalamment dans sa chemise de nuit. Il ne faisait pas froid car Chris avait allumé le fourneau qui, depuis la cuisine, chauffait le salon et la chambre à coucher. Elle défit ses cheveux. Après une brève réflexion, elle éteignit la lampe à pétrole après avoir allumé trois grosses bougies, pas parce qu'elle désirait le voir nu, mais parce qu'elle aimait savoir ce qui se passait à proximité d'elle. En aucun cas elle ne se livrerait à lui dans le noir.

Christopher, à son retour, parut heureux de cette atmosphère romantique. Il avait déjà quitté sa chemise pour se laver. Il sentait le savon. Son buste n'avait rien de repoussant et, quand il ôta son pantalon, Jane vit qu'il avait des jambes musclées. Un examen aussi impudique le rendit toutefois nerveux.

– Tu l'as déjà fait, demanda-t-elle d'un ton neutre, quand il se glissa dans le lit.

– Bien sûr…, mais… mais jamais encore avec une fille que j'aimais.

Jane ne put voir, à la lueur des bougies, s'il rougissait, mais elle le sut au son de sa voix.

– Bon, eh bien, cette nuit n'aura pour toi rien de nouveau. Qu'est-ce que je fais ? Je crois que la femme se met sur le dos, non ? Fais attention à la chemise de nuit, c'est de la dentelle de Bruxelles.

Les allusions à la fois réconfortantes et menaçantes de sa mère quant aux épreuves auxquelles devait s'attendre une fille lors de l'amour – ça fait mal, mais c'est vite passé – se révélèrent non fondées. En réalité il fallut assez longtemps à Chris avant d'être en état de la pénétrer. Il parut consentir de rudes efforts pour lui caresser les seins, embrasser son visage et son cou avant de s'allonger sur elle. Elle sentit quelque chose de dur qui, entre ses jambes, cherchait à entrer dans la partie d'elle la plus intime. Au moment de la pénétration, il y eut effectivement une légère douleur, quelque chose se déchira et elle sentit qu'elle saignait. Mais ce fut loin d'être aussi terrible que ce que sa mère, les mains tremblantes et les yeux humides, avait décrit. Chris s'efforçait de bouger un peu le truc en elle. Elle sentit quelques chocs puis un chatouillement pas désagréable du tout. Ensuite elle eut l'impression qu'un liquide s'échappait du membre de son mari – ce qui n'était pas douloureux, juste un peu répugnant – et s'écoulait en elle. Aussitôt après, le truc se ratatina et se ramollit. Christopher poussa un gémissement retenu, beaucoup moins fort que ce que sa mère avait prétendu. Enfin elle sentit avec soulagement qu'il se retirait d'elle.

— C'est tout ? s'étonna-t-elle. Ce n'était vraiment pas la peine de faire tant d'histoires pour ça. D'après ce que ma mère m'avait raconté, je m'attendais à une sorte de cyclone. En fait, rien du tout… Est-ce que je peux me laver quelque part ? Tu as eu comme une projection de gouttelettes. Peut-être pourrais-tu la prochaine fois t'en dispenser ?

Quand elle revint, Christopher feignait de dormir. Il était blessé et découragé. Il se demanda combien de temps il supporterait cela.

7

— Peut-être devrions-nous le voir non comme une punition divine, mais comme un message, déclara Ottfried.

Après les fortes pluies des premiers jours de janvier, ils avaient enfin pu accéder à leur terrain au bord du fleuve et, impuissants, contemplaient le jardin d'Ida dévasté et les fondations envasées de la maison dont on distinguait à peine encore les contours.

— Je veux dire… on n'avait pas encore fait grand-chose… et les planches ne sont pas fichues, juste mouillées. On peut aussi construire la maison ailleurs. Plus loin du fleuve.

Du point de vue d'Ottfried, ce n'était pas totalement faux. Il n'avait en effet entrepris de travailler à la maison que quelques jours plus tôt, accaparé jusque-là par la construction de l'église et des maisons des colons aisés qui, désireux de s'installer le plus rapidement possible, payaient fort bien les charpentiers. Ida, elle, travaillait depuis quatre mois à son jardin et dans les champs et, maintenant, en été, elle s'apprêtait à récolter les premiers haricots et les premières courges. Les larmes lui montèrent aux yeux quand elle songea à tout ce que l'eau avait arraché et entraîné ou à tout ce qui était enterré sous des masses de boue. Tout cela anéanti en un seul jour !

La pluie avait commencé deux jours auparavant, un dimanche, tandis que la paroisse était en prière.

Trempés jusqu'aux os en quelques minutes, les croyants n'avaient pas renoncé à l'office, persuadés que le soleil suivrait cette grosse averse, comme cela avait été le cas en début d'été, après un printemps où il avait bruiné. Mais jamais ils n'avaient subi une pluie aussi continuelle, des nuages noirs ne cessant de s'accumuler au-dessus des collines. Les aimables ruisseaux qui serpentaient à travers les champs s'étaient en quelques instants transformés en torrents furieux gonflant de leurs eaux déchaînées le Moutere. Aussi, avant la fin de la cérémonie, les gens finirent-ils par abandonner l'autel provisoire.

En haut, près de la mission, on n'entendait pas le fleuve en temps habituel. Maintenant, il rugissait, son eau claire était devenue boueuse, et les colons, impuissants, voyaient les fondations de leurs maisons toutes neuves submergées par les flots. Les terrains bordant le Moutere furent vite engloutis. Au bout de quelques heures, la pluie ayant enfin cessé, on ne voyait plus, à leur place, qu'un lac, jaune d'abord, puis d'un gris argenté. L'eau, enfin, regagna le lit du fleuve, mais la boue resta.

— Et le terrain qui a été inondé sera à coup sûr fertile, s'obstina Ottfried. Dieu…

— Dieu aurait pu envoyer son message avant que j'aie défriché la terre, que je l'aie bêchée et que j'aie semé une fortune, répliqua Ida, furieuse. C'est bien qu'il me fournisse maintenant un sol fertile, mais il a anéanti tout mon travail. Et le tien aussi, nous…

— Tu blasphèmes ! (La voix de Jakob Lange, telle celle d'un ange de la vengeance, coupa la parole à sa fille.) Comment oses-tu ? Alors que la coquetterie et les lamentations continuelles de nos femmes nous ont peut-être valu ce châtiment divin… et la désobéissance de nos fils.

Les colons âgés en voulaient à certains de leurs fils de n'avoir pas participé à la construction des maisons et au travail des champs et de s'être fait embaucher sur les chantiers de la New Zealand Company qui, avec l'aide du gouvernement, construisait des routes dans la région de Nelson. La paie étant bonne, les jeunes hommes préféraient cette tâche à la construction de fermes et d'ateliers dont hériteraient leurs frères aînés. Ils avaient aussi connu la liberté de la ville et entendaient de moins en moins se soumettre à la tradition, à leurs pères et aux pasteurs. Un choix leur était offert pour la première fois et ils avaient opté pour l'aventure.

— Personne n'est ici coquette !

Ida contredit son père, mais la rage qui l'habitait quelques secondes plus tôt avait cédé la place à la lassitude, son lot quotidien depuis son mariage. Se rebeller était au demeurant inutile, Jakob Lange étant sourd aux arguments des femmes. Les hommes considéraient comme du gaspillage tout ce qu'elles réclamaient pour se vêtir, acheter des outils et des ustensiles, sous le prétexte que tout cela n'avait pas été nécessaire à Raben Steinfeld. Oubliant qu'ils avaient eux-mêmes renoncé à emporter du pays les lainages, les couverts et la vaisselle. Les outils agricoles achetés à Nelson étaient par ailleurs trop fragiles pour retourner une terre durcie par les innombrables racines des herbes tussack. Habitués à l'autosubsistance de leurs villages mecklembourgeois, ils renâclaient devant les achats qu'il fallait ensuite rapporter de Nelson.

— Mais il faut bien manger !

Ida insistait en dépit de sa fatigue et de la réprimande de son père. Depuis l'inondation, elle ne cessait de se répéter les mises en garde de Karl, qui avait prédit que ces crues étaient régulières en été. Si on ne faisait rien, si les hommes ne changeaient pas d'avis, le désastre se reproduirait.

— Et maintenant la première récolte a été emportée…

— Avec l'aide de Dieu, la seconde sera plus abondante que la première ! dit Lange, buté. En attendant, la New Zealand Company nous aidera. Il arrive qu'il y ait des revers en matière d'agriculture.

Ida soupira. Il était exact que la Compagnie envoyait des vivres aux colons. Il était garanti par contrat que les immigrants devaient être pris en charge jusqu'au moment où leurs terres les nourriraient. Les rations, pourtant, se réduisaient à chaque livraison et ne comportaient que très peu de fruits et de légumes frais. Les épices, le beurre ou la viande étaient du luxe. La viande séchée qu'on leur livrait devait cuire des heures avant de devenir mangeable. À quoi s'ajoutait le problème du stockage, toujours menacé par la prolifération des rats. Les femmes en étaient venues à ramasser des herbes sauvages et à faire bouillir, au petit bonheur la chance, des racines de plantes locales.

Ida ne s'était pas risquée à de tels expédients. Elle n'en avait pas la force. Ce n'était pas qu'elle soit rebutée par les travaux pénibles. À Raben Steinfeld elle avait trimé dur. Mais, la nuit, elle n'était alors pas harcelée par Ottfried. Elle ne comprenait pas comment les autres femmes supportaient ça. Ou bien leurs maris étaient plus agiles ou elles étaient moins sensibles. Elle détestait de plus en plus les soirs où il se jetait sur elle, la pénétrait, recommençait, elle détestait son odeur quand il s'endormait sur elle, ses étreintes l'oppressaient. Ses ronflements l'empêchaient de dormir. Elle ne se reposait que lorsqu'il partait pour Nelson, ce qui, heureusement, était assez fréquent.

Il passait pour le jeune homme parlant le mieux l'anglais et au caractère le plus trempé. Sa participation à l'expédition de Wairau lui avait valu la considération des colons, si bien que les plus âgés le chargeaient souvent de commissions. Il partait le matin en bateau et ne revenait que le lendemain soir. Parfois, il devait attendre deux jours la livraison des marchandises commandées. Si elle profitait de cette liberté, Ida la payait d'une nuit insupportable à son retour. Il puait alors l'alcool. Le lendemain encore ! Ida trouvait cela bizarre, jusqu'au jour où elle vit une bouteille de whisky cachée au milieu de ses outils. À l'évidence, il prélevait des commandes un peu d'argent pour ses achats personnels et des visites au pub. Ida songea un instant à le dénoncer, mais il était ce jour-là rentré plus tôt que d'ordinaire à la recherche d'un outil oublié et l'avait découverte avec la bouteille en main… Depuis, elle avait plus de raisons encore de le craindre. En fait, il s'agissait désormais d'une vraie raison, car toutes les femmes, finalement, avaient à supporter d'être malmenées la nuit.

– Cela fait partie de la vie en ménage, lui dit Stine Krause un jour où, n'y tenant plus, elle s'était confiée à la plus jeune des femmes mariées. Les hommes n'y peuvent rien, ils ne font pas exprès de tourmenter leurs épouses. Au contraire, ils nous témoignent ainsi leur amour. C'est d'ailleurs comme ça qu'ils nous offrent nos enfants.

Mais le coup qu'avait asséné Ottfried à Ida quand elle avait découvert la bouteille avait été brutal et délibéré. Et il la maltraiterait de nouveau si elle trahissait son secret.

– Je réalise aussi de bonnes affaires pour la paroisse, s'était-il justifié un peu plus tard, enfin calmé. Ce n'est que justice si j'obtiens pour ça une petite compensation.

De temps en temps elle se frottait la joue en repensant à ce coup, mais elle avait décidé de vaincre sa peur. Il fallait tout de même bien que quelqu'un fasse revenir son père, Ottfried et les autres de leur entêtement.

– Nous allons réfléchir à une nouvelle localisation des maisons, poursuivit Jakob Lange devant le désastre, puis nous prierons et… C'est d'ailleurs pour ça que je suis venu, Ottfried… Nous remercierons Dieu pour le miracle, dit-il, levant la main triomphalement en direction d'une petite éminence sur laquelle se dressait l'église, dont la construction n'avait pas été achevée. Regarde, mon gars ! Et toi aussi, Ida ! Dieu nous a signalé son déplaisir pour quelques-unes de nos actions, mais il a épargné sa maison ! Continuons donc son œuvre ! Demain, le sol devrait être assez sec pour que nous reprenions notre travail !

— Et si ça recommence ? demanda Ida, provocatrice. Si le fleuve déborde à nouveau ? Vous ne réfléchissez donc pas à ce que Karl…

Elle ne put poursuivre.

— Ne prononce plus jamais ce nom ! tonna Lange tandis qu'Ottfried saisissait brutalement sa femme par le bras.

— Je ne tolérerai pas que tu propages les âneries de ce bon à rien, la tança son époux. Cette terre nous a été donnée par Dieu…

— Et nous nous montrerons dignes d'elle, ajouta Lange. Même si à vrai dire il serait sans doute judicieux de creuser quelques canaux de drainage.

Une semaine durant, les colons s'affairèrent à entourer leurs parcelles de fossés, puis, le temps étant revenu au beau, ils en perdirent l'envie et se remirent à bâtir et à travailler dans les champs. Ottfried éloigna d'une centaine de pas sa maison du fleuve et consacra à sa construction quelques heures par jour, à l'occasion aidé de ses frères et de son père, si bien que la cabane en rondins serait très vite habitable. Ida, de son côté, s'occupa de créer un nouveau jardin, bêchant, semant et plantant.

À la mi-février, le Moutere déborda une nouvelle fois, un jour de semaine, si bien que les colons s'en aperçurent aussitôt. Hommes, femmes et enfants coururent à leurs parcelles, transportant des sacs de sable, essayant de boucher les trous des digues improvisées avec de la terre et des pierres. Ida tenta pendant des heures de creuser à nouveau les fossés qu'Ottfried avait négligés et qui s'étaient en partie comblés. Haletant sous l'effort, elle finit par sangloter d'épuisement quand, pour couronner le tout, elle trébucha et eut du mal à se remettre sur ses jambes au milieu du flot. Mais elle n'abandonna pas la lutte, pas plus que toutes celles et tous ceux qui tentaient de sauver leurs parcelles ou les chantiers de l'école et de l'église. Quand la pluie cessa enfin, l'épuisement était général, mais les dégâts n'étaient pas comparables à ceux de la première inondation.

— Remercions le Seigneur ! s'écria le pasteur Wohlers.

Ida, qui n'aspirait qu'à se changer et à s'endormir, se demanda d'où il tirait une telle énergie. Il est vrai qu'une nouvelle fois la station, sur son éminence, avait été épargnée. Les pasteurs avaient certes lutté avec les colons, mais pas avec l'engagement de ceux qui se battaient pour sauver les fruits de leur travail.

— Dieu, cette fois, ne nous a pas laissés seuls dans notre combat contre les éléments ! annonça Lange en début d'office.

— Mais il n'a plu que trois heures, murmura Stine Krause, qui avait failli mourir de peur quand la subite montée des eaux avait emporté la corbeille dans laquelle dormait son bébé.

Le lendemain, un Johann Krause très embarrassé déclara aux anciens du village que la paroisse pouvait disposer de sa parcelle car il repartait pour Nelson avec femme et enfant.

— Mais nous avons à présent la situation bien en main ! objecta Brandmann. Presque rien n'a été détruit… et quand nous aurons renforcé les drains…

— Nous n'avons plus confiance, persista Johann. Ma femme n'en peut plus. Elle a trimé sur nos terres et elle devrait maintenant tout reprendre à zéro, bêcher à nouveau, planter. D'autant qu'elle attend un nouvel heureux événement. Trop, c'est trop. Et puis, il y a du travail en ville. Je louerai une maison et je m'engagerai dans la construction des routes. Ma décision est prise. Je pars par le prochain bateau et je reviendrai chercher Stine et le petit.

Ida envia beaucoup Stine quand, quelques jours plus tard, Johann revint de Nelson porteur de bonnes nouvelles : il avait trouvé du travail dans son métier de charretier et Stine aiderait les Partridge à tenir leur commerce, Mrs Partridge attendant elle aussi un heureux événement. Stine, bien que soulagée, prit congé d'Ida et des autres femmes en pleurant. Elsbeth pleura elle aussi, moins de tristesse que de fureur.

— C'est injuste ! sanglota-t-elle. C'était mon travail ! Mrs Partridge voulait me garder, j'aurais habité chez eux et je me serais rendue utile…

Après le départ des Krause, elle se blottit dans les bras d'Ida, désespérée et exténuée. Elle n'arrivait pas à tenir le ménage paternel, alors que Jakob prétendait qu'Ida y parvenait à Raben Steinfeld. Reproche injuste, car aucune des femmes n'était en mesure de préparer des repas convenables avec les maigres provisions de la New Zealand Company. Il n'était plus possible, non plus, de raccommoder les vêtements des hommes. Pour en confectionner de nouveaux, elle aurait eu besoin d'étoffe et de temps. Elle n'avait pas la force de rapporter assez d'eau du fleuve pour que les hommes, le soir, puissent se laver.

— Et puis Franz est sans arrêt malade et pleurniche à tout propos.

Ida tenta de consoler sa sœur : tous les enfants de la colonie étaient malades car ils manquaient d'aliments frais, les légumes ayant été emportés par les inondations, tandis que les hommes, trop occupés à bâtir, n'avaient pas le loisir de pêcher.

— J'ai essayé de pêcher moi-même, mais je ne sais pas faire, se plaignit la jeune fille. J'ai aussi peur des rats. Envoie-moi un peu Chasseur, Ida.

Le chien, qui vivait toujours dans la cabane d'Ida, lui permettait d'observer discipline et soumission lors des « démonstrations d'amour » nocturnes de son époux : elle avait trop peur que le moindre cri de sa part ne le fasse aboyer, entraînant les représailles brutales d'Ottfried. Or, elle ne pouvait se passer de Chasseur, grâce à qui sa cabane était relativement à l'abri des rats, dont elle avait une peur bleue.

— Nous devrions nous procurer d'autres chiens, éluda-t-elle, je demanderai à Ottfried d'en trouver un lors de sa prochaine visite à Nelson.

Elle savait certes que son mari n'en ferait rien, car le propriétaire d'éventuels chiots exigerait quelques pence pour s'en séparer, mais la perspective d'avoir un jeune chien chez elle réconforta un peu sa sœur.

Depuis la deuxième inondation, l'atmosphère, chez les colons, s'était dégradée. Peu après le départ des Krause, deux autres familles abandonnèrent à leur tour leur terre en dépit des exhortations de Lange et Brandmann. Personne n'évoquait les avertissements de Karl, bien entendu, mais tous s'en souvenaient, surtout les familles d'autres villages que Raben Steinfeld, qui n'avaient jamais connu le journalier et n'avaient vu qu'un jeune arpenteur bien vêtu. Si cela continuait ainsi, il n'y aurait bientôt plus, à Sankt Pauli, que des anciens de Raben Steinfeld.

Mais le pasteur Wohlers revint un jour de Nelson porteur de bonnes nouvelles.

– Des bovins y sont arrivés, annonça-t-il, radieux, aux paroissiens après le premier office. Et, compte tenu de la présence d'enfants ici et de la mauvaise alimentation, je me suis entendu avec Wakefield pour que la Compagnie, moyennant une modeste participation aux frais, nous cède trois vaches.

– Dieu soit loué! s'enthousiasma Peter Brandmann à l'adresse du groupe de colons démoralisés car le bateau qui ramenait le pasteur était reparti avec les deux familles démissionnaires. N'est-ce pas là une raison de se réjouir? Enfin du bétail, du lait pour les enfants! Nous sommes sur la bonne voie, chers amis! Eh bien qui d'entre vous veut prendre en charge une des vaches? Qui sait traire?

– Il ferait mieux de demander qui possède un pré en hauteur, grommela un colon à côté d'Ottfried et d'Ida. Afin que les bêtes ne partent pas avec la prochaine crue.

– Et moi qui pensais que cette livraison de vaches suffirait à ramener la bonne humeur, se désola Wohlers un peu plus tard.

Les Brandmann avaient invité les missionnaires au déjeuner dominical ainsi qu'Ottfried et Ida. Un festin royal, Erich, le jeune frère d'Ottfried, ayant surpris un des oiseaux étranges qui, dans la forêt, erraient la nuit en poussant des sifflements perçants. Il n'avait eu aucun mal à l'attraper et à le tuer. Maintenant il rôtissait au-dessus du feu de Frau Brandmann. Les convives en avaient l'eau à la bouche.

– Les gens sont surmenés et amers après les revers subis. Et voilà qu'arrive l'automne, poursuivit le pasteur.

— C’est la faute des femmes, s’énerva Peter Brandmann. Elles manquent d’endurance et de foi, elles ont mauvais esprit. Ce sont elles qui montent la tête aux hommes !

Ida n’en supporta pas davantage. Le départ des trois familles l’avait d’autant plus bouleversée que Stine avait été la seule femme avec qui elle avait quelque peu sympathisé. Elle avait encore dans l’oreille les plaintes d’Elsbeth. Elle surmonta la peur des représailles que n’allait pas manquer de lui infliger Ottfried, qui cachait ses propres doutes derrière un surcroît de rigueur et de brutalité.

— Nous ne manquons de rien, ni d’endurance ni de foi. Nous n’avons pas mauvais esprit. Ce qui manque, c’est les vêtements, les ustensiles du ménage et les provisions, dit-elle d’un ton ferme, tournée vers le missionnaire. Nous vivons depuis six mois dans des cabanes de fortune, nous faisons la cuisine sur des feux dans l’âtre et parfois nous avons une casserole pour trois familles. Nous luttons contre les rats, les enfants sont malades dans nos logis pleins de courants d’air et nous travaillons des journées entières dans les jardins et dans les champs. Est-ce donc étonnant que nous en ayons assez, surtout quand, à tout ça, s’ajoutent les revers ?

Elle prononça le mot « revers » en tremblant intérieurement. Mais le pasteur Wohlers l’avait écoutée avec attention. Le village et ses habitants lui tenaient à cœur. Et, ô surprise, Frau Brandmann opina.

— Oui, elle a raison, déclara sa belle-mère qui n’omit pas, néanmoins, de lui adresser des reproches indirects : les jeunes femmes n’ont certes pas été prévoyantes, elles n’ont quasiment rien apporté de leur pays natal. Et maintenant, il manque l’indispensable… Et elles gâchent la vie de leurs maris avec leurs plaintes continuelles. Elles ont besoin de quelque chose qui leur change les idées. Des vaches, c'est bien. Mais il faudrait aussi acheter des moutons, des chèvres, des cochons…

— Il n'y en a pas, regretta le pasteur.

— Il y a peut-être au moins des chats et des chiens pour lutter contre les rats ! lança Ida. Et des ustensiles, le magasin des Partridge en est plein.

Le pasteur acquiesça en levant les mains comme pour une bénédiction.

— Ce n'est pas bien que les femmes gâchent la vie de leurs maris avec leurs récriminations. Mais il n'est pas bien non plus qu'elles soient privées de ce dont elles ont besoin pour accomplir leurs devoirs. Ida Brandmann, que diriez-vous d'accompagner votre mari lors de sa prochaine visite à Nelson ? La paroisse vous accorderait un peu d'argent, les femmes vous feraient part de leurs souhaits, dans des limites raisonnables bien sûr, et vous tenteriez de les satisfaire avec l'argent alloué. Cela devrait améliorer le moral des filles d'Ève, non ?

Ida avait de la peine à réaliser ce qui lui arrivait. Jamais elle n'avait imaginé pouvoir se rendre à Nelson dans un avenir prévisible. Et voilà que, une semaine après cette proposition du pasteur, par un beau soleil automnal de mars, elle se trouvait à bord d'un bateau, fière de la mission dont la paroisse l'avait chargée. L'embarcation devait ramener les trois vaches, mais aussi un attelage de chevaux de trait et une charrette. Elle avait en main une liste établie par les femmes du village au terme de vives négociations sur le nécessaire, le moins nécessaire et également sur ce qui pourrait apporter un brin de lumière dans la monotonie de leurs journées.

8

Quand Jane se réveilla de sa nuit de noces, son mari était déjà parti. Sans faire le moindre bruit ! Elle enregistra avec satisfaction qu'il craignait de la déranger. Durant la nuit, il ne s'était montré importun à aucun moment. Il ne ronflait pas et ne recherchait pas le contact physique. Jane l'apprécia à sa juste valeur et ses dispositions à son égard gagnèrent même en amabilité lorsqu'elle s'aperçut que ses coffres de voyage étaient déjà là, dans le salon. Elle vit par la fenêtre qu'il n'était pas seul. Avec l'aide de deux hommes à la peau sombre, il déchargeait de la charrette d'autres caisses, des outils et du matériau de construction. Il lui avait confié la veille que les prochains chantiers seraient la construction d'une véritable écurie, puis celle d'une maison authentique.

Elle examina avec intérêt les deux hommes. Ils étaient les premiers Maoris qu'elle voyait. Christopher avait raison : ces hommes avaient aussi peu en commun avec les Indiens d'Amérique qu'avec les aborigènes australiens. Ils avaient l'air moins menaçants que leurs congénères représentés dans les livres et les brochures, sans doute parce qu'ils ne portaient pas la tenue traditionnelle des guerriers. Ils étaient en fait vêtus comme Christopher. Il fallut qu'ils se retournent pour qu'elle s'effraie de leur allure étrange ; ils étaient tatoués du front jusqu'au menton. Elle devrait s'habituer à ce spectacle…

Dans l'immédiat, en tout cas, elle n'avait aucune envie de faire plus ample connaissance avec ses nouveaux voisins. Avant de prendre son petit déjeuner qu'elle devrait hélas préparer elle-même, la rude tâche de s'habiller sans l'aide d'une femme de chambre l'attendait. Elle revêtit une robe qu'elle n'avait pas à lacer, ayant commandé à la couturière de Nelson quelques-unes de ces robes d'intérieur si pratiques, sachant qu'il lui faudrait un certain temps avant de former sur place une femme de chambre. Elle aurait avant tout besoin d'une cuisinière.

Jane essaya de faire chauffer une poêle et cuire des œufs sur le fourneau. Le résultat fut décevant. Par chance, son mari avait déjà préparé du café, fort et revigorant. Elle trouva du pain de la veille, mais la miche étant déjà bien entamée, elle devrait vite en faire cuire d'autres. Elle n'avait aucune idée de la manière dont on enfournait les miches, à supposer qu'elle ait auparavant réussi à pétrir de la pâte.

Jane se demanda si elle devait appeler son mari pour le petit déjeuner: que faire de ses auxiliaires? Exigerait-il d'elle, à l'avenir, de cuisiner pour eux aussi? Elle finit par manger seule. Comment allait-elle trouver du personnel de maison?

Rassasiée, elle ressentit le besoin d'agir, hésitant entre déballer ses affaires ou visiter la propriété dont, la veille, elle n'avait rien vu tant elle était lasse et secouée. Christopher la vit regarder par la fenêtre et lui fit signe. Elle sortit afin de le saluer ainsi que les deux hommes. La journée était ensoleillée et, malgré son peu de goût pour la nature, elle dut admettre que les buissons de rata de la ferme offraient un joli contraste avec les vastes plaines herbeuses alentour. Depuis la colline où s'élèverait le bâtiment principal, on apercevrait sans doute le fleuve. Un bel endroit… si seulement il n'était pas situé si loin de la civilisation.

Elle alla au-devant de Chris avec un sourire forcé. Ragaillardi, il présenta à sa femme ceux qui l'aidaient : Kutu et Hare, de la tribu des Ngai Tahu. Elle fut soulagée que les Maoris ne se livrent pas à l'étrange rituel de salutation dont elle avait entendu parler et se contentent de l'accueillir comme l'auraient fait des travailleurs blancs : Kutu d'une légère inclinaison et d'un « Bienvenue, madame ! », accompagnés d'un large sourire et Hare d'un bonjour dans sa langue, « *Haere mai*, madame ! », souriant lui aussi de toutes ses dents.

— Cela veut dire aussi « bienvenue », traduisit Chris. Tu voudras sans doute apprendre un peu de maori, Jane, car nous serons désormais de très proches voisins.

Jane s'apprêtait à lui demander avec insolence s'il se figurait qu'elle allait s'abaisser à apprendre la langue des sauvages quand un mouvement, dans les buissons de rata, attira son attention.

— Il y a quelque chose, là, Chris ! s'écria-t-elle, affolée, mais résistant à son envie de se réfugier dans sa maison de peur d'être prise pour une couarde. Quelque chose se cache là !

Ayant suivi son regard, Christopher se détendit dès qu'un des Maoris eut dit deux ou trois mots en riant.

— Il semble que tu aies de la visite, Jane. Kutu dit que quelques femmes et quelques enfants sont venus voir la *missis* blanche. Ils n'osent pas sortir de leur cachette… Ils ne sont pas sûrs d'être les bienvenus.

Deux petites filles pouffant de rire sortirent en rampant, s'étant sans doute aperçues qu'elles avaient été surprises. Un peu intimidées, elles s'avancèrent vers Jane et chacune d'elles lui offrit une grosse patate douce en guise de cadeau de bienvenue.

— *Kia ora, haere mai !* couinèrent-elles en chœur, et Jane ne put se retenir de sourire.

Elles étaient mignonnes, avec leurs longues boucles brunes et leurs visages enfantins. Jane se demanda où elle avait rangé les sucreries apportées de Nelson. Pour elle bien entendu, mais peu à peu elle devinait qu'elle ne ferait pas l'économie de contacts avec les autochtones. Peut-être une solution à ses problèmes… ?

À contrecœur, elle abandonna son aspect revêche au profit d'une attitude plus diplomatique, lorsque parurent à leur tour les mères, les sœurs et les tantes des fillettes, au total douze femmes et jeunes filles entourées d'une dizaine d'enfants excités. Tous avaient apporté de petits cadeaux. Une femme d'un certain âge, très digne, tendit à Jane, en parlant d'un ton amical, une pierre verte et une espèce de coquillage.

– C'est du jade pounamu, expliqua Christopher, l'air soucieux, craignant de sa femme une réaction d'irritation. Il est très précieux aux yeux des Maoris, surtout dans cette région où il est rare. Cette pierre doit te porter bonheur. Très souvent ils sculptent des statuettes de dieux dans ce matériau. Mais Omaka dit qu'elles n'ont pas voulu t'en offrir une, une *hei-tiki*, parce qu'elles ignoraient si tu aimerais ça. Certains missionnaires ont eu des réactions déplaisantes quand elles leur en ont offert.

Jane n'en fut pas surprise, elle ne voyait pas un pasteur Wohlers, un Lange ou un Brandmann accepter une amulette païenne. Elle, cela lui était assez égal.

– Comment dit-on merci, Chris ? demanda-t-elle donc, pleine de bonne volonté, mais elle eut un bond de recul quand la femme que Chris avait appelée Omaka s'approcha d'elle et fit mine de l'étreindre. Qu'est-ce que ça veut dire ? Qu'est-ce qu'elle veut ?

– Elle veut échanger avec toi le salut traditionnel. Le *hongi*. On presse son nez et son front contre ceux de l'autre, afin de… afin de sentir son haleine. Je… je suis navré, Jane, je… J'aurais peut-être dû te prévenir…

Mais Jane se contrôla ! Approcher les gens de trop près l'avait toujours dégoûtée. Mais, dans la mesure où cela pouvait être utile à ses fins, elle ne refuserait pas de toucher cette femme. Elle se laissa donc approcher. Omaka lui posa la main droite sur l'épaule, l'attira et lui toucha légèrement le nez avec le sien. Jane fut étonnée de constater que l'haleine de la Maorie n'était pas désagréable, dégageant une odeur d'herbes et de plantes.

Ce *hongi* avec la doyenne de la tribu fut suivi des rires et des applaudissements des autres femmes ainsi que de Hare et Kutu. Jane eut ensuite de la peine à se défendre contre la ruée des autres femmes qui, elles aussi, voulaient échanger ce salut avec elle, certainement dans l'intention de constater de quoi la femme blanche avait l'air de près, de sentir le contact de sa peau et de respirer son odeur.

Jane mit fin à la chose en invitant d'un geste les femmes à entrer chez elle.

– Dis-leur que je suis très honorée de leur visite et que je souhaite leur offrir un rafraîchissement, ordonna-t-elle à un Christopher n'en croyant pas ses oreilles.

Elle sortit ensuite des coffres le service de porcelaine de Saxe emporté sur l'insistance de sa mère qui avait prétendu que, même dans le coin de nature le plus sauvage, il se trouverait toujours une lady à qui elle pourrait servir le thé autrement que dans des gobelets de terre. Repensant à cette remarque, Jane faillit éclater de rire : sa mère n'aurait jamais imaginé qu'elle le ferait avec une assemblée de ladies à la peau brune et aux tatouages bleus !

Les Maories gratifièrent la fine porcelaine de *Oh* et de *Ah* admiratifs. Elles se partagèrent les tasses, une pour deux, et avalèrent le café noir d'un air recueilli.

Jane ignorait en effet où Chris avait rangé le thé et dans quelle bouilloire elle pourrait chauffer de l'eau. Elle découvrit en revanche les sucreries que, le cœur lourd, elle distribua avec largesse aux femmes et aux enfants.

Ses efforts pour s'attirer les faveurs des Maories portèrent vite leurs fruits ! De jeunes filles découvrirent les coffres et Jane profita de l'occasion pour les associer au déballage. Elle avait observé lesquelles des jeunes filles touchaient la porcelaine avec précaution et enthousiasme et c'est à elles qu'elle confia le soin de sortir les verres de cristal, de les faire briller et de les ranger dans l'armoire de la cuisine. Deux autres déballèrent avec étonnement les robes et les corsets. Jane s'arma de patience quand elles les exhibèrent devant elles en pouffant. La plupart des femmes avaient la tenue traditionnelle des Maories, jupons et hauts en tissu, tandis que deux d'entre elles, dont Omaka, portaient des vêtements occidentaux délavés. Elles avaient dû les acheter à bas prix à un colporteur revendant les habits usés des colons. Jane se dit qu'elle aurait intérêt à choisir quelques pièces et à les offrir à certaines femmes et qu'il ne serait pas difficile d'en trouver à qui elles iraient. En effet, une silhouette comme la sienne semblait monnaie courante et recherchée chez ces femmes presque toutes râblées.

Certaines jeunes filles se révélèrent adroites quand elle leur eut montré comment on suspendait les robes à des cintres et comment on rangeait le linge dans les tiroirs. L'une d'elles, nommée Reka, y arriva, au bout d'une demi-heure, bien mieux que Mary, à Nelson, n'y était parvenue au bout de six mois. Jane, qui avait quelque peine à différencier les Maories les unes des autres, la distingua grâce au *hei-tiki* qu'elle portait.

En un minimum de temps, les coffres se trouvèrent donc vidés de leur contenu, le tout soigneusement rangé, l'opération s'étant déroulée dans la bonne humeur générale et la gaîté. Jane décida par conséquent de passer au projet numéro deux et sortit avec les femmes par la porte de derrière.

— Et ici, déclara-t-elle avec dignité tout en montrant le terrain devant elle, j'ai l'intention d'aménager un jardin.

Elle avait décidé de parler un anglais correct, pas comme à des enfants, mais à des femmes qui, à son service, devraient s'habituer à sa langue. Les femmes, bien entendu, ne comprirent d'abord pas le moindre mot, mais, Jane leur ayant désigné une bêche et une pioche rangées contre le mur, elles engagèrent entre elles une vive discussion.

Finalement, Omaka, le visage grave, indiqua à Jane, avec force gestes et un flot de paroles, que ce terrain ne convenait pas et qu'un autre, abrité du vent par la maison, serait bien mieux adapté. Jane ne comprit goutte aux explications, mais, comme elle se fichait bien de l'endroit où serait son jardin, elle acquiesça. C'est avec plus d'intérêt qu'elle observa une jeune femme commencer à bêcher. Toujours joyeuses, les femmes se concertèrent pour déterminer où aménager les plates-bandes et ce qu'il convenait de cultiver. Chris, arrivant sur ces entrefaites avec ses deux compagnons, heureux de voir Jane se comporter aussi adroitement, voulut servir d'interprète. Jane, d'un signe, l'arrêta.

— Je m'occuperai des détails plus tard. Mieux vaut régler le plus important. Je voudrais que quelques-unes de ces femmes travaillent pour moi, dit-elle en désignant les filles qu'elle avait remarquées dans la maison ainsi que celle, solidement bâtie, qui montrait du goût pour le jardinage. S'il te plaît, vois donc avec elles si elles sont d'accord et quelle rétribution elles exigent.

— Je ne crois pas que ce soit possible, dit Chris, fort embarrassé. Leur visite… euh… n'était pas une demande d'emploi... c'était juste une visite de courtoisie. Et il ne faudrait pas commettre un faux pas... Je ne connais pas bien les coutumes des Ngai Tahu et surtout pas le rang des femmes qui étaient ici. Il se peut que toutes soient des princesses.

— Tu dis des bêtises, Chris ! Tant de princesses, ça n'existe pas. Et ils ne les laisseraient pas se promener un peu partout comme ça, sans surveillance. Et même si tous les papas de ces dames étaient des rois, voire des vicomtes, elles se feraient un plaisir de manier la pioche ici en échange de vrais vêtements et d'un peu de bimbeloterie. Et, princesses ou non, elles apprendraient qu'on n'obtient rien sans rien.

— Elles le savent déjà. Kutu et Hare travaillent pour moi. Et les Maoris ne désirent pas seulement des habits semblables aux nôtres, ils ont aussi besoin de couvertures, de semences, d'ustensiles de cuisine...

— Ah, tu vois ! Des ustensiles j'en ai à revendre, je ne sais que faire de tout ce que ma mère m'a fait emporter !

Jane fit signe aux femmes de la suivre dans la cuisine et leur déclara, appuyant ses propos d'un geste expressif en direction des trésors qu'elles venaient de l'aider à ranger :

— Vous pouvez avoir la moitié de tout ça ! Mais auparavant, vous devez me montrer comment on prépare ce genre de choses, dit-elle en montrant les patates douces. Je n'en ai encore jamais mangé.

Dès que Christopher eut traduit, trois femmes se précipitèrent dans la cuisine. Jane se tourna alors vers son mari.

— Les semences, nous les commanderons à Nelson ou à Port Victoria si c'est possible. J'en ai besoin pour le jardin. Eh bien maintenant comptes-tu dire à ces filles que je les attends demain pour travailler ?

Chris traduisit à contrecœur, mais déclencha cependant un joyeux babil. Seule Omaka s'exprima sur un ton plus sérieux, tournée vers Jane.

— Elle dit que tu devras parler de ça avec le chef, expliqua Chris à sa femme. Je te précise que je n'ai pas traduit ta question littéralement. Je ne veux à aucun prix blesser quelqu'un. J'ai juste dit que tu vas commander des semences pour ton jardin, que tu la partageras volontiers avec la tribu et que tu as été très heureuse de leur aide et de leur compagnie. Sur quoi Omaka a dit qu'elle aussi était heureuse que tu aies appris quelque chose à ses compagnes et que toutes étaient prêtes à te faire bénéficier de leur savoir. Tu avais failli disposer le jardin à un endroit tout à fait inadapté, privé du soleil du matin, où, de plus, semble résider un esprit quelconque. Je n'ai pas exactement compris. Il ne faut pas mécontenter les esprits, c'est pourquoi il ne faut pas éliminer ce buisson, appelé « koromiko », car sa présence garantit une bonne récolte de patates douces.

— Je respecterai bien sûr cet interdit, répondit Jane qui sourit à Omaka sans laisser voir le fond de sa pensée.

À condition de n'avoir pas à manier elle-même la pioche, il lui était égal que ce buisson fût là ou non.

— Elle est donc d'accord pour une collaboration, mais souhaite que les anciens du village soient d'accord eux aussi. Quant à Reka, dont tu voudrais faire ta femme de chambre – j'ai préféré parler de « fille de la maison » –, sache qu'elle est la sœur d'un *ariki*. Tu vois comme il est facile de mettre les pieds dans le plat. Dans l'île du Nord, il est absolument impossible qu'une parente du chef…

— Si cette jeune fille vient régulièrement ici, répliqua Jane cachant mal son exaspération, je me moque de la manière dont vous appelez cela. Et, en ce qui me concerne, je suis d'accord aussi pour que nous nous présentions au chef. Quand ? Tout de suite ?

— Ce n'est pas si simple…, soupira Chris.

Deux jours plus tard, la tribu accueillait les Fenroy au cours d'un *powhiri* exécuté en bonne et due forme. Jane supporta la cérémonie de deux heures avec autant de déplaisir et de patience qu'elle avait supporté les concerts classiques et les opéras auxquels sa mère l'avait traînée en Europe. Rétive à toute forme d'art ou de religion mais dotée d'un esprit pratique, elle savait quand elle devait s'adapter.

— Vous maintenant membres de la tribu, déclara Tuku dans un mauvais anglais, mais d'un ton cérémonieux. Maintenant, la fête ! conclut-il en débouchant une bouteille de whisky que Christopher avait apportée en guise de cadeau.

Les femmes servirent alors un repas simple, mais savoureux, du poisson grillé et les inévitables patates douces. C'est Reka qui servit Jane, ce que Christopher interpréta comme un signe favorable. Sa femme, prise d'appétit à mesure que la cérémonie se prolongeait, fit honneur à tous les plats. Elle remarqua que le chef qui, pendant le *powhiri*, avait trôné un peu à l'écart, l'observait attentivement.

— C'est Te Haitara, lui souffla Chris, un grand chef et un homme honnête. Il reconnaît même notre droit sur les terres de la ferme, bien que ton père ait passé avec les Ngai Tahu des accords, disons très favorables… pour lui-même.

— Hein ? s'étouffa Jane, tu veux dire que son acquisition n'a pas non plus été légale ?

Elle regretta aussitôt son « non plus ». Chris n'avait pas à connaître les dessous des affaires menées par sa compagnie à Nelson.

— Ne t'énerve donc pas, mais oui, il y a eu ici autant d'irrégularités dans l'achat des terres qu'à Nelson… D'où le tiens-tu, au fait ? Je croyais que la Compagnie tenait la chose secrète. Moi, je l'ai appris par Tuckett. Ici aussi, il aurait pu y avoir de sérieux conflits si ton père avait vendu ces terres à des colons ignorants et prétentieux. J'ai la chance de connaître leur langue, de vouloir entretenir de bonnes relations et avoir des échanges avec la tribu. Les Ngai Tuha y sont également très intéressés. Te Haitara est un homme ouvert.

Chris adressa un signe amical au chef qui, ses armes à la main, avait un air très martial avec ses tatouages et son chignon de guerrier. Pourtant, à l'observer de plus près, on remarquait la finesse des traits, la sensibilité du personnage ainsi qu'une lueur d'espièglerie dans le regard.

— Te Haitara s'efforce d'apprendre notre langue, ajouta Christopher, il sait que de bons contacts avec les colons sont profitables aux deux parties.

Le jeune chef, qui avait compris que Chris et Jane parlaient de lui, vint vers eux, s'inclina devant Jane, puis échangea quelques mots avec Christopher. Une plaisanterie ou une moquerie, car Chris rougit avant que tous deux n'éclatent de rire, puis Chris exprima des remerciements, ce que Jane comprit cette fois.

— Qu'a-t-il dit ? demanda-t-elle.

Contrairement à son intention première, elle était maintenant décidée à apprendre le plus vite possible la langue des indigènes, car elle ne supportait plus d'être dépendante de son mari pour chacune de ses conversations avec eux. Elle se ferait envoyer des livres. La Bible au moins devait avoir été déjà traduite. Mais y trouverait-elle le vocabulaire nécessaire à ses rapports avec des domestiques ?

— Il a dit un certain nombre de choses que je préfère ne pas traduire, dit Chris avec une certaine gêne. Nos amis maoris ont parfois une façon… euh… assez grivoise de s'exprimer. Mais, pour l'essentiel, il a dit…

Kutu, toujours assis à leurs côtés, traduisit avec moins de circonlocutions :

— *Ariki* dire que *pakeha* Chris Fenroy avoir très belle femme.

9

Cat se sentit mal à l'aise quand Mrs Hansen lui annonça, ainsi qu'à Mary, qu'elles devaient se rendre chez Mrs Beit dès qu'elles auraient fait les lits et terminé les travaux matinaux de routine. D'ordinaire, la maîtresse de maison appelait elle-même les bonnes en cas de besoin. Le choix de la voie hiérarchique ne présageait rien de bon. Elle passa donc dans la chambrette des combles qu'elle partageait avec Mary pour mettre un tablier propre et arranger sa coiffe puis se rendit au salon dont Mary sortait précisément, en larmes.

— Qu'est-ce que je vais maintenant devenir, gémit-elle, mais avant que Cat ait pu l'interroger, Mrs Beit ouvrit la porte.

— Cat ? Tu es en retard… Bon, ça ne fait rien, entre, j'ai à te parler.

Sarah Beit donna l'impression à Cat qu'elle n'était pas dans son assiette, elle semblait même avoir les yeux rouges.

— Cat, je ne vais pas tourner autour du pot, dit-elle d'une voix moins sévère qu'à l'ordinaire en dépit de la sécheresse du propos. Eh bien, Miss Jane étant mariée, nous avons l'intention de réduire le train de la maison. Vois-tu, nous avons pour l'heure tant de personnel que vous vous marcherez bientôt sur les pieds.

Cat fronça les sourcils. Elle n'avait jusqu'ici pas eu cette impression. Jane était certes partie, mais elle exigeait beaucoup moins de travail que ses sœurs et son absence ne justifiait en rien la suppression d'un poste. La maison, très vaste et encombrée d'objets, était un véritable nid à poussière et le travail à la cuisine n'avait pas diminué. De surcroît, la jeune femme était partie depuis six mois. Pourquoi Mrs Beit trouvait-elle maintenant que son personnel était sous-employé ?

— Toujours est-il que mon époux et moi-même sommes d'avis que nous avons assez de domestiques avec M. et Mrs Hansen et la cuisinière. Nous n'avons plus besoin de Mary et de toi. C'est pourquoi, malgré le regret que j'en ai, je dois vous donner congé dès aujourd'hui. Quant au reste de votre salaire… eh bien, aujourd'hui nous sommes le 12 mars, je pense qu'il est juste et convenable que je vous paie un tiers de votre salaire mensuel…

— Pour cela il faudrait que nous soyons le 10 mars, ne put s'empêcher de remarquer Cat.

Mrs Beit la fusilla du regard.

— Si tu deviens insolente, ma fille, tu peux aussi partir sans rien ! Je ne suis obligée à rien, surtout avec quelqu'un comme toi…

Cat fut étonnée, car jamais encore les bruits courant sur elle et sa vie chez les Maoris n'avaient été évoqués par ses patrons. Mais Mrs Beit poursuivit :

— Ne t'imagine pas que j'ignore que tu as sans cesse emprunté des livres de la bibliothèque de mon mari ! C'est du moins le mot qu'a employé M. Hansen qui a fait preuve à ton égard d'une patience étonnante. Mais qui sait si tu as véritablement rendu tous les volumes ! Qui sait combien ont atterri chez le prêteur sur gages !

Il n'y avait pas de prêteur sur gages à Nelson, mais Mrs Beit ne laissa pas à Cat le temps d'une objection.

— Dis-moi, si je fouillais dans ta chambre, fillette, n'y trouverais-je pas un ou deux livres de prix ? Qu'en dirait l'officier de police ? Certainement pas que c'est moi qui te dois de l'argent !

Cat, vaincue, baissa la tête. Elle avait effectivement encore un livre dans sa chambre et elle n'était pas sûre que M. Hansen la soutiendrait si sa patronne l'accusait de vol.

— Donc nous voilà d'accord, conclut Mrs Beit d'un ton glacial. Tu peux aller maintenant. J'ai autorisé Mary à rester jusqu'à demain, dans ton cas, en revanche… je ne veux plus te voir, Cat. Rapporte le livre et disparais.

Du tiers de la paie mensuelle il n'était plus question. Cat regretta amèrement de n'avoir su tenir sa langue, alors qu'elle avait appris à se taire chez les Beit et à laisser glisser sur elle les reproches injustifiés. Mais ce renvoi avait été une telle surprise ! En fait, si Mary pouvait toujours trouver un refuge provisoire chez ses parents, elle, Cat, était à la rue. Et personne, à Nelson, ne voudrait l'héberger. Christopher était parti depuis six mois dans le lointain Canterbury. Wakefield peut-être… ? Elle le trouverait dans tous les cas à la mairie. En sortant du salon, elle tomba en arrêt sur la une du *Nelson Examiner* et son gros titre :

LA FAILLITE MENACE LA NEW
ZEALAND COMPANY !

Voilà qui expliquait tout, y compris les larmes dans les yeux de Mrs Beit. Les quelques pence dont elle avait spolié ses bonnes suffiraient-ils à sauver la famille du désastre ? Mais Cat avait d'autres soucis en montant pour la dernière fois dans sa chambre. Wakefield risquait d'être bientôt remplacé dans ses fonctions et n'aurait que faire d'une interprète. Il restait Tuckett, un homme raisonnable d'après Christopher, qui était maintenant le représentant du gouvernement à Nelson dans les négociations avec les Maoris. Mais, pour l'heure, il séjournait sur l'île du Nord.

Retourner chez les Ngati Toa était impossible après son bannissement. Peut-être chez les Ngai Tahu ? Ils passaient pour des gens pacifiques et ils négociaient la vente de terres aux *pakehas* dans les Plains, et plus loin encore dans le sud. Elle pourrait alors servir d'interprète. Soupirant, elle empaqueta ses affaires, notamment sa tenue maorie, dans un balluchon. Les seuls vêtements convenant à la vie à Nelson étaient ceux qu'elle avait achetés chez les Partridge, en compagnie de Chris. Une fois la robe revêtue, elle revit la manière dont il l'avait regardée ce soir-là, habillée en *pakeha*. Elle lui avait plu et il l'avait complimentée. Ils avaient parlé et même un peu ri ensemble dans le Nelson nocturne. Parlait-il et riait-il avec Jane maintenant ?

Elle chassa cette idée avec énergie et, le balluchon sur l'épaule, elle sortit de la chambre. Elle n'avait pour ainsi dire pas d'économies, ayant dépensé beaucoup pour l'achat de bougies, car elle lisait jusque tard dans la nuit, ainsi que celui d'un dictionnaire anglais-allemand et de cahiers et de crayons afin d'apprendre à écrire. Elle avait su que la Bible était en cours de traduction en maori et avait entrevu des perspectives d'avenir. Pour l'heure, en tout cas, elle n'avait plus que quelques pence dans sa bourse, c'est-à-dire trop peu pour louer une chambre dans une pension pour la nuit et encore moins pour se rendre à Kaikoura où, à sa connaissance, se trouvait le village Ngai Tahu le plus proche.

— Cat, attends un peu, tu n'avais tout de même pas l'intention de partir sans nous dire au revoir !

Cat, bouleversée par ce coup du sort, avait effectivement oublié de prendre congé des domestiques, et c'est Margaret Hansen qui l'interpellait alors qu'elle allait franchir la porte de la maison. Elle se retourna.

— Non… non, bien sûr que non, s'excusa-t-elle… j'étais simplement tourneboulée.

Mrs Hansen l'entraîna dans la cuisine en souriant.

— Tu aurais dû voir Mary, la pauvre enfant. Elle n'arrive pas à y croire, elle est encore en haut en train de ranger les chambres. Elle pense qu'elle a peut-être fait quelque chose de mal et que Mrs Beit se ravisera.

— Non ! Je viens de lire le titre du journal, dit Cat en buvant une gorgée du chocolat chaud offert par la cuisinière. Les Beit sont tout simplement fauchés…

— Nous ne saurions parler comme ça de nos maîtres, mais tu as toujours été une fille intelligente. Il est possible, en effet, que M. Beit et sa famille retournent bientôt en Australie. Ils en parlaient du moins hier… Mais que vas-tu faire maintenant, Cat ? Mary va bien finir par trouver quelque chose, mais toi… ?

Cat évoqua alors son idée des Ngai Tahu. La cuisinière et Mrs Hansen réagirent bien entendu avec consternation à son projet de retourner chez les « sauvages ».

— Ma foi, c'est peut-être quand même la meilleure chose, finit par dire Mrs Hansen, hésitante. Les gens d'ici sont furieux depuis que le gouverneur s'est pratiquement excusé auprès des Maoris.

Le gouverneur Robert FitzRoy avait déclaré, fin février, que les responsables des incidents de Wairau étaient Thompson et Wakefield en raison de leurs agissements illégaux et de leur équipée stupide. Les reproches adressés aux Maoris étaient bien moindres. Quand il avait adressé aux chefs ses regrets pour la mort de Te Ronga, la colère avait encore monté d'un cran. Les colons accusaient le gouverneur d'être un traître et un lâche.

— Ils crient contre les Maoris sur le marché et dans les rues, veulent se venger, compléta la cuisinière. Mrs Hansen a raison, Cat, tu devras te méfier, en ville.

— Comment est-ce que je peux alors quitter la ville au plus vite ? demanda Cat, accablée. Je peux bien sûr partir à pied, mais si quelqu'un m'emmenait en direction du sud, ce serait plus simple.

— Effectivement, acquiesça Mrs Hansen. J'irais quand même voir Mrs Robins. Oui, je sais que c'est une commère et que c'est elle qui a provoqué ce désastre à ton propos. Justement, elle te doit bien ça !

Cat trouva que le conseil n'était pas sot. C'était en tout cas mieux que d'aller au port chercher un bateau. Personne ne la prendrait à bord et ne l'emmènerait dans le sud sans réclamer d'elle ce qu'elle n'était pas disposée à accorder.

— Peut-être se trouvera-t-il même quelqu'un qui sera heureux que tu l'accompagnes, suggéra Mrs Hansen, optimiste. Les colons ne sont pas très rassurés quand ils doivent traverser les territoires des Maoris. Avoir quelqu'un qui parle la langue des indigènes leur donnerait du courage.

La cuisinière fit un petit paquet de nourriture qu'elle donna à la jeune femme et elle l'embrassa en reniflant.

— Que Dieu soit avec toi, petite ! Et réfléchis bien avant d'aller chez les sauvages ! Il doit bien y avoir quelque part une autre ville… d'autres gens.

— Les gens, dit Cat avant de partir, sont partout les mêmes.

Cat marchait dans la rue, tête baissée, espérant ne pas être remarquée. Plus tard elle regretterait de ne pas avoir mis la coiffe de son uniforme de bonne, les femmes et les jeunes filles de Nelson portant des coiffures analogues. Cela lui aurait peut-être permis de passer plus inaperçue, bien qu'en Nouvelle-Zélande où il y avait à l'époque beaucoup plus d'hommes que de femmes, et dans une petite ville comme Nelson, où chacun se connaissait, il fût difficile à une jeune femme déambulant seule dans les rues de ne pas l'être. Elle remarqua vite qu'on la suivait du regard. Elle n'avait pas peur des marins, chasseurs de baleines ou de phoques de passage à Nelson, qui ignoraient tout d'elle, mais craignait bien davantage les femmes qui allaient aussitôt se répandre en bavardages, voire s'ameuter et devenir dangereuses. Après ce qu'elle avait connu chez les Maoris et les mises en garde de la cuisinière, elle redoutait le pire.

Par chance, le quartier de Mrs Robins n'avait que peu de magasins, si bien qu'aux alentours de midi il n'y avait pas grand monde dehors. Cat pensait être arrivée à bon port quand trois hommes vinrent à sa rencontre. Bien que jeunes encore, ils avaient l'air de voyous et semblaient éméchés. L'apercevant, ils ne la quittèrent pas des yeux jusqu'au moment où Cat reconnut l'un d'eux, Jamie, le domestique des Beit, qui vacillait sur ses jambes. S'il avait bu, Cat pouvait s'imaginer pourquoi. Lui aussi avait donc été licencié ! Il la reconnut à son tour, une lueur dans ses yeux n'annonçant rien de bon. Les trois lui barrèrent le chemin.

— Mais qui vois-je là ? grinça Jamie. Dites, les gars, vous voulez que je vous la présente ? La cannibale… je vous ai bien déjà dit qu'il y avait avec nous, chez les Beit, la garce qui fréquentait les sauvages.

Le plus grand de la bande, plus à jeun que ses compagnons, lui lança un regard de convoitise.

— Moi aussi, je voudrais bien en goûter un morceau ! rigola-t-il. Dis donc, petite, tu voudrais pas essayer de voir ce que ça fait quand on vous dévore à belles dents ?

— Ce serait dommage de la bouffer ! dit l'autre, plus petit et plus nerveux, l'air sournois. J'ai entendu dire, en tout cas, qu'elles n'étaient pas prudes, les petites chattes maories…

— Oui, oui, c'est comme ça qu'elle s'appelle, s'écria Jamie, aussi excité que si son copain venait de découvrir un secret. Cat… eh bien… eh bien on va voir si elle est en chaleur.

Les hommes s'approchèrent. Elle se demanda si elle avait le temps de sortir le couteau de son balluchon, mais elle était trop près d'eux. Sa seule chance était de s'enfuir, peut-être trouverait-elle où se dissimuler.

Elle retroussa sa jupe, prit ses jambes à son cou et fonça entre Jamie et le grand type pris au dépourvu. Le temps que les hommes se retournent sur leurs jambes flageolantes, elle avait déjà une bonne avance. Peut-être allaient-ils abandonner la partie ? Espoir vite déçu car elle entendit leurs pas derrière elle. Ils semblaient avoir de lourdes bottes aux pieds. Cat, elle, portait des chaussures légères…

Elle tourna le coin d'une maison, hésitant à s'engager dans une ruelle ou à rechercher un quartier plus animé. Elle contourna une nouvelle fois une maison, changeant de rue. Elle tomba alors sur une charrette attelée à des chevaux qui barrait presque complètement le passage…

10

Ida attendait patiemment car Ottfried avait voulu, au dernier moment, régler un problème avant de se mettre en route pour Sankt Pauli par les longues routes à peine carrossables. Ils auraient dû partir tôt le matin, ayant déjà chargé la charrette et préparé des provisions, mais il avait alors ordonné à sa femme de l'attendre quelques rues derrière chez Mrs Robins. Ida n'avait pas d'illusions quant au problème : il devait y avoir un pub dans les parages et Ottfried allait transformer ce qui restait de l'argent de leurs courses en « provisions personnelles de céréales », comme il aimait appeler le whisky qu'il buvait désormais ouvertement devant elle.

— On ne peut pas interdire ça à quelqu'un qui a travaillé dur. Et c'est fait avec du blé, comme le pain, avec du seigle et de l'orge… on pourra bientôt en fabriquer nous-mêmes quand nous en récolterons.

Ida se gardait de tout commentaire sur l'accueil que réserveraient à ce projet les doyens de leur paroisse, notamment leurs deux pères. Elle avait découvert depuis un certain temps que le whisky, s'il rendait Ottfried plus brutal encore quand il lui « témoignait son amour », raccourcissait l'exercice. Son mari s'endormait plus vite et plus profondément. Elle pouvait alors échapper à son étreinte et même, quand il était vraiment ivre, installer sa propre couche par terre. Sitôt qu'ils auraient emménagé dans leur nouveau foyer, ce serait chose plus commode encore. La maison, sur le point d'être terminée, serait dotée d'une étable où de la paille serait entreposée. Elle espérait pouvoir s'y ménager une couche et prétendre, au petit matin, qu'elle était allée traire. Elle espérait donc qu'il avait mis une bonne somme de côté… Mais son absence prolongée l'inquiétait. Le pub ne pouvait être si loin que ça ! Il avait dû rencontrer des gens qu'il connaissait et s'attarder à boire quelques verres. Pourvu qu'il ne revienne pas saoul ! Leur chemin serait assez malaisé et ils ignoraient quelle serait la réaction des chevaux qu'ils venaient d'acheter… Et ils devaient encore passer prendre les vaches. Pourvu, aussi, qu'elles aient l'habitude d'être attachées à une charrette !

Pourtant, tout avait bien marché jusque-là. Ses achats chez Mrs Partridge avaient été un véritable plaisir. C'était Stine Krause qui l'avait servie et conseillée. Elle était au courant de ce dont on manquait dans la Schachtstal ! De plus, les Partridge leur avaient consenti de bons prix, si bien qu'elle rapportait des trésors de tissus et d'articles ménagers et, dans deux gros paniers, une portée de chatons et quatre chiots. Si seulement Ottfried revenait !

Elle respira en entendant des pas dans une ruelle latérale. Ce devait être lui. D'un autre côté, elle eut l'impression que quelqu'un courait. Il ne devait pourtant pas être si pressé…

Cat dut prendre une décision en une fraction de seconde. Faire demi-tour était impossible, de même que se faufiler derrière le véhicule, les hommes l'auraient rattrapée avant qu'elle n'y arrive. Ah, mais… quelqu'un était assis sur le siège du conducteur ! Elle pouvait lui demander de l'aide. Au lieu de l'homme qu'elle s'attendait à voir, elle découvrit une femme à l'allure sévère, vêtue d'une robe bleu sombre toute simple, ses cheveux noirs cachés sous une coiffe amidonnée, assise les jambes serrées sur le banc étroit. Elle paraissait inquiète. Certainement la femme d'un colon ne venant que rarement en ville. Elle avait tout d'une paysanne. L'aiderait-elle ? Rien de moins sûr, mais Cat n'avait plus le choix. Elle bondit sur le siège.

— Démarrez ! Je vous en prie ! On me poursuit ! Je vous expliquerai…

— Quoi ? dit Ida, qui avait vu arriver la jeune fille, mais elle n'avait pas réussi à comprendre ses mots hachés, en anglais, langue qu'elle n'avait plus parlée depuis de si longs mois. Comment ?

— Démarrez ! répéta Ida en allemand.

Ida aperçut alors les hommes passer le coin de la maison.

— Elle est là ! crièrent les jeunes types en montrant Cat sur le siège.

Ida comprit aussitôt que la jeune femme était en difficulté. Elle hésita un bref instant. Ottfried serait-il content si elle partait maintenant sans autre forme de procès ? Ces hommes avaient peut-être une raison de poursuivre cette jeune femme blonde. Aurait-elle volé quelque chose ou… ?

— Allez, dépêchez-vous !

Ida obéit à son instinct. Ces hommes n'avaient pas l'air de policiers ou de commerçants floués. Menaçants et avinés plutôt, le regard lubrique. Elle fit claquer les rênes sur la croupe des chevaux. Habituée aux attelages du Mecklembourg, elle fut surprise par la réaction rapide des chevaux, qui bondirent et se mirent au trot, écrasant presque au passage les trois hommes, qui n'eurent d'autre ressource que de se coller contre le mur de la maison. Passant à leur hauteur, Ida vit de plus près leurs visages trempés de sueur et déformés par la fureur, la dureté de leurs yeux. Décidément, elle avait pris la bonne décision !

Au bout d'un moment, pensant avoir laissé les hommes loin derrière elles, Ida, craignant que les chevaux n'adoptent une allure plus rapide encore, entreprit de les calmer. Ils lui obéirent et finirent par se mettre au pas.

– Il s'en est fallu de peu, dit Cat. Vous m'avez sauvée. Merci infiniment. Je me demande si j'aurais réussi à leur échapper…

– Qu'est-ce qu'ils te voulaient ? demanda Ida, surprise de la faculté de la jeune femme à passer de l'anglais à l'allemand.

– Qu'est-ce que peuvent bien vouloir des hommes ivres et mal intentionnés d'une femme seule qu'ils rencontrent dans une rue déserte ? Surtout quand ils pensent avoir affaire à une femme légère…

Ida hésita. Elle avait vu les hommes de près et comprenait les craintes de la jeune femme, mais quand même ! Ces hommes voulaient lui faire dans la rue, en plein jour, ce qu'Ottfried lui faisait dans le noir ?

– Je me demande, murmura-t-elle, je comprends bien, mais… ici, en pleine rue… ?

– Ils auraient bien trouvé une grange ou une haie derrière laquelle personne n'aurait rien vu… Et si quelqu'un les avait tout de même surpris… vu la manière dont les gens parlent de moi, il aurait applaudi.

– Que disent-ils donc de toi ? Je… je ne suis pas d'ici… et je ne parle pas anglais. Enfin, très mal… Je suis du village de Sankt Pauli, en as-tu entendu parler ?

Cat acquiesça car, chez les Beit, il était souvent question des colons allemands.

– D'où viens-tu ? demanda Ida, qui conduisait maintenant l'attelage le long du fleuve, désirant revenir dans la rue derrière la pension, mais soucieuse au préalable de s'assurer que les hommes n'y étaient plus.

— De Wairau.

— Là où a eu lieu le massacre ? Mais il n'y a pas de colons là-bas. Juste… juste des sauvages.

— Des Maoris. Des gens comme toi et moi, répondit Cat, tutoyant à son tour la femme qui, de près, lui parut plus jeune qu'elle ne l'avait d'abord pensé en raison de sa tenue sévère.

— Je ne sais rien sur eux, avoua Ida en rougissant. C'est juste que… tout le monde a peur d'eux, il paraît qu'ils massacrent les gens…

— J'ai vécu avec eux, répondit Cat, résolue à livrer son secret. Te Ronga, la femme qui a été tuée par les Blancs, était ma mère adoptive. L'être le plus généreux qui soit au monde ! Bien sûr, Te Rauparaha a eu tort de faire tuer les *pakehas*. Mais Te Ronga était sa fille. Que dirait ton père si on t'assassinait ?

Pendant que l'attelage effectuait le tour de Nelson, Cat raconta son histoire.

— Au fait, comment t'appelles-tu ? finit par demander Ida. Moi, c'est Ida Brandmann.

— Cat !

— Le chat, traduisit Ida.

— Poti, en maori. Mais que fais-tu seule à Nelson ?

— Je ne suis pas seule. J'attendais mon mari et je dois revenir là-bas car si Ottfried s'aperçoit que je suis partie avec la charrette, il se mettra en colère.

Cat constata qu'Ida se raidissait et semblait angoissée quand elle évoquait son mari. Elle comprit pourquoi en le découvrant dans la rue derrière la pension de Mrs Robins. Rouge de colère, les yeux vitreux, il était grand, sensiblement du même âge qu'Ida, mais avec déjà de l'embonpoint et un début de calvitie. En vieillissant, il deviendrait certainement lourd et maladroit. Il portait un sac en papier rempli de bouteilles. Ida arrêta la charrette à côté de lui.

— Où étais-tu ? aboya-t-il. Tu devais attendre ici. Mais qu'est-ce qui te prend de faire comme ça un tour, ou bien avais-tu autre chose en tête ? Un peu de commérages avec ton amie Stine ? Ou avec d'autres bonnes femmes qui ont entraîné leurs maris hors de la paroisse ? Des racontars à propos d'une légère crue ?

Ida, sous son regard, parut se ratatiner. Il aperçut enfin Cat… et n'en crut pas ses yeux ! Éméché comme il l'était, il devait être victime d'un mirage. Incrédule, il détailla du regard les cheveux blonds défaits, le visage très pâle maintenant après le long enfermement chez les Beit, les yeux noisette… avant de s'attarder sur ses formes féminines, ses seins, sa taille mince…

— Je… je te connais, murmura-t-il, hésitant. Tu es… je t'ai déjà vue, tu…

— Mon mari était à Wairau, expliqua Ida. Avec… avec la délégation du capitaine Wakefield. Mais il n'a pas tiré. Il ne sait pas tirer, il…

— Qu'est-ce que tu racontes, Ida ? Bien sûr que je sais tirer, mais je ne l'ai pas fait, bien sûr, s'empressa-t-il d'ajouter en voyant les regards suspicieux que lui lançaient les deux femmes. Puis, se souvenant soudain : Toi aussi, tu étais à Wairau ! Chez les Maoris. Du côté des sauvages. Et tu parlais sans arrêt.

— Je traduisais ! Toi, en revanche, je ne t'ai pas vu. Tu n'avais sans doute pas un poste important.

Sans relever l'ironie de la remarque, Ottfried sourit, retrouvant de l'assurance.

— Tiens, tiens ! Tu es donc la petite cannibale dont tout le monde parle. Et tu sais même l'allemand comme tout chrétien convenable.

— Ottfried, les Anglais sont aussi des chrétiens, objecta Ida. Ne fais pas sans arrêt comme si… comme si les autres n'étaient pas des êtres humains.

— Ma foi, pour ce qui est des sauvages qui taillent en pièces leurs semblables et puis les mangent… ce sont plutôt des animaux, dit Ottfried en se rapprochant du siège, et Cat sentit Ida se raidir. Quant à ta petite commère, elle a vaillamment participé au massacre…

— C'est faux, dit Cat avec calme. Mais essayer d'expliquer quelque chose ne sert à rien. Je vais descendre, Ida, et encore une fois merci de ton aide. Je vais tenter de sortir de la ville avant de me faire à nouveau attaquer.

— Cat cherche un emploi, intervint Ida. Elle a travaillé chez les Beit, mais ils licencient leurs employés. Leur compagnie ne se porte pas bien du tout…

— Je viens d'en entendre parler, grogna Ottfried. Le vieux Beit va devoir redescendre de son piédestal. Heureusement que nous avons nos terres. Si nous avions attendu, il se peut bien que nous n'aurions rien eu.

Il s'était placé devant Cat, ne la quittant pas des yeux, lui barrant la route.

— Et à quoi pense notre petite Maorie question travail ? Dans un pub peut-être ? Les filles des sauvages s'y connaissent, paraît-il, en la matière…

Il leva la main comme pour la toucher, mais il n'insista pas quand elle l'eut fusillé du regard.

— Peut-être, répondit Cat avec insolence, mais… n'oubliez pas qu'ensuite nous bouffons les bonshommes. Nous ne sommes pas les bienvenues dans les bordels car ça réduit la clientèle.

— Diable, un chat sauvage, dit en riant Ottfried. Alors que nous n'avons besoin que de gentils chasseurs de rats à Sankt Pauli… Crois-tu, Ida, qu'on pourra l'apprivoiser ? demanda-t-il en se léchant les babines.

Cat n'avait qu'une envie, partir, mais elle fut terrifiée à la vue des trois hommes sortant en titubant d'une ruelle latérale derrière la charrette. Ils avaient dû se consoler dans un pub proche. Et voilà qu'elle leur retombait dans les bras !

Ne les ayant pas encore aperçus, Ida regardait tour à tour Cat et son mari avec un air d'espoir, encouragée par les propos de ce dernier. Ne comprenait-elle donc pas ce qui se passait entre elle et Ottfried ? se demanda Cat. Ne voyait-elle pas que celui-ci la traitait comme une proie sans défense ? C'est alors qu'Ida dit quelque chose qui stupéfia Cat :

— Moi aussi, je me suis dit que nous pourrions emmener Cat à Sankt Pauli. Ce… ce serait notre devoir de chrétien. Ici, elle n'est pas en sécurité. Et retourner chez les Maoris… chez les païens… ce serait sans doute pour elle perdre tout espoir de salut.

Ida en effet avait imaginé un peu plus tôt amener les anciens de la paroisse à accepter d'accueillir la jeune femme. Certes elle avait aussi pensé au salut de son âme, mais elle s'était surtout représenté combien il serait agréable d'avoir une compagne de son âge, parlant anglais de surcroît. Elsbeth et elle pourraient, en cachette, poursuivre leur apprentissage de la langue étrangère. Elle surtout… Cat lui rappelait Elsbeth. Les cheveux blonds bien sûr, mais aussi la même fierté, la même obstination. Cat, elle le sentait, leur donnerait à toutes deux du courage.

Ottfried éclata de rire.

— Si elle connaîtra le salut ? Il paraît que Dieu et les anges le prédéterminent… A-t-elle d'ailleurs déjà été baptisée ? Mais ma foi, nous aurons peut-être besoin d'une servante.

Cat réfléchit à toute allure. Pour l'instant la carrure massive d'Ottfried la dissimulait aux yeux des trois hommes, mais ils allaient bientôt la découvrir. Quelle serait l'attitude d'Ottfried ? La livrerait-il ? Certes, il la regardait avec autant de convoitise qu'eux, mais accepterait-il pour autant de se battre pour elle ?

— Une servante ? Ce serait merveilleux, dit Ida. Bien que… Père trouverait ça sans doute prétentieux de notre part. Inconvenant… Nous n'avons même pas encore de bétail. Et pas encore mis toutes nos terres en culture. Nous ne pourrions pas non plus vraiment la payer…

Ce qui n'était pas vrai, Ottfried gagnant bien sa vie comme charpentier.

— Nous avons maintenant une vache… objecta Ottfried, et je n'arrive pas à cultiver tous nos champs tellement j'ai du travail dans la construction. Et puis tu ne vas pas tarder à être enceinte…

Ida rougit. Elle savait qu'on s'étonnait, au village, qu'elle ne le soit pas encore en dépit des efforts d'Ottfried. Elle avait eu deux fois déjà des espérances, mais avait beaucoup saigné au bout de quelques jours de retard. C'était peut-être dû aux lourds travaux qu'elle devait exécuter. Elle était aussi tombée, lors de la dernière inondation.

— Elle est là, la putain nègre, les gars, elle est là. Je vous l'avais bien dit qu'il fallait revenir voir si l'autre bonne femme ramènerait la charrette.

Cat entendit le cri de triomphe du plus grand des trois et elle les vit qui, se poussant du coude et riant d'avance, se mirent à courir. Elle ne pouvait leur échapper. Elle tendit la main vers Ottfried.

— Je serai une bonne servante ! lui déclara-t-elle.

Ottfried topa et se tourna vers les hommes. Ida passa un bras protecteur autour des épaules de Cat.

— Qu'est-ce que tu veux faire de la fille ? balbutia Jamie d'un ton provocateur. On l'a vue avant toi ! Elle est à nous !

Ottfried ne comprit pas grand-chose à l'anglais hésitant de l'ivrogne, mais il se planta avec énergie devant la charrette que les hommes s'apprêtaient à escalader.

— Foutez le camp, hurla-t-il, ne touchez pas à ma femme ni à ma servante !

Ida cria de peur en le voyant sortir de sous le siège un fusil ! Elle ignorait qu'il en avait un. Cat prit une longue aspiration : les hommes de Wakefield en avaient quasiment tous. Ida se rappela qu'Ottfried avait lui aussi affronté les Maoris une arme à la main. Et qu'un des hommes avait tué la fille du chef d'un coup de feu…

Les trois ivrognes, sous la menace de l'arme, reculèrent. Ils se seraient certainement risqués à une rixe, mais, ayant affaire à un homme armé…

— C'est bon, c'est bon… garde-la. Mais fais gaffe ! C'est une sorcière ! Comment elle nous a échappé, c'est pas catholique !

Cat eut envie de rire. Elle avait donc blessé leur fierté de mâles en leur échappant. On allait désormais la suspecter de magie. Magie noire, bien sûr… Il lui fallait quitter Nelson au plus vite. Même si Ottfried lui paraissait plus que louche !

LES VOIES DU SEIGNEUR…

Village de Sankt Pauli, Nelson

1844

1

– Les voies du Seigneur sont impénétrables, énonça le pasteur Wohlers en jetant sur Cat et son corps attirant un regard qu'il aurait été difficile de qualifier de paternel. Aussi, remercions Dieu d'avoir conduit à nous cette enfant égarée qui a échappé aux griffes des païens.

Cat, honteuse, baissait la tête. En réalité, elle avait moins échappé aux griffes des païens qu'à la populace de Nelson. Et le fait d'être ici, au milieu des membres de la paroisse de Sankt Pauli, attendant que d'autres décident de son sort, éveillait en elle des souvenirs désagréables. D'autant que les villageois ne la regardaient guère plus amicalement que les membres de la tribu des Ngati Toa après la mort de Te Ronga.

Cat s'était crue en relative sécurité quand Ida et Ottfried l'avaient emmenée avec eux, mais voilà qu'elle se retrouvait de nouveau exposée à subir un examen. Devant des juges rébarbatifs.

Ils avaient atteint la colonie après deux jours d'un voyage exténuant, la charrette s'étant embourbée à diverses reprises, puis des arbres renversés les ayant contraints à les enlever en recourant aux chevaux, préalablement dételés. Ils avaient enfin gravi la colline surplombant la colonie, d'où ils avaient découvert le paisible paysage de la vallée fluviale où se dressaient déjà quelques maisons de bois, d'apparence massive, entourées de jardins et de champs. On distinguait même une église en construction. Ces gens avaient vraiment travaillé dur, ces derniers mois. Pourtant, se demanda Cat, comment peuvent-ils ignorer que ces terres sont inondables ? Elle se rappela avoir entendu Te Ronga reprocher à son père d'avoir vendu ces terres aux *pakehas*.

— Tu n'as pas le droit de les vendre, elles appartiennent aux esprits du fleuve…

— Les esprits du fleuve sauront faire valoir leurs droits, avait-il répondu en riant.

Elle se trouva confirmée dans ses pressentiments. Ida lui avait parlé des deux inondations, Ottfried minimisant les dégâts tels que les décrivait sa femme. Maintenant, grâce à cette vue surplombante, elle pouvait s'imaginer à quoi ressemblait la vallée après de fortes pluies. Jamais elle n'aurait supposé que les Allemands s'installeraient aussi près du fleuve. Si seulement, imitant les constructeurs de la mission, ils avaient bâti leurs maisons sur les hauteurs !

Mais ils étaient entêtés et sûrs d'eux-mêmes. Même leur apparence était sinistre. Toutes les femmes étaient vêtues de noir comme Ida, boutonnées jusqu'au cou et les hommes, tels les patriarches de la Bible, étaient barbus, l'air sérieux et sévère.

— Pas si vite, monsieur le pasteur, objecta aussitôt l'un d'eux, un homme grand et massif, aux yeux gris, offrant une vague ressemblance avec Ida. On est loin d'avoir décidé si cette jeune femme peut rester ! Une fille si jeune, seule et sans mari, va éveiller des désirs dans notre paroisse. D'autant que mon gendre a laissé entendre que cette jeune femme ne jouissait pas de la meilleure des réputations à Nelson. Ce qui n'a rien d'étonnant pour quelqu'un qui a grandi chez les sauvages. Où aurait-elle pu apprendre le sens de l'honneur ?

Cat sentit la colère monter en elle.

— En tout cas, il faudrait la marier au plus vite, renchérit un autre notable du village, que quelqu'un avait appelé Brandmann et dont la ressemblance avec Ottfried était indéniable.

Dans quelques années celui-ci serait aussi chauve et bouffi que son père… Qu'est-ce qui avait poussé la si jolie Ida à épouser cet homme ?

— Il ne me vient pour l'instant à l'esprit aucun célibataire qui convienne, continua l'homme. D'autant qu'il faudrait aussi prendre en compte la vertu du jeune homme, qui serait certainement mieux loti avec une jeune fille bien élevée, de la même croyance que lui.

Les jeunes hommes de la paroisse ne parurent pas partager cet avis. Loin de s'attarder sur l'une des corneilles noires de la paroisse, leurs regards étaient tournés vers elle. L'idée qu'elle serait bientôt disponible sur le marché matrimonial excitait visiblement leur imagination et leur convoitise.

— Es-tu seulement baptisée, jeune fille ? demanda Lange, revenant à la charge. Et dans quelle religion ? Ton nom est si étrange. Comment peut-on s'appeler Cat ?

— Elle s'appelle Katharina !

Cat, ébahie, regarda le groupe compact des femmes, dont certaines se protégeaient de la pluie sous des bâches qu'elles tenaient au-dessus d'elles. Elles auraient certainement préféré rester chez elles que patauger dans la boue sur la place du hameau. Une raison de plus pour qu'elles jettent des regards hostiles à cette intruse qui attirait les regards de leurs maris. Cette intervention fit sensation, les femmes n'ayant pas droit à la parole dans ce genre de conseil. Tous, hommes et femmes, avaient les yeux fixés sur Ida qui était sortie du groupe et se trouvait à quelques pas de Cat, rouge de confusion et baissant la tête. Un murmure désapprobateur monta des rangs des hommes et des femmes.

Ida se força à poursuivre.

— Et elle… elle est bien sûr baptisée, sa… sa première mère adoptive était luthérienne…

Cat fronça les sourcils. Tout cela était largement imaginaire. Elle n'avait que brièvement évoqué Linda Hempleman quand elle s'était confiée à Ida, sans préciser son appartenance religieuse. Elle ne savait si elle devait éprouver de la colère ou de la reconnaissance. Elle-même n'aurait pas menti à propos de ses origines, mais Ida était sans doute bien intentionnée.

— Mais qu'est-ce qui te prend, Ida, de te mêler ainsi de cette affaire ? Les femmes n'ont pas la parole, dans cette paroisse.

Sous la réprimande de son père, elle hésita. Mais elle reçut un appui inattendu.

— Non, frère Lange ! Laissez-la parler, dit le pasteur Wohlers d'une voix douce. Puisque la jeune fille elle-même ne dit pas un mot, tant nous l'avons intimidée. Dites-nous donc, Frau Ida, ce que Katharina vous a confié.

— Elle… elle ne sait pas si ces Allemands…, commença Ida, s'excusant d'un regard en direction de Cat, ils s'appelaient… comment s'appelaient-ils déjà ?

— Hempelmann, souffla Cat, se sentant obligée de soutenir la version d'Ida, au risque sinon de valoir à celle-ci de terribles conséquences.

— Que cette Hempelmann ait été vieille-luthérienne ou réformée, toujours est-il qu'elle a prié avec Katharina, reprit Ida, encouragée par ce soutien implicite. Katharina lui lisait la Bible et ne s'est jamais livrée aux rituels païens des sauvages. Elle m'a dit qu'elle refusait de participer à leurs prières.

Cat serra les poings. À entendre Ida, on pouvait penser qu'elle n'aurait pas respecté les croyances de Te Ronga ! Ce n'était pas vrai ! Mais un regard sur les pasteurs et les anciens de la paroisse la convainquit qu'Ida avait visé juste : les premiers rayonnaient ; les autres opinaient, sans enthousiasme à vrai dire.

— Bien sûr, Katharina aura encore besoin d'une direction spirituelle. Il… il serait bien qu'elle soit accueillie dans une famille qui pourrait assumer cette mission, proposa Ida, levant les yeux vers son père.

Proposition qui lui coûtait car elle aurait aimé avoir une amie auprès d'elle. Mais, ayant constaté à son retour combien Elsbeth était à la peine, elle avait estimé que sa sœur avait plus besoin d'aide qu'elle. De surcroît, elle n'avait pas manqué de voir, même si elle ne se l'avouait pas, que son mari dévorait Cat des yeux, et elle avait entendu ses plaisanteries plus ou moins grivoises. Mieux valait éloigner la jeune fille d'Ottfried.

— Exactement !

L'interjection de ce dernier fit sursauter Ida et Cat.

— Cette jeune femme doit être ramenée, avec l'aide de Dieu, sur le chemin de la vertu que lui ont fait quitter les sauvages. Cette tâche exige des sacrifices, mais ma femme et moi avons pris la décision, difficile, d'accueillir Katharina et de veiller au salut de son âme. Un dur travail dans notre ferme et l'aide spirituelle de ma vertueuse épouse sous ma stricte surveillance lui permettront de retrouver le droit chemin. Demain, ma femme et moi emménageons dans notre nouvelle maison. Il sera possible d'aménager un coin, dans l'étable attenante, où pourrait loger une servante, si nos anciens le permettent.

— Mais… je croyais que… voulut objecter Ida sous le regard d'incompréhension d'Elsbeth, qui attendait l'aide de Cat avec joie.

— Une offre généreuse, loua le pasteur Wohlers. Au vrai sens chrétien du terme. Je voudrais maintenant en appeler aux anciens afin qu'ils l'acceptent. Où irait sinon cette jeune femme si vous la bannissiez ? À quels dangers l'exposerions-nous dans cette nature sauvage ?

Cat se serait sans peine imaginé s'enfuir dans la « nature sauvage » qui était pour elle sans danger. Certes, pour gagner le territoire des Ngai Tahu, il lui faudrait traverser celui des Ngati Toa et elle devrait donc, pendant plusieurs jours, s'abstenir de faire du feu et marcher de préférence la nuit. Perspective désagréable et non dénuée de tout risque, mais en tout cas moins détestable que celle d'une existence sous la « surveillance » de cet Ottfried dont l'intervention mielleuse l'avait rendu plus antipathique encore.

Pourtant, un bref regard sur Ida la détourna de ses projets de fuite. Elle paraissait soucieuse, voire angoissée, lorsque les pasteurs et les aînés se retirèrent pour délibérer. Elle souhaiterait donc la garder avec elle en dépit des avances de son mari durant leur périple ? On aurait dit que se jouait en cet instant son droit ou non à demeurer dans une communauté vitale pour elle. Bien que ne comprenant pas cette attitude, Cat ne put se résoudre à décevoir sa nouvelle amie. Si les aînés ne voulaient pas d'elle, elle partirait certes. Mais, par ailleurs, rien ne s'opposait à ce qu'elle s'abrite quelque temps chez les vieux-luthériens. Le travail ne lui faisait pas peur, pas plus qu'Ottfried au demeurant. Avec son couteau, elle se sentait de taille à le tenir à distance.

Quand les membres du conseil revinrent vers leurs paroissiens transis de froid, Lange annonça que leur décision n'avait pas été facile à prendre, puis il fit traîner les choses en longueur en imposant une prière préalable avant de tourner autour du pot. Cat n'eut pas besoin de l'entendre pour connaître la décision : il lui avait suffi d'un regard vers Ottfried, qui avait tout du gros matou se léchant les babines devant le plat de crème qu'on vient de lui servir.

– Nous allons donner une chance à cette jeune femme ! annonça enfin Lange d'un air digne. Notre paroissien Ottfried Brandmann s'étant déclaré prêt à assumer la responsabilité de son éducation à la vertu. Qu'il tienne la bride haute à cette fille et que sa femme Ida soit pour elle un modèle d'humilité et de piété ! s'écria Jakob en lançant à sa fille un regard suspicieux avant de s'adresser à la nouvelle paroissienne : Katharina… euh… Hempelmann ! Nous t'invitons en conséquence à partager à l'avenir avec nous le travail et le pain, et à servir Dieu.

Ida se permit un sourire de joie, mais Cat ne put cacher plus longtemps sa contrariété : elle ne s'appelait pas Katharina Hempelmann.

– Merci, dit-elle au président. Mais je suis Cat. Juste Cat !

Sa protestation ne lui valut pas une admonestation de la part de Lange, car elle fut recouverte par les exclamations des villageois, dont on aurait pu dès lors se dire que la majorité d'entre eux étaient favorables à l'adoption de Cat. Les femmes surtout se pressaient autour d'elle et lui adressaient aimablement la parole, brûlant d'avoir des nouvelles de Nelson, l'interrogeant à propos de connaissances, parfois à propos des Beit et de la Compagnie. Plus tard pourtant, quelques-unes d'entre elles, ayant accompagné Ida et Cat dans l'ancienne cabane du couple afin de les aider au déménagement proche, interrogèrent Cat au sujet de sa vie chez les Maoris. Elle répondit avec patience et prudence, car elle ne voulait pas donner naissance à de mauvaises interprétations comme cela avait été le cas à Nelson.

Les femmes chargèrent ensuite tous les biens du ménage sur deux charrettes à bras pour les convoyer à la maison neuve, près du fleuve. Des biens fort maigres au demeurant, ce qui amena tout le monde à regretter d'avoir emporté des objets si peu utiles dans cette vie nouvelle, notamment des édredons, des nappes, des couvre-lits. Cat se demanda pourquoi avoir fait franchir trois océans à ces objets, beaux certes, mais superflus, et non à des outils, des vêtements chauds ou des casseroles. L'équipée d'Ida à Nelson avait certes amélioré quelque peu la situation, mais, au total, les colons ne possédaient guère plus d'équipement ménager que les femmes des Ngati Toa.

— Nous pensions que nous fabriquerions tout ici, expliqua Ida. Comme nous le faisions là-bas, où nous n'achetions jamais rien, où nous tissions et tricotions et où nous forgions nos outils. Mais ici, tout est différent. Pas de moutons, pas de laine. Mon père n'a toujours pas pu ouvrir de forge, car il fallait d'abord bâtir des maisons. Et où aurait-il pu se procurer du fer, je n'en ai pas la moindre idée. Comment font donc les Maoris ? Eux non plus n'ont pas de bétail ?

À cette question, les autres femmes dressèrent l'oreille.

— Les Maories cuisinent en général sur des feux ouverts ou utilisent des fours enterrés quand il y a dans la région de l'activité volcanique. Elles filent le lin, qu'il faut avoir bien sûr cultivé au préalable. Ici, vous cultivez déjà quelque chose ?

Cat tirait une des charrettes, aidée d'Ida et d'Elsbeth. Elles atteignirent les premières maisons du futur village, où quelques familles avaient déjà emménagé. Cat vit avec effroi, sur leurs fondations, la hauteur atteinte par l'eau lors de la dernière inondation et ne fut donc pas étonnée quand les femmes évoquèrent leur jardin détruit.

— Il a été emporté par l'eau, mais nous ne nous décourageons pas, déclara Elfriede Busche, la jeune femme du cordonnier, leur futur voisin. Nous l'avons aussitôt remis en culture.

— Pour la seconde fois déjà, observa Elsbeth, toujours aussi pessimiste alors que les autres femmes parlaient de leur village avec un enthousiasme un peu forcé. Mais je l'ai dit à mon père, je ne suis pas prête à recommencer ! Si le fleuve déborde à nouveau…

— Eh bien ? demanda Cat.

Personne ne l'entendit, au milieu de la vague d'indignation soulevée par l'audacieuse. Non, il n'y aurait pas de nouvelle inondation ! Et quand bien même… les drains et les fossés protégeraient cette fois les maisons et les jardins.

— Dieu nous protégera, proclama Elfriede Busche avec conviction, et elle se signa.

— Il faudrait faire une prière ! ajouta une femme plus âgée et, aussitôt, toutes les têtes se baissèrent docilement.

— On ne pourrait pas prier à l'intérieur ? râla Elsbeth, qui supportait mal la bruine continuelle, tandis que Cat faisait le tour du terrain afin de vérifier l'état des fossés de drainage.

Ils n'étaient guère plus profonds qu'un sillon, semblables à ceux qu'avaient creusés les Maories autour de leurs champs et qui suffisaient à évacuer les eaux d'une pluie normale. Mais ici ? Si cela avait été si facile, les Ngati Toa auraient depuis longtemps colonisé cette plaine.

— Oui, entrez ! proposa Ida. Nous pourrons ainsi demander du même coup à Dieu de nous accorder un bon emménagement et du bonheur dans notre foyer.

— Et si, avant, on allumait le poêle ? insista Elsbeth.

Mais l'esprit de compromis des femmes les plus âgées n'alla pas jusque-là. Elles mirent encore à l'abri le coffre de la dot d'Ida, puis débuta l'office religieux improvisé. Cat y assista avec patience. Finalement, il en aurait été de même chez les Maoris ; mais les cérémonies dédiées aux esprits y étaient plus joyeuses, on chantait et on dansait en plus de prier. Elsbeth semblait exaspérée par ce rituel, tandis qu'Ida s'y pliait sans ferveur.

La prière terminée, Ida montra la maison à ses amies, la visite étant au demeurant surtout destinée à Cat, car toutes les maisons du village étaient peu ou prou bâties sur le même plan, inspiré de celui des fermes du Mecklembourg : une entrée, puis un grand couloir donnant accès à des pièces assez petites. Les femmes admirèrent le mobilier massif fabriqué par Ottfried et aidèrent Ida à ranger le peu de vaisselle et de couverts, de casseroles et de poêles qu'elle possédait, tandis que Cat entreposait la viande séchée et les légumes secs dans le garde-manger, sous le regard attentif de Chasseur, qui avait rejoint Ida dès son retour de Nelson. Ida demanda à Cat de lui installer une couche en paille dans l'étable.

— Comme tu y dors, il n'y sera au moins pas seul. Ottfried n'aime pas avoir un chien à la maison. Jusque-là, je n'ai pas cédé, à cause des rats. Espérons qu'il n'y en aura pas ici.

Peu avant, Cat lui avait déjà signifié qu'elle ne tenait pas du tout à coucher dans la maison, le réduit lui convenant fort bien et lui offrant une certaine protection contre d'éventuelles assiduités nocturnes du maître des lieux.

Les voisines d'Ida finirent par prendre congé afin de s'occuper de leur mari et de leurs enfants, Cat et Ida étant en mesure de procéder aux dernières opérations avant l'emménagement du lendemain.

— Il faut d'abord aller chercher la vache et les chevaux, dit Ida qui, au vu de la pluie incessante, regardait le fleuve avec inquiétude.

Il coulait certes sagement dans son lit, mais elle savait que ses crues étaient imprévisibles car elles dépendaient du temps qu'il faisait en altitude.

Cat aida son amie à faire descendre depuis la mission une vache récalcitrante qui refusa d'avancer quand elle fut en vue du fleuve.

— Elle ne sent tout de même pas quelque chose ? s'exclama Ida, de plus en plus inquiète.

— Aucune idée. C'est la première vache à qui j'ai affaire. Je dormirai d'ailleurs très volontiers dès cette nuit avec la vache et les chevaux, dit Cat, à qui il avait été proposé de passer la nuit, avant l'emménagement, avec les filles des Brandmann, dans une cabane déjà surpeuplée. S'il se produit quelque chose, je les ferai sortir.

— Toi aussi, donc, tu estimes que c'est possible, demanda Ida quand elles allèrent ensuite chercher les deux chevaux. Je parle du fleuve. Tu crois qu'il pourrait y avoir d'autres inondations ?

— Ida, il y a ici des inondations de mémoire d'homme. Pourquoi cela cesserait-il ?

— C'est mon père qui l'assure. Ottfried aussi… mais moi je pense que nous aurions dû nous installer bien plus haut, sur les collines. L'eau n'y arrivera certainement pas.

— Je ne m'y fierais pas, avoua Cat avec franchise. Te Ronga prétendait que cette vallée appartenait aux dieux du fleuve et qu'ils pouvaient à tout moment en prendre possession. Mais personne ne sait jusqu'où l'eau peut monter.

— C'est de la superstition, la contredit Ida. Tu… tu ne peux pas parler comme ça. Il n'existe pas d'esprits du fleuve.

— Et ta confiance aveugle en ton père et Ottfried ? Ce n'est pas de la superstition ? Quand tu dis qu'ils savent ce qu'est la volonté de Dieu ?

— Nous devons obéir aux chefs de l'Église. Et à notre père. À notre mari. Telle est la volonté de Dieu !

— Ce sont des stupidités, s'exclama Cat. Dans ton Raben Steinfeld, cela avait peut-être un sens. Ton père connaissait les choses du pays, il existait des coutumes qui… Les Maoris disent par exemple que la connaissance du passé assure l'avenir. Mais ici, tu l'as dit toi-même, tout est différent. Et personne ne peut dire quand aura lieu la prochaine inondation. La seule certitude, c'est qu'il y en aura une. En dépit de vos prières et de ce que dit ton père.

— Tu veux dire que Dieu ne nous entend pas ? s'indigna Ida – mais, dans sa voix, résonnait quelque chose de différent ; le doute, la peur ?

Bien que sachant qu'il lui fallait être diplomate, Cat se souvint de ses prières inutiles pour Frau Hempelmann, de ses propres demandes à Dieu de la protéger de Barker, des regards de convoitise que lui lançait le missionnaire Morton et des effets extraordinaires du sirop contre la toux qu'elle fabriquait à partir des fleurs de rongoa sans en avoir appelé aux esprits avant de les cueillir.

— T'a-t-il un jour entendue ? rétorqua-t-elle. As-tu une seule fois eu le début d'une réponse quand tu lui as posé une question ? Un seul de tes souhaits a-t-il été exaucé ?

Ida ne répondit rien tandis que, ayant refermé la porte derrière les bêtes, elle leur donnait de l'herbe tussack sèche en guise de foin. Elle paraissait nerveuse et inquiète. Les propos ironiques de Cat semblaient l'avoir touchée. Celle-ci regretta d'avoir évoqué les dieux et les esprits sous forme de plaisanterie, mais elle ne pouvait savoir que les gens de Sankt Pauli ne plaisantaient pas en matière de paganisme. Elle se demanda comment s'excuser. Elles n'auraient bientôt plus rien à faire et, si persistait entre elles cette atmosphère tendue…

Soudain, Ida rompit le silence.

— Je n'avais encore jamais menti, dit-elle d'une petite voix ; jusqu'à… jusque tout à l'heure au cours de la réunion.

Surprise, Cat ne sut ce qu'Ida attendait d'elle. Mais elle fut prise de pitié en voyant la mine pitoyable de son amie.

— Tu as fait ça très bien. Mais tu n'aurais pas dû. Je te suis très reconnaissante, à Ottfried aussi, de m'avoir permis de quitter Nelson. Je me serais débrouillée, d'une manière ou d'une autre, pour partir d'ici.

— Et tu t'en serais sans doute bien trouvée, murmura Ida. Tandis que le fleuve… et Ottfried.

— Peut-être, mais ne te fais pas de soucis pour moi. Je sais nager. Et pour le reste… je m'en sortirai aussi, répondit Cat en posant la main sur son couteau de chasse.

— Je ne l'ai pas fait pour toi ! Je voulais que tu restes !

— Il était difficile de ne pas le voir, sourit Cat. Mais pourquoi ? Tu ne te soucies pas vraiment de mon salut, comme vous dites. Je ne sais même pas ce que c'est.

— Je ne le saurai sans doute jamais non plus. On dit que le salut est prédestiné. Est-ce que je réponds vraiment aux conditions ? En tout cas, non, non, je ne me soucie pas de ton salut, même si mon devoir de chrétienne l'exigerait. En fait, je voulais que tu restes afin que je puisse parler avec toi, avoua-t-elle comme s'il s'agissait d'un péché.

— Mais Ida, dit Cat en s'asseyant à côté d'elle sur un bat-flanc, tu peux parler avec qui tu veux, ici. Vous parlez la même langue.

— Justement, non. J'ai l'impression qu'ici personne ne me comprend. J'ai déjà ressenti la même chose, quand j'étais petite, à l'école. Nous étions différents… moi et… Karl. Nous voyions toujours les choses autrement. Mais c'est de l'orgueil mal placé, parce que… Nous avions toujours les meilleures notes et je ne devrais pas en être fière. Surtout pas moi, une fille. Le maître a dit un jour à mon père que j'étais un étrange caprice de la nature. Et j'en suis encore fière ! Je ne sais pas ce qui m'arrive, je commets péché sur péché.

— C'est ma mauvaise influence, plaisanta Cat.

— Non, c'est juste que… Si je ne trouve pas bientôt quelqu'un avec qui parler…, eh bien… j'ai alors le sentiment que je devrai me noyer… que le fleuve déborde ou non.

Cat posa le bras autour des épaules d'Ida, qu'elle sentit osseuses sous la robe de lin.

— Je veux bien parler avec toi, même si je me demande si je parle vraiment ta langue. Ce que tu racontes de l'école, par exemple… Je ne suis jamais allée à l'école. Et je ne sais pas non plus si je peux empêcher quelqu'un de se noyer. Je peux tout au plus t'apprendre à nager. Mais je ne maîtrise pas la langue des esprits de ce fleuve ni de tous les autres qui te tourmentent.

2

Très vite, Cat constata que ce n'étaient pas seulement les dieux et les esprits qui tourmentaient et rongeaient Ida. Il y avait aussi le travail extrêmement dur, les femmes du village se levant dès le lever du soleil pour préparer le petit déjeuner de la famille et se rendant aussitôt après aux champs ou dans leur jardin, car les hommes étaient pris par la construction des maisons. Seuls deux des habitants de Sankt Pauli avaient possédé, à Raben Steinfeld, de vraies fermes. Les autres hommes gagnaient leur vie comme artisans qui, n'ayant pas de temps pour les travaux agricoles, s'en remettaient aux femmes. Mais les parcelles qu'elles exploitaient étaient réduites et la terre avait été rendue cultivable depuis des générations. Ici, en revanche, les colons possédaient vingt hectares qu'ils désiraient rendre exploitables au plus vite. De surcroît, ils ne pouvaient compter sur l'aide de journaliers comme dans leur ancien pays. Les femmes s'occupaient donc de défricher, de creuser des fossés et de cultiver les jardins. Celles d'un certain âge recouraient naturellement à l'aide de leurs fils adolescents. Mais Ida était seule. Et plus encore Elsbeth qui, le lendemain de l'emménagement d'Ottfried et d'Ida dans leur nouvelle maison, arriva chez sa sœur en pleurant à chaudes larmes.

— Anton est parti ! Il s'est disputé hier avec Père. Ottfried avait payé un coup à boire aux jeunes gens… et

Père a senti qu'Anton puait l'alcool quand il est rentré à la maison. Tu connais Père ! Il a voulu le forcer à prier, à demander pardon à Dieu et tout le reste, mais Anton lui a répliqué ! Il a dit qu'il n'avait plus envie de tant travailler aux champs... et puis ces inondations ! On ne savait même pas si tout ce travail serait utile un jour. Pour finir, il a dit qu'il ne voulait pas épouser Gertrud Brandmann.

Ce mariage avec la sœur d'Ottfried avait été arrangé à Raben Steinfeld, mais ils étaient trop jeunes encore pour s'unir. Anton avait toujours dit qu'il n'aimait pas Gertrud, une fille effacée, docile et très pieuse. Personne n'avait pris l'affaire au sérieux et son père ne l'aurait peut-être jamais contraint... Mais il avait été maladroit de sa part d'évoquer ce problème en plein affrontement avec son père, dont la colère avait été décuplée.

— Père l'a frappé ?

Jakob Lange n'avait jamais frappé ses filles, mises à part quelques gifles, mais il était beaucoup plus sévère avec ses fils.

Elsbeth acquiesça et Ida n'eut pas de mal à imaginer la suite : Anton avait encaissé les coups une dernière fois, s'était couché et avait profité de la nuit pour s'enfuir.

— Il a laissé un mot. Il va travailler dans la construction des routes. Ou dans l'arpentage, comme Karl. Père était hors de lui. Surtout parce qu'Anton prenait Karl comme modèle. Bien que je ne croie pas qu'on l'embauche pour l'arpentage. Pour ça, il ne faut pas être trop bête. Et Anton... il a écrit « arpanttage ».

Ida faillit éclater de rire. Anton n'était pas une flèche, mais il était fort et fiable. Il ferait à coup sûr l'affaire dans la construction des routes ou des voies ferrées. Et Dieu le punirait-il de s'être opposé à son père ? Peut-être qu'une vie meilleure l'attendait. Et une femme plus douce et plus jolie que la bigote Gertrud.

Si Ida comprenait dans une certaine mesure l'attitude de son frère, pour Elsbeth c'était une catastrophe. Son père obligeait Anton à l'aider le soir dans le jardin, à couper du bois ou à aller chercher de l'eau. Maintenant, il avait demandé à Franz de s'acquitter de davantage de tâches ménagères.

– Il n'a que neuf ans, se lamenta Elsbeth, et il est de nouveau malade. Je l'ai envoyé à l'école aujourd'hui pour ne plus l'avoir dans les jambes, mais je pense qu'il a de la fièvre…

Cat proposa d'aller examiner Franz après l'école et de partir à la recherche de plantes médicinales. Elsbeth, qui ne s'était jamais passionnée pour ce genre de cueillette, déclara vouloir l'accompagner, à la grande surprise d'Ida.

– Parle-moi en anglais ! demanda-t-elle à Cat au bout de quelques pas. J'ai presque tout oublié, mais je travaille le soir au lit ou en bêchant au jardin. Je veux le parler parfaitement ! Ah, et puis appelle-moi Betty, s'il te plaît !

Si la toux de Franz diminua rapidement, il n'apporta pas pour autant une aide réelle à Elsbeth, qui dut continuer à trimer. Son père ne put qu'en convenir et se montrer plus patient avec sa fille. Ottfried, en revanche, harcelait Ida et la réprimandait.

– Chez ma mère, les haricots bourgeonnent depuis un bon moment et les pommes de terre sont déjà en terre. Mais qu'est-ce que tu fiches toute la journée ? Surtout maintenant que tu as de l'aide ?

Cat constata qu'Ida continuait à se taire au lieu de se défendre. C'était là une autre raison de son abattement. Ottfried était à n'en pas douter son mauvais génie. Ida avait peur de lui, de ses reproches injustifiés et de ce qu'il lui fallait subir pendant la nuit.

Cat ne pouvait faire autrement que d'assister aux ébats des deux époux, car, de son réduit, on entendait ce qui se passait dans leur chambre. Elle se serait volontiers passé d'entendre les gémissements d'Ottfried, ses vantardises, ses ronflements et les pleurs étouffés d'Ida quand il en avait terminé. Mais Chasseur, qui dormait maintenant avec elle et non plus dans la chambre conjugale, l'empêchait de s'endormir, jappant dès qu'Ottfried se jetait sur son épouse, gémissant ensuite de manière pitoyable. Elle l'attirait alors contre elle, le caressait et le consolait comme elle aurait voulu pouvoir consoler Ida. La plus légère tentative d'aborder avec elle son martyre nocturne la faisait devenir écarlate et elle éludait les questions.

Cat, du reste, n'était pas experte en la matière. Ses amies maories lui avaient certes dit que l'union de l'homme et de la femme était appréciée de l'un comme de l'autre, mais elle ne comprenait que trop le dégoût qu'Ida éprouvait et ses réticences. Elle ne savait en revanche que conseiller à son amie. Tout au plus auraitelle pu lui donner un remède contre les douleurs. Il n'était en effet pas normal qu'après chaque nuit avec Ottfried elle ait de la peine à se mouvoir le matin !

Cat s'inquiétait aussi de l'alcoolisme croissant d'Ottfried. Après l'abandon des cabanes derrière la mission, Ottfried s'était porté volontaire pour les démonter. À cet effet, il réunissait les jeunes paroissiens le soir. Après les travaux de démontage, tous faisaient honneur au whisky qu'il rapportait de ses équipées à Nelson. Il rentrait presque chaque soir chez lui en titubant et en bredouillant. Il avait alors de la peine à honorer son épouse, s'endormant sitôt allongé. Ida, ces soirs-là, partait en catimini rejoindre Cat et Chasseur et se blottissait à côté d'eux.

Malheureusement, l'alcool donnait aussi à Ottfried l'audace de faire des avances à sa servante. Avant de rentrer chez lui en titubant, il se faufilait dans l'étable afin de surprendre Cat dans son sommeil. Il gardait certes quelque distance depuis que, lors d'une tentative pour la «réveiller en l'embrassant», il s'était retrouvé avec, sur la gorge, un couteau à la lame tranchante comme un rasoir. Cela l'avait refroidi. Ensuite, il suffisait à Cat de se serrer la gorge d'un air entendu quand il commençait à lui tenir des propos grivois.

Les deux femmes jouissaient d'une complète tranquillité lorsque Ottfried se rendait à Nelson, ce qui n'était pas rare car il fallait acheter en ville des matériaux de construction et d'autres produits. Les maigres économies des colons fondaient de la sorte à vue d'œil et les familles les plus pauvres étaient obligées de se contenter des rations de la Compagnie, et de se livrer à la pêche ou à la chasse. C'est avec impatience que les femmes attendaient la première récolte qui, chez quelques-unes, était imminente. Dans les terres situées en hauteur, comme par exemple la ferme des parents Brandmann, où les dégâts causés par la dernière inondation avaient été moindres, les choux et les rutabagas étaient presque mûrs. Les femmes échangeaient déjà des recettes.

C'est alors que se produisit l'inondation suivante.

Cat entendit enfler le grondement du fleuve un matin d'hiver frais et pluvieux. D'ordinaire, elle se levait au petit matin pour traire Berta. Ce jour-là, le soleil semblait ne pas vouloir se lever. Ce ne fut donc pas la lumière qui réveilla Cat, mais un meuglement de Berta. Elle entendit alors non seulement le crépitement d'une pluie violente sur le toit, mais aussi un gargouillement et un sinistre grondement sourd. Un bref coup d'œil sur le terrain en pente douce jusqu'au fleuve lui suffit pour comprendre : le Moutere n'allait pas tarder à sortir de son lit.

Elle revêtit en toute hâte une cape. Il fallait avertir Ida et Ottfried ainsi que tous les autres de la colonie. Ida était en train de mettre la table du petit déjeuner quand Cat entra.

— Le… c'est le Moutere ? s'écria-t-elle en voyant le visage de son amie.

— Oui, il déborde. Il vaut mieux monter tout de suite jusqu'à la station.

À cet instant, Ottfried entra dans la cuisine, se frottant le front. Il ne devait pas avoir la gueule de bois pourtant, car Cat l'avait entendu toute la nuit tourmenter sa femme. Peut-être souffrait-il du manque de sommeil ? Ida en tout cas paraissait brisée.

— Ce n'est pas possible, dit-il, les nouveaux drains… et…

Il se tut. Évoquer les espoirs que Jakob Lange fondait sur l'aide divine lui était sans doute apparu incongru dans ces circonstances.

— Alors, sors et regarde, lui lança Cat.

Ida et Ottfried sortirent avec Cat.

— Dieu miséricordieux !

Ida, désespérée, et Ottfried, incrédule, contemplèrent les masses d'eau qui arrivaient déjà à mi-hauteur du talus devant la maison. En son milieu courait un des petits fossés de drainage. Il faisait encore barrage pour l'instant, mais il n'arrêterait pas le Moutere.

— Vous voyez, à présent ? cria Cat. Sortons les bêtes et fuyons !

Ottfried sembla enfin se réveiller.

— Les fossés, hurla-t-il. Ida ! Fais quelque chose, va chercher des bêches et des sacs de sable. Il faut protéger la maison !

— Il faut partir d'ici ! insista Cat.

Mais ils ne l'écoutèrent pas. Elle vit alors du mouvement sur les parcelles voisines. Les villageois n'allaient pas fuir, mais résister aux flots avec autant d'obstination que les deux fois précédentes.

– Conduis les bêtes en sécurité ! cria Ida à son amie. Ensuite, reviens nous aider ! Le jardin... tout ce travail... Nous ne pouvons perdre tout ça une nouvelle fois !

Bien que jugeant absurde cette nouvelle tentative de sauvetage, Cat obéit. Elle eut du mal à convaincre Berta de quitter l'étable, mais les chevaux, eux, avaient hâte d'échapper aux flots. Dans la montée vers la station, Cat, tiraillée entre la vache récalcitrante et les chevaux impatients, reçut l'aide de colons habitant plus haut qui avaient enfin pris conscience de la situation. Un jeune garçon appelé à devenir bouvier s'occupa de Berta.

– Va chercher les autres vaches, lui ordonna Cat quand il eut laissé la vache dans un enclos derrière la mission. Ah oui, il faudrait aussi la traire !

Tandis qu'elle attachait les deux chevaux à l'abri des murs de la mission, elle fut sollicitée par deux femmes qui avaient pour tâche de descendre une charrette à bras pleine de sacs que les missionnaires remplissaient, non de sable cette fois, mais de pierres et d'une terre jaune abondante au-dessus de la mission. Il était vraisemblable que l'eau la chasserait de ces sacs grossièrement tissés. Cela n'enlevait pourtant rien à l'ardeur des femmes qui, si Cat leur avait fait part de ses doutes, se seraient sans doute jetées sur elle.

– Pourquoi vous n'attelez pas les chevaux ? osa-t-elle demander alors qu'elles essayaient de retenir la charrette à bras qui glissait sur le chemin ou de l'empêcher de s'enliser dans la boue.

– La charrette est dans la remise des Lange, dit une femme hors d'haleine. Il faudrait donc d'abord y aller avec les chevaux. Et nous, les femmes... Sais-tu atteler, toi ?

Elle ne savait pas, naturellement, n'ayant jamais eu affaire à ces animaux. Mais ces femmes les connaissaient depuis leur naissance. Comment se faisait-il qu'elles aient laissé ce travail aux hommes ?

– Et puis j'ai peur des chevaux, dit une autre femme. Non, c'est mieux comme ça.

En fait, les huit ou neuf sacs que pouvait porter la charrette à bras étaient totalement inefficaces. Cat préféra ne rien dire, ne serait-ce que pour épargner aux chevaux ce travail dangereux et de toute façon inutile : même une centaine de sacs ne sauraient faire obstacle au fleuve en crue.

Plus efficaces, en revanche, étaient les fossés de drainage que les habitants continuaient d'élargir, détournant un peu l'eau des maisons et des jardins et évitant que l'eau n'entraîne la terre des champs et les plantes qui y poussaient. Aussi Cat prit-elle une pelle plutôt que de remonter à la mission avec la charrette. Enfoncée dans la boue jusqu'aux genoux, elle se mit au travail avec Ida et Ottfried.

Vers midi, quelques femmes qui, malgré leur bonne volonté, n'en pouvaient plus de ce travail de force, apportèrent du café et du pain que les colons avalèrent entre deux coups de bêche. Ida sanglota quand une maison, en amont de la leur, fut submergée et s'effondra. Leur étable était déjà envahie par un bon pied de bouillie boueuse. Cat était trop épuisée pour s'apercevoir que la pluie faiblissait. En début d'après-midi, une deuxième maison, dans l'eau et la boue jusqu'à hauteur de poitrine, dut être abandonnée sous l'œil stupéfait de la famille de trois enfants qui l'habitait.

Vers seize heures, Cat vit que le fleuve se retirait et, deux ou trois heures plus tard, Jakob Lange donna le signal de fin d'alerte, le Moutere ayant regagné son lit. Certes, il restait de l'eau autour des maisons du bord de rive, mais elle sécherait en quelques jours.

— Au total, il n'y a pas eu grand-chose, jubila Ottfried. Un peu d'eau dans l'étable, bon, dans la maison aussi, vous n'aurez pas de peine à sécher tout ça demain. Nous pouvons remercier Dieu.

— Mais le jardin est à nouveau détruit, murmura Ida.

— Tu le remettras en état demain, déclara Ottfried avec flegme. De toute façon, il n'y avait pas encore grand-chose de mûr. Chez ma mère, c'est pire.

La maison des parents Brandmann, située plus haut, avait été épargnée lors de l'inondation précédente. Cette fois, une grande partie des légumes presque mûrs avaient été emportés.

— Mais ici, rien ne mûrira, objecta Ida. On aura beau essayer et essayer…

— C'est totalement insensé ! explosa alors Cat, se libérant de la fureur qui l'avait fait bouillir toute la journée. Tout ce que nous faisons ici. Je ne comprends pas pourquoi vous n'avez pas abandonné la colonie après la première inondation.

Ottfried la fusilla du regard.

— Comme les tiens ? Les Maoris ? Ce peuple fainéant et dégénéré qui n'a pas su apprécier ces terres à leur juste valeur ?

— Mais Ottfried, tu dois bien avouer…

Ida se tut car Jakob Lange et Peter Brandmann s'approchaient avec quelques hommes.

— Les champs cultivés sont intacts ! annonça le fermier Friesmann. Peu de pertes. Mais il faudra prendre plus au sérieux le drainage. Dès demain, il faudra développer le système des fossés.

— Non, pas dès demain ! l'interrompit Peter Brandmann de sa voix de prédicateur. Demain, nous allons unir nos forces, réparer la maison des Busche et rebâtir celle des jeunes Schieb ! Nous serions ridicules si, dans une semaine, vous n'aviez pas de nouveau un toit sur la tête, n'est-ce pas, Manfred ? dit-il en tapotant l'épaule du jeune homme dont la maison avait été engloutie par les flots.

Cat n'entendit pas ce que Manfred Schieb répondit, mais les autres l'approuvèrent vivement. La paroisse était loin encore d'abandonner.

— Et que faisons-nous, maintenant ? demanda Ida. Je… Eh bien, faire sortir toute cette eau de la maison, je… je n'en serai pas capable…

Elle donnait en effet l'impression qu'elle allait s'effondrer, d'épuisement, mais aussi de chagrin. Ottfried lui-même semblait ne pas être chaud pour commencer aussitôt les travaux de déblaiement et de rangement, d'autant que le jour déclinait.

— Nous dormirons dans la vieille cabane derrière la mission. Prenez de la literie dans la maison et de quoi manger, puis allez vous mettre à votre aise !

— Nous ? s'interrogea Cat, peu rassurée. Ne vaut-il pas mieux que je me cherche autre chose et que tu dormes avec Ida ?

— Non, il faut que je discute d'abord avec les hommes pour savoir comment nous allons agir désormais. Je dormirai ensuite quelque part.

— Ils vont boire jusqu'à trouver merveilleuses les inondations, traduisit Cat pour Ida quand elles pataugèrent dans l'eau et la boue afin de prendre dans la maison le nécessaire pour la nuit. Mais quelle chance que votre ancienne cabane soit encore debout ! Il paraît qu'Ottfried et ses amis démolissent l'ancienne colonie.

— Cela peut prendre pas mal de temps quand chaque planche enlevée est saluée d'une rasade de whisky, murmura Ida, l'air mauvais. Mais qu'ils fassent ce qui leur plaît. Je ne veux qu'une chose, me reposer. Je suis si lasse, Cat… si lasse ! Et demain tout recommence à nouveau. Je souhaiterais n'avoir jamais connu ce maudit village de Sankt Pauli !

Cat ne pouvait savoir que c'était là le premier souhait qu'Ida Brandmann ait jamais exprimé.

3

Ida rassembla de la literie tandis que Cat, dans la cuisine, enveloppait du pain et de la viande séchée dans un torchon. S'il n'avait pas fait froid durant la journée, les deux jeunes femmes commençaient à geler dans leurs vêtements trempés. Cat, qui aurait souhaité les sécher le plus vite possible, aurait volontiers demandé l'hospitalité à un paroissien quelconque, par exemple chez les parents d'Ottfried ou chez Elsbeth ; leurs maisons, plus haut perchées, n'ayant certainement pas été atteintes par l'eau. Un feu devait y être allumé. Ida serait sûrement d'accord…

Mais celle-ci refusa.

— Surtout pas ! Si nous nous réfugions chez mon père, il faudra nous occuper nous-mêmes d'allumer le poêle et de cuisiner pour toute la famille. Elsbeth n'est pas en mesure de se charger de tout ça aujourd'hui.

Puis, se rappelant la fatigue de sa sœur et de son frère qu'elle avait vus trimer toute la journée, elle se ravisa, prise de remords :

— Mais peut-être qu'il faudrait tout de même aider Elsbeth, elle ne s'en sortira pas seule ce soir…

Ce fut alors à Cat de changer d'avis.

— Alors c'est à ton père de l'aider, tu ne peux pas t'occuper de tout ! dit-elle, horrifiée à l'idée de devoir charrier du bois, entendre les interminables prières du père et les lamentations d'Elsbeth.

Elle l'aimait bien certes, mais ce soir elle était trop fatiguée.

— Ils sont de toute façon à l'église à l'heure qu'il est, finit par admettre Ida. Ils prient pour remercier Dieu, comme l'a annoncé mon père il y a un instant.

— Et pourquoi en sommes-nous dispensées ? demanda Cat qui, à l'idée de devoir supporter ce supplice après toutes les épreuves du jour, n'eut plus qu'un désir : quitter cette maison au plus vite et, après un détour pour éviter l'église, gagner, derrière la mission, la cabane qui devait être sèche.

— Ottfried ne l'a pas entendu ou bien il était pressé de retrouver son whisky. Il a dû trouver une excuse et ses amis ont dû eux aussi se défiler. Il a sans doute prétendu qu'il leur fallait encore empiler des sacs de sable.

Cat lança à son amie un regard en coin, marqué par l'étonnement : de tels propos de sa part frôlaient la révolte. Elle sourit.

— Nous nous défilons donc nous aussi ? la taquina-t-elle. Ida Brandmann sèche un office religieux ? Cela plaît-il à Dieu ?

Cat fut éberluée par la violence de sa réaction.

— Que cela lui plaise ou non, je m'en fiche ! Dieu ne se soucie pas de nous et nous devrions nous soucier de lui ? Et je ne vois pas, avec la meilleure volonté du monde, de quoi nous devrions le remercier ! Trois inondations en quelque six mois ! Peut-on imaginer pire ?

Cat aurait eu bien des choses à dire, mais préféra se taire et entourer d'une couverture les épaules d'Ida, maintenant en sanglots. Ensuite, lui ayant passé un bras autour de la taille, elle la laissa pleurer quelques secondes avant de la pousser avec douceur vers la porte.

— Viens ! Nous devons nous mettre au sec. Nous ne pouvons rester ici.

Cat avait eu un instant l'idée d'allumer le poêle dans la maison, tant, dans leur état d'épuisement, la perspective de parcourir dans l'obscurité et le brouillard le demi-*mile* de montée les séparant de la mission la rebutait. Mais un regard sur le bois humide de la cheminée et les flaques parsemant le sol l'en avait dissuadée. En outre, elle se soucia tout à coup des chevaux et de la vache. Qu'était-il advenu des bêtes ?

— Nous pourrons peut-être traire la vache, proposa de son côté Ida quand elles furent en chemin. On aurait au moins du lait chaud.

— J'espère que nous n'aurons pas en plus à la nourrir, grogna Cat.

Ses craintes se vérifièrent quand, après avoir dépassé la mission où brûlait un grand feu alors que les pasteurs participaient sans doute à l'office, elles atteignirent l'enclos et entendirent les mugissements réprobateurs de deux vaches. Berta n'avait été ni nourrie ni traite, mais s'était vu adjoindre la compagnie d'Emma, la vache dont leurs voisins, les Busche, avaient la charge. Ils l'avaient certainement mise à l'abri avant de partir lutter pour sauvegarder leur maison contre la fureur des flots.

— Les bêtes n'ont pas été nourries, soupira Ida en prenant une fourche et en lançant avec colère une botte de foin dans l'enclos. Et pourtant Ottfried et les autres hommes ont dû passer par là ! Sans compter les missionnaires qui sont restés à côté toute la journée !

— Les uns buvaient du whisky et les autres priaient, ragea Cat, qui avait entrepris de nourrir les chevaux. C'est bien entendu beaucoup plus important ! Mais où est la troisième vache ?

— Elle était chez les Schieb, répondit Ida en train de traire Berta. Puis, soudain effrayée : Oh mon Dieu, non… la maison qui s'est écroulée ! Pourvu qu'ils aient libéré la bête avant d'abandonner le combat !

— Si c'est le cas, on la trouvera demain quelque part, sinon…

— Sinon, elle se sera noyée ou aura été écrasée sous les ruines. Merci infiniment, mon Dieu !

Cat, jetant un œil sur son amie, remarqua qu'elle avait les yeux profondément enfoncés dans leurs orbites. Elle était à bout de forces. Elle-même ne devait pas avoir meilleure allure. Il leur fallait se mettre au sec au plus vite.

— Je crois que nous avons assez de lait, allons-y !

— Si nous ne les trayons pas à fond, elles auront une inflammation de la mamelle, expliqua Ida avec un soupir. Et nous avons besoin de tout en ce moment sauf d'une vache malade.

Il faisait nuit noire quand Ida et Cat arrivèrent enfin à l'ancienne cabane des jeunes Brandmann. Le local, froid mais sec, fut pour elles comme un refuge paradisiaque. De plus, elles trouvèrent des allumettes, une bougie et une pile de bois près de la cheminée.

— Nous allons enfin pouvoir nous réchauffer, se réjouit Ida. J'ai hâte d'enlever mes affaires mouillées !

Effectivement, un feu ne tarda pas à chauffer la petite pièce. La cabane étant pleine de courants d'air, elles durent sans arrêt alimenter le feu, mais cela leur était égal car elles réussirent enfin à se dépouiller de leurs vêtements. Ida parvint à surmonter sa pudeur de devoir se dévêtir devant une femme. Cat n'avait pas ce genre de problèmes car les filles maories et elle-même avaient l'habitude de se baigner ensemble. À vrai dire, peu d'entre elles avaient un corps aussi beau et bien proportionné que celui d'Ida. Elle était peut-être un peu maigre, mais elle avait des seins fermes et pleins, des épaules et des hanches arrondies, sans parler de ses longs cheveux noirs, de son noble visage en forme de cœur… Tout homme ne pouvait que désirer une telle femme. Ida aurait pu avoir bien d'autres hommes très différents de ce lourdaud d'Ottfried, qui était à la fois bigot et sournois.

Ida rougit sous le regard de Cat et se dépêcha d'enfiler la robe de rechange qu'elle avait emportée, sa robe du dimanche – qui avait été sa robe de mariée. Cat, qui n'avait pas d'habit de rechange, s'enveloppa dans un drap. Ida lui dit qu'ainsi vêtue elle ressemblait à un ange.

Cat ne fit qu'en rire tandis qu'elle coupait des tranches de pain et découpait la viande séchée, dure comme du bois, en petits morceaux. Ida, toujours frigorifiée, s'était déjà glissée sous la couverture posée sur l'ancien lit de bois.

— Si seulement on pouvait cuire cette viande, elle aurait peut-être du goût, dit-elle. Tu voudrais bien me l'apporter au lit, mon ange gardien ? Je suis incapable de me relever…

Cat ne vit aucun inconvénient à pique-niquer au lit. Mais, comme il n'y avait dans la cabane ni couverts ni assiettes, elle rangea les tranches de pain garnies de viande sur une planche qu'elle posa sur le lit. Elles purent également boire du lait grâce à l'unique gobelet que Cat réussit à dénicher, dans une cachette du mur. Il était poisseux de whisky ! La bouteille qui l'accompagnait était vide.

— Sinon, Ottfried l'aurait prise avec lui, remarqua Cat en lavant le gobelet. Mais pourquoi la bouteille était-elle cachée ? Buvait-il autrefois en cachette ?

— Oui, il avait peur des anciens de la paroisse. À Raben Steinfeld, il n'aurait pas été possible que des jeunes se rencontrent pour boire du schnaps en pleine semaine, jusque tard dans la nuit. Mais ici… tout est différent, même si mon père et ses amis ne veulent pas l'admettre. Et Ottfried… Je ne sais pas ce qui lui arrive. Autrefois il n'était pas si… malfaisant. Je croyais qu'il deviendrait comme son père, sévère, mais honnête. Profondément pieux. Mais maintenant il n'écoute plus les anciens. Je suis certaine que le conseil paroissial sait ce que fabriquent ici les jeunes quand ils prétendent depuis des semaines démolir des cabanes qui avaient été montées en huit jours. Mais ils ferment les yeux, de peur que d'autres partent construire des routes.

— Et ils ont besoin d'Ottfried, ajouta Cat. Il est le seul à parler un peu d'anglais, non ? Ils dépendent de lui pour les démarches administratives et les achats. Ils ne veulent pas se fâcher avec lui.

— Je sais. Et cela lui plaît. Ottfried ne partira jamais d'ici, c'est certain !

Ida se retourna et Cat vit, aux tressaillements de ses épaules, qu'elle pleurait à nouveau. Bien qu'ébranlée dans sa foi, elle demeurait attachée à sa paroisse. Cat avait en revanche d'autres perspectives et comptait quitter bientôt le village. Même si elle aimait bien Ida, elle ne voulait pas revivre une inondation. Mais elle aurait le lendemain le temps d'y réfléchir. Maintenant, il fallait dormir. Blottie contre Ida qui s'était endormie en pleurant, elle ferma les yeux.

4

Les aboiements de Chasseur qui, allongé près de l'âtre, avait perçu un mouvement à la porte, réveillèrent Ida et Cat. Ida s'étira en gémissant et Cat, d'ordinaire debout au moindre aboiement de Chasseur, était plongée dans un sommeil profond. Elle mit longtemps à ouvrir les yeux et à s'orienter. Trop longtemps, comme elle le constata avec effroi quand un juron et le bruit d'un coup de pied suivi d'une plainte de Chasseur l'eurent pleinement réveillée. Elle aperçut alors près de leur couche la silhouette d'Ottfried et son visage grimaçant éclairé par une lanterne. Ida, aussi stupéfaite qu'elle, essaya de se redresser.

— Tiens, tiens, l'une en robe de mariée, l'autre à moitié nue. Ça me plaît beaucoup !

Cat voulut saisir son couteau, mais constata immédiatement qu'elle était perdue, car ses doigts ne rencontrèrent pas sa ceinture. Elle était restée avec sa robe près du feu, et son couteau était posé sur la table où elle avait coupé le pain !

— Ne te donne pas cette peine ! l'avertit Ottfried, qui avait lui aussi vu le couteau. Cette nuit, ton tour est arrivé. La seule question que je me pose est de savoir par laquelle commencer. La mariée ou la sauvage ? Ma foi, je n'en peux plus d'attendre de savoir, petite chatte, comment les guerriers t'ont enseigné ça… J'ai connu une semi-Indienne à Bahia…

— Mais tu voulais dormir ailleurs, chuchota Ida, encore dans les limbes. Mais c'est toi… Je rêve ou quoi ?

— J'espère bien que tu rêves de moi, ma chérie. Et si possible pas de ce Karl Jensch… Mais aujourd'hui, c'est décidé, je commence par la petite Maorie. Tu peux regarder, Ida. Tu apprendras quelque chose. Je peux dire qu'avec toi il y a longtemps que je n'ai plus de plaisir quand tu es sous moi… comme morte.

Cat tenta de rouler hors du lit, mais Ottfried lui attrapa les bras. Il était ivre, mais son poids suffit à la clouer sur le lit. Gémissant de douleur, elle s'efforça néanmoins de se défendre quand il s'agenouilla au-dessus d'elle afin d'ouvrir son pantalon.

— Je n'ai pas besoin de te déshabiller, dit-il en riant et en contemplant son corps avec admiration. Et tu es belle ! Un duvet doré… j'ai comme l'impression que tu es ma première blonde véritable !

Mais il ne perdit pas plus de temps à admirer sa proie. Cat cria quand il entra brutalement en elle et hurla plus fort encore quand elle vit qu'Ida, figée par la terreur, était incapable de courir à la table et de prendre le couteau. Quand elle se décida à agir, Ottfried vit à temps qu'elle s'était emparée d'une bûche pour le frapper. D'un simple mouvement d'épaule, il para cette attaque hésitante. Quand Ida tenta de le griffer et de le frapper, il se débarrassa d'elle comme d'un vulgaire insecte. D'une seule poussée du bras, il projeta la jeune femme à l'autre bout de la pièce. Elle émit un cri de douleur quand elle tomba sur le sol dur. Cat n'en vit pas davantage, mais, pendant cette nuit épouvantable, elle entendit le chien gémir et Ida sangloter.

Cat se refusa à pleurer tout le temps du viol. La répugnante prétention d'Ottfried à pouvoir jouir plus souvent en une nuit qu'aucun autre se vérifia. Il viola Cat quatre fois, sans s'endormir, contrairement aux espoirs de sa victime. Il se satisfit néanmoins avec elle et ne mit pas à exécution sa menace de s'occuper ensuite d'Ida. Ida était-elle blessée ? Cat s'inquiéta pour elle, mais elle était impuissante. Ottfried la maintenait comme dans un étau, et ses tentatives pour lui donner des coups de pied et le mordre ne l'excitaient que davantage. Elle finit par se résigner et à ne plus bouger tandis qu'il la pénétrait une dernière fois au petit jour.

Puis il se releva, toujours titubant.

— La nuit fut… fut courte ! Va falloir voir comment expliquer à Lange. Mais peut-être que, oui, c'est ça… j'ai surveillé le fleuve, ce fleuve de merde. Je vais descendre… voir où en est la maison. Après, vous n'aurez qu'à venir !

Il se dirigea vers la porte d'un pas incertain. Les effets du whisky ou plutôt des efforts qu'il avait fournis une nuit entière ? Ou bien tout simplement, les courbatures du dur labeur de la veille ? Cat avait elle aussi mal partout, mais elle s'apprêtait à le suivre et à prendre le couteau. Peut-être pourrait-elle encore le frapper ? Elle éprouvait assez de fureur et de haine pour le lui planter dans le dos.

Ottfried s'arrêta en passant devant la table, il prit le couteau et se tourna vers elle en souriant d'un air méchant.

— Ah oui. N'oublie pas ton couteau, chaton…

Soudain, il lança la lame dans la direction de Cat. Elle se baissa instinctivement, bien qu'elle ne fût pas en danger, Ottfried n'ayant jamais appris à lancer un couteau, contrairement à elle-même. Mais à peine eut-elle le temps de ramasser l'arme et de la lancer à son tour qu'il avait déjà franchi le seuil et refermé la porte. Elle entendit ses pas s'éloigner.

Sa vengeance devrait attendre. De toute façon, jamais les hommes de la paroisse n'auraient cru qu'elle avait agi en état de légitime défense, surtout s'ils trouvaient Ottfried avec un couteau planté dans le dos ! Mieux valait s'enfuir. Elle allait s'occuper d'Ida, et ensuite…

— Cat ? Tout va bien, Cat ? demanda Ida d'une voix étouffée depuis le coin de la pièce.

— Je ne dirais pas ça comme ça, mais je ne suis pas blessée. Et toi, ça va ? Et Chasseur ?

Ida poussa un cri en apercevant le drap plein de sang dont s'entourait son amie en se levant.

— Ce n'est rien. C'est juste que… j'étais encore vierge. Mais dis-moi comment vous allez.

— Le chien n'a rien. Mais j'ai terriblement mal à une main. Je crois qu'elle est fracturée, répondit Ida, essayant de se lever elle aussi, mais titubant.

Cat la fit asseoir sur le lit afin d'examiner la main qui faisait avec le bras un angle inhabituel. Le poignet était gonflé.

— Oui, il va falloir poser une éclisse. En plus, c'est la main droite. Tu ne vas pas pouvoir beaucoup travailler dans les temps qui viennent. Tu n'auras pas à aménager un jardin pour la quatrième fois. Je vais m'habiller. Ça ne sert à rien d'attendre ici que le vieux Brandmann vienne à la recherche de son fils. Ensuite, je trairai Berta et je demanderai aux missionnaires s'ils n'auraient pas quelque chose à manger et de quoi faire un bandage. Je poserai une vraie éclisse plus tard. Il faut d'abord que je cueille quelques herbes. Contre les douleurs et l'inflammation. En attendant, essaie de trouver une histoire pour expliquer comment c'est arrivé. En plus, tu as un œil presque complètement fermé… Tu pourras dire que tu es tombée pendant que nous montions ici.

Cat soupira en s'apercevant que sa robe n'avait pas séché. Le feu avait dû s'éteindre peu après qu'elles s'étaient endormies. Elle la revêtit néanmoins et s'apprêta à sortir. Ida crut qu'elle partait.

— Tu ne t'en vas pas ? supplia-t-elle, terrorisée. Je veux dire… pour toujours ? Tu ne vas pas me laisser seule ?

Cat fit non de la tête. Elle n'avait bien sûr qu'une envie, fuir tout ceci à jamais, mais elle ne pouvait abandonner Ida blessée et en pleine détresse.

— N'aie pas peur, dit-elle tout bas. Si je pars, je partirai avec toi.

5

Les semaines suivantes, Cat n'eut pas le loisir de réfléchir au moyen de quitter le village. En plus de la fracture de son poignet, Ida tomba malade à la suite de cette journée et de cette nuit terribles. Fiévreuse, elle frissonnait de froid, mais ne toussait pas. Te Ronga aurait certainement diagnostiqué qu'elle souffrait d'avoir eu trop peur et aurait procédé à une cérémonie afin d'apaiser les esprits qui la harcelaient. Mais cela n'aurait guère été efficace contre Ottfried.

Durant les jours qui suivirent son forfait, celui-ci se tint loin des deux femmes dans la mesure du possible. Dégrisé, il devait redouter la haine brillant dans les yeux de Cat dès qu'elle l'apercevait. Il se doutait qu'elle ne se séparerait plus de son couteau. Il laissa donc à Ida et Cat la disposition de la maison au bord du fleuve, dormant dans l'ancienne cabane quand il n'était pas à Nelson. On avait en effet de nouveau besoin de matériel de construction pour réparer les dégâts, les hommes travaillant du lever du jour à la tombée de la nuit aux maisons des Busche et des Schieb. Jakob Lange ne cessait de les stimuler. Il ne s'était pas montré trop sévère envers les Schieb, responsables de la perte d'une vache. Il avait peur que les deux familles ne choisissent elles aussi de quitter le village. Si elles restèrent finalement, deux autres jeunes couples et trois adolescents s'en allèrent.

Ida avait peur qu'Elsbeth s'enfuie elle aussi. Définitivement démoralisée, elle refusa de toucher au moindre outil de jardinage alors que les flots avaient anéanti le fruit de ses efforts. Son père la réprimandait, mais les conflits ne s'aiguisèrent pas dans un premier temps. Franz était retombé malade et Elsbeth passait tout son temps à le soigner. Les remèdes de Cat contre la toux étaient efficaces et il aurait dû guérir, mais il n'arrêtait pas de pleurnicher et était épuisé, comme beaucoup d'habitants. L'ambiance était de nouveau à la déprime.

Désormais plus personne ou presque ne croyait que Dieu préserverait le village d'autres catastrophes. Si, dans le meilleur des cas, on évoquait un système astucieux de fossés de drainage ou l'édification de digues, la perspective de l'abandon du village était devenue d'actualité. Lange, Brandmann et les missionnaires essayaient de remotiver les habitants en organisant des prières collectives, une fête paroissiale pour l'arrivée du printemps, et en tenant des discours optimistes. Ils rencontraient l'oreille des plus âgés, mais aussi de jeunes femmes qui redoutaient de devoir quitter leurs nouvelles maisons et la chaleur de la communauté villageoise, ou de se heurter à nouveau à l'obstacle de la langue. Leurs maris préféraient se regrouper autour d'Ottfried et de ses bouteilles. Ils se réunissaient désormais tout à fait ouvertement dans sa cabane, afin, disaient-ils, de discuter des projets de drainage, de leur travail ou de la culture des champs. En réalité, ils noyaient leurs inquiétudes dans l'alcool. Lange et Brandmann laissaient faire bon gré mal gré.

Au printemps, la végétation naturelle de la vallée se remit rapidement de l'inondation, la campagne fut de nouveau aimable et attirante. Quand Ida participa pour la première fois à une assemblée de prière à la station

– l'église était fermée durant la pose du toit – elle se rappela son arrivée dans la Schachtstal un an plus tôt, où, la contemplant depuis les hauteurs, elle avait rêvé de coquettes maisons, de blés dorés, de bétail, de vertes prairies et de jardins florissants. Maintenant, elle voyait leurs deux vaches paître au bord du fleuve et de premiers épis se former dans les champs. Mais cela avait perdu tout charme pour elle, le prix à payer étant trop élevé et le danger d'anéantissement permanent.

— Nous ne sommes pas obligées de rester ici, dit Cat derrière elle, semblant avoir lu dans ses pensées.

Elle avait accompagné Ida pour veiller sur elle car son amie était toujours très faible, mais aussi pour se faire voir lors d'une assemblée de prière, car son absence fréquente donnait lieu à des commérages. Tout le village savait d'ailleurs que les deux femmes vivaient seules dans la maison d'Ida tandis qu'Ottfried occupait la cabane. Cela éveillait les soupçons. Cat était-elle la responsable de cet état de fait ? Avait-elle fait les yeux doux à Ottfried et fuyait-il la tentation ? Tant qu'Ida était sérieusement malade, on pouvait penser qu'il ne voulait pas être une charge supplémentaire pour la servante ou que, par convenance, il ne voulait pas partager la maison avec elle. Mais, Ida allant mieux, les soupçons grandissaient.

Cat devait donc prendre une décision. Ne voulant plus vivre avec Ottfried, elle voulait partir. Et qu'Ida parte avec elle !

— Et où irions-nous ? demanda Ida. Toi, tu peux peut-être retourner chez tes Maoris. Mais moi ? J'y ferais quoi ?

Effectivement, Cat savait qu'aucune tribu n'aurait de raison d'adopter cette femme désemparée ne parlant ni l'anglais ni le maori. Ils l'accueilleraient sans doute quelques semaines, mais ensuite…

— Je ne sais pas, Ida, nous aurons bien une idée ! Tu ne peux pas continuer à te faire violer et frapper par Ottfried. Tout vaut mieux que ça, je…

Elle s'interrompit en s'apercevant qu'elle allait trop promettre. Elle ne pouvait garantir à Ida qu'elle allait trouver du travail et il n'était pas vrai que tout valait mieux que ce qu'Ida avait. La vie d'une putain dans une station de pêcheurs de baleines était bien pire.

La mère d'Ottfried se joignit alors à elles, essoufflée par la montée jusqu'à la mission.

— Quel plaisir de te revoir parmi nous, Ida ! dit-elle. Et toi, Katharina. Ces derniers temps, tu étais certainement trop occupée à soigner Ida pour que tu pries avec nous. Je ne trouve d'ailleurs pas qu'elle ait bonne mine. Toujours aussi pâle et maigre… pourtant j'ai envoyé Erich vous porter la dernière perdrix qu'il a attrapée.

Perdrix qui n'était qu'un kiwi, mais Frau Brandmann s'obstinait à n'apprendre aucun mot local pour les plantes ou les animaux.

— Tu aurais pu lui préparer une bonne soupe. Au fait, tu sais cuisiner ? demanda-t-elle d'un air soupçonneux, oubliant que c'était à Cat que son fils Erich devait son habileté à capturer ces oiseaux.

— Cat cuisine très bien, mais je n'aime pas spécialement le bouillon de poule… ou de kiwi. Depuis quelque temps, d'ailleurs, rien que l'odeur de la soupe me rend malade.

Cat avait ressenti les mêmes symptômes et s'en inquiétait. Ida avait en outre fréquemment vomi ces derniers temps et, à bien y réfléchir, elle-même ne se portait guère mieux de ce point de vue : elle souffrait de nausées, surtout le matin. Les kiwis n'y étaient certainement pour rien ! Elle en avait souvent mangé chez les Maoris et les avait digérés…

Tandis qu'elle tentait de trouver quels aliments pouvaient bien être la cause commune de leurs malaises, le visage de Frau Brandmann s'éclaira d'un sourire radieux.

— Ah bon, ça y est ! s'écria-t-elle. Voilà qui explique tout ! Et aussi que tu te sentes malade. Tu n'as pas à t'inquiéter, il est fréquent que, les premiers mois, on perde du poids parce qu'on ne se sent pas bien et qu'on ne mange pas assez. Mais alors tu dois te forcer... Et à la longue, les nausées disparaîtront.

Ida, qui n'avait rien compris, dit, perplexe, à sa belle-mère :

— Bien sûr que je guérirai et puis...

— Mais, mon chou, tu n'es pas malade ! répondit la femme en riant. Même si tu te sens mal. Crois-moi, tu es en aussi bonne santé qu'une sage épouse peut l'être. Tu es enceinte, Ida ! Tu attends enfin un enfant ! Prends un peu soin de toi dans les semaines qui viennent !

Elle se remit en marche, montant vers la mission.

— Est-ce possible ? s'inquiéta Ida une fois sa belle-mère hors de portée de voix.

— Bien sûr ! répondit Cat sans ménagement.

Ida était devenue blanche comme un linge et dut s'asseoir sur une pierre devant la station. Mais Cat fut incapable de s'occuper de la détresse de son amie, tant elle était elle-même prise de terreur. Une grossesse d'Ida devait nécessairement intervenir un jour ou l'autre. Mais elle ? Il était indéniable qu'elle manifestait les mêmes symptômes qu'Ida. Elle sentit la panique la gagner. Elle chercha fébrilement quand elle avait saigné la dernière fois ? Après le viol, ça elle en était certaine. Mais ce saignement résultait des blessures qu'il avait entraînées, pas de ses règles. Mais ensuite ? Prise par le travail et les soucis, elle n'avait pas eu le temps de réfléchir à quoi que ce soit. Elle se rendait compte à présent que ni elle ni Ida n'avaient saigné. Elle sentit la terre tourner sous ses pieds. Elle avait toujours eu des règles régulières. Les dernières dataient d'environ deux semaines avant l'inondation.

Elle se laissa tomber à côté d'Ida, n'espérant qu'une chose, que le pasteur prenne son temps avant de commencer l'assemblée de prière, car elle était trop bouleversée pour se montrer aux autres femmes en pareil état.

— Je ne veux pas être enceinte, murmura Ida. Pas d'Ottfried, pas ici… Oh, mon Dieu, qu'est-ce qui m'attend ?

— Tu aurais dû y réfléchir avant ! la rabroua Cat. Au moins, toi, on t'a posé la question. Tu n'étais pas obligée de l'épouser. Mais moi… Il nous a toutes les deux mises enceintes, Ida ! À ce qu'il semble, nous attendons toutes les deux un enfant de lui !

Elles endurèrent comme elles purent l'épreuve de l'assemblée, Ida devant en particulier supporter les regards amicaux et pleins de curiosité des femmes, puis leurs félicitations. Frau Brandmann n'avait pas perdu de temps ! Toutes écartèrent d'un rire les doutes d'Ida qui prétendait ne pas être encore certaine de sa grossesse.

— Tu es mariée depuis plus d'un an, Ida ! la rassura Elfriede Busche. Il faut bien qu'à un moment ça finisse par marcher ! Et comme Ottfried s'est montré prévenant en te laissant tranquille durant ces premières semaines où tu te sentais si mal… En plus, ça ne fait pas courir de risques à l'enfant. Maintenant ton mari va revenir chez vous, n'est-ce pas ? Et toi, tu vas bientôt aller mieux. Ce sont ces fameux trois premiers mois les plus durs. Dis-moi si tu as besoin de moi ! Au jardin par exemple…

Les villageoises, stoïques, avaient pour la quatrième fois entrepris de refaire leurs jardins, et le fait que Cat et Ida s'en soient abstenues avait suscité bien des bavardages.

— Ah, que c'est merveilleux, exultait Frau Brandmann, ne cessant de chuchoter des prières de remerciement. Mon premier petit-enfant ! Ici, dans notre nouveau village ! Est-ce qu'Ottfried est déjà au courant, ma chère Ida ?

— Il l'apprendra à coup sûr aujourd'hui, dit Cat, découragée, quand elles furent enfin seules, Elfriede Busche qui les avait accompagnées jusque chez elles sans s'arrêter de bavarder une seule seconde ayant continué son chemin. Ce genre de nouvelle fera le tour du village en un clin d'œil. Le mieux serait que tu le lui dises toi-même, il sera furieux de l'apprendre par d'autres.

— Ça m'est égal ! Je ne vais certainement pas le chercher pour lui annoncer la « bonne nouvelle ». Oh, mon Dieu, Cat, je suis en train de pécher. Mais je ne veux pas d'enfant ! Je ne veux pas rester ici, je…

Elle se mit à pleurer. Cat aurait aimé la consoler, mais les problèmes d'Ida n'étaient rien, comparés aux siens.

— Cesse de te lamenter, Ida, il faut que nous parlions ! Tu ne veux pas d'enfant et moi non plus, mais on n'y peut plus rien changer. Il existe bien des moyens de… de tuer un enfant avant sa naissance…

Ida regarda son amie avec horreur et stupéfaction. La paysanne de Raben Steinfeld n'avait jamais entendu parler d'avortement. Elle parlait de manière irréfléchie, puérile. Or il était temps pour elle de devenir adulte.

— Tu ferais ça, toi ?

— Non, ou plutôt oui, je le ferais si je savais comment on s'y prend. Te Ronga m'a appris comment on met des enfants au monde, mais pas comment on interrompt une grossesse. Chez les Maoris les enfants sont les bienvenus, même en dehors du mariage. Je ne sais ça que…, elle s'interrompit avant de dévoiler les pratiques abortives auxquelles se livraient les putains de Peraki Bay. Bon, ça n'a pas d'importance. En tout cas, nous ne nous débarrasserons pas de ces enfants. Pour toi, ce n'est pas très grave. Toutes les femmes sont heureuses que tu aies un bébé.

— Et il mourra peut-être noyé lors de la prochaine inondation !

— Cette affaire d'inondation va trouver une solution, d'une manière ou d'une autre. Ça ne peut pas durer ainsi. Vous partirez ou vous construirez des digues. Mais toi… je suis navrée, toi tu vas devoir rester avec Ottfried.

Ida n'avait jusqu'ici jamais envisagé de partir un jour avec Cat, mais, à l'idée de finir ses jours en compagnie d'Ottfried, un frisson de peur lui parcourut le dos.

— Et toi ?

— Je vais partir, affirma Cat, bien décidée à résister aux larmes et aux prières de son amie – mais celle-ci, gardant contenance, la surprit.

Elle n'était en effet pas idiote. Pendant l'assemblée et sur le chemin du retour, elle avait dû agiter les mêmes pensées que Cat. Il était hors de question qu'un enfant illégitime grandisse à Sankt Pauli. Et surtout pas dans la maison de son père, en compagnie de son demi-frère ou de sa demi-sœur. Si Cat ne partait pas d'elle-même, elle serait chassée, sans pitié, ni pour elle ni pour l'enfant. Personne ne croirait à un viol. Tout au plus plaindrait-on le « pauvre » Ottfried d'avoir été « séduit ».

— Si ça ne te fait rien, j'aimerais bien rester un mois encore jusqu'à ce qu'il fasse plus chaud, poursuivit Cat. Il y aura aussi plus de bateaux pour Nelson à cette période.

De Nelson, Cat se mettrait en route à la recherche des Ngai Tahu, comme elle en avait l'intention à l'origine. Sa grossesse la gênerait certes durant la marche, mais, si une tribu la recueillait, l'enfant ne serait pas un problème. Cat se reprocha de s'être laissée embarquer dans cette aventure de Sankt Pauli. Sans laquelle elle aurait fait l'économie du viol et d'un enfant non désiré.

— Tu peux rester aussi longtemps que tu voudras, dit Ida à voix basse. Il reste une question : toi et ton enfant… on en parle à Ottfried ?

6

Ida et Cat n'eurent pas le temps, ce soir-là, de prendre une décision. Elles se séparèrent quand Chasseur, par des aboiements furieux, annonça l'arrivée d'Ottfried. Cat porta la main à son couteau, mais Ottfried était à jeun. Il se défit de son ciré et offrit à Ida avec gaucherie un bouquet de branches de rata et de kowhai.

— J'ai entendu parler de l'enfant, dit-il sans accorder un regard à Cat. Pourquoi ne m'avais-tu rien dit ?

— Je n'en savais rien moi-même ! se défendit Ida d'une voix étouffée.

Ottfried n'avait pas un air menaçant ce soir-là, mais elle redoutait qu'il la réprimande ou la frappe pour avoir tardé. Cat était prête à lui venir en aide. Sa fureur s'était réveillée à sa vue, même s'il ne jouait pas les faux durs, mais l'époux bien élevé.

— Et ce n'est pas sûr du tout. C'est juste ta mère qui se figure…

— Oh, ma mère ne se trompe pas ! Pas dans ce genre de choses. C'est donc pour ça que tu étais malade ! dit Ottfried d'un ton de soulagement, comme s'il s'était senti coupable, au moins pour ce qui était des blessures.

— C'est le bébé qui lui a cassé le poignet ! jeta Cat. Une intéressante vision des choses…

— Toi, tais-toi, aboya Ottfried. Tu apportes la discorde dans mon ménage. Ma mère dit d'ailleurs que tu devrais t'en aller. Tu es une tentation. Et tu pousses Ida à la rébellion. Elle se serait plus vite rétablie si tu ne l'avais pas tant dorlotée. Les autres femmes attendent aussi des enfants et accomplissent leurs devoirs.

Puis, tourné vers sa femme, d'une voix radoucie :

– Tout va rentrer dans l'ordre maintenant que nous sommes une vraie famille. Je resterai dorénavant ici. Les gens ont trop jasé. S'il y a quelque chose à faire pour toi, c'est moi qui m'en chargerai.

– Ottfried, je… je ne peux pas encore… avec toi…, dit Ida en se tenant le ventre comme pour protéger la vie en germe.

– Pas de problème. Je m'abstiendrai. Je ne veux pas nuire à l'enfant. Notre fils, Ida ! Le premier Brandmann à voir le jour à Sankt Pauli ! Rien que pour ça, tout a valu la peine !

– Ce sera peut-être une fille, chuchota Ida.

– Balivernes ! Ce sera notre héritier ! Sérieusement, Ida, je… eh bien je vais faire des efforts. Parole d'honneur. Mon père m'a réprimandé à cause de nos rendez-vous avec les jeunes dans la cabane. Et je sais aussi que je… que je… bref, je n'aurais pas dû céder aux artifices de cette… euh… séductrice.

Le regard qu'il lança à Cat était plus empli de méchanceté et de luxure que de remords. Cat eut du mal à ne pas sortir son couteau.

– Je préfère aller dans l'étable, dit-elle d'une voix rauque. Appelle-moi si tu as besoin de moi, Ida.

Elle se força, en sortant, à tourner le dos à Ottfried. Il ne devait pas croire qu'elle avait peur de lui. Mais elle garda la main sur son arme, bien décidée à pivoter en un éclair et à frapper si elle entendait des pas derrière elle. Arrivée à la porte, elle fit volte-face.

– Et je ne plaisante pas, Ida. Ottfried, si j'entends quelque chose au cas où tu l'empoignerais… alors…

alors..., dit-elle en jouant avec son couteau, le visage déformé par la haine.

Elle aperçut une lueur de crainte dans les yeux d'Ottfried. Il était allé trop loin et il le savait.

Cat dormit fort peu pendant la nuit. Elle tendait l'oreille, mais elle n'entendit aucun bruit en provenance de la chambre à coucher. Chasseur n'aboya pas non plus. Ottfried devait donc laisser sa femme enceinte tranquille. Il y eut en revanche d'autres bruits, celui de la pluie qui ne cessait de crépiter violemment sur le toit de l'étable et, surtout, ceux venant du fleuve, de plus en plus forts d'heure en heure. C'était ainsi que tout avait commencé lors de la dernière inondation.

Et, cette fois, le Moutere ne laissa pas à Cat le temps d'avertir Ida et Ottfried. Vers le matin, enfin assoupie, elle fut réveillée par les jappements plaintifs de Chasseur et les mugissements affolés de Berta. Au même instant, de l'eau passa sous la porte.

Cat se leva d'un bond, mais, quand elle ouvrit la porte, elle se trouva face à une vague d'un pied de haut qui envahit l'étable. Le terrain, au-dessous de la maison, était déjà sous l'eau. Cat vit des arbres et des buissons emportés par la violence du courant. C'était bien pire que la dernière fois.

Elle entreprit de sauver d'abord les bêtes. Les chevaux n'attendirent pas leur reste dès qu'ils furent détachés. Quand Cat eut réussi à faire sortir Berta, de nouveau récalcitrante, l'eau, dans l'étable, arrivait aux genoux. Elle devait avoir pénétré dans la maison depuis un bon moment. Cat, en ouvrant la porte de la cuisine, lui laissa la voie libre.

— Ida ! hurla-t-elle – et elle eut peur quand elle se trouva face à Ottfried en chemise de nuit.

— Qu'est-ce que… qu'est-ce qui se passe ? balbutia-t-il en contemplant, ahuri, Cat et l'eau qui baignait ses pieds nus. C'est… c'est le fleuve ?

— Non, c'est juste un seau d'eau que Dieu vient de renverser ! Où est Ida ? Il faut qu'elle s'habille, tout de suite ! Et qu'on emporte ce qu'elle veut sauver. Il faut partir d'ici !

Ottfried renâcla, mécontent, et pataugea jusqu'à la fenêtre :

— Voilà que tu recommences ! Les fossés…

Passant à côté de lui, Cat ouvrit la porte de la chambre d'Ida.

— C'est ça, Ottfried, regarde bien ! Des fossés ? Il n'y en a plus ! Tout est submergé depuis longtemps. Cette fois, il n'y a rien à sauver, juste nos vies. Si l'eau continue à monter comme ça…

Ida essayait de mettre sa robe, posée sur une chaise, mais déjà en partie atteinte par l'eau. Son poignet avait beau être guéri, cela allait au-delà de ses forces. Cat la lui ôta des mains.

— Elle est mouillée, prends celle du dimanche !

Elle l'aida à l'enfiler, mais elle ne resta pas sèche longtemps. Quand elles quittèrent la maison, l'eau leur arrivait déjà aux genoux. Ottfried lui-même vit que tout effort de sauver quoi que ce soit était vain. Il enfila en toute hâte une chemise et un pantalon.

— Passez devant, je vous rattrape, cria-t-il.

Relevant leurs jupes, Ida et Cat avaient entrepris de monter à la station, dans l'eau et dans la boue. Il leur était impossible de rester sèches, car il pleuvait à seaux et il y avait du vent. Ottfried, tirant derrière lui Elfriede Busche, surgit derrière elles avant même qu'elles aient atteint le chemin principal. La jeune femme tenait son enfant dans ses bras et appelait désespérément son mari, qui les suivait à distance, n'arrêtant pas de regarder en arrière, en direction de sa maison qui s'effondra peu après, le courant emportant poutres et murs avec autant de facilité qu'un fétu de paille.

— Ce… ce n'est pas possible, c'est…, balbutia Elfriede qui s'était arrêtée elle aussi. Je dois y retourner ! Redescendre ! Toutes mes affaires, ma dot !

Ottfried la retint jusqu'à ce que Robert, qui avait repris ses esprits, lui entoure les épaules de son bras.

— Calme-toi, Elfriede, nous avons notre enfant et nous sommes vivants, nous avons…

— Nous n'avons plus rien ! sanglota-t-elle. Tout est parti.

Ottfried força le couple à se remettre en marche. Il semblait ne pas avoir abandonné tout espoir. Ayant convaincu Robert de le suivre et de confier sa femme à Cat et Ida, il partit devant afin de reprendre, plus haut, le combat pour le sauvetage des maisons encore debout.

— Dès qu'Elfriede et l'enfant seront en sécurité, lança-t-il à sa femme et à Cat, rejoignez-moi. Nous avons besoin de tous les bras si nous voulons sauver quelque chose ! Toi du moins, Cat, tu te rendras utile. Ida… avec l'enfant…, dit-il avec hésitation, déchiré entre son inquiétude pour son « héritier » et son désir de sauver la colonie.

— Tu parles ! Nous n'allons rien faire du tout ! dit Cat quand il fut hors de portée de voix. Nous allons aller à la mission et chercher où nous mettre au sec. Allez, avancez, madame Busche, vous ne voyez pas que l'eau monte ?

Ida se tourna vers elle.

— Cat, si nous travaillons dur, peut-être que… peut-être que nous perdrons les enfants !

— Chut ! souffla Cat en montrant la voisine, qui regardait Ida d'un œil hagard.

Elle ne savait pas dans quelle mesure Elfriede Busche était en état de comprendre quelque chose et de s'en souvenir plus tard…

— Tu ne peux pas creuser toute la journée et charrier des sacs, dit-elle à Ida comme si celle-ci avait juste proposé d'aider la communauté. À la fin l'enfant serait peut-être mort, mais toi aussi. Ça n'en vaut pas la peine. Et aujourd'hui… Ida, je ne pense pas que le problème soit de travailler dur. Le problème, c'est de ne pas mourir noyées. Quand toutes les têtes de mule de la paroisse s'en rendront compte, ils s'en sortiront, eux. Ils savent nager, mais toi, ta robe pleine d'eau t'entraînera au fond. Oublie ça, Ida. Nous… nous allons nous défiler !

Les femmes étaient déjà sur le chemin principal alors que le fleuve continuait à monter à une vitesse stupéfiante, baignant à nouveau les pieds des trois femmes, maintenant rejointes par d'autres fuyards, femmes à moitié vêtues et enfants, les hommes poursuivant leur vaine lutte. Puis survint une troupe d'animaux paniqués, chats et chiens des colons, mais aussi une foule de rats que leur terreur des flots déchaînés amenait à côtoyer leurs ennemis jurés.

Certaines des fuyardes pleuraient ou priaient, notamment les plus âgées, abasourdies devant la violence des éléments, qui anéantissait tout espoir de survie pour leur village. Entourée des siens, Frau Brandmann sanglotait. Elsbeth et le petit Franz suivaient le groupe. Ida embrassa sa sœur.

— Tout va partir avec l'eau ? demanda Franz, incrédule.

— Mais non, répondit Gudrun Brandmann. L'eau sera partie demain, si Dieu le veut, nous nettoierons tout et…

Elsbeth lui lança un regard assassin.

— Bien sûr, Franz. Dieu merci, tout va partir ! Tout, les maisons aussi. Cette fois, c'est définitif, nous ne rebâtirons plus ce maudit village !

— L'eau ne peut tout de même pas arriver à notre maison, pleurnicha Frau Gudrun. Ce n'est pas possible…

Si les maisons les plus haut placées avaient jusqu'à ce jour été épargnées, l'eau les atteignait désormais. Puis les femmes arrivèrent à l'endroit d'où l'on apercevait la vallée entière. Les pleurs de la mère d'Ottfried se muèrent alors en un cri d'horreur quand elle se retourna : à l'instant même, l'église était engloutie par les flots. Seul le clocher émergeait encore, jusqu'au moment où, les fondations ayant cédé sous la force du courant, il s'affaissa lui aussi lentement.

— C'est l'apocalypse ! dit-elle. Dieu nous punit !

Peu de temps après les hommes rejoignirent leurs familles.

— Ne restez pas là ! cria Jakob Lange. Il faut aller jusqu'à la station. Ici nous allons tous nous noyer !

Les trois pasteurs, debout devant la mission, contemplaient la catastrophe. Ils n'avaient pas tenté, cette fois, d'arrêter ce déferlement avec des sacs de sable. Quand les colons arrivèrent jusqu'à eux, ils se mirent à prier.

Le petit Franz, accroché à son père, lui demanda :

— Dieu ne fait que le bien, Père ? Dieu ne fait que le bien, n'est-ce pas ?

Cat et Ida n'attendirent pas la réponse, elles n'avaient pas la tête à prier. Elles firent le tour de la mission et Elsbeth se joignit à elles.

— Il y a bien ici encore une cabane ? s'enquit-elle. Il me faut un endroit sec. Je suis trempée jusqu'aux os. Franz aussi, nous avons failli nous noyer. Jamais l'eau n'était arrivée jusqu'à notre maison. Mais Père refusait d'y croire ! L'eau parvenait jusqu'à la poitrine de Franz et il voulait encore aller travailler aux fossés de drainage ! Je me suis enfuie seule avec Franz et nous avons sauvé notre peau. Heureusement, nous avons rencontré les Brandmann. Si Erich n'avait pas porté Franz…

Le cadet des Brandmann semblait avoir été l'homme de la situation. C'est lui qui avait forcé sa mère et sa sœur à quitter leur maison alors que son père voulait encore apprécier la situation.

Quand les trois jeunes femmes se retrouvèrent derrière la mission, les éléments semblaient s'être un peu calmés. Ida s'appuya contre un poteau de l'enclos où les missionnaires avaient eu la présence d'esprit d'enfermer les deux chevaux après leur fuite. Comme lors de la récente inondation, Chasseur attendait à proximité. Des vaches, aucune trace.

Les trois femmes se dirigèrent ensuite vers l'ancienne cabane d'Ida et d'Ottfried, malgré la répulsion d'Ida et de Cat à l'idée de retrouver le lieu de leur humiliation.

— Est-ce qu'on ne pourrait pas… aller dans la mission ? demanda Ida à Cat.

— Non. Ce n'est pas facile pour moi non plus, mais il faut voir dans quel état elle est. Avant l'arrivée des autres. Voir s'il y a là quelque chose dont on pourrait avoir besoin…

— Avoir besoin ? Avoir besoin pour quoi ?

— Ida, l'eau monte toujours, dit Cat à voix basse pour ne pas inquiéter Elsbeth. Il n'y a aucune certitude que nous soyons ici en sécurité.

— Mais la mission ? chuchota à son tour Ida, qui n'arrivait pas à croire que ce cauchemar n'était peut-être pas terminé.

— La mission ? Tu crois que Dieu va ordonner à l'eau de s'arrêter devant elle ? se moqua Cat. En réponse à toutes les prières qui ont déjà été dites ? Mais tu as sans doute raison, il se peut bien que la mission n'ait jusqu'ici jamais été inondée. Ce qui ne veut pas dire que ça ne se passera pas aujourd'hui. Dans les montagnes, c'est la fonte des neiges, Ida. Tu te rappelles, hier nous étions heureuses du beau temps printanier ! Et, là-dessus cette forte pluie… Peut-être que ça n'avait jusqu'ici jamais été aussi terrible.

— À moins qu'ils n'aient à chaque fois rebâti la mission ! dit Elsbeth, qui, ayant l'ouïe fine, se mêlait à la conversation… On connaît la chanson… Et qu'est-ce qu'il peut y avoir là-dedans ? s'interrogea-t-elle en examinant l'intérieur de la cabane, qui était totalement différent de ce qu'il était six semaines plus tôt.

Ottfried et ses comparses l'avaient effectivement utilisée comme lieu de réunion à l'écart du village, après avoir sans doute expliqué aux missionnaires qu'ils ne la démolissaient pas comme les autres et qu'ils y installaient des tables et des chaises afin de pouvoir, en cas de mauvais temps, s'y reposer et discuter du travail. L'intérieur rappela en tous points à Cat le pub de Barker à Peraki Bay : des chaises grossièrement ajustées autour de tables branlantes sur lesquelles les verres de bière et de whisky avaient laissé des ronds poisseux.

— Bon, il est clair qu'ils ne buvaient pas sous la pluie ! constata Cat, mais regardons un peu s'ils n'ont pas mis en réserve des provisions autres que de l'alcool. De quoi manger, par exemple, ou des couvertures.

— Oh oui, j'ai faim moi aussi, renchérit Elsbeth tout en aidant Cat à fouiller les placards. Mais il faudrait d'abord faire du feu.

— Le plus urgent est d'emballer tout ce qui est utilisable, objecta Cat. Avant que quelqu'un d'autre ne le fasse ou qu'Ottfried ne le donne à son père pour une distribution aux plus nécessiteux. Réfléchissez un peu ! Les dernières maisons de Sankt Pauli viennent d'être emportées par les eaux et il reste tout au plus ce que les missionnaires ont stocké. Et une longue marche jusqu'à Nelson nous attend. Avec femmes et enfants… Si je ne me trompe pas, la charrette est restée dans la grange de Lange ! Tout le monde devra donc aller à pied. Sous la pluie, sans rien à manger et sans tente.

— Tiens, du whisky ! s'écria Elsbeth, presque heureuse.

— Bien ! la félicita Cat qui, sous le regard indigné d'Ida, déboucha la bouteille, la porta à ses lèvres et but une bonne rasade.

Elle la tendit ensuite à Ida.

— Tiens ! Bois toi aussi, ça requinque quand on n'exagère pas…

— Je n'ai encore jamais bu de whisky ! déclara Elsbeth en s'emparant de la bouteille après qu'Ida eut bu du bout des lèvres et en avalant à son tour une bonne gorgée. Mais, c'est dégueulasse ! parvint-elle à dire ensuite, toussant et crachant. Et les hommes aiment ça ?

— On s'y habitue, observa Cat. Et maintenant, bois-en encore un peu, Ida. Ça chauffe de l'intérieur. Tu es encore très pâle. Prends-le comme un médicament. Te Ronga, quand elle pouvait se procurer une bouteille, y introduisait des herbes. Nous la buvions aussitôt. Ne fais pas cette tête, Ida ! Vous ne fabriquiez pas de schnaps à Raben Steinfeld ?

— Qu'est-ce que j'aimerais boire du vin ! rêva Elsbeth tout haut. Ou du champagne !

— Tu aurais dû naître dans la demeure du hobereau, la taquina Ida. Tu n'es pas faite pour Raben Steinfeld.

— Je n'y suis plus, répliqua sa sœur d'un ton satisfait. Et Sankt Pauli est englouti. Tu l'as dit toi-même, Cat. Nous partons pour Nelson ! Et tout sera différent !

7

La cabane d'Ottfried contenait deux autres bouteilles de whisky, mais pas de nourriture. En revanche, Cat trouva quelques outils ayant servi à la démolition et deux bâches cirées.

— C'est une bonne chose, on pourra monter des tentes, se réjouit-elle.

— Sans piquets ? s'étonna Elsbeth, qui avait vendu de vraies tentes chez les Partridge.

— Nous avons une hache et nous couperons des branches. Ce sera mieux que rien. Et maintenant, allumons ce feu. Les colons vont bien finir par cesser leurs prières et il leur viendra à l'esprit de loger ici, au chaud. Au moins les enfants…

La dernière nuit des colons à Sankt Pauli fut un authentique cauchemar. Certes, le fleuve resta quelques longueurs au-dessous de la maison des missionnaires, mais ni elle ni la cabane d'Ottfried n'offrirent un abri convenable pour soixante-sept personnes trempées jusqu'aux os. Aussi, quelques familles démoralisées partirent-elles de nuit pour Nelson. Les autres se serrèrent comme elles purent dans les deux maisons.

Ida et Cat n'y firent pas long feu ! L'air y était rapidement devenu irrespirable. La vapeur s'échappant des vêtements trempés en train de sécher s'y mêlait aux émanations des corps en sueur, à l'odeur du café et du thé fournis par les missionnaires et à celle du ragoût préparé avec les rares provisions de ces derniers. Cat et Ida ne réclamèrent pas leur part tant elles étaient écœurées. Elles montèrent leur tente improvisée et passèrent la nuit blotties l'une contre l'autre, à la recherche de chaleur sous les bâches. Chasseur les avait accompagnées, après s'être séché auprès du feu toute la soirée, et leur offrit le réconfort de son pelage moelleux. Elles passèrent néanmoins une nuit épouvantable, car l'abri des bâches n'était que relatif contre la pluie incessante. Par ailleurs, le bruit des conversations des colons, des lamentations et des prières les dérangeait dans leur sommeil.

Le lendemain matin, quand elles se levèrent, elles étaient rompues de fatigue. Mais, comme les autres colons, elles oublièrent presque leurs misères à la vue de ce qu'il restait du village après la catastrophe. Même Elsbeth, qui avait détesté ce pays dès le premier jour, resta muette devant le spectacle s'offrant à elle depuis la mission. L'eau s'était déjà à moitié retirée de la vallée, découvrant ce qu'il restait de premières maisons et de premiers champs. Il était aisé de s'imaginer ce qu'il devait en être du village encore englouti. De la maison des Lange, il ne demeurait que des ruines; celle des Brandmann avait été emportée et, dans le champ qui les séparait, gisaient les cadavres des deux vaches. L'église n'était plus que débris non identifiables, seul le clocher était à demi enfoncé dans la boue. On distinguait encore, sous la boue, des ruines d'autres maisons, mais inutilisables. L'inondation avait amené dans la vallée d'énormes masses de terre. Plus haut, l'eau, en se retirant, avait également creusé le sol: le chemin menant de la station au village n'était plus qu'une gorge profonde aux parois escarpées.

— C'est fini, murmura Jakob Lange en se signant. Il faut revenir à Nelson.

— Oui, et dire ses quatre vérités à ce Wakefield ! fulmina Peter Brandmann. Et à ce Beit ! Ils connaissaient ce risque d'inondations. Ils savaient parfaitement ce qu'ils nous attribuaient.

— Vous aussi, vous le saviez ! dit Ida, prête à affronter l'indignation générale. Karl Jensch vous avait prévenus, mais personne n'a voulu l'entendre…

— C'est Wakefield qui aurait dû nous le dire ! objecta le père d'Ottfried. Il devra nous procurer d'autres terres !

— Il ne le fera pas, n'est-ce pas ? demanda Elsbeth à sa sœur.

Elle et Franz étaient prêts à partir, tandis que beaucoup de femmes perdaient leur temps à pleurer et à se lamenter, et que les hommes discutaient pour savoir s'il valait la peine de fouiller dans les décombres à la recherche d'objets de valeur ou de souvenirs. Ida, dont la maison avait été l'une des premières atteintes, savait que c'était vain et Elsbeth n'avait que faire des couvertures brodées de sa mère ou de son trousseau.

— Je ne crois pas, répondit Ida. Bien sûr, Wakefield nous a caché la vérité, mais nous l'avons en quelque sorte supplié de nous tromper. C'est Père et Brandmann qui ont eu l'idée de nous établir au bord du Moutere. Il n'aura pas de peine à se disculper. Il a proposé des terres, nous les avons acceptées. Elles nous appartiennent toujours. Les Maoris n'auraient pas dû les vendre à Wakefield.

— Les Maoris utiliseront les mêmes arguments que Wakefield à votre encontre, remarqua Cat, un peu mécontente. Ils lui ont donné ce qu'il voulait. S'il avait posé des questions, ils lui auraient dit la vérité. Te Rauparaha n'est pas un menteur, il est juste roublard, comme vous dites. Bon, à présent partons ! Le chemin sera long et il faut marcher pendant qu'il ne pleut pas.

Un triste cortège de gens affamés et dépenaillés arriva à Nelson trois jours plus tard. Malgré le relatif et très récent bon état des chemins et des routes, les femmes et les enfants, peu habitués à marcher longtemps, avaient retardé le groupe. Le temps était resté mauvais et, lors de très fortes ondées, les femmes avaient préféré se mettre à l'abri dans la forêt. Beaucoup d'entre elles ne manifestaient aucun enthousiasme à l'idée de retrouver Nelson. La mère d'Ottfried était de celles-là : elle s'accrochait à son mari et à son fils qui s'était joint, durant ce périple, à sa famille d'origine plutôt qu'à la nouvelle. Il préférait entendre les lamentations de sa mère et de ses sœurs plutôt que de subir les regards assassins de Cat et les reproches d'Ida, qui lui rappelaient que la catastrophe avait été en tous points prévisible. Il redoutait aussi de se montrer violent si elle évoquait à nouveau Karl Jensch.

Il guidait donc les chevaux, laissant les enfants les enfourcher tour à tour, des enfants qui souffraient de blessures aux pieds et de faim. Leurs parents étaient trop amorphes pour se mettre à la recherche de plantes comestibles ou pour pêcher. Cat faisait exception, car ses nausées du matin cédaient le pas, vers midi, à une faim de loup. La forêt était pour elle pleine de ressources : elle déterrait des racines, demandait à Ida et Elsbeth de cueillir des baies, et elle savait attraper des poissons sans nasse. Erich, le frère d'Ottfried, l'accompagnait, si bien que sa mère et ses sœurs auraient pu cheminer sans trop de peine, si elles ne s'étaient complu à se plaindre et gémir. Le garçon en était irrité.

— Nous n'allons pas mourir de faim, expliquait-il en allumant un feu pour faire cuire ses poissons, selon ce que lui avait enseigné Cat. Il y a assez de travail à Nelson pour un charpentier. Il suffira à Père d'apprendre un peu d'anglais, même si ça ne lui plaît pas.

— Mais nous allons rester ensemble, non ? s'inquiéta Franz. Père a dit que la paroisse resterait ensemble.

— Oui, c'est aussi ce que dit mon père, dit Erich l'air sceptique. Si seulement c'est possible. Mais je crois que…

— Le mieux, c'est que tu apprennes l'anglais, Franz, dit Ida. Est-ce que tu te souviens comment t'appelaient les Partridge ?

— Oui, Francis. Je suis content à l'idée de revoir Paul ! Nous allons habiter à nouveau chez les Partridge, n'est-ce pas ?

Effectivement, les habitants de Nelson se montrèrent aussi accueillants et serviables que quinze mois plus tôt. Ayant appris, de la bouche de premiers fuyards, la nouvelle inondation, ils ouvrirent de nouveau leurs maisons aux colons en déroute. La plupart de ceux-ci trouvèrent refuge dans les familles qui les avaient précédemment hébergés. Ida vit avec envie Elsbeth sauter au cou de Mrs Partridge, qui lui rendit son étreinte de bon cœur et lui annonça qu'elle aurait une compagne de chambre, Amanda, sa fille.

Ida admira la petite Amanda le cœur lourd. En effet, elle appartenait maintenant à la famille Brandmann dont les anciens hôtes ne voulaient plus.

— Nous trouverons autre chose pour vous ! avait assuré le jeune secrétaire de la municipalité envoyé par Wakefield à la rencontre des colons. Ce soir nous vous logeons dans la pension de Mrs Robins et demain nous nous renseignerons.

Ottfried traduisit pour ses parents.

— Et nous ? demanda Ida. Allons-nous aussi dans la pension ? Et que devient Cat ? Et Chasseur ?

Loger dans la pension ne lui plaisait guère, sachant qu'ils ne pourraient payer. Bien sûr, Ottfried trouverait vite du travail, mais elle avait grandi avec l'idée que s'endetter était un péché. Et Chasseur ne serait pas admis. Cat n'avait pas plus envie qu'elle de retrouver la pension. Jusqu'ici, blonde parmi d'autres jeunes femmes blondes, elle n'avait pas été reconnue. Mais Mrs Robins ne tarderait pas à ameuter la population, alors qu'elle aurait aimé rester quelques jours à Nelson, afin de savoir au moins ce qu'il advenait d'Ida avant de partir à la recherche des Ngai Tahu. Les deux amies se regardèrent d'un air malheureux, cherchant une solution. C'est étonnamment Ottfried qui eut une idée.

— Pour nous, Ida, je vais trouver quelque chose, ne t'inquiète pas. J'ai ici des amis, je ne suis pas un inconnu. J'ai passé souvent la nuit ici en économisant l'argent de la pension. Suivez-moi…

Laissant sa famille et le secrétaire, il partit suivi d'Ida et de Cat.

— Ses amis ne vivent pas dans les beaux quartiers, murmura Cat quand ils prirent la direction du port.

Ida haussa les épaules, se doutant de ce qui les attendait. Ottfried les mena effectivement à un pub à la façade délabrée, un écriteau au-dessus de la porte : Paddy's Hideaway. Un pub ou un bordel ?

À leur entrée, assaillies par une forte odeur de bière, elles virent des tables et des chaises en bois grossier, un plancher constellé de taches et un comptoir qu'un homme au visage rubicond était en train d'essuyer. Un spectacle repoussant pour Ida, alors que Cat se dit, avec une ironie amère, qu'enfin elle pouvait se sentir chez elle. La pièce était néanmoins propre, ce qu'on n'aurait pu dire du pub de Barker.

— Paddy, vieille branche… je te salue, baragouina Ottfried en anglais.

Le patron répondit aimablement, mais leva un sourcil perplexe à la vue d'Ida et de Cat.

— Moi, besoin tu m'aides, continua Ottfried. Beaucoup d'eau dans village. Nous avoir besoin loger, moi, ma femme.

— Ça veut dire que votre village est noyé ? Et que vous, vieux bigots, vous vous êtes rendus à la raison ? Et maintenant, ajouta le patron en riant, tu veux emménager ici avec ta femme et ton chien. Avec deux femmes plus exactement, à moins que je voie double…

Puis, l'air de plus en plus admiratif, il jubila :

— Putain, Otie, je ne te croyais pas quand tu te vantais de tes deux femmes. Mais je les vois de mes propres yeux. Deux ! Et l'une plus belle que l'autre ! Laquelle est la légitime ? Et l'autre pourrait éventuellement être à la disposition de tout un chacun si je vous permets d'habiter ici ?

La grimace d'Ottfried ne permit pas de voir s'il était fier ou embarrassé. Mais Ida, s'avançant, ne lui laissa pas le temps de parler.

— M. Paddy, dit-elle en anglais, je m'appelle Ida Brandmann et voici notre servante et aide-ménagère Katharina, mon amie aussi. J'ignore comment cela se passe en Angleterre ou en Irlande, mais dans notre pays un homme n'a qu'une femme. Pour ce qui est de Cat…

— Fille cherche job, déclara Ottfried.

Cat le fusilla du regard.

— Je ne cherche pas un job comme ceux que vous avez à offrir, Paddy ! explosa-t-elle.

— C'est bon, c'est bon, dit l'homme en levant la main en signe d'apaisement. C'était juste une question. Parce que, après tout ce que racontait notre Otie… Et voilà qu'il débarque avec deux belles poupées… Qu'est-ce que tu veux, Otie ? Une chambre pour trois ? Ou bien juste pour toi et ta lady ?

— Les trois, mais pas savoir comment…, commença Ottfried.

Ida reprit la parole, toujours digne :

— Ce serait bien si nous pouvions loger ici pour une courte durée, si vous louez des chambres. Nous sommes pour l'instant désargentés, comme vous l'avez peut-être compris du discours de mon mari, précisa-t-elle, moqueuse. Nous avons dû abandonner Sankt Pauli. Nous devrions donc…

— Paddy et moi, d'accord sur argent. Nous amis, non ?

Le patron leva les yeux au ciel.

— Je ne tiens pas de pension, juste une espèce de hangar derrière le pub. Je permets parfois à quelqu'un d'y dormir quand je pense qu'il ne trouvera plus le chemin de chez lui. Et en haut, il y aurait bien une chambre. Je la loue… comment je pourrais dire sans choquer la lady ? Eh bien, je la loue plutôt… à l'heure. Si je vous la donne, j'aurai besoin d'une compensation. Au moins autant que Lucie me paie. Le hangar, vous pouvez l'avoir à l'œil. Mais il faudra le nettoyer, il en a besoin. En échange, les ladies pourraient peut-être se rendre utiles. Non, non, ne vous fâchez pas, rien de pas convenable. Juste tenir propre ici, dans le pub. Lucie, cette feignasse qui en est chargée, est plutôt branchée sur la chambre, là-haut. Elle y est d'ailleurs meilleure.

— Où couchais-tu quand tu passais la nuit ici ? demanda Cat à Ottfried. Dans le hangar ou bien avec la feignasse ?

L'ancien habitant de Raben Steinfeld, s'il ne sut que répondre, sut néanmoins encore rougir.

— Bon, c'est tout vu, conclut Cat. Donc, merci beaucoup, Paddy. Mrs Brandmann et moi allons emménager dans votre hangar. Nous le nettoierons volontiers et nous nous occuperons aussi de votre bar. Pour être plus précise…, dit-elle en tirant son couteau de sa ceinture et en le lançant en plein milieu de la cible d'un jeu de fléchettes suspendue à un mur… pour être plus précise, je dirai qu'aucune de nous deux ne sera à la disposition de chacun. Quant à M. Brandmann, vous et Miss Lucie allez très certainement trouver un accord comme vous l'avez trouvé jusqu'ici. Tout cela provisoirement, bien sûr. M. Brandmann voudra bientôt fonder un petit nid pour sa famille. Mon amie attend un enfant. Et moi, je cherche un job… Où se trouve donc ce hangar ?

AUX MAINS DES ESPRITS

Nelson, Canterbury Plains

1844-1845

1

Paddy Reilly n'avait pas menti pour ce qui était du hangar, minuscule, rempli d'ordures, de poussière et de toiles d'araignée. Ida, qui avait gardé le contrôle de ses nerfs dans le pub, fut sur le point de s'effondrer. Il lui fallait de toute urgence un lit et de quoi manger. À leur arrivée à Nelson, c'est à peine si elle avait goûté au pain et au thé offerts par les habitants de la ville, tant elle était à bout de forces. Et maintenant ce trou nauséabond qu'il faudrait nettoyer de fond en comble avant de pouvoir s'allonger ! Même Chasseur se détourna, après l'avoir flairé, du matelas que Paddy destinait à ses clients ivres.

— Il est à coup sûr infesté de punaises, jugea Cat. Il nous en faut un autre. Ou au moins de la paille… Où a-t-on logé les chevaux ?

— Dans l'écurie de la municipalité. Il va y avoir des disputes pour déterminer à qui ils appartiennent.

Cat commença à balayer le plus gros des saletés avant d'aller chercher de l'eau, pendant qu'Ida rassemblait les bouteilles vides, les cartons et les divers objets entreposés dans ce réduit. Ottfried, qui ne les avait pas suivies et qui, n'ayant pas à dormir dans le hangar, s'estimait dispensé de corvée, s'était volatilisé.

— J'espère qu'il va vite chercher du travail sans attendre de nouvelles attributions de terres, dit Ida. Il faut tout de même que nous ayons de quoi manger.

— Oh, la rassura Cat, il veut avant tout boire. Et Paddy ne m'a pas semblé homme à raser gratis. Lucie ne va pas non plus le laisser dormir dans son lit pour ses beaux yeux !

— Il m'a trompée, constata Ida en rougissant, comme si elle découvrait la chose. Je… il… en fait, je savais qu'il était allé autrefois chez les putains. Mais une fois marié ! C'est un péché !

— Si tu veux mon avis, même avant c'est un péché. Les femmes ne devraient pas être à vendre. Cela n'a pas l'air de tracasser votre dieu…

— C'est toi qui le dis ! protesta Ida. Et l'inondation, alors ?

— Ida, je te l'ai déjà expliqué cent fois : les inondations ont toujours eu lieu. Ce fameux Karl le savait. Qui est-il au fait ? Chaque fois qu'il est question de lui, ton père s'étouffe, Ottfried écume de rage et toi… Je ne sais comment dire, tu sembles sourire… ou plutôt rayonner, resplendir. Il faudra que tu me racontes ce qu'il y a eu entre vous. En tout cas, il a prédit les inondations, sans que cela ait le moindre rapport avec les coucheries d'Ottfried. Il n'y a là aucune manigance divine, Ida. Même pas les dieux du fleuve de Te Ronga. Ils ne se soucient pas des hommes en réalité, ils se contentent de faire grossir ou refluer le fleuve, à leur gré.

— D'une manière ou d'une autre, nous avons tous péché, murmura Ida. Mais Ottfried plus que moi !

— Si ça peut te rassurer… En tout cas, les péchés d'Ottfried coûtent cher, et maintenant il ne peut plus détourner l'argent de la paroisse. Il va donc devoir travailler. Et si, demain, tu vas te plaindre auprès de sa mère d'être obligée de vivre dans un pub, elle le poussera aux fesses pour qu'il trouve un meilleur logement.

Ottfried ne se montra pas de la journée, mais, alors que les deux amies nettoyaient le hangar depuis une heure, une jeune femme aux cheveux blonds poisseux fit son entrée, apportant deux chopes de bière ainsi qu'une assiette de pain et de poisson grillé.

— C'est Paddy qui vous fait porter ça, grommela-t-elle sans dire bonjour. Mais c'est pas mal, ici ! Il pourra sans problème y installer une deuxième putain quand vous serez parties.

— Vous êtes Lucie ? s'enquit Ida.

— Pour vous servir, madame, répondit Lucie en s'inclinant avec insolence. Tu es la régulière, hein ? Et elle, c'est la Maorie ? s'assura-t-elle en déshabillant Cat du regard. Bien roulée, conclut-elle. Tu pourrais gagner une fortune. Bien que… dans ce trou personne ne s'enrichit. La plupart viennent pour boire une bière. Bon appétit en tout cas ! Paddy a dit qu'il le mettait sur le compte d'Otie.

— Comment peut-il l'aimer ? demanda Ida tout bas en la regardant sortir, ondulant des hanches.

— Tu ne vas pas être jalouse, non ? rigola Cat. Il ne l'aime pas, Ida, il l'utilise juste. Exactement comme… pardonne-moi… exactement comme toi. Bon, maintenant on va manger un morceau, puis j'irai au pub avant qu'il ne soit plein pour demander à Paddy de nous passer au moins une table et deux chaises. Et de nous dire où nous pourrons remplir un sac de paille.

Le pub était déjà plein quand Cat y entra, la main sur la garde de son couteau. Résignée à affronter les regards et les exclamations, elle traversa la pièce le plus naturellement possible, sans accorder la moindre attention aux clients, et surtout pas à Ottfried, assis avec d'autres, un whisky devant lui.

— Désolé, dit Paddy quand elle lui eut exposé ses demandes. Les gars ne sont pas malintentionnés, mais ils n'ont pas tous les jours la chance de voir un si joli morceau. Tu ne voudrais pas quand même… ? Allez, tu es la Maorie blonde, hein ? Celle dont tout le monde parlait, ici, il y a quelques mois. Il paraît que tu n'étais pas si prude chez les sauvages.

— Il n'y a pas de mot pour « prude » dans la langue maorie. Et pas non plus pour « putain ». Je vous en prie, fichez-moi la paix, Paddy. Mon amie et moi nous ne voulons que quelques meubles et une paillasse pour nous seules.

Paddy demanda alors à deux hommes très jeunes et encore à jeun de porter une table et deux chaises dans le hangar et d'aller chercher de la paille dans l'écurie la plus proche. Ils s'en acquittèrent sans importuner les deux amies. Au contraire : s'ils manifestèrent du respect à Ida, ils n'en manquèrent pas pour Cat qui profita certainement de la forte impression que son jet du couteau avait faite sur Paddy, qui n'avait pas omis de rapporter son exploit à ses clients. Mais bien d'autres histoires couraient déjà sur son compte : quand elle sortit de la pièce, elle entendit la voix moqueuse de Lucie.

— Elle baise pas avec tout le monde, les gars ! C'est une sorte de pute pour les Indiens, comme l'a dit Jamie, qui avait été le valet des Beit. Quand ils veulent une femme, ils déposent un scalp à ses pieds. Et ensuite, ils mangent ensemble de la chair humaine.

— Foutaises ! cria quelqu'un en coupant la parole à Lucie, et Cat reconnut la voix avinée d'Ottfried. Elle pas baiser avec vous parce que baiser juste avec moi. Appartient à moi, compris ? Femme à moi…

Cat s'enfuit. Ottfried allait continuer à broder. Mais il valait sans doute mieux passer pour la courtisane d'Ottfried que pour un membre d'une tribu de cannibales.

Ida et Cat dormirent comme un sonneur cette première nuit et l'étrange arrangement avec Paddy se révéla heureux durant les jours suivants. Il laissa les femmes en paix, et Lucie qui, de toute façon, descendait rarement avant midi de sa chambre au premier étage, en fit autant. Ottfried semblait passer la nuit chez elle. Il gagnait sa vie bien que n'ayant pas cherché un emploi stable. Il louait ses services au port et, le plus souvent, déchargeait des bateaux. Nombreux étaient les hommes de Sankt Pauli à faire de même.

— Des journaliers, disait Ida avec un sourire en coin. À Raben Steinfeld, ils n'avaient que mépris pour Karl et aujourd'hui ils vivent tous au jour le jour.

— Mais parce qu'ils ne peuvent pas faire autrement, rétorqua Cat.

Elle était allée au magasin des Partridge et avait discuté avec Elsbeth qui, déprimée, lui avait raconté que son père se rendait tous les jours à la municipalité, harcelant ceux qu'il rencontrait, réclamant l'attribution de nouvelles terres. Beaucoup de colons croyaient donc encore à une seconde chance, alors que Beit était parti depuis longtemps, ainsi que le colonel Wakefield, à qui avait succédé dans ses fonctions l'arpenteur Tuckett. Mais celui-ci était lui aussi parti. Il viabilisait des terrains pour des colons écossais, dans l'Otago. Il n'y avait donc aucun espoir pour les colons allemands, et pourtant nombre d'entre eux refusaient de chercher un travail et de s'installer à ou autour de Nelson, au milieu de voisins anglais, préférant se maintenir à flot grâce à de petits boulots. Ils attendaient un miracle.

Cet entêtement inquiétait Elsbeth. Si Lange et Brandmann entrevoyaient la moindre lueur d'espoir de fonder un nouveau Raben Steinfeld, ils n'hésiteraient pas.

— Alors que tout ici est parfait, avait-elle poursuivi. Mrs Partridge a beaucoup à faire avec Amanda et Paul, d'autant que Stine Krause ne vient plus depuis qu'elle a un deuxième enfant et que son mari gagne bien sa vie.

Les Krause s'étaient déjà intégrés à Nelson. Ils y étaient revenus alors que Frederick Tuckett était encore en fonctions. L'ancien arpenteur, qui connaissait leur histoire, les avait aidés à acquérir un terrain et une maison en bordure de la ville.

— En tout cas, je me rends utile au magasin et les Partridge me versent même un petit salaire. Mais je n'en dis rien à mon père ! Sinon, je devrais lui céder mon argent, car tout le monde est censé économiser en vue de l'achat de terres. Je préfère l'utiliser à ma guise.

Or Cat pouvait elle aussi régler ses achats avec l'argent qu'elle gagnait. Un jour, Paddy l'avait prise à part pour vérifier si elle parlait effectivement le maori et si elle connaissait leurs mœurs. Lors de sa venue dans le pays, il s'était vu attribuer un bout de terrain dont la possession, d'après Spain, était problématique. Gagnant correctement sa vie avec son pub, il n'avait pas l'intention de s'y installer pour le moment, mais il aurait aimé régler ce problème de droits de propriété et entendait donc se mettre d'accord à l'amiable avec les Maoris.

Cat dut bien entendu refuser de lui servir d'interprète, car elle aurait rencontré des représentants des Ngati Toa. Mais elle donna à Paddy de précieux avis et lui apprit comment se conduire pour se concilier les Maoris. Finalement, un peu nerveux, le patron du pub était parti pour le village maori le plus proche avec un chariot chargé de cadeaux. Cat lui avait fait apprendre quelques mots de salutation dans la langue des indigènes et lui avait aussi appris en quoi consistait un accueil poli à la mode maorie. Le lendemain, il était revenu enchanté. Les cadeaux avaient été reçus avec joie, les malentendus aplanis et la prédiction de Lucie selon laquelle il serait amené à manger de la chair humaine démentie.

— Ce sont des gens convenables et corrects ! avait-il jugé.

Par la suite, Paddy ne souffrit plus que soit évoqué chez lui le passé de Cat chez les Maoris, mais, surtout, il la rétribua pour ses bons conseils, ce qui lui permit enfin d'acheter des couvertures, des vêtements et des ustensiles. Puis Ida eut la surprise de pouvoir contribuer aux revenus du ménage. Il n'y avait bien entendu pas de cuisine dans le hangar, si bien qu'Ida faisait généralement sa cuisine sur un feu dans la cour. Ottfried ne se gênait pas pour prendre part aux repas dans l'abri de sa femme, avant de se rendre au travail sans mot dire ou, le soir, de disparaître au pub. Paddy, lui, se montrait toujours poli quand il était attiré par les parfums aromatiques montant des casseroles ou des poêles d'Ida.

— Diable, Mrs Brandmann, disait-il, c'est dix fois meilleur que ce que me concocte le gars qui me sert de cuisinier !

Paddy proposait en effet à ses clients célibataires du soir, travailleurs du port ou des constructions de routes, des repas simples qui suscitaient pourtant assez souvent des récriminations, en raison d'une mauvaise cuisson.

— Sans compter qu'il ne se montre que les jours où il est à jeun. Vous n'auriez pas envie de travailler chez moi comme cuisinière ? En tout bien, tout honneur, madame Ida, je vous le promets. Vous n'aurez pas à rencontrer les clients, vous savez où se trouve la cuisine.

La cuisine ouvrait sur la cour, en face du hangar. Ida pourrait entrer et sortir sans devoir traverser le pub.

— Bien sûr que tu vas accepter, intervint Cat. Sans rien demander à Ottfried. Il ne te demande rien non plus quand il accepte un job.

— Ce n'est pas la même chose, protesta Ida.

Il apparut qu'Ottfried n'y voyait pas d'inconvénient. Toujours fauché, il râlait quand Ida réclamait un peu d'argent pour assurer le ménage. Cat supposait que ses nuits avec Lucie revenaient aussi cher que la location d'un logement pour Ida et lui, mais n'en soufflait mot, satisfaite de la situation. Elle attendrait volontiers ainsi jusqu'à l'été pour se mettre en route vers le Canterbury, quand les conditions climatiques le permettraient. Si Ida trouvait un travail et gagnait donc un peu d'argent personnel, tant mieux !

Ida passa deux jours à nettoyer la cuisine. Même la graisse de la casserole dans laquelle le cuisinier faisait frire ses *fish and chips* n'avait jamais été renouvelée. Elle dut jeter le contenant et le contenu. Elle put alors concocter des ragoûts sur le fourneau et faire frire des poissons qui allaient devenir la spécialité de la maison, à la grande satisfaction des clients. Ida ne tarda pas à prendre goût à ce travail.

— On pourrait transformer le pub en une vraie auberge, s'enthousiasma-t-elle au bout d'une semaine, elle accueillerait également des familles. De nouveaux colons de passage, par exemple. Les travailleurs du port y dîneraient. Une nourriture simple et bon marché. Les gens viendraient tous les jours.

— Il faudrait alors que Paddy renvoie Lucie, pose quelques nappes sur les tables et aère de temps en temps, estima Cat. Mais tu as raison, il y a de quoi faire ici ! Y compris une petite pension, pour hommes seuls. Les gens qui construisent les routes et ceux qui travaillent au port dorment dans des conditions épouvantables. Mais trois ou quatre journaliers pourraient se partager la chambre de Lucie.

— Nous aurions alors Ottfried sur le dos, objecta Ida en souriant.

— Ida, à la longue, tu devras bien de nouveau vivre avec lui ! Nous en sommes à trois mois et je ne pourrai plus très longtemps cacher mon état. Il faut que je sois partie avant ! Ottfried emménagera ici et vous finirez par trouver une maison à Nelson. On ne peut élever un enfant dans ce réduit. Les rêves d'un nouveau Sankt Pauli, Ottfried et les autres devront tôt ou tard les abandonner. À supposer qu'Ottfried y croie encore une seconde. Si tu travailles ici et qu'il reprend son activité de charpentier, vous aurez un joli revenu.

Ida ne répondit rien, mais son visage en disait long : elle savait que le départ de Cat était chose inévitable. Elle préférait ne pas y penser.

Puis les événements se précipitèrent. Tôt dans la soirée, Elsbeth, décomposée, surgit dans la cour. Elle ne put retenir ses larmes en racontant ce qui lui arrivait.

— Nous repartons ! Père et les Brandmann ainsi que quelques autres veulent recréer une colonie.

— Ce n'est pas possible ! s'exclama Ida. La municipalité les a informés que leurs terres n'étaient pas échangeables. Où iraient-ils ? Ils retournent à Wairau ?

— Non, c'est bien pire. Père veut partir pour l'Australie. Il a écrit à ce Beit qui lui a répondu qu'il ne pouvait rien pour lui en Nouvelle-Zélande, mais qu'en Australie il y avait de la terre à en revendre et qu'il serait simple de nous en attribuer, qu'il pouvait organiser le voyage sans grande difficulté puisque nous étions désormais tous des citoyens britanniques et que des bateaux assuraient la traversée toutes les semaines. Il ose dire qu'il n'y a « que » deux mille miles pour arriver à la ville en question. Je ne veux pas partir là-bas, Ida ! Qu'est-ce qui nous y attend ? Ici, c'était le fleuve, mais en Australie… Est-ce exact qu'il y a là-bas des serpents venimeux ? Des araignées ? Et des indigènes dangereux ?

— En Australie, tout est dangereux, remarqua en passant Paddy, qui apportait des verres à laver. Vraiment, miss, ce n'est pas sans raison qu'on y a envoyé des détenus. Des colons normaux seraient repartis en hurlant en voyant la première de ces bêtes sauvages.

— Je croyais qu'il y avait des kangourous, s'étonna Ida, forte de ses lectures. Ils ont pourtant l'air gentils. Ils mordent ?

— Non, pas eux, répondit Paddy en riant, ils vous mettraient plutôt sur la paille en bouffant votre blé dans les champs. Mais les serpents, les araignées, les méduses, les poissons, les moustiques, les crocodiles…

— Des crocodiles ? Oh, mon Dieu, Ida, s'écria Elsbeth, je ne veux pas partir là-bas. Il faut à tout prix les faire changer d'avis. Ottfried en a déjà parlé ?

— Non, assura Ida. Et Frau Brandmann accepte d'y aller, elle si peureuse ?

— Rien ne lui fait plus peur que leurs voisins anglais. Elle ne s'entend pas non plus avec la famille qui les accueille, d'après Eric.

— D'après qui ? demanda Ida.

— Eric, dit Elsbeth en souriant pour la première fois depuis son arrivée dans la cour. Erich Brandmann. Mais cela sonne terriblement allemand. Il se fait donc appeler Eric, maintenant. C'est bien plus joli, non ?

Ida se dit que cela devait déplaire à son père, Peter Brandmann.

— Et la paroisse entière est d'accord pour partir ? s'étonna Cat. J'avais l'impression que le groupe se dispersait.

Ce qui n'était pas faux. Beaucoup d'anciens colons avaient quitté Nelson, quelques-uns tentant leur chance sur l'île du Nord, d'autres dans les Canterbury Plains, d'autres encore pour l'Otago où une ville allait naître sous la direction de Tuckett : Dunedin. Elle serait habitée principalement par des Écossais très pieux, avec lesquels les vieux-luthériens se sentaient en harmonie. Quelques jeunes, tels les Krause, s'étaient installés à

Nelson. Se trouverait-il assez de volontaires pour aller fonder en Australie un nouveau Raben Steinfeld ?

— Père discute avec tous, dit Elsbeth, M. Brandmann aussi, de même que le paysan Friesmann. Ils veulent à tout prix obtenir de nouvelles terres, ils ne se plaisent pas à Nelson. Ils ne vont pas tarder à en parler à Ottfried. Enlève-lui ça de la tête, Ida, je t'en prie, enlève-lui ça de la tête !

2

Ida n'avait pas grand espoir d'enlever de la tête d'Ottfried quoi que ce soit qu'il y aurait mis. Mais il se révéla que ce n'était pas nécessaire. Ottfried n'avait pas l'intention de partir en Australie. À vrai dire, il n'envisageait pas non plus de rester à Nelson. Il s'était vu offrir – au pub bien sûr – une occasion de faire fortune. Le lendemain de la visite d'Elsbeth, tout excité, il s'ouvrit de son projet à Ida, profitant de ce que Cat était au marché.

— Acquisition de terrain, Ida ! Acquisition et mise en valeur pour des colons. Aucun risque que ça foire, assurance de gagner de l'argent, regarde un peu les Beit et les Wakefield…

— Beit s'est enfui en Australie et Wakefield est mort !

— Le premier Wakefield ! L'autre… j'ignore où il est, mais il est certainement riche. Et Beit aussi. Qu'il soit ici ou en Australie, il ne cultive certainement pas des champs, lui ! Et ce qu'il peut faire, nous le pouvons aussi…

Ida n'en crut pas ses oreilles. Beit était certes un escroc, mais il était instruit, polyglotte et il avait la parole facile. Ottfried avait fréquenté l'école primaire et ne parlait toujours qu'un anglais épouvantable.

— Et où vas-tu prendre les terrains que tu vas revendre ?

— J'ai des relations, dit Ottfried fièrement. Je t'en avais parlé. Et hier, j'ai discuté avec un ami, un vieil ami…

Se rappelant qu'Ottfried avait présenté Paddy comme son ami, Ida se dit que ses connaissances en anglais ne lui permettaient pas, au-delà de vagues conversations, de nouer de vraies amitiés.

— Joe Gibson, poursuivit Ottfried. Il était arpenteur avec ce Tuckett, mais il l'a quitté. Il dit qu'on ne peut pas travailler avec ce type, un pinailleur, un quaker. Des gens compliqués, ces gens-là.

— J'avais entendu dire que c'étaient des gens très pieux, semblables à nous.

— Gibson dit que c'est un salopard, émit Ottfried. Mais peu importe… Toujours est-il qu'il en connaît un bout, Gibson, bien sûr ! Vraiment ! Il dit qu'il y a du terrain dans les Plains, en quantité inimaginable. Et très peu de Maoris. Ils n'ont pas besoin de toutes ces terres. Ils vivent au jour le jour. Parce qu'ils sont trop stupides et paresseux pour cultiver, d'après Gibson. En tout cas, ils sont vendeurs. Pour une bouchée de pain, quelques couvertures, des casseroles et une bouteille de whisky, tu as une ferme ! Le premier colon venu paiera trois cents livres pour ça. C'est pas une affaire en or ?

Ida trouva que cela ressemblait à une escroquerie, mais préféra ne pas irriter Ottfried.

— Et avec quel argent tu vas payer les couvertures et le reste, Ottfried ? Nous n'avons pas un sou vaillant, tu le sais.

— Non, mais nous avons autre chose, rétorqua Ottfried, rayonnant de fierté. C'est un deal, tu comprends, il faut sortir des sentiers battus. Gibson, lui, il a de l'argent. Assez pour acheter deux charrettes pleines de tous ces trucs à échanger. Et moi… j'ai Cat !

— Nous partirions pour Purau, c'est dans les Canterbury Plains. On y chasse les baleines. Il y a aussi une ou deux fermes et une maison pour nous. Ce Gibson y a autrefois vécu. De là, Ottfried et lui iraient chez les Maoris pour négocier l'achat de terrains. Tu servirais d'interprète.

Ida n'avait pas attendu que Cat déballe ses achats au retour du marché pour lui exposer les projets d'Ottfried.

— Négocier ? Ça veut dire quoi, au juste ? ricana Cat. Beaucoup de terrain contre quelques couvertures, c'est ça ?

— À peu près, oui, avoua Ida en rougissant. Moi non plus, ça ne me plaît pas. Mais, Cat, c'est une chance ! Je ne partirais pas en Australie avec mon père et les autres, et tu pourrais rester avec nous !

— Non, Ida, je ne peux pas rester avec vous, dit Cat en déballant ses courses. J'accepte volontiers l'offre du voyage si votre projet est sérieux. À Purau, il y a des Maoris qui appartiennent presque tous aux Ngai Tahu, mais je ne pourrai pas me faire adopter par une tribu si vous êtes dans la même région. Et tu oublies l'enfant, Ida. Ou bien comptes-tu en parler maintenant à Ottfried ?

— Tu pourrais prétendre qu'il est d'un autre…

— Et la putain de qui dois-je devenir ? demanda Cat, furieuse.

— Excuse-moi ! répondit Ida la tête basse. Cela aurait été si bien. Loin de la paroisse, personne ne nous connaîtrait là-bas et ne jaserait à notre sujet…

— Ça arriverait vite, Ottfried débarquant avec deux femmes ! Ce genre de situation provoque toujours les ragots. Même dans les villages les plus retirés.

— Mais si tu travailles pour nous. Comme servante…

— Ce serait pire encore ! Réfléchis un peu ! Vous n'avez pas de maison, pas de terres et vous auriez une servante ? Personne n'en croira un mot ! Et une servante ou une femme de chambre au service d'une bonne famille chrétienne qui accouche d'un enfant n'est pas dorlotée, elle est renvoyée du jour au lendemain. C'est ainsi que ça se passait chez les Beit !

— Nous pourrions dire que tu es ma sœur…

— Mais nous ne nous ressemblons pas, Ida ! En revanche, il se peut que nos enfants se ressemblent, eux… Renonce à cette idée, Ida ! Je ne peux pas rester avec vous sans qu'Ottfried apprenne ma grossesse.

— Mais si tu vas chez les Maoris et qu'il y vient avec ce Gibson, il finira tôt ou tard par tomber sur l'enfant.

— C'est pourquoi je ne resterai pas sur place, je ne suis pas obligée de m'adresser à la première tribu venue. Et je ne suis pas non plus obligée de lui laisser voir mon enfant s'il surgit un jour. Réveille-toi, Ida ! Ce Gibson, ce n'est pas Ottfried qu'il veut, c'est moi ! Ou, plus exactement, il a besoin de quelqu'un qui l'aide à rouler les Maoris en leur parlant dans leur langue. Quand je ne serai plus là, Ottfried ne l'intéressera plus.

— Il n'aura alors de nouveau pas de travail et je serai seule avec lui à Purau.

— Tu as compris, admit Cat. Donc, il faut que je parte avant vous. J'espère qu'Ottfried aura la sagesse de rester à Nelson. Et je ne crois pas au danger qu'il te traîne en Australie. Il s'est émancipé de la paroisse, Ida ! Il n'en est plus là : il est à la recherche du moyen de devenir riche sans travailler…

Cat se prépara donc à partir, tandis qu'Ida s'affligeait de se retrouver bientôt seule à affronter les humeurs d'Ottfried, dont elle redoutait la réaction au départ de Cat, alors que ses projets reposaient sur sa connaissance des langues.

Certain de parvenir à la richesse suite à son « deal » avec Gibson, il fanfaronnait le soir même, dans le pub, avec ses compagnons de beuverie, la plupart étant d'anciens amis et voisins de Raben Steinfeld et de Sankt Pauli, Manfred Schieb et Robert Busche notamment, qui vivaient de petits boulots. Ils discutaient afin de déterminer s'ils allaient suivre Lange et Brandmann en Australie. Ottfried essayait de les impressionner en leur détaillant ses plans d'une voix si forte qu'elle parvint jusqu'à Ida qui, dans la cuisine, préparait les repas – seule car Cat, souffrante, s'était allongée.

— Ce qui vous manque, les gars, c'est l'audace. Vous ne pensez qu'à vos terres et à votre paroisse. Mais ça ne vous mènera à rien ! Ici, c'est un pays nouveau, mes amis ! Ici, on a sa chance. Il suffit de la saisir à pleines mains.

— La petite Cat, plaisanta Robert Busche, tu la saisis aussi par les seins ou par les hanches ? Tes femmes, tu les as bien en main, ça, on peut le dire. Étonnant qu'Ida supporte ça sans broncher. Elfriede, elle, a une autre version de l'affaire !

Ottfried bomba le torse.

— Ma foi, tu devrais peut-être de temps en temps employer la manière forte. Je parie que ta Frieda veut aller en Down Under avec ses amies bigotes ? dit-il, employant, d'un ton suffisant, le nom donné à l'Australie par les colons anglais. Et qu'elle te tanne le cuir parce que tu n'as pas envie d'un troisième Raben Steinfeld ? Mon Ida, elle, file doux ! C'est une fille sage, il me reste à lui enlever ce Karl de la tête.

Ida rougit et vit Paddy, derrière le comptoir, grimacer de dégoût. Elle ne s'était jamais doutée que le patron comprenait l'allemand. Ottfried continuait à pérorer :

— Et le petit chaton, bien sûr c'est une sauvage. Elle a été plus dure à dompter, mais…

— Ferme-la un peu, Otie !

Ottfried se tut, stupéfait d'entendre le patron le couper. Celui-ci se tourna vers Ida et lui lança un clin d'œil d'encouragement. Puis il tapa avec une bouteille sur le comptoir afin de se faire entendre.

— Cat t'appartient pas. Et tu l'as pas domptée. Elle est libre, et, si elle est intelligente, elle n'ira pas avec toi.

Ottfried resta bouche bée. Le patron n'avait jamais parlé allemand avec lui !

Robert Busche, en revanche, prit la parole :

— Mais si elle n'appartient pas à Ottfried, de qui est enceinte cette salope ?

La révélation de Robert déclencha une tempête. Ida se demanda si elle devait rester dans la cuisine ou partir avertir Cat. Ottfried, lui, n'eut pas besoin de longues explications. D'un seul coup, il comprit pourquoi « ses » deux femmes se soutenaient ainsi l'une l'autre, il comprit le secret qui leur donnait le courage de s'opposer à lui et pourquoi Cat était toujours là. Elle aurait pu en effet s'enfuir à tout moment, à Sankt Pauli et après. Mais, enceinte, elle ne pouvait aller nulle part. Personne ne l'emploierait.

Busche n'avait pas fini d'expliquer comment son Elfriede avait percé à jour Cat qu'Ottfried avait déjà quitté le pub pour aller au hangar, non sans avoir au préalable réaffirmé son droit de propriété :

— T'as entendu, Paddy ? Ce vieil Otie a bien deux femmes, et il les a engrossées toutes les deux !

Cat eut la peur de sa vie quand Ottfried se rua dans le hangar, suivi d'une Ida terrorisée.

— C'est vrai, ça ? hurla-t-il. Tu attends un enfant de moi et tu n'as rien dit ? Et toi, salope, tu le savais et tu n'as rien dit non plus ?

Cat se redressa de toute sa taille.

— Je vais avoir un enfant, mais ce sera mon enfant. Tu ne peux de toute façon pas m'épouser et le rendre légitime. Et ne te fais pas de soucis pour ta réputation, je vais très bientôt disparaître. Je suis certaine d'être acceptée dans une tribu maorie.

— Disparaître ? Mais qu'est-ce que tu racontes, espèce d'idiote ? cria-t-il en s'approchant d'elle d'un air menaçant.

Cat eut plus vite le couteau en main qu'il ne l'aurait cru.

— Ne t'avise pas de me toucher ! siffla-t-elle.

— C'est la dernière chose que je ferais, Cat, dit-il en levant les bras dans un geste théâtral. Pas avec mon enfant dans ton ventre, ça pourrait lui faire du mal, et puis une femme enceinte, ça me dégoûte. Mais tu ne vas pas te tirer. Élever mon fils chez les sauvages, tu n'y penses pas !

— Ce sera peut-être une fille et, comme déjà dit, ce n'est pas ton enfant.

— Et comment que c'est le mien ! Ou en as-tu eu d'autres, Cat ? Pendant que j'avais le dos tourné ? De sages pères de famille de Sankt Pauli ? Je n'y crois pas, Cat, aucun n'aurait réussi à te dompter. Il fallait un Ottfried Brandmann pour ça ! Et tu vas mettre mon fils au monde comme et où je voudrai.

— Mais comment tu comptes faire, Ottfried ? s'interposa Ida. Tu ne peux quand même pas prétendre que tu es marié avec nous deux ! C'est un péché. C'est interdit. Même chez les Maoris, n'est-ce pas, Cat ?

— Pas habituel en tout cas…

— Chez les Anglais, c'est interdit à coup sûr, affirma Ida.

— Il y a pas mal de choses qui sont interdites, se marra Ottfried. Et puis je crains fort que notre petite Katharina ne veuille pas m'épouser…

— Quand bien même tu serais le dernier homme sur terre… lui cracha Cat au visage.

— Elle sera pas obligée ! Entre nous, je n'ai plus envie de toi, Cat. Tu as le couteau trop rapide. Ça a été un bon moment, mais je préfère à vrai dire les femmes consentantes. Donc, sois tranquille. Mais l'enfant est à moi, tu ne me l'enlèveras pas. Et tu ne vas pas non plus partir comme ça. J'ai besoin de toi. Ida ne t'a rien dit ?

— Que tu as besoin de moi comme interprète pour rouler les Maoris ? Si, elle me l'a dit. Et j'ai dit non. Je ne le ferai pas, Ottfried. Mon enfant et moi, nous chercherons refuge ailleurs.

— Mais tu ne sais même pas si une tribu t'acceptera, finit par dire Ida, avouant ses craintes longtemps cachées. Il se pourrait… il se pourrait…

— Il se pourrait quoi ? fulmina Cat. Qu'ils me tuent et me mangent ? Ne sois pas ridicule, Ida, au pire ils me renverront et je tenterai ma chance auprès d'une autre tribu.

— Tu as toi-même dit qu'il n'y en avait pas tant que ça, objecta son amie. Joe Gibson dit lui aussi qu'il n'y a pas beaucoup de Maoris dans le Canterbury. Et si aucune ne t'accepte, tu te retrouveras seule. Et alors ?

Cat prit le temps de réfléchir. C'était somme toute peu probable, mais possible, surtout si, comme le prétendait Ottfried, les Ngai Tahu vivaient au jour le jour. Cat avait en effet déjà rencontré des tribus migratrices dont les ressources vivrières insuffisantes là où elles résidaient les contraignaient à partir l'été sur les Hautes Terres. Elles y pêchaient et chassaient. S'encombreraient-elles d'une Blanche et de son bébé ? Et quelles relations ces tribus avaient-elles avec les *pakehas* ? Avaient-elles déjà eu affaire à des gens venus les rouler, comme Ottfried et Gibson s'apprêtaient à le faire ? Se recommander des Ngati Toa serait contre-productif, car Te Rauparaha avait attaqué des campements de Ngai Tahu une quinzaine d'années auparavant. Cat dut bien s'avouer que son projet était très aléatoire.

— Et alors, Cat, qu'est-ce que tu feras ? insista Ida, qui, considérant désormais comme un effet de la Providence la découverte par Ottfried du pot aux roses, osait contredire son amie.

— Alors elle ira à la station blanche la plus proche et cherchera un job, se moqua Ottfried. Un des formidables jobs qu'une femme avec un bâtard obtient. Demande un peu à Lucie, Cat. Elle aussi a un mioche sur les bras. Elle l'a donné en garde.

Grâce à cette révélation, Ida eut une idée.

— Cette propriété, à Purau, elle est isolée ?

— Tout, à Purau, est isolé, dit Ottfried en riant. Que j'aie deux, trois ou quatre femmes ne dérangera personne.

— Il serait donc possible que personne n'apprenne que Cat est enceinte. Il lui suffirait de ne voir personne pendant quelques mois. Et même si… sous un tablier ample…

— Personne ne la verra si elle le désire, confirma Ottfried.

— Comme mon enfant naîtra à peu près en même temps que celui de Cat, on pourrait dire que ce sont des jumeaux. Tu comprends, Cat ? Ils seront tous les deux mes enfants, ils seront enregistrés comme nos enfants, Ottfried et moi. Ton bébé ne sera donc pas un bâtard. Et tu resteras avec nous !

Les images de la station de baleiniers de Peraki Bay s'imposèrent à Cat, elle revit Suzanne, Noni et Priscilla. Jamais, au grand jamais, son enfant ne devrait grandir ainsi ! Et l'idée d'Ida n'était pas si mauvaise que ça. Cela lui laissait un peu de temps et elle verrait bien comment les choses se présenteraient à Purau, dans les Plains. Tant que sa grossesse ne serait pas visible, elle pourrait accompagner Ottfried et Gibson chez les Maoris, vérifier si une fuite était possible ou non.

— C'est bon, je viens avec vous, concéda-t-elle à contrecœur. J'ignore comment tout cela finira, Ida, mais c'est bon, je vous suis.

— Eh bien voilà, dit Ottfried, hilare. Je vais de ce pas arroser ça. Des jumeaux !

Ida enleva son tablier. Elle ne retournerait pas à la cuisine. Si quelqu'un voulait manger, Paddy devrait se mettre aux fourneaux. Cat remit son couteau à sa place. Elle avait toujours des nausées. Et qu'une seule envie : se glisser à nouveau sous sa couverture. Peut-être perdrait-elle quand même son enfant. Mais elle n'y croyait pas vraiment. Elle avait beau tourner la chose dans tous les sens, les dieux semblaient être du côté d'Ottfried.

— Il a gagné, dit-elle, amère.

3

Une fois la décision prise, les préparatifs allèrent bon train. Joe Gibson, un homme petit mais vigoureux, avait travaillé comme chasseur de baleines et de phoques après avoir perdu son emploi d'arpenteur. Il était effectivement possesseur d'une certaine somme d'argent, investie dans l'achat de deux charrettes qu'il chargea à Nelson. Les Partridge, par amitié pour Ida, consentirent un fort rabais sur les achats effectués chez eux.

— Il vaut mieux que vous vous rendiez sur la péninsule de Banks plutôt qu'en Australie, dit Mrs Partridge quand Ida passa pour voir comment allait Elsbeth. La pauvre Betty pleure toutes les larmes de son corps. Elle ne veut à aucun prix partir pour l'Australie. Je peux la comprendre, car elle m'a un peu parlé de votre colonie dans la vallée du Moutere. Il y a de quoi faire se dresser les cheveux sur la tête. La pauvre enfant, elle ne peut assurer à elle seule tout le ménage. Le mieux serait que les deux enfants restent ici.

Ida le pensait aussi, mais savait que son père n'y consentirait jamais. Il avait déjà beaucoup de mal à accepter la décision d'Ottfried de rester en Nouvelle-Zélande. Les Brandmann également, qui eurent avec leur fils de rudes discussions auxquelles Ida assistait en silence. Les Brandmann et Lange lui reprochaient surtout d'éloigner cette pauvre Ida de sa foi et, quand les hommes étaient entre eux, il était aussi question de Cat.

Robert Busche ayant ordonné à sa femme Elfriede de garder pour elle ce qu'elle savait, les bruits sur les deux femmes d'Ottfried n'étaient pas parvenus jusqu'aux oreilles de ses parents. Les Busche avaient décidé de ne pas accompagner les émigrants, car, entre-temps, un bateau était arrivé transportant un groupe d'Allemands, vieux-luthériens eux aussi. C'était un certain comte von Rantzau-Breitenberg qui avait financé leur voyage et organisé l'achat de terres. Les colons devraient lui verser en échange une part de leurs revenus. Ils s'étaient installés dans les montagnes au-dessus de la vallée du Moutere. Les Busche et les Schieb s'étaient joints à eux.

— Pourquoi vous n'allez pas au moins à Rantzau ? demanda Frau Brandmann à son fils, les néo-colons ayant donné à leur village le nom de leur bienfaiteur.

— Mais vous-mêmes, pourquoi n'allez-vous pas à Rantzau ? répliqua Ida.

Les hommes rejetèrent cette proposition en usant d'arguments peu concluants.

— En définitive, ils devraient s'adapter aux gens de Rantzau, qui ont leurs propres dirigeants paroissiaux et qui n'ont besoin ni de Père, ni de Brandmann et encore moins d'Ottfried, dit Ida à Cat le soir. Ce comte a par ailleurs tout parfaitement organisé. Nos hommes préfèrent donc tenter l'aventure seuls, aussi risquée et folle soit-elle.

Les Lange, les Brandmann, les Hauser et deux autres familles de Sankt Pauli s'embarquèrent pour Adélaïde le 15 janvier 1845, un lieu dont ils savaient seulement qu'il n'avait pas été à l'origine une colonie pénitentiaire. Il y avait là-bas, disait-on, de vieux-luthériens ayant fui les persécutions du roi Frédéric-Guillaume III.

Franz fondit en larmes quand Ida prit congé de sa famille et l'étreignit une dernière fois, mais Elsbeth ne pleura pas. Elle avait le regard vide et indifférent. Elle était en passe de devenir une beauté elle aussi, pas la beauté d'une madone comme Ida, une beauté plus vivante, plus fascinante, plus passionnée, plus déroutante.

— Une fille aussi jolie trouvera partout le meilleur accueil, dit Cat pour lui insuffler un peu de courage.

— Katharina, cesse tes allusions grivoises ! la réprimanda aussitôt Jakob Lange. Elsbeth épousera Friedrich Hauser dès qu'elle en aura l'âge. C'est décidé, un bon garçon, un garçon sage dont la foi et l'optimisme n'ont pas été altérés par les tristes expériences de Sankt Pauli.

— Parce qu'il est trop stupide et mou pour en tirer la moindre conclusion ! siffla Elsbeth, en anglais par prudence.

Ida la sermonna un peu, en anglais elle aussi, ce qui valut à toutes deux un regard furieux du père, qui n'avait pas compris un mot.

— De ça aussi il faudra te déshabituer, Elsbeth. Je ne supporterai pas plus longtemps que tu t'entretiennes par-dessus ma tête. Pour m'empêcher de comprendre ce que tu dis !

— Alors, apprends l'anglais, Père ! lança Elsbeth. Eh bien, *good bye*, Ida, *farewell*. Il faut que je fasse mes bagages.

Puis, tournant les talons, elle monta dans sa chambre à l'étage, chez les Partridge.

— Elle semble s'être fait une raison, soupira Ida, tandis que les deux amies regagnaient le port afin d'ouvrir pour la dernière fois la cuisine, puisque, le lendemain, sitôt que le bateau aurait levé l'ancre, elles prendraient à leur tour la route, avec Ottfried et Gibson.

— Ça en a tout l'air, confirma Cat, néanmoins sceptique quant à la résignation d'Elsbeth et craignant un coup de tête de sa part : participer à la fondation d'un nouveau Sankt Pauli en Australie n'avait certes rien d'attrayant, mais pour une adolescente seule, la Nouvelle-Zélande n'offrait pas d'alternative.

Ottfried et Gibson avaient décidé de gagner Purau en suivant la côte orientale en direction du sud, un trajet plus long que par l'intérieur du pays, mais moins dangereux. En bord de mer, ils trouveraient de loin en loin une colonie où ils pourraient faire étape ainsi que des chemins carrossables. Plus de deux cents miles à parcourir en charrette serait une rude épreuve pour les gens et les chevaux. Les hommes s'étaient décidés pour deux attelages de chevaux vigoureux, mais agiles et polyvalents. Les deux hongres de Sankt Pauli et deux alezans. Chacun des hommes conduisait un attelage, Cat assise à côté de Gibson, Ida à côté de son mari. Chasseur suivait l'équipage.

Le premier jour les vit arriver dans la magnifique plaine du Wairau, bordant une baie aux plages claires, avec des montagnes en arrière-plan, plaine qui leur avait échappé en raison de la querelle entre Wakefield et les Maoris. Le climat y était particulièrement chaud. La région était couverte de forêts, à l'exception de terrains essartés jadis par des tribus et où ne poussait plus que de l'herbe.

— Elle convient tout à fait aux moutons, observa Gibson. Les Redwood, mes voisins de Purau, en ont fait venir quelques-uns de l'île du Nord. Mais cet élevage a-t-il un avenir ?

— Peu importe, dit Ottfried, on peut aussi labourer cette terre. Mais nous en avons fini avec ça, la terre on ne va plus la travailler, on va la vendre ! Que d'autres s'occupent d'agriculture, nous nous contenterons de récolter de l'argent !

— Tout aurait été différent si nous nous étions installés ici, dit Ida à Cat avec tristesse.

Laissant derrière eux ce paysage enchanteur, ses palmiers et ses plages, ils atteignirent la côte. Ils la suivirent en direction du sud, empruntant les chemins des pêcheurs de baleines et des missionnaires, et plus souvent encore ceux des Maoris. Malheureusement les sentiers frayés par ces derniers étaient trop étroits pour les charrettes, et les élargir ou faire franchir les racines et les souches aux véhicules était une véritable galère. Avancer était plus aisé quand on pouvait longer la mer. Parfois, la vue du haut des falaises à pic récompensait leurs efforts. Les criques bordées de plages de sable fin rappelaient à Ida Bahia et ses environs paradisiaques, mais aussi Karl, qui l'avait exhortée à rester là-bas avec lui, son baiser…

Le soir, ils faisaient halte dans les forêts, Ottfried et Gibson s'y sentant plus en sécurité, ce qui amusait Cat. S'il y avait des tribus maories dans la région, elles avaient la troupe à l'œil. Elles surprendraient les deux hommes en dépit des fusils que, l'air important, ils gardaient sous la main à côté du feu. Les repas étaient pris dans le silence, silence qu'ils observaient du reste le plus souvent en route.

Au cas où ils tomberaient sur un village ou une patrouille de Maoris, Cat devrait raconter qu'ils étaient deux couples de colons à la recherche de terres dans le sud. À cet effet, ils n'avaient emporté, sous les bâches des charrettes, que des ustensiles de ménage et du matériel de construction. Cat passait donc la journée entière assise à côté de Gibson qui, maussade, ne lui adressait pas la parole, pas plus qu'il n'essayait de l'approcher de trop près. Ottfried avait dû lui parler du couteau… Sur l'autre charrette, Ida et son mari étaient tout aussi taciturnes. L'atmosphère restait tendue, même aux repas, en dépit de la bonne chère concoctée par Ida, que Cat et Gibson alimentaient en poissons, baies et tubercules, kiwis à l'occasion.

Gibson était donc rompu à la vie en pleine nature et Cat aurait aimé savoir dans quelles circonstances il avait acquis ce savoir-faire, mais elle se garda de le lui demander. Elle évitait les contacts avec les deux hommes. Ida et elle dormaient sous la même tente, Ottfried et Gibson sous une autre. Des Maoris aux aguets auraient trouvé la chose étrange, mais, visiblement, les indigènes ne recherchaient pas le conflit.

Afin de ne pas susciter l'envie ou la curiosité de ceux qu'ils croisaient, les deux hommes n'ouvraient pas leurs chargements. Les bâches restaient cordées, les tentes et les provisions étant rangées sous les sièges. Au bout de trois jours seulement, Cat, qui avait besoin de se changer, jeta un œil sous la bâche. Effrayée, elle recula brusquement quand elle vit, en face d'elle, le tendre visage d'Elsbeth qui, très pâle, clignait des yeux sous la lumière subite.

— Betty !

Écartant la bâche, Cat découvrit un second passager clandestin : Erich Brandmann.

— Je t'en prie, ne me gronde pas ! chuchota la jeune fille. Si tu voulais bien ne pas nous dénoncer…

Mais il était trop tard. La réaction de Cat n'avait pas échappé à Gibson et, quand il scruta à son tour sous les bâches, Ottfried et Ida comprirent qu'il y avait anguille sous roche.

— Je n'en crois pas mes yeux, Roméo et Juliette ! dit Gibson en riant, tendant galamment la main à Elsbeth pour l'aider à sortir de sa cachette.

— Non, Eric et Betty, sir ! rectifia Erich, ce qui augmenta encore l'amusement de Gibson.

— Erich ! s'écria Ottfried, scandalisé, en reconnaissant son frère. Mais qu'est-ce que tu fais ici ? Tu devrais être sur le bateau et tu es ici avec une fille. Tu n'as pas honte de déshonorer la belle-sœur de ton frère ?

— Arrête, Ottfried, dit Gibson, toujours hilare. S'il l'a déshonorée là-dessous, ce fut le dépucelage le plus silencieux de tous les temps. Pas le moindre bruit. Comment vous avez réussi à ne rien dire, pendant deux nuits entières ? Le jour, on comprend encore, avec le bruit des roues, le bruit des sabots et les ébrouements, mais la nuit… ?

— Nous n'avons rien fait, dit Elsbeth d'une petite voix, soudain écarlate. Nous avons juste voulu…

— Vous avez voulu défier vos pères et assouvir vos désirs ! s'écria Ottfried, retrouvant le vocabulaire paroissien. Nous devrions vous ramener !

— C'est juste que nous ne voulions pas aller à Adélaïde, expliqua Erich.

— Retourner ? cria à son tour Cat. Tout ce trajet ? Sur ces chemins ? Tu es fou, Ottfried !

— Je prends au sérieux mes responsabilités vis-à-vis de mon frère et de ma famille !

Gibson, qui ne comprenait pas l'allemand, mais devait deviner, au ton de l'altercation, de quoi il retournait, leva les yeux au ciel.

— Cesse de jouer les Père la Vertu, Ottfried. Toi surtout, le polygame !

— Le quoi ? demanda Erich à Elsbeth qui, au grand soulagement de Cat, haussa les épaules, perplexe.

— On ne va en aucun cas ramener Roméo et Juliette. Où, d'ailleurs ? Le bateau pour Adélaïde est parti depuis longtemps. Ou bien crois-tu que le vieux Lange a laissé partir seules ses ouailles pour chercher sa fille perdue ? Qui sait quand lève l'ancre le prochain voilier ? Tu veux jusque-là la bâillonner et l'enchaîner ? Puis la mettre de force à bord ?

— Mon père ne l'accepterait pas, finit par intervenir Ida, jusque-là silencieuse. Il m'a presque déjà… il m'a… bref, il était dans une colère noire parce que j'avais parlé avec un jeune homme… Et ma sœur vient de passer plusieurs nuits avec Erich !

— Mais nous n'avons rien fait ! répéta Elsbeth.

— C'est vrai, ajouta Erich, maintenant aussi rouge de honte que son amie.

— Où avez-vous l'intention d'aller ? demanda Cat. Vous devez bien avoir un but ?

Elle comprenait les deux adolescents, dont la fuite lui rappelait étrangement la sienne quelque huit ans auparavant. Elle n'avait, elle non plus, pas de but précis.

— À Wellington, répondit Elsbeth. D'abord, bien sûr, à Purau, avec vous. Mais nous avons entendu dire que c'était près de Port Victoria, un port.

— Et nous ne serons pas une charge pour vous, sir ! dit Erich, tourné vers Gibson dont il escomptait que son soutien serait plus efficace que celui des femmes.

— Il aurait été plus rapide d'aller à Wellington depuis Nelson, observa Cat.

— Oui, confirma Erich. Mais le premier bateau ne partait qu'une semaine plus tard, nous a-t-on dit au port. Et nous ne pouvions nous cacher aussi longtemps. À Port Victoria ce sera plus aisé. Personne ne nous y connaît.

— Je croyais que vous aviez une quantité d'amis anglais, persifla Ottfried. Aucun n'a voulu de vous ?

— Ne sois pas stupide, Ottfried, le reprit sa femme. Les Partridge, les McDuff et Mrs Robins sont des gens convenables qui ne cacheraient pas des enfants. Mrs Partridge aurait aimé prendre ma sœur à son service, elle me l'a dit. Mais pas sans l'autorisation de son père.

— Et vous allez faire quoi, à Wellington ? s'enquit Cat.

— Trouver du travail, répondit Erich. M. McDuff dit que c'est une vraie ville. On doit bien y avoir besoin de coursiers.

— Et de bonnes, ajouta Elsbeth. Nous tricherons un peu sur notre âge.

— Tu ne penses tout de même pas à l'épouser ? s'écria Ottfried en s'adressant à son frère.

— Je n'ai que quatorze ans, dit timidement le garçon. Et Betty aussi. Plus tard, peut-être…

Elsbeth rougit derechef et le regarda craintivement. Ils n'avaient visiblement jamais encore abordé le sujet.

— Bon, je propose que nous poursuivions maintenant notre route, trancha Gibson. Sinon, c'est une journée de perdue. Vous déciderez plus tard du sort de Roméo et Juliette. Montez sur le siège, les enfants, et rendez-vous utiles ! Je ne t'en veux pas de n'avoir pas voulu aller en Australie, M. Montaigu. Mais je vais vous faire payer au prix fort de vous être laissé tirer, pousser et soulever pendant trois jours en pleine forêt !

— Pourquoi vous l'appelez M. Montaigu, sir ? s'informa Elsbeth quand elle eut rejoint Gibson et Cat sur le siège du conducteur. Et… Roméo ? Et moi Juliette ? Nous ne nous appelons pas comme ça !

— Ce n'est qu'une allusion, petite. À une histoire que tout le monde connaît en Angleterre. Roméo et Juliette ont été un couple d'amoureux fameux. Très jeunes encore, comme vous.

— Et elle s'est bien terminée ?

— Non, poulette. Elle s'est mal terminée. Mais du temps de M. Shakespeare, Wellington n'existait pas.

La présence des tourtereaux fit paraître le voyage plus court, au moins pour Cat et Gibson. Ils décrivirent leur fuite.

— Nous sommes montés dans la charrette en pleine nuit, avant votre départ. Nous en ressortions chaque fois que vous vous arrêtiez. Il faut bien en effet que… de temps en temps… expliqua d'abord Betty en rougissant.

— Bien que nous n'ayons bu que très peu ! précisa Eric. Mais vous vous éloigniez toujours un peu de la charrette et, le soir, quand vous étiez assis auprès du feu, vous ne faisiez pas attention. Nous pouvions alors descendre de notre cachette.

Ils avaient également peu mangé. Au bout de deux jours, ils avaient épuisé leurs provisions. Aussi dévoraient-ils maintenant à belles dents le pain, le fromage et la viande sèche emportés par Cat. Les deux passagers clandestins détendirent aussi l'atmosphère le soir, autour du feu, tout en avalant leur soupe de poisson de bon appétit. Ils avaient, sans se plaindre, pris leur part des durs efforts qu'il avait fallu livrer pour suivre un chemin boueux. Loin de songer à se reposer, ils bavardèrent jusqu'au moment où ils prirent conscience de la tension entre les adultes. Étonnée, Betty les regarda tour à tour.

— Pourquoi… pourquoi ne nous racontez-vous pas l'histoire, demanda-t-elle à Gibson afin de rompre la glace.

— Je ne suis pas un bon conteur !

— Je n'en crois pas un mot, dit-elle en souriant gentiment. Vous l'êtes, j'en suis sûre. Essayez donc !

Ida se secoua. Il était effectivement temps de tenter de briser un peu la glace.

— En tout cas, vous avez excité notre curiosité, M. Gibson. Allez, racontez-nous donc l'histoire, je vous en prie.

— Bon, eh bien, dit celui-ci en se raclant la gorge. Il y avait deux familles…

Betty et Eric, Ida et Cat l'écoutèrent, fascinés. D'abord un peu emprunté, Joe s'échauffa en parlant et, quand il décrivit comment Juliette suivit Roméo dans la mort, Ida et sa sœur ne purent retenir une larme.

Déclinant l'invitation de Betty à raconter une autre histoire aussi belle, il déclara avoir besoin d'un whisky pour s'éclaircir la voix et suggéra que quelqu'un d'autre que lui raconte à son tour. Étant allé chercher une bouteille dans sa charrette, il en but une gorgée et la passa à Cat assise à côté de lui qui, étonnée, la prit, but du bout des lèvres et la passa à son tour à Eric. L'adolescent fit fort sagement honneur à l'alcool que, visiblement, il ne goûtait pas pour la première fois...

– Et maintenant, à qui le tour de raconter? demanda Betty après avoir surmonté tant bien que mal l'envie de tousser qu'avait déclenchée le breuvage.

– C'est trop tard pour aujourd'hui, décréta Cat. Il faut maintenant dormir. Mais demain... demain je vous raconterai une histoire, celle de la découverte d'Aotearoa.

– C'est de la géographie? demanda sans enthousiasme Eric qui avait suivi avec peu d'intérêt les leçons du pasteur Riemenschneider.

– Non, dit Cat en riant. C'est aussi une histoire d'amour, avec assassinats, homicides involontaires et enlèvements de femmes... Les Maoris ont eux aussi leur Roméo et leur Juliette. Mais, promis, demain. À présent, au lit. Betty vient dans notre tente et Eric dormira sous la charrette!

Ida et Ottfried ne connaissaient que des histoires bibliques, à l'exception des quelques récits qu'Ida se rappelait avoir entendus à l'école. Cat, elle, avait entendu, chez les Maoris, un nombre incroyable de légendes. Aussi, les soirées suivantes, réussit-elle à distraire le reste de la troupe en racontant l'histoire de Kupe qui enleva Kura-maro-tini et, durant sa fuite avec elle, découvrit une île couverte de brume que Kura prit d'abord pour un nuage.

– Ils la nommèrent Aotearoa, le pays du Nuage blanc. Elle devint leur pays. Plus tard, Kupe retourna à Hawaiki chercher de nouveaux colons. Et ce n'est pas une histoire inventée ! Chacun des Maoris sait aujourd'hui encore le nom du canot sur lequel ses ancêtres sont arrivés à Aotearoa.

Cat évoqua aussi le demi-dieu Maui dont le canot chavira alors qu'il était parti pêcher. Le canot fut entraîné vers l'île du Sud, le poisson pêché vers l'île du Nord. Comme ses auditeurs ne se lassaient pas de ses récits, elle raconta encore comment ce demi-dieu malicieux dressa un piège au soleil et apporta ainsi le feu aux humains.

Ida se souvint à son tour des légendes grecques de l'instituteur Brakel et, quelques petites gorgées de whisky aidant, elle raconta, dans un anglais lent mais correct, l'histoire de Prométhée.

Cette distraction collective, le soir, devint vite une habitude et un agrément après les fatigues de la journée, Gibson étant le spécialiste des drames anglais et des aventures de chevaliers tandis que Cat retrouvait les histoires que lui avait racontées Te Ronga à propos du kauri, l'arbre géant, d'une montagne ou d'un lac. Les Maoris croyaient que la nature entière était vivante, qu'il existait dans chaque montagne, dans chaque arbre un dieu ou un esprit, joyeux ou triste, qui pouvait tomber éperdument amoureux, mais aussi éprouver de la jalousie, de l'envie, du mécontentement et haïr de manière irréductible.

Les histoires de Cat donnèrent un visage vivant de la Nouvelle-Zélande aux deux adolescents qui ne tardèrent pas à nommer les arbres et les rochers qu'ils rencontraient chemin faisant et à imaginer comment leurs esprits avaient bien pu venir les habiter. Les entendre amusait Cat et Gibson, mais les réactions d'Ida étaient plus mitigées, car elle ne pouvait s'empêcher de penser que son père aurait sévèrement réprimandé Cat et Elsbeth pour leurs propos païens. Le dieu avec lequel elle avait grandi manquait totalement d'humour.

4

Le reste du trajet était relativement plat. D'après Gibson, il s'agissait du début de ces Canterbury Plains qu'il avait l'intention de mettre en valeur pour les vendre à des colons, des terres sans fin, couvertes d'herbes tussack, semblant attendre d'être labourées. Les voyageurs traversèrent le fleuve Waimakariri grâce à des pêcheurs installés à son embouchure et prirent la direction de l'intérieur du pays.

— Si vous voulez vous rendre à Port Victoria, il vous faut bifurquer ici, sur votre gauche, déclara Gibson à Betty et Eric qui, indécis, se regardèrent.

En réalité, ils avaient envie de rester avec les adultes, surtout Betty qui se sentirait plus en sécurité avec sa sœur que seule à Wellington. Et puisqu'une ferme attendait Ida et Ottfried à Purau… Eric pourrait s'y rendre utile jusqu'à ce qu'il ait pris un peu d'âge et appris à parler couramment l'anglais.

— Nous aimerions bien connaître votre nouveau pays, annonça finalement Betty. À moins que cela ne nous éloigne beaucoup de Port Victoria ?

— Quinze à vingt miles le long de la mer seulement, répondit Gibson, un saut de puce en bateau.

— Alors nous restons avec vous, décida le frère d'Ottfried.

Ils atteignirent très vite la péninsule de Banks, une région vallonnée et boisée. Cat savait qu'il y avait eu là des colonies maories.

— Il paraît que c'est Maui, un demi-dieu, qui a donné forme à cette péninsule, commenta-t-elle. Il faisait en effet souvent halte ici avec son canot, quand, un jour, surgit de la mer un géant qui le défia. Maui lui lança des rochers qui recouvrirent le géant. Maui crut l'avoir emporté, mais le géant se souleva malgré tout et il fendit l'amas de rochers avant que Maui ne le tue. C'est ainsi que furent créées deux baies poissonneuses. Les deux furent colonisées par les Maoris. Une de ces colonies était Purau.

— Mais les sauvages n'y sont plus, dit Gibson afin de rassurer ses compagnons.

Cat le fusilla du regard.

— Ne me regarde pas comme ça ! grogna-t-il. Ce n'est pas moi qui les ai chassés. Ils se sont volé dans les plumes les uns les autres. En tout cas, ils sont partis. Cela n'a rien eu à voir avec la présence des Blancs à Port Victoria.

— Un peu quand même, le contredit Cat. Te Ronga m'a expliqué que beaucoup étaient tombés malades, avant même d'être attaqués par Te Rauparaha, les *pakehas* ayant introduit des maladies.

— Ce n'est pas moi qui leur ai filé la variole, déclara Gibson. Mais je ne peux pas dire que leur absence me peine. Tout est plus facile sans ces types.

Cat ne répondit pas, trop occupée à admirer la baie de Purau au-dessous d'elle. L'eau, d'un vert turquoise, semblait refléter les mille nuances du vert des collines environnantes. La végétation arrivait parfois jusqu'à l'eau, mais il y avait aussi de nombreuses plages de sable blanc. Le chemin était bordé de buissons d'hibiscus en fleurs. Les hêtres tropicaux se mêlaient aux palmiers, aux ratas et aux fougères, dans un fouillis de fleurs et de feuilles, d'aiguilles et de palmes, un mariage de vert, d'or, de rouge et de violet.

Ravie de ce spectacle, Ida le fut plus encore en découvrant, juchée sur une colline herbue, une ferme en bois, moins massive que celles de Sankt Pauli, avec deux étages et une véranda. Elle vit aussi des étables et des enclos. Une propriété soignée, engageante, offrant une vue époustouflante sur une plage étroite et la mer. Près d'un ponton tanguait un bateau.

— C'est là ? cria Ida de manière à ce que Joe l'entende depuis l'autre charrette. C'est là que nous allons habiter ? Oh, M. Gibson, jamais je ne me serais imaginé maison pareille !

— Joe, Ida, appelle-moi Joe ! dit Gibson après avoir approché sa charrette de celle d'Ottfried. Combien de fois je devrai te le répéter ? Nous ne sommes pas dans une salle de bal. Non, ce n'est pas ici que tu vas habiter, mais pas loin à vrai dire. Ça, c'est la ferme des Redwood. Vous voyez les moutons ? Ils en espèrent beaucoup et en ont fait venir quelques-uns de l'île du Nord. C'est clair que c'est moins de fatigue que le travail des champs.

Ida aurait pu lui répondre que soigner les bêtes, les traire, fabriquer du fromage, tondre et travailler la laine n'était pas non plus de tout repos, mais elle préféra se taire. Elle savait que Gibson n'avait jamais travaillé dans une ferme. Il avait grandi à Londres, dans une famille de commerçants ni riches ni nécessiteux, qui avaient eu en tout cas les moyens d'envoyer leur fils dans de bonnes écoles et de lui payer des études. Joe voulait étudier la géologie, mais pas d'un seul point de vue théorique. Il était tenté par l'aventure. Il étudia donc juste assez pour pouvoir transformer son savoir en argent et s'embarqua pour gagner des pays d'outre-mer. Il avait choisi la Nouvelle-Zélande comme lieu de destination un peu au hasard, mais, y ayant trouvé à travailler comme arpenteur, il était resté. Il avait parcouru l'île du Nord avec Tuckett. Après leur brouille, il avait tenté sa chance comme pêcheur de baleines et de phoques, comme la plupart des aventuriers dans ce pays neuf.

Il ne s'était plu dans aucune des deux activités. Cat pensait que cet homme cultivé n'avait pas supporté la vue du sang, Ida estimant pour sa part qu'il les avait trouvées trop fatigantes. Gibson, elle s'en était aperçue au bout de quelques jours de voyage, avait un poil dans la main. Depuis qu'Eric et Betty s'étaient joints à eux, il avait toujours trouvé une excuse pour charger le premier de ramasser du bois pour le feu, de pêcher ou de monter les tentes. Il préférait de loin boire et parler, ce qui avait dû être la cause de sa brouille avec Tuckett.

Ils virent effectivement des moutons paître dans un enclos à côté de la maison. Cat, qui voyait pour la première fois cet animal, s'étonna de leur poil ras.

— Moi qui croyais leur pelage fourni. Ils ont l'air déplumés !

— Ils viennent d'être tondus, se moqua Betty.

Joe contourna la maison et Cat aperçut un homme encore très jeune occupé à couper du bois non loin de l'enclos, un chien bâtard noir et blanc allongé à ses côtés, qui se mit à aboyer. Chasseur accourut, remuant la queue. L'homme leva les yeux.

— Salut, Edward, le salua Joe en souriant.

L'homme ne parut pas enchanté de le voir.

— Salut, Gibson. De retour dans la région ?

Puis, découvrant Cat, il se fendit d'un sourire :

— Et pas seul à ce que je vois. Aurais-je le plaisir de saluer Mrs Gibson ? Et tu comptes reprendre ta ferme, Joe ? Et travailler honnêtement ? Ma foi, il faut parfois tomber sur la femme qui vous convient ! Excusez-moi..., dit l'homme, se tournant vers Cat, frottant ses mains contre son pantalon et s'inclinant courtoisement... Edward Redwood, pour vous servir.

Il tendit la main à Cat.

— Non, il n'y a pas de Mrs Gibson, l'interrompit Joe. Tu me connais pourtant. Une seule fille ne me suffirait pas.

— Je vois, je vois, dit l'homme, le visage soudain rembruni en apercevant Betty. Mais…

— Elles appartiennent toutes à Otie, déclara Joe en guise d'explication, tout en montrant la deuxième charrette qui s'approchait à son tour.

— Otie Brandmann, mon associé, et sa femme Ida.

Redwood dévisagea les arrivants et se fendit à nouveau d'un « M. Brandmann… Mrs Brandmann » poli, accompagné d'un bref sourire pour Ida. Le statut d'associé d'Ottfried ne l'impressionnait visiblement pas. D'ailleurs, s'il ne se montrait pas hostile envers Gibson, il gardait une certaine réserve.

— Je vous en prie, descendez donc, finit-il par dire, s'efforçant de sacrifier à la politesse. James et Joseph sont sortis à cheval. Laura va vous préparer quelques rafraîchissements.

Alors que Cat se demandait encore s'ils étaient les bienvenus, Ida était descendue de son siège, curieuse de faire la connaissance de cette future voisine. Une porte s'ouvrit alors, laissant le passage à une femme coquette, brune, manifestement ravie d'avoir de la visite.

— Hello, quelle surprise ! Seigneur Dieu, vous êtes les premières femmes que je vois depuis… disons depuis une bonne année ! J'avais l'impression d'être Ève au Paradis, mais sans personne avec qui échanger une recette, dit-elle en riant.

Cat et Ida lui sourirent en retour, Ida avec un peu de gêne devant ce manque de respect envers la Bible.

— En revanche, tu as trois hommes, alors qu'Ève n'en avait qu'un ! la taquina Edward Redwood. Je vous présente Laura, ma belle-sœur, la femme de mon frère

Joseph. C'est elle qui tient la maison pour nous. Elle nous a bien en main.

— C'est donc comme ça que tu me vois, en dompteuse, plaisanta Laura à son tour. J'en prends note, Ed ! Un de ces jours, vous n'aurez de petit déjeuner qu'après avoir sauté au travers d'un cerceau ! Mais descendez donc de votre charrette ! lança-t-elle à Cat, Joe et aux deux jeunes gens.

Ottfried serra la main d'Edward après avoir attaché les chevaux à la clôture de l'enclos et le salua d'un « À notre bon voisinage » en allemand, sans se sentir gêné devant le regard perplexe de Redwood. Ida murmura un « *Nice to meet you* » timide, soucieuse de ne pas ridiculiser son mari.

Joe attacha à son tour ses chevaux, tandis qu'Ida s'adressait à Laura :

— Je suis heureuse de faire votre connaissance. Je suis Ida Brandmann. Et je vous présente Cat.

— Cat comme Catherine ? demanda Laura.

— Non, Cat comme chat, Mrs Redwood, répondit Cat en souriant. Juste Cat, s'il vous plaît. Ou bien Poti, précisa-t-elle, décidant de ne pas dissimuler son histoire, qu'elle devrait de toute façon raconter quand Joe et Ottfried l'auraient présentée comme leur interprète, ce qui ne saurait tarder car Joe était déjà en train d'expliquer à Edward leur projet.

— D'accord, et moi je suis tout simplement Laura. Ne commençons pas tous ces chichis de politesse, sinon on n'entendra plus que des *Miss* une telle, *M.* un tel ! Si j'ai bien compris, vous n'êtes pas Mrs Gibson ?

— Non, je travaillais juste chez les Brandmann, comme servante, dans leur ferme, mais c'est une longue histoire.

— Vous me la raconterez pendant que nous boirons le thé, répondit Laura en les invitant à entrer. Ou bien préférez-vous du café ? Nous sommes du Yorkshire et donc plutôt des buveurs de thé. Vous n'êtes pas anglaise, Ida, n'est-ce pas ?

Ida fit signe que non, tandis que se rapprochaient Betty et Eric, las des explications données par Joe à son voisin. Elle les présenta :

— Ma sœur Betty et mon jeune beau-frère Eric.

Laura, ravie, applaudit.

— Quelle chance ! Toute une famille ! Ce n'est pas la place qui manquera là-haut, au fort ! Si on ne trouve rien à redire au fait d'habiter là. C'est un peu sinistre à mon goût. Mais asseyez-vous donc !

La maison était une ferme anglaise typique avec, pour centre, la cuisine de Laura où trônait une grande table. Les Redwood n'étaient à l'évidence pas des gens compliqués. Laura posa devant ses invités des gobelets à thé en grès et deux ou trois verres.

— Au cas où quelqu'un voudrait de la limonade…

L'attention d'Eric et de Betty fut attirée par un énorme fourneau en fonte d'où provenaient des senteurs aromatiques. Des gâteaux secs ! Ida songea soudain aux Noëls de Raben Steinfeld. Ce ne furent pas des *kipferls* à la vanille ou des étoiles à la cannelle que Laura sortit du four, mais de petits gâteaux pâles et tout en longueur.

— Des *scones*, expliqua-t-elle à Betty. Et vous pouvez ne pas en laisser pour mes hommes !

Ayant posé sur la table des assiettes, du beurre et de la confiture, elle montra à ses hôtes comment on mangeait cette pâtisserie anglaise traditionnelle.

— Vous êtes donc des… Allemands ? Ou bien des Néerlandais ? Il y a déjà eu des Allemands dans la région. Enfin, pas vraiment proches. Les Hempelmann, de l'autre côté de la péninsule, dans la baie de Peraki. Je ne suis à vrai dire jamais allée jusque là-bas, ce n'est pas la porte d'à côté.

Ida jeta un bref coup d'œil à Cat, puis, voyant que son amie ne bronchait pas, elle se décida à répondre.

— Nous avons échoué à Nelson, au village de Sankt Pauli.

N'en ayant jamais entendu parler, Laura écouta avec intérêt l'histoire de ce nouveau départ manqué.

— Vous avez eu plus de chance, dit Ida pour finir, en regardant la mer par la fenêtre de la cuisine. Quel merveilleux terrain vous avez ici ! Qui vous l'a fourni ? Également la New Zealand Company ?

— Non, ce sont les hommes qui ont fait affaire eux-mêmes. Nous avons d'abord tenté notre chance sur l'île du Nord, où je me plaisais bien. Mais les hommes sont inconstants. Ils ont besoin de quelque chose de nouveau au bout de quelques années. Je suis curieuse de savoir combien de temps ils vont supporter de rester ici…

— Un pays si beau ! s'étonna Ida. Vous ne pouvez tout de même pas abandonner votre terre et vous installer ailleurs ?

— Les moutons, on peut les emmener. Mais la terre, nous l'avons juste louée. Nous aimerions bien l'acheter, mais ce n'est pas facile. Nos Maoris ici…

— Vous l'avez louée aux Maoris ? coupa Cat, surprise car elle n'avait jamais entendu dire que des tribus louaient.

— Pour quel prix ? ne put s'empêcher de demander Ida qui, confuse de son impolitesse, mit la main devant sa bouche.

Laura ne sembla pas choquée du tout et répondit d'abord à Cat :

— Il a fallu pas mal de palabres, mais mes hommes parlent quelques mots de maori et les Maoris d'ici comprennent de leur côté un peu d'anglais, car les baleiniers de Port Victoria, qui sont là depuis assez longtemps, ont toujours négocié avec eux. En tout cas, ils se sont mis d'accord. Pour un loyer de trois couvertures et de quelques aunes de toile de coton par an. Contre quelques centaines d'hectares ! C'est beaucoup trop peu. Mais si tout le monde est content…

— C'est vraiment peu…

Ida ouvrit de grands yeux et Cat y lut ce qu'elle pensait. Pour la première fois, elle croyait aux projets de Joe et Ottfried, qu'elle avait jusqu'ici considérés comme des chimères : échanger du terrain contre des couvertures et des casseroles. Mais si c'était si simple…

— Mon mari et M. Gibson envisagent de négocier l'acquisition de terrains avec les Maoris et de les revendre à des colons allemands ou anglais. Pensez-vous que cela soit envisageable ?

— S'ils s'entendent avec les Maoris… répondit Laura avec un haussement d'épaules sceptique. Se comprendre, voilà le problème essentiel, et pas seulement à l'aide de mots. Ces gens-là ont une manière de penser différente de la nôtre, c'est ce qu'affirme Joseph, mon mari. Et puis il faudra trouver des colons. Ils sont peu à arriver jusqu'ici. J'en serais en tout cas heureuse ! Ce serait bien qu'il y ait plus de colons. Et je voudrais bien rester. J'aimerais avoir une maison en pierres.

Cat jeta un coup d'œil par la fenêtre. Ottfried et Joe parlaient toujours avec les Redwood, les deux frères d'Edward l'ayant entre-temps rejoint. Ils étaient aussi grands et dégingandés que lui, avaient le même visage allongé et anguleux. Le plus jeune, en revanche, était blond. Tout comme Edward, ils paraissaient impatients, ayant sans doute envie de continuer à travailler ou de faire une pause avec du thé et des scones sortis du four. Cat décida de les libérer.

— Nous allons bientôt devoir prendre congé. Nous nous sentons très bien chez vous, Laura et je n'avais encore jamais rien mangé d'aussi bon que vos scones. Mais nous avons besoin d'arriver chez nous avant la nuit.

– Oh oui, oh oui, approuva Laura. Je n'aimerais effectivement pas m'y rendre la nuit, déclara-t-elle, avant d'atténuer sa remarque: je veux dire qu'il est toujours pénible de s'installer quelque part à la nuit tombée. Mais nous pourrons souvent prendre le thé ensemble, nous les dames. Le fort n'est qu'à dix miles d'ici.

– Dix miles ? s'effraya Ida.

– Ne prenez pas cet air épouvanté ! s'écria Laura en lui passant le bras autour des épaules. Dix miles, ce n'est rien, sur l'île du Nord il y avait près de trente miles entre nous et la propriété la plus proche. Le pays est vaste et les colons ne sont pas encore nombreux. Espérons que vos hommes arriveront à modifier cette situation, conclut-elle en accompagnant ses visiteuses qui sortaient.

Cat pressait ses compagnes et Eric de faire vite car, s'il restait dix miles à parcourir, le temps leur était compté. Circonstance que Gibson et Ottfried, pris par leur conversation, avaient oubliée. Leurs interlocuteurs étaient visiblement sceptiques quant aux projets des deux hommes.

– Fais ce que tu veux, Gibson, finit par dire Joseph, l'aîné. Mais veille à ne pas te rendre impopulaire ! Nous n'aimerions pas voir débarquer ici, un jour, vingt types tatoués brandissant leurs javelots parce que tu les aurais arnaqués. Tu sais bien que, pour eux, tous les *pakehas* se ressemblent.

Gibson et Ottfried éclatèrent de rire, feignant de croire à une bonne plaisanterie, mais Cat fut mise en alerte. Les Redwood ne faisaient pas confiance à Gibson…

Le trajet jusqu'à la propriété de Gibson traîna en effet en longueur car le chemin était étroit, mieux adapté à des piétons ou des cavaliers qu'à des charrettes. En route, Cat se demanda pourquoi Laura avait appelé « fort » la ferme de Gibson, un mot qu'elle n'avait encore jamais entendu prononcer. Elle n'osait plus interroger ce dernier car, à sa première question, il avait répondu sèchement qu'il s'agissait effectivement d'un ancien fort.

Eric avait expliqué à Betty que le mot était employé en Amérique, particulièrement pour la cavalerie, à quoi la jeune fille lui avait répondu qu'il n'y avait ni Américains ni Indiens en Nouvelle-Zélande et qu'il lisait trop de romans de quatre sous. Ils s'étaient alors demandé si c'étaient les Anglais qui avaient bâti ce fort. Mécontent de sa conversation avec les Redwood, Joe ne réagissait pas à leurs bavardages.

Alors que les charrettes roulaient entre des collines boisées, une montagne se profila au loin. Puis la forêt céda la place à des prairies. On aurait dit que la région avait été autrefois colonisée. Enfin, Gibson fit grimper à ses chevaux une colline au sommet aplati. Ottfried le suivit. Le jour déclinait quand ils franchirent une palissade en bois, partiellement effondrée, garnie de buissons épineux. On apercevait les restes d'un portail sculpté abattu par le vent. Le chemin était à présent plus large, longeant quelques maisons en longueur, autrefois peintes, mais délabrées, décorées elles aussi de sculptures en bois. Les statues de dieux qui gardaient autrefois les entrées avaient été enlevées.

— Nous y voilà ! Bienvenue dans ma ferme ! s'écria Gibson, confirmant les pires craintes de Cat. Je sais, tout ça a l'air un peu en ruines, mais ce ne sera pas difficile de le réparer.

— Mais c'est un *pa* ! ne put s'empêcher de s'exclamer Cat. Et ça, ici, c'était un *marae* !

Gibson opina, tandis qu'Ottfried rangeait sa charrette à côté de la sienne. Ida, bouleversée, contemplait le désastre.

– C'est ce que je disais, confirma Gibson, un fort, une forteresse. C'est exact, ils appellent ça un *pa*, les Maoris…

Depuis peu, il essayait de perdre l'habitude de parler des Maoris comme de sauvages, Cat lui ayant très clairement fait savoir que cela influerait de façon négative lors d'éventuelles négociations avec des tribus dans lesquelles quelqu'un parlerait l'anglais.

– Mais ils ne vous ont pas vendu ça ! explosa Cat. C'est… on ne peut pas habiter ici, Gibson ! C'est *tapu* !

– Notre blonde Maorie serait-elle superstitieuse ? se moqua Joe. Je croyais que vous en aviez fait une bonne chrétienne dans votre Sankt Pauli, Otie ! Et voilà qu'elle a peur des esprits !

– Il y a des esprits ? s'inquiéta Betty, déjà impressionnée par le décor sinistre, en se serrant contre Eric.

– *Tapu*, ça veut dire quoi ? demanda Ida.

– *Tapu*, ça veut dire à peu près interdit, expliqua Cat. Personne n'a le droit d'habiter ici !

Furieux, Ottfried descendit de sa charrette devant le bâtiment le moins délabré, sans doute l'ancienne salle de réunion où les Maoris dormaient le plus souvent. La porte n'était pas sortie de ses gonds et il vit que quelqu'un, Joe certainement, avait entrepris quelques travaux de bricolage à l'intérieur. C'était là, très probablement, le logement qu'il avait promis. Le mari d'Ida interpella Cat, qui se refusait à quitter son siège :

– D'où tiens-tu ce genre de balivernes ? Tout ça a l'air sympathique et il n'y a personne en dehors de nous…

– Justement, dit-elle. Le *pa* a été abandonné. Et très vraisemblablement parce que du sang a coulé ici.

Là où du sang a coulé, on n'a pas le droit de vivre. L'endroit devient un… une espèce de lieu sacré. On y vient pour se souvenir des morts. Mais on n'y habite pas !

Elle se demanda si, après le combat contre les Anglais, les Ngati Toa avaient abandonné le village où elle avait vécu avec Te Ronga.

— Tu crois donc que les Anglais ont donné l'assaut ici, ont tué des Maoris et que les autres se sont enfuis ? lui demanda Betty avec angoisse. Et que cet endroit est habité par des esprits ?

— Pas les Anglais, contredit Cat à voix basse. Je crois… je crains que cela ait été Te Rauparaha et ses guerriers Ngati Toa. Il a autrefois mené des guerres, pour du butin. Et Laura dit que les gens d'ici avaient négocié avec les Blancs de Port Victoria. Ils étaient donc en possession d'objets convoités par Te Rauparaha. C'est peut-être lui qui a rasé le *pa*.

— À moins que les gens soient partis d'eux-mêmes parce qu'ils n'avaient plus besoin des maisons, estima Gibson. Tu as toi-même dit qu'il y avait autrefois plus de Maoris qu'à présent. Et qu'ils sont souvent morts de maladies. Les survivants sont alors partis. Et maintenant, entrons ! Ces maisons ne sont à personne.

— Et vous vous êtes installé ici comme ça ? s'étonna Ida. Sans rien demander à personne ?

— Mais j'allais le demander à qui ? Les Redwood n'ont pas agi autrement. Ils se sont installés là où ils avaient envie. Et quand les Maoris ont réclamé, ils ont négocié. Jusqu'ici, personne n'est venu me réclamer quoi que ce soit.

— Personne ne le fera, reprit Cat. S'il y a des Maoris ici, ils ne nous parleront pas, ne négocieront pas avec nous. Ils ne nous feront rien non plus. On ne verse pas du sang sur des lieux *tapu*. Nous ne serons plus que du rebut pour eux.

— Et puis, ce village est sinistre, ajouta Betty. Je ne veux pas rester ici !

— Nous partirons dès demain pour Port Victoria et nous chercherons un bateau qui appareille pour Wellington, lui chuchota Eric.

— Fais acte d'autorité, dit Joe en soupirant, tourné vers Ottfried. Tes femmes ont perdu la tête.

Ottfried, qui n'avait pas compris grand-chose à l'altercation, se tourna néanmoins, le sourcil froncé, vers Ida et Cat.

— Si je ne me trompe pas, vous ne voulez pas dormir ici parce que des sauvages se sont autrefois entrebattus ici ? demanda-t-il en allemand. Toi aussi, Ida ? Une chrétienne ? La fille de Jakob Lange ?

Si Ida rougit, Cat ne se laissa pas intimider.

— Ottfried, le problème n'est pas de savoir s'il y a ici des esprits ou non. C'est une question de respect. Ce pays ne nous appartient pas. Nous n'avons pas le droit de nous installer ici comme ça. Surtout en sachant que les propriétaires désapprouvent que quelqu'un vive ici.

— Qu'aurions-nous fait, Ottfried, renchérit timidement Ida, si des Maoris étaient soudain venus s'installer dans notre église de Sankt Pauli, bafouant notre foi en y allumant des feux, récitant leurs prières païennes et…, elle hésita puis se lança : en y concevant et en mettant au monde leurs enfants ?

Sans répondre, Ottfried alluma une lanterne et éclaira l'intérieur du local que Gibson avait meublé de manière rudimentaire : une table grossière, des chaises et un bat-flanc. Plus rien ne rappelait ici les anciens habitants. Il eut l'air satisfait.

— Tu veux savoir ce que nous aurions fait de sauvages dans notre église ? Nous les aurions chassés en beauté ! Et les sauvages auraient pu le faire aussi avec Gibson, s'ils avaient tenu à cette ruine et pris au sérieux son caractère sacré. Mais il n'en est rien, Ida. Ils se fichent pas mal de cet endroit ou bien ils n'osent pas se battre pour lui. Indifférents ou lâches. Choisissez. Moi, je m'en fiche, si vous voulez savoir. Car, à la longue ce pays nous appartiendra dans sa totalité. Les sauvages jouent encore un peu les bravaches, et nous sommes assez gentils pour venir avec des cadeaux et non des fusils. Mais s'ils se rebiffent…

— Tu comptes les affronter tout seul ? ironisa Cat.

— Pas besoin. Comme tu le constates, ils s'en vont d'eux-mêmes. Ils savent ce qu'ils valent. Et nous, nous prenons ce qui nous revient, conclut Ottfried en entrant et en jetant sa veste sur le dossier d'une chaise d'un air conquérant.

Joe le suivit avec une bouteille de whisky, les provisions et la literie des femmes.

— Vous, les femmes, vous pouvez dormir ici cette nuit, Eric, Otie et moi nous allons nous installer ailleurs. Demain, nous déciderons d'une installation définitive.

Son ton était apaisant presque comme s'il avait été choqué par la rudesse des propos d'Ottfried, même si, bien sûr, il n'en avait pas compris grand-chose.

Ida hésita devant le seuil de la pièce. Le *pa* ne lui plaisait pas, mais elle avait faim et était fatiguée.

— Vaut-il mieux dormir dehors ? chuchota-t-elle à Cat. Nous pourrions monter la tente.

Cat, soudain, sentit une grande fatigue lui tomber sur les épaules. Elle n'était pas capable de consentir pareil effort en cet instant. Et puis cela ne servirait à rien.

— Le *pa* est *tapu* dans sa totalité, dit-elle. Que nous dormions dehors ou dedans est indifférent. Nous l'avons d'ores et déjà profané. Te Ronga aurait dit que nous sommes aux mains des esprits. Il reste à espérer qu'ils nous seront cléments.

5

Les esprits laissèrent dormir les femmes. Cat et Ida étaient si épuisées qu'il aurait fallu une apparition de fantômes particulièrement bruyants pour les réveiller. Aussi n'assistèrent-elles pas au départ de Betty et d'Eric.

Ayant fini par s'extirper de ses couvertures, Cat trouva un billet sur la table :

Nous sommes partis pour Wellington, les Redwood pourront certainement nous dire comment arriver au port. Nous avons pris un peu de pain et de fromage pour la route. Ne nous en veuillez pas !

Betty

— Bon, eh bien nous ne pouvons que leur souhaiter bonne chance, dit Cat avec flegme quand elle remarqua combien Ida était anxieuse. Ne t'en fais pas, Ida, ils s'en sortiront. Je ne sais pas pour ta sœur, mais Eric est très amoureux d'elle, on ne peut pas ne pas le voir. Il veillera sur elle. Aurais-tu préféré qu'ils restent ici ?

— Non, Betty a droit à sa liberté. Qu'au moins une de nous deux puisse en faire à sa guise. Et je ne souhaite pas non plus qu'elle découvre notre secret. Mon déshonneur… notre déshonneur…

Cat la prit dans ses bras, mais ne dit rien. Elle avait mainte et mainte fois assuré à son amie qu'avoir été mise enceinte par Ottfried était pour elle une épreuve pénible et regrettable, mais que ce n'était pas un déshonneur. Ni elle ni l'enfant n'en porteraient la moindre responsabilité. Et Ida encore moins ! Elle avait toujours été une sage épouse et n'avait donné à Ottfried aucune raison de la tromper. Du seul point de vue de la raison, Ida pouvait partager ce point de vue, mais elle savait que la paroisse l'aurait vu d'un autre œil. On aurait pour le moins insinué qu'elle avait négligé ses devoirs, ce qui excusait cet écart d'Ottfried. Et personne n'approuverait par ailleurs sa décision de reconnaître comme sien le bâtard d'Ottfried. Que cela ne puisse rester un secret pour Joe la gênait donc extrêmement !

— Tout s'arrangera, murmura Cat, ne sachant plus que dire. D'une manière ou d'une autre, tout s'arrangera. Sortons, maintenant, et jetons un coup d'œil. Regarde, le soleil brille ! Betty et Eric ont la chance de marcher par beau temps et le *pa* n'a pas l'air aussi sinistre qu'hier soir, non ?

Ce qui était exact. Certes les maisons et les palissades à moitié écroulées n'étaient pas engageantes, mais au prix de quelques efforts, on pourrait remettre le *pa* dans un état qui ne fasse pas aussitôt penser à la guerre et aux destructions. Ottfried se mit sans plus tarder à l'œuvre et elles savaient qu'il était capable de s'y atteler sérieusement. Joe, en revanche, se plaignait de la fuite d'Eric, dont il espérait l'aide.

— Allons donc, nous y arriverons tout seuls, répondait Ottfried. Nous commencerons par l'écurie, que nous installerons dans la petite maison à côté de celle-ci.

— C'était la cuisine, dit Cat.

— Je me fous de l'utilisation qu'en faisaient les sauvages. Je l'ai examinée hier et elle suffit pour les chevaux. Et, à côté, il y a un réduit. Tu pourras y dormir, Cat. On le rendra tout à fait confortable, je peux même te fabriquer un vrai lit, si j'en trouve le temps. Le bois ne manque pas par ici et nous démonterons quelques bâtiments. La palissade nous fournira une bonne clôture. Joe aura la maison près des arbres. Il faudra bien entendu y bricoler un peu, mais elle est belle. Au cas où il finirait par ramener une femme... Ida et moi nous prendrons l'ancienne salle de réunion, il y a un peu plus de place. Y compris pour l'enfant, plus tard. Ça te va, Joe ?

Joe marmonna une brève approbation, mais le visage d'Ida exprima son désaccord. Les hommes avaient donc l'intention de s'installer ici pour longtemps. La maison prévue pour Joe avait été celle du chef. Pas très grande, mais richement décorée de sculptures. Malheureusement pas mal dégradée. Les femmes n'osèrent imaginer ce qu'il avait pu advenir de la femme et des enfants lors des combats ! Après le petit déjeuner, elles partirent à la recherche des anciens jardins ou champs des Maoris, Ottfried leur ayant ordonné de se rendre utiles. Le fait qu'elles soient enceintes n'était pas à ses yeux une excuse pour ne pas travailler : à Raben Steinfeld, les paysannes trimaient jusqu'au jour de l'accouchement.

— Regarde, Ida, ici au moins de bons esprits ont été à l'œuvre ! plaisanta Cat quand, sur un terrain enclos, derrière les maisons, elles découvrirent un champ couvert de petites plantes vert foncé.

La terre était meuble et, ayant creusé un trou, Cat trouva ce qu'elle cherchait.

— Des patates douces. Les Maoris les appellent des kumaras. En as-tu déjà mangé ? Ce midi, en tout cas, il y aura du ragoût aux kumaras !

Ida avait de son côté trouvé des céréales, dont du maïs.

— Je croyais que les Maoris n'étaient pas des agriculteurs, s'étonna-t-elle.

— En fait, si ! Les femmes cultivent leurs jardins et leurs champs. C'est chez eux une tradition. Mais la plupart des plantes qu'ils avaient apportées avec leurs premiers canots ne poussent pas ici. Là d'où ils venaient, il faisait beaucoup plus chaud. Seuls les kumaras prospérèrent. Ainsi que ça, dit Cat en montrant le maïs et l'avoine. Ce sont les Anglais qui les ont importés. Les semences sont donc un produit très demandé. Et tu vois, quand les Maories en obtiennent, elles savent qu'en faire !

— Ça me fait tout drôle de récolter le fruit du travail des autres, remarqua Ida tandis que Cat ramassait les patates.

— Il y a beau temps que personne n'a travaillé la terre ici, ces plantes se sont resemées sans l'aide de personne. Et même si… À qui cela serait-il utile qu'elles pourrissent sur place ? Mais, si tu veux, nous pouvons dire une prière de remerciement, toi à ton dieu, moi aux dieux de Te Ronga. Semer et récolter sont des opérations qui, dans les tribus, sont toujours associées à des *karakias*. Voyons voir si j'en connais encore une…

Elle chanta tandis qu'Ida fredonnait à l'unisson. Ensuite, les mains jointes, Cat s'associa à la prière d'Ida, certaine que Te Ronga, toujours ouverte à de nouveaux dieux et à de nouveaux esprits, aurait été fière d'elle.

Par la suite, les esprits persistèrent à ne pas se montrer rancuniers si bien qu'Ida et Cat finirent par surmonter leur malaise initial. L'aspect de la propriété changeait d'ailleurs rapidement, car Ottfried avait hâte d'apporter les améliorations nécessaires. Ida en fut d'autant plus rassérénée qu'il n'importunait plus Cat.

Cat était plus réaliste, ne croyant pas qu'Ottfried comptait rester à Purau jusqu'à l'accouchement. Lui et Gibson n'avaient en tête que de partir avec leurs marchandises dans les Plains afin de conclure de premières affaires avec les Maoris. Opération impossible sans leur interprète, si bien que ce premier voyage commercial devait intervenir avant que sa grossesse ne l'immobilise. Elle insista pour qu'il s'effectue avant le septième mois et eut la surprise de voir les deux hommes se montrer compréhensifs. Ils devaient craindre de se retrouver en pleine nature face à une naissance prématurée.

À cet égard, si Cat avait émis cette exigence, c'était pour Ida et non pour elle-même qui aurait mis au monde son enfant dans un village maori sans problème. Elle y aurait d'ailleurs profité d'une aide efficace, au contraire d'Ida qui n'avait vécu que la naissance de sa jeune sœur, accouchement qui avait coûté la vie à leur mère. Souvenir sinistre qui ne pouvait qu'engendrer de l'anxiété chez elle. Cat devait être là, auprès d'elle.

Les hommes avaient donc tout intérêt à terminer le plus vite possible leurs travaux. Ida et Cat leur donnaient la main, si bien qu'il suffit de trois semaines pour transformer le village dévasté en une petite ferme convenable, comportant une écurie, deux maisons d'habitation et un enclos pour les chevaux. Ida avait arraché les mauvaises herbes des champs, sarclé le jardin et, en dépit des protestations d'Ottfried, utilisé pour leurs nouvelles terres les semences prévues comme monnaie d'échange avec les Maoris. Peu avant le départ dans les Plains, Ida et Cat purent même moissonner. Le garde-manger d'Ida était donc bien fourni. Il l'était d'autant plus que Joe avait rapporté de chez les Redwood du fromage et de la viande séchée.

— En tout cas, tu ne mourras pas de faim, plaisanta Cat la veille de leur départ, tout en préparant les provisions pour le voyage. Je ne suis tout de même pas tranquille de te laisser seule ici... Tu n'as pas peur ? Vraiment ?

— Je... je n'ai bien sûr encore jamais été seule. Mais j'ai Chasseur avec moi.

En entendant son nom, le chien se blottit contre elle. Il avait beau aimer Cat, quand il avait le choix, il ne quittait pas Ida d'une semelle.

— Et les hommes ont raison. Partir avec vous serait trop fatigant.

Cat avait suggéré d'emmener Ida. Les Maoris n'y verraient rien à redire. Quand ils migraient ou se rendaient visite, toute la tribu était du voyage. Ils accueilleraient quatre visiteurs avec autant de chaleur que deux ou trois. Mais Joe comme Ottfried s'étaient opposés à cette proposition avec véhémence. Ottfried entendait protéger son précieux rejeton, tandis que Joe craignait qu'Ida ne les retarde. Elle avait souvent eu des malaises durant le trajet entre Nelson et Purau, et Cat avait exigé d'observer des pauses plus fréquentes et de s'arrêter plus tôt le soir afin de la ménager.

— Je ne manquerai pas d'occupation, je filerai la laine que Laura a apportée et je mettrai en conserve les baies que tu as cueillies. Laura passera à coup sûr me voir.

Excellente cavalière, Laura était déjà venue deux fois leur rendre visite au fort. Cat redoutait que, dans les derniers mois de sa propre grossesse, il devienne impossible de la lui cacher. Mais en définitive la fermière, ayant la charge de trois hommes, travaillant à la fromagerie et gardant les moutons, ne manquait pas d'occupations.

— C'est surtout au printemps que j'ai du travail, quand les brebis agnellent, avait-elle expliqué lors de sa dernière visite. Mais j'aime ça. Vous avez donc une sage-femme expérimentée sous la main, Ida ! N'hésitez pas à me faire appeler !

Ida avait acquiescé tout en sachant qu'il ne pouvait être question de faire venir Laura lors de l'accouchement. Elle ne l'inviterait que plus tard, quand les « jumeaux » seraient nés.

— Il ne peut d'ailleurs rien t'arriver ici, affirma Cat du ton de qui veut se persuader soi-même. Surtout si tu te ménages afin de ne pas risquer une naissance avant terme. Évite l'idée de couper du bois et de l'empiler !

— Bien sûr ! répondit Ida qui, sachant qu'Ottfried n'avait pu faire assez de petit bois, avait néanmoins envisagé de se livrer à quelques travaux ménagers de ce type afin de tuer le temps. Je… peut-être même que je vais trouver du plaisir à être un peu seule, poursuivit-elle. Je ne l'ai jamais été, tu sais. J'ai toujours vécu avec mes parents et mes frères et sœurs… les gens de la paroisse. Et ensuite Ottfried.

— Il va sans doute te manquer énormément !

— Il ne manquera pas à Chasseur en tout cas, répondit Ida en s'efforçant de sourire.

Ottfried observait désormais une heureuse réserve. Bien que partageant la chambre d'Ida, il ne la touchait pas, pas plus qu'il n'importunait Cat de propos grivois. Aussi Chasseur avait-il repris du poil de la bête, grognant dès qu'il jugeait qu'il s'approchait de trop près de sa maîtresse. Ce qui lui valait d'être banni de la maison, en dépit des protestations d'Ida arguant de son utilité. Les rats sévissaient en effet ici aussi. Les avaient-ils emmenés avec eux, dans les charrettes ? Ou bien avaient-ils jadis été amenés chez les Maoris par des commerçants ?

Cat ne pouvait s'empêcher de rassurer son amie.

— Nous ne serons pas longtemps absents. Les Plains n'offrant pas d'obstacles naturels, nous avancerons rapidement. Je crois qu'on reviendra dans trois ou quatre semaines. Ça te laisse largement le temps de tenir !

— Je tiendrai plus longtemps que ça, dit Ida, mi-figue mi-raisin. Et puis il va bien falloir que je m'habitue. Quand les enfants seront là, tu ne crois tout de même pas que vous allez vous encombrer de deux petits braillards ? Tout ira bien, Cat.

Le lendemain matin, à l'aube, ils partirent. Ida, courageusement, leur dit au revoir de la main. Cat n'en éprouva pas moins de l'inquiétude et du remords de la laisser seule.

— Eh bien, les voilà partis ! lança Ida d'un ton faussement joyeux à Chasseur. Par quoi allons-nous commencer cette journée ? On arrache quelques patates douces, qu'en dis-tu ?

Pelant ensuite les patates au soleil, Ida essaya de se convaincre qu'elle était enfin tranquille. Elle confectionna un délicieux ragoût et récita une longue prière avant de le déguster. Elle porta ensuite les épluchures sur le tas de compost. Puis elle entreprit de laver la laine avant de la filer. La journée était belle, finalement ! Cat lui ayant laissé des recettes pour teindre le lin, elle voulut les essayer sur de la laine et entra donc dans la forêt afin de trouver les plantes nécessaires. Fière de sa témérité, elle voulut néanmoins combler le silence total qui régnait dans le sous-bois en récitant une prière. Elle se rappela avoir entendu dire par les gens de la paroisse qu'il suffisait de tendre l'oreille dans le silence pour enfin percevoir la voix de Dieu. Si elle ne l'avait jusqu'ici jamais entendue, cela s'expliquait certainement par le fait qu'elle n'avait jamais connu le silence absolu…

Au bout d'un moment, elle finit par trouver ce silence sinistre. Elle rassembla ses herbes, le cœur battant, et revint au *pa*, où Chasseur poursuivait les rats en aboyant furieusement. Puis la nuit tomba peu à peu. Ida priait toujours sans jamais entendre de réponse. Finalement, le silence fut coupé de bruits nocturnes, des cris, des appels… Elle savait qu'il s'agissait d'oiseaux. Mais ne seraient-ce pas les cris de guerriers maoris qui avaient attendu le départ des hommes pour se venger de la profanation de leur lieu saint ? Cat, qui n'avait pas trouvé de traces de Maoris dans les environs, lui avait pourtant assuré qu'il n'y en avait aucun autour du fort.

Puis elle pensa aux esprits… Ils devaient jusqu'à présent avoir été chassés par les voix humaines. Cat, après le ramassage des patates douces, avait continué à accompagner chacun de leurs travaux dans la nature d'incantations, disant que cela lui rappelait sa mère adoptive et ajoutant en riant que cela apaisait les esprits. Mais à présent… à présent Cat n'était plus là et les esprits criaient dans la nuit. Et Dieu ne répondait pas…

Ida passa la nuit, tremblant de tous ses membres, dans une niche entre son grand lit et son armoire, agrippée à Chasseur qui, ne comprenant pas l'émoi de sa maîtresse et gagné par la nervosité, se mit à gémir.

Elle était si seule ! Et Dieu qui ne répondait pas ! Et l'enfant… l'enfant qui, dans son ventre, ne bougeait pas ! Ne devrait-il pas commencer à bouger ? Était-il encore en vie ou bien… ou bien Dieu savait-il qu'elle ne l'avait pas voulu, cet enfant ? Il était à présent la proie des esprits, et sa mère aussi…

Ida se balançait en gémissant d'avant en arrière et d'arrière en avant, tandis que Chasseur lui léchait affectueusement le visage, étonné qu'elle ne s'en défende pas.

Et ce n'était que la première nuit.

6

Cat trouva que les Canterbury Plains portaient bien leur nom. C'étaient en effet de vastes étendues d'herbes tussack, entrecoupées de loin en loin par des bosquets, un petit lac alimenté par des ruisseaux à l'eau claire ou des rochers paraissant tombés du ciel. En arrière-plan se dressaient des montagnes enneigées, les Alpes du Sud, visibles de quasiment tous les endroits de l'île du Sud déjà connus de Cat. Elles semblaient ici plus proches, mieux découpées, et aucune forêt, aucune colline ne bouchait la vue. L'air était plus frais, le ciel plus vaste et les nuages plus duvetés que partout ailleurs. Le fleuve Waimakariri que suivaient les charrettes était large, son débit vif. Pendant deux jours, Cat chercha en vain sur ses rives trace de campements maoris, mais n'aperçut que quelques rares fermes *pakehas* en cours de construction.

— Ils doivent s'être installés plus à l'intérieur… au cas où le fleuve déborderait, jugea Ottfried qui contemplait ses eaux avec une certaine appréhension.

Il avait d'ailleurs rejeté la proposition de Gibson d'accepter l'offre de quelques fermiers et bateliers qui, installés près de l'embouchure du Waimakariri, leur avaient conseillé de transférer leurs marchandises sur des bateaux et de remonter le fleuve. Cela leur aurait pourtant permis de gagner du temps.

— Je n'ai encore jamais entendu parler d'inondations ici, avait estimé Gibson sans s'émouvoir. Et les fermes devant lesquelles nous passons sont directement au bord du fleuve. Il est donc peu vraisemblable que nous ayons affaire à un deuxième Moutere. Tu es toujours sous le coup de ce qui est arrivé à votre Sankt Pauli, Otie. Il faut oublier tout ça !

Cat se dit qu'Ottfried était sous le coup de bien d'autres choses : son refus de prendre le chemin fluvial n'avait rien à voir avec Sankt Pauli, mais avec son équipée en bateau lors des événements de Wairau. Il devenait d'ailleurs de plus en plus nerveux à mesure que, s'éloignant des colonies anglaises, ils s'enfonçaient dans une région appartenant sans conteste aux Maoris. Jamais, bien sûr, il ne l'aurait avoué, mais Cat était certaine qu'il redoutait la confrontation avec des indigènes.

— Je serais pour gagner l'intérieur du pays en suivant un ruisseau, suggéra Cat, se mêlant à la discussion. Il est possible que les tribus n'aiment pas s'installer en terrain découvert et s'exposer à d'éventuelles attaques. En forêt ou auprès d'un lac, ils sont davantage en sécurité.

— Mais ils peuvent aussi plus facilement nous tomber dessus ! objecta Ottfried.

— Tu veux les rencontrer et négocier avec eux ou pas ? soupira Cat. Protégé, tu ne le seras nulle part, quand bien même le village serait à plusieurs miles de distance. La nuit, ils pourraient te trancher la gorge.

Elle se retint de rire en le voyant pâlir et tâtonner à la recherche de son arme sous le siège. Cat savait que Gibson en possédait une aussi, un fusil de chasse. Ce qui ne la préoccupait pas, car il ne redoutait pas les indigènes. Le danger de le voir l'agiter inconsidérément n'était pas grand. Elle était moins rassurée quant à Ottfried.

C'est donc avec Gibson qu'elle abordait ce genre de sujet quand Ottfried se trouvait hors de portée d'oreille. Elle préférait rouler dans la charrette de Joe en dépit des préventions qu'elle avait à son égard. Elle le considérait comme plus fiable qu'Ottfried. Ce qui s'était vérifié dès le premier soir de leur équipée. Elle avait voulu se retirer sous sa tente, demandant aux hommes de la lui monter pendant qu'elle ferait frire des poissons, ce qui lui avait valu une remarque obscène d'Ottfried.

— Tu as perdu la tête ou quoi, Otie ? avait fulminé Joe. Draguer ainsi la petite. Tu sais bien qu'elle ne veut rien de nous ! Combien de fois devra-t-elle agiter son couteau sous ton nez ?

— Allez, Joe… Elle peut quoi avec un couteau contre deux hommes forts ?

— Premièrement, je l'ai vue lancer son engin et je ne voudrais pas le recevoir entre les côtes. Et, deuxièmement, nom de Dieu, Otie, nous avons besoin de la petite ! Sans traducteur, nous sommes paumés chez les sauvages. Et ne va pas t'imaginer la traîner devant eux ligotée et bâillonnée, elle pourrait alors leur raconter ce qu'elle voudrait. Est-ce que tu comprends le moindre mot à leur baragouin ? Donc, sois poli et conduis-toi comme un gentleman, même si tu n'en es pas un. Le monde est plein de bonnes femmes en qui tu peux enfoncer ton truc. Mais celle-ci… comment, déjà, disait-elle ? Celle-ci est *tapu*.

Depuis, Ottfried l'avait laissée tranquille et Joe la traitait avec courtoisie. L'homme était à n'en pas douter un escroc, mais il savait ce qu'il voulait et n'était pas stupide. De plus, il avait lui aussi remarqué qu'Ottfried avait peur de rencontrer les Maoris.

— Il peut porter une arme, les guerriers maoris eux-mêmes viendront au *powhiri* avec leurs javelots et leurs massues, lui expliqua Cat. Mais veille à ce qu'il ne tire pas. Quelle est son arme d'ailleurs ? Un fusil de chasse comme toi ?

— Non, un vrai fusil. Une arme de guerre. J'ignore où et comment il l'a trouvée. Je le tiendrai à l'œil, ne crains rien. Je préférerais pour ma part ne pas exhiber d'armes qui deviendraient aussitôt l'objet des négociations. Ces jeunes types n'en raffolent-ils pas ?

— Il semble que tout homme désire ce genre d'engin qui fait du bruit et qui tue. Je me suis d'ailleurs demandé pourquoi vous n'aviez pas emporté d'armes. Quelques carabines seraient à coup sûr un bon argument de vente.

— D'abord, il n'y en avait aucune à vendre à Nelson, et ensuite notre Otie s'y est farouchement opposé. Il a certainement peur que les Maoris ne les essaient sur lui. Il est un peu nerveux, notre garçon. Il n'a pas l'étoffe d'un héros.

— Alors, fais en sorte qu'il ne s'y hasarde pas du tout, conclut Cat.

Effectivement, la main d'Ottfried fouilla sous son siège, mais sans sortir l'arme, quand, au sixième jour de leur voyage, ils découvrirent des Maoris. Suivant les conseils de Cat, ils avaient bifurqué au bout de deux jours, abandonnant le fleuve et suivant un ruisseau venant du sud-ouest, dont le cours était ensuite presque parallèle à celui du fleuve. Ils finirent par tomber sur deux jeunes Maoris en train de pêcher, deux garçons de quatorze ou quinze ans qui réagirent avec plus de curiosité que d'animosité à la vue des *pakehas*. Quand Cat leur eut dit quelques mots, ils répondirent sans réserve et, Gibson leur ayant offert deux couteaux de poche, leur joie fut totale.

— Ils veulent bien nous mener à leur village, traduisit Cat. Ils n'ont encore jamais vu de *pakehas*, même s'ils en ont entendu parler. Des gens de leur village ont déjà rencontré des missionnaires qui ont donné une couverture à l'un d'eux. Sa femme en est très fière !

— Eh bien, sourit Joe, nous allons ici enfoncer des portes ouvertes !

Il ne s'était pas trompé. La négociation avec les Ngai Tahu qui étaient installés au bord d'un lac se déroula de manière simple et agréable. L'accueil fut tout à fait différent de ce qu'Ottfried avait redouté. Cat fut frappée par la grande confiance manifestée par ces gens, à la différence des Ngati Toa, sans doute parce qu'ils n'avaient pas vécu de mauvaises expériences. Le comité d'accueil n'était en tout cas pas constitué de guerriers, mais de femmes et d'enfants que tout, chez les nouveaux arrivants, étonnait. Depuis les chevaux que les garçons voulaient absolument toucher, jusqu'aux cheveux blonds de Cat, un pur miracle pour les femmes. Cat les défit et échangea un bandeau traditionnel contre une casserole. La femme qui l'avait tissé ne se tenait plus de joie. Toutes lorgnèrent alors les charrettes, mais la tribu savait aussi ce qu'il convenait de faire et on organisa d'abord, en l'honneur des hôtes, le *powhiri* qui convenait.

— Vous ne devez en aucun cas manifester de l'impatience, intima Cat à ses compagnons. Ou de l'inquiétude. La cérémonie implique que les guerriers exhibent leurs armes et grimacent. Et il y aura un flot de paroles que je ne pourrai pas toutes traduire. Je suppose qu'il vous est indifférent de savoir avec quel canot cette tribu est venue à Aotearoa et à quelles pérégrinations elle s'est ensuite livrée. Laissez-moi donc répondre et restez sereins. Au fait, comment s'appelait le bateau qui t'a amené ici, Gibson ?

Gibson et Ottfried assistèrent donc sagement au rituel, écoutèrent les discours des anciens et les réponses de Cat. La propre histoire de Cat – elle raconta très franchement sa vie chez les Ngati Toa – souleva des questions. Te Rauparaha était connu et redouté. Ottfried et Gibson s'inquiétèrent quand Cat dut, d'un ton vif, se justifier. Mais finalement une femme âgée eut des mots apaisants et échangea avec elle le *hongi*.

— *Haere mai*, Poti !

Ce salut qu'elle n'avait plus entendu depuis si longtemps lui tira quelques larmes. Puis il n'y eut plus de chants à chanter ni de salutations à exprimer.

— *He tungata !* déclara le chef d'un ton solennel, scellant ainsi l'alliance entre les visiteurs, les membres de la tribu et les dieux et esprits locaux.

— Vous pouvez maintenant sortir quelques bouteilles de whisky, conseilla Cat quand les Maories apportèrent de quoi manger.

— Bon, nous passons à la partie agréable, mais quand parlerons-nous affaires ? ricana Gibson.

Cat eut de la peine à freiner ses acolytes, mais parvint quand même à repousser au lendemain les négociations. Le chef autorisa les visiteurs à monter leurs tentes sur la place du village. Ottfried insista pour passer la nuit le plus près possible des charrettes afin de les surveiller, rentrant son fusil dans sa tente. De peur qu'un gamin curieux se faufile dans les environs et se fasse tirer dessus, Cat ne ferma pas l'œil jusqu'au moment où quelques jeunes filles maories pouffant de rire s'approchèrent à tâtons des tentes de ces hommes blancs si intéressants. Elles firent heureusement assez de bruit pour ne pas passer pour des voleuses et se montrèrent assez habiles pour parvenir à leurs fins sans parler.

Le lendemain, au sortir de leurs tentes, Ottfried et Gibson avaient l'air satisfaits, bien qu'un peu fatigués. Cat aida les femmes à préparer le petit déjeuner, aide accueillie avec joie. Elle eut même l'impression de faire partie de la tribu quand les jeunes filles vinrent dévoiler les secrets de leur nuit avec les *pakehas*. Finalement, Ottfried et Joe enlevèrent les bâches de leurs charrettes. Les femmes admirèrent les vêtements et les ustensiles de cuisine et se les partagèrent avec force discussions.

Les hommes se passionnèrent pour les couteaux en acier. Cat eut la confirmation de ce qu'elle avait jadis entendu dire : cette tribu des Ngai Tahu était nettement plus pauvre que celle de Te Rauparaha. À part la couverture évoquée la veille par les deux pêcheurs, ses membres ne possédaient aucun objet ni vêtement de la civilisation blanche. Ils vivaient essentiellement de la pêche et de la chasse aux oiseaux. L'unique culture était celle des inévitables patates douces. Les habitations étaient également plus rudimentaires que celles des Ngati Toa, avec moins de sculptures et de statues de dieux. Les femmes, le matin, lui avaient raconté qu'ils pérégrinaient souvent. Quand une année était trop humide et que la récolte avait pourri ou quand l'hiver se prolongeait et que les provisions touchaient à leur fin, la tribu partait à la recherche de régions plus giboyeuses et plus poissonneuses, montant jusque dans les contreforts alpins.

Cat ayant exposé leur projet, à savoir l'échange de produits contre de la terre, le chef invita les visiteurs à entrer dans la salle de réunion où il convia aussi les anciens de la tribu. Tous donnèrent aimablement des renseignements sur leur territoire, une immense étendue, depuis la rive du Waimakariri jusque peu avant les contreforts alpins. En d'autres termes, il n'y avait pas d'autres tribus sur cette immensité.

— Eh bien, cette terre leur appartient-elle ou non ? s'impatienta Ottfried. Peuvent-ils et veulent-ils vendre ?

— Ils y sont ouverts et de bonne volonté, répondit Cat, mais vous devez comprendre que les Maoris ne conçoivent pas la propriété des terres comme nous. Et le chef ne sait pas non plus exactement ce qui est à vendre.

— Ma foi, les types de Wairau, eux, le savaient très bien ! la reprit Ottfried. Pour ne pas dire qu'ils s'entendaient même fort bien à nous rouler dans la farine.

Cat tenta à nouveau d'expliquer.

— Te Rauparaha était en contact avec des *pakehas* depuis des années. C'est pourquoi il ne voulait plus être payé en couvertures et en casseroles, mais en bel et bon argent. Et il est d'esprit guerrier. Les Ngati Toa entendent contrôler des régions. Te Kahungunu, lui, ne s'est jamais battu pour de la terre et il n'a que de vagues idées sur ce que peut représenter l'argent. La terre, pour lui, appartient à celui qui en vit, mais il n'a rien contre le fait que des colons blancs s'y installent et la cultivent. Ils seront les bienvenus, dit-il. Et nous remercie pour ces cadeaux généreux.

— Mais ce n'étaient pas des cadeaux, il… s'énerva Ottfried.

— Il le comprendra, le coupa Gibson. Demande-lui, Cat, si je peux mesurer les terrains pour les Blancs. Et il devra bien sûr signer un contrat.

Les deux hommes furent soulagés de voir le chef opiner. Au terme des négociations, suivis d'une horde de membres de la tribu surexcités, ils firent le tour des terres environnantes où une aimable *tohunga* aux cheveux blancs leur montra où les *pakehas* pourraient s'installer sans offenser les esprits ou profaner un *tapu*. Cat veilla à ce que Gibson en tienne exactement compte quand il dressa une carte des lieux, le laissant maugréer quand un lieu sacré se trouvait au beau milieu d'une parcelle possible.

— Mais ce ne sont que quelques cailloux ! Et ces terres magnifiques tout autour. On ne peut tout de même pas laisser tomber vingt hectares à cause de quelques esprits !

— Il faut au moins garantir le libre accès aux Maoris, expliqua Cat. La terre alentour ne les intéresse pas. Mais tu dois absolument inscrire ces lieux. Celui qui achètera ces parcelles doit savoir que quelques mètres carrés à l'intérieur de ses terres ne lui appartiennent pas !

Elle aurait préféré que ces parcelles ne soient pas loties, mais Ottfried et Gibson tinrent bon.

Une petite semaine plus tard, Gibson avait acquis un territoire deux fois plus grand que celui de Sankt Pauli, il l'avait arpenté et loti. Il s'étendait du village jusqu'au fleuve. Il exposa ces résultats de manière solennelle au chef et au conseil des anciens qui eurent quelque mal à concevoir qu'on puisse fixer des terrains sur un papier. La *tohunga* Harata insista vivement à propos des lieux *tapu*. Gibson les avait indiqués sans tricher. Ce serait aux colons de décider plus tard comment ils agiraient.

Gibson demanda à Te Kahungunu, à la *tohunga* aux cheveux blancs et à deux anciens d'inscrire un signe au bas du contrat afin de conclure l'affaire dans les règles. Tous s'exécutèrent avec solennité et sérieux. La négociation fut suivie d'un festin.

— Maintenant, il vous reste à aller chercher des colons, dit Cat le premier soir de leur voyage de retour. Sinon, la tribu ne comprendrait pas. Le contrat n'entrera en vigueur pour les Ngai Tahu que si des gens arrivent. Dans la mesure où je suis parvenue à leur expliquer ce qu'est un contrat.

— Le contrat est valide ! déclara Ottfried. Tout est en ordre.

— Oui, renchérit Gibson. Ils sont ficelés ! Mais ne te fais pas de soucis, Cat. Des colons, on va en trouver. Nous allons nous renseigner à… d'abord à Port Victoria !

— À Port Victoria ? s'étonna Cat. Ce n'est guère qu'une station de baleiniers. Bien sûr, un bateau y fait escale de temps à autre. Mais des colons ? Des familles ? Vous croyez vraiment en trouver là ?

— Où donc, sinon ? répondit Ottfried. Un bon endroit serait naturellement Nelson. Il faudrait alors que l'un de nous s'y rende.

— N'aurait-on pas besoin de contacts en Angleterre ? suggéra Cat. Ou en Allemagne ? Là d'où viennent les colons. Vous avez vous-mêmes été recrutés par Beit. On m'a dit à Nelson que toute une fournée d'Écossais arrivait et s'installerait dans l'Otago. C'est une Église qui a organisé ça.

— Nous, nous tablons sur les inorganisés, affirma Gibson avec sérénité. Il faut bien aussi que quelqu'un s'occupe d'eux. Il vaut d'ailleurs mieux qu'ils ne soient pas en groupe. Comme ça, chacun peut acheter autant de terre qu'il veut.

— Il y a donc beaucoup de familles qui viennent en Nouvelle-Zélande au petit bonheur la chance ?

Cat n'était pas experte en immigration, mais les colons qu'elle avait rencontrés à Nelson ne lui étaient pas apparus particulièrement indépendants. Bien entendu, il existait des gens, par exemple les Redwood, qui partaient en quête d'aventure. Mais ils étaient minoritaires. La plupart des candidats à l'émigration voulaient savoir, avant de s'embarquer, où ils vivraient, ne voulant pas avoir à apprendre une langue étrangère ou à rencontrer des Maoris. Et les hommes jeunes et seuls qui se tiraient d'affaire dans les stations de baleiniers n'auraient pas en poche, s'ils voulaient se lancer dans l'agriculture, la somme que comptaient réclamer Ottfried et Gibson pour une de leurs parcelles.

— Il en vient de plus en plus, ma jolie ! trancha Gibson. Nous vendrons nos terrains. Tôt ou tard…

À l'évidence, ni Ottfried ni Gibson n'avaient compris la manière de penser des Maoris. Cat ne pouvait qu'espérer avoir au moins fait un peu saisir à Te Kahungunu la manière de penser des Blancs.

— Nous avons dans un premier temps besoin d'un acheteur afin de nous renflouer. Nous n'avons plus un sou… Et il faut de l'argent pour continuer, acheter de nouvelles marchandises pour de nouvelles tribus. C'est incroyable ! J'aimerais pouvoir raconter ça à mon père. J'ai de la terre ! Ottfried Brandmann a de la terre ! Bien plus que les quelques hectares de Sankt Pauli. Vraiment beaucoup plus… Beaucoup plus que le hobereau du Mecklembourg ! Nous pourrions même en principe la garder pour nous et apprendre à quelques-uns de ces gaillards maoris à la cultiver. Ils seraient tout heureux de travailler pour nous en échange d'une pomme et d'un œuf ! Et je me construirais une grande demeure et je parcourrais mon domaine à cheval, le dimanche.

Cat chercha à croiser le regard de Gibson, qui eut l'air de penser que c'était le whisky qui parlait chez Ottfried. Cat l'espéra. Sinon… Les Maoris de Te Kahungunu étaient amicaux, mais ils ne deviendraient en aucun cas ses serfs ou ses paysans.

7

— Ida !

Laura Redwood prit peur quand, à son troisième appel, personne ne se montra. L'ancien *pa*, ne rappelant que de loin l'habitat des Maoris après sa reconstruction partielle, paraissait paisible et rien n'évoquait un assaut ou une effraction. L'absence de réaction d'Ida n'en était pas moins étrange. Les hommes et Cat étaient certes partis, mais le chien aurait dû aboyer.

— Où êtes-vous passée, Ida ?

Quand elle ouvrit la porte des Brandmann, elle entendit gémir. Le chien répondait enfin à ses appels, mais il ne sautait pas joyeusement à ses côtés comme à l'ordinaire. Laura s'avança dans la chambre à coucher, suivie par Chasseur, la queue basse. Elle aperçut enfin Ida, recroquevillée dans son armoire, couverte de tous les vêtements qu'elle possédait. Sans Chasseur, Laura ne l'aurait pas découverte.

— Ida, que faites-vous là, pour l'amour du Ciel ?

Laura constata que sa nouvelle amie était éveillée et, plongeant son regard dans d'immenses yeux bleus emplis de terreur, qu'elle n'était pas blessée.

— Pas si fort, chuchota Ida. Il ne faut pas qu'ils nous trouvent. Chasseur, n'aboie pas, non…

— Mon Dieu, heureusement que je vous ai trouvée ! Que s'est-il passé ? Quelqu'un est venu ? Quelqu'un vous a fait quelque chose ?

Laura avait du mal à le croire. Si la maison avait été fouillée, ça se verrait. Et jusqu'à présent, à ce qu'elle avait entendu dire, la Nouvelle-Zélande n'avait pas connu de vol par effraction.

— Non, mais… les esprits… les hurlements. Ils rôdent autour de la maison, vous savez Laura ! dit-elle, reconnaissant son amie. Oh que je suis heureuse que vous soyez là !

Laura se pencha sur elle et la prit dans ses bras.

— Mon Dieu, Ida, vous êtes terrorisée ! Depuis quand êtes-vous dans ce coin ? Allez, levez-vous ! Je vous fais un thé, puis vous me raconterez ce qu'il y a eu. Personne ne rôde autour de la maison. À part quelques kiwis peut-être.

La petite femme remit Ida sur ses pieds, la poussa dans la cuisine et alluma le fourneau. Ida, restée longtemps immobile dans sa cachette, était frigorifiée alors qu'il faisait chaud dehors.

— J'étais si seule, murmura-t-elle enfin, en buvant quelques gorgées du liquide bouillant et recouvrant un peu de lucidité.

Mais elle fut aussitôt saisie de honte. Qu'allait penser d'elle Laura ? Comment pouvait-on être assez bête pour avoir peur des fantômes ?

— Au début, tout était silencieux, puis j'ai entendu des cris, du bruit et…

— Ce sont les bruits normaux de la nuit. Vous avez pourtant souvent dormi sous la tente, vous devriez connaître ces bruits. D'un autre côté, je vous comprends. Toute seule ici, dans ce… dans ce… Oh mon Dieu, que je n'aille pas augmenter encore vos peurs. Mais j'ai toujours trouvé cet endroit sinistre.

— Un lieu saint, Cat dit qu'il est saint pour les Maoris, qu'il est *tapu*.

— Je croyais que *tapu* signifiait d'abord « interdit ». Mais laissons ça. Il n'est en tout cas pas bon pour vous de rester seule ici. Ça suffit. Venez chez nous et restez quelques jours avec moi. Après, on verra.

— Et les autres ? Votre famille ? Et mon mari quand il rentrera… Je me trouve si bête. Et puis, il faut bien que je m'habitue à être seule.

— Vous devez d'abord reprendre des forces. Depuis combien de temps n'avez-vous pas mangé ? Ce n'est pas bon pour l'enfant, vous savez !

Ida acquiesça.

— Chasseur a faim lui aussi. Il n'a pas chassé les rats, il est resté auprès de moi.

— Et pendant ce temps, les rats ont mené autour de vous une joyeuse sarabande et vous ont effrayée davantage encore. Je vais jeter un œil dans votre garde-manger !

Laura prépara un repas rapide et vit avec satisfaction Ida l'avaler de grand appétit.

— Bien, et maintenant vous venez avec moi ! Pas de discussion ! dit-elle en emballant quelques affaires.

Ida, à la vue de cette paisible journée ensoleillée du début de l'automne, se demanda comment elle avait pu céder à pareille panique. Chez les Redwood, elle irait mieux. Elle suivit donc Laura sans plus d'objections. Ce fut, à pied, une longue marche. Laura accomplissait le trajet en moins de deux heures sur son cheval. Mais Ida n'était jamais montée en selle et Laura n'osa pas la prendre avec elle après ces épreuves et compte tenu de sa grossesse.

— Vous avez en tout cas un bébé vigoureux ! dit-elle. Ce sera à coup sûr un enfant magnifique !

Ida s'était bien entendu fait un peu de souci pour son bébé, seule dans le *pa*, mais elle n'éprouvait sinon pas grand-chose pour l'être vivant en elle. Elle le ressentait plutôt comme une charge, quelque chose qui la privait de ses forces et lui rappelait qu'elle serait toujours liée à

Ottfried et à l'existence qu'il lui imposait. Elle ne savait si, sans cette grossesse, elle aurait eu le cran de s'enfuir avec Cat pour un avenir incertain, mais son travail dans la cuisine de Paddy et sous sa protection l'avait transformée. Peut-être… Si seulement Cat et elle n'étaient pas enceintes !

— Je crois que ce sont des jumeaux, dit-elle. C'est habituel dans ma famille…

Arrivées à la ferme en début de soirée, les deux femmes furent assaillies de questions. Les trois hommes s'étaient inquiétés de la longue absence de Laura et ne furent pas ravis de la voir revenir accompagnée.

— J'espère que ça ne va pas nous attirer des ennuis avec les hommes de là-bas, dit Ed. Comprenons-nous bien, lady. Vous êtes bien entendu la bienvenue. Mais votre époux appréciera-t-il que nous nous mêlions de vos affaires ? Vous deviez bien garder seule les lieux ?

— Garder contre qui ou contre quoi ? fulmina Laura. N'allez pas ajouter encore à ses craintes ! Et si ces types ne sont pas contents, qu'ils s'adressent à moi ! Ils trouveront à qui parler ! Laisser seule dans ce vieux fort spectral cette pauvre petite, enceinte de surcroît !

— Je ne resterai que quelques jours, c'est promis, intervint Ida timidement, assise devant la cheminée. Je ne voulais pas suivre Laura. J'aurais pu rester là-bas. Je me rendrai utile, je sais coudre, repriser et, bien entendu, nettoyer et… Laura m'a dit que vous fabriquiez du fromage. J'ai toujours aimé ça.

Edward, James et Joseph avaient beau nourrir des préventions envers leurs voisins, ils n'en étaient pas moins des gentlemen.

— Bon, c'est vrai, vos hommes seront absents un bon moment, finit par estimer Joseph. Depuis quand sont-ils partis ? Deux, trois jours ? Donc ils ne seront pas de retour de sitôt. Je l'espère du moins. Il va leur falloir un peu de temps pour amener les tribus à partager avec enthousiasme leurs vues commerciales.

Les jours suivants, Ida suivit Laura comme un enfant perdu. Elle était en fait incapable d'entreprendre quoi que ce soit dans la ferme, épuisée et anxieuse comme elle l'avait été seule. Laura lui témoignait amitié et patience, les hommes une réserve polie. Ida constata vite que cette femme travaillait avec son mari et ses beaux-frères de manière beaucoup plus étroite que les hommes et les femmes de Raben Steinfeld ou Sankt Pauli, ne se contentant pas de tenir le ménage et de cultiver le jardin, mais s'occupant aussi volontiers des moutons, des bœufs et des chevaux. Ida découvrit également avec stupéfaction qu'elle portait des pantalons, très amples certes, qu'elle coupait et cousait elle-même. Au premier coup d'œil ils ressemblaient à des jupes, mais ils étaient bel et bien des pantalons permettant à Laura de monter à califourchon pour garder et conduire le bétail.

— Laver et cuisiner n'ont jamais été mes tasses de thé, avoua-t-elle en voyant l'ahurissement d'Ida. C'est pourquoi je n'ai pas été mécontente de quitter le Yorkshire ! Les femmes me croyaient folle et me trouvaient impudique. Quel scandale quand mon père a découvert que je comptais partir à l'autre bout du monde en compagnie de trois hommes ! Mais je savais très bien que si j'épousais un brave paysan, je ne sortirais plus jamais de ma cuisine. Bon, peut-être de temps à autre dans la bergerie, pour faire téter un agneau au biberon. Mais monter sur un cheval ? Jamais de la vie ! Voilà pourquoi j'aime les chevaux !

— Dans mon village, les gens auraient dit que c'était impie, osa remarquer Ida. Je veux dire quand une femme ne reste pas là où elle a été placée.

— Et aussitôt ils auraient ajouté que cela expliquait pourquoi mon mariage n'ait pas encore reçu la bénédiction d'un enfant. Je connais, c'est ce que ma mère m'écrit sans arrêt ! Mes deux sœurs en ont déjà trois chacune. Mais je suis heureuse comme ça. Les enfants viendront bien un jour. Et sinon, Ed et James devront prendre femme afin d'engendrer un héritier pour la ferme. Une ferme que nous ne possédons d'ailleurs pas. Je leur dis toujours : les gars, construisez-moi une maison en pierres et nous parlerons alors de progéniture ! Dans une cabane comme celle-là, j'élève des agneaux, des poulains, mais pas des petits d'homme !

Ida, en revanche, enviait Laura pour sa belle maison de bois, pour la terrasse, les grandes fenêtres aux jolis rideaux et l'ameublement rustique, mais confortable.

— Et voilà que je suis maintenant obligée de m'occuper de la fromagerie. Aucun de nous quatre n'y trouve un plaisir particulier si bien qu'un jour les hommes ont décidé que c'était un travail de femme. Alors que je préfère de loin tondre les brebis que les traire.

— Votre fromage n'est d'ailleurs... pas très bon, dit Ida avec un sourire timide. Je suis désolée, je ne voudrais pas paraître ingrate. Tu as été si gentille de nous en donner. Mais je... On pourrait en faire de meilleur.

— Ah oui ? demanda Laura, pas vexée pour un sou. Montre-moi ça, alors. Comment donc fabrique-t-on le fromage au Mecklembourg ?

— Le fromage typique ? Au lait de vache ! Je peux te montrer.

Peu après, Ida montrait à Laura, dans sa petite fromagerie, qu'il lui fallait absolument découper autrement le caillé, en extraire le maximum de petit-lait et ne pas hésiter à changer de chiffon autant de fois qu'il le fallait dès que le fromage était dans son moule.

— Mais quel travail ! grommela Laura.

— Ça en vaut la peine, se moqua gentiment Ida. C'est ainsi qu'on obtient un fromage goûteux. Vous pourriez les vendre plus cher. Vous en vendez, n'est-ce pas ?

Laura acquiesça, mais indiqua que les débouchés n'étaient pas très grands encore dans la région.

— Il va bientôt se créer une ville à l'embouchure de l'Otakaro, ajouta-t-elle. Mais quand ? Pour l'heure nous vendons du fromage et de la viande à Port Victoria. Aux chasseurs de baleines et aux quelques colons. Parfois aussi aux responsables des approvisionnements des bateaux en partance. Mais ils veulent, bien sûr, de l'affiné, qui se conserve. Et moi, je ne me débrouille à peu près que pour le frais.

— Celui-ci tiendra au moins cinq mois ! annonça fièrement Ida avant de le rouler dans le sel. Au fait, avez-vous de la bière pour la morge qui fait la croûte ? Ou du vin ? Sinon, il faudra jouer les brasseurs.

— Tu plaisantes, ou quoi ? J'ai ici trois hommes. Bien sûr que nous avons de la bière. Mais tu veux y plonger le fromage ? Intéressant ! As-tu aussi des recettes pour le fromage de brebis ?

— Je plongeais le fromage de chèvre dans de la saumure, pour qu'il se conserve longtemps. On peut aussi ajouter des herbes, des orties. Y a-t-il ici des orties ? On demandera à Cat quelles plantes on pourrait utiliser à leur place, sinon. D'abord, laisse-moi voir ton caillé. Comment ? Tu n'utilises pas la présure pour ton fromage de brebis ? Regarde, on prépare le lait de brebis exactement comme le lait de vache…

Depuis qu'elle avait quitté le pub de Paddy, Ida n'avait plus connu un tel plaisir à travailler. Fabriquer du fromage lui plaisait d'ailleurs davantage que cuisiner. Elle s'épanouit en quelques jours. Elle séchait et salait, pressait et épiçait. La bière de Laura convint particulièrement bien au fromage selon la recette du Mecklembourg.

— Mais il va bientôt falloir que je rentre, annonça tristement Ida au bout de dix jours paisibles.

Elle s'était enfin sentie utile. Et appréciée, surtout, ce qui ne lui était quasiment jamais arrivé, hormis au pub de Paddy. Laura louait son savoir-faire culinaire et les frères Redwood la remerciaient lors de chacun des repas que les deux femmes leur avaient confectionnés. Ida admirait les rapports amicaux et affectueux des deux époux entre eux : ils s'aimaient, pouvaient converser l'un avec l'autre et avaient beaucoup en partage. En les voyant, elle pensait souvent à Karl. En aurait-il été ainsi si elle l'avait épousé ? Auraient-ils pu eux aussi rire ensemble après de longues années ?

— Ne vas-tu pas reprendre peur quand tu seras seule ? s'inquiéta Laura. Oui, tu sais à présent qu'elle n'était pas fondée, mais tu le savais avant.

— J'ai été comme submergée, murmura Ida. En fait, je ne crois pas du tout aux esprits. Et il n'y avait personne susceptible de m'agresser. Je me suis tout simplement sentie sans défense !

Laura rayonna soudain.

— Ah, mais c'est bien ça ! Bête que je suis de ne pas y avoir pensé plus tôt ! s'écria-t-elle en courant à une armoire de la cuisine. Tu te sens sans défense, de là ta peur ! Si tu n'étais plus sans défense… J'ai moi aussi connu ça autrefois, Ida. Dans l'île du Nord, à proximité d'une station de baleiniers. Rien que des types patibulaires, alors que mes trois hommes devaient parfois me laisser seule. Ils m'ont donc acheté ça, dit-elle d'un ton triomphant en ouvrant une mallette contenant une élégante petite arme posée, ainsi que divers accessoires, sur du velours bleu.

— Qu'est-ce que c'est ?

— Un revolver ! Un colt ! Il est un peu compliqué de le charger, mais ensuite on dispose de cinq tirs sans avoir à recharger. Cette arme est bien plus efficace que les anciennes. Tu peux le charger et le ranger dans un tiroir de ta cuisine, ou dans la poche de ta jupe si tu veux te sentir partout en sécurité. Et si quelqu'un te serre de trop près : pan !

— On ne peut pas se blesser avec ça ?

— Ma chérie, on peut aussi se blesser avec un couteau de cuisine. Ou en maniant de l'eau bouillante. Il te suffit d'être soigneuse et de savoir comment ça marche. Assieds-toi, je vais t'expliquer son fonctionnement.

Laura lui montra avec minutie comment on remplissait de poudre noire le bassinet, comment on introduisait ensuite un tampon de bourre, puis les balles.

— Les balles on les fond nous-mêmes, expliqua-t-elle en lui présentant les moules que contenait la mallette. C'est très simple. Comme ça, puis l'amorce, et pour finir, nous fixons le barillet. Ton revolver est chargé, prêt à servir. Tu pourras tuer cinq méchants esprits…

Ida sourit jaune.

— Viens ! Allons l'essayer ! Mon Dieu, mes gars vont avoir la peur de leur vie si nous nous mettons soudain à tirer. Mais il faut bien que tu te fasses un peu la main avant que je te la prête.

— Tu veux que je l'emporte ? Mais je ne sais pas tirer. Et tu vas en avoir besoin.

— Non, petite, je n'en aurai pas plus besoin que toi. Là-haut, dans ton fort, il n'y a aucune menace. La menace, elle est dans ta tête. Et contre ça, avoir dans la main ce métal froid et le sentir chauffer entre tes doigts aide considérablement. C'est une question de sensation, il s'agit de ne plus se sentir impuissante.

Elles sortirent toutes deux, Laura emportant le revolver. Puis elle plaça une bûche sur la clôture de l'enclos et elle s'éloigna de quelques pas de la cible avant de tirer.

Ida fut terrifiée. Chasseur et la chienne des Redwood s'enfuirent la queue entre les jambes.

— Suzie n'est pas un chien de chasse, expliqua Laura. Elle revient à toutes jambes des pâturages quand les hommes s'amusent à tirer sur quelque lapin. C'est très pratique pour moi. Quand je la vois arriver, folle de peur, je sais qu'il y aura du lapin au dîner.

Les trois Redwood possédaient des armes de chasse depuis que quelqu'un avait introduit des lapins en Nouvelle-Zélande. Faute de prédateurs naturels, ceux-ci s'étaient reproduits de façon fulgurante. Or les frères étaient d'excellents tireurs.

Laura, elle, n'était pas spécialement adroite et elle ne toucha la bûche qu'à son troisième essai.

— À toi maintenant !

Ida se saisit de l'arme avec nervosité, la pointa et visa longuement. Trop au goût de Laura.

— Vas-y, tire ! Il ne peut rien se passer, même si tu rates la cible.

Ida ne rata pas la cible. Elle sursauta de nouveau au bruit de la détonation bien sûr, et le recul de l'arme auquel elle ne s'attendait pas lui fit perdre l'équilibre. Mais la bûche tomba de la clôture.

— Formidable ! s'écria Laura. Tu es un talent naturel ! Allez, recommence !

— Qu'est-ce que vous fabriquez ? cria Joseph, le mari de Laura, arrivant au grand galop. J'étais mort de peur, Laura ! Des coups de feu venant de la maison ! J'ai cru qu'on s'en prenait à toi ! Vous ne pouviez pas nous avertir avant de jouer avec ce truc ?

— Oh, mais c'est que nous ne jouons pas, expliqua Laura. Je montre juste à Ida comment ça marche. Elle va emporter le colt et se sentira ainsi en sécurité.

— Et quand les trois autres reviendront, elle leur tirera dessus par inadvertance, si elle continue à voir un esprit derrière chaque arbre.

— Elle fera attention ! et elle est bonne, Joseph. C'est incroyable, elle a fait mouche du premier coup.

— Le coup de chance du débutant, affirma Joseph en riant.

— Non, elle vise juste ! Recommence, Ida !

Bien qu'intimidée, Ida visa à nouveau. Elle prit son temps car elle mettait un point d'honneur à démontrer à Joseph ce dont elle était capable. Elle appuya cette fois lentement sur la détente et ne se laissa pas surprendre par le recul. La bûche ne tomba pas du premier coup, n'ayant pas été touchée de plein fouet, mais sur le côté. Un gros morceau de bois partit en éclats.

— Coup de chance du débutant ! persista Joseph. Mais ça alors, chapeau bas !

8

Laura avait vu juste. Ida se sentit plus en sécurité dans sa maison déserte, bien qu'elle ait caché l'arme au fin fond du placard de la cuisine. Si elle était victime d'une attaque, elle n'aurait jamais le temps de la récupérer, mais la savoir là la tranquillisait. Elle tuait le temps en travaillant, teignant et tissant la laine et fendant même du bois jusqu'au moment où elle se sentait réellement lasse. La nuit, le chien dans les bras, elle se blottissait sous sa couverture, afin de ne rien voir, ne rien entendre. C'est ainsi qu'elle passa les quelques jours précédant le retour des hommes et de Cat. Elle ne s'effondra en larmes qu'après avoir sauté au cou de Cat.

— Dieu merci, vous voilà de retour ! sanglota-t-elle. Dieu merci ! J'étais si seule, je vous ai imaginés aux prises avec des choses terribles.

— Ne sois pas stupide ! la gronda Ottfried, irrité de la voir étreindre Cat sans lui avoir même dit bonjour. Il n'y a aucun danger dans cette région. Pendant que tu passais ton temps à pleurnicher et à te la couler douce, j'ai fait de toi une femme riche. Tu pourrais au moins te montrer reconnaissante.

— Pas de prière de reconnaissance, je t'en prie, Otie, coupa Joe, irrité par les rechutes d'Ottfried dans la piété affectée des Mecklembourgeois.

Sans accorder un regard à l'un ou à l'autre, Ida interrogea Cat :

— C'est vrai, ça a marché ?

— Eh bien, dit Cat en haussant les épaules, nous avons acheté aux Maoris une grande quantité de terrains moyennant quelques pacotilles et, s'il se trouve des colons prêts à payer à Joe et Ottfried un paquet d'argent pour ça, le compte sera bon. Mais si tu veux mon avis..., elle poursuivit en anglais car Ottfried n'était pas loin, cela peut encore mal tourner. Mais allons boire un thé, Ida, et tu me raconteras comment ça s'est passé ici. Tu n'as pas bonne mine. Tu es pâlotte et amaigrie. Et que devient le bébé ? Bouge-t-il ? Le mien, je le sens depuis un bon moment !

Cat était resplendissante. Heureuse durant son séjour chez les Ngai Tahu, elle l'était maintenant d'attendre un enfant. Ida l'envia quand elle lui eut raconté son expédition dans les Plains. Elle-même lui parla de son séjour chez les Redwood sans révéler ce qui l'avait motivé, sans parler non plus de l'arme. Elle avait honte de sa peur. Cat sentit néanmoins qu'il s'était passé quelque chose.

— Les prochaines semaines, tu ne resteras en tout cas pas seule. Les hommes ont du terrain à ne savoir qu'en faire, même si ce n'est pas la porte à côté. À mon avis, il ne sera pas simple de trouver des acheteurs. Quoi qu'il en soit, ils n'ont pas besoin de moi pour ça. Ils peuvent négocier dans leur langue. Pendant ce temps, nous aurons ici une vie tranquille et nous mettrons nos enfants au monde.

— Le mien n'arrête pas de me donner des coups de pied, dit Ida qui se retint d'avouer qu'elle ne ressentait pas son enfant comme un don du Ciel, mais comme un parasite.

Les semaines qui suivirent furent effectivement paisibles. Il n'y eut d'agitation que lors des visites de Laura. Cat se dépêchait alors de se cacher et Ida cherchait des raisons crédibles à l'absence de son amie. Mais Laura espaça ses visites quand elle vit qu'Ida reprenait des forces et un peu de sa beauté d'avant la grossesse. Elle lui offrit avec fierté l'un des premiers fromages mecklembourgeois de sa production.

— Les premiers, nous n'allons pas les vendre. Mes gars veulent les manger eux-mêmes ! Le fromage de brebis est lui aussi bien ferme et il se conserve. Avec les herbes, il est délicieux. Nous allons faire de bonnes affaires. Mais pas sans moi, leur ai-je dit. Car je ne vais pas les laisser recueillir les lauriers à ma place. Je serai du prochain déplacement à Port Victoria !

Ida souhaita *in petto* que ce voyage d'affaires coïncide avec la naissance de leurs bébés. Il ne fallait surtout pas que Laura déboule un jour et découvre que les « jumeaux » étaient nés à des dates différentes !

— Avec ce que tu me racontes à son sujet, cela ne la choquerait certainement pas, estimait Cat, mais Ida ne pouvait s'ôter de la tête que, de honte, elle s'enfoncerait à six pieds sous terre en pareille situation.

Joe et Ottfried se montrèrent peu dans la période précédant les naissances, souvent absents car, comme l'avait prédit Cat, les acheteurs ne se bousculaient pas. Le désastre fut évité grâce à un certain capitaine Rudyard Butler qui, ayant fait fortune dans la pêche à la baleine, acheta trois parcelles d'un coup. Il dirigeait un voilier qui transportait en Angleterre les produits tirés des baleines. S'étant marié, il souhaitait s'établir. Se fiant au projet de construction d'une ville à Port Victoria et aux bruits selon lesquels l'Église anglicane, dont son épouse était membre, recrutait des colons en Angleterre, il s'était décidé pour les Plains. Le capitaine avait acheté les parcelles bordant le fleuve afin de pouvoir par bateau se rendre rapidement dans la ville nouvelle.

— Cette femme est une véritable lady ! roucoula Joe. Bien qu'un peu mince…

— Et ce Butler va lui bâtir un palais dans les Plains, ajouta Ottfried. Il recrute déjà des ouvriers, il fait venir des pierres de construction… Ce sera un gros truc. Espérons que ce ne sera pas trop pour nos sauvages.

— Les Ngai Tahu seront heureux, assura Cat. En tout cas, s'il y a aussi du travail pour eux sur le chantier.

— Il y en aura, dit Joe, et puis le capitaine parle un peu le maori. Et il n'a pas peur des types tatoués. Nous avons triplé notre mise initiale !

— Les prochaines ventes seront du pur bénéfice, se réjouit Ottfried.

Ventes qui se firent attendre, à vrai dire. À Port Victoria on ne rencontrait que des aventuriers et des marins.

— Je pourrais essayer à Wellington, suggéra Joe.

Ottfried pensait plutôt à Nelson. Ils avaient entendu dire, durant leurs tournées, que des colons allemands y avaient débarqué. S'ils y rencontraient la même malchance que les passagers du *Sankt Pauli*, ils seraient peut-être disposés à se rendre dans les Plains…

Les deux hommes décidèrent finalement de partir ensemble vers le nord. Ottfried tenterait sa chance à Nelson pendant que Joe y embarquerait pour l'île du Nord. Ida et Cat les virent partir avec soulagement.

— Tu crois qu'ils auront du succès ? demanda Ida.

— S'ils n'en ont pas, vous pourrez toujours conserver une des parcelles et y construire une ferme. Vous avez l'argent nécessaire à un nouveau départ. Oui, je sais que ce n'est pas le souhait d'Ottfried. Mais c'est en tout cas une issue.

Ce n'était pas, pour Ida, une perspective plaisante. Elle frissonna à l'idée de renouveler la triste expérience de Sankt Pauli. Et cette fois seule avec Ottfried et leurs enfants !

Puis elle gémit car le bébé s'agitait.

— Arrête, espèce de…

Elle se mordit les lèvres. Non, elle n'avait pas le droit d'insulter son bébé ou de le haïr. Il n'y était pour rien.

Ida fut la première, un jour d'automne pluvieux, à avoir les douleurs. Elle venait de mettre en marche le métier à tisser quand un coup de poignard lui traversa le corps. Son premier réflexe fut la peur. Elle s'était sentie bien durant les dernières semaines, mais la douleur était maintenant là ! Et cela allait empirer ! L'image de sa mère accouchant dans ce qui allait être son lit de mort, image refoulée durant toute la grossesse, lui revint à l'esprit. Et elle revit le minuscule petit être qu'elle avait eu tant de mal à maintenir en vie avant de le voir suivre sa mère quelques mois plus tard. Non, elle ne voulait pas avoir d'enfant !

Elle tenta d'ignorer la douleur. Elle dut se lever pour essuyer une flaque à ses pieds. Elle avait perdu les eaux. Elle ne savait pas ce que cela signifiait car c'était des femmes du village qui s'étaient jadis occupées de sa mère. Elle avait treize ans et n'avait entendu que les cris. On l'avait à plusieurs reprises envoyée chercher de l'eau ou des torchons, et on ne l'avait laissée entrer dans la chambre que pour dire adieu à la mourante. L'horreur de ces souvenirs la submergea.

— Je ne veux pas ! murmura-t-elle à l'entrée de Cat dans la pièce.

La jeune femme, à la vue de la robe mouillée, comprit aussitôt ce qui se passait.

— Le moment n'est plus de vouloir ou non, dit Cat. L'enfant arrive et le mieux que tu as à faire est de l'aider à sortir. Sinon, ce sera plus long et plus douloureux encore. Nous allons te changer, tu seras plus à l'aise en chemise de nuit. Ou bien toute nue, c'est ainsi qu'accouchent les femmes maories.

Cat abandonna cette idée en voyant Ida devenir écarlate.

— Je vais me coucher. Peut-être que ça s'arrêtera si je m'allonge.

— Non, ça ne s'arrêtera pas. Et s'allonger est le contraire de ce qu'il faut faire. Écoute-moi, Ida : l'enfant va ressortir par là où il est entré, par le bas, tu piges ? Et il tombera plus facilement si tu es debout ou agenouillée. Tu dois en tout cas te tenir droite. Et cela ira plus vite si tu bouges. Marchons donc un peu ensemble.

Durant les deux heures suivantes, Cat soutint son amie qui marchait de long en large dans la maison. De temps en temps, une douleur tordait Ida qui s'affaissait par terre en gémissant, luttant contre les contractions. Elle luttait contre son enfant et Cat luttait contre le désespoir d'Ida. Il se serait sinon agi d'une naissance sans problème, car le petit était bien placé et voulait venir au monde, Cat s'en rendit compte en lui massant le ventre comme elle l'avait vu faire à Te Ronga. Mais Cat avait beau faire, Ida n'arrêtait pas de gémir :

— Je ne veux pas. Je ne veux pas !

Cat perdit patience.

— Tu te comportes comme une impie, hurla-t-elle.

Peine perdue ! Au contraire. La douleur et l'angoisse lui ayant fait perdre la tête, Ida se permit ce qu'elle ne s'était pas permis devant le lit de mort de sa mère : elle maudit son Dieu. Puis, terrorisée par son blasphème, elle fondit en larmes dans les bras de Cat.

— Dieu me punit ! Il me punira !

Quand, après six heures interminables, l'enfant vit le jour, Cat était aussi épuisée que si elle avait elle-même accouché. Pour finir, elle avait forcé Ida à s'agenouiller sur le sol de la cuisine et l'avait maintenue dans cette position jusqu'au moment où Ida poussa enfin pour aider l'enfant à sortir. La petite fille atterrit sans douceur sur la terre battue et hurla aussitôt à pleine gorge sa protestation.

Cat, entre rires et pleurs, la releva et vérifia d'abord qu'elle n'était pas blessée.

— Bienvenue sur cette terre ! chuchota-t-elle avec douceur tout en coupant le cordon ombilical avant d'envelopper le bébé dans des chiffons.

Un bébé pas très gros, mais bien proportionné et, du moins aux yeux de Cat, ravissant.

— Ida, regarde, tu as une fille ! Née dans les bras de Papatuanuku. C'est une promesse de bonheur, Ida, quand un enfant est déposé directement sur le sol !

Quand les douleurs avaient cessé, Ida s'était enroulée sur elle-même par terre et ne bougeait plus.

— Ida, insista Cat en la secouant. Regarde-la au moins. Elle est belle. Et vigoureuse ! Arrête de crier, petite, et dis bonjour à ta mère !

Ida se retourna sans hâte, en un geste qui évoquait plus l'accomplissement d'un devoir que la curiosité, sans parler d'amour. Bien sûr qu'elle devait regarder son enfant et le prendre dans ses bras. Mais ne devrait-elle pas, pour cela, être dans un lit propre, lavée et revêtue d'une autre chemise de nuit ? Alors qu'elle était là, sale et pleine de sang sur la terre nue, tenant cette petite chose toute barbouillée qu'elle n'avait pas voulue ?

— Est-ce qu'elle n'est pas jolie ? se désespéra Cat.

— Très, très jolie, murmura Ida d'un ton d'obéissance résignée. Mais je ne pourrais pas, maintenant, m'allonger enfin ?

Cat enveloppa la petite dans un drap et la posa dans une corbeille confectionnée avec des roseaux. Il y avait aussi un berceau fabriqué, lui, par Ottfried pour son « héritier », mais qui lui parut trop grand et inconfortable pour le minuscule bébé. Ensuite, elle lava Ida et la mit au lit, où elle recommença à se plaindre jusqu'au moment où elle eut expulsé le placenta en gémissant :

— Ça n'arrête donc jamais ?

Cat la rassura, lui essuya la sueur du front et l'aida à mettre la chemise propre tant attendue. Ida demanda alors à voir sa fille qui s'était endormie.

— Ne la réveille pas ! dit Cat en la lui mettant dans les bras. Regarde comme elle est mignonne quand elle dort ! Ses minuscules menottes !

Le bébé avait les poings serrés et, même dans son sommeil, paraissait résolu.

— En tout cas, elle est en bonne santé, tu n'as pas d'inquiétude à avoir.

— Ma sœur aussi avait l'air en bonne santé. Et elle aussi était petite, répondit Ida, incrédule en même temps qu'indifférente au fait de savoir si l'enfant vivrait ou non.

C'est affreux, se dit-elle. *Je suis une mauvaise mère !*

— Quand elle se réveillera, tu devras lui donner le sein. Tu as du lait, oui ?

Ida ressentait de la tension dans ses seins, mais l'idée d'approcher l'enfant si près de son corps nu la hérissait. Elle se força pourtant à lui donner la tétée, mais renonça dès qu'elle eut mal aux mamelons.

— On essaiera à nouveau demain, la consola Cat en diluant un peu de lait de vache que Laura avait apporté la veille encore, avant de partir avec son mari et ses beaux-frères pour Port Victoria.

— Nous serons absents trois ou quatre jours, avait-elle expliqué. D'ici là l'enfant ne sera pas encore arrivé.

Cat regrettait maintenant de ne pas l'avoir mise au courant. Cette femme aurait pu comprendre le comportement d'Ida. Mieux qu'elle-même qui, chez les Maoris, n'avait jamais été confrontée à de telles angoisses et de telles préventions.

— As-tu déjà songé à un nom ? demanda Cat tout en berçant la petite. Je sais qu'Ottfried pensait à Peter, comme son père. Mais c'est raté ! C'est une fille, que ça plaise à Ottfried ou non. Comment s'appelle sa mère ?

— Ottilie, mais…

— … on ne peut pas lui donner un nom aussi imprononçable. Et le grand-père ?

Ida fit un effort de mémoire.

— Karl, je crois, dit-elle, non… j'en suis certaine, c'était bien Karl.

— Eh bien, c'est un joli nom. Et déjà elle lui prête l'oreille. Et toi, il te plaît aussi, non ?

— Une fille ne peut s'appeler Karl.

— Mais Karla, oui. Ou Carol ? Ce serait la forme anglaise. C'est un beau nom, tu ne trouves pas ?

Ida regarda son enfant et c'est Karl Jensch qui surgit devant ses yeux ! Elle avait encore dans l'oreille la manière dont il prononçait son nom quand il avait entrepris d'apprendre l'anglais. Un nouveau nom pour un nouveau pays.

— Carol…, dit Ida tout bas, pour elle-même.

Elle sourit, son premier sourire depuis le début des contractions.

9

Avant qu'Ottfried ait vu son premier enfant, le deuxième vint au monde. Cat sentit les premières douleurs dans la nuit. Les deux femmes avaient convenu que Cat réveillerait Ida. Après la naissance de Carol, elle avait laissé le grand lit de la chambre à coucher à la mère et à l'enfant et s'était installée dans la cuisine. Ida n'aurait pas vu d'inconvénient à partager son lit avec Cat comme chaque fois que les hommes étaient absents et à laisser la petite dans sa corbeille, mais cet arrangement déplaisait à Cat. Séparer la mère de l'enfant durant la nuit aurait été inconcevable chez les Maoris. Elle avait donc occupé la cuisine. Pour constater, dès le lendemain, qu'elle n'avait pas pour autant obtenu le résultat souhaité : Ida avait déposé le bébé dans sa corbeille.

— J'ai eu peur de l'étouffer, prétendit-elle.

L'excuse n'avait pas rassuré Cat. Quelque chose ne marchait pas entre la mère et l'enfant. Il y avait tout lieu de craindre qu'Ida reportât sur son enfant son ressentiment envers Ottfried. Cat se demanda si ce qu'avait vécu Ida lors de son accouchement, trois jours plus tôt, la rendrait capable de revivre une scène analogue. Certes, elle ne devrait pas tenir compte de ces scrupules, car une femme qui accouchait avait besoin d'aide durant plusieurs heures et ne devait pas rester seule. Mais, d'un autre côté, il fallait absolument qu'Ida aime sans réserve au moins ce nouveau bébé.

Cat reporta donc à plus tard sa décision. Elle se leva, se prépara un thé qui, d'après Te Ronga, accélérait la naissance, et récita même les prières aux esprits compétents ; elle eut ainsi la sensation d'être plus proche de son ex-amie. Puis elle marcha de long en large jusqu'au moment où les douleurs furent trop fortes. Elle s'agenouilla alors sur le sol en terre battue avant de décider qu'une couche rembourrée d'herbes tussack dans l'écurie conviendrait mieux en la circonstance. Là-bas, elle n'eut d'ailleurs pas à étouffer ses gémissements et ses cris. Elle embrassa un poteau du réduit où se tenaient les chevaux en temps ordinaire, appuyant le dos contre un deuxième poteau, comme l'enseignait l'aïeule Turakihau aux femmes de la tribu. Puis, assommée par la douleur, elle crut entendre la voix amicale de Te Ronga : *Ko te tuku o Hineteiwaiwa…* Un *karakia*, un chant destiné à faciliter les naissances difficiles. Elle tenta de prononcer les syllabes au lieu de crier. Elle poussait en mesure tout en chantant, parlant à son enfant, jusqu'au moment où il glissa sur la paille.

Il lui avait fallu plus de temps qu'il en avait fallu à Ida, mais elle avait moins souffert. Elle n'était pourtant pas prête à persister dans l'idée qu'une naissance est aisée. Elle avait eu de la peine à pousser le petit être maintenant allongé sur la paille, toujours relié à elle par le cordon ombilical. Il remuait bras et jambes.

— Tu devrais crier maintenant, gémit-elle après avoir coupé le cordon.

Se relevant, elle leva adroitement le bébé en le tenant par les pieds et lui tapota les fesses jusqu'à ce qu'il se mette à hurler. Alors seulement, elle l'examina de plus près et rayonna de bonheur. Elle aussi avait donné naissance à une fille.

— Ça ne plaira pas à ton père, dit-elle en plaçant l'enfant sur son ventre afin qu'ils se reposent ensemble avant de le laver et s'habiller un peu.

L'automne était froid à Purau. Elle serait mieux sur son lit dans la cuisine.

— Je suis heureuse, dit-elle, je voulais une fille !

Les douleurs reprirent. Maintenant, elle aurait vraiment eu besoin d'aide, il aurait fallu que quelqu'un s'occupe du bébé et veille à ce qu'elle ne l'écrase pas de son poids en se retournant afin de se replacer entre les deux poteaux pour expulser le placenta. Ensuite, couchée sur la paille, elle eut encore la force d'étendre une couverture du cheval sur elle et son enfant. Puis elle s'endormit, le bébé sur sa poitrine.

Elle s'éveilla tôt le matin, l'enfant bien au chaud et à l'abri dans ses bras. Avant qu'il ne se mette à crier, elle lui donna l'un de ses mamelons à téter. Il sembla étudier la situation avec prudence, puis il téta, avec hésitation d'abord, mais très vite avec vigueur. Cat fut soulagée : elles ne disposaient pas de beaucoup de lait de vache et elle devrait donc nourrir les deux enfants si Ida n'en était pas capable.

Tous deux enveloppés dans la couverture, elle retourna à la maison, souffrant à chaque pas. Elle se fourra des bouts de tissu entre les jambes afin d'étancher le léger saignement d'après accouchement. Elle fit chauffer de l'eau pour un thé et le bain du bébé. Quand le soleil se leva, tenant dans ses bras sa fille, propre, rassasiée et langée, elle décida de la présenter à Ida.

Elle ouvrit sans bruit la porte de la chambre où mère et fille dormaient encore, l'une dans son lit, l'autre dans sa corbeille. Carol commençant à s'agiter, Cat la prit elle aussi dans ses bras. Elle posa délicatement sa fille sur un oreiller à côté d'Ida, et donna le sein à Carol qui téta aussitôt avec avidité, cependant que Cat la berçait aussi tendrement que son propre enfant. Puis, le bébé satisfait à défaut d'être pleinement rassasié, elle le langea et le posa lui aussi à côté d'Ida. Alors seulement elle réveilla son amie.

— Regarde, Ida ! Nos jumelles !

Ida, ahurie, regarda Cat puis les fillettes allongées l'une à droite et l'autre à gauche d'elle, sur l'oreiller.

— Tu as eu ton enfant ? Mais… mais comment as-tu fait ? Tu ne m'as rien dit ! Tu l'as mis toute seule au monde ?

— Oui, ce n'était pas si terrible que ça, répondit avec un sourire Cat qui, à mesure qu'elle contemplait sa fille, sentait s'estomper les terreurs de la nuit. C'est aussi une fille, mais je ne lui ai pas encore donné de nom.

Ida savait qu'elle aurait aimé lui donner le nom de Te Ronga, mais que jamais Ottfried ne l'accepterait. D'un autre côté, Cat se battrait comme une furie si quelqu'un s'avisait de lui donner le nom d'un parent d'Ottfried. Elle dégagea avec douceur le petit visage du tissu qui le recouvrait. Un visage moins chiffonné et moins rouge que celui de Carol à sa naissance. Ida eut l'impression d'un miracle, comme si des anges lui avaient apporté ce ravissant bébé. C'est ainsi qu'enfant elle s'était représenté le fait de devenir mère, avant d'être rattrapée par la cruelle réalité lors de la naissance de sa sœur.

Un rêve, cet enfant était un rêve ! Soudain des mots surgirent dans sa tête, des mots que Karl avait un jour prononcés, dans un pays qui était lui-même un rêve, un jour qui avait été aussi irréel qu'un miracle…

— *Você é linda*, chuchota-t-elle. Cela signifie : tu es jolie.

— Qu'est-ce qui te fait dire ça ? s'étonna Cat. C'est en quelle langue ?

— Une belle…, dit Ida songeuse, et elle eut le même sourire que trois jours plus tôt, quand elle avait donné à sa propre fille le nom de Karl. Ton enfant est belle. *Você é linda.*

Cat fixa Ida avec perplexité. Que disait-elle là ?

— Tu veux dire que nous devrions l'appeler Linda ? demanda-t-elle, essayant de suivre les sautes d'idées de son amie. En maori, cela se dit *pai*.

— Pai, c'est joli aussi. Mais Ottfried… Cela le rendrait furieux. Elle pourrait par contre s'appeler Linda. Dis que c'était le nom de ta mère.

Cat fut d'abord révulsée. Le dernier nom qu'elle aurait voulu donner à sa fille était celui de sa mère : Suzanne. Puis elle pensa à Linda Hempelmann. Elle en eut les larmes aux yeux.

— Ce n'est pas tout à fait faux, dit-elle tout bas.

Quand, quelques jours plus tard, Ottfried et Joe revinrent de leur voyage dans le Nord, ils trouvèrent une Ida propre et jolie, fraîche et reposée dans son lit, un bébé dans chaque bras. Les deux fillettes furent sans attendre présentées au père sous les noms de Linda et Karla.

— D'après les prénoms de la mère de Cat et de ton grand-père.

Ottfried ne put retenir une grimace, mais s'abstint de tout commentaire, au moins concernant ces dénominations, quand Cat ajouta :

— Et nous pouvons appeler Karla Carol, c'est un nom anglais. Linda se prononce de la même façon dans les deux langues.

Si Cat le toisait avec détermination, Ida le regardait avec un peu d'anxiété. Mais Ottfried était préoccupé par autre chose que le nom de son ancien rival donné par Ida à son enfant.

— Est-ce que ce sont vraiment deux filles ?

— C'est le genre de choses qu'on ne peut choisir, répliqua Cat d'un ton mordant.

Mais Ottfried lança à Ida un regard menaçant et grommela :

— La prochaine fois ! Sinon gare !

La déception de ne pas avoir d'héritier n'était pas la seule raison de l'humeur maussade d'Ottfried, qui ne se démentit pas les jours suivants. Comme Cat et Ida l'apprirent peu à peu, leurs efforts n'avaient pas été très fructueux. Ottfried, à Nelson, n'avait trouvé aucun colon et Joe, à Wellington, un seul. Encore que celui-ci, un ancien chasseur de baleines et de phoques ensuite enrichi dans le commerce de fourrures, n'envisageait pas de s'installer aussitôt sur sa parcelle. Il lui faudrait encore quelques mois pour liquider ses affaires. De plus, qui pouvait dire s'il serait doué pour l'agriculture ? C'était certainement sa femme l'instigatrice de son projet de sédentarisation.

— Et à Nelson, personne n'a voulu de terre ? demanda Ida, incrédule. Alors que nous avons pour notre part dû attendre si longtemps.

— Oui, nous n'avons pas eu de chance, répondit Ottfried en haussant les épaules. Les nouveaux colons du Mecklembourg sont satisfaits. Leur Rantzau est bien situé, tout à côté de Sankt Pauli, d'ailleurs. Nos pasteurs ont donc une nouvelle paroisse. Le village est implanté plus haut, à l'abri des inondations. La terre est fertile, tout s'est bien passé lors de l'acquisition et tout le monde est content. Y compris ceux des nôtres qui se sont joints à ceux de Rantzau. Le junker qui a organisé l'achat des terres est extrêmement généreux. Du moins en a-t-il l'air. Bien sûr qu'il veut à la longue recevoir sa part des revenus des colons. Mais il a donné de la terre à tous et ils lui en sont reconnaissants. Aucun d'entre eux ne désire partir. Au contraire. Il est même question de faire venir des gens d'Australie.

Ida opina. Ils n'avaient jusqu'ici reçu qu'une lettre d'Australie, une lettre peu encourageante. La paroisse s'était à nouveau scindée et les Allemands s'y sentaient dépaysés, davantage encore qu'en Nouvelle-Zélande.

D'après Frau Brandmann les dangers venaient surtout des Anglais, dont nombre descendaient des détenus d'antan, et non des araignées, des serpents ou des crocodiles.

— Ce n'est qu'une mauvaise passe ! se hâta de dire Joe quand Ida demanda avec prudence comment Ottfried comptait nourrir sa famille à l'avenir. À la longue, des colons viendront, c'est aussi certain que deux et deux font quatre. Il faut surtout ne pas renoncer !

Renoncer n'était pas à l'ordre du jour chez les deux hommes. Au contraire. Ils avaient investi l'argent de Butler dans deux charrettes supplémentaires pleines de marchandises.

— Il y a au moins les Partridge qui y gagnent dans l'affaire, estima sèchement Cat après avoir inspecté les achats. Qu'est-ce que vous comptez faire de tous ces trucs ? Pourquoi tant de semences ? Il faut tout de même les mettre en terre, on ne peut les stocker indéfiniment.

— Tu comptes te mettre à la culture, Ottfried ? demanda Ida, résignée.

Certes, elle n'avait pas envie d'une ferme, mais il fallait bien nourrir la famille. Le plus évident était de cultiver ici même quelques champs.

— Non, non et non. Certainement pas, chérie ! Ottfried Brandmann n'est plus un cul-terreux. Je suis et resterai dans le commerce de terres. Mais les Maoris veulent avant tout des semences…

— Vous voulez retourner chez les Maoris ? Négocier l'achat de nouveaux terrains ? Pour en faire quoi ? Vous ne vous êtes pas encore débarrassés des premiers ! enragea Cat.

— C'est une mauvaise passe, s'énerva à son tour Joe devant tant d'incompétence féminine. Il va y avoir un de ces jours une ruée de candidats colons, crois-moi ! Il faudra alors avoir de quoi fournir. Quand pourrons-nous repartir, Cat ? Quand pourras-tu voyager à nouveau ? Dans une semaine peut-être ?

Cat secoua énergiquement la tête et vit la figure des hommes s'allonger quand elle expliqua qu'elle allaitait les deux enfants.

— Mais alors, tu n'es bonne à rien ! hurla Ottfried à sa femme qui sursauta en serrant si fort Carol contre elle que l'enfant se mit à crier. Tu commences par ne m'apporter qu'une fille et, ensuite, tu n'es même pas capable de la nourrir !

Ida fondit en larmes. Elle ne se sentait pas bien ce jour-là, marchant tête baissée comme à Sankt Pauli. Dans la nuit, Ottfried l'avait de nouveau prise de force pour la première fois depuis des mois et ses « attentions », si peu de temps après l'accouchement, avaient été très douloureuses. Et elle redoutait une nouvelle grossesse ! Cat avait appris que cela se produisait plus rarement quand la femme allaitait. Ida avait donc essayé, avec Linda plus patiente que Carol, de déclencher l'allaitement chez elle. Mais il était déjà bien tard et Ida mit l'enfant dans les bras de Cat en pleurant.

— Je n'y peux rien, dit-elle tout bas. Dieu… j'ai prié, j'ai…

— Dieu a réfléchi à la question, coupa brusquement Cat. Il s'est dit qu'on ne pouvait laisser Ida et les enfants de nouveau seuls pendant des semaines, juste pour acquérir de nouvelles terres dont personne ne veut. Donc, fiche-lui la paix, Ottfried, et fais-toi une raison ! Dans les trois mois à venir, il n'y aura pas de tournée commerciale. Vous pourriez peut-être mettre à profit ce temps libre pour vous creuser la cervelle et trouver le moyen de vendre vos parcelles. Le mieux serait de chercher en Angleterre ou en Allemagne quelqu'un qui recruterait des colons pour vous.

— On pourrait peut-être en parler aux pasteurs? suggéra Ida un peu plus tard quand elle fut seule avec Cat et les enfants.

Elle n'avait pas voulu proposer son idée à Ottfried car il aurait tout de même pu l'avoir lui-même. C'est lui qui était allé à Nelson, non?

— Quand ils retourneront au Mecklembourg, ils parleront de ce pays… Pas de Sankt Pauli, bien sûr, mais des nouvelles paroisses, Rantzau par exemple. Ils pourraient revenir avec des colons!

— Cela pourrait même être plus simple encore, approuva Cat. Les pasteurs sont en effet en contact avec des missions ou des confrères, si c'est le mot juste. Quelques lettres suffiraient peut-être. Mais cela prendra du temps. Combien de temps s'est-il écoulé jadis entre l'arrivée de Beit en Allemagne et votre débarquement?

Ida calcula et estima qu'il s'était écoulé près d'un an.

— C'est ce que je pensais, dit Cat. Et Beit était un homme d'affaires. Vos pasteurs seraient certainement plus… hum… compliqués.

— Donc, cela va durer jusqu'à ce qu'Ottfried et Joe gagnent à nouveau de l'argent. Et il ne reste pas grand-chose des sommes versées par Butler et ce marchand de fourrures. En tout cas rien si nous achetons la vache des Redwood.

La veille, Laura était réapparue, fière des compliments reçus à Port Victoria pour ses fromages. Elle les avait tous vendus. En admiration devant les enfants d'Ida, elle s'inquiéta quand elle apprit que leur mère avait de la peine à les allaiter. Ida n'avait pu cacher à son amie la minceur de son tour de poitrine, pas plus que les cris de Carol quand elle la téta sans succès.

— Tu n'as pratiquement pas de lait! s'était étonnée l'amie. Et pourtant elles ont bonne mine. Mais elles ont absolument besoin de lait supplémentaire. Bon Dieu, mes gars vont me tuer quand ils apprendront ce que je vous propose : cinquante livres et vous aurez ma Jennifer.

Jennifer était sa meilleure laitière et elle était pleine. Dans l'île, où le bétail était rare, elle valait une fortune.

Ottfried s'était bien entendu emporté à l'idée d'une telle dépense, mais Cat avait déployé des trésors de conviction : la vache les rendrait indépendants des Redwood, dont ils achetaient le fromage et le lait. À chaque fois, un trajet de dix miles !

— Le mieux serait d'acquérir aussi quelques moutons, avait suggéré Joe en personne, sans toutefois donner l'impression de vouloir participer à cet investissement.

À Ottfried qui s'en étonnait, il avait déclaré avoir déjà apporté sa contribution à l'œuvre commune : le terrain et les maisons où ils vivaient.

— À croire qu'il les a construites lui-même, avait ragé Ida. Alors qu'il n'a rien payé, il les a prises tout simplement…

Cat s'était d'ailleurs demandé si la tribu à laquelle les Redwood payaient leur bail n'allait pas un de ces jours s'adresser à Gibson. En effet, elle avait décidé, dans la perspective d'un long séjour sans ressources, de mettre en culture un grand champ de céréales. Or, la nourriture du bétail allait obliger à utiliser plus de terres encore.

— Il faut en tout cas acheter la vache, déclara Cat. Par ailleurs, Joe a peut-être raison. Il va venir des *pakehas* en grand nombre, c'est ce que tout le monde affirme. Mais si ça dure trop longtemps, si les couvertures et les vêtements s'usent, les couteaux s'émoussent et les céréales sont mangées avant que les colons arrivent et s'installent, il pourrait y avoir des problèmes avec les tribus…

10

Ottfried et Joe se résignèrent en marmonnant et attendirent que Cat ait sevré les enfants. Une période difficile pour Ida car son mari usait tous les soirs de ses droits conjugaux. Carol et Linda n'avaient pas la moindre chance de l'en détourner par leurs cris et leurs pleurs, Ottfried les ayant tout simplement reléguées, avec Cat, dans l'écurie.

— Il y a d'abord eu le cabot, et maintenant les mouflets ! Apparemment tout le monde, ici, veut nous gâcher le plaisir ! Ce n'est pas possible, Ida. Nous avons besoin d'un peu d'intimité. Sinon, on n'arrivera pas à avoir un héritier.

Grinçant des dents, Ida ne dit rien. Croyait-il vraiment qu'elle prenait plaisir à ses agressions nocturnes ?

— Les putains chez qui il va le lui laissent croire, lui expliqua avec calme Cat quand elle le lui raconta. Songe à Lucie qui a toujours fait semblant de le prendre pour un héros. Et les filles maories se sont effectivement plu avec lui. Elles en redemandaient !

— Ne me parle pas de ses coucheries, murmura Ida, rougissante.

— Ida ! Ottfried te trompe depuis le début. Et je croyais que cela t'était égal. Tiens-tu donc tant que ça à son « amour » ?

— Mais il a juré, amour et fidélité et tout et tout. Il l'a juré devant Dieu…

— Et Dieu, une nouvelle fois, a fait la sourde oreille, railla Cat. Arrête, Ida, Dieu ne le punira pas. En tout cas pas en ce monde. Et si vos prêtres ont raison, il ira en enfer. Et ce sera bien pour toi, tu seras enfin débarrassée de lui, assise sur ton nuage en train de chanter ou de faire je ne sais quoi d'autre qui se pratique dans votre Ciel. Alors, oublie les serments !

Cat, durant cette période, était remontée contre Ottfried. Elle avait bien sûr pitié d'Ida, mais elle avait elle aussi dû à plusieurs reprises se défendre contre ses avances, le soir quand il ramenait les chevaux à l'écurie. Il sentait le whisky, ce qui n'avait rien d'étonnant car les deux compères passaient souvent des journées et des nuits entières à Port Victoria, qui s'appelait désormais Port Cooper et comptait quelques habitants de plus. Ils prétendaient chercher à recruter parmi eux des candidats, mais ils n'étaient en définitive que des marins, des chasseurs de baleines et des aventuriers, tout comme avant. Deux nouveaux pubs avaient d'ailleurs ouvert.

Joe et Ottfried en étaient les meilleurs clients, Ottfried y laissant ses dernières économies tandis que Joe faisait parfois prospérer les siennes. On y jouait en effet, et Gibson était un brillant joueur de poker et de blackjack. Ottfried, en bon vieux-luthérien, était novice en la matière, et ses efforts pour combler son retard restaient vains. Heureusement qu'il avait acheté la vache et deux brebis quand il lui restait un peu de la somme reçue de Butler. Avec les produits du jardin et des champs et ce qu'elles récoltaient dans la forêt, les femmes ne mourraient pas de faim.

— Mais cela a peut-être aussi son bon côté, poursuivit Cat. Réfléchis-y, Ida. Si Ottfried n'est pas lié par ses serments, tu ne l'es pas non plus par les tiens !

Les hommes n'avaient toujours pas vendu de parcelle supplémentaire quand ils partirent pour une nouvelle visite des tribus. Près de quatre mois s'étaient écoulés depuis la naissance des «jumelles», Ottfried et Joe ayant admis qu'il serait insensé de voyager en hiver. On était au printemps et sur leur chemin, dans les Plains, l'herbe poussait dru. Cat, à chacune des haltes, ramassait des plantes qu'elle transformerait en médicaments ou dont Ida se servirait pour épicer ses fromages. La nuit, elle s'inquiétait un peu pour son amie quand les oiseaux nocturnes entamaient leur tapage. Pourvu qu'elle ne cède pas à la panique ! Heureusement que la garde des fillettes et le soin des bêtes, le travail dans les champs et la fabrication des fromages ne lui laissaient que peu de temps pour ruminer. De plus, ils habitaient depuis quelque neuf mois dans l'ancien fort et, puisque les esprits ne s'étaient pas déjà manifestés, ils ne le feraient plus.

Ayant perdu sa peur des Maoris, Ottfried était heureux à l'idée de séjourner à nouveau dans une tribu. Le souvenir de ses ébats nocturnes lors de la précédente expédition le poussait à de nouvelles avances auprès de Cat, qui vivait donc en état de tension, d'autant plus que Joe, à son tour, lui faisait la cour.

— Ce serait pourtant bien, Cat, si nous vivions en couple au fort. Je dors seul et toi aussi. Ça ne peut durer indéfiniment !

— Jusqu'ici, Joe, je n'ai jamais dormi seule, mais en compagnie d'un chien qui hurle et de deux bébés qui crient quand Ottfried fait l'amour à sa femme. Crois-moi, tu n'y trouverais guère de plaisir !

— Pour le moment, sourit Joe, je ne vois ni cabot ni enfant. Alors pourquoi pas cette nuit, ma douce ?

— Parce que je te percerais le cuir avant même que tu m'aies touchée, répondit Cat en jouant de son couteau. Et toi, Ottfried, qu'il ne te vienne pas à l'esprit de prendre le dessus. Sinon, je raconterai au premier guerrier maori venu que tu violes des *tapus* et que tu irrites les esprits. Il est indifférent à ces gens-là de te donner de la terre en échange de tes marchandises ou bien de s'emparer d'elles après t'avoir transformé en ragoût. Surtout si je les assure que rien n'en transpirera…

La menace était peu crédible, mais suffit à faire blêmir Ottfried et inciter Joe à revenir à ses principes initiaux. Il avait besoin d'elle pour traduire, mieux valait l'avoir de son côté.

– C'était juste pour rire, se hâta-t-il d'affirmer. Je sais, ma chère, que tu es *tapu*.

Lorsqu'ils eurent rencontré une tribu très éloignée de toute colonie blanche, le problème se régla de lui-même quand les deux compères, après le festin de bienvenue, accueillirent sous leur tente un lot de jeunes filles complaisantes. Les négociations se déroulèrent à nouveau sans accroc: un très large territoire fut échangé par contrat contre deux charretées de textiles et de semences.

Pendant ce temps, Ida supportait relativement bien sa solitude, occupée par ses travaux domestiques et agricoles. Elle s'était même installé une petite fromagerie où elle expérimentait de nouvelles recettes à l'intention de Laura, qui lui rendait la pareille en lui donnant notamment du levain. Elle put ainsi fabriquer du pain qui la changea agréablement des galettes que Cat faisait griller sur le feu à la manière des Maoris.

À son quatrième jour de solitude, lasse et affamée après un début de matinée laborieux, elle se rendit dans la cuisine pour s'offrir une tranche de pain et de beurre de sa fabrication avant le réveil des petites endormies dans leur corbeille devant la porte, sous la garde vigilante de Chasseur. Ayant ouvert la porte, elle tomba en arrêt à la vue d'un énorme rat noir en train de grignoter la miche de pain qu'elle avait imprudemment posée sur la table.

Le *pa* n'était plus infecté de rats depuis des mois, depuis que Laura, profitant d'une visite d'Ida durant quelques jours, était allée au fort, en son absence ainsi que celle de Chasseur, déposer de la mort-aux-rats. Opération qu'elle avait renouvelée au bout de cinq jours. Plus aucun rongeur ne s'était manifesté ensuite. Jusqu'à ce jour fatidique !

Elle poussa un cri. Peine perdue, car elle était seule. Personne ne pouvait lui venir en aide. Même Chasseur ne pouvait lui être d'un secours quelconque, puisqu'elle avait refermé la porte derrière elle. Tout ce qu'elle savait des rats lui passa par la tête : ces nuisibles n'allaient jamais seuls, ce qu'ils ne dévoraient pas, ils le salissaient et ne feraient pas halte devant le berceau des enfants. De nouveau elle fut envahie par l'horreur. Elle était seule et impuissante…

Mais non ! Elle n'était pas impuissante ! À cette idée, elle fut soudain libérée de sa paralysie. Elle recula, ne quittant pas le rat des yeux, jusqu'au placard où elle avait rangé son revolver. Elle l'ouvrit, tâtonna à la recherche de la caissette et prit l'arme en main. Elle la pointa sur le rat et enleva le cran de sûreté. Le cliquetis fit réagir la bête qui, jusqu'ici, avait observé Ida avec insolence. Inquiet, il se sauva, descendit avec agilité le long du pied de table. Ida crut qu'il allait disparaître dans un trou avant qu'elle ait le temps de tirer. Mais non. Il s'arrêta et entreprit de grimper dans le placard. Ida prit une profonde inspiration. Elle n'allait tout de même pas le laisser s'attaquer à la bouillie pour les bébés… Elle visa et pressa sur la détente.

Le recul de l'arme la fit trébucher, la détonation l'assourdit. Il lui fallut quelques fractions de seconde pour s'orienter et reprendre son équilibre. Le rat avait disparu. Il s'était sans doute faufilé derrière le placard. Puis elle découvrit le trou que la balle avait percé dans celui-ci, un doigt ou deux à côté de l'endroit où l'animal se tenait à l'instant. Elle l'avait manqué de peu. Est-ce que cela avait été le coup de chance du débutant ou était-elle quelqu'un de doué, comme le prétendait Laura ?

Elle regarda l'arme avec un nouvel intérêt. Sa nervosité lui parut soudain stupide. Il restait quatre balles dans le barillet.

Puis les aboiements du chien effrayé par la détonation et les cris d'un des bébés qui s'était réveillé l'interrompirent dans ses réflexions. C'était de toute façon l'heure de la bouillie. Ida la fit réchauffer et enferma la miche après avoir ôté le bout rongé. L'incident lui avait coupé l'appétit…

Elle vit, par la fenêtre, un soleil resplendissant. Il lui fallait se ressaisir et chasser le rat de sa tête avant de donner à manger aux petites. Quand elle sortit, le chien l'attendait derrière la porte. Rassuré, il se coucha à ses pieds pendant qu'elle nourrissait les enfants à la cuillère. Ensuite, elle les porta jusque dans la chambre à coucher, la pièce la mieux protégée du bruit, les plaçant à nouveau sous la garde de Chasseur à qui elle demanda de ne pas aboyer.

Puis elle sortit de la maison avec le revolver, posa des pierres petites et grosses sur la clôture de l'enclos aux chevaux. Elle allait s'entraîner à viser et à tirer.

Au bout de quelques jours, Chasseur et les enfants s'étaient habitués à ses exercices de tir. Elle avait provisoirement renoncé à travailler la laine, occupant ses après-midi à nettoyer son arme, à la charger et à fondre de nouvelles munitions. La tension, en elle, ne faiblissait pas, toujours en garde contre une invasion de rats. Certes, l'énorme rat noir ne s'était plus montré, mais il pouvait le faire à tout instant. Elle ne quittait pas de l'œil le berceau des fillettes et les prenait la nuit dans son lit. Le jour, elle ne se déplaçait jamais sans son revolver. Cela lui donnait de l'assurance. Elle ne luttait plus contre une menace imaginaire, elle ne redoutait plus les esprits, mais elle affrontait une menace réelle.

Un matin où elle s'apprêtait à traire Jennifer, elle vit le rat ou un de ses congénères fouiner près du seau de céréales placé devant la vache afin qu'elle se tienne tranquille. C'est alors que l'imprévisible arriva. Ida sortit calmement le revolver de sa poche, enleva le cran de sûreté et visa. Puis elle tira, froidement, sûre d'elle. Elle sentit le recul, mais sans fermer les yeux. Elle vit donc le rat exploser… et elle tira à nouveau sur les restes sanglants. Inutilement, mais le premier tir avait libéré quelque chose en elle. Elle tira la troisième, la quatrième puis la cinquième balle sur le cadavre, dans un état second où se mélangeaient satisfaction, fureur et joie. Elle tira sur ses démons, sur les esprits, sur ses peurs et se sentit libre, légère et heureuse comme jamais encore, sauf peut-être durant l'inoubliable instant où Karl l'avait embrassée.

Quand elle eut nettoyé le sol, elle perçut à nouveau le monde des réalités. Elle avait agi avec une telle ivresse que les événements lui étaient apparus comme en rêve, elle n'avait ressenti que sa fusion avec l'arme, ne voyant devant elle que sa cible. Elle entendit alors crier les enfants, qu'elle avait laissés dans leur corbeille devant la porte de l'étable. Le chien, lui, avait dû se cacher dans un coin.

Elle calma les fillettes. Linda lui tendit ses petits bras pour qu'elle la prenne, alors que Carol fronçait les sourcils et la regardait avec fureur. Elle aurait les yeux bleus, un bleu d'acier plus que de porcelaine ! Pour la première fois, Ida fut remplie de fierté. Cette enfant connaissait déjà la colère !

— Je t'apprendrai à tirer, promit-elle au bébé. Jamais tu ne demanderas à Dieu l'humilité !

LES AFFAIRES

Canterbury Plains, île du Sud
Wellington, île du Nord

1845-1846

1

Tandis que Chris Fenroy travaillait du lever au coucher du soleil, sa jeune épouse était en proie à des accès de mauvaise humeur et d'ennui, un peu comme chez ses parents. Ce n'était pourtant pas l'occupation qui lui manquait dans leur ferme des Plains ! Les jeunes Maories choisies pour l'aider à la maison et au jardin n'arrivaient pas à se plier à des horaires de travail précis et, si elle manifestait son impatience, elles s'abstenaient de revenir pendant quelques jours. De plus, les Maories, conscientes de leurs capacités, ne souffraient pas qu'elle leur prescrive les travaux à accomplir. Par ailleurs, habituées à travailler collectivement dans leur tribu, elles attendaient de Jane qu'elle leur tienne compagnie lors du travail. C'est ainsi qu'Omaka insistait pour qu'au jardin Jane répète avec elle les paroles ou les chansons consacrées quand elles plantaient ou semaient, afin que les esprits, satisfaits, favorisent la croissance des légumes.

Tout cela l'irritait beaucoup, mais elle ne disposait pas du vocabulaire nécessaire pour faire comprendre à ces femmes le rapport existant entre maître et serviteur. Pour les Maoris, il n'existait de rapport de ce type qu'entre propriétaires et esclaves : ils asservissaient en effet les perdants d'une guerre. Or, les Ngai Tahu n'avaient pas mené de guerre depuis fort longtemps. Au total, la couleur de peau n'était pas pour eux le signe d'un statut. Finalement, ils se contentaient de trouver cette diversité intéressante : Christopher devait en permanence se défendre de femmes désirant avoir un enfant de lui.

Il n'y avait pas non plus de domaines dans lesquels on aurait pu persuader les autochtones de la supériorité intellectuelle des Blancs. Au contraire, dans ses accès de lucidité, Jane devait bien constater que les Maoris apprenaient plus vite l'anglais qu'elle le maori. Son apprentissage à l'aide d'une bible mal traduite était laborieux car elle était dotée d'une pensée analytique, accédant à la possession d'une langue prioritairement au travers de la grammaire et de l'apprentissage du vocabulaire. Or il n'existait pas encore de grammaire du maori. Ou on apprenait cette langue intuitivement, ce qui n'était pas le fort de Jane, ou on tentait de trouver soi-même les formes verbales et les prépositions par comparaison des deux livres saints.

Chris ne lui était en la matière pas d'un grand secours, car il n'avait jamais fréquenté une véritable école. C'est sa mère qui lui avait appris à lire et à écrire. Chris lisait ce qui lui tombait sous la main, mais sans avoir jamais ouvert de grammaire anglaise. Il ne comprenait donc pas les questions de Jane à propos de conjugaisons et de déclinaisons. Il pouvait lui traduire des mots ou des phrases en maori, mais sans plus. Autre difficulté : les Maoris avaient une manière de penser différente. Il semblait ne pas exister de traduction pour certaines phrases, tandis qu'une traduction littérale pouvait conduire à des malentendus. Leurs discours étaient remplis de mythes et de considérations spirituelles, si bien que, même si elle avait saisi les mots et leur suite lors d'une conversation avec les femmes, Jane restait souvent perplexe.

— Il faut que tu t'y fasses ! lui disait Christopher.

De manière plus générale, il aurait souhaité qu'elle se fasse à sa nouvelle existence et au monde nouveau dans lequel il l'avait emmenée. En raison de son refus de s'adapter, elle avait donc, en dépit de ses occupations, le même sentiment que chez ses parents, celui de ne pas avancer, de patiner dans une glaise épaisse alors qu'elle aurait tant aimé glisser au travers d'une eau claire.

Chez ses parents, elle passait son humeur morose sur la domesticité, à l'exemple de sa mère. Cela ne marchant pas avec les Maories, c'est son mari qui devait supporter son mécontentement. Elle se plaignait de retards dans l'avancement des travaux de la maison dans la mesure où Chris travaillait aux champs toute la journée et, à l'inverse, que la ferme ne serait jamais rentable s'il s'occupait trop de la maison. Elle trouvait à redire aux repas que la cuisinière, Arona, s'était pourtant efforcée d'adapter aux préférences de la maîtresse de maison. Mais si celle-ci savait quel goût devaient avoir ses mets favoris, elle n'en connaissait pas les recettes. Elle était également peu friande de découvertes culinaires, si bien que le poisson grillé et les patates douces figuraient très souvent au menu des Fenroy.

Christopher s'accommodait sans problème de ce déficit gastronomique. Il aurait en revanche aimé être associé aux décisions relatives à l'occupation de la chambre à coucher. Mais c'était hors de question ! Seule Jane décidait s'il la rejoignait au lit ou non et se plaisait à changer d'avis le moment venu. Il suffisait parfois aussi que Jane lui fasse une remarque désobligeante pour le priver soudain de toute envie. N'éprouvant au demeurant que fort peu d'attirance sexuelle pour elle, il connaissait sur ce plan des insuffisances autrefois inconnues. Il se serait volontiers abstenu de cette épreuve, mais il désirait un enfant. Sa femme serait alors d'humeur plus égale et plus douce, espérait-il.

Mais elle coupa court à ses espoirs quand il s'en ouvrit.

— Dieu du Ciel, Chris, je n'arrive même pas à apprendre à mon personnel comment tenir la maison et je devrais en plus former une nurse ? Je n'ai d'ailleurs pas la fibre maternelle. Les enfants m'ennuient…

— Mais qu'est-ce donc qui ne t'ennuie pas ?

— Rien qui s'offre à moi ici, répondit-elle. Je pourrais par exemple tenir la comptabilité si tu récoltais un tant soit peu…

Il finit par renoncer à toute discussion, se contentant d'espérer que la première récolte serait bonne et qu'un jour la ferme serait florissante.

Et pourtant Jane trouva un champ d'action dans un domaine où elle n'aurait jamais pensé le trouver.

Te Haitara, le chef de la tribu voisine, leur rendait souvent visite, s'intéressant à tout ce qui touchait à l'agriculture, au moindre détail de la vie des *pakehas*. Il se faisait expliquer le fonctionnement des machines agricoles, admirait les chevaux et assistait, fasciné, à la traite de la vache des Fenroy par un membre de la tribu. Favorable à ce que les siens travaillent pour Jane et Chris, il acceptait qu'ils soient rétribués en semences et en couvertures. C'est grâce à lui que les femmes brusquées par Jane avaient accepté de revenir. Mais, surtout, il essayait d'apprendre l'anglais, non en répétant les mots et les phrases usuels comme les autres Maoris, mais en se faisant donner des leçons par Christopher, qui utilisait alors l'embryon de manuel de grammaire qu'elle s'était constitué.

Jane sentait donc qu'il existait entre le chef et elle une certaine affinité. Il se montrait toujours respectueux et elle avait cessé de s'inquiéter de ses tatouages. Elle s'inquiéta pourtant quand, se promenant comme presque tous les jours au bord du fleuve, elle le vit assis, immobile et plongé dans ses pensées. Elle ne le reconnut pas du premier coup d'œil car, torse nu, il portait la tenue traditionnelle des Maoris, une espèce de jupe avec, à sa ceinture, entre autres armes, une massue et un couteau. Il avait posé son javelot à côté de lui. Lors de ses visites à la ferme, il portait une chemise et un pantalon en denim comme les autres membres de la tribu travaillant chez Christopher. Là, les yeux mi-clos, il fixait les eaux du fleuve, comme en transes.

— *Kia ora, ariki!* le salua-t-elle en espérant ne pas l'effrayer.

Il se tourna lentement. Sans doute, guerrier expérimenté, l'avait-il entendue venir depuis un bon moment.

— Bonjour, madame ! répondit-il en se levant.

— Oh, restez assis, je ne voudrais pas vous déranger.

— Personne n'a le droit d'être debout quand le chef est assis, répondit-il dans son anglais approximatif. C'est *tapu*. Je ne veux pas que tu sois obligée de t'excuser auprès des esprits.

— Je n'ai pas peur des esprits.

— Tu es une femme avec beaucoup de *mana*. Peut-être les esprits ont peur de toi, aujourd'hui ils n'ont pas parlé avec moi.

— Vous êtes ici pour parler aux esprits ? Ceux des plantes ? Des esprits spéciaux ? Il y a beaucoup de plantes plus près du village.

— Les esprits du fleuve. Les esprits des plantes ne savent pas, toujours au même endroit. Les fleuves coulent. Ils voient aussi des *pakehas*. Ils connaissent peut-être la réponse.

— Réponse à quoi ? demanda-t-elle, s'asseyant sur une pierre.

— À ma question. Ici, c'est un endroit sacré, madame, le fleuve, les pierres, il y a beaucoup d'esprits. S'asseoir entre les pierres est mieux, pas dessus.

Jane s'assit dans l'herbe, le chef l'imita, à quelque distance.

— Puisqu'il est question des *pakehas*, je peux sans doute vous aider, proposa Jane. Mieux que les esprits.

— L'*ariki* demande conseil aux esprits quand la tribu n'est pas contente.

— Votre tribu n'est pas contente ? De vous ?

— Pas de moi. « Contente » n'est pas le bon mot. C'est… comment dire quand on veut et qu'on n'a pas ?

— Satisfaite ?

— Oui, c'est ça.

— Et que veut votre tribu ?

— De l'argent. La tribu veut acheter les choses que les *pakehas* ont.

— Oui, je sais. Mais je ne trouve pas ça blâmable. Bon, aujourd'hui il fait chaud et votre… euh… jupe… est peut-être plus agréable à porter que ma robe. Mais en hiver vous vous gelez. Et vos couvertures et corsages en lin sont certes très jolis, mais ils ne conviennent pas forcément au climat. Sans compter que manger sans arrêt des patates douces est un peu lassant. À la place de vos gens, j'aimerais avoir moi aussi des couvertures, des semences, du bétail et tout ça…

— Ce n'est pas, comme vous avez dit : « blâ… mable… ». Mot difficile. Non ! Mais c'est cher. Pas assez d'argent. Je demande aux esprits : comment avoir de l'argent ?

— C'est aussi ce que se demande mon mari, dit Jane en riant. Je devrais lui dire de venir ici.

— Oui, j'ai interrogé Chris aussi. Il ne sait pas non plus.

— Écoutez, *ariki*, dit Jane, se mettant soudain à espérer que quelqu'un la prendrait enfin au sérieux quand il serait question de finances. L'argent, c'est simple. On l'échange. Contre des objets ou du travail.

Le travail, pour vous, n'est pas une solution. Le seul qui donne du travail, ici, c'est mon mari et il n'a pas d'argent. Et puis on ne gagne pas beaucoup en travaillant pour quelqu'un. Un commerçant gagne beaucoup plus.

— Un « commerçant », c'est quoi ?

— C'est quelqu'un qui achète des choses et les revend. On dit aussi « marchand ».

— Marchand comme Ca-pin-ta ! Tom Ca-pin-ta, il vient avec une charrette. Il veut nous vendre des choses que les *pakehas* ont. Mais il veut de l'argent.

— Bien sûr. Voyez-vous, *ariki*, ce Carpenter ne fabrique pas ce qu'il vend. Il les achète afin de les revendre ailleurs. Donc, vous devez vous y prendre autrement : vous vendez à Carpenter quelque chose qu'il veut avoir. Il vous donne alors de l'argent et, avec cet argent, vous achetez ce que veut votre tribu.

— Pourquoi pas échanger tout de suite ? Mais bon… Nous n'avons pas de choses à vendre. Rien qui intéresse les *pakehas*.

— Je n'en suis pas si sûre ! L'offre et la demande… Mais ne parlons pas de ça. Disons qu'il vous suffit de mettre de votre côté les esprits qu'il faut. Quand ce marchand passe vous voir, c'est Christopher qui traduit, n'est-ce pas ?

— Oui. Ou bien nous faisons tout seuls. Pour le commerce, pas besoin de beaucoup de mots !

— Faux ! répondit Jane. Écoutez, je passerai demain au village. Et nous regarderons ce que vous pourriez vendre. Et nous commencerons à fabriquer des produits. Sinon, il n'y aura ni offre ni demande. Et quand le marchand viendra, c'est moi qui traduirai !

2

Quelque deux mois plus tard, Jane et les Maoris, qui ne comprenaient pas trop de quoi il retournait, attendaient déjà Carpenter quand il fit son entrée sur la place du village des Ngai Tahu. À vrai dire, plus pour y trouver un bon repas, un lieu pour dormir et un peu d'amour dans les bras d'une Maorie que pour y faire des affaires. Il n'avait jamais réussi à échanger, dans cette tribu, plus qu'un couteau contre quelques plantes médicinales ou des semences contre un peu d'huile d'arbre à thé. Cette fois, le vent avait tourné. Au lieu de Christopher Fenroy avec qui il aimait bavarder un peu, c'est une femme *pakeha* jeune et imposante qui fit une entrée majestueuse dans le village, vêtue d'un tailleur rouge foncé. Les Maoris la considéraient avec un grand respect. Elle salua Carpenter avec dignité.

— Je me présente, Jane Fenroy-Beit, et je suis autorisée, au nom de l'*ariki* Te Haitara, à parler affaires avec vous.

— Pardon ? grogna Carpenter.

— Oui, confirma-t-elle avec un sourire condescendant, le chef Te Haitara et ses gens ont décidé de créer une petite manufacture afin d'améliorer leur position commerciale. Ils seraient heureux d'entrer en affaires avec vous, peut-être à la commission dans un premier temps. Mais je suis certaine que nos offres seront de nature à emporter la conviction de vos autres clients, les colons en premier lieu. Vous n'ignorez pas que beaucoup de craintes s'expriment dans les colonies à propos de l'approvisionnement déplorable en médicaments, alors qu'il en existe de nombreux, traditionnels, qui n'ont rien à envier aux produits des herboristeries anglaises ou allemandes des mères patries. Ils sont souvent considérés avec scepticisme quand l'offre provient des indigènes. Nous aurions par exemple à vous proposer de l'extrait de fleurs jaunes, excellent dans le traitement des blessures et des contusions. Ou notre poudre de véronique, ainsi nommée d'après la plante fournissant ces feuilles. Elle est efficace contre… la diarrhée.

— Une poudre antidiarrhéique ? Pas mal du tout… Il devrait y avoir de la demande.

— Certainement, sir ! Voici encore notre sirop contre la toux et les douleurs pulmonaires. Nous l'appelons le sirop antitussif de Bonne-Maman.

— Parce que vous n'avez pas trouvé de nom anglais pour les fleurs de rongoa ? sourit Carpenter.

— Voilà, vous avez percé à jour le principe, sir, dit Jane avec un sourire. Pour que nos médicaments gagnent la confiance des patients, ils ne doivent pas porter de noms exotiques.

Jane avait hérité de son père un livre de botanique. Depuis les voyages du capitaine Cook, les plantes de Polynésie avaient été répertoriées et cataloguées. Elles portaient rarement les dénominations des indigènes. Ainsi avait-elle appris que le buisson de koromiko s'appelait la véronique de Nouvelle-Zélande ou que l'extrait de fleurs jaunes devait son nom au fait que kowhai était également le mot maori signifiant « jaune ».

— Vous voyez, nous conservons nos médicaments dans de jolies fioles en bois dur. Ils s'y conserveront longtemps. Je vous proposerai donc de nous prendre, disons, vingt exemplaires de chaque produit et…

— Je n'achète pas au petit bonheur la chance ! coupa Carpenter.

Jane hocha la tête avec indulgence.

— Si vous m'écoutiez un peu ! Comme je vous l'ai déjà dit, nous pourrions dans un premier temps travailler à la commission. Il vous suffirait de verser une petite somme par objet.

— Qu'est-ce que tu veux ? demanda Carpenter, se tournant vers Te Haitara. Si je te donne pour tout ça, disons, un ballot de toile de coton… ?

L'offre de Carpenter provoqua chez les femmes de la tribu des cris de joie. Le chef lui-même, hésitant, lança un regard perplexe à Jane qui fit non de la tête.

— Non, sir, un échange est pour nous hors de question. Vous avez maintenant affaire à une manufacture, comme déjà dit, et nous travaillons dans un but lucratif… ou du moins, telle est notre ambition. Notre prix fixe est d'un six-pence par article. À vous de déterminer le bénéfice que vous prendrez à la revente. Et… comme nous avons parfaitement conscience que vous devez d'abord procéder à une étude de marché, nous nous satisferions d'un paiement anticipé d'un penny par article. Nous ferions les comptes définitifs à votre prochain passage.

Carpenter n'en crut pas ses oreilles. Le chef opina. Seules les femmes murmurèrent un peu.

— Cinq pence par article et un demi-penny de paiement anticipé, marchanda Carpenter.

Jane réfléchit un bref instant.

— D'accord pour cinq pence, mais nous en restons à un penny de prépaiement. Ah oui, au fait j'ai encore quelque chose à vous montrer…, dit-elle en sortant d'un des sacs contenus dans une caisse un pendentif en jade *pounamu*.

Carpenter regarda avec méfiance les figurines représentant des dieux grimaçants.

— Qu'est-ce que c'est ?

— On appelle cela une *hei-tiki*, expliqua Jane. Ça se porte autour du cou. Nous parlerions, nous, d'une amulette. Ce sont des porte-bonheur. Ceux-là conviennent tout particulièrement à la pêche à la baleine.

— Ah bon ? s'étonna Carpenter en découvrant au cou de quelques-uns des Maoris présents les figurines accrochées à des lanières de cuir. On pêche beaucoup de baleines dans le coin ?

— Ces amulettes portent aussi chance dans la pêche de poissons plus petits, improvisa Jane. En tout cas, c'est le genre d'objets à proposer plutôt le soir, dans les pubs, comme tuyau secret.

— Voici aussi un dieu du fleuve, intervint Te Haitara semblant comprendre ce qui se trouvait en débat. Il apporte…

— Il rapporte de l'argent, déclara Jane en clignant de l'œil à l'intention du chef. Car il est bien connu que l'argent est toujours en mouvement… comme les fleuves. Et ce dieu, un jour, a arrêté le courant si bien que…

— Tiens, tiens, rigola Carpenter. Laissez-moi deviner… Pour chacun de ces trucs, vous voulez six pence ?

— Non, dix pence, rectifia Jane. Et deux pence de prépaiement. Moins cher, il ne rapporte rien.

Carpenter déboursa finalement cent pence, soit l'équivalent de huit shillings et quatre pence, en guise de paiement anticipé pour soixante emballages de médicaments et vingt *hei-tiki*.

Stupéfait, l'*ariki* constata qu'il pouvait déjà acheter avec cette somme un ballot de tissu et trois couteaux de poche.

— Vous voyez, l'échange n'aurait pas été aussi favorable, déclara Jane. Au fait, vous me devez dix pence, car j'aurai besoin de colle et de papier pour les nouvelles étiquettes.

— Nouvelles étiquettes ? s'étonna Te Haitara. Tu crois qu'on va vendre plus ?

— Sans aucun doute ! Vous allez voir. Mais ne négociez pas tout seul avec lui ! Il n'obtiendra pas la moindre goutte de sirop avant d'avoir réglé son dû ! Mais patience. Carpenter va se rendre dans quelques fermes, puis à Port Cooper, avant de regagner Nelson. Il ne reviendra pas par ici avant quelques mois.

En quoi Jane se trompait. Deux semaines plus tard, la charrette du marchand était de retour sur la place du village maori ! Te Haitara envoya le coureur le plus rapide de la tribu informer Jane.

— Ca-pe-in-ta revenu ! baragouina le garçon. Avec pas de médicaments !

Jane, bien que s'étant dépêchée, arriva alors que le commerçant était déjà en train de marchander avec Te Haitara.

— Il a tout vendu, mais veut donner moins, résuma le chef.

Jane tança Carpenter du regard. Elle n'avait pas eu le temps de s'habiller pour la circonstance et ne portait qu'une robe d'intérieur sans corset. Mais, devant le succès de son entreprise, elle irradiait la confiance en soi et la dignité. Le mécontentement, aussi.

— Eh bien, puisque vous avez écoulé toutes les marchandises, dit-elle, je suggère un prix total de cinq cents pence, c'est-à-dire quarante et un shillings et huit pence. D'où l'on déduit les huit shillings et les quatre pence déjà versés. Vous devez donc encore au chef trente-trois shillings et deux pence. Si vous les réglez, nous resterons bons amis. Et maintenant racontez-moi comment s'est passée la vente, M. Carpenter. Et ce qui vous ramène ici aussi rapidement. Je croirai difficilement que l'argent de la tribu était si brûlant dans votre poche que vous souhaitiez vous en débarrasser au plus vite…

Te Haitara ouvrit de grands yeux en voyant Carpenter débourser la somme demandée et avouer comment s'était passée la vente des médicaments et des amulettes : conscient que Jane ne goberait pas la moindre minimisation de sa part, il craqua et, oubliant son intention première de rouler une nouvelle fois la tribu, détailla avec enthousiasme l'affaire de sa vie.

— Les gens se l'arrachaient des mains. Je me suis arrêté dans trois fermes sur le chemin de Port Cooper et chaque femme a acheté des médicaments. Puis-je vous demander si la poudre contre les nausées agit aussi quand la femme est dans un état intéressant ? Les pêcheurs de baleines et les marins ont pris le reste. J'aurais pu vendre le triple de ce que j'avais ! Il y a aussi une grosse demande de médicaments contre les furoncles et les douleurs dans les membres. Les marins ont, de leur côté, tous la goutte en raison de l'humidité permanente à bord. En tout cas, j'ai vite tout vendu à Port Cooper. Les *hei* machin-chose, ces fameux pendentifs, chaque pêcheur de baleines voulait avoir le sien. Sans parler des marins. À ceux-là, j'ai donné les petits démons qui tirent si joliment la langue, en leur expliquant que c'était leur manière d'injurier la tempête. Une garantie de bonne traversée.

Jane espéra que le chef ne comprenait pas tout, le blesser dans ses sentiments religieux aurait certainement un effet négatif sur le plan commercial.

— En tout cas, je me suis dit qu'il valait la peine de revenir chez vous. Pour me ravitailler. En bref : combien de temps vous faut-il pour fabriquer la même quantité de marchandises ? Ou davantage ? Je prendrai tout ce que je pourrai emmener d'ici, disons, deux semaines. Je ferai étape ici durant tout ce temps…

— Mais bien entendu, répondit Jane, radieuse. Nous dirons donc un penny par jour pour la nourriture et le logis et un autre pour vos chevaux que nous installerons dans l'écurie de la ferme de mon mari. Ah, et puis j'estime qu'en une semaine nous pourrons produire environ cent autres lots de médicaments. Peut-être dans un conditionnement moins onéreux. Je vais sous peu commander des fioles en verre. Et, pour ce qui est des *hei-tiki*, nous en avons déjà cinquante en stock.

Si Te Haitara était enthousiasmé par les nouvelles perspectives de vente, la *tohunga* de sa tribu l'était moins.

— Si vite, on ne peut pas ! se plaignit-elle. Déjà les fleurs de rongoa ! Je suis seule à pouvoir les cueillir, sinon ce serait *tapu*. Même chose avec la décoction de l'écorce de kowhai… Il faut chanter des *karakia*, comme lors de la récolte des koromiko !

Jane leva les yeux au ciel quand Chris, que la vieille avait choisi comme intermédiaire plus compréhensif que son propre *ariki*, lui rapporta ses propos.

— Seules les *tohungas* peuvent cueillir les fleurs de rongoa, avait-elle précisé. Et, pour les kowhai, il faut faire très attention, certaines parties de la plante sont vénéneuses.

— Alors, qu'elle désigne vite quelques élèves et que celles qu'elle a déjà elle les nomme prêtresses, quelque chose comme ça, quoi… Et les chants, on ne pourrait pas un peu les raccourcir ?

3

Karl Jensch recevait son courrier à Wellington. À vrai dire, il ne venait que tous les deux ou trois mois en ville pour vider sa boîte postale. Sinon, ses missions l'avaient mené, les deux dernières années, dans tous les coins de l'île du Nord. Depuis la baie des Îles jusqu'à Wellington, il avait arpenté des exploitations agricoles pour Tuckett d'abord, puis, après la nomination de ce dernier à Nelson, pour d'autres mandants, souvent pour le gouvernement, mais aussi pour des personnes privées, voire pour des tribus vendant des terres et tenant à le faire dans les règles. Il connaissait donc l'île comme le fond de sa poche. Il explorait les forêts, s'étonnant de la taille des arbres kauri, il arpentait des élevages de moutons dans les plaines de Waikato dominées par de hautes montagnes crachant du feu, auxquelles les Maoris avaient attribué des noms étranges, comme Ngauruhoe ou Ruapehu et Taranaki. Elles avaient donné le jour à des légendes. Pour les indigènes, les montagnes étaient elles aussi habitées de dieux et d'esprits. Karl aurait aimé mieux connaître leur langue afin de se les faire raconter. Il s'était baigné dans les eaux limpides du lac Taupo et les Maoris du lieu lui avaient enseigné comment pêcher les truites. Il avait aussi longé à pied les immenses plages ensoleillées de l'ouest de l'île, la vue de la mer lui rappelant inévitablement Bahia et les moments passés avec Ida.

Comme tout aurait été différent, si elle s'était alors fait violence et si elle s'était enfuie avec lui ! Ou plus tard, quand les colons avaient pris la fatale décision de s'installer au bord du Moutere. Dans l'extrémité septentrionale de l'île du Nord, le climat était presque tropical, du moins en été et, à Waipouta, les palmiers et les fougères formaient des forêts évoquant la forêt vierge des Caraïbes. Karl rêvait toujours d'y trouver pour Ida un endroit où ses rêves de chaleur, de légèreté et d'une mer d'azur seraient exaucés.

Mais Ida avait disparu, pour toujours. Il devait s'y résigner.

L'Australie était un continent incommensurable et, même s'il abandonnait tout et partait là-bas à sa recherche, jamais il ne retrouverait la trace des Lange et des Brandmann. Il pouvait juste espérer qu'Ottfried ne la rendait pas trop malheureuse et que les anciens de Raben Steinfeld avaient réussi à trouver leur terre promise sous un climat clément, dans un pays accueillant !

Tuckett lui avait appris le départ des Lange et des Brandmann pour l'Australie et Karl en avait déduit qu'Ottfried et Ida s'étaient joints à leurs familles. Tuckett n'avait pu lui en apprendre plus sur le lieu où s'étaient installés les colons allemands. Il avait été question de la région d'Adélaïde, lui avait-il écrit, mais, bien entendu, ils pouvaient avoir ensuite gagné des contrées plus éloignées.

Karl ouvrit sa boîte postale en soupirant, toujours animé de l'espoir de reconnaître l'écriture d'Ida sur une enveloppe, avec pour seule adresse « Karl Jensch, Wellington »… Un espoir puéril. Il fut une nouvelle fois déçu. Il n'avait qu'une lettre de Tuckett, deux de Christopher Fenroy qui se manifestait tous les deux ou trois mois et quelques écrits relatifs à son travail.

En réalité, Karl avait quelque peu perdu de son intérêt pour son métier ces derniers mois. Autant il avait pris plaisir, au début, à être sans cesse sur les chemins, autant la lassitude le gagnait peu à peu. Il aimait la campagne et avait envie de s'installer quelque part, de posséder à son tour une terre. Et il avait le moyen de se payer ce luxe ! Si, lors de ses séjours à Wellington, il vivait et mangeait à l'hôtel, le reste du temps il dormait sous sa tente et se nourrissait surtout de poisson et de galette. Il était souvent accueilli à bras ouverts dans les tribus ou dans les fermes où le menaient ses tournées, il connaissait aussi les ressources alimentaires que lui offrait la nature du pays, racines ou baies. L'argent ainsi épargné allait sur un compte bancaire à Wellington si bien qu'il possédait désormais de quoi acquérir un bien.

Mais, seul, ce projet lui paraissait dépourvu de sens. Il se demandait donc s'il ne devrait pas passer quelques mois à Wellington et y chercher femme. Ida ne pouvait être la seule qu'il aimerait jamais, tout de même ! Il n'était bien entendu pas resté chaste et avait même parfois trouvé du plaisir dans les bras d'une des jeunes Maories qui lui avaient fait des avances lors de ses séjours dans une tribu, surtout avec leurs cheveux noirs qui lui rappelaient Ida. Mais chercher une deuxième Ida était une voie sans issue. Il s'était donc résolu à essayer de trouver son bonheur auprès d'une jeune fille blonde.

N'ayant pas envie de lire ses lettres sur-le-champ, il quitta le bureau de poste et alla s'asseoir sur la terrasse ensoleillée d'un petit café de l'autre côté de la rue. « Petit Paris », était-il écrit sur le store d'entrée. Des immigrés français ? Karl, en tout cas, avait trouvé le lieu attirant. Les sièges, modernes, étaient confortables, et la jeune fille qui vint prendre sa commande était fort agréable à regarder. Elle était blonde ! Karl se moqua de lui-même quand il se surprit à la dévisager. Soudain, il crut reconnaître un visage connu !

— Tu… Vous… ce n'est pas possible ! Pardonnez-moi, mais vous ressemblez de manière incroyable à une jeune fille que j'ai autrefois connue. Vous…

La jeune fille se moqua de lui gentiment.

— Pas mal, comme accroche ! Mais je ne donne pas de rendez-vous. Et ce n'est pas non plus la peine de m'inviter à boire un café. Je peux boire ici autant de café que je veux.

Elle parlait l'anglais couramment, avec un accent allemand à vrai dire.

— Pardonnez-moi, répéta Karl qui, subitement, fut habité d'une certitude. Tu… c'est impossible, mais pourtant… Une pareille ressemblance. Même si tu as entre-temps grandi, bien sûr. Ne serais-tu pas Elsbeth ? Elsbeth Lange ? La sœur d'Ida ?

— Betty, rectifia-t-elle. Mais comment savez-vous tout ça ?

À son tour, elle examina Karl de plus près, et le visage mince et légèrement bronzé éveilla en elle comme une vague réminiscence.

— Seriez-vous Karl Jensch ? Oh, excusez-moi de ne pas vous avoir reconnu, je ne dévisage pas les clients, ce serait provocant, dit la jeune femme. Mais, dites-moi, d'où venez-vous ? Où étiez-vous passé pendant que ceux de Raben Steinfeld se sont noyés sans cesser de prier ?

Karl ne put s'empêcher de rire. Elsbeth avait toujours été, des deux sœurs, la plus délurée. Elle avait peut-être demandé à Dieu, dans ses prières, du courage, mais certainement jamais de l'humilité. Et Dieu avait exaucé ses prières ! Dans sa coquette tenue de service, elle était jolie comme un cœur et semblait satisfaite de son sort.

— Je les avais pourtant prévenus, dit Karl en levant théâtralement les mains en signe d'innocence.

Mais personne n'a voulu m'écouter. Et on ne m'a pas non plus invité à la noyade collective et religieuse. Tu sembles d'ailleurs t'être toi aussi tirée d'affaire sans respect pour Dieu.

– Oh, pouffa Betty. Dieu n'était pas de la partie. Ce sont plutôt les esprits du fleuve qui avaient les cartes en main. C'est du moins ce qu'a prétendu Cat. Ou la mère adoptive de Cat, qui avait déconseillé aux Maoris de vendre ces terres aux colons. Elle non plus n'a pas été entendue. Quoi qu'il en soit, je n'ai pas versé une larme sur le sort de Sankt Pauli. Trimer du matin au soir, et les inondations par-dessus le marché ! Et je devais épouser Friedrich Hauser. Tu imagines un peu ? Euh... dois-je continuer à vous vouvoyer ?

S'étant remise à parler allemand, elle avait involontairement repris le tutoiement de son enfance. Mais ce jeune homme bien mis, amateur de café en terrasse, n'avait rien à voir avec le garçon dépenaillé de jadis.

– Tu peux tranquillement me dire tu. Nous allions tout de même dans la même école, enfin presque : tu venais juste d'y entrer quand j'ai dû la quitter. Mais, dis-moi, que fais-tu ici, à Wellington ? Je te croyais en Australie, avec ta famille. Vous n'êtes pas tous partis là-bas, et les Brandmann avec ?

Betty fit la moue.

– C'est une longue histoire. Et je dois continuer à servir. Céline, la patronne, me lance des regards furieux à travers le rideau. Bien que... Elle est vraiment très, très gentille. Je crois que jadis elle... mais je te raconterai ça plus tard. J'ai encore une heure de travail. Si tu m'attends ici, on pourra alors discuter autant qu'on veut.

– Bien. Apporte-moi un second café ainsi qu'une part de gâteau. J'ai de toute façon des lettres à lire.

Betty posa devant lui, quelques minutes plus tard, une tasse de café et une pâtisserie.

— À tout à l'heure !

Karl ouvrit la lettre de Tuckett. Son ancien employeur lui racontait en détail ses négociations avec les Maoris à propos d'un territoire, dans l'Otago, qui, à son avis, se prêtait fort bien à la construction de la ville nouvelle envisagée par l'Église d'Écosse dans l'île du Sud. Il venait d'apprendre les difficultés de financement de la New Zealand Company et était irrité, car on continuait à exiger de lui qu'il roule les Maoris.

Je crois que je vais abandonner et retourner en Angleterre, ainsi se terminait la lettre envoyée depuis Nelson. *Ou bien passer d'abord par l'Australie où on m'a fait une proposition intéressante. Auriez-vous envie de m'accompagner et de travailler à nouveau pour moi ? Vous étiez en effet très préoccupé par le sort de familles de colons parties en Australie après le désastre de Sankt Pauli. Ce serait peut-être pour vous l'occasion de renouer contact.*

Karl reposa la lettre, songeur. Quelle proposition inattendue ! Il avait jusqu'ici toujours trouvé illusoire l'idée de partir à la recherche d'Ida. Mais accompagner Tuckett en Australie serait au moins une bonne excuse pour céder aux ordres de son cœur. Et peut-être Elsbeth serait-elle en mesure de lui fournir des renseignements ouvrant une piste de recherche. Au bout de quelques minutes de rêveries insensées, il se força à retrouver un peu de raison. Ida était mariée, elle menait sa vie. Il n'avait pas le droit de venir troubler sa tranquillité.

Il mit donc de côté la lettre de Tuckett et ouvrit l'enveloppe de Chris, d'où s'échappèrent trois pages d'une écriture serrée et rapide. Il était clair qu'une nouvelle fois Chris vidait son sac par courrier.

Nous avons rentré notre première récolte, écrivait son ami après s'être enquis de la santé de Karl et avoir assuré que tout allait bien chez eux et à la ferme. Puis, ayant estimé avoir assez sacrifié aux conventions, il passait à la description de la situation réelle : *et elle ne fut pas si mauvaise que ça. En revanche, il s'est révélé difficile de vendre nos céréales. Après un long et pénible trajet avec mes charrettes pleines à ras bord pour arriver à Port Cooper, j'ai dû constater que les besoins de la ville avaient déjà été couverts par les récoltes de fermes plus proches. J'ai donc été obligé de faire transporter mon blé par bateau à Nelson, où la demande semblait être importante, des difficultés d'approvisionnement s'y étant manifestées quelque temps.*

Mais n'ayant pu m'y rendre en personne, il m'a fallu me fier à des négociants et à des agents qui ont touché une part des transactions. Le transport par bateau n'a pas non plus été bon marché, surtout que j'ai été obligé de payer les bateliers qui ont fait franchir le Waimakariri à mes charrettes avant de gagner Port Cooper ; le chemin par l'intérieur du pays aurait en effet été trop long. Si bien que mon gain est resté bien inférieur à ce que j'escomptais. Tu peux imaginer ce qu'en a dit Jane… Nous habitons maintenant la nouvelle maison et je lui avais promis de l'équiper dans les règles, ce qui a donc été impossible, je n'avais d'argent que pour compléter ou remplacer les instruments nécessaires à la ferme. De plus, il me faudrait une paire de bœufs pour labourer cette terre qui semble résister aux tentatives de culture. Mes chevaux y parviennent très mal. L'herbe tussack se ressème d'elle-même à une vitesse incroyable. À tout cela s'ajoute que Jane me mène une vie infernale, cite des théories économiques et financières auxquelles je ne comprends rien, me reproche de travailler pour le roi de Prusse et prétend que la ferme ne sera jamais rentable à moins que ne se concrétisent les projets d'une ville nouvelle à l'embouchure de l'Otago… Mais que ferai-je jusque-là ? Et figure-toi aussi que Jane se livre depuis quelque temps à des activités douteuses. Au début, j'ai été content qu'elle apprenne le maori, qu'elle trouve des amies… Mais elle est en train de bouleverser de fond en comble les structures tribales. J'ai presque chaque semaine la visite d'une tohunga *qui vient épancher son cœur.*

Ces femmes affirment que le chef et Jane sont des fidèles du dieu de l'argent. Ils ont en effet fondé une sorte de manufacture où les habitants produisent une masse de médicaments traditionnels et de statues de dieux. Les tohungas *estiment que la cueillette et les manutentions exigent des rituels afin de s'attirer la faveur des esprits et qu'elles ne peuvent donc supporter les cadences de travail. Jane estime que l'écorce de kowhai reste de l'écorce de kowhai quel que soit le* karakia *chanté lors de la récolte. Le chef semble approuver ce point de vue. Toujours est-il que la tribu gagne de l'argent et, je dois l'avouer à ma grande honte, bien plus que moi. Je pense que mes ouvriers agricoles continuent de travailler par amitié pour moi et je crains de bientôt devoir m'en sortir tout seul. La tribu cultive désormais plus de terre que moi maintenant qu'ils ont des semences à gogo. Ils ont une vache et songent à acheter des moutons. Tu ne me croiras pas : il y a deux ou trois jours, Te Haitara s'est planté devant moi, l'air important et m'a dit : « Fenroy, on m'a dit qu'il y a ici un avenir pour les moutons. »*

Imaginant la scène, Karl ne put s'empêcher de rire en imaginant la tête de son ami. Mais le chef maori ne disait pas des bêtises. Ayant observé les évolutions depuis deux ans sur l'île du Nord, Karl s'était rendu compte que les éleveurs de moutons s'en sortaient beaucoup mieux que les agriculteurs. De vastes plaines de l'île étaient en effet couvertes de l'herbe dont parlait Chris, autant de prairies naturelles pour des ruminants, où on n'avait rien d'autre à faire que monter des enclos, quand on ne laissait pas les animaux tout simplement libres. À l'aide de chiens dressés à cette tâche, il était aisé de les rassembler lorsque nécessaire. C'est donc à peu de frais et de travail qu'on obtenait du lait, de la viande et, surtout, de la laine expédiée ensuite en Angleterre. Déjà, les premiers fermiers ayant opéré cette reconversion accumulaient de grosses fortunes.

Karl réfléchit quelques secondes à l'île du Sud. Aux dires de tout le monde, son aspect physique et son climat ressemblaient aux principales régions d'élevage du mouton en Europe, l'Irlande et le pays de Galles par exemple. Les bêtes devraient avoir une toison plus épaisse que sur la voisine du Nord, au climat plus doux, et les Préalpes offriraient un lieu idéal pour laisser les moutons en libre pâture durant l'été. Ce serait peut-être une bonne alternative pour son ami. Il le lui proposerait donc dans sa réponse. Mais Betty, à cet instant, revint vers lui avec un large sourire. Elle avait quitté sa tenue de service et agitait avec joie un sac en papier.

– Tiens, j'ai expliqué à Céline que nous étions du même village et elle m'a offert quelques pâtés. Nous pourrions aller jusqu'au port, nous asseoir sur le quai et regarder les bateaux tout en mangeant, a-t-elle dit. Mais que je ne te laisse pas me faire des avances, a-t-elle ajouté. Je lui ai dit qu'il n'y avait pas le moindre risque car tu étais toujours amoureux de ma sœur.

Betty était décidément incorrigible et sa patronne semblait se soucier beaucoup d'elle.

– Oh oui, répondit la jeune fille à Karl qui lui en avait fait la remarque. Je suis certaine qu'elle m'a embauchée uniquement pour me sauver d'un sort pire que la mort. Ce n'est bien sûr pas ce qu'elle a dit, c'est juste écrit dans les brochures que je m'achète. Mais je crois que, quand Céline est arrivée, elle… eh bien elle s'est vendue. Elle était venue de France avec des colons qui voulaient tenter leur chance sur l'île, à Akaroa. Mais ses parents sont morts pendant la traversée et personne n'a voulu d'elle... C'est comme ça qu'elle a été obligée, pour vivre, de... se livrer à la pire des choses. Maintenant, elle a heureusement ce café et, quand je lui ai demandé si elle avait du travail pour moi, elle m'en a donné aussitôt. Je dors ici aussi, il y a une chambrette derrière la cuisine. C'est parfait. Eric, lui, n'a pas eu autant de chance, il...

— Eric ? interrompit Karl. Viens-en donc au fait, Elsbeth... Betty, je veux dire. Tu es venue seule ici ? Parce que tu es seule, non ? Jakob Lange aurait-il changé d'avis et se serait-il installé sur l'île du Nord ?

— Non, Père est parti pour l'Australie avec Franz, les Brandmann avec leurs fils et leurs filles. Mais moi, je n'ai pas voulu partir et Eric Brandmann ne l'a pas voulu non plus. Nous nous sommes donc cachés, avant le départ, dans la charrette d'Ida et ils ne nous ont découverts que...

— Dans la charrette d'Ida ? s'étonna Karl en ralentissant le pas, soudain insensible à la beauté de la petite ville nichée entre le mont Victoria couvert de forêts et une baie protégée des vents et des tempêtes. Pourquoi Ida a-t-elle eu besoin d'une charrette ? Elle n'est pas partie pour l'Australie ?

— Non, dit-elle, puis, apercevant une murette ayant vue sur le port, proposa : asseyons-nous là, on pourra assister au déchargement des bateaux, j'aime bien regarder les autres travailler.

Elle eut un rire espiègle, mais Karl s'impatienta.

— Betty ! Que s'est-il passé avec Ida ?

— Ida est avec Ottfried à Purau, dit la jeune fille en prenant place sur la murette. Ottfried ne veut plus être paysan et pas non plus charpentier, il a de plus hautes ambitions. Il veut acheter des terres aux Maoris et les vendre à des colons. C'est du moins ce que j'ai cru comprendre. Il a un compère, un Anglais. Et Cat doit leur servir de traductrice. Cat a vécu chez les Maoris, tu sais.

Karl, de plus en plus impatient, fit l'effort de rester assis.

— Bon, bon, je connais Cat, ou du moins j'ai entendu parler d'elle. Mais comment est-elle tombée sur Ottfried ? Ah, et puis peu importe, tu me le diras plus tard. Revenons à Ida. Va-t-elle bien ? Elle a été d'accord pour aller à Purau ? Et pourquoi Purau ? Comment vivent-ils là-bas ? Ont-ils de la terre ? Une maison ? Y a-t-il des colons dans le coin ?

Betty, submergée par ce flot de questions, n'arrivait que de temps à autre à avaler un morceau de pâté. Karl, bouleversé, n'avait pas la tête à manger.

— Moi, en tout cas, je ne me plairais pas dans ce *pa* sinistre, dit-elle en terminant ses explications. Et si, de plus, elle est obligée d'y rester seule avec son petit…

Betty prit congé après avoir échangé avec Karl les nouvelles les plus importantes et mangé la moitié des pâtés. Elle ferma le sac en papier et annonça qu'elle gardait le reste pour Eric.

— Il ne s'en est pas trop bien sorti, il est coursier dans un comptoir commercial. Et quand il manque des bras pour décharger un bateau, il est de corvée. Il n'a pas de véritable endroit pour dormir, il se débrouille. Mais il économise ce qu'il gagne et, quand il aura seize ans, il cherchera de l'embauche dans la construction des routes ou des voies ferrées. Mais il trouve que c'est mieux de vivre ainsi qu'en Australie ou dans un trou comme Sankt Pauli où on passe son temps à prier et où on ne parle qu'allemand. Nous préférons tous les deux vivre en ville, vois-tu ! Et qui peut dire ce que nous allons enfin pouvoir faire ? lança-t-elle joyeusement en s'en allant.

Karl resta assis sur la murette, songeur. Son monde venait d'être chamboulé. Ida n'était pas en Australie !

Il n'avait pas à la chercher dans tout un continent. Mais il ne pouvait bien sûr pas non plus débarquer comme ça à Purau. S'il rendait visite à Ida et Ottfried, il devrait avoir de bonnes raisons. Mais cela n'avait pas d'importance dans un premier temps. L'important, c'est qu'elle était sur l'île du Sud, à quelques heures de bateau. Cela signifiait bien entendu l'abandon de ses projets australiens. Il n'accompagnerait donc pas Tuckett et chercherait à travailler sur l'île du Sud. Peut-être passerait-il voir Christopher, qui risquait d'avoir besoin d'aide.

Karl sourit quand lui vint l'idée qu'il pourrait feindre de vouloir acquérir de la terre et se pointer chez Ottfried comme éventuel client ! Une idée folle, bien entendu, car Betty avait parlé d'un enfant… Mais il avait le sentiment qu'il avait maintenant devant lui une foule de possibilités. Il éprouvait à la fois joie et inquiétude, son cœur dansait à l'idée de la revoir.

Soudain, le bateau qu'on s'apprêtait à décharger attira son attention. La passerelle avait été mise et, sur le pont, se pressait un troupeau de moutons que l'équipage se disposait à faire descendre, mais un homme portant l'uniforme bleu du capitaine du port tentait de les en empêcher. Le capitaine du navire, attiré par les cris, venait de surgir.

— Un peu que je vais les débarquer ! braillait-il. Je ne peux pas les remporter. J'ai été payé pour les transporter de Sydney à Wellington. Je suis à Wellington et je débarque le bétail !

— Mais le propriétaire n'est pas là ! répondit l'autre, essayant de garder son calme en dépit de la perspective de se retrouver avec des dizaines de moutons sur les bras. Qui est ce propriétaire ? On peut sans doute le trouver…

Le second maître consulta quelques papiers.

— Le propriétaire est un certain M. Pidgin, je n'ai pas d'autres indications. Nous voyons bien votre dilemme, capitaine, mais nous chargeons demain une nouvelle cargaison et il faut entre-temps nettoyer l'entrepont, pas une petite tâche, croyez-moi. Imaginez un peu la puanteur. Les bêtes ne peuvent donc rester. Ce que vous en ferez, c'est votre problème.

— Accordez-moi au moins une ou deux heures afin que je trouve un enclos ou une étable, supplia l'homme en bleu en levant les bras au ciel. Combien y en a-t-il, au fait ?

— Cent, à moins qu'entre-temps quelques brebis aient agnelé. Sur le papier, il est écrit que ce sont cent brebis pleines. Ah, et puis il y a encore autre chose d'écrit : règlement à la réception par mandat bancaire. Nous devons donc nous faire montrer le mandat.

— Eh bien voilà, s'écria le capitaine du port, radieux. Pas de mandat, pas de règlement, pas de débarquement. Vous rembarquez vos moutons !

Le capitaine du bateau tira une montre de son gousset.

— Une heure, capitaine, je vais attendre une heure, puis les animaux quitteront mon bateau. Moi, que le vendeur touche ou non son argent, ça m'est égal. Alors, trouvez ce M. Pidgin ou organisez-vous en conséquence !

Karl s'approcha des trois hommes. Il venait d'avoir une idée. Le capitaine du port, lui, ne décolérait pas.

— Si nous hébergeons ces bêtes alors qu'on ne sait rien de leur propriétaire… que se passera-t-il ensuite ? Il faut tout de même bien que quelqu'un paie l'étable.

— Je vous laisserai l'adresse de l'éleveur d'Australie, un certain M. Holder, proposa le capitaine du bateau. Vous pouvez les vendre pour lui et déduire de la somme la location de l'étable.

— Vendre ? s'étrangla l'homme. Capitaine Peters, je ne suis pas un maquignon !

Tandis que les trois hommes poursuivaient leur altercation sans issue, Karl examina les moutons. Malgré la distance, il fut favorablement impressionné par leur allure, ils lui parurent vifs et bien nourris. Ils venaient certes d'être tondus, mais leur toison, très claire, repoussait régulièrement.

— Excusez-moi, dit Karl, s'adressant aux trois hommes. J'ai entendu votre conversation. Je peux peut-être vous aider. S'il s'avère que l'acheteur désire effectivement résilier son contrat… je serais intéressé.

4

Il ne fut pas très difficile de louer pour les moutons un enclos en bordure de la ville. Ayant trouvé quelqu'un prêt à prendre à sa charge les frais si le mystérieux M. Pidgin ne se manifestait pas, le capitaine du port organisa le déplacement des moutons. Karl, qui l'aidait, se rendit vite compte qu'il était sur le point de réaliser une bonne affaire. Les moutons étaient en bonne santé et, vu le prix évoqué, il pouvait être satisfait. Même s'il ne savait pas encore très bien ce qu'il allait faire de cette nouvelle « famille » nombreuse. Monter une ferme dans les Plains par l'entremise d'Ottfried ? Ou bien les mener chez Chris et fonder une association ?

En tout cas, cet achat improvisé renforça encore sa bonne humeur. Extrêmement satisfait de laisser les moutons dans un paddock très propre devant une montagne de foin, il regagna son hôtel dans l'intention de répondre à Chris pour lui décrire les derniers développements. Il s'était au préalable mis d'accord avec le capitaine du port: il avait écrit une lettre à l'éleveur, que le capitaine Peters emporterait en Australie. Il y disait son accord pour prendre en charge les moutons aux conditions initiales. Il lui virerait la somme sitôt son accord donné. Le capitaine du port avait ajouté que les moutons étaient sous bonne garde, confiés aux soins de l'administration de Wellington Harbour. Ils seraient remis à M. Jensch sur présentation du mandat bancaire.

En réalité, il ne fut pas nécessaire d'attendre la réponse de l'éleveur, l'affaire de M. Pidgin, le retardataire, s'étant rapidement ébruitée sur le port. Deux jours après l'arrivée du bateau, un docker tomba dans un pub sur le fermier, venu de Foxton, démoralisé, à peine dégrisé et prêt à s'enivrer à nouveau. Mais il n'avait plus de quoi.

— Il est fauché, raconta ensuite le docker au capitaine du port. Alors qu'il était venu avec une coquette somme pour récupérer ses moutons, qui devaient servir de groupe reproducteur pour sa ferme. Mais, ayant atterri dans un pub, il but quelques coups de trop et s'est risqué à une petite partie… Et un escroc d'une station de pêche l'a plumé jusqu'au trognon. En tout cas, l'argent des moutons s'est envolé. Pidgin est toujours là, il n'ose pas rentrer chez lui. Je lui ai payé deux verres afin qu'il ne bouge pas jusqu'à ce que vous veniez le voir.

Aussitôt mis au courant, Karl remercia l'homme, lui remboursa les deux verres et se rendit au pub. L'accord avec M. Pidgin fut conclu sans délai. Le fermier, bien que désespéré par la perte de ses économies, fut soulagé à l'idée que l'éleveur n'allait pas le poursuivre pour rupture de contrat. Ayant cédé ses droits à Karl, il lui confia le prix d'achat des moutons avant de s'abandonner à son chagrin. Karl, qui avait ouvert un compte à Wellington, opéra sur-le-champ la transaction bancaire et donna le reçu au capitaine du port.

— Bon, eh bien toutes mes félicitations ! lui dit ce dernier. Et qu'allez-vous faire de ces bêtes à présent ? Vous possédez une ferme dans le coin ? Vous m'avez pourtant dit hier que vous étiez arpenteur.

— Plus pour longtemps. Vous le voyez, je suis sur le point de devenir un « baron des moutons », comme vous dites ici. Il ne me manque plus que les terres voulues et le titre de noblesse. Mais blague à part, nous avons besoin, moi, mon cheval et mes moutons, de passer sur l'autre île, à Port Victoria… ou plutôt Port Cooper puisque le nom a changé. Connaîtriez-vous par hasard un bateau qui pourrait nous y transporter ?

Le premier bateau pour Port Cooper ne levant l'ancre que la semaine suivante, Karl mit à profit ce délai pour se familiariser avec les moutons et surtout avec le chiot noir et blanc que lui vendit le fermier qui avait pris le troupeau en pension, sa chienne border collie venant juste de mettre bas.

— Ils ne sont pas de pure race, expliqua le fermier en laissant Karl choisir parmi une portée de chiots. Winnie, la mère, oui ; quant aux petits ils sont d'un mâle crépu du voisinage, d'une tout autre race, mais possédant l'instinct de la garde, sinon je ne l'aurais pas laissé l'approcher. Je ne peux rien garantir pour les chiots, mais généralement cela se transmet. Une chose est certaine, vous avez besoin d'un chien de berger.

Karl suivit les conseils du fermier et choisit le mâle le plus vigoureux de la portée. Il tenait de sa mère et, malgré sa taille, n'avait d'yeux que pour les moutons. Karl, tout heureux de cette nouvelle compagnie, l'appela Buddy, ce qui signifiait à peu près « copain ».

La traversée entre les deux îles fut tempétueuse comme presque toujours. Si les moutons la supportèrent stoïquement, ce ne fut pas le cas du chiot qui vomit à plusieurs reprises. Les ruminants se montrèrent en revanche particulièrement rebelles une fois débarqués. Le ponton, à Port Cooper, n'était pas loin d'un pré et les moutons se mirent immédiatement à brouter. Karl et son chiot encore chamboulé par le mal de mer se montrèrent impuissants à les en empêcher. Karl, sur son cheval, réfléchissait à la manière de se sortir de ce mauvais pas quand déboulèrent deux chiens gris, au pelage différent de celui des colleys, mais tout aussi adroits et déterminés quand ils avaient affaire à des moutons. En un clin d'œil, ils eurent encerclé et rassemblé le troupeau puis, haletant, mais satisfaits, s'allongèrent chacun d'un côté du cercle. Buddy, qui les avait imités de son mieux, s'allongea lui aussi, regardant tour à tour les moutons et les deux gros chiens…

Karl, à qui il n'avait pas échappé que les deux chiens n'avaient pas agi d'eux-mêmes, se demanda qui était le propriétaire des modèles de Buddy. C'est alors que vint à sa rencontre son sauveur, un homme trapu dont la casquette cachait mal les cheveux roux.

— William Deans, se présenta-t-il en tapotant sa casquette. J'espère vous avoir été utile !

— Oui, merci, vous m'avez sauvé ! J'ai l'intention de remonter le Waimakariri jusqu'à Fenroy Station avec mes bêtes. Mais, apparemment, elles ne sont pas disposées à me suivre comme ça. Et le petit chien…

— Très prometteur, mais bien entendu débordé par tant de clients d'un coup. Et vous-même, vous ne faites pas ça depuis longtemps, non ?

— Non, je dois l'avouer. En plus, je dois loger le troupeau quelque part pour la nuit. Vous n'auriez pas par hasard des moutons vous aussi ?

L'homme éclata de rire.

— Si j'ai des moutons, jeune homme ? Vous êtes vraiment nouveau dans le métier. Je m'appelle Deans, un des frères Deans d'ici, à Riccarton. Eh bien, ça ne vous dit toujours rien ?

— Je regrette, j'ai été arpenteur pendant deux ans sur l'île du Nord. Quelque chose m'a visiblement échappé.

— C'est mon frère et moi qui avons importé les premiers moutons dans l'île du Sud. Depuis l'Australie. Nous avons une ferme non loin d'ici. Avec maintenant quelques centaines de bêtes. Et, au cas où vous voudriez vendre les vôtres, je vous ferais un bon prix. Ce sont d'excellentes brebis que vous avez là. Elles pourraient bien venir de l'élevage Holder !

Karl confirma l'hypothèse et loua les connaissances de son interlocuteur. Cinq minutes plus tard, ils étaient tombés d'accord.

William Deans, dans un premier temps, mènerait les moutons de Karl jusqu'à Riccarton, sur la route de la ferme de Chris Fenroy, qu'il connaissait.

— Je pourrai vous aider à les mener jusque chez lui, ensuite. Ou bien vous prêter un chien. En contrepartie, je choisirais deux jeunes béliers quand vos brebis auront mis bas. Elles conviennent en effet très bien à notre propre race de bêtes. D'accord ?

Ils topèrent. Le problème des moutons était donc provisoirement résolu à la satisfaction générale. Deans, notamment, était heureux de pouvoir apporter du sang neuf à son troupeau. Quand pourtant, sur ces entrefaites, Karl évoqua Ottfried Brandmann et son idée de lui acheter peut-être de la terre pour y fonder une ferme, le visage de Deans s'assombrit.

— Pourquoi auriez-vous besoin de Joe et d'Otie, mon gars ? Faites donc comme mon frère et moi : repérez une terre qui vous convient, si possible pas trop éloignée du colon le plus proche, je dirais à moins de trois jours de voyage, puis demandez aux Maoris du coin s'ils vous la céderaient. De préférence sur la base du fermage, ils sont en général toujours d'accord sur ce point. Et c'est pour ainsi dire donné : quelques couvertures, des ballots de tissus, des casseroles et des couteaux chaque année et vous avez votre terre.

— Je préférerais peut-être acheter, néanmoins, et j'ai entendu dire que M. Brandmann vendait.

— Il vend, oui. Et il a aussi passé des contrats avec les Maoris. Tout est en béton. Du moins aux yeux des *pakehas*. Mais les chefs comprennent-ils ce qu'ils signent ? Moi, je ne me fierais pas à un bout de papier face à vingt guerriers armés jusqu'aux dents. Non, non, je préfère commencer par le fermage, quitte à acheter plus tard. Ils sont en général pacifiques quand on ne leur cherche pas des noises, et certains sont même devenus bons en affaires. La tribu de chez Fenroy se fait un argent fou avec des porte-bonheur et des sirops contre la toux. Croyez-moi, ils gagnent plus que Fenroy avec ses cultures. L'agriculture, ici, ne marche pas. L'avenir, ici, a quatre pattes et de la laine sur le dos. Alors, réfléchissez bien. Et, si vous négociez tout de même avec Joe et Otie : prudence ! Ce sont deux escrocs, surtout Joe, il a plus d'un tour dans son sac. Ne vous laissez pas arnaquer !

Puis Deans siffla ses chiens car il devait se mettre en route s'il voulait arriver chez lui avant la nuit. Karl siffla aussi Buddy, mais dut le prendre sous son bras pour l'empêcher de suivre Deans et les moutons.

— Tu les reverras, le consola-t-il. Et, quand tu seras grand et fort, ils t'obéiront à toi aussi !

Il se mit à la recherche d'un gîte pour son cheval et lui. Il lui fallait à présent réfléchir à ce qu'il devait faire dans l'immédiat. Il était déconcerté par ce qu'il venait d'apprendre au sujet d'Ottfried. Il ne l'avait certes jamais aimé et il le tenait un peu pour un débile. Mais jusqu'ici, il avait plutôt connu un bigot qu'un escroc. Bien sûr, Ottfried avait toujours eu un poil dans la main. Sous le joug de son père, cela ne se remarquait pas trop, mais, dans les champs et à l'école, il avait toujours fait partie des bras cassés. Ce qui s'accordait avec l'idée qu'il préférait sans doute négocier la terre plutôt que la cultiver. Mais, compte tenu de son anglais rudimentaire, Karl le voyait mal maîtriser les escroqueries sous-tendant leur commerce.

Plongé dans ses pensées, il grimpa la colline, car si les environs du port sont plats à Port Cooper, l'agglomération est située sur le flanc d'une pente assez raide. Il compta une bonne dizaine de maisons d'habitation et de magasins. Il n'existait malheureusement pas encore d'auberge où il aurait pu passer la nuit. Mais il aperçut deux pubs et se dirigea vers le plus proche. Après la traversée et ses négociations avec Deans, il avait la gorge sèche. Une chope de bière lui ferait le plus grand bien. Suivi par Buddy, il entra dans l'établissement, où régnait la pénombre habituelle. Ce n'était que l'après-midi et la clientèle n'était pas nombreuse. Deux hommes s'entretenaient, debout au comptoir. Un autre, très bien vêtu et visiblement étranger au pays, sirotait un whisky. À une table, dans une niche, se déroulait une partie de blackjack.

Il commanda une bière, mais il n'avait pas encore eu le temps de bien s'orienter que quelqu'un ouvrit la porte avec brutalité. Un homme, petit, mais râblé et certainement très fort, surgit dans la pièce. D'après sa tenue, veste de cuir, bottes et pantalon en denim, Karl l'aurait pris pour un fermier, mais sa démarche chaloupée et sa peau tannée par les intempéries évoquaient plutôt un marin ou un chasseur de baleines. En tout cas, le nouveau venu ne prit pas le temps de quitter son chapeau, un suroît à large bord, avant d'apostropher le barman.

— Je cherche Joe Gibson, ce fils de pute. Et le drôle d'Allemand, Otie !

— Du calme, mon ami, répondit le barman avec flegme. Si tu veux abattre quelqu'un, fais-le dehors. C'est vrai aussi pour les bagarres, je n'aime pas essuyer le sang après, pigé ?

— T'en fais pas ! Quand j'en aurai fini avec eux, je ne laisserai à personne le soin de prendre le balai-brosse. Bon maintenant dis-moi s'ils sont là ! Dans l'autre pub, on m'a dit qu'ils traînassaient par ici.

Le barman indiqua du menton la table et les joueurs de cartes. Karl se retourna dans cette direction, intrigué : aurait-il retrouvé Ottfried du premier coup ? Mais le nouvel arrivant s'avançait déjà d'un pas lourd vers le groupe de joueurs, lui bouchant la vue.

— Gibson, espèce de fils de saligaud ! Je te le dis tout de suite, je veux mon argent ! Et pour plus de justice, tu devrais même me payer une compensation, pour moi et pour ma femme. Qui a d'abord eu la peur de sa vie et qui maintenant se meurt de chagrin ! Ce coup-là on ne me le fait pas, à moi ! hurla l'homme en levant un bras menaçant tandis que les joueurs le regardaient, sidérés.

— C'est qui, lui, Joe ? demanda Ottfried.

Karl reconnut la voix. Il pouvait maintenant apercevoir le mari d'Ida, au moins en partie. Il était avachi, pas particulièrement inquiet, sur sa chaise. Il avait grossi et était bouffi. De plus, s'étant rasé, il n'avait plus l'allure d'un sage vieux-luthérien mais d'un pilier de bar.

— David Potter, mon nom vous dit quelque chose ? Mais c'est vrai que vous avez mille clients satisfaits de vos services ! Qui irait se souvenir d'un négociant en fourrures de Wellington ?

— M. Potter, mais bien entendu !

Karl supposa que cette voix posée de prédicateur était celle de Gibson.

— Où le bât blesse-t-il ? Qu'avons-nous fait pour vous mettre ainsi en colère ? À ma connaissance, vous n'avez toujours pas pris possession de votre terre.

— Mais payé, oui, espèce de salopard ! Et c'est pourquoi je suis venu, le mois dernier. Avec ma femme, Susan, et tout notre ménage. Je me disais que je ne mettrais pas longtemps à bâtir une cabane en rondins et ma femme n'a pas froid aux yeux, quelques jours sous la tente n'ont pas de quoi l'effrayer.

— Et alors ? s'enquit Gibson d'un ton innocent. Que s'est-il passé ? Un weta dans la tente ? Des oiseaux de nuit qui ont fait du tapage ? Cela peut arriver, M. Potter, le pays, là-bas est encore inexploré.

— Non, des Maoris bien nourris, avec des tatouages bleus, devant la tente ! brailla Potter. Avec des javelots, des massues et des grimaces. Susan a failli mourir de peur. Les types se sont plantés à côté de notre feu et ont fait toute une scène. Nous n'avons d'abord pas compris ce qu'ils voulaient. Nous étions arrivés la veille, au crépuscule et nous nous étions dépêchés de monter la tente. Et voilà que, le matin, je constate que nous avons campé au beau milieu d'une de leurs plantations de kumaras. On peut comprendre leur colère. Mais… qu'est-ce que fichait ce champ de kumaras sur notre terre ? Et à côté, il y avait même un champ de blé, sans compter quelques huttes où habitaient ces types et leurs femmes. Je leur ai montré mon titre de propriété, mais ils n'ont rien voulu savoir, à croire qu'ils allaient nous embrocher sur-le-champ ! Puis ils ont mis la main sur la moitié de tout notre matériel en guise de dédommagement pour leur champ abîmé. Par chance, un marchand itinérant est passé par là, qui parle un peu le maori et qui a traduit. Il s'est révélé que la terre ne nous appartient pas du tout ! Les Maoris ont jeté un œil sur le document et déclaré qu'ils avaient en effet discuté avec leur chef avant la dernière fête de la nouvelle année. Et qu'ensuite personne n'était venu cultiver la terre. Le chef l'a donc donnée à deux familles venues de je ne sais où, des parents de la tribu ou je ne sais quoi ! Alors je veux à présent récupérer mon argent, Gibson ! Et que ça saute !

Alors que Gibson, visiblement, réfléchissait encore, Ottfried ricana :

— Problème ? Où ça ? Bon, les traducteurs disent que, parfois, quand les colons ne viennent pas tout de suite, les Maoris pensent qu'ils ne viendront pas. Une connerie, quoi ! Prends la parcelle d'à côté ! Nous changerons le papier, toi, tu t'installes et c'est réglé !

— Comment ça ? fulmina Potter, serrant les poings. Il faudrait retourner là-bas, récupérer peut-être ce qui reste de nos affaires et demander poliment s'ils acceptent ce nouveau papier alors qu'ils se sont torché le cul avec l'autre ? Je n'en crois pas mes oreilles ! J'ignore quel trafic vous avez organisé avec ces sauvages, mais en tout cas rien de correct !

— Mais bien sûr que tout était correct, M. Potter ! intervint Gibson d'une voix à nouveau doucereuse. Tout a été officiellement enregistré et reconnu par le gouverneur d'Auckland et par toutes les compétences administratives. Si les Maoris ne le reconnaissent pas maintenant, il faut vous imposer, porter plainte, peut-être demander à l'armée ou à la police de vous aider. Franchement, j'ignore moi-même comment procéder en pareil cas, mais ce n'est en tout cas pas notre problème. Nous avons traité cette affaire dans les règles, les papiers sont en règle.

— Ce n'est pas votre problème ? hurla Potter en le saisissant par le col et en le soulevant. Alors je vais à l'instant vous procurer un tas de problèmes, M. Gibson. Il est exclu que je vous laisse vous tirer des pattes comme ça. Je ne vais pas mener une guerre personnelle pour cette terre. Je récupère mon argent et je m'en achète une autre !

— Allons, allons, un peu de calme ! dit alors l'homme distingué qui buvait son whisky au comptoir. Vous récupérerez votre argent, M. Potter. Ne vous inquiétez pas. Puis-je me présenter : Reginald Newton, je suis avocat. J'ai mes bureaux à Wellington et je suis ici parce qu'un autre… euh… client de ces messieurs s'est adressé à moi. C'est un hasard que nous nous rencontrions tous ici, dit-il avec un sourire. Mais le monde est bien entendu encore petit sur l'île du Sud, même si elle est vaste. Je représente donc Rudyard Butler, votre voisin, M. Potter. Le capitaine Butler est déjà installé sur la terre que lui ont vendue M. Gibson et M. Brandmann. Lui aussi doit faire face à des irrégularités. Les indigènes contestent son droit à accéder à certaines parties de sa parcelle et ils affirment pouvoir prouver leur bon droit. Ils sont en tout cas en possession de cartes où figurent les lieux saints.

— Les *tapus*, soupira Ottfried. Tu n'as pas parlé des *tapus* aux clients, Joe ? Cat avait pourtant dit que c'était important.

— Arrête, Otie ! Tu étais là quand nous avons négocié avec Butler. Tu y as pensé, toi, aux trois bouts de terrain où ont dansé les *tohungas* ?

L'avocat fronça les sourcils.

— M. Butler ne voudrait pas se fâcher avec les Maoris, dit-il, il souhaite une solution à l'amiable. D'autant plus que ces messieurs semblent avoir tiré des avantages exagérés de leur achat. M. Butler a des doutes quant à la régularité de la négociation. Il va porter plainte. Vous pouvez vous associer à cette plainte, M. Potter, je serais heureux de la défendre devant le tribunal.

Il en fallait plus pour apaiser l'homme, qui toisa avec ironie le monsieur si distingué.

— Tu me parais être un drôle de freluquet, toi, grinça-t-il. Tu es de Wellington ? J'ai l'impression que tu es de Londres ! Et tu comptes porter l'affaire devant la reine, hein ? Mes affaires, je les ai toujours réglées moi-même, Gibson, et plus vite que Victoria n'arrive à dire « Albert » !

Sur ce, sans autres préliminaires, il se retourna vers Joe et lui balança son poing à la pointe du menton. Joe vola à travers la pièce, heurta un mur et s'affaissa, éberlué.

— Et maintenant, à toi, Otie !

Ottfried leva les mains pour se protéger.

— Non… ne frappe pas ! Je n'ai rien fait, moi. Nous sommes tous amis, non ?

— Je vais te montrer qui est l'ami de qui !

Gibson, qui avait repris ses esprits, se rua sur Potter qui esquiva le coup avec adresse. Un des joueurs, sans doute un ami de Joe, l'attaqua à son tour. En quelques secondes, la mêlée fut générale.

— Messieurs, messieurs ! dit l'avocat et, en se tournant vers Karl qui, toujours debout au bar, se demandait s'il devait prendre parti et dans ce cas en faveur de qui : C'est incroyable, non ?

Karl ne répondit pas, mais resta lui aussi en retrait. Potter, à l'évidence, n'avait pas besoin d'aide. Il avait envoyé au sol l'ami de Joe aussi rapidement que Joe peu avant et il expédia ensuite un crochet du droit à Ottfried. Une nouvelle attaque de Joe lui valut, outre ses lèvres éclatées, un nez tuméfié et sanglant.

— Ça va comme ça ? demanda Potter, un peu essoufflé, mais manifestement prêt à s'occuper de trois autres combattants du calibre de Joe et Ottfried. Avons-nous éclairci l'affaire ?

Ottfried opina avec vigueur.

— Tu l'auras ton argent, dit-il avec peine, une de ses incisives semblant s'être déchaussée.

Joe se releva.

— Oui… euh… je… je regrette que la situation se soit envenimée, M. Potter. Mais bon, nous allons, dans ce cas, faire une exception et, au lieu d'un échange, vous proposer de l'argent. Nous…

— Vous me filez sur-le-champ le pognon, le stoppa Potter, ou je te ferme définitivement le clapet. Garde pour toi ta voix de prêcheur, je m'y suis déjà fait prendre une fois, ça suffit, dit-il en soulevant Joe par le col de sa chemise.

— Pour le moment, pas possible, gémit Joe. Je vous en prie, vous... vous devez bien comprendre qu'on ne se balade pas avec deux cents livres. Tenez, voilà..., il fouilla dans ses poches... je vous donne cinq livres, d'accord ? Puis je prends le prochain bateau pour Nelson. Mon argent est à la banque. Et toi, Otie ?

Karl vit qu'il faisait un clin d'œil à son copain, mais Ottfried ne comprit pas.

— Moi, je n'ai que deux livres, bafouilla ce dernier. Et rien à la banque. Je n'ai plus rien. Je regrette.

Gibson gémit. Karl se demanda si c'était de consternation devant la bêtise de son compagnon ou de désespoir à l'idée que le remboursement pesait désormais sur ses seules épaules.

— Bon, d'accord, admit-il. Alors tout viendra de mon compte en banque. Mais alors il faut que j'aille à Nelson, il n'y a pas d'autre solution.

Potter réfléchit.

— Tu sais ce qui arrivera à ton ami si tu me fais faux bond ?

— Pour l'amour du Ciel ! Je ne vais pas vous faire faux bond. Quant à Otie, je serais bien le dernier des idiots, vous n'êtes pas notre seul client. Si je ne revenais pas, Otie pourrait se mettre dans la poche l'argent des autres parcelles ! Non, non, M. Potter, ne vous inquiétez pas. Peut-être... Oui, à bien y réfléchir, j'aurai peut-être plus vite fait si je prends un cheval.

Karl n'attendit pas la suite des événements. Ottfried ne l'avait pas remarqué et ce n'était pas le meilleur moment de reprendre contact. De plus, il entrevoyait une chance : si ce Potter n'était pas stupide – et ce n'était pas l'impression qu'il donnait –, il ne quitterait pas Ottfried de l'œil dans les jours à venir. Karl, quant à lui, n'aurait pas laissé seul un des gaillards. Il aurait accompagné les deux jusqu'à Nelson et jusqu'à la banque ! Si Potter laissait partir Gibson, Ottfried serait pour lui un otage et il attendrait avec lui à Port Cooper.

Pendant ce temps, il pourrait, lui, partir à cheval de son côté, en direction de Purau, et se rendre compte en toute liberté de quelle manière Ida vivait sous l'emprise du « nouvel » Ottfried !

5

— En voilà encore un ! cria Cat en montrant un lapin que Chasseur venait de débusquer. Mais attention à ne pas tirer sur le chien !

Ida avait déjà mis en joue, ayant su, aux aboiements du chien, qu'il poursuivait un lapin. La balle du colt fracassa la tête du petit animal, le projetant un ou deux mètres plus loin. Chasseur l'apporta sagement à sa maîtresse.

— Encore un dîner d'assuré, commenta Ida.

Cat exultait, admirative de l'adresse et de l'assurance avec lesquelles la douce et timide Ida maniait l'arme. Et pourtant ce n'était pas la première fois qu'elle faisait la démonstration de son savoir-faire. Les lapins enrichissaient désormais leurs menus. Naturellement, Ida ne chassait qu'en l'absence d'Ottfried et de Joe. Elle ne savait pourquoi elle leur dissimulait ses talents de tireuse, mais quelque chose en elle la retenait. Pourtant, au retour des hommes et de Cat de leur seconde expédition, elle les avait régalés d'un lapin rôti. C'est peut-être d'ailleurs la réaction d'Ottfried qui l'avait incitée à se taire.

— Tu es de nouveau allée chez les Redwood ! Ou bien est-ce l'un des frères qui t'a apporté ce lapin ? Tout ça ne me plaît pas, Ida ! Deux types célibataires dans cette maison où tu ne cesses d'entrer et de sortir. Lequel préfères-tu ? James ou Edward ?

Ida, blessée, avait serré les lèvres. Elle appréciait certes la politesse des frères Redwood, qui la traitaient comme une lady. Jamais encore elle n'avait connu de telles manières à son égard : madame par-ci, madame par-là, de petites prévenances et des remerciements gentils à la moindre occasion. Mais cette suspicion était insupportable et stupide car jamais elle n'avait fourni à son mari l'occasion d'être jaloux.

— Je suis l'amie de Laura. De personne d'autre. Et c'est à elle, après tout, que tu dois ce rôti. Alors, mange-le ou laisse-le. Cela m'est égal.

Ottfried l'avait mangé, bien sûr, et Ida n'avait révélé à Cat d'où provenait le lapin qu'une fois les hommes sortis de la pièce.

— Je n'ai encore jamais tiré avec un fusil ! avait avoué Cat en caressant avec respect le bois de la crosse, et je ne savais pas qu'on pouvait viser aussi juste avec ça. Un lapin, c'est tout de même petit !

— Ce n'est pas un fusil, c'est un revolver, avait corrigé Ida avec un sourire. C'est beaucoup plus petit et maniable. Je peux te montrer comment on s'en sert, bien que, d'après Laura, la plupart des gens mettent longtemps à apprendre. Moi, cela m'a paru facile.

— Chez toi, c'est sans doute sous l'empire de la nécessité, l'avait taquinée Cat. Avec un mari comme le tien… on se sent plus rassurée quand on est armée.

Ida lui avait ensuite montré comment charger l'arme et tirer, mais son amie fut loin de viser aussi bien qu'elle. De plus, elle n'éprouvait pas de plaisir à cette activité, perturbée par le bruit et la secousse du recul. Elle avait fini par l'abandonner en invoquant le choc qu'avait provoqué chez elle la vue de Te Ronga avec un trou dans la poitrine.

Elle constatait pourtant combien la découverte de cette aptitude était bénéfique pour Ida qui, jusque-là, préférait rester en sécurité à la maison quand elle allait en forêt cueillir des plantes ou piéger un volatile. Maintenant, elle la suivait avec son arme. Son attitude envers Carol avait également changé. Elle la portait désormais aussi souvent dans ses bras que Linda, l'emmenant avec elle à la chasse, où la petite s'habitua assez vite aux détonations.

Ce jour-là, donc, Cat portait deux lapins dans sa carnassière en cuir et les deux amies se disposaient à rallier le *pa*, quand Chasseur aboya à nouveau, en arrêt devant un buisson. Mais ce n'étaient pas des animaux qui s'y cachaient. En approchant, Cat et Ida entendirent des voix.

– Des Maoris, s'étonna Cat avant d'adresser un salut amical en direction de la cachette. *Kia ora. Haere mai.* N'ayez pas peur, ce n'est pas sur vous que nous avons tiré.

Sur quoi, les Maoris se montrèrent apparemment vexés.

– *Ariki* Te Kahungunu n'a pas peur ! déclara le chef d'une voix ferme. Ses guerriers non plus !

Ida, en revanche, fut terrorisée par les tatouages de l'homme au visage, par son accoutrement de guerrier, par sa lourde hache et sa massue en néphrite. Cat reconnut le chef qui les avait accueillis de manière hospitalière lors de leur première expédition ainsi que la petite femme âgée aux cheveux presque blancs, aujourd'hui vêtue à l'occidentale. Mais son *hei-tiki*, ses bijoux et son manteau richement décoré ne laissaient aucun doute : elle était bien la *tohunga* qui leur avait montré les lieux saints de son peuple. Les deux dignitaires étaient accompagnés de quatre guerriers armés de javelots et de massues de guerre… et de fusils.

– Personne ne l'a pensé ! assura Cat en réponse au chef. Te Kahungunu n'aurait pas peur même face à toute une tribu ennemie, pas plus que ses guerriers et la *tohunga* Harata avec qui sont les esprits.

Elle s'inclina bien bas et s'avança afin d'échanger le *hongi* avec la doyenne, car il ne fallait pas attendre plus longtemps pour montrer aux Maoris qu'elle portait Linda sur son dos. Qu'ils aient eu peur ou non, ils ne pourraient sérieusement penser que deux femmes portant leurs bébés étaient sur le sentier de la guerre.

La doyenne dit quelque chose.

— Pourrais-tu traduire ? demanda Ida qui, le colt à la main, luttait contre l'envie de le pointer en direction des Maoris, sentant que ce ne serait pas la bonne réaction, car ces gens n'étaient pas sur le point de les agresser.

— Harata dit qu'elle est venue parce que les esprits sont en colère, traduisit Cat qui se retourna ensuite vers la *tohunga*. Cela nous inquiète. Mais que pouvons-nous faire pour les rendre cléments ? Les coups de feu de mon amie les auraient-ils effrayés, se seraient-ils sentis menacés ? dit-elle en levant les mains avec lenteur et en ouvrant tout aussi lentement la carnassière. Regardez, nous avons juste chassé les animaux que les *pakehas* ont apportés et qui, depuis, sont aussi nombreux que les étoiles dans le ciel.

— Est-ce que c'est parce que nous habitons le *pa* ? demanda Ida, affolée. Sont-ils venus nous chasser ou exiger quelque chose ?

— Non, ce n'est pas ça. C'est une tribu qui vit à six jours de marche d'ici. Je les connais. Voilà pourquoi je ne te dis pas de ne pas t'inquiéter. Ils doivent avoir une bonne raison pour circuler ici avec leurs armes. Mais nous ne sommes pas en danger immédiat. Nous aimerions vous inviter à partager notre repas, poursuivit Cat, tournée maintenant vers les indigènes et parlant maori. Nous pouvons allumer ici un feu. Mais ne voulez-vous pas échanger le *hongi* avec nous ?

C'est le chef qui cette fois répondit d'un ton vif.

— Je les ai invités à manger, traduisit Cat, mais le chef ne veut pas être assis avec nous autour d'un feu. La paix ne règne pas entre lui et nos hommes. Il vient porter plainte et veut savoir où sont Joe et Ottfried.

Cat adressa ensuite quelques paroles apaisantes au chef, qui se lança dans une longue explication.

Cat la résuma pour Ida :

— Il y a eu des problèmes avec la terre qu'ils ont vendue à Ottfried et Joe. D'abord personne n'en a voulu. Ensuite est venu un M. Butler. Ils s'entendirent bien avec lui, jusqu'au jour où il laboura l'un de leurs lieux saints. Sur un autre, il fit brouter ses moutons. Alors qu'Ottfried et Joe leur avaient garanti que les colons respecteraient les *tapus*. Ils ont donc demandé des comptes à M. Butler, qui n'était pas au courant et qui veut maintenant porter l'affaire devant le gouverneur. Mais Te Kahungunu n'est pas d'accord. Il dit que ce n'est pas le gouverneur qui lui a donné ces assurances, mais Joe et Ottfried. Et moi, bien entendu, c'est moi qui ai traduit. Ce dont je me suis déjà excusée à trois reprises. J'espère qu'ils me croient de bonne foi. Et puis les esprits ne peuvent pas attendre que le gouverneur ait tranché. Il faut les amadouer et il ne doit en aucun cas se reproduire des atteintes aux *tapus*. Voilà pourquoi ils sont là. Ils viennent demander des comptes aux hommes.

— Tu leur as dit qu'ils ne sont pas là ?

— Oui, ils vont attendre. Ou partir à leur recherche. Car il y a encore autre chose. Ils ont découvert qu'ils avaient été escroqués. Butler a payé pour sa terre dix fois plus que ce que la tribu a reçu. Ils veulent donc plus d'argent.

— Qu'est-ce qu'on fait, alors ?

— D'abord des cadeaux, je dirais. Peut-être vont-ils tout de même accepter un peu de notre repas. Mais nous devrions pour cela les mener au *pa*, ce qui n'est pas conseillé. Ils remarqueraient que nous avons violé un autre *tapu*. Puis il faut décider si nous les envoyons à Port Cooper ou pas.

— Tout le monde laisse tomber les armes !

Une voix d'homme, claire et résolue, venait de retentir, surprenant les deux femmes et les Maoris plongés dans leur discussion. Personne n'avait vu venir le cavalier qui tenait maintenant en joue Te Kahungunu et ses gens avec un fusil de chasse. L'homme eut une hésitation quand, au milieu des indigènes, il aperçut la vieille femme, se demandant s'il ne s'était pas mépris. Mais les javelots le détrompèrent : il y avait pour le moins une tentative d'intimidation.

— Karl !

Ayant reconnu le cavalier, Ida oublia d'un seul coup les Maoris et leur situation délicate, à Cat et à elle. Rien n'avait plus d'importance. Devant elle, sur un magnifique alezan, il y avait Karl Jensch !

— Karl ! D'où viens-tu ? Comment m'as-tu trouvée ?

La *tohunga* glissa quelques mots à Cat, qui secoua la tête.

— Non, ce n'est pas son époux. Son époux, c'est Otie. Mais oui, il y a une lumière entre eux. Ils… euh… ce sont d'anciens amis, de vieux amis qui, enfants, ont joué ensemble.

Harata regarda Karl, puis Ida et de nouveau Karl.

— Maintenant, ce ne sont plus des enfants. Que veut cet homme ? Il tient une arme, mais je ne vois pas dans ses yeux l'envie de se battre.

— Que se passe-t-il ici ? demanda Karl.

Il ne quittait pas du regard les Maoris qu'il tenait toujours en joue, mais qui ne semblaient pas prendre la menace au sérieux. La vieille femme, en tout cas, prit tout son temps pour discuter avec la jolie jeune femme blonde en qui Karl reconnut la jeune fille qui avait servi d'interprète à Wairau. Poti. Ou Cat. La Cat de Chris Fenroy.

— Ces gens te menacent-ils, Ida ?

Elle fut incapable de répondre, ne pouvant le quitter des yeux. Toujours mince, mais ayant gagné en vigueur, il avait gardé ses cheveux blonds et bouclés sous un chapeau à large bord. Sa barbe qui lui donnait un air plus viril aurait mérité d'être un peu taillée. Son visage bronzé et tanné laissait supposer qu'il avait vécu longtemps en plein air.

— Non, répondit Cat à la place d'Ida. Personne ne menace personne. C'est un malentendu de votre part. Je vous en prie, M. Jensch, vous êtes bien Karl Jensch, n'est-ce pas ? Je vous en prie, rangez votre fusil. Ces gens ont un différend avec Ottfried, mais ils n'ont rien contre Ida et les enfants. À moi non plus, ils ne feront rien. Ne les provoquez pas, cela nous mettrait tous en danger.

Karl acquiesça et abaissa son arme.

Le chef ayant alors frappé le sol de son javelot en un geste de menace, Karl rangea son arme et montra les paumes de ses mains en signe de capitulation, cherchant comment on formulait des excuses en maori.

— *Mo taku he. Kia ora*, je voulais juste…

Harata adressa quelques paroles d'apaisement au chef, qui émit alors une espèce de grognement.

— Harata dit que vous avez juste voulu protéger Ida, traduisit Cat. Le chef reste néanmoins en colère.

Karl réfléchit un bref instant. Puis, ayant pris derrière sa selle son précieux ciré, il mit pied à terre et le déposa devant Te Kahungunu, en prenant bien garde à ne pas l'approcher de trop près. Sur l'île du Nord, les chefs étaient intouchables. Ici, la règle paraissait moins rigoureuse, mais il ne voulait à aucun prix commettre à nouveau un faux pas.

— S'il vous plaît, Cat, dites-lui que je leur demande pardon et que si quelqu'un s'est senti offensé qu'il accepte ce cadeau comme réparation.

— Vous avez vous-même à l'instant très bien demandé pardon, dit Cat avec un sourire reconnaissant. Cela va apaiser ces gens.

Elle s'adressa ensuite aux Maoris, et Ida comme Karl respirèrent en voyant Te Kahungunu acquiescer.

— Il veut encore savoir si vous connaissez Joe et Ottfried, traduisit ensuite Cat, et si vous êtes un de leurs amis.

— *Hoa nohea*, baragouina Karl en levant les mains en signe de dénégation, mais je les ai vus, hier encore, dans un pub de Port Cooper, dit-il, tourné vers Cat. Et ces gens ne sont pas les seuls à avoir maille à partir avec eux. Il y a par exemple un fermier qui a trouvé sa terre attribuée à quelqu'un d'autre à son arrivée dans les Plains ou encore un colon qui, par mégarde, a violé certains *tapus* et peut s'estimer heureux de ne pas l'avoir payé de sa vie. Un avocat de Wellington, tiré à quatre épingles…

— Ottfried a des problèmes ? s'alarma Ida.

— Joe et Otie à Te whaka raupo ? coupa le chef. L'endroit que les *pakehas* appellent maintenant Port Cooper ?

— Oui, confirma Karl, dans un des pubs de là-bas, je suppose. Ottfried au moins. Gibson serait, à l'en croire, parti pour Nelson.

Te Kahungunu dit quelque chose à son escorte. Le groupe se prépara à repartir. Harata, auparavant, dit quelque chose à Cat, qui parut soulagée en même temps que contrariée quand elle traduisit pour Ida et Karl.

— Le chef et ses hommes partent pour Port Cooper afin de discuter avec nos hommes. Ils ont compris que vous, Karl, n'avez rien à voir avec toute cette affaire. Moi, ils m'en veulent de leur avoir servi d'interprète. Harata dit que j'aurais dû savoir quel genre d'hommes ils sont. Comme j'ai travaillé pour eux, je me suis salie. En quoi elle n'a pas tort. Je lui ai donné raison et j'ai promis de me laver de ça. Mais elle prétend que les esprits se sont apaisés en voyant ton sourire. Ton bonheur les réjouit.

6

— Mais d'où arrives-tu, Karl ? Comment m'as-tu… comment nous as-tu retrouvées ?

Karl descendit de selle.

— On m'a dit que tu étais à Purau, Ida, dit-il, comme dans un rêve face à celle qu'il avait toujours aimée, mais plus belle encore que dans son souvenir, plus féminine que jadis, paraissant plus douce et avenante sans sa coiffe, sans son tablier et sans ses habits noirs de villageoise vieux-luthérienne.

Ses longs et magnifiques cheveux étaient maintenant tressés en une natte épaisse et elle portait une légère robe de toile de coton bleu clair, élimée et sale bien sûr, mais qui contrastait agréablement avec son visage hâlé. Ce n'était plus la femme passant sa vie la tête baissée vers la terre qu'elle cultivait ou sur les travaux ménagers. Elle leva les yeux vers lui. C'est alors qu'éberlué il aperçut l'arme dans sa main.

— C'est toi qui as tiré, Ida ? J'étais dans la cour de votre ferme, les Redwood m'ayant indiqué le chemin, quand j'ai entendu des coups de feu. Mais jamais je n'aurais pensé… tu tirais sur ces Maoris ?

— Non, sur ça, répondit Cat avec un sourire en sortant un lapin de la carnassière. Sinon, nous serions mortes à l'heure qu'il est. Ida vise bien, mais elle n'aurait pu abattre quatre guerriers d'un seul coup.

— Quatre ? s'étonna Karl en jetant un œil sur le colt. Donc, ce truc contient cinq balles ! C'est alors un revolver à barillet, non ? Tu me le montreras, je n'en avais encore jamais vu.

Puis Karl trouva la situation absurde ; il était là, en face d'Ida et il parlait de la révolution apportée par M. Colt dans la technique des armes à feu. Il fit un pas vers la femme dont il rêvait depuis toujours.

— Ida, parle-moi de toi ! Comment as-tu vécu ? Je te croyais en Australie. Puis j'ai rencontré Elsbeth et c'est elle qui m'a dit que vous étiez ici. Je suis aussitôt venu.

Il lui prit les mains. Elle laissa tomber l'arme et les laissa dans les siennes. Carol s'agita alors dans sa hotte et commença à pleurer quand l'étranger s'approcha. Chasseur se mit de la partie à son tour. Ses aboiements incitèrent Buddy, toujours caché derrière la monture de son maître, à se manifester lui aussi. Chasseur le toisa avec fureur, le poil hérissé, grognant des menaces.

— Chasseur, ne joue donc pas les matamores ! le rabroua Cat. C'est encore un bébé !

Ida et Karl ne perçurent rien de cette scène. Quand leurs mains s'étaient touchées, un cercle avait paru se refermer. Ils se regardèrent un petit instant, les yeux dans les yeux, oublieux du monde alentour. Puis Ida se raidit.

— Pourquoi ? demanda-t-elle en retirant ses mains des siennes.

— Pourquoi quoi ?

— Pourquoi es-tu venu ? Je suis bien entendu heureuse de te voir. Mais tu n'étais pas obligé d'abandonner ton travail à cause de moi, entreprendre un voyage… juste… juste à cause de moi…

Carol ne se calmant pas, Ida la sortit de la hotte et la berça, ce qui lui donna un motif pour ne plus regarder Karl.

— J'ai voulu voir comment tu allais ! Toi… et Ottfried.

Ida baissa la tête. Depuis que le choc de la rencontre avec les Maoris s'estompait, elle semblait se souvenir de ce qu'on attendait d'une femme vertueuse à Raben Steinfeld.

— Je vais bien, répondit-elle machinalement. Nous allons bien. Nous… comme tu le vois… nous avons un… nous avons des enfants. Des jumelles.

Interloqué, Karl examina les deux petites. Il avait spontanément pris l'enfant dans la hotte de Cat pour sa fille. Mais, à y regarder de plus près, elles se ressemblaient, toutes deux blondes et visiblement du même âge. Cat, voyant le manque d'assurance d'Ida et ne comprenant pas, une fois de plus, son attitude, se mêla de leur conversation.

— M. Jensch, Ida vous racontera tout ce qui s'est passé depuis votre séparation, mais nous devons à présent ramener les fillettes à la maison. Elles vont avoir faim. Carol crie déjà et…

— Carol ? s'exclama Karl, un large sourire effaçant l'ombre de déception qui venait d'assombrir son visage. L'une d'elles s'appelle Carol ?

La fierté maternelle l'emporta aussi, chez Ida, sur sa réserve.

— Karla, dit-elle, d'après le grand-père d'Ottfried.

Le sourire de Karl s'évanouit.

— Et l'autre s'appelle Linda, se dépêcha d'ajouter Ida, comme pour rectifier quelque chose.

Cat sortit également sa fille de la hotte pour qu'Ida puisse la présenter.

— *Você é linda…*, dit Karl se souvenant avec émotion et regardant Ida, pas l'enfant.

— Il faut vraiment y aller, rappela Cat, mais, quand Ida releva les yeux, elle se tut.

La *tohunga* avait vu juste, il y avait entre Ida et Karl plus qu'une amitié d'enfance. Quand leurs regards se croisaient, on croyait voir briller un ruban d'étoiles entre eux.

— Cat a raison ! dit Ida avant de risquer de se perdre à nouveau dans les yeux de Karl. Il faut rentrer. Tu nous accompagnes ?

— Je ne voudrais pas déranger !

— Vous ne voulez tout de même pas planter votre tente je ne sais où et manger votre pain sec plutôt que du lapin rôti ? s'indigna Cat. Après avoir franchi mers et montagnes pour revoir Ida. Mais, au fait, où avez-vous rencontré Betty ? Allez, venez. Vous savez où nous habitons, ce n'est pas loin.

Brandy trouva une place dans l'écurie et Chasseur accepta que Buddy s'allonge à côté de lui, au coin du feu.

— C'est un chien de berger, n'est-ce pas ? affirma Ida en caressant le chiot. Les Redwood en ont un semblable. Mais tu n'as pas de moutons !

— Oh si, dit Karl en riant, avant de parler de sa récente acquisition.

Ida sembla s'intéresser beaucoup aux moutons, demandant ceci et cela, tandis que Cat s'affairait dans la cuisine tout en ne cessant de jeter un œil inquiet sur son amie. Malgré la proposition de l'aider, Cat avait insisté pour qu'Ida reste avec Karl. Mais une véritable intimité tarda à s'établir entre eux, Ida s'efforçant de ne pas laisser la conversation prendre un tour personnel, préférant donc parler moutons, chiens et arpentage.

Karl jouait le jeu avec calme. La maison d'Ida et le cadre devaient sans doute avoir apporté réponse à nombre de ses questions. Ida avait beau affirmer qu'elle allait bien, elle vivait dans une salle de réunion maorie retapée à la va-vite au cœur d'un *pa* en ruines. Cat cuisinait sur un feu ouvert qui charbonnait et fumait car la cheminée fonctionnait mal. Il devait faire froid en hiver. Les meubles étaient rares et grossiers. Ottfried, en sa qualité de charpentier, aurait pu y accorder plus de soin, mais il ne s'intéressait visiblement pas à cette maison. Ce n'était pas la maison dont les femmes de colons rêvaient. Le seul meuble fabriqué avec application et habileté était le berceau, dont la tête portait en lettres bien travaillées l'inscription Brandmann.

— C'est ce berceau qui accueillera les générations futures, murmura Ida quand Karl eut loué la qualité du travail. Bien sûr, avant tout…

Elle coupa court, mais Karl en avait assez entendu. Ottfried avait fabriqué le berceau pour un héritier. Il avait certainement été déçu par les deux filles. Apercevant dans un coin de la pièce un métier à tisser et un fuseau, il pensa que c'était là l'œuvre de Cat, ce qui l'amena à se demander soudain ce que fichait Cat chez les Brandmann. D'après Betty, Ottfried l'aurait embauchée comme servante à Sankt Pauli. Mais ici, une servante n'était d'aucune utilité…

Il décida d'élucider le problème plus tard. Il n'avait maintenant plus envie de réchauffer l'atmosphère. Ida était rétive, sans doute honteuse de la pauvreté de son intérieur, mais ne voulait pas avouer ce qu'elle ressentait à cet égard. « Ne pas salir son propre nid… » Karl se souvint du dicton de Raben Steinfeld. Ida avait grandi avec cette idée. Déjà, après la mort de sa mère, elle aurait eu bien des motifs de se plaindre. Jakob Lange avait toujours refusé que quiconque vînt prêter main-forte à l'adolescente surmenée. Ida s'était tue alors et elle ne formulerait maintenant aucune critique envers Ottfried.

Irritée de la forme qu'avait prise la conversation entre les deux anciens amis, Cat y coupa court en posant sur la table le rôti et une bouteille de whisky dérobée à la cachette d'Ottfried. Elle les servit copieusement. Si Ida resta sur sa réserve, la bonne chère et l'alcool délièrent les langues de Karl et Cat. Il parla de son travail sur l'île du Nord, puis de Betty et d'Eric à qui il avait finalement rendu visite. Il n'avait que du bien à rapporter à leur sujet. Eric avait certes du mal à trouver un travail bien rémunéré. S'il avait été plus âgé, il n'aurait pas manqué de situations intéressantes. Il devait donc tirer le diable par la queue durant un certain temps encore, aidé en ceci par Betty, qui avait eu la chance de trouver un boulot au café. Karl avait également rencontré la propriétaire, Céline.

— Cette très honorable lady a sans aucun doute gagné l'argent nécessaire à l'ouverture de cet établissement comme «fille légère». Betty, en vraie enfant de Raben Steinfeld, est incapable de prononcer le mot «putain». Céline a beau avoir une tenue quelque peu extravagante, voire provocante, elle n'en est pas moins un des piliers de la bonne société de Wellington. Elle est aux petits soins pour Betty. Ne prends pas cet air, Ida! Il n'est pas facile, ici, pour une femme seule, de gagner sa vie. Elle n'a pas eu d'autre choix que de se vendre. Elle en a tiré le meilleur profit possible. Et maintenant elle veille comme une tigresse sur l'innocence de Betty, un peu une fille pour elle. Ta sœur n'aurait pu mieux tomber!

Ida ne dit rien, mais n'en pensa pas moins…

Karl profita de l'occasion pour aborder le sujet du travail de Cat chez les Brandmann.

— Vous avez travaillé jadis chez les Beit, n'est-ce pas? Chris Fenroy m'a parlé de vous. De n'avoir pas trouvé de travail plus qualifié pour vous l'affecte beaucoup.

Le sang monta au visage de Cat, qui avait déjà bu quelques gorgées de whisky. Elle pensait encore assez souvent à cet Anglais vif et intelligent qui avait tant de choses en commun avec elle. Mais c'est avec calme qu'elle narra la fin de son travail chez les Beit, sa rencontre avec Ida et son séjour à Sankt Pauli.

— J'ai ensuite eu l'intention de partir pour les Plains et de chercher refuge au sein d'une tribu maorie. Les vieux-luthériens, j'en avais plus qu'assez, mais Ida était enceinte, n'allait pas bien et je n'ai pas voulu la laisser seule. Ensuite, il y a eu l'affaire de Gibson et Ottfried. Dont je ne suis pas particulièrement fière.

À propos de son activité de traductrice, elle expliqua à Karl l'arrière-plan de la « visite » des Maoris. Karl raconta à son tour sa rencontre avec Ottfried, Joe, Potter et l'avocat.

— Et maintenant, vos deux hommes vont avoir des ennuis supplémentaires. J'espère qu'il leur reste de quoi dédommager ces gens. Sinon, cela risque de devenir problématique. Je pense moins à l'avocat car, d'ici que l'affaire arrive devant un tribunal, des années peuvent s'écouler. Mais le chef ne semble pas prêt à s'en laisser conter !

— Oui, confirma Cat. Même si je ne crois pas qu'il recourra à la violence en ville. Et la *tohunga* l'accompagne, ce qui est une bonne chose. Il faudra au moins une livraison de marchandises supplémentaire pour satisfaire les Maoris. Quant à savoir s'ils accepteront d'autres colons sur leur territoire à l'avenir…

— Ottfried n'a pas un sou, chuchota Ida. Il a tout dépensé, notamment au jeu. Que va-t-il faire ? Et qu'allons-nous devenir ?

— Il y aura bien une solution, la réconforta Cat. Gibson n'a rien dépensé et il a même gagné un peu d'argent au jeu. Il devra en avancer à Ottfried. À moins qu'il ne trouve le moyen de les tirer d'affaire. Le gaillard a plus d'un tour dans son sac. Ne te casse donc pas la tête, Ida, tout va s'arranger. Où voulez-vous dormir, Karl ? Nous aurions un endroit très confortable à vous proposer, à l'écurie.

Karl accepta avec d'autant plus de plaisir qu'il avait laissé sa tente au pub, car pour la transporter, il lui aurait fallu un animal de bât. Il occupa donc le réduit de Cat et se laissa bercer par le bruit que faisait Brandy en mâchant son foin.

Mais Karl ne put bien longtemps profiter du repos nocturne. Avant même l'aube, il fut réveillé par la porte de l'écurie qui s'ouvrait, des bruits de sabots et des hennissements. Le cheval qui venait d'entrer était hors d'haleine et son cavalier semblait pressé, ne prenant pas le temps de desseller et allumant la lanterne de l'écurie. Karl reconnut Ottfried en même temps que ce dernier s'apercevait que quelqu'un était couché.

— Cat ? dit-il en s'approchant. Cat ? Il faut te lever, nous... Mais... qui est... ? balbutia-t-il avant de reconnaître Karl Jensch sous les couvertures. Mais qu'est-ce que tu fous ici ? brailla-t-il alors. Il ne manquait plus que ça ! Je rentre chez moi tard dans la nuit et qu'est-ce que je trouve ? Un type dans le lit de ma femme ! Et une vieille connaissance en plus. D'où sors-tu soudain, Karl Jensch ? Qu'est-ce que tu viens chercher ici ?

Karl leva la main gauche dans un geste d'apaisement tandis que, de la droite, il s'assurait que son fusil était bien là.

— Premièrement, c'est le matin et la nuit est finie. Deuxièmement, je ne suis pas dans le lit de ta femme, mais dans celui de ta servante, si j'ose l'appeler ainsi. Je ne crois pas une seconde qu'il y ait entre vous des rapports d'employeur à employée. Et comme tu peux le voir, Cat n'est pas plus qu'Ida avec moi. Bonjour, Ottfried. Je suis content de te revoir. Hier, quand je suis arrivé pour vous rendre visite, je n'ai rencontré que ta femme et vos ravissantes jumelles. Toutes mes félicitations à l'heureux père ! Bien, et comme nous sommes deux adultes, tu pourrais me demander comment je vais, ce que j'ai fait durant ces dernières années et ce qui m'amène dans l'île du Sud. Je serais heureux de te répondre.

— Tu parles si je me fous de ce que tu as bien pu faire ces dernières années. J'ai d'autres problèmes ! Allez, déguerpis maintenant, il faut que je réveille Ida.

Sans plus se soucier ni de Karl ni de son cheval, il fonça vers sa maison. Karl s'occupa de l'animal en sueur et assoiffé, avant de suivre Ottfried. Il n'avait pas la moindre intention de partir avant de savoir ce qui s'était passé, même s'il en avait une petite idée. Apparemment, les choses tournaient mal !

— Debout ! Ida, Cat ! Ah, laisse ton couteau, je ne veux rien de toi ! Et quand bien même, nous n'avons pas le temps si nous voulons nous sortir du pétrin. Emballez vos affaires, on fiche le camp !

— Partir ? Mais pourquoi ?

Karl avait entendu Ottfried, qui ne s'était même pas donné la peine de refermer la porte. Il vit Ida sortir de la pièce contiguë, un châle jeté sur sa chemise de nuit, les cheveux dénoués. Quand elle l'aperçut à la porte d'entrée, derrière son mari, une légère rougeur teinta ses pommettes.

— Si cela a à voir avec Karl…, dit-elle regardant, effrayée, les deux hommes tour à tour, mais Ottfried ne s'était pas encore rendu compte de la présence de son rival.

— Évidemment que ça n'a rien à voir avec Karl, objecta Cat, apparue à demi rhabillée derrière Ida. Cela a à voir avec Gibson. Qu'est-ce qui se passe, Ottfried ? L'aurait-on coffré ?

— N'importe quoi ! protesta Ottfried qui commença à mettre des objets ménagers dans un grand coffre.

Allez, aidez-moi à tout emballer ! Il faut partir d'ici le plus vite possible, avant que ce Potter ait cuvé sa cuite. Gibson, lui, s'est fait la malle. Il nous a laissés tomber aux prises avec les ennuis. Il a aussi emmené un cheval. Il est malin. Pourtant Potter l'a accompagné jusqu'au bateau. Mais il a réussi d'une manière ou d'une autre à redescendre, il est allé chercher un cheval à l'écurie, et il est parti. Dieu sait où.

— Alors, son argent n'était pas à la banque de Nelson, observa Karl en entrant dans la pièce.

— Non, il n'y était pas ! fulmina Ottfried. Je savais que c'était du baratin. Je me disais qu'il allait trouver un moyen de s'en sortir ! Mais que sais-tu au fait, toi ? Et que fais-tu encore ici ? Fous le camp, Karl ! Tu es le dernier dont on ait besoin ici !

— Tu as laissé Gibson se tirer alors que tu savais qu'il n'avait rien à faire à Nelson ? demanda Cat. Bon Dieu, Ottfried, comment peut-on être aussi con ? C'était clair comme de l'eau de roche qu'il ne reviendrait pas ! Tu aurais dû le forcer à sortir son fric !

— J'aurais dû, j'aurais dû… bafouilla Ottfried en la fusillant du regard. Je me suis dit que… il m'a fait un clin d'œil… j'ai pensé qu'il avait un truc pour nous tirer d'affaire. Mais tout ça est sans importance. Au travail ! Allez chercher vos affaires, Ida et Cat, au lieu de traîner ici. Dans quelques heures, Potter va s'apercevoir que je me suis enfui. Il fait pas bon plaisanter avec ce type. S'il arrive ici et veut son argent…

— On ne peut pas le rembourser, murmura Ida, et les Maoris non plus.

— Quels Maoris ? Je ne vois pas de quels Maoris tu parles.

— Je crois qu'en fait tu ne vois pas grand-chose, intervint Karl calmement. Et surtout, tu n'as aucune idée de l'endroit où aller maintenant avec femme et enfants, hein ?

— Tout d'abord, foutre le camp d'ici, dit Ottfried en haussant les épaules. Peut-être Nelson ou l'île du Nord. Peut-être l'Australie. Ça ne serait pas mal, notre famille est là-bas.

— Le bateau ne t'embarquera pas gratis, remarqua Karl, tandis qu'Ida, affolée à cette idée, s'affala sur une chaise au moment où Cat revenait, les deux enfants sur les bras.

— Prends-les, Ida, et calme-les. Je chauffe du lait, j'espère qu'il en reste. Je n'ai pas la tête à traire. Alors, où en es-tu, Ottfried ? Où veux-tu emmener Ida et les fillettes ?

Cat, comprenant que son chemin et celui d'Ida, de Carol et de Linda étaient sur le point de se séparer pour toujours, était sur des charbons ardents. Elle suivrait sans doute la famille Brandmann dans sa fuite quelques jours, mais pas dans une colonie et moins encore en Australie. Chacun s'y demanderait quel rôle elle jouait dans cette famille. Et Ottfried allait être enfermé dans cette alternative qui, pour elle, était sans issue.

— Moi, je connais un endroit.

L'intervention de Karl surprit tout le monde, bien qu'il l'eût faite d'une voix mal assurée. Ida le regarda comme un sauveur et même le visage d'Ottfried se colora d'un semblant d'intérêt.

— Mais nous devrions tout d'abord nous asseoir et parler calmement. Fuir maintenant au petit bonheur la chance ne servira à rien, Ottfried. Où que tu ailles, à Nelson ou dans une colonie… celui qui te cherche t'y trouvera. Le seul refuge sur cette île serait une ferme isolée. Si tu y disparais quelques mois, cette histoire tombera peut-être dans l'oubli. À moins que Potter n'ait retrouvé Gibson. Avec un peu de chance, il se peut qu'il le chasse en premier. Cet homme ne cherche pas en effet le sang, mais l'argent.

— Tu penses que je devrais m'installer comme colon sur nos terres ? demanda Ottfried à qui cette idée n'était sans doute pas encore venue.

— Non. Les Maoris sont déjà à ta poursuite. Ils ont découvert que vous les aviez roulés. Je serais prudent, à ta place. Ils veulent en effet eux aussi de l'argent et ils prendraient sans doute moins de gants que Potter pour l'avoir.

— Mais alors, je ne peux aller nulle part ! s'écria Ottfried, soudain saisi de terreur. Ils vont tous nous tuer… comme Wakefield…

— Non. Parce que je vais vous emmener avec moi. En direction de Fenroy Station, dans les Plains. Chris Fenroy vous acceptera si j'intercède en votre faveur. Je compte acheter des parts dans son exploitation, avec mes cent moutons. Et toi, Ottfried, tu pourras travailler pour nous.

Cat, pour qui cette offre était la meilleure issue pour tout le monde, regarda Ida puis Ottfried. Pour tout le monde ou du moins pour Ida et les fillettes. Certes Jane ne serait pas une compagne idéale pour Ida, mais Carol et Linda seraient en sécurité. Ida se signa et murmura une prière, sans doute du fond du cœur, mais aussi, estima Cat, pour montrer à son mari qu'elle remerciait Dieu et pas Karl. Ottfried, lui, était partagé entre résignation et fierté blessée. Il savait certainement qu'il n'avait d'autre choix que d'accepter l'offre. Mais travailler pour quelqu'un ? Renoncer à son statut d'artisan pour celui de valet de ferme ? Et devenir l'employé de celui qu'il avait tant méprisé ? Au bout d'un petit moment, il eut un petit sourire méchant.

— Bon… euh… d'accord, Karl. Je, nous… enfin nous pourrions décider de nous installer sur la terre de ton ami. Mais pas question que je sois un valet, un salarié ! Il me reste encore un peu d'argent. Oui, oui, Ida, je ne te l'ai pas dit, ajouta Ottfried avec une tentative de sourire complice en direction de Karl. Si on raconte tout aux bonnes femmes… elles dépensent plus vite que la musique ! Ces derniers temps, nous avons encore vendu quelque chose…

– Formidable ! coupa Cat. Alors il ne va pas tarder à y avoir devant la porte un autre type qui viendra récupérer son argent !

– Et puis j'ai aussi un peu gagné au poker. Je vais en tout cas acheter quelques moutons et prendre moi aussi quelques parts dans cette ferme. Je n'ai pas à mendier, Karl. Et toi, Ida, tu ne deviendras pas la femme d'un journalier. Moi vivant, jamais !

7

Ida estimait qu'Ottfried devrait acheter ses moutons aux Redwood, tandis que Karl pensait aux frères Deans. Mais Ottfried ne voulut rien entendre. À l'en croire, il avait de formidables relations sur le marché aux bestiaux de Nelson. C'est d'ailleurs là qu'il avait acheté les chevaux, qui avaient fait leurs preuves. Même les vaches de Sankt Pauli venaient de là.

— Il n'y avait pas de moutons, objecta Ida.

— À l'époque, c'est sur l'île du Sud qu'il n'y avait que de rares moutons, expliqua Karl. Mais depuis sont apparus plusieurs éleveurs. Du moins à ce qu'on m'a dit. Les bêtes paissent déjà sur les lieux saints maoris. Ou bien ai-je mal compris ce qui se disait au pub, Ottfried ? Ce Butler à qui vous avez vendu des terres n'est-il pas sur la voie de devenir un « baron des moutons » ? Il est donc tout à fait possible qu'il y en ait sur le marché à bestiaux de Nelson. Mais pourquoi aller si loin, Ottfried ? Les Redwood sont vos voisins et nous devons de toute façon passer chez les Deans pour récupérer les miens.

— Justement, déclara Ottfried d'un air suffisant. Nous allons passer chez tous ces gens et après ils vont raconter à Potter qu'ils m'ont vu et que je leur ai acheté des moutons. Comme ça, il saura que j'ai encore de l'argent… Sur le marché de Nelson, personne ne me connaît, en revanche.

— Tu viens à l'instant de prétendre que tu y avais les meilleures relations du monde, lui rappela Cat.

— Bien sûr, maugréa-t-il, je les ai. Je veux seulement dire… euh, que là-bas personne ne racontera qu'il me connaît. Les gens, là-bas, savent se taire.

— En général, on paie les gens pour qu'ils se taisent, observa Karl. Et puis je ne suis pas du tout certain que les marchands de bestiaux aient de meilleures bêtes et des prix avantageux. Mais bon, Ottfried, je ne vais pas essayer de te convaincre. Si tu estimes qu'il est moins dangereux pour toi d'aller à Nelson, vas-y. J'emmènerai Ida et les enfants, et Cat si elle est d'accord, à Fenroy Station. Il vaut mieux éviter qu'elles se retrouvent mêlées à une altercation entre Potter et toi.

Karl fut étonné de voir qu'Ottfried ne s'opposait pas à cette proposition, alors qu'il allait être seul avec les femmes pour un périple de plusieurs jours, dans une proximité qu'ils n'avaient encore jamais vécue. Ottfried s'était sans doute rendu compte qu'Ida et les enfants le handicaperaient durant le long voyage jusqu'à Nelson, sans compter qu'il fallait aussi s'encombrer de la vache et des deux brebis. Karl se demanda comment Ottfried comptait mener les moutons qu'il aurait achetés à Nelson sur le long trajet jusqu'à Fenroy Station. Tâche quasi impossible pour un homme seul. Mais cela lui était égal après tout, lui, il conduirait en sécurité Ida, les enfants, et Cat qui avait l'intention d'accompagner son amie jusqu'à la ferme avant de rejoindre une tribu maorie. Elle en avait assez des *pakehas*, avait-elle prétendu, et souhaitait retrouver la vie qu'elle avait partagée avec Te Ronga. Karl se demanda que deviendrait cette décision en présence de Chris. Elle refusait en tout cas de retourner à Nelson.

Ida et Cat réussirent en à peine deux heures à charger tous leurs ustensiles ménagers et leurs provisions sur l'une des charrettes. Elles y attelleraient les deux chevaux bais, qu'Ida connaissait depuis Sankt Pauli et qu'elle guiderait donc sans problème. Karl les escorterait sur Brandy. Ottfried prendrait le dernier cheval pour aller à Nelson. Karl pressentit qu'il emmènerait la seconde charrette afin de la vendre. Il ne croyait pas à ses économies.

— Nous aurions en effet entendu parler de ces autres ventes, confirma Cat. Ottfried s'en serait vanté.

Ida pour sa part se refusait toujours à dire le moindre mal de son époux. Elle s'était réjouie de son aveu concernant des économies cachées. Cat, que la seule vue de cet homme dégoûtait, ne dissimulait ni son aversion ni ses doutes.

— Vous l'avez entendu, Karl, ajouta-t-elle, il passe son temps à se vanter. Hier il se flattait d'avoir des relations et des terres immenses, aujourd'hui il prétend avoir réalisé des affaires dont nous ne savions rien. Je croirais plutôt à des gains au poker, à condition qu'il ait enfin compris les règles du jeu ou qu'il ait eu un gros coup de chance. Peut-être qu'il sait où Gibson a caché de l'argent ? Quoi qu'il en soit, nous verrons bien s'il arrive à la station avec un troupeau de moutons ou s'il aura choisi de s'enfuir comme son triste ami.

Il était visible que Cat préférerait la seconde hypothèse et Karl se surprit, le soir, à prier pour qu'il en fût ainsi.

Karl conduisit d'abord sa petite troupe à Port Cooper afin d'y récupérer ses affaires et de prendre à la poste la réponse de Chris à sa lettre de Wellington. Il ouvrit la lettre avec un peu d'inquiétude : que diable ferait-il des deux femmes, des enfants et des moutons si Chris déclinait sa proposition ? Il fut vite soulagé : la lettre donnait dans l'euphorie. Chris était fou de joie à l'idée d'élever des moutons et plus encore à la perspective d'accueillir comme aide et associé son vieil ami. *Nous aurons bien sûr besoin de terres supplémentaires*, écrivait-il, *mais je suis confiant. Les Maoris nous loueront autant de terres que nous le souhaitons. Tu pourras t'installer dans notre ancienne maison, qui est restée vide depuis que nous avons emménagé dans la nouvelle. Et, quand tu auras trouvé femme, nous bâtirons une deuxième ferme pour toi. Je t'attends avec impatience – Jane est heureuse elle aussi, Chris.*

Karl sourit à la lecture des derniers mots. Chris écrivait en effet des lettres très vivantes et, quand il recourait à des formules toutes faites comme celle-ci, on savait qu'il mentait.

Karl put ainsi se mettre en route pour les Plains avec une relative insouciance. Déjà, il était le bienvenu, même s'il était difficile de prévoir comment réagirait Chris à l'idée d'un autre associé. Surtout un associé comme Ottfried ! Mais Chris connaissait ses sentiments envers Ida. Il ne refuserait pas sa demande de l'accueillir. Et puis, Ida était accompagnée de Cat, la femme envers qui il éprouvait les mêmes sentiments que Karl pour Ida. La vie à Fenroy Station ne serait sans doute pas plus simple désormais, mais plus intéressante.

Karl ne rencontra pas David Potter à Port Cooper. Au pub, on lui dit qu'il était à Purau. L'avocat, lui, était parti pour la ferme des Butler, sans doute pour analyser la situation et mettre en forme une assignation. Cela allait coûter une fortune aux fermiers, sans résultat assuré. Mais Butler semblait riche. Ida, en tout cas, n'avait été évoquée par personne, si bien que Karl conduisit sa troupe immédiatement à Riccarton.

William Deans lui réserva un accueil tonitruant.

— Sacrebleu, jeune homme ! On peut dire que vous ne traînez pas pour ce qui est de vous sédentariser ! En moins de quelques jours, cent moutons, cent quinze en fait puisque entre-temps huit brebis ont mis bas, et deux femmes d'un coup, dit-il, admiratif et envieux à la vue d'Ida et de Cat, et soudain stupéfait quand son regard tomba sur les jumelles. Et même déjà des enfants ! Vous allez vite en besogne, Jensch ! Et un chien par-dessus le marché, s'exclama-t-il en montrant Chasseur qui, ayant aussitôt lié amitié avec les chiens de berger, s'était mis à les imiter, tournant autour de l'enclos où une cinquantaine de brebis attendaient d'être traites. Il paraît même avoir l'instinct de la garde, votre cabot. Il pourrait bien avoir du sang de briard, estima-t-il en montrant ses propres chiens à poil long. Restez quelques jours ici avec votre famille et je me ferai une idée plus précise. Peut-être que vous pourrez gagner Fenroy Station avec votre bâtard et votre petit collie.

Puis Karl fit la connaissance de John, le frère, tandis qu'Ida et Cat étaient accueillies avec chaleur par leurs femmes. Ida expliqua que son mari était en voyage d'affaires à Nelson et qu'il les rejoindrait à Fenroy Station. Jouant la sage épouse, elle avait remis son tablier et sa coiffe. Cat se demanda qui pouvait bien la croire et ne pas remarquer comment elle ne quittait pas Karl des yeux et rayonnait quand il parlait. Cat était désormais certaine qu'Ida ne tromperait jamais son mari, mais qu'elle était réconfortée par la présence à ses côtés de celui qu'elle aimait.

Ida partagea avec les fermières des recettes de fromages, mais se garda de dévoiler tous ses secrets, car elle envisageait de fonder une fromagerie et de bien gagner sa vie, même si les frères Deans pensaient que l'avenir de l'élevage de moutons reposait sur le commerce de la laine.

— Il y a ici de la place pour des milliers de moutons ! déclarait William. Mais ils doivent rester à demi sauvages. On a besoin de races robustes, pas de races laitières qui nécessitent des bergeries. Et qui pourrait traire toutes ces brebis, qui consommerait tout ce lait et tous ces fromages ? Bien sûr, tout le monde parle de Christchurch, la ville censée naître à l'embouchure de l'Avon, ou d'Otakaro comme disent les Maoris. Pour l'instant, on boit à Port Cooper beaucoup plus de whisky que de lait. Nous avons déjà assez de brebis laitières pour alimenter en fromages une ville entière. Et songez aux distances ! Nous, ici, nous sommes près de Port Cooper et expédions sans problème nos produits laitiers aux magasins. Les Redwood ont déjà, eux, le plus grand mal à porter leurs fromages dans les colonies, et Fenroy Station est encore plus loin ! Alors qu'on peut stocker la laine et la transporter quand on veut. La demande est également assurée : les manufactures anglaises en réclament sans arrêt. Ici aussi, bientôt, on verra défiler de ferme en ferme des colonnes de tondeurs comme en Australie. Il faut donc mettre l'accent sur des races à laine, vous avez eu bien raison, Karl ! Vos bêtes sont magnifiques, gardez-vous de les croiser avec de moins bonnes !

Karl acquiesça tout en espérant que son deal avec Ottfried ne serait pas dommageable pour l'élevage à Fenroy Station. Personne n'avait la moindre idée de la qualité des moutons sur le marché de Nelson. En attendant, il concentra son attention sur les conseils que lui donnèrent les frères Deans à propos de l'élevage des moutons. Comme il avait toujours aimé les animaux et qu'il avait été ouvrier agricole, il progressa rapidement. De plus, il était heureux de voir Ida s'épanouir en compagnie des deux épouses. Les brebis continuaient à mettre bas et les femmes mettaient la main à la pâte quand il le fallait. Grâce à leurs mains plus petites, elles parvenaient mieux que les hommes à retourner un agneau mal placé et à le mettre au monde quand il était bloqué dans la filière pelvienne.

Cat était extrêmement habile à pratiquer cette opération, forte de son expérience d'aide-sage-femme chez les Maoris, et elle éprouvait également beaucoup de plaisir à s'occuper des moutons au jour le jour. Elle apprit au demeurant plus vite encore que Karl et Ida à travailler avec les chiens. Mais même Ida, contrairement à toute attente, éprouvait du plaisir à aider lors des mises bas. Sa pruderie habituelle disparaissait quand il s'agissait de sang ou de liquides corporels chez les animaux.

— Tu te plais donc dans une ferme d'élevage de moutons ? lui demanda un jour Karl avec beaucoup de précautions.

— À qui cela pourrait-il ne pas plaire ? répondit-elle en montrant la ferme et les prairies.

Le spectacle était en effet idyllique. La région, autour de Riccarton, avec au loin les silhouettes des Alpes du Sud se détachant sur un ciel souvent bleu et moutonneux, n'était que légèrement vallonnée. L'herbe, en ce début d'automne, était verdoyante et les moutons dispersés dans l'immensité des prairies évoquaient les éclaboussures de peinture d'un tableau. Les fermes des deux familles étaient construites en bois, mais leurs façades colorées égayaient les visiteurs. Derrière les fermes, il y avait les étables et les hangars de tonte. À peu de distance de là coulait paresseusement l'Avon.

— C'est tout simplement magnifique, ici ! dit-elle encore.

— Certainement, approuva Karl, mais est-ce là ce dont tu as toujours rêvé ? Tu te vois vivre dans une ferme comme celle-là ?

— Combien de fois devrai-je te répéter que je ne peux pas souhaiter grand-chose ? Et que je n'ai sans doute pas non plus le bonheur en partage. Si tu veux savoir, ce que je souhaite en ce moment, c'est de pouvoir assurer aux petites un foyer stable. Je voudrais le matin me lever sans avoir peur. Et le soir…

Elle s'interrompit. Elle savait trop bien que jamais, tant qu'elle serait mariée avec Ottfried, elle ne se mettrait au lit sans avoir peur. Mais Karl ne devait pas l'apprendre.

— Le soir, j'aimerais pouvoir jouir du calme et de la paix d'un foyer chrétien, termina-t-elle.

Des paroles prononcées d'une voix plus plaintive que pleine de dignité. Karl en eut le cœur brisé.

Karl et le groupe restèrent deux semaines chez les Deans avant de remonter le Waimakariri. Karl avait donné à William, en guise de remerciement, une brebis et un agneau, un magnifique futur petit bélier.

— Il sera bientôt un des géniteurs de cet élevage, se réjouit William en invitant Karl à continuer leur collaboration. Il est toujours bon d'échanger des bêtes, les bovins également. Si votre vache a un veau mâle… nous serions vivement intéressés.

La remontée du fleuve fut plus aisée que ne l'avait craint Karl. Chasseur connaissait maintenant les principaux ordres. Buddy, lui, avait ça dans le sang, tandis que Brandy, la monture de Karl, semblait prendre plaisir à cette tâche nouvelle. Mais la troupe, contrainte d'adopter le train de la vache, n'avançait que lentement.

Le soir, Karl montait sa tente, tandis que les femmes et les enfants dormaient dans la charrette. Il faisait chaud, ce qui ne les empêchait pas d'allumer un feu sur lequel cuisaient des poissons ou des lapins, Ida ne faisant pas mystère, devant Karl, de son habileté à se servir du revolver. Les trois adultes racontaient tour à tour des histoires. C'était Cat la plus prolixe, Ida restant toujours aussi réservée et Karl n'ayant lu ces dernières années que des ouvrages techniques consacrés à la géologie ou à l'arpentage. Cat, en revanche, puisait dans ses lectures des romans de quatre sous chez les Beit de quoi entretenir la conversation. Elle raconta aussi l'histoire de Roméo et Juliette, qu'elle tenait de Gibson, une histoire qui émut certes Karl et Ida, mais sans parvenir à briser chez celle-ci les défenses qu'elle dressait contre ses sentiments pour son ami d'enfance.

8

Christopher et Jane Fenroy apprirent plusieurs heures avant l'arrivée de Karl qu'un troupeau de moutons s'approchait de leur ferme. Les guetteurs des Ngai Tahu l'avaient aperçu dès qu'il était entré sur le territoire de la tribu et Te Haitara avait transmis la nouvelle à Fenroy Station. Christopher avait averti le chef de la venue d'un associé. Obtenir des terres supplémentaires pour un élevage de moutons ne devait pas poser de problème. Mais le chef avait consulté Jane avant de fixer un fermage, si bien que sa proposition avait déclenché une violente altercation entre les époux.

— Dis-moi, Jane, tu es de quel côté exactement ? avait demandé Chris qui, d'ordinaire, évitait ce genre de confrontation avec son épouse. C'est une bonne chose que tu fasses en sorte que le fermage soit équitable, mais là, tu vas trop loin !

Jane avait convaincu le chef d'exiger le triple de ce qu'il recevait habituellement sous forme d'argent ou de marchandises.

— C'est en tout cas moins cher que tout ce que la New Zealand Company vendait et louait aux colons, répondit-elle sans s'émouvoir. À un Blanc, tu paierais cette somme sans hésiter, alors que tu comptes satisfaire les Maoris avec quelques ustensiles…

— Mais bon Dieu, Jane, je ne donnerais pas non plus pareille somme à un Blanc tout simplement parce que je ne l'ai pas. Et tu le sais. Alors pourquoi me poignarder dans le dos ?

— Tu devrais apprendre à compter, Chris, dit Jane d'un ton glacial. Sinon, tu échoueras aussi avec les moutons. Réfléchis à la manière dont cette ferme peut devenir une bonne affaire. La banque te prêtera de l'argent ou Te Haitara t'accordera un délai d'un an. Si ce n'est pas le cas, mieux vaut que tu n'investisses pas plus d'argent et de temps dans ce projet.

Puis, tournant les talons, elle était sortie sans un regard.

Par chance, Te Haitara s'était montré homme d'affaires plus conciliant. Après cette querelle, Chris avait demandé à le rencontrer à nouveau, cette fois à l'endroit même, au bord du Waimakariri, où, à en croire la *tohunga* qui en était furieuse, il s'était remis depuis quelque temps à invoquer les dieux de l'argent. Les deux hommes, accroupis, contemplaient l'eau du fleuve tandis que Chris avouait au chef qu'il n'avait pas l'argent exigé.

— Et ton ami qui amène les moutons, il n'en a pas non plus ? s'enquit Te Haitara d'un ton compatissant.

— Je n'en sais rien. Je sais seulement que ce n'est pas un homme riche. Et si nous devons vous promettre autant d'argent pour les prairies, cela nous obligera à gagner beaucoup avec ces moutons dès la première ou la deuxième année.

— Oui, c'est vrai, dit le chef en montrant le fleuve. Quand les esprits de l'argent sont satisfaits, ils envoient toujours plus d'argent, de même que le fleuve gonfle quand la neige fond dans les montagnes. Mais alors ils exigent toujours plus. Ca-pin-ta veut toujours plus de médicaments et de *hei-tikis*. Cela déplaît à beaucoup de membres de ma tribu. Ils disent que cela amène les jeunes à ne plus respecter les *tapus*. Quelques jeunes filles ne chantent plus de *karakias* quand elles ramassent des plantes et les hommes sculptent des *hei-tikis* en bois parce que ça revient moins cher et que c'est plus rapide qu'avec le jade.

— Oui, l'approuva Chris avec tristesse. C'est effectivement un problème. Si nous payons ce fermage, nous ne pourrons pas respecter tous les *tapus*. Nous devrions alors avoir le droit de transformer en prairie toute la région. Ça ne plairait pas non plus à tes *tohungas*.

Te Haitara soupira puis se releva, l'air désemparé.

— Chris, je me demande ce qui nous arrive. Nous avons célébré un *powhiri* avec vous à votre arrivée ici. Vous et nous, nous sommes une seule et même tribu. Et voilà que nous parlons argent, droit et rupture des traditions. C'est une époque nouvelle, je le sais. Mais comment cela finira-t-il ?

Chris leva les mains, se redressa à son tour et se tourna vers le chef.

— Cela peut finir ici et maintenant, dit-il d'un ton résolu. Nous n'avons pas besoin de parler argent. Nous pouvons parler cadeaux comme jusqu'ici.

Christopher, pour la terre qu'occupait son exploitation, rapportait tous les ans des biens et des produits de Port Cooper. Il possédait certes un titre de propriété que lui avait remis son beau-père, mais, sachant que les Maoris n'avaient pas vraiment compris l'accord passé avec ce dernier, il ne voulait pas de conflits.

— Et parler aussi amitié, ajouta-t-il. Je vous apporterai des couvertures, des couteaux et des casseroles et tout ce qui vous fera besoin, en échange de quoi mes moutons pourront brouter sur vos terres. Sauf, bien sûr, sur vos lieux saints.

— En réalité, dit le chef, l'air embarrassé, nous n'avons plus besoin de couvertures, de couteaux et de casseroles. Nous pouvons déjà nous acheter tout ça. Mais tu pourrais nous donner un mouton. Jane dit qu'on peut faire des tas de choses avec ces animaux. Qu'ils donnent du lait comme les vaches et que sur leur corps pousse quelque chose comme… comme du lin.

– De la laine, *ariki*, précisa Chris en riant. On appelle cela de la laine. Et c'est bien vrai qu'on les tond et qu'on file et tisse la laine. C'est en laine de mouton que sont faites les couvertures, mais aussi nos vêtements contre le froid. C'est entendu, *ariki* ! Comme fermage, vous recevrez chaque année une brebis pleine, comme ça vous aurez bientôt votre propre troupeau. Nous vous montrerons comment on tond les bêtes, c'est-à-dire dès que nous saurons faire nous-mêmes. Je ne suis pas une *tohunga*, et Karl sans doute pas non plus. Pour ce qui est de filer et de tisser, c'est un travail de femme. Tu demanderas à Jane, dit-il avec un plaisir quelque peu sadique.

Après cet accord, Jane en voulut à son mari comme au chef de la tribu. Une fois encore, on ne l'avait pas écoutée, en dépit de sa réputation de femme avec beaucoup de *mana*, et elle en était ulcérée. Bien sûr, ce n'était pas sans y avoir réfléchi que Te Haitara avait fait fi de son conseil, mais elle le trouvait trop sensible. Et les anciens de la tribu, qui n'accordaient pas à l'argent l'importance voulue, avaicnt sans doute influé sur sa décision. Ils ne cessaient d'ignorer ses conseils, par exemple celui de ne pas dépenser aussitôt, mais d'investir à bon escient l'argent gagné par la manufacture. Elle avait elle-même déjà songé à un troupeau de moutons, branche économique d'avenir à ses yeux aussi.

Te Haitara comprenait très bien ce projet, mais la tribu n'avait aucune expérience ni tradition en matière d'élevage. Et ses membres étaient plutôt enclins à se reposer sur leurs lauriers. Ces derniers temps, se manifestaient des tendances à cesser le travail rémunérateur, tous étant désormais pourvus de vêtements chauds, de couvertures et d'ustensiles culinaires. Si ces gens-là l'emportaient, sa vie retomberait dans l'ennui. Te Haitara était néanmoins pour elle un cadeau du Ciel, car généralement, il se pliait à ses désirs. Peut-être même son deal avec Christopher méritait-il d'être évalué à cette aune. Quand les premiers moutons seraient là, il était possible que l'élevage leur convienne mieux que le travail à la manufacture, qui était parfois soumis à la pression de Carpenter, impatient de partir avec un nouveau chargement. Comme les moutons broutaient sans hâte, ils auraient le temps, en les gardant, de chanter leurs *karakias* et de respecter autant de *tapus* que leurs *tohungas* imagineraient. Restait le problème de la commercialisation, dont elle n'avait pas la moindre idée, pas plus que Chris au demeurant. On verrait si le nouvel associé, un Allemand, en savait davantage.

D'une certaine manière, Jane était impatiente de rencontrer Karl, qu'elle n'avait vu que de manière fugitive lors de son mariage. Le nom évoquait pour elle quelque chose. Elle devait avoir été en correspondance avec lui lors de l'établissement de la liste des passagers du *Sankt Pauli*. En tout cas, ce simple villageois pieux ne devait pas manquer d'envergure s'il était devenu un arpenteur reconnu en Nouvelle-Zélande. La plupart des colons n'apprenaient d'anglais que ce qui pouvait leur être utile hors de leur communauté, sur les chantiers par exemple. Ce Karl Jensch devait le parler couramment.

Jane ne savait pas très bien si elle souhaitait voir la ferme prospérer grâce à la participation de Karl ou se délecter d'un nouvel échec de Chris. Elle aimait toujours jouer au chat et à la souris avec son mari, lui inspirer une sainte frousse de sa langue acérée et de ses sautes d'humeur. Un associé complice lui gâcherait le plaisir. Il était fort possible que cet homme soit moins facile à intimider.

Et il était sur le point d'arriver ! Pas seul ! Le jeune Maori envoyé par le chef évoqua une femme blonde et une femme brune et de très petits enfants. Jane, déconcertée, vit Chris littéralement sauter de joie.

— Ce doit être Ida ! La fille que Karl aime, tu comprends, il l'aime depuis son plus jeune âge, mais elle en a épousé un autre. Je n'arrive pas à y croire : que Karl ait réussi à enlever son Ida à cet Ottfried ! Ce n'est pas possible !

— Je ne l'espère pas, dit Jane jouant les rabat-joie. Je ne vois rien d'agréable à l'installation ici d'un homme qui a dérobé son épouse à un autre. En général, ça se termine par l'arrivée d'un type furieux, armé d'un fusil.

— Mais non ! Il doit y avoir une explication. Il existe peut-être le divorce chez ces vieux-luthériens. Karl n'est pas homme à violer des interdits. À ce qu'il paraît, il a de la chance dans tout ce qu'il entreprend. Tu vas voir, Jane, la ferme va démarrer ! Grâce aux moutons, nous serons riches !

— Bon, eh bien, va le saluer, ton sauveur et porte-bonheur, se moqua-t-elle. Pendant ce temps, je vais me faire une beauté pour accueillir cette lady conformément à son rang. Ou plutôt ces ladies… Le Maori n'a-t-il pas parlé de deux femmes ? Ce doit être un sacré gaillard, dis donc, ton ami, surtout s'il a déjà fait, à ce qu'il semble, un enfant à chacune d'elles. Il est depuis combien de temps sur l'île du Sud ? Les vieux-luthériens autoriseraient-ils la bigamie ?

Le voyage avait duré près d'une semaine quand, vers midi, Karl, Ida, Cat et les enfants arrivèrent à Fenroy Station : des maisons et des étables, quelques champs et des prairies à perte de vue, inondés de soleil.

Le Waimakariri était aussi clair et paisible que l'Avon chez les Deans. Rien n'indiquait qu'il fût un jour sorti de son lit. Il y avait à proximité de la ferme un petit bois et une profusion de buissons de rata. Cat eut l'impression de se retrouver chez les Hempleman.

— Tu n'as connu jusqu'ici que les ratas en forme d'arbres, expliqua-t-elle à Ida. Mais quand le sol est trop caillouteux, ils restent buissons. Frau Hempelmann les appelait des fleurs de feu. Combien en ai-je cueilli pour elle quand elle était malade ! Regarde cette mer de fleurs rouges. C'est en fait de la mauvaise herbe, mais je suis heureuse que Chris Fenroy les laisse pousser.

Ida restait plus réservée, se sentant un peu mal à l'aise, maintenant qu'ils étaient arrivés. Tant de terre, une si grande ferme et, sur la colline dominant le fleuve, une véritable maison de maître. C'est là qu'ils allaient devenir des associés ? Avec quelques moutons ? Comment Ottfried allait-il accepter de partager tout ça avec Karl et Chris Fenroy ? Alors que celui-ci aurait à l'évidence le dernier mot. Pourquoi abandonnerait-il ses droits sur ce petit royaume ? Et puis il y avait Jane aussi. La fille de Nicholas Beit. Ida se souvenait de sa corpulence et de son absence de patience. Comment considérerait-elle ce partage ?

À cet instant, Chris Fenroy sortit de l'un des bâtiments agricoles et vint à leur rencontre. Elle ne se souvenait que vaguement de lui, l'ayant aperçu fugitivement chez les Partridge. Karl et lui, en revanche, semblaient être de bons amis. Karl sauta de son cheval et ils s'étreignirent chaleureusement.

— Karl ! Que tu as bonne mine ! Un vrai trappeur ! L'île du Nord t'a été profitable, et tes voyages aussi !

Le mariage et les années passées à la ferme n'avaient en revanche pas profité à Chris, il paraissait avoir vieilli et perdu de son optimisme. Il avait les cheveux plus courts, se taillait la barbe et son visage portait de premières rides.

— Et toi, le mariage t'a mûri, répondit Karl. Je ne t'avais jamais vu aussi bien coiffé. Est-ce Jane qui tient les ciseaux ?

— L'esprit pionnier ne va pas chez elle jusqu'à couper les cheveux de son époux, à raccommoder ses vêtements et à lui préparer ses repas, répondit Chris avec un sourire forcé. Mais malheur à moi s'il m'arrive d'aller à Port Cooper et d'oublier de rendre visite au barbier !

— Alors je vais faire très mauvaise impression, dit Karl, feignant d'être contrarié. Mais je ne plaisante pas, je n'ai pas trouvé le barbier de Port Cooper. Tant pis, Miss Jane devra me prendre comme je suis.

— Et comme le fait sans aucun doute ton Ida ! dit Chris tout sourire en se tournant vers la charrette.

Ida et Cat en descendirent avant que Chris ait pu les dévisager. Il tendit la main pour aider la première.

— Vous devez être Ida ! Que je suis heureux de…

Il ne termina pas sa phrase quand son regard tomba sur un visage qui, malgré le temps écoulé, était aussi vivant en lui que lors de sa première rencontre avec la « blonde Maorie ».

— Poti, murmura-t-il. Cat. Mais que fais-tu ici ? Tu ne serais tout de même pas…

Il crut une fraction de seconde que Karl et Cat s'étaient rencontrés et avaient une liaison. Mais il se ressaisit. Karl le lui aurait écrit. Ce ne pouvait être que le fruit du hasard.

Cat était aussi émue et bouleversée que lui. Elle fit effort pour ne pas lui tomber dans les bras.

— Christopher, je suis contente que tu ailles bien, se contenta-t-elle de dire.

— Mais où… comment… ? balbutia Chris.

— Tu prends les enfants, Cat ? entendit-il Ida demander tout en tendant à son amie la corbeille où dormaient les deux fillettes.

— Ce sont tes enfants ? demanda Chris à Cat d'une voix blanche.

— Non, ce sont les enfants d'Ida. Carol et Linda, des jumelles. Puis-je faire les présentations : Ida Brandmann et Christopher Fenroy ! Je ne sais pas si vous vous êtes déjà rencontrés.

— On ne peut que se souvenir d'une aussi jolie femme, répondit Chis, galant, alors qu'il n'avait que vaguement gardé en mémoire un visage sérieux et une tenue sévère. Mais comment se fait-il que vous veniez ensemble ? Tu ne m'avais rien dit dans tes lettres, Karl. Vous êtes naturellement la bienvenue, Mrs Brandmann. Mais où est votre époux ?

— Mon mari arrivera plus tard. Si, bien entendu, vous en êtes d'accord. Karl vous expliquera tout cela, il… nous…

— Tu vas avoir un deuxième associé, Chris, annonça Karl avec calme. Je t'en parlerai sans tarder. Je sais, nous débarquons sans crier gare, mais nous n'avons pas eu le choix. C'était le seul moyen de nous en sortir.

Chris s'aperçut alors que son ami était tout sauf l'aventurier insouciant que son apparence laissait supposer. Karl avait retrouvé Ida, mais était loin de l'avoir reconquise. Et il était comme toujours prêt à tout pour elle.

— Il faudrait à présent dételer les chevaux, proposa Chris, ma femme nous attend à l'intérieur, elle a préparé un… dîner.

— Un dîner ? s'étonna Karl en plaisantant. Un dîner mondain, avec mets raffinés, service en porcelaine, verres en cristal et serviettes de table damassées ?

— À quelque chose près, oui, répondit Chris, retrouvant un peu de son ancienne espièglerie. Mais tu peux enlever de ta liste les mets raffinés. Si Jane a bien une cuisinière, les spécialités de cette dernière sont les patates douces et le poisson, de préférence cuits sur un feu ouvert. Jane tente de lui en apprendre d'autres en lui lisant sans se lasser un livre de recettes, mais peine perdue ! Il faudrait qu'elle puisse lui montrer comment faire, or Jane ne sait pas cuisiner, même pas le poisson et les patates douces. Arona ne la prend donc pas au sérieux.

— Pourquoi alors cette femme reste-t-elle ici ? s'étonna Cat. C'est une Maorie, n'est-ce pas ? Comment est-il possible qu'elle supporte les… euh… manières un peu brutales de Jane envers son personnel ?

— Jane se contient. Elle se figure qu'elle va éduquer les Maoris et, effectivement, un échange de bons procédés s'est établi entre elles. Au début de notre séjour, Jane a offensé les jeunes filles qui venaient l'aider. Le lendemain, elles ne vinrent pas. Il a fallu des trésors de diplomatie de ma part comme de celle du chef pour que tout le monde se calme. C'est sur moi que Jane déverse maintenant sa mauvaise humeur. J'envisage d'apprendre à coiffer et cuisiner…

— Mais tu n'y arriverais pas ! se moqua Cat.

— Je suis bonne cuisinière, lança Ida spontanément. Est-ce que… ?

— Ida, nous parlerons de tout ça plus tard, coupa Karl, afin qu'elle ne se propose pas de jouer les cuisinières chez les Fenroy, ce qui mécontenterait à coup sûr Ottfried. Où Ida et Cat pourraient-elles faire une toilette avant de dîner ? demanda-t-il si instamment à Chris que celui-ci comprit que Karl désirait lui parler en tête-à-tête.

— Dans l'ancienne maison, celle que je te destinais. Ce sont les femmes et les enfants qui s'y installeront. Nous vous apporterons vos meubles dans quelques minutes, madame Brandmann.

— Appelez-moi Ida. Ce sera plus simple, si nous sommes appelés à vivre ensemble.

— Je n'ai pu agir autrement, avec la meilleure volonté du monde, s'excusa Karl dans l'écurie, après avoir raconté son histoire à son ami. Crois-moi, je n'avais pas l'intention de débarquer ainsi chez toi. Et Ottfried est… euh, enfin, comme associé ce ne serait pas mon premier choix. Mais, sinon, j'aurais perdu Ida. Et que serait-il alors advenu d'elle ? Elle est très patiente, tu n'entendras jamais dans sa bouche le moindre mot méchant contre son bon à rien de mari. De toute façon, ils n'avaient plus d'issue. Gibson est rusé, ils ne le retrouveront pas. Ottfried portera donc toute la responsabilité du gâchis. L'un des créanciers est un dur et l'autre a engagé un avocat qui a sûrement des relations… Et des hommes pour les basses œuvres. Impossible de leur échapper, chargé d'une famille, sans argent et sans point de chute.

— Mais il n'est pas sans ressources puisqu'il est parti acheter des moutons. Cela aurait peut-être suffi pour fuir en Australie. Bien sûr, ça ne pouvait te plaire.

— Non, cela ne m'aurait pas plu. Tu peux me dire que je suis un crétin, qu'Ida ne sera jamais à moi, ici ou là-bas. Mais, tu le sais, je l'aime. Et si, l'ayant retrouvée, je l'avais vue heureuse, je l'aurais laissée en paix. Mais elle ne l'est pas ! Cet Ottfried est un fumier, un fainéant, un bon à rien. C'est pourquoi je regrette de te l'avoir…

— Je plaisantais. Nous allons avoir du bon temps tous ensemble. Avec Ida et Ottfried. Et Jane et Cat. Moi non plus je ne t'apprends rien. J'aime Cat. Et tu peux aussi me dire que je suis un crétin. Elle aurait pu être à moi, à Nelson. Et j'ai essayé de faire sans elle. Avec Jane… tu sais ce qu'il en est advenu… Mais il faut y aller, Karl. Jane nous attend. Et je peux juste espérer qu'elle ne soupçonnera rien, pour Cat et moi.

9

— Vous avez une maison magnifique, dit Ida qui, tendant la main à Jane Fenroy, parlait du fond du cœur, impressionnée par cette demeure d'un étage, en bois, avec des tourelles et des encorbellements.

— Elle devait un peu ressembler aux maisons auxquelles Jane était habituée, expliqua Chris en lançant un regard quasi implorant à sa femme qui, jusqu'ici, n'avait dit que le strict minimum à ses visiteuses qu'elle toisait d'un air méprisant.

Jane était fort surprise qu'Ida, habillée comme une des paysannes du *Sankt Pauli*, parle l'anglais. Et voilà qu'elle était accompagnée de Cat, jadis bonne chez ses parents et maintenant chez les Brandmann si elle avait bien compris. Et à quoi pouvait bien servir une bonne chez quelqu'un n'ayant pas de maison ? Et pourquoi amener son personnel à une réception ? Elle devait s'occuper des enfants. Cette Ida qui en avait deux d'un coup ! Christopher avait l'air ravi par ces bébés. Il allait sans doute ne pas tarder à l'importuner de nouveau avec son désir de descendance.

— J'étais habituée à des maisons de pierre entourées d'autres maisons de pierre. Une maison en bois en pleine nature, c'est plutôt… une question d'habitude, justement. Mais vous, vous allez devoir vous contenter de l'ancienne cabane. Je n'ai donc pas à me plaindre. Puis-je vous demander avec laquelle de ces deux ladies vous comptez y emménager, M. Jensch ? Vous n'êtes en effet marié avec aucune des deux, je crois ?

— Et si nous commencions par nous asseoir ? coupa Chris, désolé, en montrant la table et les chaises, dont la rusticité tranchait avec la porcelaine et les coupes en cristal.

Karl soutint sans broncher le regard méprisant de Jane.

— Je ne compte m'installer avec aucune des ladies, Miss Jane. Je suis en effet célibataire. Je pense que je trouverai sans peine un endroit où dormir, un réduit dans l'écurie me conviendrait. Dans un premier temps, Miss Ida partagera avec Miss Cat votre ancienne habitation, ensuite avec son mari.

Puis, d'un léger mouvement de tête, il passa la parole à Christopher, estimant que celui-ci évoquerait mieux que lui l'autre éventuel associé. Chris le fit d'une voix hésitante, éludant les points délicats et expliquant que les nouveaux projets se réaliseraient d'autant plus vite que le troupeau avec lequel on débuterait l'élevage serait plus nombreux.

Jane fronça le sourcil. Était-ce un signe de mécontentement provoqué par cette information ou par la maladresse avec laquelle une jolie jeune fille maorie servait un bouillon glauque qui n'avait de bouillabaisse que le nom ? Chris n'avait pas exagéré quand il avait évoqué les talents culinaires de son personnel.

— Nous devons donc compter sur d'autres renforts, finit par grimacer Jane. L'un de vous connaît-il l'adage selon lequel trop de cuisiniers gâtent la sauce ?

Karl, qui contemplait avec dégoût le contenu de son assiette, releva la tête avec un grand calme.

— Ma foi, dans le cas présent, quelques cuisiniers supplémentaires, et peut-être mieux formés, ne seraient pas du luxe !

— Chris, tu ne dois pas te laisser ainsi rabaisser ! l'avertit Karl un peu plus tard, tandis qu'il préparait sa couche pour la nuit dans l'écurie où Chris l'avait accompagné, prétendument pour l'aider à trouver un endroit propice, en fait pour remettre la main sur leur bouteille de whisky laissée là à l'arrivée des voyageurs. Elle prend plaisir à te ridiculiser. Et je ne vois aucune raison de plier l'échine devant elle. Il n'est même pas vrai que tu lui sois redevable de la ferme. Tu as toi-même dit que son père l'a acquise dans des conditions douteuses. Tu paies un fermage et, si les Maoris comprennent un jour comment se passent les choses dans ce monde nouveau, il te faudra acheter à nouveau les terres. Alors, ne te laisse plus ainsi maltraiter !

— Bon, bon, ça va comme ça, dit Chris. Je n'y fais même plus attention. Mais, au fait, tu savais ce que Cat avait en tête ?

Jane ne s'était en effet pas privée d'évoquer Cat au cours de la conversation, quand elle avait estimé avec perfidie que la cabane pouvait être entretenue sans personnel, surtout par une paysanne du Mecklembourg dure à la tâche.

— Aviez-vous chez vous une servante, Ida ? avait-elle demandé d'une voix sucrée. Ou une femme de chambre ?

Ida, nerveuse, avait pris son verre de vin avec tant de maladresse qu'elle avait failli briser le pied fragile.

— Non, mais…

— Elle n'en aura pas non plus ici, était alors intervenue Cat. J'ai accompagné M. Jensch et les Brandmann afin de parvenir dans les Plains plus commodément et en sécurité, mais je n'envisage pas de rester ici. Vous le savez, j'ai grandi au sein d'une tribu maorie et je voudrais à nouveau en rejoindre une. Je pense pouvoir trouver très vite un *ariki* qui m'accepte. Je peux me rendre utile chez eux grâce à ma connaissance de plusieurs langues et à ma familiarité avec les mœurs des *pakehas*.

— Ah oui ? avait souri Jane avec suffisance, tandis que Chris et Ida avaient peine à cacher leur émotion. Faites-nous bénéficier de vos connaissances, Cat ! Quelles sont les différences essentielles entre *pakehas* et Maoris ?

— La grande différence, c'est la franchise, Miss Jane. Un Maori, par exemple, ne sourit jamais quand il s'apprête à écraser sa massue sur le crâne de quelqu'un.

Karl sourit en repensant à cette réponse. Puis il répondit à Chris :

— Tu me demandes si je savais quelque chose, Chris ? Qu'elle voulait s'en aller ? Chris, ça ne peut pas t'étonner tout de même. Que ferait-elle ici ? Déjà, Jane lance des piques à propos de la « servante » des Brandmann. Elle découvrira finalement que c'est toi qui la retiens. Et Cat ne veut pas de ça, elle est trop fière. Laisse-la donc partir ! Elle est encore libre, peut-être trouvera-t-elle un homme avec qui elle sera heureuse.

En réalité, Cat s'installa d'abord chez Ida, avec les bébés. Elles aidèrent Chris et Karl à installer des enclos et à construire des hangars. Ida sélectionna quelques brebis pas trop rétives afin de les traire et elle reprit sa fabrication de fromages. Lors de ses cueillettes d'herbes pour la fromagerie, Cat rencontra les femmes des Ngai Tahu. Elle fit sensation quand, arrachant une racine de raupo, elle chanta inconsciemment le *karakia* voulu. La glace fut brisée entre elle et les *tohungas*. Au bout de quelques jours, elles échangeaient leurs connaissances à propos des herbes médicinales, et Cat invita de jeunes femmes à venir voir comment on trayait une brebis. Si Karl avait déjà réglé son premier fermage sous la forme d'une jolie brebis et de ses deux agneaux, aucune Maorie pourtant n'avait osé s'approcher des bêtes.

— Mais elles sont très adroites, confia Ida à Karl après avoir travaillé avec ces jeunes femmes. Elles savent se comporter avec les animaux et elles sont amicales.

— Et où en sommes-nous de l'agnelage ? C'est pour bientôt ? s'enquit alors Karl. Nous pourrions alors mener le troupeau sur des prairies plus grasses, à l'écart de la ferme, et ne garder ici que les laitières.

Ida le renseigna. Elle prenait plaisir à travailler aux côtés d'un homme toujours aimable qui jamais ne la blâmait ou la grondait comme Ottfried. Il avait recours à elle quand il déplaçait les moutons, car Chasseur continuait à mieux obéir à Ida qu'à quiconque. Karl voyait combien elle était heureuse après quelques jours passés avec lui. Elle s'était remise à chasser et à cuisiner le midi pour les hommes.

— J'espère que cela ne fâche pas Jane, dit-elle timidement un jour, Karl, Chris et les deux aides maoris s'étant jetés sur un ragoût au lapin. Elle ne cuisine pas pour vous, Chris ?

— Non, la cuisinière prépare quelque chose pour le soir. Le lendemain, à midi, il y a des restes ou un sandwich. Jane ne cuisine pas.

— Que fait-elle donc toute la journée ? s'étonna Ida.

— Elle lit, elle écrit… elle apprend aussi le maori et elle passe pas mal de temps avec la tribu. Elle surveille le travail de la manufacture.

— Elle pousse les *tohungas* à bout, dit Cat en riant. Il m'est revenu quelques échos aux oreilles. Mais le chef la soutient et elle a obtenu des résultats impressionnants. La tribu s'enrichit.

— L'argent ne fait pas tout, grogna Chris. Demain, je vous enverrai la cuisinière, Ida. De vous elle acceptera des conseils, dit-il en se levant. Tu viens m'aider à l'enclos aux moutons, Cat ?

Cat et Chris travaillaient en aussi parfaite harmonie qu'Ida et Karl. Aucun d'eux ne le disait, mais ces quelques jours précédant l'arrivée d'Ottfried avaient quelque chose de magique. Karl plaisantait avec une Ida qui ne baissait plus les yeux chastement. Chris touchait parfois la main de Cat comme par mégarde et elle ne la retirait pas.

Jane ne cherchait pas le contact avec les deux femmes, elle n'était ni jalouse de l'harmonie régnant entre elles et les hommes ni envieuse de leur beauté. Elle observait avec indifférence leur joie insouciante et les regards admiratifs que leur lançaient les hommes. Ce qui n'aurait pas dû l'empêcher de lier amitié avec elles, mais elle n'avait que faire d'une Ida casanière ou d'une Cat au grand sens pratique. Elle avait considéré avec méfiance, au début, les venues de Cat dans le village maori, redoutant que la blonde Maorie eût l'audace de la supplanter. Mais elle s'était vite aperçue que Cat savait mal compter et ne s'intéressait pas aux affaires. Ayant appris qu'elle chantait des invocations au jardin quand elle ramassait des patates douces, elle la tint pour quelqu'un de stupide et de superstitieux.

Cinq semaines après son départ pour Nelson, Ottfried arriva à Fenroy Station. Karl s'était mis à espérer qu'il se soit établi sur l'île du Nord ou qu'il soit parti pour d'autres cieux. Mais les guetteurs maoris l'aperçurent en train de remonter à cheval le cours du Waimakariri, menant un troupeau de cinquante moutons avec l'aide de deux très jeunes collies, visiblement bien dressés, qui réagissaient de leur mieux aux gestes et aux sifflets maladroits d'Ottfried.

— Alors ? Satisfait ? demanda-t-il d'un ton grinçant quand Karl, impressionné, les examina.

— Ils sont magnifiques ! Je n'aurais jamais imaginé qu'ils élevaient de si belles bêtes là-haut ! Sans doute il en est arrivé à Nelson, venant d'Australie, puisqu'il existe des liaisons directes maintenant. En tout cas, ils s'accorderont très bien avec les autres. Et quels beaux chiens ! Tu les as eus aussi au marché à bestiaux ?

— Je les ai eus en prime, éluda Ottfried. J'ai d'excellents contacts là-bas, je vous l'avais dit ! Vous me montrez la ferme ou que pensez-vous d'un petit verre ? Une bonne affaire comme celle-là mérite d'être fêtée !

Chris déboucha une bouteille de whisky, après avoir été présenté. Il n'avait gardé aucun souvenir d'Ottfried à Wairau.

— Normal, tu n'avais d'yeux que pour Cat, se moqua celui-ci. Et maintenant, elle est là. Fais gaffe que ta femme ne s'aperçoive de rien !

Chris essaya de ne pas rougir. Cat était avec lui quand Ottfried était arrivé et elle avait salué le mari d'Ida de manière plus que glaciale, s'esquivant dès qu'il avait commencé à fanfaronner avec ses moutons. Mais l'Allemand avait aussitôt senti l'attirance existant entre eux deux. Chris s'efforça de sourire malgré la répugnance qu'il éprouva aussitôt envers cet individu. Ses moutons enrichiraient peut-être la ferme, mais son entrée dans l'association poserait des problèmes. Chris lui versa tout de même à boire.

— Viens ! ne tarda pas à dire Karl, cachant mal son mécontentement. Si tu veux voir la ferme avant d'être ivre, Ottfried, allons-y. Nous n'aurons plus le temps, aujourd'hui, de faire le tour du territoire, même à cheval. C'est en gros comme cela que les choses se présentent…, poursuivit-il en s'agenouillant pour dessiner un triangle dans le sable… là, c'est le Waimakariri, qui limite le territoire vers le sud. À l'est, la limite est un lac. Il est sacré pour les Maoris, tu devras donc éviter de t'y baigner ou d'y pêcher quand tu seras dans le coin. Il faudra aussi éviter d'y faire boire les bêtes, mais ce n'est pas un problème car il y a partout des ruisseaux et des étangs. Au nord, il y a le village maori ; ils vont eux aussi avoir bientôt beaucoup de moutons, mais ils sont d'accord pour les faire brouter au nord du village. Il sera néanmoins impossible d'empêcher les troupeaux de se mélanger. Il faudra donc, à terme, marquer nos bêtes et en tout cas empêcher des confusions, voire des « emprunts ».

— Pourquoi tu me racontes ça, à moi ? C'est plutôt les types tatoués qu'il faut avoir à l'œil !

— Non, dit Chris qui avait saisi l'essentiel de l'échange en dépit de l'obstacle de la langue. Les Ngai Tahu sont très honnêtes. Nous avons de bons rapports avec eux et il ne faut pas les compromettre. C'est de ça que parle Karl. Alors, je vous en prie, écoutez-le.

— À l'ouest, le territoire s'étend pratiquement jusqu'aux Alpes ! finit d'expliquer Karl. En théorie, ce sont les Ngai Tahu de Te Haitara qui le contrôlent, mais, dans la pratique, personne ne l'utilise. Nous pouvons le mettre en pâture de manière illimitée et, tout l'été, envoyer les bêtes dans les montagnes comme cela se pratique dans le pays de Galles, le Yorkshire et les autres régions d'élevage anglaises.

— Il arrive que d'autres tribus y pérégrinent, objecta Chris. Nous devrons donc aussi nous entendre avec elles quand nous nous en apercevrons.

— Et si nous ne nous en apercevons pas ? demanda Ottfried. Ils chasseront ou emporteront les bêtes en alléguant qu'ils ne savaient pas ce qui est à qui.

Karl traduisit.

— Ils ne s'y connaissent pas en moutons, expliqua alors Chris, conciliant, et seraient incapables de mener les moutons. Peut-être s'en approprieront-ils un pour l'abattre. On ne peut l'exclure. Mais il n'y aura pas de vol de bétail massif. D'ailleurs, leurs allées et venues ne passent pas inaperçues. Te Haitara contrôle le territoire, je l'ai déjà dit. Quand des tribus le traversent, il y a des salutations, on se parle. Il n'y a ici que des Ngai Tahu, dont les chefs ne sont pas ennemis entre eux. J'assisterai donc à ces pourparlers et expliquerai ce problème des moutons. Ne vous faites pas de souci, Ottfried, il ne se passera rien !

— Ça, c'est votre avis, grommela Ottfried, mais moi je ne me fie pas à ces gaillards. En tout cas, vous n'enverrez pas mes bêtes sur les Hautes Terres. Elles resteront sagement ici, sous bonne garde.

Chris et Karl se lancèrent un regard résigné. Mais ils n'étaient pas au bout de leurs peines ! Ayant, l'après-midi du même jour, mené leur nouvel associé assez loin vers l'ouest, ils s'étaient retrouvés sur une colline d'où on pouvait découvrir une partie de la ferme. Chris montra avec fierté les vastes prairies, les bosquets et les formations rocheuses émergeant de loin en loin de l'herbe, tels des châteaux de pierre ou des tours.

— Et là, tout en bas, on voit Fenroy Station ! dit-il, heureux. N'est-ce pas magnifique ? Tout cela est à nous. Bientôt, des moutons brouteront partout ! Tu avais raison, Karl, les moutons sont l'avenir de l'île du Sud et des Plains tout particulièrement !

Ottfried vint, sur son cheval, se placer à côté de lui. Lui aussi avait les yeux qui brillaient. Il se dressa sur sa selle, pareil à un roi contemplant son royaume.

— C'est bien plus grand que Raben Steinfeld ! Plus grand que ce que possédait le junker !

— C'est presque aussi grand que le Mecklembourg, dit Karl avec un rire moqueur. Mais c'est un autre genre de possession. Nous ne construirons pas de clôtures et nous ne fonderons pas de villages. Je nous vois plutôt comme des bergers qui poussent leurs troupeaux au travers de la campagne, mais sans la modifier.

— C'est comme ça que tu vois les choses, grogna à nouveau Ottfried. Mais d'autres peuvent les voir autrement. Comment fait-on à présent ? *How we now make it ?*

— Quoi ? demanda Chris qui était déjà en train de redescendre de la butte.

— Eh bien, avec cette terre. Et la ferme ? Si cela appartient à nous tous, cela ne peut plus s'appeler Fenroy Station. Et nous devrions aussi partager les terres. Des parcelles, quoi ! Afin que nous sachions qui possède quoi.

Karl respira un bon coup avant de traduire. Puis il s'adressa de nouveau à Ottfried :

— Ottfried, ce sera une ferme à moutons. Une grande entreprise. Il y a déjà sur l'île du Nord des fermiers qui élèvent des milliers de moutons. Les troupeaux grandissent vite. Et ils sont distincts selon qu'il s'agit de brebis, d'agneaux, de béliers, de brebis à laine, à viande ou à lait et non en fonction d'un propriétaire. Nous avons en outre besoin de grandes surfaces, tu ne peux enfermer autant de moutons dans des enclos. S'ils piétinent l'herbe trop longtemps, elle ne repousse plus. Je propose que nous travaillions ensemble et que nous partagions les bénéfices en trois. Chez les frères Deans et les frères Redwood, cela ne semble pas poser de problèmes.

— Entre frères, ça reste dans la famille, objecta Ottfried. Mais comment fera-t-on quand j'aurai un héritier si tu n'en as pas ?

Chris secoua la tête quand Karl eut traduit.

— Brandmann, jusqu'ici nous n'avons pas gagné un penny avec cette ferme, ce n'est donc pas le moment de parler d'héritier.

— Rien gagné encore, mais déjà investi quelques pence, fanfaronna-t-il. Cinquante beaux moutons ! J'aimerais les avoir sur une terre à moi !

— Très bien, Ottfried, dit Chris, soudain impassible. J'ai là un document signé par John Nicholas Beit, selon lequel je suis ici propriétaire de pas mal de terrain. Je veux bien que vous en possédiez un tiers. Mais pour l'instant ce n'est que sur le papier. Pour ce qui est de l'exploitation, nous ferons comme le propose Karl. Cela a fait ses preuves. Chez les Redwood et les Deans.

— Et nous nous aimerons comme des frères, rigola Karl à l'adresse de Chris une fois qu'Ottfried, survolté par sa nouvelle richesse, eut pris les devants. Comment, déjà, cela s'est-il passé entre Caïn et Abel ? Lequel a commencé par tromper l'autre ? Avoue-le, le document de Beit n'a même pas la valeur du papier dont il est fait !

— Du moins pas aux yeux des Maoris. Pour ce qui est des *pakehas*, Ottfried peut porter plainte auprès du gouverneur. Mais je doute fort que celui-ci envoie une troupe armée pour satisfaire ses exigences. Je vais du reste formuler les choses avec beaucoup de prudence, en me référant exclusivement au document de Beit, quand je mettrai la terre à vos noms, afin qu'aucun de vous ne puisse me coincer si Te Haitara, un jour, finit par me la vendre de manière régulière.

— Nous ? s'étonna Karl.

— Mais bien entendu ! Si Ottfried obtient une part de Fenroy Station, tu en recevras une aussi. Tout doit être en ordre.

Karl éclata de rire.

— Quelle générosité, mon frère ! Ottfried a finalement raison. La ferme alors ne peut plus s'appeler Fenroy Station. Comment allons-nous la baptiser ? *Paradise Station* ? Ou tout simplement *Garden of Eden* ?

KARAKIA TOKO

Canterbury Plains, Port Cooper

1846

1

Ottfried reprit possession d'Ida avec le même esprit de triomphe que de sa nouvelle terre. Après avoir trinqué avec ses partenaires, il emménagea dans « sa maison », dont il se montra quelque peu déçu.

– Nous en construirons une sur notre terrain, annonça-t-il. Comme à Sankt Pauli. Ici, nous aurons plus de terre et moins de travail ! Les moutons se suffisent à eux-mêmes. C'est une bonne idée qu'a eue ce Karl Jensch. Mais les Jensch n'ont jamais été de gros travailleurs, c'est pour ça qu'ils ne sont parvenus à rien.

Il ordonna ensuite à Ida de se rendre dans la chambre. Dès que Carol et Linda se mirent à pleurer, il sortit le berceau de la pièce, reléguant les enfants dans la cuisine. Ida se demanda si elles ressentaient sa peur aussi bien que Chasseur. C'est avec un sentiment de culpabilité qu'elle entendit leurs pleurs durant cette nuit aussi épouvantable qu'à l'ordinaire. Chasseur, lui, avait rejoint Cat dans l'étable où elle avait cherché un toit pour la nuit. Quand il arrivait à Ida de crier sous les assauts d'Ottfried, elle se demandait si Karl, dans l'écurie, les entendait et s'il tenterait de la secourir. Idée réconfortante, mais vaine, car s'il entendait quelque chose, c'était plutôt les cris des petites. Cat, depuis l'étable, plus lointaine que l'écurie, ne les entendait pas, sinon elle serait venue s'occuper d'elles. Elle remuait de sombres pensées et se disait qu'elle allait quitter Fenroy

Station. Elle n'allait pas éternellement coucher dans une étable et jouer le rôle peu crédible de servante des Brandmann ! Jane, qui était tout sauf sotte, ne tarderait pas à découvrir que Linda était la véritable raison de sa présence. Cat, de plus, craignait d'autres avances d'Ottfried et ne supportait plus ses fanfaronnades. N'allait-il pas un jour, sous l'effet de la boisson, se vanter de l'avoir possédée elle aussi ? Il lui avait été indifférent que Gibson soit au courant, mais elle aurait été très affectée que Chris et Karl l'apprennent.

Quand elle eut déroulé ses couvertures non loin du box de Jennifer, Chasseur vint se blottir contre elle, imité par les deux collies d'Ottfried, perdus de devoir passer la nuit seuls dans une étable. Avaient-ils donc dormi jusqu'ici dans une maison ? Or, ils étaient censés avoir appartenu à un maquignon, genre de commerçant n'ayant pas la réputation de gâter les animaux. Encore une énigme s'ajoutant aux nombreuses questions soulevées par l'équipée d'Ottfried à Nelson.

Ayant du mal à s'endormir, elle s'aperçut qu'il ne régnait pas dans l'étable le calme habituel. C'était Jennifer qui s'agitait de façon anormale dans son box et qui se mit soudain à meugler. Cat se rappela alors qu'Ida, le matin même, avait dit que la vache n'allait pas tarder à vêler. Puis plus personne n'y avait pensé, en raison de l'arrivée d'Ottfried. Poussant les chiens de côté, elle alla examiner Jennifer qui venait à nouveau de s'allonger. Il n'y avait pas de doutes, les contractions avaient débuté. Cat renonça à réveiller Ida, se disant qu'elle y arriverait seule. Elle s'accroupit auprès de la vache, la caressa et, bien que se sentant un peu stupide, chanta des *karakias*. Elle n'avait jamais cru à l'utilité réelle des prières et des formules magiques, mais elle se rappela que ses chants avaient un peu apaisé Ida pendant son accouchement. Cela parut avoir le même effet sur Jennifer, qui en était déjà à son troisième veau. Elle n'avait en réalité qu'à la laisser faire et attendre qu'elle expulse le petit être, qui était d'ailleurs bien placé. Cat voyait déjà les sabots antérieurs et la tête.

Fascinée, elle vit les épaules apparaître ensuite et le veau, après une ultime et forte contraction, glisser sur la paille. Jennifer resta quelques instants allongée, comme pour se reposer, puis, se redressant, se mit à lécher son petit. Cat l'aida en le frottant avec de la paille tout en chantant des chants de joie cette fois, les chants d'accueil de Te Ronga quand un nouvel être arrivait dans ce monde…

Rentrant chez lui après un dernier verre avec Karl, Chris entendit la voix de Cat. Karl et lui, une fois Ottfried parti rejoindre Ida, avaient préféré quitter la maison pour l'écurie afin d'échapper à la mauvaise humeur et aux remarques acerbes de Jane. C'est là qu'ils avaient terminé la soirée, restant assez sobres en dépit de leur envie de noyer dans l'alcool leur appréhension d'avoir à collaborer avec Ottfried et leur peine : Chris d'avoir épousé une mégère et Karl de savoir ce qu'Ottfried faisait subir à Ida. En passant devant l'ancienne cabane, il avait entendu des cris de bébé, puis, longeant l'étable, des chants maoris. Il reconnut la voix de Cat. Il se demanda s'il rêvait ou s'il avait trop bu…

Il ouvrit néanmoins la porte en hésitant. Cat ne désirait certainement pas être surprise en train de faire un quelconque tour de magie. Mais que fabriquait-elle dans l'étable ? Puis il la vit, agenouillée auprès de la vache et du veau, son visage transfiguré par la joie, par le miracle de la naissance.

— Cat !

Chris appela la jeune femme afin de ne pas l'effrayer en s'approchant. Elle leva la tête, radieuse. Ce travail la rendait heureuse à l'évidence.

— C'est un mâle, dit-elle. Pour les Deans. Je suis contente qu'il vive. J'aurais été malheureuse de le mettre au monde pour qu'il soit ensuite abattu. Il est vigoureux, en bonne santé.

— Et toi, tu es merveilleuse, Cat. Je voudrais… je voudrais… qu'un jour tu chantes un *karakia* pour mon enfant, dit Chris en la regardant droit dans les yeux.

— Pour l'enfant de toi et de Jane ? demanda-t-elle en ne fuyant pas son regard.

— Non. Pour l'enfant de toi et de moi, Cat, répondit-il en lui tendant les bras, envahi d'un immense soulagement quand, se relevant, elle se blottit contre lui.

Elle voulut parler, mais il lui ferma la bouche d'un baiser, le premier baiser de sa vie, abstraction faite des « tendresses » qu'Ottfried lui avait fait endurer durant une nuit terrible. Elle répondit au baiser, avec un léger recul d'abord, puis avec curiosité, s'étant toujours demandé quel plaisir les *pakehas* y trouvaient, car les Maoris ne s'embrassaient pas. Or elle prit goût à cette proximité, à sentir sa langue caresser la sienne dans sa bouche et donner contre son palais de tendres coups qui l'excitaient. Elle pressa son corps contre le sien et frissonna sous les caresses de ses mains.

— Chris, vers quoi courons-nous ? demanda-t-elle pourtant d'une voix rauque quand ses lèvres quittèrent les siennes un court instant. Nous ne pouvons tout de même pas…

— Si, dit-il, et il l'embrassa de nouveau.

Cette fois, Cat s'abandonna. Il lui embrassa les commissures des lèvres, le front, le menton, puis le cou et la naissance des seins. Sa peur de se perdre dans cet amour sans issue cédant peu à peu à la passion, elle s'autorisa à ne plus penser, à ressentir seulement. Elle se débarrassa de tout sentiment de culpabilité quand Chris l'allongea sur sa couche. Tous deux se mirent à rire quand, ce faisant, ils bousculèrent les trois chiens.

Chasseur ne tenta pas de la défendre contre Chris en aboyant.

Le jeune homme s'immobilisa quand Cat retira sa robe, se rappelant le geste indifférent de Jane lors de leur nuit de noces. Mais au lieu de s'allonger telle une planche sur la couverture, Cat se blottit contre lui et le caressa. Elle aima sa manière de prendre tout son temps pour l'exciter avant de la pénétrer très lentement. Qu'elle ne fût pas vierge ne l'étonna pas, car il savait que les filles maories avaient très tôt leurs premières expériences sexuelles… Pourtant elle lui donna l'impression de tout découvrir. Il l'initia avec un immense plaisir aux finesses de l'amour.

Jamais encore il n'avait été aussi heureux avec une femme, jamais il n'avait fait aussi complètement corps avec une partenaire. Cet amour le guérirait des humiliations infligées par Jane. Pour la première fois depuis des années, il se sentit pleinement homme, débarrassé de toute inhibition. Avec Cat tout était simple et naturel. Ils s'aimèrent plusieurs fois, s'embrassant et se caressant, explorant le corps de l'autre avec jouissance.

Cette nuit avec Chris effaça chez Cat tout ce qui jusqu'ici l'avait révulsée à la seule idée d'un amour corporel : les remarques salaces des hommes à la station de pêche, les gémissements et les grognements des amants de sa mère sous la tente et l'atroce expérience avec Ottfricd.

Ils finirent par rester allongés côte à côte, trempés de sueur. Chris la recouvrit de la couverture.

— Tu ne dois pas rentrer chez toi ? demanda-t-elle, ivre de sommeil, blottie contre son épaule. Jane ne va-t-elle pas s'étonner ?

— Jane et moi, nous ne dormons pas dans la même chambre. Et elle n'est pas femme à s'étonner, ce mot n'appartient pas à son vocabulaire.

— Et dans le tien ?

— Pas vraiment jusqu'à ce jour, répondit-il en l'embrassant. Tu viens de l'ajouter, avec celui de miracle.

Ils se réveillèrent assez tôt pour ne pas se faire surprendre par Karl ou surtout Ida, qui pouvait se rappeler l'état de Jennifer. Mais elle ne se montra pas, de nouveau meurtrie et épuisée après sa nuit avec Ottfried. Il lui avait aussi fallu passer un long moment avec les enfants pour les tranquilliser. Carol avait été la première à se réveiller et elle pleurnichait.

— C'est celle qui est de toi, non ? demanda Ottfried d'un ton hostile en voyant Ida la bercer. L'autre est plus paisible. C'est drôle, chez les mères, c'est le contraire. Peut-être que je devrais engendrer mon successeur avec la mauvaise coucheuse.

— Peut-être que je devrais aussi coucher avec un couteau sous l'oreiller ! répliqua Ida, effrayée de sa témérité.

Ottfried se contenta de rire.

— Mais, poulette, tu ne sais même pas t'en servir !

Quand Ida eut retrouvé assez de cran pour aller à l'étable afin de traire les moutons et voir où en était Jennifer, elle trouva Chris, Cat et Karl debout, heureux, admirant le veau.

— A-t-il déjà un nom ? demanda Ida, ravie, en lui tendant un doigt qu'il s'empressa de téter.

Chris éclata de rire. Il avait l'air heureux et un regard suffit à Ida pour ressentir l'aura de bonheur les enveloppant, lui et Cat.

— Oui, Cat l'a baptisé ! Dis-le, Cat, qu'on voie si Ida sait ce que cela veut dire, répondit-il en posant la main dans le dos de la jeune fille.

Cat se déroba à la caresse, incidemment, comme si ce geste n'avait eu aucune signification, mais l'ombre qui passa sur son visage n'échappa pas à Ida.

— Oh, c'est un peu niais, dit-elle. Je l'ai appelé *Kihi*, baiser. Parce que la tache blanche sur son front fait penser à deux lèvres.

— C'est mignon, avança Ida, pas convaincue.

Il s'était passé quelque chose cette nuit entre son amie et Chris et elle se demanda si elle pouvait l'approuver. Elle décida que l'avis de la paroisse de Raben Steinfeld lui était égal, qu'elle était heureuse si Cat avait de quoi l'être. Mais le bonheur de Cat semblait déjà s'assombrir. Chris ayant voulu poser sa main sur la sienne, elle s'en défendit et se joignit à Ida qui se rendait dans la bergerie.

— Tu veux que je t'aide à traire ? demanda-t-elle, voyant que son amie pouvait à peine se mouvoir après la nuit passée avec son mari.

— Oui, ce serait gentil. Mais viens d'abord avec moi chercher les enfants. Je ne voudrais pas qu'elles se réveillent en notre absence. Elles sont exténuées et pleurnichent. Notre nuit n'a pas été facile.

Ida posa à son amie des questions prudentes et fut étonnée de la franchise avec laquelle celle-ci répondit.

— Ce fut merveilleux. Le paradis. Pour nous deux, je crois. Mais cela ne doit pas se reproduire.

— Pourquoi ?

Ida fut elle-même étonnée d'avoir posé cette question. La réponse était évidente pour une bonne chrétienne. Certes, Cat n'était pas chrétienne, mais elle-même ? Elle s'était surprise, durant la nuit, à ne pas prier. Et pire… au lieu d'implorer Dieu d'abréger son supplice, elle s'était mise à rêver d'un Karl revêtu de l'armure d'un chevalier. Elle s'expliqua :

— C'est-à-dire… tu dis toi-même que tu n'as pas honte. Tu ne crois pas qu'il s'agisse d'un péché. Et c'est permis chez les Maoris. Pourquoi donc veux-tu ne pas recommencer ?

— Chez les Maoris, je suis autorisée à faire ce que je veux, je suis libre. Mais ce que ferait Chris serait pour eux aussi un adultère. Et ils ne plaisantent pas forcément à ce sujet. Et puis, comment continuer ? Dois-je vivre ici comme l'amante de Chris ? Comme sa deuxième femme ? Ouvertement ou en cachette ? La seconde manière est impossible, Chris ne peut se retenir de me toucher. Et si je tombe enceinte ? Jane devra-t-elle élever l'enfant comme tu élèves Linda ? Je ne crois pas qu'elle l'accepte, et je ne voudrais pas non plus le lui abandonner. Pas à elle ! Il viendrait alors au monde sans nom, comme moi. Et ça, je ne le souhaite à aucun enfant. Non, Ida, je vais me rendre dès aujourd'hui chez les Ngai Tahu et les prier de m'accueillir. J'aime Chris, et c'est pourquoi je dois partir. Il faut mettre fin à une situation sans issue.

Te Haitara et le conseil des anciens écoutèrent la demande de Cat avec calme. Elle s'était adressée à Makutu, la plus âgée des *tohungas,* demandant une négociation en bonne et due forme. Celle-ci venait donc de la faire entrer dans la salle de réunion, où, accroupie devant ces hommes et ces femmes, elle devait justifier sa requête.

— Tu as vécu chez les Ngati Toa et Te Rauparaha t'a chassée, résuma le chef.

Te Ronga lui ayant appris à formuler correctement une *pepeha*, celle-ci avait apparemment satisfait les examinateurs, malgré ses lacunes – Cat ignorant qui étaient ses ancêtres ou comment s'appelait le bateau qui l'avait amenée d'Australie à Aotearoa.

— Il t'a chassée parce que, lors d'une affaire décisive, tu n'as pas choisi le camp de ta tribu, mais celui des *pakehas*, poursuivit néanmoins le chef. Qu'est-ce qui nous garantit que tu ne vas pas nous trahir nous aussi ?

— À ma connaissance, vous n'êtes pas en conflit avec les *pakehas*. Il n'y a donc pas deux camps. Et tu connais Te Rauparaha. Il recherche la guerre. J'étais pourtant la fille de Te Ronga, qui haïssait la guerre. C'est son esprit qui m'a guidée. Je n'ai fait de mal ou de tort à personne. Vouloir la paix n'est pas trahir.

— D'accord, mais tu as vécu chez les *pakehas*, répondit le chef. Tu es arrivée avec ces nouveaux *pakehas*. On dit que tu appartiens à l'homme qui a peu de cheveux et qui a parcouru hier notre territoire sans daigner saluer Te Konuta.

Te Konuta était un jeune neveu du chef, qui, la veille, tandis qu'il pêchait, avait rencontré les trois hommes de Fenroy Station. Karl et Chris avaient échangé quelques mots aimables avec lui, mais Ottfried, qui les précédait, ne lui avait pas accordé la moindre attention.

— Je n'appartiens à personne ! Et surtout pas à Ottfried Brandmann. J'ai voyagé avec ces *pakehas*, c'est vrai, et j'ai travaillé pour eux.

— Et pourquoi ne veux-tu plus travailler pour Christopher Fenroy ? L'as-tu contrarié ? Peut-être en montrant à nos femmes comment traire ? As-tu contrarié les Maoris en étant du côté des Blancs, et vas-tu maintenant contrarier les Blancs parce que tu es de notre côté ? Es-tu quelqu'un qui passe d'une tribu à l'autre, qui ne sait pas à laquelle appartenir ?

Cat se força à sourire.

— Tu as raison, *ariki*, je passe d'une tribu à l'autre. Mais je n'ai jamais contrarié Chris. Chris et Karl ne sont pas du tout opposés à ce qu'Ida et moi nous vous montrions comment travailler la laine et le lait. Chris est votre ami ! C'est juste… que…, hésita-t-elle, la tête baissée. Je ne voudrais plus travailler pour lui parce qu'il me regarde avec convoitise.

Un murmure de colère parcourut le conseil.

— Est-ce qu'il t'a violentée ? demanda Makutu.

— Non, non, pas ça. C'est un homme bon. Toutefois…

— Je ne sais pas si je peux te croire, reprit le chef. Il a une femme très belle. Une femme qui a une grande *mana*. Une femme que tout le monde lui envie. Pourquoi devrait-il te regarder avec convoitise ?

— Sur Hawaiki aussi il y avait de très belles femmes, dit Cat en levant les mains avec résignation, mais Kupe voulait Kura-maro-tini. Vous savez comment cela peut se terminer quand des êtres humains se laissent dominer par leurs désirs.

— Kura-maro-tini elle aussi voulait Kupe, intervint Makutu en examinant Cat avec attention.

— Oui, et cela peut rendre les choses pires encore…

— Je suis d'avis que Poti reste, dit la vieille *tohunga* avec un sourire approbateur. Elle peut nous être utile. Elle parle notre langue et celle des *pakehas*. Elle peut défendre nos intérêts face à Ca-pin-ta.

— Face à qui ?

— C'est Jane Fenroy qui nous défend face à Ca-pin-ta ! s'exclama le chef.

— Je ne veux en aucune façon mettre des bâtons dans les roues de Jane Fenroy, répondit Cat, soudain effrayée. C'est bien la dernière des choses que je souhaiterais !

Quelques femmes se mirent à rire, jusqu'au moment où Makutu demanda le silence.

— C'est l'un des nôtres qui doit défendre nos intérêts, dit-elle. Et Poti est plus des nôtres que Jane. J'ai chanté avec elle les *karakias*, elle connaît d'autres prières que celle adressée aux dieux de l'argent. Elle pourra aussi apprendre l'anglais à nos enfants. Ensuite, nous n'aurons plus besoin d'étrangers qui parlent à notre place.

Le chef réfléchit un instant.

– Bien, dit-il enfin. Qu'elle reste. Mais ce n'est pas elle qui parlera pour nous avec Ca-pin-ta. Elle apprendra à nos enfants à parler anglais, à écrire et à compter.

– Je ne sais pas compter, objecta Cat. Enfin, pas très bien.

Ce qui était exact. Bien entendu, elle avait appris, enfant, à compter l'argent et à effectuer les opérations les plus simples. Mais dans aucun des livres lus depuis son retour chez les *pakehas* il n'y avait eu d'explications sur la manière de multiplier ou de diviser par écrit. Elle n'avait jamais réussi à suivre Ida lorsque celle-ci faisait les comptes pour la cuisine du pub, à Nelson.

– Alors, apprends à compter, s'énerva le chef. Jane Fenroy dit que nous devrions tous apprendre, que c'est le plus important dans la vie.

La vieille *tohunga* secoua la tête d'un air malheureux.

– Non, *ariki*. Le plus important…

– … ce sont les êtres humains ! termina Cat.

– Nous allons bien nous entendre, dit la vieille femme avec gravité.

Cat ne put s'empêcher de penser à Chris, le soir, en déroulant sa natte dans la salle commune des Ngai Tahu. D'un côté, elle se sentait revenue chez elle en écoutant les taquineries et les bavardages qu'échangeaient ses nouvelles compagnes avant de se coucher, mais, d'un autre côté, chacune des fibres de son corps brûlait de l'envie de renouveler la nuit avec Chris, de l'aimer et de s'endormir dans ses bras.

Pour se changer les idées, elle prêta l'oreille aux conversations. Elle s'était installée dans la zone des femmes jeunes et non encore mariées et les entendait parler des tissus, des vêtements et des chaînettes de toutes les couleurs qu'elles comptaient acheter. Et sans arrêt revenait le nom qui l'avait intriguée peu avant, lors de la réunion.

— Reka, finit-elle par demander à sa compagne la plus proche, qui c'est ce Ca-pin-ta ?

2

Cat eut de la peine à croire que le marchand itinérant qui était en affaires avec la tribu pouvait être Tom Carpenter, l'homme grâce auquel elle avait pu fuir la station de pêche. Mais, à bien y réfléchir, cela n'avait rien d'aberrant, car, après son adoption, il ne s'était plus montré dans le nord de l'île, laissant à d'autres un marché peu rentable. Sans doute avait-il orienté son affaire vers la région plus peuplée de Port Cooper où, de plus, les Maoris s'étaient enrichis en vendant des terres.

Il rendit visite à la tribu de Cat deux semaines après le départ de celle-ci de Fenroy Station, deux semaines durant lesquelles elle s'était efforcée de s'intégrer à sa nouvelle communauté, tandis que Chris venait la voir tous les jours pour la convaincre de revenir à la ferme.

— Nous allons trouver une solution, Cat ! Nous nous aimons ! Nous possédons quelque chose d'unique. Je t'en prie, ne le détruis pas !

— La solution est trouvée, Chris ! Je vis ici et toi, tu vis avec ta femme à Fenroy Station. Et ce n'est pas moi, mais toi qui as détruit ce qui aurait pu être. Je ne te le reproche pas. À l'époque, tout est allé trop vite, nous étions l'un et l'autre sous le choc de Wairau. Tu me connaissais à peine, et moi pas davantage. J'étais plongée dans le deuil de Te Ronga et toi dans ton rêve de possession d'une ferme. Nous avons senti qu'il existait quelque chose entre nous, puis nous avons laissé passer la chance. Nous devons nous en accommoder, je t'en prie, ne rends pas les choses encore plus difficiles.

Mais Chris ne se résignait pas, cherchant sans arrêt des raisons de venir au village pour lui parler ou au moins la voir. Cat, de son côté, allait de temps en temps à la ferme pour rendre visite à Ida et voir les enfants.

– Je vais cesser de venir, finit-elle par dire à son amie. La manière dont il me regarde... Jane va s'en rendre compte. Et Ottfried aussi. Karl est sans doute au courant, mais je préférerais qu'Ottfried ne le sache pas. Il vaut mieux ne pas lui fournir de moyens de pression.

Ida approuva. Elle aussi observait avec inquiétude s'aggraver la tension entre Ottfried et les deux amis. Le premier ne participait guère aux travaux communs, la construction des étables et des hangars à tonte. Il déclarait vouloir bâtir tout cela pour ses bêtes et sur son terrain. Il envisageait d'y édifier une maison pour sa famille, mais ne s'y mettait pas, pour la bonne raison, déjà, que le matériau de construction manquait. Chris et Karl coupaient le bois qu'il leur fallait dans les hêtraies proches, mais se refusaient à aider leur associé puisqu'il faisait cavalier seul.

– Nous exploitons la ferme en commun, tel était notre accord, Ottfried. Ce qui signifie que nous abritons tous les moutons dans la même étable et que le fourrage est stocké dans des granges communes. Pour terminer ces travaux avant l'hiver, chaque heure de travail compte de même que les bras de tous. Ne demande donc pas à Kutu et à Hare de t'aider à moins que tu ne les paies de ta poche ! La construction des étables passe avant celle des maisons. Tout le monde a un toit sur la tête et ta famille dispose même d'un logis confortable. Si quelqu'un devait se plaindre, ce serait Karl. Alors, comptes-tu nous aider ou non ?

Ottfried ne pouvait en effet refuser explicitement de participer aux travaux communs. Il faisait donc tous les jours une apparition à un moment ou à l'autre sur le chantier, se contentant de donner des ordres aux ouvriers maoris. Il en résulta bien vite la situation que Jane avait créée au début: les hommes cessèrent de venir et Chris dut une nouvelle fois s'humilier face au chef et distribuer des cadeaux pour qu'ils reviennent, car Chris et Karl ne pourraient à eux deux bâtir les étables. Ils décidèrent donc de ne plus presser Ottfried de participer au travail commun. Il les gênait plus qu'il ne les aidait.

— Il préfère se rendre à Port Cooper pour renouveler les provisions, annonça Ida à Cat dans la fromagerie où elles travaillaient de concert. Il se vante d'avoir déjà été chargé de cette mission à Sankt Pauli et d'avoir le sens du commerce. Il risque d'y tomber sur l'avocat ou sur Potter, et surtout d'ébruiter le lieu où il se cache. À Sankt Pauli, il était le seul homme à bredouiller un peu d'anglais, mais ici Karl et Chris sont dix fois mieux en mesure de mener des négociations.

— La meilleure serait encore Jane, se gaussa Cat. Elle pousse de nouveau les Ngai Tahu au travail. La tribu attend le marchand qui leur achète leurs produits et il faut que tout soit prêt. Mais si les gens, là-bas, acceptent sa manière de commander, c'est parce que le chef la soutient et qu'il est généreux. Ils obtiennent de lui tout ce qu'ils souhaitent. Ce qui, à son tour, irrite Jane qui voudrait plutôt investir les bénéfices. Elle a certainement en vue de fonder une usine. Te Haitara, qui n'est pas sot, sait ce qu'il peut exiger de ses gens ou non. Ils seraient capables de le destituer, surtout les plus âgés, qui regrettent l'abandon de certaines de leurs traditions. Les plus jeunes, eux, sont attirés par le mode de vie des *pakehas*. Certains ne font plus tatouer leurs enfants…

— Mais, pour Chris, c'est une bonne chose que Jane soit occupée !

— Oui, du moins jusqu'ici. Maintenant, la présence continuelle de cette femme au village rend la situation intenable. Chris est là lui aussi à me couver des yeux. Elle va bientôt découvrir le pot aux roses ! J'aurais mieux fait de m'intégrer à une tribu plus lointaine. Mais je ne voulais pas m'éloigner trop de Linda et de Carol.

— Et de Chris, la taquina Ida. Allez, Cat, tu ne veux pas réellement le perdre de vue. Jane pourrait très bien mourir demain… Oh, mon Dieu ! C'est moi qui viens de dire ça ?

— Fais-toi une raison, tu n'es plus la sage petite fille de Sankt Pauli. Et Jane est d'une santé à toute épreuve. Même si nous souhaitons tous que le diable l'emporte, elle vivra sans doute fort longtemps. Je ne la déteste d'ailleurs pas. Elle est aussi malheureuse de ce mariage que Chris. Mais chez les *pakehas*, le divorce n'existe pas.

— Chez les Maoris oui ?

— Oui. Ce n'est pas un problème. Il n'y a pas besoin de l'accord des deux. Quand l'un des deux veut divorcer, cela se fait au prix d'une simple cérémonie. Mais, voilà… aux yeux de ton Église cela aurait aussi peu de valeur qu'aux yeux du gouverneur.

— J'espère qu'au moins les hommes trouveront à la longue un terrain d'entente. Je ne peux pas partir à nouveau d'ici ! s'exclama Ida d'une voix si désespérée que Cat renonça à lui retourner sa taquinerie, toutes les vérités n'étant pas bonnes à dire : elle, Cat, pouvait vivre sans Chris, mais Ida ne le pourrait plus sans Karl.

Cat reconnut Carpenter dès qu'elle le vit, assis, heureux comme un pape, sur le siège de sa charrette. Tous les Maoris étaient rassemblés sur la place, affairés à ranger leurs produits dans des caisses que des hommes refermaient et empilaient. Makutu, choisissant le moindre mal, récitait des prières. Mais personne ne lui prêtait attention, sauf Cat qui chantait ses *karakias* à l'unisson. Jusqu'au moment où elle aperçut Carpenter.

— Excellentes nouvelles, Miss Jane, *ariki* ! lança celui-ci, en s'inclinant devant la femme puis devant le chef.

Te Haitara, à qui Cat avait appris que les *pakehas* saluaient les femmes en premier, ne s'en formalisa pas trop.

— Les ventes ont été plus que satisfaisantes, les gens s'arrachent vos produits, surtout les sirops et les baumes. J'en prendrais bien le triple la prochaine fois, à condition, bien sûr, que vous me fassiez un bon prix, Miss Jane.

— Il a vendu tout ce que nous avons fabriqué, les acheteurs étaient très satisfaits… traduisit Cat en maori, avant de se lancer dans une traduction libre : Et ils remercient les *tohunga*s et leurs aides pour tous les médicaments qui guérissent leurs enfants et leurs anciens. Ils vous associent à leurs prières. Et bien entendu, Ca-pin-ta vous a apporté beaucoup d'argent pour que vous puissiez vous acheter de jolies choses !

Te Haitara eut un geste de reconnaissance en direction de Cat, mais Jane eut l'air contrarié de son ingérence. Elle ne put pourtant s'empêcher d'observer *in petto* que les jeunes membres de la tribu n'étaient pas les seuls à manifester leur satisfaction, puisque même le visage ridé de la *tohunga* Makutu s'éclaira de joie en entendant que son travail était reconnu. En revanche, le déplaisir de Jane fut manifeste quand Carpenter, se détournant d'elle et du chef, se mit à regarder fixement Cat debout avec les anciens.

Il la reconnut d'emblée, avec sa robe de laine rouge et ses cheveux dénoués et maintenus vers l'arrière par un simple ruban qui la rajeunissaient.

— C'est pas possible ! Je n'en crois pas mes yeux ! Kitten ! Celle qui a échappé à Barker. Que tu es devenue belle, pardieu, belle tu l'as toujours été ! Quand je pense à la gueule de Morton quand la Maorie t'a achetée !

— Je croyais que vous ne m'aviez pas vendue, se moqua Cat. Ce n'est pas vous qui avez dit alors quelque chose comme : « Un bon chrétien ne fait pas commerce de filles » ?

— Non, c'est Morton. Mais oublions Morton. Comment es-tu arrivée jusqu'ici ? Je t'avais laissée dans une autre tribu !

— Bon, faisons nos comptes, M. Carpenter, plutôt que de reprendre langue avec d'anciennes connaissances, intervint Jane d'une voix coupante. Je suis certes très intéressée de savoir quand et à qui vous avez vendu jadis la jeune lady, mais vous nous le raconterez plus tard. Nous aimerions à présent voir les reçus et l'argent…

— Désolé, Kitten, le devoir m'appelle, dit le marchand, un peu décontenancé. Mais ne te sauve pas. Il faut que je te parle de quelque chose maintenant que tu es réapparue.

— Je ne suis plus « Kitten », dit Cat. Appelez-moi Poti ou Cat. Et quant à… enfin, s'il est question de ma mère, M. Carpenter, ou de quoi que ce soit d'autre dont je serais prétendument redevable à M. Barker…

— Mais non ! Barker a bien sûr gueulé à l'époque, mais il y a beau temps qu'il est parti avec ses putes. La station de pêche n'existe plus. Non, non, c'est quelque chose de tout à fait différent. C'est George Hempleman qui te cherche. Depuis des années ! Et il ne renonce pas, cela doit vraiment lui tenir à cœur.

— Qu'est-ce qu'il peut bien me vouloir ? s'exclama Cat, s'efforçant de garder son calme alors que, à la seule évocation du nom, la tête d'Hempleman lors de leur ultime rencontre, son air dégoûté, presque blessé, et ses derniers mots: «Espèce de pute répugnante!» lui étaient revenus en mémoire.

– Je crois qu'il veut s'excuser, dit le marchand. Et… et il est aussi question d'héritage.

3

Cat dut attendre avant d'apprendre les intentions d'Hempelman à son sujet, car Jane et Carpenter mirent un temps infini à faire les comptes, tant la première se montra minutieuse et obstinée. Ensuite, le chef annonça le montant des bénéfices sous les acclamations de la tribu. Chacun, le lendemain, pourrait s'offrir les marchandises de son choix parmi toutes celles que proposerait le marchand. Les femmes préparèrent un repas tandis que celui-ci négociait avec Jane, le chef et Makutu les conditions de la prochaine livraison. La vieille *tohunga*, dépassée par les événements et les exigences contradictoires de Carpenter d'une part et du chef et de Jane de l'autre, sortait fréquemment de la réunion afin de recueillir les explications et les avis de Cat, ce qui prolongea les négociations au-delà du raisonnable. La réunion enfin terminée, Jane fusilla Cat du regard, la jugeant responsable de la durée des débats et, surtout, de l'attitude de la *tohunga* qui avait plaidé avec un relatif succès pour une modération des bénéfices. Cat fut soulagée quand le chef, qui tenait autant à l'harmonie au sein de son conseil qu'à la hauteur des bénéfices, lui adressa un signe de tête approbateur. D'ailleurs, Makutu semblait beaucoup plus satisfaite au sortir de cette séance que les fois précédentes.

Cette atmosphère apaisée trouva son reflet dans les discours tenus au cours de la fête, Makutu appelant même les dieux et les esprits à approuver les nouveaux contrats, tandis que tous entonnaient en chœur les *karakias* et dansaient les *hakas*.

Quand Carpenter fut enfin disponible, la nuit était tombée et Jane était rentrée à la ferme. Il rejoignit Cat auprès de sa charrette où elle s'était enroulée dans une couverture par cette nuit claire mais froide. Débouchant une bouteille de whisky, il proposa à Cat d'en boire une gorgée :

— Rien de mieux pour se réchauffer. Vous devriez en faire provision, car je ne reviendrai pas d'ici le printemps. Après avoir vendu cette livraison, je passerai l'hiver à Akaroa. Un joli endroit sur la péninsule de Banks. Il n'y a que des Français. Ils ne parlent pas un mot d'anglais et ne semblent pas décidés à l'apprendre, mais leur cuisine est bonne ! Et l'une de ces femmes, là-bas, m'a tapé dans l'œil…

— Et que vous raconterez-vous durant les longues soirées d'hiver ? se moqua Cat. Mais, trêve de plaisanterie, quelle est cette histoire avec Hempleman ? Et qui a légué quoi à qui ?

— Si j'ai bien compris, c'est la femme d'Hempleman qui a légué quelque chose à la petite Kitten. Elle t'a citée dans son testament. Mais George ne t'a rien donné. Il était fou furieux quand il a vu Barker te vendre aux enchères dans son pub. Les hommes qui braillaient et toi au milieu… Le corps de sa femme n'avait même pas eu le temps de refroidir…

Cat but une nouvelle gorgée de whisky. « Tu ne mérites pas… » Les derniers mots que lui avait adressés Hempleman prenaient soudain un sens.

— Et puis voilà que tu disparais ! Cela a dû le faire réfléchir. Il m'a parlé de toi à mon retour à Peraki et je lui ai dit ce que je savais. Que tu avais fui Barker, que tu ne voulais pas devenir une putain. Je lui ai aussi parlé du révérend Morton, ça l'a secoué. Il ne s'était pas aperçu qu'il s'agissait d'un vieux vicieux.

— Linda en pensait le plus grand bien, murmura Cat, mais elle ne pouvait bien sûr pas savoir. Elle était très pieuse. Et les gens pieux sont souvent un peu… candides…

— Tu peux le dire à haute voix, rigola Carpenter. Paix à son âme. Et si ce salopard a adouci ses derniers jours avec ses prières, il aura au moins fait quelque chose de bien dans sa vie. En tout cas, elle a voulu t'aider, ce qui prouve qu'elle n'était pas si candide que ça. Et George l'a bien compris. Il a regretté son attitude. Il a été soulagé de savoir que tu étais en sécurité et m'a chargé de te conduire à lui si je te revoyais. Mais je ne suis pas retourné à Wairau, puis il y a eu l'incident. J'ignorais donc ce que tu étais devenue.

— Bon, c'est maintenant une affaire réglée.

— Non, pas pour George. Il m'interroge toujours à ce sujet quand nous nous revoyons. Il vit près d'Akaroa, avec sa seconde femme, qu'il a épousée voici quelque cinq ans. Donc, si tu n'as rien de mieux à faire, je t'emmène volontiers et tu verras avec lui.

Akaroa, une petite baie où des colons français avaient fondé un village, n'était qu'à trente miles au sud-est de Purau. Il faudrait une bonne semaine pour y arriver. Quant au retour ? Cat se dit qu'elle atteindrait facilement Port Cooper à pied. Elle attendrait chez les Deans que Karl ou Chris passent et la ramènent.

— À condition que tu veuilles revenir, observa le marchand. Il se peut que l'héritage fasse de toi une femme riche et que tu aies envie d'autre chose que te faire incendier par Jane Fenroy.

— J'ai ici des obligations, dit-elle en riant, restant dans le vague. Mais vous avez raison, je vais y réfléchir. Jusqu'à quand êtes-vous là ? Au moins jusqu'à après-demain ? Je saurai alors si je viens avec vous.

Ida pleura quand Cat lui annonça qu'elle avait décidé, la veille, de partir à Akaroa. Chris était revenu au village et ne l'avait pas quittée des yeux. Carpenter dit à Cat avec un sourire narquois quand Chris fut reparti :

— Cette brave Jane a bien des raisons de te regarder de travers.

Si, du premier coup d'œil, le marchand s'était aperçu du lien entre Chris et elle, il ne serait très vite plus possible de le cacher à Jane et Ottfried. Ce qu'elle tenta d'expliquer à Ida.

— Il vaut mieux que Chris ne me voie plus un certain temps. Il a besoin d'un délai pour se faire à la situation.

Perspective qui eut le don de désespérer davantage encore Ida.

— Qui sait si tu reviendras un jour ? sanglota-t-elle. Je vais être seule ici.

Cat s'abstint de lui dire que Karl et Chris étaient là, car Ida avait ce jour-là un œil au beurre noir et une plaie à la racine des cheveux. Elle n'eut pas de peine à deviner ce qui lui était arrivé. Mais s'en ouvrir à Chris ou plus encore à Karl aggraverait encore les choses.

— Ida, je vais être absente quatre semaines tout au plus ! Et si cet héritage me rend riche, ce dont je doute, nous pourrons partir toutes les deux, avec les enfants, et disparaître, dans l'île du Nord, en Australie, à Bahia, pourquoi pas ? Nous changerions de nom, nous dirions que tu es veuve. Nous enverrions une lettre à ton Karl et à mon Chris… au bout d'un an, le temps qu'ils aient foutu Ottfried à la porte. Et nous verrions alors si, pour nous, ils quitteraient leurs moutons et Jane.

— Karl viendrait, dit Ida tout bas. Il irait au bout du monde pour moi.

Même en enfer, songea-t-elle quand Cat l'étreignit et prit congé des enfants. Un enfer qui, soudain, ne lui parut pas si terrible que ça. Si elle devait être damnée en raison de ses pensées et, un jour peut-être, en raison de ses actes, ils y seraient au moins ensemble.

Voyager sur le siège de la charrette de Carpenter était beaucoup plus agréable que sous une bâche. Un beau temps d'automne clair et froid se maintenant, Cat profita de la vue sur les Plains et, plus tard, sur les collines boisées de la péninsule. Carpenter, intelligent et ayant vu bien du pays, se révélait un agréable compagnon de voyage, plein d'anecdotes à propos de chaque ferme rencontrée ou de l'histoire de la colonisation, des rapports entre *pakehas* et autochtones.

— George Hempleman, quand il a abandonné la station de pêche, avait l'intention de se lancer en grand dans le commerce de terres. Il avait manigancé quelque chose avec Hone Tuhawaiki, des Ngai Tahu. Il devait obtenir pratiquement toute la péninsule de Banks, pour un prix dérisoire, bien entendu ; un vieux bateau, un peu de tabac et quelques couvertures. Il aurait pu amasser une fortune. Mais, quand il est arrivé, les Français étaient déjà là. Il apparut que Tuhawaiki, ce vieux coquin, avait vendu la terre deux fois. Hempleman a porté plainte auprès du gouvernement. Mais les Français ne vont certainement pas démolir leurs maisons.

Cat haussa les épaules. Encore un que le commerce de terres n'enrichirait pas. Vivant depuis plus de dix ans dans le pays, il aurait pourtant dû connaître la manière de penser des Maoris. Cela consolerait-il Ottfried et Gibson ? Carpenter rit franchement quand Cat lui raconta leurs aventures.

— Il y en a au moins un qui en a tiré profit, Gibson, dit-il. Tant qu'il ne se fera pas pincer. Et l'autre aussi, sinon il n'aurait pas acheté de moutons. Un bon investissement, d'ailleurs. Les moutons, dans l'île du Sud, ont le vent en poupe, si j'ose dire. Il y a même des vols, paraît-il. Les frères Redwood sont furieux. Ils s'en sont fait piquer quelques-uns. En tout cas, cela semble être une bonne affaire. Surtout la laine…

Les soirées et les nuits avec Carpenter se déroulèrent elles aussi sans problème. Il était habitué à se débrouiller seul et ils partageaient le travail d'établissement du camp. Durant tout le voyage, il n'eut ni un mot ni un geste équivoques. Le deuxième jour, Cat se détendit donc et cessa de garder son couteau sur elle quand, le soir, devant le feu, elle l'écoutait, buvant une ou deux gorgées de whisky tout en caressant Chasseur, qu'Ida l'avait obligée à emmener, pour le préserver des mauvais traitements d'Ottfried. Celui-ci, en effet, faisait subir quasiment chaque nuit à sa femme ce qu'il appelait « l'amour » et Chasseur ne cessait d'aboyer durant tout ce temps. Ida redoutait que tôt ou tard son mari y mette brutalement un terme.

Au bout d'une semaine, Cat et Carpenter arrivèrent à Akaroa, qui plut aussitôt à Cat. Le village était implanté au-dessus de la French Bay, si bien que de presque chaque maison on avait une vue époustouflante sur la baie et ses rives vallonnées, d'un vert mat. Tout était propre, aménagé avec amour, les maisons, colorées, avaient des vérandas et des encorbellements et étaient ornées de sculptures en bois. Presque toutes disposaient d'un jardin très soigné.

Nadine, le nouvel amour de Carpenter, s'intéressait plus aux fleurs qu'aux légumes. Elle habitait en bordure du village. Avec ses murs peints en jaune clair et ses portes et fenêtres bleu ciel, le cottage, entouré de pots où poussaient des plantes aromatiques et des fleurs, faisait penser à une maison de poupée. Carpenter avait raison : c'était un endroit où l'on devait se sentir bien.

Puis la porte s'ouvrit sur un flot de paroles en français, et une jeune femme surgit et étreignit Carpenter avec chaleur. Le marchand, petit et trapu, sembla disparaître entre les bras de Nadine, corpulente et le dépassant d'une tête. Tout était rond en elle, le visage joyeux et les pommettes rouges. Elle avait d'épais cheveux noirs sortant d'une mignonne coiffe en dentelle posée de travers. Sur une robe rouge foncé, elle portait un tablier serré sur son opulente poitrine.

— Je suis en train de faire des gâteaux ! s'exclama-t-elle dans un mauvais anglais, éclatant d'un rire perlé. Des esprits m'ont dit que Tom arrivait, plaisanta-t-elle en montrant à son cou un des *hei-tikis* que vendait Carpenter. Mais entre ! Oh, tu amènes de la visite ? Très bien, comment tu t'appelles ? Oh, le joli chien… Viens par ici, petit…

Une voix irritée rompit l'idylle. Un homme maigre et noir de poil, contournant la maison, submergea Nadine d'un flot de paroles en français :

— *Vos foutues brebis sont encore dans mon potager ! Quand est-ce que ça s'arrêtera ? Enfermez-les enfin ! Mes belles laitues !*

— Oh… s'écria-t-elle, effrayée. *Oh, pardon,* monsieur Jules, *pardon, Tom…* Il faut… il faut que je rattrape mes moutons… ils se sauvent toujours… toujours dans les légumes du voisin…

Tous suivirent l'homme. Il y avait, derrière la maison, une bergerie et un enclos dont la clôture était brisée en divers endroits. Des moutons s'étaient égaillés dans les collines herbues alentour et dans les plates-bandes de M. Jules, qui exploitait une petite entreprise maraîchère dont les barrières avaient été mises à mal par les moutons. Dix ou vingt bêtes s'y disputaient les légumes. Nadine et le voisin ne parvenant pas à les en chasser, Cat siffla Chasseur, qui réussit en quelques minutes à les regrouper. Puis, il interrogea Cat du regard. Elle ouvrit la porte de l'enclos et, sous la pression du chien, les moutons s'y engouffrèrent.

— Mais ils vont ressortir aussitôt si vous ne réparez pas la clôture, avertit Cat.

— Quel chien ! s'exclama Nadine. C'est d'un comme ça que j'ai besoin !

— Ce dont tu as besoin, c'est d'un acheteur pour ces moutons ! grogna Carpenter. Allez, monsieur Jules, vous avez certainement des outils. Nous allons remettre cette clôture en état.

Le voisin se dirigea vers son cabanon de jardin et en ramena des pinces et du fil de fer. Tandis que Chasseur empêchait les moutons de se disperser à nouveau, les hommes se mirent au travail. Pendant ce temps, Nadine décrivait son dilemme à Cat :

— Tom dit que je dois vendre les moutons. Mais je n'en ai pas le courage. Parce que mon bon vieux Pierrot aimait ses moutons. « Notre avenir, Nadine, disait-il, nous serons riches grâce à eux. » Mais, les moutons à peine arrivés, il est mort, tombé raide par terre. Je ne peux pas vendre les moutons de mon pauvre Pierrot à des gens qui n'y connaissent rien… Alors que je ne suis pas encore riche !

— Nadine, intervint Carpenter qui, le travail effectué, s'approchait d'elles à cet instant, j'ai plutôt l'impression que ces moutons t'appauvrissent. Tu vas devoir rembourser à M. Jules ses salades et ses choux ! Et où est passé le garçon qui devait garder les bêtes ?

— Aujourd'hui, il est parti plus tôt.

— Les bêtes avaient encore faim quand il les a rentrées, constata Cat après avoir lancé un regard vers les râteliers vides. Vous avez du foin, Nadine ? Et il leur faut aussi de l'eau.

— Du foin, oui, mais pour l'hiver. Maintenant elles doivent encore paître, sinon c'est trop cher.

— C'est bien ce que je disais, approuva Tom. Elles vont te mettre sur la paille. Ce garçon, je vais lui parler entre quatre yeux demain, lui apprendre à s'en aller sans même donner à boire aux bêtes ! À la longue, tout cela est impossible, Nadine. Tu ne peux pas t'occuper des moutons et tu n'en as pas besoin. Tu as ton métier et, excuse-moi, chérie, tu ne sembles pas être née bergère ! Tu dois te séparer de ces moutons, même si ton mari défunt tenait à eux.

— Oh non ! Je ne peux pas vendre les moutons de Pierrot à des gens qui ne les aimeront peut-être pas !

M. Jules dit alors quelque chose en français que Cat ne comprit pas, mais il lui sembla que l'homme avait entendu ce refrain plus souvent qu'à son tour et qu'il était excédé. Il avait dû exiger d'elle qu'elle vende les bêtes.

— Entrons maintenant manger *mes biscuits*. Cuits tout exprès pour Tom. *Et vous*, monsieur Jules… ?

Nadine faisait à l'évidence une offre de paix à l'homme qui, après avoir répondu quelque chose, entra à sa suite avant de repartir chez lui avec un plat de biscuits à la vanille et de gâteaux à la pâte feuilletée tous plus appétissants les uns que les autres.

— Le voilà content ! sourit Nadine. Mes biscuits sont magiques, ils rendent les gens heureux.

Elle précéda ensuite Cat et Tom dans son salon jouxtant une vaste cuisine. Une pièce aux jolis meubles, avec partout des coussins aux couleurs vives et des tapis tissés. Dans la cuisine était posé un grand plat d'une pâte au levain attendant d'être travaillé.

— Je dois encore en faire un peu pour demain, dit-elle, j'ai promis des *brioches* à M. Revé. Asseyez-vous, prenez des *biscuits* ! Je vais préparer du café !

Un peu gênée, Cat prit un des biscuits, le goûta et pensa n'avoir encore jamais mangé quelque chose d'aussi bon.

— C'est délicieux! dit-elle avec enthousiasme. Comment fabrique-t-on ça ?

— Avec beaucoup de sucre, *chérie*! cria Nadine depuis la cuisine où elle avait entrepris de pétrir la pâte. Et beaucoup d'amour !

Carpenter sourit. Sa colère s'était vite apaisée.

— Nadine est pâtissière, expliqua-t-il. Elle l'était déjà à Paris, avant d'épouser son Pierrot. Et maintenant qu'il est mort, elle vend sa pâtisserie dans une épicerie. Elle en vit très bien, même si elle entretient un troupeau de moutons qui ne lui rapporte rien, mais alors rien de rien.

— Pierrot disait qu'ils nous enrichiraient, s'obstina-t-elle, entrant dans le salon avec d'autres pâtisseries et du café, ainsi que de la crème, du sucre et un peu de cacao.

— C'est la pâtisserie qui te rendrait riche, poursuivit Tom. Si tu vendais les moutons, tu pourrais en ouvrir une. Sur la place du marché. Tout le monde s'y précipiterait !

— Oui, une pâtisserie, mon rêve. Mais je ne peux pas vendre les moutons de Pierrot ! dit-elle en s'asseyant à côté de Carpenter, sur le canapé où Chasseur tenta de grimper à son tour. Ton chien est bon ! Si tu me le laissais, tout irait mieux avec les moutons. Et il m'aimerait !

— Aussi longtemps que vous le nourrirez, relativisa Cat. Et maintenant, M. Carpenter…, dit-elle, changeant de sujet, car elle se sentait soudain de trop en ce moment de retrouvailles… Je vais à présent prendre congé.

— Vous pouvez rester, vous savez, les amis de Tom sont mes amis.

Elle semblait ignorer la jalousie. Elle n'avait jusqu'ici pas une fois demandé ce qui amenait Cat ici, en compagnie de son amant.

— Non, je… je dois.

— C'est la jeune femme que recherche George Hempleman, expliqua Carpenter, tourné vers Nadine, qui déversa derechef un flot de paroles, mi en français, mi en anglais, d'où Cat déduisit qu'elle était heureuse que cette jeune femme soit enfin retrouvée.

— Il demandait sans arrêt ce que vous étiez devenue. Il était en souci, me disait Tom. Je comprends, vous étiez certainement pour lui… une fille perdue !

— Ah non, pas ça, murmura Cat. Mais il faut vraiment que je parte maintenant, sinon il sera trop tard pour rendre visite à quelqu'un. Je ne veux pas me montrer impolie. Les Hempleman habitent ici, dans le village ?

— Non, pas vraiment, répondit Carpenter. George habite à German Bay. C'est au bord de la mer, comme le nom l'indique. Une ou deux familles allemandes sont venues avec les Français et ont construit là-bas des maisons. Hempleman les a rejointes quand il est venu s'installer ici. Sa maison est la plus belle du village, on ne peut pas la manquer. Il en avait déjà construit une belle à Peraki Bay, pour Linda, et il en a construit une plus belle encore pour Elizabeth.

— C'est comme ça que s'appelle sa nouvelle femme ? demanda Cat, mal à l'aise, ayant de la peine à s'imaginer George Hempleman aux côtés d'une autre femme que Linda. Est-elle… beaucoup plus jeune ?

L'idée de se retrouver bientôt face à une femme de son âge ne la séduisait guère, mais il était facile de supposer qu'un riche homme d'affaires d'un âge certain se plût à se montrer aux côtés d'une jeune femme.

— Non, non, il est raisonnable, notre George. Elle est au contraire plutôt plus âgée que lui, elle aussi est veuve. Une femme très aimable. Un peu semblable à Linda, mais avec une plus grande expérience de la vie. Elle est très attachée à George. Vas-y, tu apprendras à la connaître. German Bay est à moins de deux miles d'ici, les Maoris l'appellent Takamatua. Akaroa est une toute petite péninsule, quelques collines entre deux baies. Les Français sont de ce côté, les Allemands de l'autre : French Bay et German Bay. Donc, direction nord d'abord, puis prendre à travers.

– Il y a des chemins, ajouta Nadine. Nous ne sommes pas des ennemis des Allemands.

4

Suivant les indications de Carpenter, Cat trouva sans problème le «village» des Allemands. Il ne comptait que trois ou quatre maisons, sans commerces ni auberge. Les habitants devaient donc se rendre à Akaroa pour s'approvisionner. Cat se demanda pourquoi les colons allemands, à leur débarquement, ne s'étaient pas installés avec les autres passagers du bateau. Un second coup d'œil lui permit de se rendre compte des différences entre les deux habitats. Si les maisons des Allemands étaient soignées elles aussi, elles étaient plus massives et moins pimpantes. Elles étaient aussi très distantes les unes des autres, les colons cultivant plus de terres que les colons français. Plus simples d'aspect, elles étaient conçues pour des familles nombreuses et comportaient des bâtiments pour abriter du bétail. Tout cela lui rappela un peu les bâtisses de Sankt Pauli. Mais, autour de ces fermes, broutaient des moutons et des bœufs, les récoltes avaient été faites et les champs étaient prêts à recevoir les semences de l'hiver.

Une maison, perchée sur une colline dominant la baie, plus grande et à l'architecture plus ambitieuse que les autres, attirait les regards. Le domicile de George Hempleman, sans aucun doute! Prenant sa direction, Cat songea avec tristesse à Linda qui jouissait autrefois d'une vue magnifique sur la mer. Ici, le paysage était plus idyllique encore et, surtout, il n'y avait pas l'horrible odeur d'huile de baleine et de pourriture. La maison était entourée d'arbres et de jardins d'ornement.

Cat, toujours suivie par Chasseur, ouvrit le portail de la demeure et alla jusqu'à la porte d'entrée où elle reconnut l'ancien heurtoir en laiton ! Autrefois, elle ne l'avait jamais utilisé, étant toujours la bienvenue. Maintenant... Elle vérifia une dernière fois que sa tenue, sérieuse, était en bon ordre. Elle actionna le heurtoir et, quelques instants plus tard, put vérifier que son souci de discrétion et de bon goût avait été judicieux : la femme d'environ soixante ans qui se tenait devant elle, Elizabeth Hempleman à coup sûr, lui fit penser aux portraits de la reine Victoria aperçus à Nelson. Droite et digne, pas très mince sans être grosse, elle en imposait. Une espèce de voile couvrait ses cheveux châtains sobrement relevés. Dans un visage rond et presque sans rides, des yeux brillant d'intelligence. Elle eut un sourire amical.

— Que puis-je pour vous ?

— Je suis Poti... euh, Cat. Et j'étais... bafouilla Cat ne sachant comment commencer.

Elizabeth Hempleman fronça d'abord les sourcils puis eut comme une révélation, car son visage se mit à rayonner.

— Kitten ! s'exclama-t-elle. On vous appelait Kitten jadis, mais vous voilà adulte depuis longtemps ! Je me suis toujours demandé quel était votre nom véritable, car George l'ignore et sa première femme vous a toujours appelée de ce surnom.

Soulagée par cet accueil chaleureux, Cat acquiesça. Cette femme parlait sans inhibition de Linda et un coup d'œil dans l'entrée où était accroché un portrait de celle-ci prouvait qu'elle n'avait pas essayé d'effacer le souvenir de la première épouse.

— Je n'ai pas trop d'autre nom. Juste Cat. Et veuillez m'excuser d'ainsi débarquer chez vous.

— Débarquer ? dit la femme en riant et en s'effaçant pour laisser entrer la visiteuse. Ma chère enfant, vous ne pouvez savoir combien je suis heureuse de votre venue. Et mon mari davantage encore ! Il ne cesse de se reprocher, depuis la mort de Linda, d'avoir été aussi injuste à votre égard. Il dit toujours que, si vous vous êtes retrouvée à la rue, c'est de sa faute. À vous voir, il s'est fait du souci pour rien ! Je suis Elizabeth, sa deuxième femme. Mais entrez, mon mari est au jardin, je vais le prévenir. Défaites-vous ! Nous n'avons pas de bonne, donnez-moi votre cape. Au salon, il fait chaud, il y a du feu dans la cheminée et je viens de préparer du thé.

Second accueil chaleureux de la journée. Elizabeth Hempleman avança un siège, versa une tasse de thé à Cat et posa devant elle une coupe de gâteaux, avec, notamment, des scones.

— Je vous laisse à présent, je vais chercher mon mari !

Cat examina la pièce. Elle ne connaissait pas les meubles, contrairement à ceux de l'entrée qu'elle avait déjà vus chez Linda. Ils provenaient peut-être du premier ménage d'Elizabeth… Des pas qui s'approchaient l'interrompirent dans ses réflexions. George entra, suivi de sa femme, qui rayonnait comme si elle lui offrait un cadeau de Noël.

— Eh bien, la reconnais-tu ?

Il avait peu changé durant ces années, n'avait pas l'air vraiment vieilli. Au contraire, il avait bien meilleure mine que jadis : il n'était plus exposé jour après jour au vent et aux intempéries et buvait certainement moins de whisky.

— Mais c'est bien toi ! Je ne l'espérais plus. Je t'ai fait chercher, tu sais. Y compris sur la côte Ouest, dans les bordels et sur l'île du Nord. Mais tu avais disparu.

— J'étais là où Carpenter m'avait laissée. Chez les Ngati Toa. Vous connaissiez pourtant Te Rauparaha !

— Ce vieux sabreur ? Oh oui, et c'est bien pourquoi je n'ai pas cru que tu pourrais y faire de vieux os. Nous nous étions assez souvent rencontrés dans les débuts de Purau, puis il a commencé ses activités guerrières… Mais tu y es arrivée. Malgré ma grossière erreur, Kitten…

— Cat, rectifia-t-elle.

— Je ne me suis même pas donné la peine de m'informer de ton vrai nom, dit-il avec un sourire contrit. Alors que tu avais grandi sous mes yeux. Dans des conditions épouvantables, je le sais aujourd'hui. J'aurais dû m'en apercevoir et t'aider. Linda t'aurait certainement adoptée. Mais elle n'était pas au courant des détails, n'est-ce pas ?

Cat secoua la tête, se demandant quels détails de son enfance il connaissait désormais.

— Je ne voulais pas perturber Frau Hempelmann. Vous disiez toujours que je ne devais la perturber en aucune façon. Je ne lui ai donc rien raconté de ce qui s'est passé à la fin, de la vente aux enchères que prévoyait Barker.

— Mais elle a dû deviner quelque chose. En tout cas, elle a voulu t'aider. Quelques jours avant sa mort, elle a écrit son testament : tu devais hériter de tout ce qu'elle possédait, ses habits, que nous aurions vendus pour toi, et surtout ses bijoux.

— Tenez, dit Elizabeth qui venait de quitter la pièce et revenait avec un écrin. Sans oublier ceci, ajouta-t-elle en défaisant le collier de perles qu'elle portait à son cou.

Elle ouvrit l'écrin et déposa le collier parmi les autres bijoux, des chaînettes et des bracelets en or, un anneau scintillant et des boucles d'oreille faites de perles et de pierres précieuses serties dans de l'or.

— C'est à vous, maintenant !

— Mais… ce collier, vous l'avez porté jusqu'ici ! Vous voulez vous en séparer, comme ça ?

— Ce n'est pas une question de vouloir ou non. C'est vrai, j'ai porté ce bijou. George voulait m'en acheter un, mais ici on n'en trouve aucun. Ces bijoux sont pour l'essentiel hérités de la famille de Linda. Ils sont très beaux et je les ai gardés avec soin et amour. Mais j'ai toujours su qu'ils ne m'appartenaient pas.

— Je n'en ai pas l'usage, dit Cat à voix basse. Je vis au beau milieu des Plains, et ce sont des bijoux pour une salle de bal ! Si je les acceptais, ce ne pourrait être que pour les vendre. Et, pour moi, ce serait un manque de reconnaissance envers Linda.

— Mais non, Cat ! répondit George Hempleman. Linda savait bien que vous les vendriez, elle voulait juste vous aider à vous échapper de Peraki. Ne vous mettez donc pas martel en tête. Au fait… il me vient à l'instant une idée ! Je vous en prie, ne vous méprenez pas sur ma proposition. Les bijoux sont à vous, vous pouvez en faire ce que vous voulez et les vendre à qui vous voulez. Mais je viens de me dire qu'Elizabeth souhaite certainement les conserver et vous-même souhaitez à coup sûr les savoir dans les mains de quelqu'un qui les garde avec amour. Pourquoi ne me les vendriez-vous pas ? Il y a à Akaroa un horloger qui pourrait les estimer. Ou bien nous pouvons nous renseigner sur le prix de l'or en Angleterre. Sur l'île du Nord, il existe des banques, et peut-être même à Nelson. En aucun cas je ne voudrais vous léser.

— Quelle merveilleuse idée, George ! s'exclama Elizabeth, rayonnante. Qu'en pensez-vous, Cat ? Vous me rendriez de la sorte très, très heureuse ! Je ne prendrais bien sûr pas tout. En aucun cas. Vous avez besoin d'un souvenir de Linda. Choisissez ce que vous souhaiteriez conserver et George vous fera un juste prix pour le reste. Cela vous agrée-t-il, Cat ? Les bijoux de Linda resteraient en quelque sorte dans la famille.

Cat regarda dans l'écrin et reconnut un médaillon que portait souvent Linda et qui contenait une miniature de Linda petite, peinte par sa sœur. Songeant à sa propre Linda, elle le sortit.

— J'aimerais tant le garder, dit-elle avec tendresse en jouant avec le mécanisme et, effectivement, une petite fille blonde apparut, qui lui souriait.

— Mais il vous faut une chaînette en or pour le porter, dit Elizabeth. Il y en avait une pourtant… Ah, la voilà ! Je n'ai jamais porté ce médaillon. Vous pouvez le mettre tout de suite. Il va vous aller à merveille !

— Puis-je prendre autre chose ? demanda Cat avec un sourire, imaginant bien mieux sa fille le portant plus tard qu'elle-même.

— Cherchez tranquillement ce qui vous fait envie ! la rassura Elizabeth en lui tendant l'écrin.

Cat eut tôt fait de trouver ce qu'elle cherchait, une croix d'argent incrustée d'aigues-marines que Linda aimait aussi porter. Elle l'offrirait à Ida qui la donnerait un jour à la petite Carol. Émue, elle admira les bijoux restants. Elle se souvenait de certains, d'autres n'avaient jamais été portés par Linda en sa présence. C'est avec tendresse et reconnaissance que Cat se rappela son amie si maternelle. Elle caressa du bout des doigts le velours de l'écrin avant de le refermer.

— Remettez donc le collier de perles, Mrs Hempleman, dit-elle en le tendant à Elizabeth. Il s'accorde si bien à votre robe.

Quelques jours plus tard, l'horloger, ancien joaillier à Paris, ayant estimé les bijoux, Cat se trouva en possession d'une petite fortune. Assise sur le lit de la chambre d'amis des Hempleman, elle contemplait tout cet argent, se demandant ce qu'elle pourrait en faire.

— Il y a de quoi ouvrir un commerce, l'encouragea Elizabeth. Des villes nouvelles vont se construire dans les années qui viennent. Vous pourriez vous installer à Christchurch, ou peut-être dans l'île du Nord. Ici, c'est encore difficile pour une femme seule. Qu'est-ce que vous envisagez, Cat ?

Après un long temps de réflexion, Cat parvint à la conclusion qu'elle ne se voyait pas commerçante, ne sachant pas bien compter. Elle n'était pas une femme d'affaires comme Jane. Elle n'avait pas envie de marchander et de négocier.

— Une auberge alors ? Un salon de thé ou un café ? suggéra Elizabeth.

— Cela conviendrait mieux à Ida, murmura la jeune femme, songeant au restaurant qu'Ida voulait monter à la place du pub de Paddy.

Mais Ottfried les retrouverait si elles s'enfuyaient à Nelson… et puis elle ne se voyait pas en hôtesse.

Cuisiner et servir, ce n'était pas sa tasse de thé. Il fallait avoir ça dans le sang. Comme Nadine. Lui revenant alors en mémoire les paroles de celle-ci évoquant son rêve d'une pâtisserie et son refus de vendre les moutons de Pierrot à des étrangers, Cat sourit soudain.

5

Tandis que les moutons de Fenroy Station broutaient sur les collines environnantes, Ida gardait à la bergerie les brebis, qu'elle trayait quotidiennement, ne les laissant que quelques heures dans la prairie bordant le fleuve, sous la garde des deux collies. Elle était en train de les ramener pour la traite du soir quand un bateau s'approcha sur le Waimakariri.

Elle fit un signe de la main au batelier sans regarder craintivement autour d'elle si Ottfried n'était pas à proximité. Ne supportant sans doute pas l'isolement de la ferme, celui-ci manifestait de la méfiance envers tout ce qui l'entourait, se mettant dans des colères noires si Chris ou Karl changeaient de prairie « ses » moutons ou les mélangeaient avec d'autres sans l'en avoir averti. Ida était la cible de ses reproches si elle se montrait aimable envers un homme, dans la ferme, que ce soit Chris ou Karl, ou même les ouvriers maoris, qu'il accusait de regarder sa femme avec des yeux d'envie. Chris et Karl avaient donc fini par accepter qu'il aille à Port Cooper avec les produits de la laiterie et en rapporte des provisions, du fourrage et du matériel de construction. Pour avoir la paix durant quelques jours, ils se résignaient à gagner un peu moins, sachant qu'Ottfried était un piètre vendeur et qu'il buvait au pub une partie des bénéfices. Il était, ce jour-là, absent depuis une semaine et il y avait longtemps qu'Ida ne s'était pas sentie aussi bien.

Le batelier mit le cap sur la rive. Apportait-il des nouvelles de Cat ?

— B'jour, Miss Ida !

Des fermes et des colonies s'établissant progressivement sur les rives du fleuve, il transportait pour elles des marchandises et connaissait donc Fenroy Station et ses habitants, même si Chris faisait peu appel à lui.

— Je dois vous donner le bonjour de la part de Miss Cat et vous dire qu'elle est chez les Deans avec son chien et un tas de moutons. Elle souhaite que quelqu'un vienne la chercher, dit l'homme en la reluquant sans vergogne.

— Un tas de moutons ? Mais entrez donc, Pete ! Chris et Karl sont dans l'étable, mais ils aimeront certainement apprendre la nouvelle de vive voix.

— Pas le temps, hélas. J'ai aussi une nouvelle à apporter à Butler. Son avocat de l'île du Nord lui coûte les yeux de la tête, tous les trois ou quatre jours ils communiquent à propos d'une vente de terre. En tout cas, il paraît que ça urge. Je passerai peut-être au retour, répondit-il tout en dénouant la corde qui retenait sa barque pour regagner à la rame le milieu du fleuve.

— Attendez ! Vous ne m'avez pas tout dit de Cat ! D'où viennent ces moutons ? Et qu'est-ce que ça veut dire, un « tas » ?

— Oh, je dirais six ou sept douzaines. Surtout des brebis et des agneaux. Bon, et si ce n'est pas elle qui a volé ceux des Redwood, plaisanta l'homme, c'est qu'elle les a achetés. Je n'en sais pas plus, Miss Ida, les Deans m'ont envoyé quelqu'un et c'est à ma femme qu'il a parlé…

Chris nourrissait les chevaux quand Ida ramena ses brebis. Tandis que les bêtes se jetaient sur l'avoine que, en leur qualité de laitières, elles étaient seules à recevoir, Ida l'informa du message de Cat.

— Elle a acheté des moutons ? Avec son héritage ? Oh, Ida, c'est un bon signe ! Peut-être qu'elle veut devenir elle aussi une associée, peut-être qu'elle acceptera que je lui construise une maison ! Je partirai dès demain matin la chercher et je…

Ida se tourna vers son box de traite sans répondre à ce flot de paroles. Elle ne partageait pas l'euphorie de Chris. Certes elle remerciait le Ciel qu'elle revînt malgré tout, mais elle ne la voyait pas dans une maison à côté de celle de Jane. Et un autre associé pour une ferme plutôt petite ? Ottfried s'y opposerait. Non, elle ne croyait pas que Cat eût l'intention de faire brouter ses moutons à Fenroy Station. Mais elle se soucierait de tout ça plus tard. Elle avait autre chose en tête. Cela faisait des mois qu'elle était là et n'avait jamais quitté la ferme. Elle commençait à étouffer. Elle aurait tant aimé rencontrer une femme non tatouée ou moins renfermée et grognon que Jane. Elle s'était bien entendue avec les femmes de chez les Deans et avait une envie folle de les revoir.

— Chris… Serait-il possible que je t'accompagne à Riccarton ? Je sais que ça te retardera car il faudra partir avec la charrette. À cheval, tu irais plus vite. Mais nous pourrions emporter des fromages et les échanger contre de la laine afin que j'aie quelque chose à filer durant l'hiver et…

— C'est bon, Ida, tu n'as pas à te justifier. C'est évident que tu aimerais sortir un peu d'ici, ce n'est pas un problème. Prépare tes filles, tes fromages et tout ce dont tu as besoin et, demain à l'aube, nous partirons.

Tandis qu'Ida continuait à traire, Chris se réjouit à l'idée qu'Ida voulait partir sans attendre l'autorisation d'Ottfried. Encore un signe favorable ! Karl, qui était heureux de chaque décision prise par Ida en toute indépendance, s'en réjouirait lui aussi.

— Tu peux partir à ma place, tu sais, proposa Chris à Karl, ce qui lui coûtait, mais il fut récompensé par le large sourire de Karl.

— Tu es sûr ? Je vois bien aussi que tu brûles d'envie de revoir Cat et de savoir d'où lui viennent ces moutons…

— Que je voie Cat quelques jours plus tôt ou plus tard n'a pas d'importance. Il vaut peut-être mieux que je ne l'accueille pas à bras ouverts. Et si on la faisait marcher, en lui laissant croire que nous y réfléchissons à deux fois avant de l'associer ? Mais, trêve de plaisanterie, Ida et toi… Bon Dieu, Karl, vous allez partir pour un bon moment ! Tu seras assis à côté d'elle sur le siège, le soir tu feras un feu, tu lui raconteras une histoire… Vous finirez peut-être par nouer quelque chose entre vous. C'est insupportable, à la fin, de vous voir brûler d'envie l'un pour l'autre depuis des mois et que vous ne vous parliez pas !

— Et Ottfried ?

— Lui ? Tu devrais laisser Ida à Riccarton et faire un saut jusqu'à Port Cooper. Tant pis pour Ida si tu le ramènes, mais nous ne pouvons pas le laisser dépenser tout le bénéfice de la fromagerie à boire, à jouer et à forniquer. Il y a longtemps qu'il serait revenu si ce n'était pas le cas. Alors, va le chercher et tire-le du pub par les cheveux.

Sortant le matin avec un panier plein de vivres, Linda et Carol trottinant derrière elle, Ida ne fut pas peu surprise, inquiète même, en voyant Karl assis sur le siège de la charrette.

— Toi ? s'étonna-t-elle à voix basse avant de répondre à son bonjour d'une bonne humeur forcée. Je croyais que nous partions avec Chris.

— Chris a… il a dû aller chez les Maoris… Chris m'a laissé sa place pour que nous ayons le temps de parler, du temps pour nous, avoua un Karl incapable de formuler la bonne raison de ce changement qu'ils avaient imaginée, Chris et lui.

— Je me demande pourquoi nous devrions passer du temps ensemble, nous…

Karl se pencha pour hisser Linda et Carol, puis Ida elle-même. À nouveau, le monde sembla s'arrêter quand leurs mains se touchèrent.

— Tu le sais très bien, Ida, dit-il avec calme. Mais nous ne sommes pas obligés non plus de parler de ça. Nous pouvons tout simplement être ensemble. Comme des amis. Comme autrefois à Raben Steinfeld.

— Et comparer nos devoirs de calcul ? demanda-t-elle avec un sourire timide.

— Ou rêver à propos des voyages du capitaine Cook. Je n'ai toujours pas vu de kangourou…

— Je suis heureuse de ne pas en voir, rétorqua Ida en asseyant Carol entre elle et Karl et en prenant Linda sur ses genoux.

Carol attrapa les rênes.

— Hop-là, hop-là, hop-là ! cria-t-elle joyeusement.

— Eh bien, il nous est né une petite pionnière, dit Karl hilare. Tu n'auras pas besoin de mari quand tu seras grande, Carrie.

— Ne le dis pas à Ottfried, mais je l'élève dans cette intention…

Si Ida avait su qu'elle voyagerait avec Karl, elle se serait cassé la tête toute la nuit à la recherche de sujets de conversation anodins. Mais la surprise ne créa pas entre eux de trop grande tension. Ils parlèrent de la Nouvelle-Zélande, des différences entre l'île du Nord et celle du Sud, et des conflits occasionnés par les acquisitions de terrains. Karl évoqua ses périples et les livres qu'il avait lus. Ida n'avait à raconter que les histoires de Gibson.

— Moi qui aimais tant lire, regretta-t-elle. Mais il n'y avait pas de livre à Sankt Pauli.

Et, soudain, elle se mit à parler sans retenue de cette colonie. Pas d'Ottfried, de ses vantardises, de ses escapades et de ses brutalités au lit, mais de la paroisse, des missionnaires, de la construction des maisons et des inondations récurrentes.

— Je m'imagine parfaitement les réactions de ton père, grinça Karl : « Remercions le Seigneur de ce qu'après tout nous n'ayons perdu que la moitié de nos biens… »

— C'est encore pire, pouffa Ida. La première fois, mon jardin fut entièrement recouvert de boue. Il m'a alors fallu remercier Dieu pour toute cette bonne terre fertile !

— Et la seconde fois parce que quelques rats s'étaient noyés lors du déluge…

— Et que nous ne souffririons pas de la sécheresse durant les mois suivants…

Tous deux poursuivirent pendant plusieurs minutes sur cette lancée, Ida riant à gorge déployée pour la première fois de sa vie peut-être, en dépit d'un vague sentiment de culpabilité en son for intérieur.

— En tout cas, je remercie Dieu de t'avoir envoyé ces inondations, Ida, afin que tu puisses enfin quitter Sankt Pauli. Je sais, dit-il soudain sérieux, que je n'aurais pas dû souhaiter que ce projet échoue, mais je vous ai avertis, je ne pouvais faire plus. Je souhaitais pour toi une autre vie, Dieu ne m'en voudra pas ! Quand Ottfried est-il devenu ce qu'il est ? Quand a-t-il changé à ce point ? Je ne l'ai jamais aimé et je l'ai toujours jalousé de t'avoir, Ida. Mais je pensais qu'il était un homme honnête. Je croyais qu'il était comme ton père… ou le sien.

— Ils ne sont pas non plus faciles à vivre !

— Tu ne penses pas que tu minimises les choses en disant d'Ottfried qu'il est difficile à vivre ? Ida, il boit. Il ne travaille pas. Il a perdu au jeu tout son argent.

— Il en a quand même gardé assez pour les moutons, objecta-t-elle avec force, serrant si fort contre elle la petite Linda que celle-ci cria.

Il avait été si agréable de plaisanter avec Karl. Pourquoi détruisait-il tout d'un seul coup ? Elle détestait devoir défendre Ottfried. Mais il était son mari.

— Un achat qui m'étonne encore, rétorqua Karl. Et il te maltraite. Non, personne ne me l'a raconté, même pas Cat qui ne peut cacher sa fureur quand elle te voit entrer dans l'étable le visage gonflé d'avoir pleuré. J'entends aussi aboyer le chien et les petites pleurer. Et moi… je sens ta tristesse, Ida, et ta peur. J'ai parfois de la peine à me retenir.

Il se tourna alors vers elle pour la première fois depuis qu'ils étaient partis, le regard soucieux, scrutateur, mais empli de l'espoir qu'elle s'ouvre enfin à lui.

— Puisque je le supporte, tu le peux aussi, dit-elle doucement. Ou bien penses-tu toujours à une fuite ? Prendre le premier bateau pour Bahia ?

Tenant les rênes d'une seule main, Karl entoura Ida de son bras libre et la serra contre lui ainsi que les deux enfants.

— Tu n'as qu'un mot à dire, Ida. Si tu le veux, si tu arrives à te débrouiller avec ton Dieu ou ta conscience ou avec je ne sais quoi qui t'empêche de quitter Ottfried, nous prendrons le premier bateau et partirons au bout du monde.

Ida ne réfléchit pas aux conséquences de son abandon confiant à l'étreinte de Karl, jouissant de la chaleur de son corps, tandis qu'il plaisantait et bavardait avec les enfants. Le soir, elle resta assise sans crainte à côté de lui, auprès du feu, berçant les enfants pour les endormir, pendant qu'il faisait griller des poissons et des racines qu'il avait pêchés et déterrées à la manière de Cat.

— Dans l'île du Nord, les Maoris enveloppent la nourriture dans des feuilles qu'ils déposent dans des trous sous des pierres chaudes, la ressortant quand elle est cuite.

— Ici aussi on déterre la nourriture. Songe aux kiwis ! Le frère d'Ottfried, Erich, ou Eric comme il se nomme maintenant, avait une sorte de sixième sens pour dénicher ces oiseaux de leur trou.

— Un gentil garçon, dit Karl.

— Il est différent d'Ottfried… Je crois qu'il a toujours été comme il est.

— Qui ? Eric ?

— Non, je parle d'Ottfried, chuchota-t-elle. À l'école déjà il était comme ça. Soupe au lait, voulant toujours avoir raison et pas travailleur. Tu t'es battu avec lui un jour, tu te rappelles ? Quand nous étions encore petits. Puis Ottfried a découvert qu'à Raben Steinfeld on n'arrivait à rien avec des coups. Mieux valait prier et se soumettre. Je crois que, pour lui, le principal, c'est ce que les autres pensent de lui, qu'ils l'admirent. Il a besoin d'amis. Non ! Ami n'est pas le mot juste…

— Il a besoin d'acolytes. Il a besoin de gens avec qui magouiller, des gens qui parlent avec lui, qui boivent et qui jouent.

— Oui, mon père aussi aimait bien magouiller. Le père d'Ottfried aussi. À Raben Steinfeld, Ottfried serait devenu un pilier de la paroisse. Obtus et obstiné dans sa foi, il aurait grimpé tous les échelons…

— Et son frère aurait été le mouton noir, l'empêcheur de tourner en rond. Mais à présent… nous sommes dans l'autre hémisphère. Le nord ici, c'est le sud là-bas. Là où l'un rencontre la chance, l'autre échoue.

– Non, Ottfried n'échouera pas. Il s'en sort toujours. Il a de la chance et il a… Il m'a, moi, et il vous a, toi et Chris. Je sais très bien ce que vous faites pour moi, Karl, et la peine que vous avez avec lui. Mais je ne peux pas l'abandonner, Karl. Je n'y arrive pas. Ce serait un péché mortel. Ma mère se retournerait dans sa tombe. Ce que Dieu a réuni, que l'homme ne le sépare pas !

– Il n'y aurait donc pas de limites ? se désespéra Karl. Peu importe ce qu'il fait ? Ida, nous sommes en Nouvelle-Zélande, mais tu te comportes parfois comme si tu étais toujours à Raben Steinfeld.

– Peut-être que j'y suis toujours, dit-elle tout bas.

6

En dépit de la pluie incessante qui les avait accompagnés dès le deuxième jour de leur périple, Ida et Karl ressentirent de la tristesse quand, l'après-midi du troisième jour, ils aperçurent les premiers moutons de Riccardo Station. Peu après, ils découvrirent, dans l'enclos de la maison, une petite centaine de brebis et d'agneaux.

— Ce doit être les moutons de Cat, s'exclama Karl. Quelles belles bêtes ! Ce pourrait bien être des mérinos. Je n'en crois pas mes yeux !

— Pas mal deviné ! dit, en riant, William Deans qui était sorti d'un hangar à tonte, vêtu d'un imperméable et d'un suroît. Vous êtes vernis, vous les gens de Fenroy Station, les moutons vous tombent littéralement dans les bras ! Ce sont des mérinos de Rambouillet. Des fournisseurs de laine exceptionnels. Moins fragiles que leurs ancêtres espagnols. Ils ne craignent en tout cas pas les intempéries. Contrairement à vous, Karl, Ida… Mon Dieu, qu'elles ont grandi, les petites ! Rentrez vite vous sécher.

Karl continua pourtant à regarder, fasciné, la laine épaisse des bêtes et les cornes spiralées des béliers.

— Comment Cat est-elle tombée sur des moutons français ? s'étonna-t-il.

— Comme la Vierge sur un enfant ! plaisanta Deans. Mais elle vous le racontera elle-même. Allez, rentrez donc maintenant !

Chasseur se rua sur Ida dès que la porte fut ouverte, puis il ne sut s'il devait bondir sur elle ou les fillettes.

— Arrête ! cria Carol avec tant d'autorité qu'Ida et les Deans éclatèrent de rire.

— Envoyez-la-nous pour apprendre le dressage des chiens quand elle sera plus grande. Elle ne tardera pas alors à faire tourner seule la ferme, plaisanta William.

Quand les embrassades furent terminées, Cat dit à Ida :

— Tu vois, je suis revenue ! Et j'ai même un cadeau pour toi.

— Tu ne vas tout de même pas m'offrir cent moutons ?

— Non. Je les garde. Mrs Hempleman m'a conseillé de monter une affaire avec mon héritage. Et une ferme à moutons, c'est une affaire comme une autre.

— Tu veux ta propre ferme ? Tu veux t'en aller ? Tu ne restes pas à Fenroy Station ?

Cat sortit de sa poche la croix sertie de pierres précieuses et l'accrocha autour du cou de son amie.

— Mon cadeau, le voilà ! Ton *hei-tiki* chrétien. Que ton Dieu te protège et t'empêche de t'inquiéter sans arrêt. Je ne vais pas m'en aller. Mais entre donc, tu es trempée.

Ida entra, embrassa Emma et Alison Deans qui la félicitèrent pour ses beaux enfants et la menèrent au salon boire le thé. Karl les rejoignit et, avant de se retirer dans le fumoir, la seule pièce de la maison où il était autorisé de fumer et de boire du whisky, il voulut entendre Cat raconter son histoire. Elle narra donc sa dernière rencontre avec Carpenter et Nadine, évoquant les moutons « du pauvre Pierrot ».

— J'ai réussi à la persuader que les moutons seraient chez moi dans de bonnes mains, qu'ils seraient aimés et chouchoutés. Elle a donné à chacun un nom, j'ai emporté la liste complète, mais aucun n'y répond. Toujours est-il que Nadine m'a fait un bon prix et que maintenant ils m'appartiennent. Au début, seules cinquante bêtes étaient venues de France, certaines déjà pleines qui ont ensuite mis bas. Il y a aussi un bélier dans le troupeau.

Elle ne donna aucun détail sur ses projets.

— Ma foi, nous allons boire un verre à cette réussite ! déclara William, avant de passer au fumoir avec les autres hommes.

Les femmes restèrent au salon où elles discutèrent moutons, production de laine et fromageries. Les Deans avaient en effet l'intention de fermer la leur.

— Depuis que tu as ouvert ton commerce, Ida, expliqua Emma sans acrimonie, le travail en ce domaine n'est plus vraiment rentable. Nous allons tout miser sur la production de laine. L'été, nous allons mener les moutons dans les montagnes et les laisser libres. Nous songeons même à déménager afin de nous rapprocher des Hautes Terres. Les Redwood eux aussi l'envisagent si sérieusement qu'ils cherchent un acheteur pour leur ferme. Tu vas bientôt pouvoir alimenter tout Port Cooper, Ida. Sans parler de la future Christchurch. Si, bien entendu, vous continuez l'élevage laitier.

Ida interrogea du regard Cat qui haussa les épaules :

— Mes rambouillets sont renommés essentiellement pour leur laine. Je compte parler de ça avec Te Haitara et les femmes maories. Au cas où ils auraient envie d'une fromagerie…

Son ton n'était guère optimiste. La tribu était déjà pleinement occupée par l'entreprise de Jane et gagnait déjà plus d'argent qu'elle n'en pouvait dépenser.

— Tu veux rester chez les Maoris ? s'écria Ida, stupéfaite. Faire de la concurrence à Chris et à Karl ?

— Ida, pourquoi parler de concurrence ? À ma connaissance, les usines textiles de Londres ont besoin de plus de laine qu'elles n'en trouvent à acheter. Je pensais d'ailleurs plutôt travailler en collaboration avec Fenroy Station. Pour ce qui est de la tonte par exemple, nous aurons bientôt besoin de tondeurs professionnels, qui ne sont encore pas très nombreux. Tous les éleveurs de l'île sont à la recherche des quelques hommes qui connaissent ce métier. Si on se met ensemble, les Deans, les Redwood, Fenroy Station, les Ngai Tahu et moi, on pourra peut-être en trouver.

Ida ne put entendre la suite de la conversation car elle dut emmener d'urgence Linda et Carol aux toilettes. Elle passa devant la porte du fumoir d'où Karl lui adressa un signe de la main amical. Les hommes étaient plongés dans une conversation animée. Au retour, les fillettes étant passées devant, elle entendit les voix de William et de Karl. Elle s'arrêta dans le couloir et prêta l'oreille.

— Et que va faire à présent Cat, et ses moutons ? demanda John Deans.

— Je l'ignore, répondit Karl. Elle ne l'a pas dit. Chris suppose bien sûr qu'elle va joindre son troupeau au nôtre.

— Un associé de plus ? s'étonna William. Est-ce que ce n'est pas un peu trop ? Quand chacun aura son mot à dire ? Il faudra réunir le Parlement avant de faire couvrir une brebis…

Les hommes partirent d'un rire bruyant.

— Puisque nous parlons de ça, dit brusquement John, d'une voix grave soudain. Il y a une chose dont nous voulions vous parler, à toi et à Chris. Cela ne nous regarde pas, mais Ida est une femme si gentille. Et les enfants si charmants… On ne peut pas laisser courir les choses…

Ida crut voir Karl se dresser.

— Qu'y a-t-il avec Ida ?

— C'est son mari ! précisa William. Il traîne depuis plusieurs jours dans le pub de Jefferson à Port Cooper, dépensant les recettes à boire et à jouer. C'est déjà un point noir. Mais, surtout… il parle à tort et à travers, Karl. Il se vante sans arrêt de ses aventures. Avec les… deux femmes avec qui il est arrivé dans les Plains…

— Comprends-nous bien, Karl, dit à son tour John. Nous ne croyons rien de ce qu'il raconte et les types qu'il rencontre à Port Cooper se foutent pas mal du nombre de femmes que votre Otie a mises enceintes. Mais la ville grandit vite, et les nouveaux arrivants qui fondent à l'embouchure de l'Avon une ville voisine, Christchurch, ce qui veut tout dire, sont très religieux, des anglicans, paraît-il. Les petites s'y marieront peut-être un jour et, si ces rumeurs se répandent… Il en subsiste toujours quelque chose…

Ida n'écouta pas plus longtemps. Elle recula comme si on l'avait frappée et comprit pour la première fois l'expression « voir rouge ». Un sentiment sauvage et destructeur monta en elle, l'envahit tout entière. Elle trembla de rage comme jamais encore. Ce qu'elle avait jusqu'ici pris chez elle pour de la rage n'avait été qu'irritation, déception et indignation. Elle ne brûlait plus que d'une envie, l'insulter, le frapper, le griffer, le mordre. Comment pouvait-il trahir leur secret, se vanter de ses exploits sexuels ! Il avait déjà détruit sa vie, celle de Cat aussi dans une certaine mesure, comment pouvait-il détruire celles de ses filles ?

Ida ne songea pas une seconde à rejoindre ses compagnes. Dans l'état où elle était, elle allait se trahir. Peut-être que les Deans ne raconteraient pas cette histoire à leurs femmes. Ils venaient d'assurer à Karl qu'ils n'en croyaient pas un mot. Ida alla à la porte de derrière et se saisit d'un imperméable avant de prendre le chemin de Port Cooper, poussée par la fureur. Elle allait régler ce problème avec Ottfried. Publiquement !

Ida n'était pas très bonne cavalière, mais ne voulant ni parcourir à pied les sept miles de la ferme à Port Cooper, ni prendre le temps d'atteler la charrette, elle alla à l'écurie où se trouvait Brandy. Le hongre était sage et elle l'avait déjà monté. Elle trouva la selle dans la charrette. Après une brève hésitation, elle sortit également son revolver caché sous le siège. Elle arriverait de nuit à Port Cooper et une ville portuaire n'était pas le lieu le plus sûr pour une femme seule.

Il avait cessé de pleuvoir quand Ida monta en selle. Ensuite, le cheval trottant en direction de Port Cooper, elle crut même voir les nuages s'entrouvrir. Brandy connaissait le chemin et était une bête fiable. Elle ne craignait rien.

— Où donc est passée Ida ?

Après une conversation animée, les fermières et Cat, s'étant levées pour préparer le repas, se rendaient soudain compte de l'absence d'Ida.

— Elle doit être chez les hommes, supposa Emma. Elle sera restée chez eux après avoir mené les enfants aux toilettes.

Bien que n'en croyant rien, Ida n'étant pas femme à se mêler à un groupe d'hommes fumant et buvant du whisky, Cat alla vérifier.

— Ida ? Non, elle n'est pas venue ici, confirma William.

Karl leva les yeux.

— Si, elle est passée tout à l'heure avec les enfants. Mais, à bien y réfléchir, je ne l'ai pas vue revenir…

— Peut-être que tu n'as pas fait attention, tenta John.

Mais Karl avait déjà bondi hors de son fauteuil.

— Elle nous a certainement entendus. Juste après qu'elle est passée avec les enfants, nous avons parlé d'Ottfried. Bon Dieu, Cat, si elle… si elle a entendu… Elle doit être dans tous ses états !

— Il faudrait que vous ayez parlé de quelque chose de tout à fait nouveau, dit Cat. Que nous nous indignions de ses escapades ne date pas d'aujourd'hui. De quoi s'agissait-il donc ? Il dilapide l'argent des fromages ? Il a une nouvelle putain ? Nous avons déjà connu ça. À Nelson…

Karl enregistra le « nous ».

— Cat, demanda-t-il en allemand, afin de n'être compris que d'elle. Est-ce que c'est vrai ?

— Quoi ? répondit Cat de plus en plus inquiète. De quoi s'agit-il donc ?

— Ottfried se vante à Port Cooper de ses aventures féminines. Et il… j'ai de la peine à le répéter, mais il prétend que tu aurais été son amante, qu'il aurait dormi avec Ida et toi. Et qu'il vous aurait mises toutes les deux enceintes.

Cat fut terrifiée. Elle n'avait pas envisagé cela ! Elle se demanda une fraction de seconde si elle allait nier, mais Karl devait lire la vérité sur son visage.

— Ce n'est pas comme il le raconte. Il a battu Ida comme plâtre et moi, il m'a violée.

Karl, d'un regard, lui signifia de n'en pas dire davantage.

— Où peut-elle être ? Oh, mon Dieu, Cat, elle doit être morte de honte ! Si tout le monde est désormais au courant… Pour elle, c'est honteux ! À Raben Steinfeld… Si elle allait attenter à ses jours…

— Non, elle n'est plus la fille candide de Raben Steinfeld. Même si elle en donne encore parfois l'impression ou qu'elle se le figure encore elle-même. Sa honte ou la mienne… il y a belle lurette qu'elle en a fait son deuil. C'est pour la réputation des fillettes qu'elle va se battre. Et peut-être qu'elle est enfin assez furieuse pour tirer une balle dans le ventre à son Ottfried ! Si tu veux savoir, elle est partie pour Port Cooper.

Quelques miles au trot avaient secoué Ida au point que tout son corps était douloureux, mais elle avait gardé assez de rage en elle pour mettre Brandy au galop, sachant que cette allure était plus agréable même si elle n'en avait guère l'habitude. Le soleil était déjà couché quand elle atteignit les premières maisons de Port Cooper. Ottfried serait donc certainement déjà au pub.

— Où se trouve le pub de Jefferson ? demanda-t-elle à un passant.

L'homme examina avec curiosité cette jeune femme à cheval. Ida lui rendit son regard sans se laisser impressionner. Si sa jupe était relevée du fait qu'elle montait à califourchon, le ciré était un manteau de cavalier, fendu à l'arrière, qui lui recouvrait les jambes. Seul était visible le bout de ses bottes dans les étriers.

— Qu'est-ce que tu veux aller faire là-bas ? Si tu cherches un job, le bordel, c'est chez Bailey.

— Je cherche le pub de Jefferson, répondit-elle d'un ton sec. Et ce que j'y cherche ne vous regarde pas.

Ses yeux devaient avoir lancé des étincelles car l'homme leva les mains en un geste d'excuse.

— C'est bon, c'est bon, jeune dame. C'est tout près, descendez la rue, puis tournez à droite, en direction du port.

Sans le remercier, elle relança son cheval. Elle tremblait maintenant, mais pas de froid, de rage toujours. Elle attacha Brandy devant le pub d'où sortaient des rires et des voix d'hommes déjà ivres. Puis elle entendit la voix d'Ottfried.

— Montre ton jeu, Ben ! Tu peux baisser ton froc. Tu me dois…

— Je ne te dois rien du tout, Otie ! Même si tu gagnais ce coup-ci, tu aurais juste remboursé ce que tu me dois. Mais montre un peu ce que tu as, puisque tu en es si fier.

— Pourquoi je serais pas fier ? Tiens : 3 de carreau, 7 de pique et la dame ! Ça fait 19. Blackjack !

— Pas mal, ma foi… Mais regarde un peu…

Les *oh !* et les *ah !* qui accompagnèrent le jeu de Ben étaient sans équivoque. Il avait battu Otie.

— Roi et as… mais… nom de Dieu… c'est pas…, brailla Ottfried soudain dégrisé.

— Ma foi, hurla de rire l'autre, l'un a de la chance au jeu et l'autre en amour. Parle-nous encore un peu des deux putains que tu as baisées en même temps, Otie ! Je paierai une tournée supplémentaire. Pendant ce temps, Georgie va mélanger les cartes. À moins que quelqu'un abandonne ?

Quelques hommes surgirent encore dans le pub, Ida les laissa passer puis les suivit sans se faire remarquer grâce à la pénombre et à son long ciré dont elle avait rabattu la capuche sur sa figure.

— C'est qu'au lit, il en connaît un bout, notre Otie… ajouta, provocateur, un autre joueur. Comment t'as fait, déjà ? L'une était la sœur de l'autre ?

— Non ! ricana Ottfried. L'une était… ma femme, sage, comment dit-on déjà… vertueuse ? Elle prie avant d'entrer dans mon lit. Mais je lui montre comment ça marche ! Et, à la fin, elle est brûlante et arrête pas de crier. Et l'autre… une… une traînée maorie, mais blonde, anglaise, en fait. Pigé ? Elle était dans la tribu juste pour apprendre à…

Le geste que fit Ottfried de la main pour illustrer son propos décupla la fureur d'Ida. Elle se découvrit, ce qui attira l'attention des nouveaux arrivés et de quelques hommes adossés au comptoir qui, médusés, contemplèrent la jeune femme sans rien dire, tandis qu'Ottfried continuait ses fanfaronnades :

— La Cat, elle était comme une panthère au début, mais après… douce et en chaleur comme une petite chatte. Et, pour finir, les deux mettent bas, presque le même jour ! Voilà comme il est, Otie, les gars ! Et maintenant, distribue ! J'en achète trois d'un coup.

Pendant qu'il ramassait les cartes, Ida se glissa jusqu'à lui.

— À partir de maintenant, tu vas arrêter de dépenser mon argent au jeu ! Et de calomnier mon amie. Sans même parler de moi… et de tes filles !

Puis, levant la main, elle lui appliqua une claque retentissante.

— Madame…, dit le barman se dirigeant vers elle. Madame, je suis désolé, mais nous ne servons pas les ladies ici. Donc, je vous en prie…

— Je ne veux pas être servie ! déclara-t-elle, hautaine, sans éprouver de la peur ou de la honte à élever ainsi la voix devant tous ces hommes. Je suis Ida Brandmann, c'est avec ma fromagerie qu'a été gagné l'argent que mon époux perd ici au jeu, où il ne semble pas avoir beaucoup de chance. À moins que tu ne sois, là aussi, bon à rien, Ottfried. Car mon mari n'est pas bon en bien des domaines, savez-vous, messieurs ? Son anglais, déjà. Il ne connaît pas un grand nombre de mots. Le mot « encore » par exemple. C'est un mot qu'aucune femme ne lui a jamais dit, c'est sûr ! Quant à moi… eh bien n'importe quelle femme prierait avant d'entrer dans le lit de ce « bon vieil Otie », prierait pour que ça soit bientôt fini. Quant à la « petite chatte », je ne suis pas inquiète pour elle, elle griffe et elle mord. Et ses chatons ne ressemblent pas beaucoup à mon mari.

Ida laissa s'apaiser la tempête d'hilarité des clients avant de porter un ultime coup :

— Il a donc dû se tromper et mélange un peu tout. Donc, à l'avenir, Ottfried, réfléchis avant de parler. Et apprends à jouer au blackjack avant de nous ruiner complètement. Le mieux serait que tu rentres à la maison, que tu te remettes à prier et que tu élèves tes enfants avec dignité. Tes enfants et les miens ! Peut-être qu'alors Dieu au moins te pardonnera !

Elle voulut à cet instant se détourner et partir, mais Ottfried qui, jusque-là, était resté interdit, comme paralysé sous l'affront, abasourdi par les rires de ses compagnons, se reprit et la saisit par le bras.

— Tu ne vas pas t'en tirer comme ça, espèce de traînée ! Je vais te montrer ce que je sais faire, devant… devant tout le monde…, hurla-t-il en la projetant contre le mur, déchirant son ciré et tirant sur sa robe, tout en défaisant la ceinture de son pantalon.

Un des hommes voulut s'interposer.

— Laisse-moi ! cria Ottfried en le repoussant violemment. Tu n'as pas entendu ? C'est ma femme. Je peux faire avec elle ce que je…

— Espèce de salopard ! intervint Karl Jensch, traversant la salle en deux pas et arrachant Ida des mains d'Ottfried qui, les pieds entravés par son pantalon baissé, trébucha et s'écroula par terre. Comment osestu ? Ici, devant tous ces gens… Remonte ton pantalon ! Ida…, dit-il en se tournant vers elle tandis que deux hommes se saisissaient d'Ottfried pour l'empêcher de se jeter sur lui.

— Tu commences par te dégriser, Otie ! s'exclama le patron. La petite dame t'a peut-être un peu… euh… insulté, mais ça ne justifie pas de vouloir, ici, devant tout le monde, la…

— Ida…

Karl avait oublié Ottfried à l'instant même où il l'avait mis à terre. Il oublia aussi les hommes qui, autour d'eux, prenaient parti, les uns pour Ottfried, les autres pour Ida, s'indignant ou riant encore franchement. Il n'avait d'yeux que pour la jeune femme, appuyée contre le mur, livide.

— Il ne t'est rien arrivé ?

— Non, il n'a pas eu le temps, mais emmène-moi d'ici, Karl, je t'en prie.

Karl la conduisit jusqu'à la porte, fendant le groupe de clients qui s'effacèrent avec empressement. Ottfried leur cria quelque chose, mais Ida n'y prêta pas attention et Karl s'assura, du coin de l'œil, que les hommes le tenaient toujours.

— D'où surgis-tu comme ça ? demanda Ida une fois qu'ils furent à l'air libre.

— Je t'ai suivie. Je te suis toujours, tu le sais. Et j'essaie toujours de t'aider, mais tu ne me laisses pas faire la plupart du temps.

— Je devais accomplir ce que j'ai fait, murmura-t-elle.

— Oh oui, et ce fut grandiose ! Je n'ai pas tout entendu, je suis arrivé au dernier moment…

— Plutôt scandaleux, rectifia Ida, tremblant encore. Cela a été… cela a été terrible, je me suis discréditée à jamais.

— Mais non ! C'est Ottfried que tu as discrédité. On rira de lui dans ce pub pendant des années encore. Viens maintenant, nous allons retourner chez les Deans. De toute façon, il ne faut pas traîner ici. Moi, en tout cas, je n'ai pas envie de me retrouver aujourd'hui face à Ottfried.

— Je ne veux pas retourner chez les Deans, dit-elle en le regardant droit dans les yeux, calmement. Emmène-moi… emmène-moi à une plage.

— À une plage ? Mais, Ida, il fait un froid de canard. Déjà, tu trembles et si, en plus, nous allons au bord de la mer…

— Je n'ai pas froid du tout. Allons à une plage, je t'en prie. Il y a des plages ici, non ?

— Bien sûr. Je vais t'aider à monter, dit Karl en lui présentant l'étrier de Brandy à côté duquel se tenait un alezan non sellé.

— Non, monte le premier. J'ai envie de monter avec toi !

— Comme dans les contes ? demanda Karl en souriant. Quand le prince enlève la princesse ?

— Oui. J'aimerais que tu me prennes dans tes bras.

Karl ne comprit pas ce qui se passait, mais il n'y réfléchit pas trop quand il serra contre son corps Ida assise devant lui.

Brandy allait d'un pas paisible, car la plage que Karl avait en vue n'était pas éloignée. Le port naturel était désert et il existait un grand nombre de coins bien cachés. Karl arrêta le cheval au bord d'une crique de sable, entourée de falaises et de collines.

— Ici ?

— Oui, c'est bien.

Les nuages de la journée s'étaient dissipés, la lune était presque pleine et la mer, étale, reflétait un ciel étoilé. Ida glissa à terre, suivie de Karl qui l'observa s'imprégner de ce décor féerique.

— Tu n'as pas envie de m'embrasser ? demanda-t-elle.

Incrédule, Karl la prit dans ses bras.

— J'ai toujours envie de t'embrasser, chuchota-t-il.

— Alors, embrasse-moi !

Elle s'abandonna à son étreinte. Karl chercha ses lèvres et ce fut aussi beau, excitant, chaud et tendre qu'à

Bahia jadis. Cette fois, elle ne se défendit pas. Karl lui donnait baiser sur baiser. Elle se délectait de ses caresses, de son odeur de sueur, de cuir et de cheval. À compter de cette nuit, l'amour, pour Ida, serait toujours associé à une odeur. Karl la caressa, ses mains douces effleurant son visage, son dos, ses cheveux comme s'il n'arrivait pas à croire qu'elle était véritablement devant lui.

— Tu peux dénouer mes cheveux, chuchota-t-elle quand sa coiffe glissa à terre. Je me suis toujours imaginé que tu dénoues mes cheveux. Avant…

Elle déboutonna sa robe et Karl eut le souffle coupé. Il la désirait, mais, par ailleurs, ici, c'était fou. Par une nuit d'automne glaciale.

— Ida, nous devrions peut-être… Il fait très froid. Je ne voudrais pas que tu…

Ida fit glisser sa robe sur le sable.

— Il ne fait pas froid. Tu ne comprends pas ? Il fait froid à Raben Steinfeld. Mais ici, nous sommes sur la plage, à Bahia. Nous allons bientôt entendre les tambours, la musique…

— Attends, murmura Karl avant d'aller prendre la couverture de selle de Brandy, couverture qui piquait et sentait la sueur de cheval, mais en laine épaisse et chaude.

Ida étala leurs cirés sur le sable.

— J'aurais bien aimé le contact du sable, dit-elle, mais il est mouillé. Tu as raison, il ferait trop froid. Nous ne sommes pas vraiment à Bahia.

Karl l'allongea avec douceur sur la couche improvisée.

— Si ! Le sable va sécher sur nous. Et je vais te tenir chaud. Avec moi, tu es à Bahia…

Ils s'aimèrent au rythme des tambours qu'ils entendaient tous les deux, même s'ils battaient sur d'autres plages, dans un monde plus chaud. Ida ne songea pas un instant que cela pourrait être douloureux comme à l'ordinaire, elle vivait en cette nuit un rêve sans douleur et sans crainte. Karl la prit avec douceur, tendresse et lenteur comme il aurait agi avec une vierge, la caressant, lui soufflant des petits mots tendres, couvrant son corps de baisers. Il bougea enfin en elle au rythme des vagues. Ils ne firent plus qu'un, en parfaite harmonie avec la crique, le ciel étoilé et la mer. Ida sentit une onde de chaleur monter en elle, se sentit fondre dans un nuage de félicité et flotter.

— Et c'est pour cela qu'on est condamné à l'enfer ? s'étonna-t-elle plus tard, dans les bras de Karl, sous la couverture. J'ai plutôt eu l'impression d'être proche du Ciel !

— Il en est peut-être ainsi, sourit Karl. Peut-être les dieux se sont-ils servis de nos corps. Tu étais Papa, la terre, et j'étais Rangi, le ciel. Et ils nous seront éternellement reconnaissants de leur avoir une nouvelle fois permis de s'unir. Comme tu es belle, Ida !

— Toi aussi !

Elle ne voyait son corps que vaguement, mais ce qu'elle vit lui plut. Un corps nerveux et mince, vigoureux, mais sans la lourdeur qui lui aurait été désagréable à supporter pendant l'acte d'amour.

— *Você é linda*, lui dit-elle.

— Je crois que, pour un homme, on doit dire *lindo*, corrigea Karl. Mais tu n'as rien oublié. C'est ce que je me suis dit quand j'ai fait la connaissance de ta fille. C'est Linda, n'est-ce pas ? Ta fille est Linda ?

— Non. Elles sont toutes les deux mes filles. Et elles sont toutes les deux les filles de Cat. C'était la seule possibilité. Linda serait sinon une bâtarde.

— Linda est du sang de Cat ? Je croyais qu'elle était du tien.

— Non. La mienne, c'est Carol. Sa naissance fut difficile, j'avais peur, j'avais mal, je n'ai eu de joie que lorsque ce fut terminé. J'ai cru ne jamais pouvoir l'aimer.

— Et c'est pour ça que tu l'as appelée « Chérie » ? J'ai demandé à Chris ce que *carol* veut dire, et il m'a répondu que cela signifiait quelque chose comme « chérie » ou « chant joyeux ».

— Non…, répondit Ida tout en caressant son compagnon pour l'exciter à nouveau. C'est Cat qui l'a baptisée. « Carol », comme « Karla ». Et je crois qu'elle savait parfaitement pourquoi elle l'a baptisée ainsi. Comment, en effet, aurais-je pu ne pas aimer une enfant portant ton nom ?

7

Ida avait abandonné Raben Steinfeld et atteint Bahia. Elle était pourtant loin encore d'être arrivée en Nouvelle-Zélande ! Karl en fit l'amère expérience quand, après leur nuit enchantée sur la plage, ils revinrent chez les Deans. Ni Cat ni les Deans ne leur posèrent de questions, naturellement, même si le sourire de Cat était comme un reflet de leur bonheur. Mais, sur le chemin du retour à la ferme de Chris, la éalité les rattrapa, alors qu'ils étaient en route depuis un jour seulement : Ottfried, avec sa charrette, les rejoignit.

Ida eut peur en le voyant. Sa fureur s'était entretemps dissipée, laissant la place à une certaine anxiété. Malgré tout le plaisir qu'elle avait eu à le ridiculiser devant ses amis, elle était toujours son épouse et devait s'attendre à des mesures de représailles. Surtout si jamais il découvrait qu'elle l'avait trompé avec Karl.

En fait, il adopta un profil bas dans un premier temps, surtout après que Cat l'eut aussitôt interpellé :

— Dis donc, il t'est resté quelque chose de la vente des fromages, ou bien les marchandises dans ta charrette ont-elles été achetées à crédit ?

Ottfried joua les offensés.

— J'étais chargé de vendre le fromage et d'acheter ensuite du fourrage et des clous, déclara-t-il l'air digne. C'est ce que j'ai fait.

La charrette contenait bien ce qu'avaient commandé Chris et Karl, mais Cat se doutait qu'Ottfried avait laissé une ardoise chez les fournisseurs.

— Et je regrette, Ida, ajouta Ottfried, qui s'était rendu compte qu'il devait, dans un premier temps, faire amende honorable. J'avais un peu trop bu.

— Un peu ? railla Cat. Tu nous as tous ridiculisés ! On ne peut que remercier Dieu que ton anglais soit aussi mauvais ! On pourra toujours prétexter des malentendus. Karl est maintenant au courant. Il nous faudra aussi le dire à Chris. Les Deans, par ailleurs, se doutent que tes bavardages cachent quelque chose. À l'avenir, tâche de te contrôler ! Le mieux est que tu restes à la ferme. Chris ou Karl peuvent se charger des ventes. Sans rien perdre au jeu et trois fois plus vite !

Ida ne dit rien. Elle parvint à éviter Ottfried pendant le trajet en dormant avec Cat et les enfants dans leur charrette bâchée. Ottfried refusa de partager la tente que Karl avait récupérée, préférant se réfugier sous la seconde charrette. Ni lui ni Karl n'abordèrent l'incident qui les avait opposés au pub. Ottfried était sans doute un peu honteux de son attitude et Karl, lui aussi originaire de Raben Steinfeld, se sentait coupable de l'avoir trompé.

— C'est là que je vous quitte, déclara Cat, le troisième jour, à l'approche de Fenroy Station.

Le chemin principal en direction du nord-ouest suivait le cours du Waimakariri, mais, au niveau de Fenroy Station, deux chemins divergeaient, l'un menant à la ferme, l'autre au village maori.

— Merci d'être venu me chercher, Karl, et de m'avoir aidée à conduire mon troupeau. Salue Chris de ma part. Dis-lui de venir voir les moutons. Est-ce que je peux garder Chasseur une journée encore, Ida ? Sans lui, j'aurai de la peine à arriver au village.

— Tu ne préfères pas venir avec nous et dire bonjour à Chris ? demanda Karl qui savait que son ami serait attristé de l'absence de Cat.

— Non. Il essaiera de me convaincre de rester et de m'associer à vous. Ce qui vous plongera aussitôt dans un nouveau conflit avec Ottfried.

Ottfried avait en effet considéré d'emblée les moutons de Cat avec méfiance puis, retrouvant quelque confiance en lui, il avait émis des réserves et annoncé qu'il s'opposerait à ce qu'elle obtienne une participation, disant que ce serait peu légal car elle n'était qu'une femme et pas même mariée. Et comment accomplirait-elle la part de travail à la ferme qui lui reviendrait ?

Karl, en dépit de son envie, parvint à ne pas répondre qu'elle aurait de la peine à contribuer moins que lui. De toute façon, Cat avait très vite déclaré qu'elle comptait amener ses moutons au village maori, les Ngai Tahu en ayant acquis quelques-uns entre-temps. L'apport de ses rambouillets ferait entrer le village dans le cercle des producteurs de laine considérés comme sérieux.

— Mais Chris voudra te voir, insista Karl.

— Je te l'ai déjà dit, il peut venir au village. De toute façon, un détour de deux miles avec tout le troupeau serait absurde. Saluez-le de ma part !

Puis, ayant sifflé Chasseur, elle provoqua de nouvelles dissensions car les deux collies d'Ottfried s'empressèrent de la suivre, ignorant les appels de leur maître. Ottfried en fit toute une histoire, comme si Cat lui avait volé les chiens.

— Elle les ramènera, tenta de l'apaiser Karl. Et puis… Tu aurais pu t'exercer à les commander. Ils obéissent à celui qui s'occupe d'eux.

Comme prévu, Chris fut malheureux de la décision de Cat. Mais la première à jeter un œil sur les moutons de Cat fut Jane qui, le lendemain, s'étant rendue au village, y trouva la jeune femme en conversation animée avec Te Haitara.

— *Kia ora, ariki !* dit-elle. Vous avez donc décidé de vous lancer dans l'élevage des moutons ?

— Oui, répondit-il avec enthousiasme. Regarde les beaux moutons. Nous faisons comme tu l'as conseillé. Mais les moutons de Cat ne sont pas un « investissement » ! C'est encore mieux, nous pourrons vendre la laine et acheter plus de choses à Ca-pin-ta !

— *Ariki*, vos gens ont depuis longtemps tout ce qu'il leur faut ! objecta Jane sans grande conviction, ayant assez souvent eu cette discussion pour savoir qu'elle était vaine. Et comment allez-vous effectuer ce travail supplémentaire ? Vous avez des volontaires ?

— Oh oui ! Ils préfèrent ça aux médecines ! On n'a pas besoin de beaucoup de *karakias* pour les moutons. Les *tohungas* en font, bien sûr. Aujourd'hui, elles ont déjà demandé aux dieux leur bénédiction pour les *hipis* !

— Bien, concéda Jane. Mais il faudrait aussi songer à la logistique. Comment aurons-nous le fourrage pour toutes ces bêtes ?

Le chef rayonna à nouveau.

— Oh, Cat s'en est occupée ! Il y a une charrette pleine de foin et d'avoine à Fenroy Station, mais elle viendra bientôt.

La jeune femme, sachant que les réserves de Chris ne permettraient pas de nourrir cent bêtes durant l'hiver, avait en effet, chez les Deans, fait remplir de fourrage la charrette bâchée d'Ida et commandé du foin supplémentaire. Il lui était resté de la vente des bijoux de quoi entretenir ses moutons jusqu'aux premières recettes.

— Parfait, dans ce cas vous n'avez plus besoin de moi, dit Jane avec amertume, s'apprêtant à repartir. Mais je vais me renseigner pour ce qui est de la tonte. Il faudrait que quelques-uns de nos hommes se forment, d'après ce que j'ai lu à ce sujet. Il faut procéder à la tonte de manière professionnelle si on veut obtenir un bon prix de leur toison.

Tandis que Chris, à l'idée que Cat gardait toujours ses distances, se rongeait les sangs, et que Karl s'efforçait de se montrer indulgent envers Ottfried tout en cherchant à trouver des moments d'intimité avec Ida, Jane engagea une ample correspondance technique avec de gros éleveurs de l'île du Nord. Le batelier Pete s'arrêtait maintenant à Fenroy Station à chacun de ses passages. Il était porteur de lettres pour Jane et de nouvelles : le territoire à l'embouchure de l'Avon, où devait naître la ville de Christchurch, venait enfin d'être arpenté et les Redwood projetaient de s'y installer ; des gens intéressés par la reprise de leur ferme s'étaient déjà manifestés ; le vol d'une partie de leurs moutons n'avait toujours pas été éclairci.

— Ils doivent pourtant bien se trouver quelque part, estima Pete. Il n'existe tout de même pas tellement d'élevages de moutons ici !

— On les a peut-être tout simplement abattus, présuma Jane avec indifférence. Quelque tribu pas encore civilisée.

Pour sa part, elle s'employait avec ardeur à « civiliser » ses propres Maoris, avec l'aide de Cat à certains égards. La jeune femme prenait au sérieux les charges qu'elle avait promis d'assumer lors de son accueil dans la tribu : elle apprenait aux enfants à lire et à écrire, elle leur enseignait l'anglais. Elle n'avait de mal qu'avec le calcul. Face à cette activité pédagogique, Jane était partagée entre la satisfaction de voir les enfants se développer et le mécontentement de voir Cat gagner de l'influence au sein de la tribu. Elle rageait de l'apercevoir s'entretenir familièrement avec le chef. Jusqu'ici, elle avait été la seule à être ainsi admirée par Te Haitara quand elle lui expliquait les pratiques des *pakehas*. Parlant le maori, Cat y parvenait plus facilement. Pour la première fois de sa vie, Jane éprouva de la jalousie.

Tout l'hiver, Karl et Ida réussirent à cacher à Ottfried leur amour. Ce n'était pas facile. Chris et Cat trouvaient qu'il était difficile de ne pas voir leurs regards énamourés ou leurs contacts furtifs. De même, le froid et la pluie rendaient quasi impossibles des rencontres dans les prairies entourant la ferme ou dans les bois bordant le fleuve. Quand ils n'en pouvaient plus, ils cherchaient des lieux couverts. Ils s'aimaient donc dans l'écurie, dans la grange ou dans le hangar à tonte récemment construit. Une autre difficulté tenait au fait que les fillettes n'étaient plus des bébés, qu'elles savaient marcher et couraient un peu partout. Pour éviter qu'elles ne surgissent de manière inopportune, il fallait les conduire au préalable au village, chez Cat ou une autre femme. Les amants prenaient pourtant ces risques, et cela ne tenait pas au seul fait de Karl.

En réalité, c'était plutôt Ida qui avait peine à croire en un pareil miracle et désirait donc sans cesse s'assurer de l'amour de Karl. Elle l'étreignait chaque fois avec plus de passion et devenait peu à peu la jeune fille puis la femme qu'elle aurait pu être hors de Raben Steinfeld. Elle ne pliait plus l'échine et ne mesurait plus chacune de ses pensées à l'aune de la permission divine. Elle débordait d'inventivité et d'humour, ce qui faisait rire et s'étonner Karl.

Après son éclat du pub, Ottfried l'avait laissée tranquille quelque temps. Il semblait avoir perdu un peu de sa confiance en soi et redoutait sans doute de se venger sous l'œil de Karl et de Chris, sachant que leur indulgence avait des limites. Ils avaient découvert, lors de leurs achats à Port Cooper, qu'il avait endetté la station auprès des commerçants, ce qui avait provoqué une violente dispute. Chris n'avait pas mâché ses mots, menaçant de lui retirer sa participation. Il n'aurait bien entendu jamais mis sa menace à exécution à cause d'Ida et de Karl, mais Ottfried ne pouvait le savoir et il ne voulait pas se retrouver, en plein hiver, seul à la tête d'un troupeau d'une centaine de moutons maintenant, avec une famille à nourrir. Et puis, il habitait toujours l'ancienne ferme, son projet de construire une maison étant resté dans les limbes.

Il recommença à dormir avec Ida quelque temps après le scandale du pub. Il ne la martyrisa plus des nuits entières, se contentant de la prendre rapidement, renfrogné et inattentif. Ida, comme avant, se sentait salie et c'est inhibée et angoissée qu'elle retrouvait ensuite Karl. Un jour, elle fut écorchée et Karl voulut s'abstenir de faire l'amour pour ne pas aggraver ses douleurs. Mais elle l'implora de la prendre malgré tout.

— Emmène-moi quelques instants à Bahia, Karl. Sinon, je vais devenir folle.

Karl se demandait comment il pourrait aider Ida à se sortir de ce mariage, mais, à part une fuite et une vie sous un faux nom, rien ne lui venait à l'esprit. Il se serait accommodé d'une vie aventureuse, mais Ida n'était pas prête, surtout pas quand, au début du printemps, elle constata qu'elle était de nouveau enceinte.

— C'est justement le moment de partir, la supplia Karl. C'est mon enfant, Ida ! Il faut que ce soit notre enfant !

— Seul Dieu le sait, dit-elle tristement. Il peut aussi bien être l'enfant d'Ottfried. Et j'ai peur, Karl, je ne veux pas le mettre au monde durant notre fuite. Nous ne savons pas où nous allons nous retrouver. Et l'accouchement… J'ai besoin de Cat !

Karl la prit dans ses bras.

— Tu n'as pas à avoir peur, puisque je serai avec toi. Et partout dans le monde il y a des sages-femmes.

— Je ne veux pas de n'importe quelle sage-femme. C'est Cat que je veux !

— Tu ne veux tout simplement pas partir, dit-il.

Il ne lui reprocha rien, il la comprenait. Lui non plus ne voulait pas partir. Il se sentait bien à la ferme, il attendait avec impatience la première tonte et avait pris goût à l'agnelage. Ses moutons et ceux des Maoris allaient passer l'été sur les Hautes Terres. Il les conduirait là-haut avec Chris, une expérience excitante, de l'aventure. Il rêvait d'emmener un jour Ida avec lui, de lui faire mieux connaître la Nouvelle-Zélande, lui faire oublier un peu le rêve de Bahia. Bien sûr que, comme le disait Cat, Aotearoa n'avait jusqu'ici pas été clémente avec Ida. Mais cela pouvait changer. Il trouvait que cette partie du monde pourrait satisfaire la curiosité de la jeune femme. Il ne croyait pas que Bahia lui offrirait, à elle et aux enfants, autant de perspectives que leur nouvelle patrie, sans parler des siennes propres : s'il avait aimé arpenter, il préférait désormais le travail de fermier, un travail indépendant.

Ottfried, lui, n'aimait pas le travail de paysan et n'avait d'ailleurs jamais aspiré, à bien y réfléchir, à posséder une ferme. À Raben Steinfeld, tout le monde souhaitait posséder de la terre. Mais à Sankt Pauli, il avait compris combien cultiver était pénible et qu'il n'était pas né pour cela. Sa profession de charpentier ne l'attirait pas non plus, même si elle lui permettrait de vivre une existence bourgeoise, en ville, de se pavaner le dimanche à l'église, en famille, avec de beaux habits et un attelage pour des promenades, de sortir le soir à l'auberge.

Il trouvait plus tentant de fonder une affaire. En dépit d'une fin malheureuse, sa collaboration avec Gibson lui avait plu. Peut-être avait-elle été prématurée. Maintenant, les colons arrivaient en nombre grandissant dans les Plains. Quand la ville sur l'Avon serait fondée, ils seraient plus nombreux encore. C'était là, de toute façon, une seconde chance de devenir lui aussi un « baron des moutons », activité qu'il trouvait peu fatigante, car, Ida s'occupant des laitières, il laissait ses moutons livrés à eux-mêmes. Certes, les Maoris s'étaient plaints à deux ou trois reprises que ses bêtes venaient sur leurs pâturages et se mélangeaient avec celles de Cat, mais il s'en moquait : il y avait assez d'herbe pour tous dans les Plains, une herbe qui ne coûtait rien. Alors que la laine se vendrait à un bon prix !

Au total, il aurait confiance dans l'avenir s'il n'avait à partager la ferme avec Fenroy et Jensch. Karl, ce minable journalier qui entendait désormais contrôler ses faits et gestes ! Et qui de plus avait été le témoin de sa déconfiture à Port Cooper. Sitôt qu'il y pensait, ses poings se serraient. Un jour, il le ferait payer à Ida !

Son éclat lui collait toujours à la peau alors que plusieurs mois s'étaient écoulés. Il avait espéré qu'il tomberait dans l'oubli s'il s'abstenait de venir un certain temps en ville et avait donc fait contre mauvaise fortune bon cœur quand Chris et Karl l'avaient obligé à rester dans les Plains. Mais il se retrouvait désormais aussi à court de whisky qu'aux débuts de Sankt Pauli. Et Ida ne consentait que peu d'efforts pour sa fromagerie ! Elle prétextait que les brebis, en cette période, donnaient moins de lait et qu'il fallait les tenir au sec avant l'agnelage, mais Ottfried y voyait de simples excuses.

Aussi attendit-il, pour se rendre malgré tout à Port Cooper, qu'Ida eût fabriqué un bon lot de fromages. Cette fois, il ne demanda l'autorisation à personne. Ce fromage lui appartenait, fabriqué par sa femme avec le lait de ses moutons ! Il allait les vendre pour son propre compte !

Ida et Karl furent soulagés quand, un beau matin, sans les avoir prévenus, il chargea sa charrette et prit la direction de Port Cooper. Bon, ils allaient devoir faire une croix sur les fromages, mais ils seraient débarrassés de la présence d'Ottfried durant quelques jours.

– Et s'il recommence à fanfaronner ? dit Cat, de passage afin de parler de la tonte à venir. Ça ne t'inquiète pas, Ida ?

– Il va avoir une drôle de surprise, répondit Karl en riant. Port Cooper est une petite localité où il ne se passe pas grand-chose. Dans dix ans encore on s'y souviendra de l'incident du pub de Jefferson ! Il va se casser le nez partout, croyez-moi !

Il se vérifia qu'il n'avait pas tort. Ni l'intervention d'Ida au pub ni la colère de Chris quand il avait appris qu'Ottfried avait contracté des dettes sans son autorisation n'étaient tombées dans l'oubli. S'il put donc vendre ses fromages, il ne fut pas pour autant reconnu comme représentant légitime de Fenroy Station. Même ses compagnons de jeu et de beuveries le déçurent. Il avait encore une ardoise, qu'il remboursa avec l'argent des nouveaux fromages, mais ni le propriétaire du pub ni les autres joueurs n'acceptèrent de lui ouvrir un nouveau crédit.

– Qu'est-ce que vous avez ? protesta-t-il. Je suis riche, j'ai cent moutons ! Vous les prendrez si je ne rembourse pas !

Il n'en crut pas ses oreilles quand ils refusèrent malgré tout.

— Peut-être que tu as des moutons, mais nous sommes prêts à parier que nous devrions en passer par ta femme, d'abord, puis par Jensch et Fenroy si nous voulions les saisir, railla Georgie. C'est trop nous demander. J'ai encore les oreilles qui bourdonnent de la dernière fois, le jour où j'ai voulu t'aider dans ton problème avec Potter. Non, Otie, un tiens vaut mieux que deux tu l'auras. Donc, montre ton fric, sinon nous jouerons sans toi !

À son retour à la ferme, après deux jours à Port Cooper, il était de pire humeur qu'à son départ. Il ne supporterait plus très longtemps cette situation ! Peut-être qu'après la tonte il aurait de quoi fonder sa propre ferme. À coup sûr s'il vendait la terre que Chris lui avait attribuée ! Quelque part ailleurs, dans l'Otago par exemple. Et dès qu'il aurait laissé tout ça derrière lui, il apprendrait à Ida ce qu'il entendait sous le terme de « sage petite femme » !

Karl savait tondre un mouton et il transmit son savoir à Chris et à leurs deux ouvriers maoris. Ils projetaient de venir seuls à bout de leur première tonte, ce qui suscita le scepticisme de Jane.

— Les Maoris vous laisseront tomber et tondront les moutons de Cat dès qu'ils sauront un tant soit peu se débrouiller. Et combien de moutons avez-vous à présent ? Trois cents ? Combien de temps vous faudra-t-il, si vous mettez, disons une heure pour en tondre un ? Les acheteurs anglais attendront-ils que vous ayez fini ? C'est impossible, Chris. Mais, dit-elle en agitant une lettre, heureusement qu'il y a des gens qui réfléchissent pour les autres ! Je vais embaucher des tondeurs en Australie. Ils pourront nous donner un coup de main et former nos gens. Bon Dieu, Chris, vous aurez un jour deux mille, quatre mille, peut-être dix mille moutons ! Il faut vous y préparer !

— Mais nous ne pouvons pas les payer, objecta Chris. Le seul voyage depuis l'Australie doit coûter une fortune.

S'il baissait toujours d'un ton quand Jane le rabrouait, cette fois, dut-il admettre, elle n'avait pas tort. La tonte était une opération gigantesque dont ils ne viendraient pas à bout seuls.

— Il nous faut donc nous associer à d'autres, expliqua Jane. J'irai demain voir Te Haitara. Il sera notre premier partenaire.

Mais cette fois, le projet de Jane ne se réalisa pas. Te Haitara n'était pas au village à son arrivée.

— Le chef parti, dit dans un anglais acceptable une fillette. Vers l'ouest, chez *mahinga hipi* de M. Butler.

— Il est à la ferme de Butler ? Mais qu'y fait-il ?

— Il est avec Cat. Cat dit que faut enlever la laine des *hipis*. Mais pas possible seuls. Trop *hipis*. Faut montrer comment faire. Travailler avec M. Butler.

Jane sursauta comme si elle venait de recevoir un coup, mais elle réussit à se contrôler.

— Cat veut organiser la tonte des moutons avec la ferme de Butler ? Et le chef l'a accompagnée ? Tous les deux… seuls ?

— Non, pas seuls. Avec quatre guerriers. *Ariki* peut pas partir seul. *Ariki* homme important ! Rencontrer autre *ariki*, *ariki* qui a vendu terre à M. Butler. Mais pas avoir peur, Miss Jane, ajouta la fillette qui avait remarqué la soudaine pâleur de la jeune femme. Pas guerre ! Ngai Tahu aussi, amis, parents.

Jane dut se forcer pour la remercier. On en était donc là ! Cat partait avec le chef. Seuls. L'escorte de guerriers ne comptait pas, ils ne disputeraient pas la femme à leur chef. Jane se demanda ce qui l'ébranlait à ce point. Cat était libre de faire ce qu'elle voulait. Et le chef encore plus. Que Cat ait trouvé avant elle la solution de la tonte ? Rien ne l'obligeait à se mettre d'accord avec elle ou les hommes de Fenroy Station : les moutons lui appartenaient ! Peut-être… peut-être aurait-elle dû lui parler de sa correspondance avec l'Australie.

Elle se sentit soudain aussi ignorée et inutile que chez son père. Cette fois, pourtant, il y avait autre chose ! Elle ressentait comme une blessure au cœur, l'impression que Cat et Te Haitara la trahissaient. Elle rentra à la ferme la tête basse. Quelques minutes plus tôt, elle était animée par une grande soif d'agir, maintenant elle ne ressentait que lassitude.

Bien avant la tombée de la nuit, elle se glissa dans son lit et n'aurait su dire pourquoi elle pleurait.

8

Cat était d'excellente humeur à son retour et elle rendit compte à Chris et à Karl des résultats de sa démarche. Ottfried était présent, bien sûr, mais il avait l'air grincheux car Cat ne se donnait pas la peine de traduire ses propos en allemand. Jane assistait elle aussi à la réunion. Tout aussi renfrognée qu'Ottfried, elle écoutait et examinait sa rivale. Elle remarquait pour la première fois combien la jeune femme était jolie. Pas étonnant que Te Haitara soit attiré par elle. En définitive, pour les hommes, seule comptait l'apparence.

— Le capitaine Butler a trouvé judicieuse l'idée de faire venir des tondeurs de l'Australie. Il y a lui aussi des contacts. Mais il a déclaré que nous les avions nous aussi. Pourquoi n'avoir pas dit, Miss Jane, que vous correspondiez avec les éleveurs Morgan et Holder ?

Jane grimaça, mais ne répondit pas. Cat poursuivit donc tout aussi spontanément :

— M. Butler a en effet craint que cela ne signifie une rivalité ou une compétition, le premier à mettre sa laine sur le marché ayant gagné. Ce qui serait naturellement absurde. Il vaut beaucoup mieux travailler en commun. M. Morgan, à Adélaïde, est en tout cas prêt à nous envoyer une troupe de tondeurs expérimentés et, si nous nous mettons d'accord, cette troupe arriverait à Port Cooper, commencerait son travail chez les Redwood, chez les Deans ensuite, puis chez nous et enfin chez M. Butler. On a également tout intérêt à organiser en commun le transport des toisons. Cela revient moins cher et les repreneurs n'auraient pas à faire enlever la laine dans chacune des fermes. Nous leur apporterions le tout à Port Cooper. Vous voulez bien écrire en Australie que nous procéderons ainsi, Miss Jane ?

— C'est vous qui donnez maintenant les ordres ici, Cat ? demanda Jane d'un ton hargneux.

Surprise et un peu blessée, Cat fronça les sourcils.

— Je me demandais juste si…

— J'écrirai, l'interrompit Chris, prêt pour l'amour de Cat à contredire son épouse. On sait que ma femme n'est pas une diplomate née, Cat. Elle a de la méfiance pour les entreprises en commun de manière générale, de peur qu'un autre qu'elle n'en tire profit.

— Je pourrais tout à fait me plier au principe *primus inter pares*, rétorqua Jane en fusillant Chris du regard. Mais j'ai de la peine à trouver quelqu'un avec qui traiter d'égal à égal.

— Du principe de quoi ? demanda Cat, ahurie. Dites-le en anglais, s'il vous plaît, Miss Jane, sinon je ne pourrai le traduire pour Te Haitara. C'est en effet lui qui voulait vous prier d'écrire une lettre à M. Morgan. Au nom des Ngai Tahu. Il est d'accord pour la signer, droit qui lui revient en effet si nous invitons des gens à venir sur son territoire. En définitive, le chef c'est lui !

— Et voilà pour ce qui est du problème du « premier parmi les pairs », se gaussa Chris. Te Haitara ne trouverait pas drôle d'apprendre que tu l'estimes intellectuellement moindre, Jane.

Il fut étonné de la voir rougir. Et de l'entendre bafouiller !

— Je… je ne l'ai pas du tout… Te Haitara, c'est en effet autre chose, il…, elle s'interrompit, mais se reprit vite : Je vais bien entendu rédiger avec plaisir la lettre qui lui sera destinée.

Cat échangea des regards perplexes avec les hommes, eux aussi désorientés par l'attitude de Jane.

— Il est heureux que le chef réponde aux exigences notoirement élevées de Jane, dit Chris, tournant le fer dans la plaie. Enfin, très bien, procédez donc de cette manière. Mais qu'en est-il des Deans et des Redwood ? Sait-on déjà s'ils sont dans le coup ?

— Non, répondit Cat, je pensais que l'un d'entre vous pourrait aller les voir. Vous devez de toute façon retourner à Port Cooper.

Elle comptait qu'Ottfried se déclarerait volontaire, mais elle fut surprise qu'il n'en fût rien. C'est Chris qui le fit.

— J'irai. Et il n'y aura pas de problème. Les Deans se plaignent depuis l'an dernier de ce que la tonte est une véritable épreuve de force. Les Redwood, eux, devraient s'être remis de la perte de leurs moutons. Ce qui n'a pas dû être simple. Celui qui a volé les moutons a mis la main sur les meilleurs de leur élevage.

— Oui, dit Cat. Les Redwood ne font d'ailleurs pas une croix sur leurs bêtes. Ils viennent de demander à Butler si on lui aurait par hasard proposé des moutons ou s'il aurait eu vent de quelque chose. Deux chiens ont également disparu…

Jane écrivit la lettre dès le lendemain et en prit prétexte pour aller au village maori afin de la faire signer à Te Haitara. C'est elle qui avait appris au chef à écrire son nom sous des contrats ou des lettres, opération qui le remplissait de bonheur et du sentiment de son importance. Makutu tenait absolument à ce que des *karakias* soient prononcés à cette occasion afin d'associer les esprits à l'entreprise. Jane avait depuis belle lurette cessé de s'étonner de telles pratiques. Au contraire, elle avait appris les *karakias* par cœur et, à l'occasion, les débitait avant d'envoyer son courrier.

Par ce chaud après-midi de printemps, elle ne rencontra pas le chef. Il n'y avait que des femmes âgées au village. Les autres travaillaient aux champs. Cat, assise au milieu d'un cercle d'une vingtaine d'élèves, écoutait avec patience une fillette réciter sa table de multiplication.

— Une fois sept fait sept, deux fois sept font quatorze, trois fois sept font vingt-deux, quatre fois sept…

— Vingt et un ! rectifia Jane, qui parlait mal le maori, mais connaissait les nombres. Trois fois sept font vingt et un ! Vous dormez, Cat ? Vous alliez laisser passer ça, sans corriger ?

— Je n'ai pas fait attention, concéda Cat. Tiens, Kiri, nous allons chercher trois fois sept cailloux et nous verrons qui a raison.

— Qu'entendez-vous par savoir qui a raison ? Ce sont tout de même les fondements des mathématiques !

— Le calcul n'est pas mon fort, s'excusa Cat, je ne suis jamais allée à l'école. Mais je sais que les enfants comprennent plus facilement la table de multiplication quand nous nous servons de cailloux. Si vous êtes plus capable que moi, je ne tiens pas particulièrement à enseigner. Je serais très heureuse que vous vous chargiez du calcul.

Jane lui lança un regard venimeux. Devenir enseignante était la dernière chose qu'elle aurait voulue. Dans son cas, pourtant, cela aurait été la seule alternative au mariage !

— Je cherche l'*ariki*, dit-elle en scrutant le visage de sa rivale.

Se trahirait-elle à l'évocation du chef ? Il se disait qu'on lisait sur le visage des gens quand ils étaient amoureux. Jane se persuada qu'elle redoutait cette hypothèse parce qu'elle perdrait par là toute influence sur Te Haitara et les affaires de la tribu. Mais… d'ordinaire, son cœur ne s'emballait pas ainsi quand il était question d'affaires.

Cat, en fait, ne leva même pas les yeux du tas de cailloux que les élèves rangèrent en files devant elle.

— Le chef est au bord du fleuve, indiqua-t-elle avec flegme. Il dialogue avec les esprits. Il doit avoir matière à réflexion. Il a été très impressionné par l'entreprise de Butler, mais je crois que l'idée que notre petit élevage se développe dans les mêmes proportions l'effraie.

— Effrayer ? Mais pourquoi donc, ce serait…

— Je pense que vous savez où le trouver, dit Cat, mettant un terme à la discussion. Effectivement, Kiri, vingt et un. Ça alors ! Et combien font quatre fois sept ?

Jane fila directement jusqu'au fleuve, à l'endroit où Te Haitara avait coutume de prier. Ses pensées tournaient autour de Cat et du chef. La jeune femme semblait ne pas se soucier de savoir si elle serait un jour à la tête d'une entreprise florissante ou enseignante au village. Ou bien n'avait-elle de visées que sur Te Haitara ? Mais alors, pourquoi l'envoyer seule le trouver ? Ne devrait-elle pas être jalouse ? Jane regretta de n'avoir pas davantage appris au sujet des sentiments humains.

Te Haitara était accroupi sur les talons à l'endroit de leur première rencontre. De nouveau, il se releva à son approche.

— *Kia ora*, Jane, dit-il en souriant. Je pensais à toi à l'instant et voilà que les dieux t'envoient à moi.

Il parlait en maori, lentement afin que Jane pût le suivre, ce qu'il faisait presque toujours quand ils étaient entre eux. Il savait qu'elle était fière de réussir à converser dans cette langue, alors qu'elle détestait ne pas tout comprendre lors des discussions animées au village et devoir ensuite s'informer de ce qui avait été dit.

— C'est Cat qui m'envoie. Je te cherchais au village.

— Ce sont les dieux qui choisissent leurs instruments, dit le chef en se dirigeant vers les rochers devant lesquels ils s'étaient autrefois assis.

— Cat ? Un instrument pour toi ? demanda Jane, perplexe. Je croyais… c'est une femme, non ?

— Bien sûr que Poti est une femme. Quoi, sinon ? J'ai simplement voulu dire que c'est au travers d'elle que les dieux ont agi en t'envoyant à moi. Mais ce n'est pas très important.

— Cat est pourtant importante pour toi ! Elle t'aide avec les *pakehas*.

— Oui, elle parle ma langue couramment. Et celle des *pakehas*. C'est très utile.

— Elle t'aide aussi dans les affaires…

— Mais toi aussi, tu m'aides dans les affaires ! Ou bien ne veux-tu plus m'aider ? Parce que la tribu ne veut pas… investir ? dit-il, utilisant ce dernier mot, anglais, qui n'existait pas en maori.

— Non, non, je suis heureuse de vous aider, sourit Jane. Je pensais juste que tu préfères travailler avec Cat… Cat, murmura-t-elle au bout d'un bref instant, est une très jolie femme.

Te Haitara la regarda comme si elle n'avait pas tous ses esprits.

— Poti ? Belle ?

Il réfléchit une seconde avant de concéder :

— C'est vrai, ses cheveux ont une belle couleur. Comme les pièces d'or. C'est pour ça qu'elle te plaît ? Je sais que les *pakehas* aiment l'or. Nous, nous préférons le jade.

Jane, inexplicablement, se sentit mieux.

— Elle ne me plaît pas du tout. Mais elle n'a pas besoin de me plaire. Je suis moi aussi une femme.

— Mais alors, pourquoi tu poses cette question ? Tu es inquiète parce qu'elle… parce qu'elle plaît à ton mari ?

Jane eut un rire incrédule.

— À mon mari ? *Ariki*, qu'elle plaise à mon mari ou non, je m'en fiche !

Te Haitara laissa les mots agir en lui.

— Tu te fiches de ton mari ?

Jane hésita, espérant que Te Haitara ne la mépriserait pas pour ces quelques mots. Elle n'avait aucune idée de la manière dont les Maoris considéraient les liens sacrés du mariage. Mais le chef était son… confident ? Une nouvelle fois elle s'étonna des sentiments qui montaient en elle. Face à Te Haitara, elle était tout simplement incapable de mentir.

— *Ariki*, mon époux et moi avons été mariés, dit-elle en anglais. Pour une question de nom et de terre. Pas par amour. Il ne compte pas pour moi et je ne compte pas pour lui. C'est comme ça.

— Mais tu es une femme avec beaucoup de *mana* ! s'étonna le chef.

— Justement, s'amusa Jane. C'est pour cela que je n'arrive à rien avec Chris et que lui n'arrive à rien avec moi. C'est un gentil garçon. Mais il n'a pas beaucoup de *mana*.

— Tu préférerais un homme avec beaucoup de *mana* ?

Comme incidemment, il mit en valeur les symboles de sa dignité de chef, car, pour cet entretien avec les dieux, il avait revêtu son manteau orné de plumes.

— Ça dépend de l'homme, répondit Jane, qui ressentit soudain une tension étrange. Il faudrait aussi qu'il me plaise. Et que moi je lui plaise.

Tous deux parlaient maintenant dans leur propre langue et ils semblaient se comprendre mieux que jamais.

— À qui pourrais-tu ne pas plaire ? Tes yeux sont comme du jade, tes cheveux sont aussi bruns et aussi doux que l'épi du raupo… Moi, je t'appellerais Raupo. Tu sais l'importance de cette plante pour nous.

Les Maoris fabriquaient à partir de cette espèce de roseau des nattes, les toits de leurs maisons et en tissaient des voiles pour leurs canots. Ils en mangeaient les racines et, avec leurs feuilles dures, confectionnaient des robes pour les danseuses et même des *poi-poi*, de petits ballons. Et ils savaient que les buissons de raupos au bord des rivières ou des lacs étaient des refuges pour les oiseaux aquatiques.

— Tu es une femme belle… la plus belle… pour moi.

— Et tu es… dit-elle en rougissant, cherchant les mots dans sa langue à lui… un homme fort, un homme grand…

— Je te plais ? demanda Te Haitara.

Jane acquiesça. Elle se demanda ce qui allait se passer. Elle savait que les Maoris ne s'embrassaient pas. Mais elle vit sans crainte le chef se relever alors qu'elle était encore assise, la soulever, la serrer contre lui et poser son visage contre le sien. Elle sentit sa peau chaude, enregistra son odeur, partagea son haleine.

— Les dieux m'accordent ce pour quoi je les avais priés, dit-il tout en la couchant sur un lit nuptial fait de roseaux.

Jane n'avait pas prié. Mais tout, en elle, chantait, riait et dansait quand Te Haitara prit possession de son corps. Il était fort et rapide, sans les précautions et la douceur de Chris. Un homme avec *mana*.

— Devons-nous à présent chanter des *karakias* ? demanda Jane quand elle eut repris son souffle. Cela me paraîtrait… opportun.

Te Haitara sourit et lui enleva les cheveux du visage. Elle était sur lui et ses mèches brunes et drues recouvraient leurs deux corps.

— Pas maintenant. Ce n'est pas maintenant le temps des *karakias*. Mais je chanterai volontiers pour toi des *waiatas arobas*, des chants d'amour. J'en écrirai un pour toi. Pour la femme qui a été créée pour moi à partir du raupo. Je le chanterai quand tu seras pleinement à moi.

— Mais je le suis déjà. Cela ne peut pas être plus. Je suis mariée…

Te Haitara haussa les épaules.

— On va être obligé de dire des *karakias*, se contenta-t-il de dire.

9

Chris était en train de tondre un mouton quand arriva Te Haitara, en tenue traditionnelle, portant les armes d'un guerrier et le manteau du chef. Chris fut gêné de le recevoir en sueur et en habit de travail et espéra que cette étrange visite inopinée ne cachait pas une mauvaise nouvelle. Pourvu qu'Ottfried n'ait pas à nouveau commis de bêtise !

— Vous tondez malgré tout vous-même ? demanda le chef tandis que Chris relâchait le mouton. Je pensais que les tondeurs australiens viendraient aussi chez vous.

Chris acquiesça, soulagé de constater que le Maori engageait une conversation polie.

— Oui, bien sûr qu'ils viendront chez nous, mais je ne voudrais pas me présenter à eux comme le parfait ignorant. Karl m'a montré comment opérer et je m'exerce un peu…

Il s'interrompit un instant afin de permettre à Te Haitara d'exposer le but de sa visite. Mais celui-ci, à sa grande surprise, semblait embarrassé, ce qui n'était pas dans les habitudes des chefs maoris.

— Que puis-je pour toi, *ariki*, mon ami ? finit-il par demander. S'est-il passé quelque chose qui t'a amené à revêtir la tenue d'un guerrier ?

— Non. La paix règne entre nous, nous sommes une seule et même tribu. Et mon vœu le plus cher est que cela dure. Voilà pourquoi je viens te faire une proposition.

— Je ne vois pas ce qui pourrait troubler cette paix. Mais parle ! Quoi que ce soit, nous parviendrons sûrement à nous mettre d'accord.

Le chef prit une profonde inspiration et il eut soudain l'air d'un jeune homme timide venant demander la main d'une fille.

— Je voudrais te proposer un échange. Au nom des Ngai Tahu, je t'offre la terre sur laquelle se trouve ta ferme et où broutent tes moutons et, en échange, tu me cèdes Jane Fenroy, ta femme.

Chris eut de la peine à déglutir.

— *Ariki*, ce… ce n'est pas possible.

— Si, affirma le chef ayant retrouvé sa dignité et son assurance. J'ai eu du plaisir avec ta femme, et je voudrais en faire la mienne.

— *Ariki*, je n'arrive pas à croire que nous ayons cette conversation ! balbutia Chris, désorienté. Je ne peux tout de même pas vendre ou échanger Jane ! Elle n'est pas une esclave.

— Bien sûr que non, protesta le chef, vexé. Un *ariki* des Ngai Tahu cherche rarement sa femme parmi les esclaves. Une esclave ne serait pas digne de moi. Je veux une femme belle avec beaucoup de *mana*. Je veux Jane.

— Ce n'est vraiment pas possible. Même si je consentais à cette sorte de… d'échange. Essaie de comprendre, Te Haitara. J'ai été uni à Jane devant Dieu et devant les hommes. Elle est *tikanga* chez les *pakehas*. Les mariages sont indissolubles.

— Mais elle le veut elle aussi. Ce n'est pas un enlèvement, tu comprends ? Ce n'est pas la guerre !

— Elle le veut, elle aussi ? Tu as parlé avec elle ?

— Plus que parlé, répondit le chef avec un petit sourire. Ce n'est pas correct, d'accord. Je sais que tu pourrais réclamer vengeance. Mais Jane dit qu'il n'y a pas d'amour entre vous, que ça n'a été qu'une espèce de *taumou*.

Chez les Maoris, le *taumou* était un mariage arrangé, dès l'enfance, entre des descendants de hauts dignitaires et Chris comprit où le chef voulait en venir.

— Il y a entre vous une… attirance ? Entre toi et Jane ?

— Pour moi, elle est la lumière et le jour, déclara Te Haitara avec solennité. Elle chasse l'obscurité de mon âme. Et les anciens n'ont rien contre, eux non plus. Je leur ai parlé et ils te reconnaissent aussi le droit sur la terre. Jane est de haut rang elle aussi. Son père n'est-il pas une sorte d'*ariki* chez les Blancs ?

John Nicholas Beit, un chef ? Chris se retint de rire et laissa Te Haitara poursuivre.

— Nous aimerions aussi l'échanger contre Poti, si elle est d'accord. Quand elle est venue chez nous, elle a dit qu'elle n'aimait pas la façon dont tu la regardais. Mais Makutu dit que ses yeux parlaient alors une autre langue. Peut-être que tu pourrais simplement lui envoyer un *miromiro*…

Miromiro… Dans la mythologie maorie, c'était un oiseau chantant des chants d'amour à une femme courtisée. Chris se sentit rougir. Il n'avait pas envisagé que Cat se fût exprimée si ouvertement. Mais peut-être que Makutu lisait les pensées. Une fraction de seconde, il s'abandonna au rêve de demander la main de Cat tandis que Jane trouverait son bonheur avec le chef maori. S'il était libre, Cat fléchirait. Elle l'aimait en effet autant que lui l'aimait. Mais c'était un rêve impossible.

— Te Haitara, ce n'est pas possible, répéta-t-il. Les mariages *pakehas* durent jusqu'à la mort, le divorce n'existe pas. En tout cas, j'ignore comment on s'y prend.

Te Haitara fronça les sourcils d'étonnement. Chris, découvrant l'homme grand et fort qu'il était, se demanda pourquoi il ne lui était pas apparu jusqu'ici combien, physiquement, Jane et lui s'accordaient.

– Je peux te dire comment cela marche avec le divorce. Ce n'est pas difficile. Il te suffit de prier une *tohunga* de chanter un *karakia toko*. Cela sépare le mari et la femme, comme Papa de Rangi. Les deux peuvent ensuite s'unir à nouveau.

Chris eut un rire nerveux : c'était attirant, un rêve éveillé. Être débarrassé de Jane, de ses méchancetés et de ses moqueries et bénéficier en échange de Cat, de sa douceur, de sa bonne humeur… Il connaîtrait enfin le bonheur dans son existence.

– Je ne peux quand même pas être d'accord, s'obstina-t-il à contrecœur. Cela contrevient aux bonnes mœurs, à la coutume. C'est un peu pour nous comme si c'était *tapu*. Comprends-le !

– Chez nous, ce n'est pas *tapu*. Et, pour Jane, ce n'est pas *tapu*, dit le chef en se redressant de toute sa taille. C'est toi qui dois comprendre, dit-il d'une voix forte. Je ne suis pas venu pour solliciter ton accord. Je veux te proposer un *utu*, afin qu'il n'y ait pas de sang entre nous.

Chris savait que l'*utu* était quelque chose comme un paiement servant à réparer un tort, décidé par le conseil des anciens quand quelqu'un avait offensé ou volé quelqu'un d'autre.

– Mais pour ce qui est du divorce, continua le chef avec placidité, c'est une affaire réglée. Jane a déjà fait sa demande à la *tohunga*. C'est Makutu qui officiera. La cérémonie aura lieu au coucher du soleil, sur la rive roselière du fleuve. Près des rochers devant le petit bois. Tu peux venir ou non, prendre la terre que nous t'offrons ou continuer à payer un fermage. Cela ne changera rien au fait qu'aujourd'hui Jane sera libre.

Chris se rendit à la cérémonie et Karl l'accompagna. Ida aurait aimé se joindre à eux, à la fois choquée et fascinée par cette façon simple de mettre fin à un mariage malheureux. Elle ne se souciait plus depuis longtemps de savoir si ses actes ou ceux des autres plaisaient à Dieu ou non. Elle était parvenue à la conclusion que Dieu, s'il n'était pas indifférent au sort de ses créatures, verrait d'un bien meilleur œil une liaison avec Karl qu'avec Ottfried.

Celui-ci, ce soir-là, ne la laissa pas partir, prétextant que plusieurs brebis étaient sur le point de mettre bas et qu'il aurait besoin d'elle en cas de problème. Et, de sa voix de prédicateur mecklembourgeois, il stigmatisa cette cérémonie païenne à laquelle Ida ne participerait en aucun cas.

— Il veut me prendre cette nuit, confia Ida à Karl qui ressentit une douleur quasi physique en la voyant souffrir.

Il n'était plus jaloux, sachant fort bien qu'Ottfried pouvait posséder le corps de la jeune femme, mais que son âme lui appartenait. Mais ce qu'elle endurait le rendait malade. Il passait presque chaque soirée à patrouiller entre les étables et la maison d'Ida.

La cérémonie lui changea les idées. La tribu était déjà rassemblée quand Chris et lui arrivèrent au bord du fleuve. Makutu se tenait entre les rochers, devant le fourré de roseaux, avec, à ses côtés, Jane et Te Haitara. Si le chef portait la tenue du guerrier, Jane avait revêtu une robe de laine de *pakeha*, une robe d'après-midi vert foncé qui lui allait bien. En raison de la fraîcheur de la soirée, le chef lui avait posé sur les épaules son manteau de plumes qui avait quelque chose de festif. Mais ce qui la rendait presque belle ce soir-là, c'était son expression. Le bonheur irradiait de ses yeux verts qu'elle levait, emplis d'adoration, vers Te Haitara et qu'elle baissait respectueusement sur la petite vieille femme qui, à ses côtés, chantait d'une voix forte, invoquant divers dieux et esprits témoins de cette cérémonie.

— Es-tu prête ? demanda-t-elle enfin à Jane. Si tu le veux vraiment, je dirai maintenant le *karakia toko*.

Jane, d'un regard vers Te Haitara, demanda de l'aide et aperçut à cet instant Chris sur le bord du rassemblement. Elle hésita à répliquer à son regard moqueur en baissant les yeux avec honte ou en le fixant sans ciller. Elle choisit la dernière solution, et Chris consentit à lui faciliter les choses. Il leva la main et fit un geste engageant, comme pour lui indiquer le chemin. Cela n'échappa pas à Te Haitara qui lui adressa un hochement de tête satisfait, puis à Jane un signe d'encouragement.

— Je le veux, dit d'une voix forte la jeune femme qui s'était ressaisie.

La *tohunga* leva les bras et s'immobilisa afin d'unir son esprit au ciel et aux étoiles naissantes. Puis elle entonna le *karakia*, si vite que Chris eut de la peine à suivre, une prière très courte de surcroît.

— *Ka tokona atu nei korua. Tu ke Rangi, tau ke Papa.*

— « Vous êtes tous les deux séparés comme si vous étiez Rangi et Papa », traduisit-il à l'intention de Karl. Tu connais l'histoire. Tane, le dieu de la forêt, et les autres enfants de la terre et du ciel ont séparé le couple afin de produire la lumière pour la Création. Le premier divorce en quelque sorte…

— Mais pas pour le bien des époux, objecta Karl.

— Peut-être, mais pour le bien du monde. Et puis, ma foi, quand je regarde Jane, dans ce cas, c'est aussi pour le bien de l'épouse !

— Et pour le tien, dit Karl en souriant et en faisant un signe à Cat qui se tenait parmi les femmes. Tu lui as déjà parlé ? Que pense-t-elle de cette cérémonie ?

— Comment aurais-je pu lui parler ? Entre midi et ce soir ? Je ne sais pas moi-même ce qui m'arrive.

Cat leur sourit, puis se joignit aux jeunes femmes, qui formèrent un cercle autour de Jane, l'acceptant de la sorte dans la communauté des femmes et jeunes filles non mariées. Makutu récita encore quelques *karakias*. Ensuite commencèrent les chants. Pour finir, le chef annonça qu'il y avait au village de quoi manger et du whisky pour tout le monde. La foule se dispersa rapidement.

— Ça n'a pas traîné, s'étonna Karl.

— Un mariage ne dure pas non plus très longtemps. Trois mots et on est marié. La différence, c'est que le mariage est reconnu alors que ce qui vient de se passer n'a aucune valeur aux yeux du reste du monde.

— Ça n'a pas de valeur dans le monde des *pakehas*, rectifia Karl. Mais, pour les tribus maories, c'est officiel. D'après leurs règles, Jane épousera le chef et toi, tu auras Cat, dit-il en souriant à l'adresse de Jane qui, recevant les félicitations des membres de la tribu, avait l'air détendue et satisfaite comme jamais il ne l'avait vue. Bon Dieu, Chris, à Auckland, tout le monde s'en souciera comme d'une guigne ! Pas de plainte, pas de procès. Et qui devrait s'en formaliser ? Les Beit sont en Australie et c'est à Jane qu'il reviendra d'annoncer ce qu'elle veut. En définitive, c'est elle qui a voulu ce divorce, pas toi. Les Maoris, nos voisins directs, reconnaîtront de toute façon la cérémonie. Quant aux quelques *pakehas* que nous connaissons, les Redwood, les Deans et les autres éleveurs, ce ne sont pas des dévots ! Ils seront heureux si tu trouves le bonheur avec Cat et se réjouiront de celui de Jane. Accepte donc tout cela, considère-le comme un effet de la Providence !

Chris resta perplexe. Peut-être que Karl avait raison et que, dans ce pays nouveau, on respectait d'autres règles. Mais en définitive, tout dépendrait de la manière dont Cat verrait les choses.

RATA STATION

Canterbury Plains

1846

1

Les semaines suivantes, Chris n'eut pas le temps de parler tranquillement avec Cat et encore moins de demander sa main. Les brebis mettaient bas les unes après les autres et Cat, Ida, lui-même et Karl, Ottfried aussi, prenaient soin vingt-quatre heures sur vingt-quatre des mères et des nouveau-nés. Parfois certains d'entre eux étaient orphelins ou repoussés par leur mère, et Ida les abritait dans un réduit de sa cuisine, tandis que Cat et les femmes maories les tenaient au chaud dans leurs bras, comme des enfants. Si Linda aidait dans la mesure du possible au soin des agneaux, Carol s'intéressait davantage aux chiots qu'une des chiennes collies d'Ottfried venait elle aussi de mettre bas.

La colonne des tondeurs australiens arriva plus vite qu'espéré. Les cinq hommes avaient dû prendre le premier bateau en partance après réception de la lettre de Jane. Comme prévu, ils commencèrent à opérer sur la péninsule de Banks et ne mirent que dix jours à tondre les bêtes des Redwood et des Deans. Peu de temps après, ils firent irruption à Fenroy Station, emplissant la ferme de rires, de plaisanteries crues et de l'odeur de lanoline des hangars à tonte. Ils libéraient les bêtes de leur toison à coups de ciseaux si rapides que Chris et Karl avaient peine à les suivre. Pour finir, ceux-ci demandèrent aux tondeurs de leur dispenser ainsi qu'aux hommes de Te Haitara des « heures d'enseignement » le soir.

— Pas de problème, nous ne pouvons en effet venir d'Australie tous les ans, expliqua Nils, le contremaître, un Suédois d'un certain âge. Bien que… si je songe aux talents culinaires de Mrs Brandmann, je pourrais faiblir. Si vous me proposiez un emploi stable…

Ce qui n'était bien sûr qu'une plaisanterie, un berger étant très loin de gagner autant qu'un tondeur expérimenté. De plus, ce genre d'hommes se considéraient comme des aventuriers, des esprits forts, et ne se seraient jamais pliés aux ordres d'un éleveur. La cuisine d'Ida s'était à vrai dire attiré dès le premier jour une reconnaissance sans bornes, de même que ses talents de brasseuse. Les tondeurs consommaient d'énormes quantités de bière et de whisky. En moins de temps qu'il ne faut pour le dire, ils eurent liquidé les provisions de Chris et de Karl ainsi que les réserves des Maoris, avec lesquelles Te Haitara, généreux, les dépanna.

Répondant à l'appel de Chris, l'*ariki* ne se contenta pas d'arriver à la tête de ses guerriers et muni d'un stock de bouteilles et de fûts pour participer à la fête d'adieu des tondeurs, il apporta aussi un document rédigé par Jane et signé par lui et deux des anciens du village.

— Voilà ! déclara-t-il d'un air important en le tendant à Chris. Tu vois, je tiens mes promesses. Et Jane te remercie de ta compréhension. Je dois te dire qu'elle est très heureuse.

En prenant le titre de propriété, Chris ressentit de l'émotion. Puis il sourit.

— Finalement, tout se déroule comme cela doit se dérouler dans un bon mariage, chuchota-t-il à Karl après avoir trinqué avec le chef au succès de leur marché. J'ai obtenu ma ferme et rendu ma femme heureuse en contrepartie !

— Pas Ottfried en tout cas, dit Karl en lançant un regard en coin au mari d'Ida qui, comme tous les soirs, buvait en compagnie des tondeurs.

Il n'avait pas manqué de voir Te Haitara remettre le titre de propriété. Sa mine renfrognée en disait long.

— Vous auriez dû vous y prendre avec plus de discrétion dans cette affaire de terre, continua Karl. Il sait à présent que tu l'as berné lors du partage de la ferme…

Chris voulut répondre, mais un guerrier l'accapara, puis il ne fut plus question d'Ottfried et de son désir d'avoir sa propre terre. Chris et le chef avaient l'esprit à la fête, les tondeurs aussi et Karl se laissa gagner par l'ambiance.

Quand la nuit fut tombée, les femmes des Maoris arrivèrent également à la ferme. On alluma des feux, on cuisina et on but. La fête se transforma en festin animé. Seule Ida se tenait en retrait. Elle ne but un peu de whisky avec Cat que dans sa maison. Elle ne prendrait en aucun cas part à la fête.

— Si je me montre, Ottfried me collera sur le dos une liaison avec un des tondeurs, expliqua-t-elle, soucieuse. Il est dans la disposition d'esprit de le faire. Il rumine quelque chose, il a eu un drôle d'air durant toute la soirée. J'espère qu'il ne me brutalisera pas. Je ne peux aujourd'hui compter sur l'aide de Karl et de Chris, ils sont pas mal ivres.

— Ils ont en effet de quoi fêter, Chris au moins, répondit Cat avec indulgence. Il a enfin sa ferme.

— Et toi ? Vas-tu l'épouser, maintenant qu'il est libre ?

— D'abord, il devrait déjà me l'avoir demandé. Et ce ne serait possible que selon le rite maori. Aux yeux des *pakehas*, nos enfants seraient toujours des bâtards. Se poserait aussi la question du devenir de l'élevage. La tribu s'y est faite et les Ngai Tahu se débrouillent à merveille avec les bêtes. Vais-je leur reprendre le troupeau et le mettre « dans la corbeille de mariage » ? Non, je ne vais pas me précipiter, mais, sourit-elle, disons en termes diplomatiques que la situation s'est améliorée. Nous ne sommes pas obligés de nous marier tout de suite.

— Et comment trouvez-vous nos moutons ? demanda Chris au contremaître des tondeurs le lendemain de la fête.

Les hommes, qui en avaient fini à Fenroy Station et n'avaient plus qu'à tondre les moutons des Maoris avant de partir chez les Butler, buvaient un dernier whisky avec Chris et Karl. Ottfried aussi était présent. Pas seulement parce qu'il était toujours là quand on servait de l'alcool, mais également pour contrôler le versement de la paie. Depuis l'affaire du titre de propriété, il faisait sentir à Chris qu'il se méfiait de lui. Furieux, il n'avait pourtant pas encore abordé la question de la terre. Karl en savait gré au Ciel. Il savait que Chris, cette fois, ne serait pas prêt à des concessions. Malgré toute la compréhension qu'il avait pour sa situation et celle d'Ida, il était impossible de collaborer avec Ottfried.

— S'il veut s'en aller, Ida devra faire un choix, avait répondu Chris sans prendre de gants quand il l'avait questionné à ce sujet. Tôt ou tard, elle le devra. Ou bien envisagez-vous de vous rencontrer éternellement dans l'étable, ou en forêt, pour échanger vos baisers ?

— Elle a peur de s'enfuir maintenant qu'elle est enceinte. Il faudrait aussi emmener les fillettes. Et je n'ai pas envie de m'en aller d'ici…

— La réponse, c'est toi-même qui l'as donnée il y a peu, c'est *karakia toko*. Makutu serait à tout instant prête à rompre le mariage d'Ida. Ensuite nous virerions Ottfried et nous vivrions tous en état de péché. Nous rencontrerions ce bon vieux Otie un jour ou l'autre aux enfers. Mais, d'ici là, nous aurions la paix. Il n'obtiendra en tout cas pas ma terre. Et ne va pas t'aviser de lui céder la tienne.

La qualité d'associé de Karl avait été établie par écrit et il aurait pu exiger que Chris mette à son nom la moitié des terres. Mais il n'en avait aucunement eu l'intention, satisfait qu'il était des règles en vigueur.

Pour l'heure, il était surtout intéressé par l'avis du tondeur sur les bêtes de Fenroy Station.

— La laine est-elle d'assez bonne qualité pour s'imposer sur le marché à long terme ? compléta-t-il la question de Chris.

Le contremaître, après un instant de réflexion, opina.

— Certainement. Vous avez de très belles bêtes. Votre réussite dépendra pour l'essentiel de la manière dont vous combinerez deux ou trois races ou espèces différentes pour constituer votre propre élevage. Les moutons que vous avez fait venir d'Australie, Karl, résultent de croisements de mérinos, tels que les expérimente Francis Holder à Adélaïde. C'est bien à lui que vous les avez achetés, non ?

Karl acquiesça, fasciné par la compétence du tondeur : les moutons qu'il avait acquis à Wellington provenaient effectivement de cet élevage.

— Leur laine est très belle, mais ce sont des animaux assez délicats. Il vous faudra vérifier comment ils supporteront, l'été, leur séjour dans les Hautes Terres. Quant à vos moutons Romney, Otie, ce sont aussi de très belles bêtes. Elles me font fortement penser à l'élevage des Redwood. D'où les tenez-vous, au fait ?

Ottfried sursauta.

— Qu'est-ce que vous voulez dire par là ? demanda-t-il, contrarié.

— Oh, mais rien du tout, absolument rien, répondit l'homme d'un ton conciliant. J'ai été frappé par la ressemblance. Et comme il y a cette histoire de vol… Il aurait pu se faire qu'on vous ait vendu des moutons volés.

— Ah, mais quel culot ! s'emporta Ottfried dont le visage s'empourpra. Vous m'accusez de…

— Tais-toi un peu, Ottfried, coupa Karl. On ne t'accuse de rien ! Il a acheté ces bêtes sur le marché de Nelson, dit-il au tondeur. À ma connaissance, avant la disparition des moutons des Redwood. En tout cas avant qu'ils aient pu arriver sur ce marché. Le voleur ne les aura pas vendus juste après les avoir volés, ce serait trop stupide ! Nous ne laisserons en aucun cas subsister le moindre doute. Quand je rencontrerai James, Edward ou Joseph, je leur demanderai de venir examiner nos bêtes.

— Et à quoi pourraient-ils les reconnaître ? railla Ottfried. Répondent-ils à leur nom comme ceux de Cat ? Rien ne ressemble plus à un mouton qu'un autre mouton.

— Pas du tout, coupa à nouveau Karl. Tu viens d'entendre Nils reconnaître l'éleveur de mes moutons. Quant aux Redwood…

— C'était le fruit de leurs propres croisements et Joseph Redwood affirme qu'ils avaient marqué leurs bêtes, expliqua le contremaître. Il ne m'a pas dit exactement comment. En général ce sont des marques sur les oreilles. Les moutons de Fenroy Station en ont presque tous une, c'est d'ailleurs à ça que j'ai reconnu l'élevage de Holder. Vous devriez en imaginer d'autres pour vos agneaux…

— C'est ce que nous ferons, dit Chris en servant un dernier verre. Et, pour ce qui est des Redwood, ils seront toujours les bienvenus. Ici, nous n'avons rien, absolument rien à cacher.

Karl goûta du bout des lèvres son whisky et observa d'un air soupçonneux Ottfried qui, soudain devenu pâle, avala son verre d'un trait.

— Non, nous n'avons rien à cacher, n'est-ce pas, Ottfried ? dit-il.

— Je sais maintenant ce que je vais faire ! proclama d'un ton triomphant Ottfried quand il rentra chez lui.

Pour la première fois depuis que Te Haitara avait mis les terres au nom de Chris, il paraissait de bonne humeur.

— Nous aurons de la terre, Ida. Une terre à nous, qui nous appartiendra sans réserve. Je ne me laisserai pas berner une fois de plus comme jadis par Wakefield, puis par les sauvages et maintenant par ce morveux anglais ! Cette fois, le chef signera en personne et c'est sa putain de Jane qui établira le document. Comme pour Fenroy. Ensuite, je le ferai légaliser par le gouverneur. Cette fois…

— Attends une seconde, l'interrompit Ida. De quelle terre parles-tu ? Et comment comptes-tu la payer ? Te Haitara ne te la cédera pas en échange de quelques couvertures et casseroles. Jane y veillera.

— Je parle de la terre que nous avons prise à ferme !

Quand il était arrivé avec ses moutons, Chris avait négocié avec le chef l'usage de nouveaux pâturages. Ottfried lui aussi devait payer l'utilisation de quelques hectares de pâturage au prix d'une brebis pleine par an. Contrairement à Karl et Chris, il avait exigé que leurs limites soient définies et Karl s'était alors résigné à arpenter le terrain en question, au nord de Fenroy Station, partiellement boisé.

— Je l'achèterai, dit-il.

— Si la tribu accepte de la céder. Et si tu as de quoi [la] payer.

— Tu veux dire, si *nous* avons de quoi la payer, gronda Ottfried. Toi et moi !

Il détestait qu'Ida emploie le « nous » en parlant de Chris, de Karl et de Cat, un « nous » qui l'excluait.

— Toi et moi, dit-elle conciliante. Mais nous n'avons pas d'argent ! Bien sûr, un peu maintenant après la tonte, cependant Karl pense que nous devrions d'abord investir cet argent, acheter d'autres moutons…

— Karl, toujours ce Karl ! cria son mari en se mettant à tourner en rond dans la pièce. J'en ai assez d'entendre ce nom ! C'est qui, d'abord, ce Karl ? Un journalier, un crève-la-faim, rien de plus ! Il n'a jamais rien possédé et ne possédera jamais rien, et d'ailleurs ça lui est égal. Mais moi je suis venu en Nouvelle-Zélande pour acquérir de la terre ! Une terre qui m'appartienne ! Pas pour payer un tribut à des sauvages ! Mais bon Dieu, Ida, c'est comme au Mecklembourg avec les junkers ! dit-il en tapant du poing sur la table.

Ida sursauta, mais continua à objecter avec courage.

— Ça ne change rien au fait que nous n'avons pas d'argent et que nous ignorons si Te Haitara veut vendre. Alors qu'ils ont à présent eux-mêmes leur élevage…

— Justement, ricana Ottfried. Et c'est précisément là que je vais intervenir !

— Qu'est-ce qu'il veut ? s'étonna Karl quand Ida lui dévoila les projets d'Ottfried. Il veut vendre vos moutons ?

— Pas tous. Juste les cinquante premiers. Il pense que vous pourriez vous opposer à la vente de la descendance.

— Sans aucun doute ! Mais bon Dieu de bon Dieu, Ida, ma patience a aussi des limites. Je fais tout ce je peux pour toi, mais Ottfried… Comment quelqu'un peut-il être aussi ingrat ? Nous l'avons accueilli quand il était dans la panade. Et maintenant il ne nous parle même pas de ses projets de vente !

— Il dit que Chris ne lui avait pas tout raconté, à propos des terres. Et, ma foi, c'est vrai qu'il l'a un peu roulé dans la farine quand il lui a accordé un tiers de la ferme alors qu'elle ne lui appartenait pas, objecta Ida, quelque peu mal à l'aise de défendre son mari.

— Ça ne fait rien, persista Karl. J'ai un mauvais pressentiment. Il veut vendre les moutons qu'il prétend avoir achetés à Nelson. Alors que des moutons semblables ont disparu de chez les Redwood au même moment. Il a tout l'air de vouloir s'en débarrasser. Ida, tout ça ne me plaît pas. Et si Ottfried veut maintenant partir d'ici, tu ne peux pas le suivre, Ida ! Tu dois te décider. Pour moi !

— Non, non Karl, s'écria-t-elle. Ce n'est pas vrai ! Ottfried n'est certainement pas un homme bon… mais ce n'est pas un voleur ! Il ne veut pas vendre ces moutons n'importe où. Il envisage de les donner à Te Haitara. En échange de la terre que nous avons en ferme.

Karl se leva. Les conséquences de ce deal l'inquiétaient et, depuis toujours, il réfléchissait mieux quand il bougeait.

— Alors il veut rester ici, Ottfried… dit-il, songeur.

— Oui. C'est bien, non ? Je ne serai alors pas obligée de…

— Oui et non, murmura Karl. Je suis bien entendu heureux qu'il ne projette pas de t'emmener en Australie. Mais, en définitive, il ne fait que reporter la décision. Et la séparation sera plus difficile encore si Ottfried devient un jour propriétaire ici. Nous ne pouvons pas le tromper toute notre existence, Ida, et nous ne pouvons pas davantage continuer à vivre à côté de lui ! Ce n'est pas comme Chris et Jane. Ottfried voudra te garder. Il n'acceptera pas un divorce à la maorie !

— Personne ne reconnaît un tel divorce. Devant Dieu, je ne peux pas devenir libre.

Karl s'abstint de tout commentaire à propos du rôle de Dieu dans les questions de divorce quand, sa patience n'étant pas loin d'être à bout, il répondit :

— Tu pourrais rester ici s'il part ou partir avec moi s'il reste. Mais je parle dans le vide, je te l'ai souvent proposé déjà ! Tu n'en as pas le courage. Et, un jour ou l'autre, cela finira dans le sang, tu le sais !

Ida ne trouva rien à répondre. Dans la nuit ayant suivi la fête des tondeurs, Ottfried l'avait à nouveau battue. À Chris et Karl, elle avait raconté que les hématomes de ses joues avaient été provoqués par le coup de sabot d'une brebis quand elle la trayait. À l'évidence, Karl n'en croyait rien.

— Ne me gronde pas, se contenta-t-elle de dire tout bas. Prends-moi plutôt. La journée est si belle. Il fait chaud et ce coin, on se croirait sur une plage, ajouta-t-elle, montrant le lieu idyllique où ils s'étaient rencontrés, au bord du fleuve…

Se forçant au calme, Karl la prit dans ses bras.

— Je ne te gronde pas, chuchota-t-il, mais il te faut absolument quitter Bahia ! Avant qu'Ottfried ne te renvoie brutalement à Raben Steinfeld !

Chris fut partagé quand il fut mis au courant des projets de vente d'Ottfried. Il avait parlé à Cat la veille. Ils n'avaient pas fait que parler ! Maintenant que la relation entre lui et Jane était éclaircie, elle lui avait de nouveau offert ses lèvres, tandis que les tondeurs allaient travailler au village maori. Elle l'avait accompagné en direction de Fenroy Station et ils avaient fini par s'aimer au milieu des buissons de rata. Un lit de fleurs et d'herbe ! Aucun des deux ne nierait désormais qu'ils étaient faits l'un pour l'autre. Mais Cat refusait de rendre leur liaison officielle. Elle ne voulait pas se marier, même selon le rite des autochtones, et elle ne voulait pas s'associer à la ferme de Chris. Il lui aurait fallu pour cela reprendre ses moutons aux Maoris, ingratitude qui n'était pas dans sa nature.

À vrai dire, si Te Haitara achetait les moutons d'Ottfried, Cat n'aurait plus ce problème. Les Maoris auraient leur propre élevage et Te Haitara savait que Chris aimait Cat. Il n'exigerait certainement pas qu'elle reste au village avec ses moutons. Cat, par ailleurs, pourrait sans crainte s'installer chez Chris si elle ne devait plus croiser Ottfried à tout instant.

— Avoir Ottfried pour voisin ne me plaît certes pas non plus, finit par dire Chris à Karl. Mais je n'y peux rien. Pour être franc, je suis au moins heureux qu'il ne soit plus à la ferme. Qu'il fasse ce qu'il veut des descendants de ses moutons dans son coin, bien que ce soit une stupidité. Ils sont trop peu nombreux pour constituer un élevage et, de plus, ils sont tous apparentés. Mais c'est son affaire ! Nous n'avons pas besoin de lui pour notre élevage car les gains de la tonte nous permettent d'acheter d'autres bêtes. Si Cat me rejoignait avec ses moutons, je m'en tirerais seul. Je pourrais te rembourser avec mes gains de la tonte, Karl, si tu partais avec Ida.

— Je te remercie, mais Ida n'est pas prête. Sans doute ne le sera-t-elle jamais. Si, donc, tu en es d'accord, j'aimerais rester. Je sais que c'est une folie. Je devrais l'abandonner, prendre une autre épouse, chercher si je peux trouver le bonheur ailleurs. Cat a eu raison quand elle t'a quitté parce que tu étais lié à Jane. Sauf que… je n'ai pas la force de Cat et Ida n'a pas la tienne. Nous en serions brisés.

2

Te Haitara ayant accepté la proposition d'Ottfried, Jane établit un nouveau titre de vente qu'il signa. Il envoya ensuite des hommes aider Ottfried à trier ses cinquante moutons. Maintenant qu'ils étaient au courant, ils se fièrent aux marques distinguant les bêtes qui n'étaient pas nées à Fenroy Station. Chris et Karl observant l'opération, bien que non concernés par ce tri, purent vérifier que les cinquante moutons d'Ottfried portaient la même marque distinctive.

— Ça prouve qu'ils viennent tous du même éleveur, déclara Chris. À la différence, par exemple, de ceux de Cat qui furent sans doute achetés chez divers éleveurs français. Cela ne prouve pas que ces bêtes viennent de chez les Redwood.

— Espérons-le, dit son ami. Sinon, cela va être difficile. On aurait pu obliger Ottfried à les rendre, les lois sont sans ambiguïté sur ce point. Mais les Maoris les ont achetées de bonne foi. Je ne pense pas que Te Haitara les rendra, quoi qu'en disent les lois des *pakehas*. Je ne parviens pas à vrai dire à me souvenir si Ottfried a acheté le troupeau avant ou après le vol. C'est à peu près à cette époque qu'il est parti à cheval pour Nelson. De cela, je suis certain. En fait, il n'est pas possible que les voleurs aient eu le temps de transporter les moutons jusqu'au marché de Nelson…

Chris souhaitait comme son ami pouvoir envisager l'innocence d'Ottfried. Mais Cat, la veille, lui avait annoncé qu'elle soupçonnait Ottfried, car à l'époque il avait soudain et de manière très surprenante fait part de prétendues économies. Normalement, il aurait dû ne plus avoir un sou en poche. Il n'aurait donc pu acheter quoi que ce soit à Nelson. Qu'en conclure ? Ne les avait-il pas dérobés lui-même dans les pâturages des Redwood ?

Quelques jours après l'arrivée des moutons d'Ottfried chez les Maoris, les tondeurs, une fois leur travail chez Butler accompli, s'arrêtèrent à Fenroy Station avant de rejoindre Port Cooper.

— Nous devons vous donner le bonjour de la part du capitaine Butler, déclara Nils. Nous lui avons dit que vous désiriez acheter des moutons. Or il serait disposé à se séparer de trois douzaines de jeunes bêtes. Je les ai vues. Des bêtes magnifiques qui se croiseraient fort bien avec les vôtres. Si vous êtes intéressés, passez le voir. Il estime qu'il est de toute façon temps que vous fassiez connaissance, puisque vous êtes pratiquement voisins !

— Ne devrions-nous pas nous rendre chez Butler ? demanda Chris après le départ des tondeurs. L'offre semble alléchante.

— Ça ressemble même à un sérieux coup de chance ! l'approuva Karl. Il ne faut pas laisser passer l'occasion. Mais surtout ne pas en toucher un mot à Jane et au chef ! Sinon, ils nous faucheront l'herbe sous les pieds. Ils semblent avoir pris goût à l'élevage, alors que jamais je n'aurais cru que Jane s'y intéresserait.

Jane était passée à la ferme quelques jours auparavant et avait longuement discuté avec Chris, Karl et Cat de leur futur programme d'élevage commun. Elle avait fait montre de fortes connaissances en ce qui concernait les qualités de laine et les critères d'élevage. Elle avait dû commander et lire des livres sur ces sujets.

— Jane s'intéresse à tout ce qui permet de faire des affaires, déclara Chris d'un air furibond, mais surtout aux marchandises qui ne bêlent et ne crottent pas. En revanche, les Maoris sont bien meilleurs éleveurs que producteurs de médicaments. On en était arrivé au point de craindre une grève des *tohungas* ! Elles se sentaient lésées dans l'aspect spirituel de leur art et surchargées de travail. L'élevage des moutons, en revanche, n'est frappé d'aucun *tapu*, à part le fait qu'ils ne doivent pas brouter à certains endroits. De plus, l'expansion ne signifie pas obligatoirement plus de travail, au moins durant l'année entière. C'est pourquoi ils œuvrent avec zèle. La seule chose qui ne convient pas à Jane, c'est d'être encore dépendante de nous. Comme Ottfried, elle aimerait bien avoir son truc à elle. Mais, plus intelligente, elle sait qu'elle ne peut s'en sortir seule avec cinquante moutons. Si elle peut en acquérir d'autres, elle sautera sur l'occasion. Il faut donc aller au plus vite chez Butler et nous assurer de ces bêtes.

— La seule chose qui m'embête, c'est de laisser Ottfried seul ici. Avec Ida et Cat.

— Cat se débrouillera seule, ma maison ferme à clé et elle a déjà montré qu'elle sait se défendre contre Ottfried. À supposer même qu'il ose s'en prendre à elle. Il n'est en fait vraiment dangereux que sous l'emprise de la boisson et les tondeurs ne lui ont pas laissé grand-chose à boire. Quant à Ida, nous ne pouvons de toute façon rien pour elle. Tu te figures que ta présence la préserve de je ne sais quoi, mais à y regarder de plus près.. Elle a sans arrêt des bleus et les lèvres tuméfiées. Et je n'accorde aucun crédit à ses explications. Je ne me fais donc pas plus de soucis que d'ordinaire pour elles deux.

Plutôt pour les moutons. Il pourrait bien en disparaître quelques-uns.

— Tu ne penses tout de même pas à Jane et à Te Haitara ?

— Non, je pense à Ottfried. Je me méfie de lui !

— Moi aussi, je me méfie de lui, déclara Cat quand les deux hommes un peu plus tard lui parlèrent de leur intention de se rendre chez Butler. Mais il ne volera pas de moutons ici ! Ce serait trop voyant. Et où irait-il avec eux ? À Port Cooper, il tomberait à coup sûr sur les tondeurs, sur les Deans ou les Redwood. Il devrait donc prendre la direction de Nelson, mais le trajet durerait des jours et des jours. Ida se poserait des questions et il devrait laisser ses bêtes alors qu'il veille sur elles comme s'il s'agissait d'un trésor.

Ottfried, en effet, ne laissait pas ses moutons en liberté et les élevait comme le faisaient les junkers du Mecklembourg, dans des étables, dans des enclos ou sous la surveillance d'un berger.

— Il suffirait pourtant que l'un de nous aille chez Butler, proposa Karl, mais sans grande conviction. Je resterais ici et Cat t'accompagnerait.

— Non, dit celle-ci, toutes les brebis pleines n'ont pas encore mis bas, chez nous. Chez les Maoris non plus. J'ai promis de les aider. À moins que vous n'imaginiez Jane dans l'étable ? dit-elle en riant. On ne peut lui reprocher de ne pas se donner de la peine. Elle a lu des livres entiers sur l'aide à la naissance des agneaux. À peine ai-je mis les pieds dans le village que je dois traduire pour les femmes qui ne saisissent pas du tout les théories sous-tendant les gestes à pratiquer. Mais vous voyez Jane la main dans le derrière d'une brebis ? Je ne peux pas partir. De toute façon, le mois prochain, vous devrez mener nos bêtes et celles des Maoris dans les Hautes Terres. Un seul n'y parviendrait pas.

Ottfried désapprouvant ce libre pâturage, il resterait donc seul avec Ida à Fenroy Station une à deux semaines, ou à Raben Station, comme il envisageait d'appeler sa propre ferme.

— Elle a raison, Karl ! Partons demain, nous serons d'autant plus tôt de retour. Et toi, Cat, ne quitte pas Ottfried de l'œil et demande aux Maoris d'en faire autant en notre absence…

James et Joseph Redwood arrivèrent à Fenroy Station quand Chris et Karl venaient de partir. Ida, seule pour les recevoir, considéra leur visite avec des sentiments mêlés. Il était évident qu'ils n'avaient pas accompli ce long déplacement juste pour revoir d'anciens amis. Elle avait beau s'efforcer de croire Ottfried quant à la provenance des moutons de Nelson, elle éprouvait une vague inquiétude. Puis la joie des retrouvailles l'emporta, ainsi que le soulagement de ne plus être seule avec son mari.

Les nuits, pour elle, étaient rudes et elle ne pouvait même pas chercher du réconfort auprès de Cat, qui aidait les Maoris lors de l'agnelage. Ces derniers auraient certainement pu s'en sortir seuls, mais Jane tenait à ce que Cat les surveille, alors que Makutu et ses compagnes avaient en la matière plus d'expérience que Cat qui tenait ses connaissances de la brève initiation reçue chez les Deans et, surtout, de son activité de sage-femme après de Te Ronga. Jane, en fait, était rassurée par la présence d'une *pakeha* en guise de surveillante. Cat, soucieuse de la bonne entente entre le village et Fenroy Station, n'avait pu refuser.

Ida s'efforça de ne pas trop montrer sa joie afin de ne pas éveiller la jalousie de son mari, gardant le regard baissé. Elle demanda des nouvelles de Laura et de sa fromagerie.

— Laura sera jalouse quand nous lui raconterons combien vos deux magnifiques petites filles se sont développées ! Laura va bien, mais son fromage n'a pas, et de loin, aussi bon goût que le vôtre, Miss Ida. En fait, vous allez pouvoir vous revoir plus souvent. Nous sommes sur le point d'acheter de la terre aux Maoris. À seulement quinze miles d'ici, en amont du fleuve. Acheter, je dis bien ! Laura aura enfin sa maison de pierre. Elle est déjà folle de joie à l'idée de vous revoir. Mais où votre époux se cache-t-il ? Et où est Chris Fenroy ? Nous avons entendu parler de son « divorce » hors normes. Si certains en sont choqués, cela amuse Laura au plus haut point. Joseph doit entendre trois fois par jour qu'elle se fera chanter *karakia toko* s'il ne se tient pas mieux !

— Ma foi, nous ne savons nous-mêmes pas très bien ce qu'il faut en penser, concéda Ida en rougissant. C'est Jane qui a voulu qu'il en soit ainsi. Et les Maoris…

— Qu'y a-t-il avec les Maoris ? la rabroua Ottfried qui, entrant, la découvrit en compagnie des Redwood. Qu'est-ce que tu racontes encore ?

— Rien, murmura Ida en sursautant. Je parlais juste de Jane. James et Joseph voulaient savoir comment s'était passé ce divorce.

Ottfried parut soulagé, ce qui ne l'empêcha pas de se montrer grossier :

— Une pute, qui passe d'un homme à l'autre et qui croit que le dieu des sauvages l'approuve. Le dieu des sauvages ! Quelle honte ! Si ma femme en faisait autant, je la ramènerais dans mon lit par les cheveux ! Et je la ferais jouir !

Ida ne dit rien, morte de honte. Les Redwood eurent eux aussi l'air fort embarrassés.

— Miss Ida me semble pourtant au-dessus de tout soupçon, finit par déclarer James en s'inclinant devant elle.

— Il ne manquerait plus que ça, ronchonna Ottfried. Qu'Ida soit sage ! Sinon…, dit-il d'un ton menaçant.

— Tu pourrais peut-être dire bonjour à nos visiteurs, Ottfried, dit Ida, calmant le jeu. James et Joseph ont un long trajet derrière eux. Tu dois avoir encore un peu de whisky pour eux. On vient de terminer la bière, j'en brasserai d'autres après les récoltes.

— Tu as toujours des excuses ! Mais oui, Joseph et James, bienvenue à Fenroy Station et Raben Station, comme s'appellera ma nouvelle ferme. Ma ferme !

Les Redwood parurent plutôt consternés.

— Vous partagez la ferme ? s'étonna Joseph. Je ne le ferais pas, à votre place. Les petites fermes n'ont pas d'avenir, ici. L'agriculture n'est pas rentable. Pas encore, du moins jusqu'à ce que la ville soit construite. Et, pour les moutons, on a besoin de grandes surfaces et de beaucoup de bêtes.

— On pourra toujours grandir, répondit Ottfried, indifférent. J'ai des projets. Mais qu'est-ce que vous faites ici ? Que voulez-vous ?

James fronça les sourcils tant la question était peu amène.

— Mon mari demande pour quelles raisons vous êtes venus jusqu'ici et si nous pouvons vous être utiles, explicita Ida dans un anglais parfait. Chris et Karl ne sont pas là, j'allais vous le dire. Ils sont partis chez Butler pour voir des moutons et peut-être les acheter.

— C'est un peu pour les mêmes raisons que nous sommes ici, répondit Joseph, maintenant furibond. Nous voulons voir des moutons, même si ce n'est pas pour les acheter. Des rumeurs sont arrivées jusqu'à nos oreilles… ne nous en veuillez pas… Il se dit que se trouvent chez vous des moutons exactement semblables aux nôtres. Et vous savez que nous avons récemment été victimes d'un vol.

— Vous nous suspectez d'un vol ! s'écria Ottfried avec tous les signes de l'indignation. Que nous ayons volé vos moutons !

— Non, non, nous ne suspectons rien du tout, répondit James. Mais ils ne se sont tout de même pas volatilisés. Ils doivent bien se trouver quelque part. Peut-être l'un de vous les a-t-il achetés en toute bonne foi. En tout cas, nous ne prendrons pas de repos avant de les avoir retrouvés et nous vérifions chaque indice. Je suis certain que Chris Fenroy n'est pas opposé à ce que vous nous montriez ses bêtes en son absence. Donc, ne nous disputons pas. Vous nous pilotez au travers de vos terres, nous jetons un œil sur vos troupeaux, puis nous boirons un whisky. D'accord ? Nous en avons même apporté, dit-il en sortant une bouteille de la sacoche de selle qu'il avait prise avec lui. Considérez notre venue comme une visite d'amitié, Otie. Vous n'avez tout de même rien à cacher.

— Bien sûr que non, assura Ida. Ottfried, je t'en prie… Vous y allez tout de suite ou bien… ?

— Tout de suite, ordonna Ottfried. Puisque c'est comme ça, tout de suite. Faites votre contrôle, puis nous verrons. J'aurais assez envie de vous chasser, mais puisque vous voulez être amis, soyons amis, dit-il en tournant les talons sans attendre les Redwood.

— Avec Fenroy et Jensch, cela aurait été plus simple, entendit Ida, honteuse, James souffler à son frère.

Après le départ des trois hommes, Ida prépara un ragoût à leur intention. Ils auraient sans doute préféré du lapin rôti, mais elle n'en avait pas en réserve, car Ottfried ignorait toujours tout de son revolver. Quand elle servait du lapin ou du canard, elle prétendait que Chris ou Karl les avait tués ou que Cat les avait pris au piège.

Elle eut de surcroît le temps de cuire deux miches de pain avant le retour d'Ottfried et des Redwood.

— Tout est en ordre ? demanda-t-elle, soulagée de les voir de bonne humeur.

— Fausse alerte, Miss Ida, comme nous le pensions. Aucun de vos moutons ne portait notre marque. Compliments en tout cas ! Votre mari a de belles bêtes ! Elles ressemblent effectivement aux nôtres, de purs romneys ou presque. Nous réfléchirons à un programme d'élevage commun. Et les mérinos croisés de Jensch et Fenroy ainsi que les fantastiques rambouillets ! Appartiennent-ils réellement à Miss Cat ? Je comprends parfois difficilement ce que dit Ottfried. Vous nous donnerez plus de détails, Miss Ida !

Ottfried sourit, l'air satisfait, et accepta même que les Redwood s'entretiennent avec Ida durant le repas. Son mauvais anglais ne lui permettait pas de tenir de longues conversations. Il lui fallut néanmoins quatre ou cinq verres de whisky avant qu'il n'accepte de pardonner aux visiteurs leurs soupçons. Les frères se retirèrent alors dans la maison de Chris où Ida leur avait préparé une chambre.

Seul, Ottfried ouvrit une autre bouteille de whisky et se versa un verre supplémentaire. Comme il paraissait paisible, Ida osa se montrer curieuse.

— Tu leur as aussi montré les moutons du village maori ?

— Bien sûr que non, grogna-t-il avec une grimace. Pourquoi l'aurais-je fait ? En quoi seraient-ils intéressés par le bétail des sauvages ? Ils voulaient voir nos moutons. Ils ont eu ce qu'ils voulaient. Et j'espère que les voilà satisfaits !

Ida se demanda s'il était sage de lui révéler que les Redwood comptaient s'installer à proximité. Mais, s'il l'apprenait dans quelques semaines, il serait furieux de son silence.

— À la longue, ils finiront par apercevoir les moutons du village, dit-elle donc. Tu n'étais pas là quand ils ont annoncé qu'ils seraient prochainement nos voisins. Ils achètent pratiquement toutes les terres entre Fenroy Station… euh… Raben Station et celles des Butler.

— Quoi ? s'emporta Ottfried. Ces salauds de Maoris leur vendent du terrain ? Un terrain contigu au nôtre ? Mais cela veut dire que nous n'allons plus pouvoir nous agrandir !

Ida, effrayée par sa colère, fut néanmoins soulagée de voir qu'il ne se faisait pas de souci pour les moutons de Te Haitara.

— C'est ce qu'ils ont dit, confirma-t-elle. Je suis désolée, tu aurais peut-être dû dire à Te Haitara que tu étais intéressé. Mais tu le peux peut-être encore. Il ne semble pas que des contrats aient déjà été signés. Pose la question à Jane et au chef. Il doit encore être possible de faire quelque chose !

— Et comment ! Bien sûr que quelque chose est possible, marmonna-t-il. Mais pas comme ça ! Je ne vais pas me mettre à plat ventre devant ces sauvages ! Ça a assez duré… Je… Attends un peu… Je vais leur montrer de quel bois je me chauffe !

Le lendemain matin, Ida regarda avec inquiétude Ottfried et les deux frères quitter ensemble la maison après le petit déjeuner.

— Il y a encore quelque chose que je veux vous montrer ! avait expliqué son mari. Une idée qui m'est venue. À propos des moutons. Venez avec moi ! Ah, et puis, Ida, avait-il ajouté en allemand, il se peut que j'accompagne les Redwood à Port Cooper. J'ai un problème à régler. Tu es déjà au courant, nous en avons parlé hier.

Ida garda le silence, bien que ne voyant aucun rapport entre les menaces de la veille et ce départ pour Port

Cooper. Elle ne voulait pas l'irriter car elle avait le corps rompu de coups après la colère qui l'avait saisi quand, sa bonne humeur passée, il lui avait reproché de ne pas lui avoir parlé des projets d'installation des Redwood. Il s'y serait pris autrement, disait-il. Ida n'y comprenait goutte, mais était heureuse de le voir partir.

Une fois Ottfried parti, Cat était revenue du village et c'est avec intérêt qu'elle apprit la visite des Redwood.

— Il leur a montré tous les moutons sauf ceux de Te Haitara. Tu crois que cela veut dire quelque chose ? Je n'arrive pas à m'imaginer qu'il ait à voir avec le vol. Il n'a pas été élevé ainsi, il est chrétien. À Raben Steinfeld, tout le monde était honnête. Je pense qu'il a peur que le marchand de Nelson lui ait vendu des moutons volés…

— Arrête un peu de te torturer les méninges, Ida ! Et oublie Raben Steinfeld ! Si tu veux mon avis, Ottfried est un escroc de la pire espèce, je le crois capable de voler. Quant aux moutons de Te Haitara… C'est un pur hasard qu'il ait réussi à les leur cacher car, en général, ils broutent autour du village et se mêlent aux autres. Or, toutes les brebis n'ayant pas encore mis bas, nous les laissons dans l'enclos. Il suffirait de garder enfermées les brebis encore pleines, mais Makutu voit les choses d'un autre œil : le troupeau doit rester uni, séparer les familles est mauvais pour leurs âmes.

— Les âmes des moutons ? s'exclama Ida.

— Mais oui, dit Cat en riant. Pour les Ngai Tahu, chaque mouton a une âme, de même que chaque arbre, chaque buisson de rata. Et ne fais pas cette tête de bigote. Ce n'est pas un blasphème et les *tohungas* pourraient bien avoir raison, car, jusqu'ici, aucune de leurs brebis n'a rejeté son petit. L'agneau d'une brebis ayant péri pendant l'accouchement a été adopté par une autre mère. Les moutons semblent apprécier les chants de Kunari et tu as toi-même dit que son fromage frais était meilleur que le tien.

Kunari était une jeune fille un peu demeurée, douce et gentille, mais lente et incapable de retenir ce qu'on lui disait. Peu loquace, elle chantait sans arrêt pour elle-même des paroles incompréhensibles, dans sa propre langue, disait Makutu. Depuis que la tribu s'adonnait à l'élevage, Kunari était en passe de devenir une *tohunga.* Ida lui ayant appris à traire, elle s'occupait des brebis laitières et faisait preuve d'instinct dans cette tâche. Ida, pour sa fromagerie, avait trait dix brebis quotidiennement. Elle avait dû les céder aux Maoris car elles appartenaient au troupeau d'Ottfried. Elle s'en était consolée en les sachant entre de bonnes mains. Kunari les trayait deux fois par jour, fabriquait du fromage frais et, de temps à autre, menait les bêtes dans les pâturages afin qu'elles puissent brouter de l'herbe fraîche, tout en chantant pour elles et en leur racontant de longues histoires. Elle n'avait pas besoin de chien de berger, les moutons la suivant au doigt et à l'œil. Makutu avait un jour déclaré avec respect que Kunari parlait la langue des *hipis*, un don des dieux.

– Au fait, Kunari a passé toute la journée d'hier dehors, avec ses moutons, se souvint tout à coup Cat. Avant-hier aussi. Ottfried et les Redwood auraient facilement pu les rencontrer. Ne te fais donc pas de souci. En tout cas pas pour les Ngai Tahu et leurs moutons ou pour ton Ottfried ! Je serais plus inquiète pour les Redwood, qui sont avec lui pour l'instant et à qui il en veut certainement. Ils feraient mieux de ne pas lui tourner le dos !

Ottfried brilla par son absence les jours suivants et le bien-être qu'en éprouvait Ida se mêlait d'une inquiétude croissante. Bien sûr il était possible que Cat eût raison et qu'Ottfried fût en train de faire la bringue dans un pub, dépensant le peu d'argent que lui avait rapporté la tonte.

— Il voulait l'investir dans la construction de Raben Station, avait objecté Ida. Il était très décidé.

— Ida, il boit et il joue. Ce que les hommes n'arrivent manifestement pas à contrôler, avait répondu Cat. Sitôt assis à une table de jeu, Ottfried est perdu, il n'arrête pas avant d'être à sec. Même chose pour le whisky. Tant qu'il y en a, il ne lâche pas la bouteille. Espérons qu'il ne s'endette pas à nouveau. Mais les gens, à Port Cooper, ont appris à le connaître et ne lui feront plus crédit.

3

— Je vous le demande une fois encore : vous êtes sûrs de vous ?

Le jeune officier de police avait fait observer une ultime halte à ses hommes dans un bosquet au bord du fleuve, non loin de Fenroy Station et du village. Il n'était pas à l'aise depuis que les Redwood étaient venus porter plainte dans son bureau de Port Cooper. Il ne se sentait pas à la hauteur d'une opération de cette nature. Il avait accepté ce poste subalterne parce que personne n'en voulait. Il avait aussi besoin d'argent bien entendu, et, à la différence de la plupart des habitants de Port Cooper, les écritures inhérentes à sa fonction ne lui étaient pas désagréables. En Irlande, il avait été instituteur. Mais voilà que cette sale histoire lui tombait sur le dos… Sean O'Malley dut à nouveau s'assurer de la réalité du problème avant de rentrer dans le vif du sujet.

— Vous ne pouvez pas vous être trompés ?

— Non, répondit Joseph avec irritation. Je vous l'ai déjà dit trois fois, et nous avons d'autres témoins en la personne de mon frère et de celle de M. Brandmann. Ces gens sont en possession de nos moutons. Aucun doute n'est possible, les bêtes portent nos marques d'identification, nous pourrons le prouver à tout instant quand les bêtes auront été saisies.

— Et pourquoi n'étaient-elles pas mieux cachées ? Vous dites vous-même que les moutons broutaient à la vue de tous et que la bergère n'avait pas du tout l'air d'une coupable.

— Monsieur l'officier ! s'exclama Joseph Redwood, pas loin d'exploser. La jeune fille qui gardait ces moutons était simple d'esprit, de là son absence de sentiment de culpabilité. C'est aussi pourquoi elle nous a montré les bêtes avec fierté, nous permettant de les voir de près. Faites-nous donc entrer dans ce village, interpeller ces gens et confisquer les moutons. D'après M. Brandmann, ce serait le chef qui serait derrière cette affaire de vol ; il ne manque pas de ruse et la tribu jouit d'une certaine prospérité. Il y a sans doute des trucs louches là-dessous. Le mieux serait de l'arrêter et c'est d'ailleurs dans ce but que vous avez rassemblé votre troupe de choc.

— Certainement, dit O'Malley qui, à titre personnel, aurait préféré en référer à ses supérieurs à Auckland, mais avait dû céder devant l'insistance des Redwood.

Il n'avait pas été difficile de trouver des volontaires pour une expédition punitive : les Redwood, appréciés à Port Cooper, avaient mobilisé en peu de temps connaissances et amis ; par ailleurs, des colons tout récemment arrivés disposaient de temps libre et, nourris des récits des colons américains sur les supposées atrocités des Indiens, n'avaient pas de sympathie pour des Maoris qu'ils n'avaient encore jamais rencontrés.

— Bon, d'accord, allons-y ! concéda l'officier. Gardez votre calme tout en restant vigilants. Nous devons prendre en compte que les guerriers disposent d'armes à feu. C'est bien ce que vous disiez, M. Brandmann ?

Ottfried bomba le torse, mais il avait le cœur qui battait la chamade car il s'agissait de l'entreprise la plus risquée qu'il eût jamais tentée. Si elle réussissait, il sortirait la tête haute de ce guêpier et aurait rebattu les cartes de la propriété des terres.

— Des gaillards armés jusqu'aux dents. Donc, prudence ! Mais nous sommes plus forts qu'eux !

Les colons et les paysans, peu rompus au combat, tâtèrent avec inquiétude leurs armes.

— C'est moi qui mènerai les négociations ! déclara O'Malley en prenant la tête de sa troupe. J'espère qu'ils parlent l'anglais.

Les Maoris savaient bien entendu qu'une troupe armée s'approchait. De la description de l'uniforme d'O'Malley, Jane avait déduit qu'un policier était de la partie. Mais elle ne put deviner de quoi il retournait.

— Ils viennent peut-être pour Chris, réfléchit-elle. Bien que… j'ai peine à imaginer qu'il ait pu faire quelque chose d'interdit. Ou bien ils recherchent un malfaiteur et viennent s'informer auprès de nous. En tout cas, nous n'avons pas à nous inquiéter.

— Il n'est donc pas nécessaire de mettre les guerriers en alerte ? demanda Te Haitara.

Les hommes s'étaient aussitôt rassemblés avec leurs javelots et leurs massues. La plupart d'entre eux ne possédaient ni fusil ni revolver, Carpenter refusant de faire commerce d'armes. Il n'y avait dans le village que deux fusils de chasse achetés à Port Cooper par Chris pour Te Haitara. Pacifique, la tribu n'avait pas besoin de plus d'armes depuis que les Ngati Toa avaient cessé leurs incursions guerrières dans l'île du Sud.

— Préparons un *powhiri*, décida Makutu, coupant l'herbe sous les pieds de Jane. Si ces hommes viennent au village, il faut les recevoir comme il convient tout en montrant, bien sûr, nos guerriers et leur force.

À cette annonce, les villageois se mirent à s'activer, les femmes et les jeunes filles abandonnant leurs robes de coton pour leurs jupes traditionnelles en lin et les corsages tissés aux couleurs de la tribu. Le chef se munit des insignes de sa dignité et les guerriers armés, pieds nus selon la tradition et à demi dévêtus, se rangèrent à ses côtés et derrière lui. Tout le monde applaudit quand Jane parut en tenue maorie elle aussi.

Quelques femmes se mirent à chanter quand les visiteurs furent proches et deux jeunes parents de Te Haitara allèrent au-devant d'eux, portant les bijoux et les manteaux onéreux réservés aux représentants de haut rang de la tribu.

Cela rappela fort désagréablement à Ottfried la mise en scène de Wairau, mais il surmonta un début de panique. Il avait réussi naguère, il réussirait cette fois aussi. Cette tribu était beaucoup plus petite que celle de Te Rauparaha et moins guerrière. Il savait que la plupart des hommes entourant le chef n'étaient pas armés.

— *Kia ora !* lancèrent les jeunes gens en s'inclinant, le visage sérieux, mais amical, devant les *pakehas*.

Leurs tatouages effrayèrent néanmoins O'Malley, et plus encore les nouveaux colons.

— *Haere mai*. Nous vous accueillons de tout cœur dans le *marae* de notre *iwi*. Te Haitara, notre chef, vous attend. Il est heureux de vous rencontrer !

— Euh… je vous souhaite aussi… euh… une bonne journée, murmura O'Malley. Mais c'est une affaire désagréable qui nous amène. Je suis Sean O'Malley, officier de police de Port Cooper, je…

Un des deux jeunes hommes s'approcha de lui.

— Très heureux, répéta-t-il. Je suis Te Konuta. Le neveu de l'*ariki*. *Hongi ?* dit-il en approchant son visage de celui de l'officier afin d'échanger le salut traditionnel.

O'Malley eut un sursaut de recul, puis, se ravisant, tendit la main à Te Konuta. Le jeune homme rayonna, considérant comme un honneur de pouvoir échanger un salut *pakeha*. La petite main de l'officier disparut dans son énorme patte quand il la lui secoua avec chaleur.

— Très heureux !

Le visage d'O'Malley se rembrunit.

— Écoutez, c'est très... euh... c'est très bien que vous vous réjouissiez, mais, comme je l'ai déjà dit, l'affaire qui nous amène ici est plutôt... désagréable.

— Arrêtez de tourner autour du pot ! intervint James Redwood, n'y tenant plus. Ce n'est pas une visite de politesse. Je suis James Redwood et voici mon frère Joseph. On nous a volé il y a quelque temps un troupeau de moutons et nous avons retrouvé ici une partie de nos bêtes. Nous demandons que vous nous les rendiez et nous exigeons que les responsables rendent des comptes.

Désemparé, Te Konuta qui n'avait rien compris à la tirade bredouilla quelques mots sans suite.

— Dieu du ciel ! s'écria Joseph Redwood. Il n'y a pas ici quelqu'un qui parle anglais correctement ?

— Si, répondit le deuxième jeune homme. Il faut parler avec Jane, excusez, nous apprenons l'anglais, mais nous ne sommes pas très bons encore. Si vous parlez lentement, nous comprenons mieux. Venez. Et donnez aussi votre main. Nous sommes tous amis !

Redwood soupira et tendit à contrecœur la main au jeune guerrier.

— Bon, d'accord, parlons à Mrs Fenroy. Mais je vous préviens, elle aura pas mal de choses à expliquer !

— Quand te décideras-tu enfin à le dire à Ottfried ? demanda Cat en prenant à Chasseur le canard qu'il lui apportait, le troisième qu'Ida avait abattu ce jour-là.

— Dire quoi ? Que j'ai un revolver ou que je suis enceinte ?

— Sur le moment, je songeais au revolver. Que tu attendes un enfant, tu ne pourras pas longtemps encore le cacher. Tu aurais dû le lui dire plus tôt. Tu le sais, il t'aurait laissée en paix pendant la nuit. Mais tu veux toujours laisser ouverte la possibilité de partir avec Karl.

Ida soupira. Cat venait de mettre dans le mille : si elle finissait par céder à l'insistance de Karl, il valait mieux qu'Ottfried ignore sa grossesse. Il pourrait peut-être se résigner après la perte de sa femme, bien qu'elle en doute, mais pas d'un possible héritier mâle. Elle n'avait d'ailleurs pas de peine à la dissimuler, car elle se sentait cette fois bien mieux que la première.

— Je pense que je devrai lui parler du revolver si nous déménageons. En tout cas, si je veux continuer à chasser. Il ne voudra pas renoncer à la viande et, honnêtement, je préfère tuer des lapins qu'abattre des agneaux.

Elles avaient laissé les enfants au village maori sous la garde de femmes, à qui elles avaient promis un canard ou un lapin. Ces derniers pullulaient en ces jours de printemps où ils s'accouplaient.

— Mais il te confisquera le revolver, objecta Cat.

— C'en sera fini des lapins rôtis, alors, dit Ida, le regard attiré par deux longues oreilles derrière un rocher.

Elle leva son arme en un éclair et tira à l'instant où le lapin bondissait pour s'enfuir. Il s'écroula.

— J'ai encore une balle, dit Ida tandis que Chasseur se précipitait vers la proie. Il faudra en couler quelques-unes avant le retour d'Ottfried.

Chasseur rapporta le lapin, tandis qu'Ida cherchait une nouvelle proie.

— Quelqu'un arrive, dit-elle soudain. Depuis le village. N'est-ce pas Kunari ? Elle a l'air bougrement pressée !

Ida et Cat ne se souvenaient pas avoir un jour vu courir la jeune femme. Or, elle venait à leur rencontre en se hâtant au point de parfois trébucher, paniquée.

— Je… je… toi… toi… Fu… fusil, toi… toi… tirer sur hommes méchants… veulent prendre moutons. Je… j'ai entendu, étaient au bord rivière. Les moutons à moi. Maintenant… maintenant, au village. Je… je… j'ai peur ! bredouilla Kunari.

Cat ne comprit pas ce qui se passait, bien que Kunari se soit exprimée de manière plus claire qu'à l'ordinaire. Jamais elle n'en avait autant dit, et aussi vite, dans la « langue des hommes ».

— Que dit-elle ? s'enquit Ida.

— Si j'ai bien compris, elle dit que je dois aller au village et abattre quelques personnes qui veulent lui prendre ses moutons. Elle les a entendues au bord du fleuve.

— Des Maoris ou des *pakehas*, Kunari ? demanda Ida.

— Elle ne comprend pas l'anglais, fit observer Cat, mais Kunari secoua la tête énergiquement.

— Si, compris. Compris *hipi*, *hipi* c'est moutons ! *Pakehas*, hommes méchants, homme veut mes moutons !

— Viens ! dit Ida en se mettant à courir. Vite ! Il faut aller au village. Qui sait ce qui s'est passé ?

— Elle aura mal compris quelque chose. Elle…, dit Cat qui suivit néanmoins Ida, accompagnée de Kunari et de Chasseur.

— *Kamakama !* ne cessait de répéter la jeune Maorie. Vite !

— Elle n'a peut-être pas compris tous les mots, mais le sens oui, souffla Ida. En tout cas, elle a une peur bleue. Elle doit avoir laissé ses moutons seuls, elle était certainement avec eux quand elle a aperçu ces hommes. Et elle ne les aurait jamais abandonnés si elle n'avait été prise de peur. Il se passe quelque chose au village. Et les enfants sont là-bas !

Chris et Karl, à la tête d'un troupeau de jeunes brebis, étaient proches de Fenroy Station quand ils perçurent des coups de feu. Le contremaître des tondeurs n'avait pas menti, les bêtes s'accordaient parfaitement aux leurs et le capitaine, avec qui ils s'étaient bien entendus, leur avait consenti un prix intéressant. La femme de ce dernier, privée de visites, les avait retenus, si bien qu'ils étaient restés absents plus longtemps que prévu. Karl se faisait du souci pour Ida. Au bruit des détonations, les moutons s'éparpillèrent.

— Que se passe-t-il ? s'écria Chris.

— C'est Ida qui chasse, le rassura Karl. Ce n'est pas un fusil, mais un revolver. Il y aura aujourd'hui du lapin rôti chez les Brandmann. On y aura peut-être droit si on le demande poliment.

— Si Ida chasse, cela signifie qu'Ottfried est absent. Où peut-il bien être ? Et d'où venaient les coups de feu ? s'étonna pourtant Chris, qui scruta les environs sans apercevoir Ida ou Cat.

En revanche, il vit s'approcher une barque sur le Waimakariri.

— En tout cas, voilà au moins Pete ! dit-il en faisant signe au batelier.

— Fenroy ! Jensch ! cria en retour celui-ci en se dirigeant vers la rive. C'est bien que vous soyez revenus ! Je me rendais chez Butler pour vous mettre au courant. Quand j'ai entendu parler de l'affaire des Redwood, je me suis aussitôt…

— L'affaire des Redwood? interrompit Chris en descendant de cheval. Nous rentrons juste.

— Vous étiez à notre recherche ? s'inquiéta Karl. Il s'est passé quelque chose ?

— Ma foi, pas jusqu'ici, dit Pete en mettant le pied sur la rive. Mais cela peut arriver. Les Redwood, accompagnés d'un officier de police, sont partis de Port

Cooper pour venir ici. O'Malley, vous savez, ce policier au visage poupin. Ils prétendent avoir vu ici leurs moutons volés, aux mains d'une tribu maorie. Ils viennent réclamer leur restitution. Et arrêter le chef.

Karl et Chris s'entreregardèrent, chacun sachant ce à quoi l'autre pensait. *Wairau !* Karl s'efforça de ne pas paniquer.

— Nous allons régler cette affaire, déclara Chris en remontant en selle. Les Maoris ont acheté ces bêtes en toute bonne foi. À Ottfried…

— Otie ? Mais c'est lui qui a mis aux Redwood cette idée en tête, ricana Pete. Et c'est lui qui guide la troupe de recherche maintenant.

— Une troupe ? s'effraya Karl. Mais je pensais que les Redwood et O'Malley…

— Je t'en fiche. Les Redwood ne font pas les choses à moitié. Quant à l'officier… Il fait dans son froc à la seule vue d'un Maori. Il n'est pas homme à s'embarquer sans cavalerie pour arrêter un chef.

— Ils sont combien ? demanda Chris.

— Une vingtaine…

Les hommes entourant O'Malley tressaillirent en entendant deux coups de feu presque instantanés.

— C'est un piège ? demanda le policier. Quelques-uns de ces gaillards sont-ils à notre poursuite ?

Indifférents à ces détonations, Te Konuta et l'autre jeune guerrier qui précédaient la troupe franchirent le portail de la haie de feuilles de raupo ceinturant le village. Le reste de la tribu s'était rassemblé entre les maisons. Aucun des Maoris ne réagit à un nouveau coup de feu. Les *pakehas*, en revanche, prirent à nouveau en main leurs armes. Certains, nerveux, jouaient avec leur baïonnette, comme impatients de la fixer à leur fusil.

Ottfried se mit à trembler lui aussi, n'ayant pas envisagé que des coups de feu aient pu être tirés ici, dans les Plains. Chris et Karl étaient-ils déjà revenus ? Son plan pouvait être mis en échec. Mais, par ailleurs, ces tirs augmentaient la nervosité d'O'Malley et de ses hommes. Les Redwood auraient pu lui expliquer de quoi il retournait, car ils avaient certainement reconnu le bruit du revolver de Laura, mais ils étaient trop concentrés sur les faits et gestes des Maoris pour remarquer la nervosité de la troupe.

Ottfried, lui, la ressentait presque physiquement : au cœur d'un village plein de guerriers musclés, en tenue traditionnelle et armés de javelots et de massues, les nouveaux colons étaient morts de peur, l'officier plus encore que ses hommes. Avec un peu de chance, il n'aurait pas à prendre l'initiative, se dit Ottfried. Un des autres pouvait perdre le contrôle de ses nerfs.

À cet instant, Te Haitara et Jane se détachèrent du groupe des dignitaires, quelques guerriers escortant le chef. La tension monta d'un cran dans les rangs derrière Ottfried : Te Haitara, grand et fort, respirant la puissance, était la menace personnifiée ! Certes, Jane représentait un élément de détente. La femme blanche en imposait dans sa jupe bariolée et son léger corsage tissé. O'Malley et ses hommes n'arrivaient pas à détacher leurs yeux de ses colliers, de ses *hei-tikis* et moins encore de ses cheveux simplement retenus en arrière par un large bandeau. Ils n'avaient encore jamais vu une Anglaise ainsi accoutrée. La tension avait cédé la place à l'ahurissement. À l'intérêt aussi quand Jane prit la parole :

— Je m'appelle Jane et je suis autorisée, au nom de mon époux Te Haitara, à vous souhaiter la bienvenue dans ce village. Le peuple des Ngai Tahu est hospitalier, les aînés du village et le chef voudraient vous honorer d'une cérémonie. Nous…

— Madame, excusez-moi de vous interrompre, dit alors Joseph Redwood qui avait courtoisement ôté son chapeau tandis qu'Ottfried sentait la tension décroître autour de lui. Mais nous sommes ici pour une affaire très grave.

Ottfried réfléchissait à toute allure pendant que Joseph exposait son problème à la femme de manière bien plus aimable que peu avant à Te Konuta. O'Malley s'inclina même avant de demander que le chef expose sa position quant aux demandes des Redwood. Les colons avaient lâché leurs fusils. La situation n'allait pas s'envenimer d'elle-même. S'il voulait se tirer d'affaire, il devait agir. Sur-le-champ. Dès que Jane l'aurait mis en cause, tous les regards convergeraient vers lui…

Ottfried épaula et visa soigneusement. La chose était cette fois plus cruciale qu'à Wairau. À l'époque, qu'il touche ou non celle qu'il visait n'avait que peu d'importance, l'essentiel était qu'un coup de feu fût tiré ! Ici, au contraire, le succès de l'opération dépendait pour l'essentiel de la justesse de son tir… Il se rassura en se disant qu'il pourrait certainement tirer à nouveau. Les hommes de Te Haitara ne pourraient en effet répliquer, du moins pas de manière effective. Deux des guerriers portaient certes des fusils de chasse, mais ce n'était rien en comparaison de la force de feu des *pakehas*.

Ida et Cat, suivies de Kunari et de Chasseur, couraient toujours en direction du village. En franchissant le portail, elles virent les deux groupes face à face. Ida fut soulagée. Tout semblait paisible. Les Maoris se préparaient à un *powhiri*, et Jane prononçait les premiers mots de bienvenue. Quel que fût le motif de cette opération, elle avait assez d'éloquence pour arranger l'affaire. Ni Ida ni Cat n'entendaient ce qu'elle disait, mais remarquèrent son mécontentement pendant les interventions de James Redwood et de l'officier de police.

— … nous exigeons donc de vous que vous commenciez à nous montrer les bêtes litigieuses et, si le soupçon des Redwood se vérifie, à les restituer !

O'Malley avait haussé le ton à l'instant où Ida et Cat s'étaient retrouvées assez proches pour comprendre de quoi il retournait. Elles virent la stupéfaction puis la colère se peindre sur le visage de Jane. Elle s'apprêta à répliquer.

Cat, pour sa part, trouva la scène ni paisible ni rassurante. Elle lui rappelait par trop celle de Wairau : à nouveau face à face deux groupes d'hommes désorientés, mais lourdement armés. Elle parcourut d'un œil vigilant les rangs des *pakehas* – et elle vit le soleil se refléter sur le canon d'une arme.

— Jane, baisse-toi, Jane ! cria-t-elle, mais la détonation recouvrit son cri.

Fonçant au galop en direction du village, Chris et Karl entendirent le coup de feu au moment même où ils franchissaient le portail. Eux aussi furent comme foudroyés par la scène s'offrant à leurs yeux. *Wairau*… L'histoire se répétait et ils étaient sans doute arrivés trop tard.

Cat vit Jane, terrorisée, reculer en trébuchant. Paralysée par la terreur, elle s'attendit à voir une tache rouge s'étaler sur sa poitrine comme autrefois sur celle de Te Ronga, mais Jane resta debout. Cat eut l'impression que ces quelques fractions de seconde duraient des heures. Elle chercha à nouveau des yeux le tireur et vit Ottfried qui se tenait la poitrine. Il tomba. Et elle entendit au même instant Ida dire d'une voix atone, à côté d'elle :

— Je l'ai tué, Cat, je l'ai tué.

Son revolver fumait encore.

Chris et Karl, sans hésiter, poussèrent leurs montures entre les Maoris et les Anglais quand ils virent Ottfried allongé par terre. Les frères Redwood s'empressaient auprès de lui. O'Malley ne savait plus où donner de la tête. Il regardait tour à tour, horrifié, les Maoris, puis sa troupe qui paraissait sur le point de céder à la panique, certains saisissant leurs armes tandis que quelqu'un hurlait « Aux armes, les gars ! ». Puis d'autres appelèrent au calme et la plupart n'exprimèrent plus qu'effroi et stupéfaction.

Les guerriers de Te Haitara entourèrent leur chef qui lui-même faisait un rempart de son corps à Jane, pâle comme la mort, tenant sa main gauche ensanglantée dans sa main droite. La balle d'Ottfried l'avait touchée, mais sans la blesser grièvement. Le tir était vraisemblablement parti alors que le tireur vacillait, atteint par la dernière balle d'Ida.

— Je l'ai tué, Dieu me punira, je l'ai tué, j'ai tué mon époux, j'ai..., balbutiait Ida en une incessante litanie. Dieu me punira, oh mon Dieu, oh mon Dieu, j'ai... Je l'ai tué...

— Sinon, il aurait tué Jane ! lui lança Cat pour la secouer, avant de s'apercevoir qu'il y avait plus urgent à faire : Chris et Karl tentaient de calmer les *pakehas*, mais les Maoris étaient eux aussi armés.

Il fallait à tout prix empêcher que d'autres coups de feu soient tirés, empêcher que la situation dégénère.

Wairau ? Un sombre pressentiment germa dans l'esprit de Cat.

— Ne tirez pas !

Cat entendit la voix implorante de Karl, tandis que Chris répétait l'ordre en maori. Les corps de leurs chevaux formaient une barrière entre les camps.

— Ne tirez en aucun cas ! Abaissez vos armes ! Ce qui vient d'arriver est le résultat d'une méprise, un coup de feu a dû partir par accident...

L'excuse avancée pour les incidents de Wairau ! Mais Cat y voyait clair maintenant et la violence de cette prise de conscience la frappa de plein fouet.

— Non ! hurla-t-elle, attirant l'attention d'au moins Chris, Karl et les Anglais. Ce n'était pas une méprise, aussi peu que jadis à Wairau ! C'était intentionnel ! C'est Brandmann qui a tiré, je l'ai vu, il a visé Jane, la femme du chef. Et… et ce n'est pas son coup d'essai !

Cat, regardant le corps sans vie d'Ottfried, sentit la certitude la gagner. Elle leva les yeux vers Chris.

— C'était lui autrefois ! C'est lui qui a tué Te Ronga !

— Qui a tiré ?

Le calme revenait sur la place du village et O'Malley, maintenant que le danger d'une escalade semblait passé, avait fini par reprendre ses esprits.

— Qui a tiré le premier coup de feu ? précisa Joseph Redwood en se redressant – personne ne pouvant rien pour Ottfried désormais – et en lançant aux Maoris un regard menaçant.

Chris regarda tour à tour Cat et Ida qui, affaissée par terre, ne pouvait s'empêcher de sangloter, tenant toujours le revolver.

— C'est manifestement Ida, répondit-il aussi calmement que possible. Une fraction de seconde avant Ottfried. Sinon Jane ne serait plus en vie. Mais pourquoi tout ce cirque… ?

— Qui est Ida ? demanda O'Malley contemplant ahuri, la frêle jeune femme une arme lourde à la main.

Pendant que Chris cherchait ses mots, Karl descendit de cheval, enleva le revolver des mains d'Ida et la prit dans ses bras.

— C'est Ida Brandmann, dit-il, elle est…

— Je suis sa femme, sanglota Ida. Je l'ai tué, je…

— Quelqu'un pourrait-il par hasard m'expliquer ce qui se passe ici ? demanda O'Malley en se grattant le front. S'agit-il d'un vol de moutons ou d'un drame conjugal ?

Cat prit sur elle. C'était à elle de rétablir les faits, alors qu'elle n'était pas moins désespérée qu'Ida. Si celle-ci devait surmonter l'épreuve d'avoir tué son mari, elle-même devait admettre la réalité : sa mère adoptive n'avait pas perdu la vie accidentellement, elle avait été victime d'un meurtre.

— Il s'est agi d'une tentative de dissimulation d'un vol, expliqua-t-elle. Par tous les moyens. Les Maoris n'ont pas volé vos moutons, Joseph et James. C'était Ottfried Brandmann le voleur. Et quand il a eu peur que vous ne le démasquiez, il a vendu les bêtes aux Maoris.

— Et accusé de vol le chef, reconnut James.

— Au début, il a juste cherché à se débarrasser des moutons en les vendant aux Maoris, reprit Cat. Mais quand il a entendu dire que vous enquêtiez dans les parages, il a compris que son plan était voué à l'échec. C'est pourquoi il lui a fallu un bouc émissaire.

— Mais cela se serait obligatoirement su ! objecta Joseph.

— Bien sûr ! Jane Fenroy était sur le point de tout raconter, admit Cat.

— Et ce salaud a voulu l'abattre, s'exclama Chris. Mon Dieu, Cat ! Je comprends à présent pourquoi tu parlais de Wairau. Il était aussi sur place ce jour-là et…

O'Malley, ne voyant pas de rapport entre ces deux affaires, préféra chercher à comprendre la situation telle qu'elle se présentait à lui.

— Mais d'autres étaient au courant, remarqua-t-il. Il ne lui suffisait pas de tuer Miss Jane…

James, qui n'avait sans doute jamais entendu parler de Wairau, leva les yeux au ciel devant tant de naïveté.

Il pouvait, lui, imaginer la réaction d'un chef à l'assassinat de son épouse.

— Brandmann s'attendait bien entendu à ce que les Maoris répliquent. On connaît pourtant ça, bon Dieu ! Quand un coup de feu est parti, tout s'enchaîne. Brandmann voulait déclencher une fusillade générale.

Te Haitara, pour qui Cat et Chris traduisaient tour à tour, formula une objection.

— Pas une fusillade, rectifia alors Chris, un massacre ! Les Ngai Tahu ne possèdent pas d'armes. Dans leur fureur, ils se seraient jetés sur les *pakehas* avec leurs javelots et leurs massues. Sans aucune chance, naturellement. Vos hommes auraient anéanti cette tribu, O'Malley ! C'est exactement ce que voulait Ottfried.

— Et que vient faire sa femme dans cette histoire ? demanda O'Malley, soudain pâle comme un linge.

Makutu, à présent aux côtés d'Ida, lui parlant avec douceur dans la langue des Maoris, signifia à Karl qu'il valait mieux l'éloigner de la scène, et elle l'emmena dans une maison proche.

— Ida et moi, nous sommes arrivées ici à l'instant même où il mettait Jane en joue, raconta Cat. Nous avons vu l'arme briller. Moi, du moins. J'ai crié, mais personne ne m'a entendue. Sauf Ida… C'était le seul moyen de le retenir. Un cas de légitime défense. Le seul moyen d'éviter un bain de sang.

O'Malley acquiesça, puis se pencha pour examiner le cadavre d'Ottfried.

— L'angle de pénétration correspond bien, constata-t-il. Je ne parviens toujours pas à le croire, mais cela semble être pourtant le cas : une femme qui se sert d'un revolver, c'est déjà incroyable ! Mais qu'elle fasse mouche, voilà un hasard extraordinaire ! Comme si la main de Dieu…

— Miss Ida en était parfaitement capable sans aide divine, remarqua James Redwood. Un vrai tireur d'élite, la petite lady. Dès son coup d'essai…

4

C'était une rupture avec la tradition, mais même Makutu ne protesta pas quand Te Haitara renonça au *powhiri*. Jane, qui avait vite repris ses esprits une fois sa blessure nettoyée et pansée, ordonna d'accueillir et de restaurer les Redwood, O'Malley et ses gens dans le cercle des amis de la tribu, sans cérémonie. Il y eut de la bière et du whisky et les femmes s'empressèrent d'allumer des feux afin de faire cuire les mets déjà préparés. On porta le cadavre d'Ottfried dans la maison du chef afin de l'y préparer en vue de son enterrement. Le policier nota ce qui s'était passé dans un bloc-notes, et notamment les témoignages des personnes impliquées, de Te Haitara aux Redwood.

— Mais tout n'aurait pas été réglé pour autant, finit-il par conclure. Il serait resté des gens au courant de la vente des moutons. Et, s'il s'était produit un affrontement sérieux avec les Maoris, le gouverneur aurait ordonné une enquête.

— En fait, nous n'étions que peu à être au courant de cette vente, objecta Chris. Karl, Cat, Ida et moi. Et qui sait ce qu'Ottfried avait encore derrière la tête. Il aurait eu, en tout cas, des mois pour se soucier de ça jusqu'à l'enquête officielle.

— Tout n'a d'ailleurs pas non plus été réglé jadis à Wairau, ajouta tout bas Cat qui venait de rejoindre les hommes après avoir obligé Karl à quitter la cabane où Makutu avait mené Ida.

Celle-ci avait pleuré et s'était lamentée jusqu'au moment où elle était tombée dans un sommeil agité et fiévreux. Elle était sous la garde de Makutu, et de Kunari qui n'arrêtait pas de chanter dans sa langue incompréhensible. Cat s'était rendu compte que ni elle ni Karl n'étaient d'une quelconque utilité désormais.

— Ah oui, réagit enfin O'Malley à qui le nom de Wairau avait vaguement remis en mémoire l'affaire. La femme d'un chef avait été abattue. Mais qu'est-ce que cela a à voir avec ce qui s'est passé ici ?

Chris et Cat lui racontèrent la désillusion des immigrants allemands à leur arrivée à Nelson et l'expédition désastreuse pour obtenir la cession des terrains de la plaine de Wairau.

— Et l'affaire a dégénéré quand un coup de feu fut tiré depuis les rangs des *pakehas*. Accidentellement, avons-nous cru. Il causa la mort de ma mère adoptive. Mais cela n'avait pas été un accident. Je m'en rends compte aujourd'hui. Le coup avait été prémédité ! C'est Ottfried qui a déclenché une fusillade entre Maoris et *pakehas*. Si Arthur Wakefield avait anéanti les Ngati Toa, la voie aurait été ouverte pour la conquête de la plaine de Wairau !

— Et cela a failli marcher ! approuva Chris. Cela a tenu à un rien. Le colonel Wakefield était sur le point d'envoyer des soldats. Sans Tuckett et un gouverneur circonspect sur l'île du Nord…

— À vrai dire, le plan n'avait pas été ourdi par Ottfried, objecta Karl, bravant les regards de ses voisins, étonnés de le voir prendre la défense de l'assassin. Je connais Ottfried depuis notre plus jeune âge. Et Dieu sait que je ne l'ai jamais porté dans mon cœur ! Mais il aurait été incapable de concevoir un plan aussi perfide, aussi compliqué ! Surtout à l'époque. Je sais, vous le considérez comme un aventurier, un joueur, un escroc. Mais jadis, avant la fondation du village de Sankt Pauli, c'était un garçon de Raben Steinfeld, candide et pieux. Un peu fanfaron, un peu retors, mais pas un assassin de sang-froid. Non, le plan, ce sont d'autres que lui qui l'ont manigancé.

— Brandmann et Lange, précisa Cat. Son père et le père d'Ida, qui voulaient réaliser leur rêve d'un nouveau Raben Steinfeld à l'autre bout du monde, quel que fût le prix à payer. Ils ont envoyé Ottfried à Wairau armé d'un fusil. Ida me l'a raconté, une arme qu'ils lui ont spécialement achetée pour l'occasion. Et sans doute aussi muni d'instructions précises.

— Elles ne devaient pas être si précises que ça, objecta Karl qui avait encore en mémoire son propre manque d'expérience avec l'arme dont on l'avait doté, son incapacité à viser juste, aptitude qu'un ou deux jours d'entraînement n'avaient pas permis à Ottfried d'acquérir. Il n'a sans doute pas voulu abattre Te Ronga. Il avait peut-être pour seule mission de faire feu au moment propice. Il lui aurait suffi de tirer en l'air pour déclencher le chaos.

— Cela aurait même été mieux, réfléchit Chris à haute voix, car Te Rauparaha n'aurait pas tué le capitaine Wakefield et ses hommes. Quelques coups de feu auraient été échangés, les Maoris auraient obligé les Anglais et les colons allemands à se rembarquer et les auraient ridiculisés. Wakefield, ulcéré, serait revenu avec d'authentiques soldats et aurait rasé le village, sans en avoir informé le gouverneur d'Auckland.

— C'est donc ainsi que sont morts Te Ronga, Wakefield et ses hommes, dit Karl à voix basse. Mon Dieu, qu'a ressenti alors Ottfried ? Quelles pensées n'a-t-il pas ruminées tout au long de ces années ? Ida et moi nous sommes un jour demandé ce qui avait pu le transformer à ce point, pourquoi il la maltraitait de la sorte, pourquoi il buvait. Ce pourrait être l'explication. Ce souvenir devait le torturer… L'image de cette scène sanglante et terrifiante devait le poursuivre. Il avait besoin de whisky pour la chasser !

— Et chaque fois qu'il regardait sa femme, il avait devant les yeux la fille de celui qui était responsable de tout cela, ajouta Cat. Ida n'avait pas la moindre chance. Jamais il ne pourrait l'aimer. Ni même la respecter. Et, chaque fois qu'il me voyait…

Elle dut s'interrompre, luttant contre les larmes. Chris, lui, comprit ce qu'elle voulait dire : chaque fois, il avait devant les yeux la fille de la femme qu'il avait tuée. Il lui entoura les épaules du bras.

— Ne pleure pas, ma chérie. Tout est fini maintenant. Pour toi, ce n'est pas d'aujourd'hui, mais pour Ida, oui.

— Non, murmura Cat. Pour Ida, ce ne sera jamais fini. Pas plus que ce ne fut le cas pour Ottfried.

— Elle ne va pas bien, dit Makutu.

Dehors, le repas des *pakehas* avec les villageois s'était transformé en une fête débridée. Les hommes d'O'Malley flirtaient avec les jeunes Maories et les Redwood parlaient élevage avec Jane et Te Haitara. À l'évidence, il n'était plus question de restitution du troupeau volé par Ottfried. Les frères s'entendraient sans doute ultérieurement avec Chris pour qu'une partie de la descendance leur revienne.

Avant de s'abandonner à la liesse ambiante, l'officier de police avait clos son enquête, au moins d'un point de vue formel.

— Je vais bien sûr encore devoir parler à Mrs Brandmann quand son état le permettra, avait-il déclaré. Mais, selon toute vraisemblance, je présenterai son geste au gouvernement comme un acte de légitime défense, une intervention dans le but d'empêcher un crime. Mrs Brandmann ne sera pas poursuivie en justice. Au fait, comment va-t-elle ?

C'est aussi ce que voulaient savoir Cat et Karl quand ils entrèrent dans la cabane où veillaient Makutu et Kunari. Les craintes de Cat se vérifièrent : Ida avait de la fièvre et était en proie à de mauvais rêves. Elle ne cessait de s'agiter en tous sens sur sa natte, murmurant des mots incompréhensibles.

— Elle est enceinte, annonça Karl, soucieux.

— Je sais, Cat me l'a dit, répondit Makutu.

— Et alors… perdra-t-elle l'enfant ?

— Non, je ne pense pas. L'esprit de l'enfant est fort. Il veut rester. Le corps de la femme est fort lui aussi, il gardera l'enfant.

Karl se pencha sur Ida qui, loin de lui paraître forte, lui parut aussi fragile qu'un sujet de porcelaine. Il pouvait distinguer tous les os de son visage émacié ; ses cheveux noirs, défaits, étaient trempés de sueur. Elle lui fit songer à un elfe. Lui prenant la main, il eut peine à concevoir que cette main délicate ait pu serrer le métal froid d'une arme et enlever la vie à un être humain.

— Elle va tout de même se réveiller ? s'inquiéta Karl.

— Elle a de la fièvre, répondit Makutu avec une moue. Son corps est brûlant parce que son esprit est confus. Son esprit ne sait pas dire avec quel canot il est jadis arrivé à Aotearoa.

— Mais bien sûr qu'il le sait, s'exclama Karl en regardant Cat qui traduisait. Bien sûr qu'Ida le sait. Elle est venue sur le *Sankt Pauli* comme nous tous.

Makutu prit une profonde inspiration et mit le feu à un petit tas de bois mort au milieu de la cabane afin de brûler des plantes. La fumée fit tousser Karl. Ida n'eut pas de réaction. La *tohunga* murmura quelque chose.

— Son… esprit n'est pas vraiment arrivé, s'efforça de traduire Cat. Pour les Maoris, l'être humain se compose de *timana*, de *mauri* et de *wairua*, le corps, l'âme et l'esprit. *Wairua* peut se déplacer… quand nous rêvons. L'esprit d'Ida était prisonnier, il a été forcé de venir ici. Et à présent qu'il est libre…

— Et à présent qu'il est libre, il veut s'en aller? demanda Karl, incrédule. Me quitter? C'est… c'est impossible. Je l'aime.

— Maman…, gémit Linda, qui dormait blottie contre Ida et que cette voix d'homme venait de réveiller.

Comme tous les enfants du village, les fillettes n'avaient pas couru de danger, Jane ayant veillé à ce que les plus jeunes membres de la tribu soient rassemblés à l'intérieur de la maison de réunion, surveillés par deux femmes. À son avis, les enfants n'avaient pas de raisons d'assister aux manifestations des adultes, opinion qui avait quelque peu surpris les Maoris qui laissaient leurs enfants participer à tous les événements. En l'occurrence, la décision avait été sage. Les enfants n'avaient pas entendu les coups de feu. La confrontation apaisée, Cat avait amené les fillettes à Ida, espérant qu'elles réussiraient à consoler et calmer leur mère. Carol s'était blottie contre Chasseur et aussitôt endormie. Linda, elle, s'était blottie contre Ida et lui avait caressé le visage jusqu'au moment où Kunari avait réussi à l'endormir en chantant.

— Réveille-toi, maman! Papa arrive… dit Linda d'une voix anxieuse.

— Non, Linda, ton papa ne viendra plus jamais, lui dit Karl en lui enlevant du front une mèche blonde. Tu peux dormir tranquille.

— *Daddy?*

C'était maintenant Carol qui s'effrayait. Contrairement à Linda, elle se réveilla pleinement à la seule idée que son père entrait dans la pièce.

Karl attendait qu'Ida ouvre les yeux, mais elle se contenta de gémir et se retourna sur sa couche. Cat prit Linda dans ses bras et la rendormit en la berçant.

— Il faut que tu le captures, il faut que tu l'attires… son esprit, lui conseilla Makutu. Il faut que tu lui enlèves sa peur.

Karl réfléchit deux ou trois secondes.

— Je vais chercher quelque chose, dit-il en se levant après avoir une nouvelle fois caressé le front d'Ida. Je ne sais pas si cela lui enlèvera sa peur, mais je sais que cela a autrefois uni nos esprits.

Passé pendant des années d'une de ses sacoches de cheval à l'autre, le petit livre des *Voyages du capitaine Cook* était en mauvais état à force d'avoir été ouvert et lu. Karl voulait garder un contact avec Ida au-delà de la séparation. Il trouva sans peine son porte-bonheur à sa place habituelle et le porta comme un trésor dans la cabane.

— Je… si ça ne vous fait rien, pouvez-vous nous laisser seuls un instant, demanda-t-il à Cat et Makutu, qui examinaient l'objet d'un air sceptique.

— Et les enfants… ? demanda Cat.

— Elles peuvent rester ici, elles n'auront pas peur de moi et Ida voudra les voir quand elle se réveillera.

Kunari refusa énergiquement de sortir.

— Moi chanter et enlever *kehua* de celui qui prend moutons.

— Elle dit qu'elle va chasser d'elle l'esprit d'Ottfried, traduisit Cat. Elle ne partira pas.

— Nous aurions dû depuis belle lurette recourir à elle, observa Karl avec un rien d'humour noir, avant de dire à la jeune fille avec un sourire : Bien, merci Kunari. J'appelle la *wairua* d'Ida et tu lui ouvres la voie.

Puis il commença à lire. Il lut les aventures maritimes du capitaine, ses explorations, ses découvertes d'animaux exotiques et ses rencontres d'autochtones, recréant le charme magique que la description de ces contrées inconnues et étranges avait jadis suscité en eux. Karl rappela à Ida combien elle avait alors rêvé de la Royal Society, une société savante qui avait financé les expéditions de Cook. Les savants s'intéressaient prioritairement aux mesures astronomiques… Ida, elle, préférait parler d'étoiles, d'étoiles inconnues…

– Et rappelle-toi aussi, dit-il enfin : beaucoup plus tard, il s'est créé une autre société qui équipa des bateaux afin de débarquer dans les contrées découvertes par le capitaine Cook. Les fondateurs de cette société n'étaient pas mus par la soif de savoir, mais par l'appât du gain. Les représentants de la New Zealand Company promettaient beaucoup et tenaient peu, mais ils nous procurèrent un bateau. Est-ce que tu te souviens encore des étoiles, Ida ? Les étoiles de Bahia ? Et les étoiles de la plage de Port Cooper ? Tu étais bel et bien là, Ida ! Là, sur l'île du Sud d'Aotearoa. Tu étais là, corps, âme et esprit. Auprès de moi. Je n'ai pas de plage à t'offrir aujourd'hui, Ida, mais des étoiles, oui…

Karl souleva la jeune femme et s'effraya de la trouver si légère. Il la sortit sous le ciel étoilé et continua à raconter, évoquant la deuxième partie du voyage sur le *Sankt Pauli*, les jours ayant suivi Bahia, quand Ida s'était enfermée dans sa cabine, décrivant la beauté et l'immensité de l'océan et, enfin, l'apparition de la Nouvelle-Zélande qu'Ida, dormant comme la plupart des passagers, avait manquée. Lui ne dormait pas et, debout sur le pont, il n'avait pas quitté des yeux ce pays nouveau se découpant comme une ombre sombre sur l'horizon nocturne.

— Une ombre qui ressemblait un peu à un canot, dit-il. C'est pourquoi l'un des noms maoris de l'île du Sud est Te waka a Maui, le canot de Maui. Est-ce que tu arrives à te rappeler tout ça, Ida ? Pouvons-nous refaire ce voyage ? Est-ce que tu sens la mer nous bercer, vois-tu les étoiles nous indiquer le chemin ? La lune qui nous éclaire ?

Ida ne se réveilla pas, mais, dans les bras de Karl, elle ne paraissait plus aussi passive et inanimée qu'avant. Elle se serra contre lui quand il se coucha près d'un feu en train de s'éteindre devant la maison de Makutu. Il la berça tandis qu'à l'intérieur Kunari implorait protection contre les mauvais esprits.

Karl sentit sous lui l'herbe moelleuse de l'été et le sol qui gardait un peu de chaleur de la journée ensoleillée. Il chercha à ne faire qu'un avec la terre et le ciel. Il perçut la silhouette des Alpes à l'horizon et fit défiler devant ses yeux des images des Canterbury Plains, celles du Waimakariri et des buissons de rata que Cat aimait tant.

— J'aimerais rester ici, dit-il tout bas. Ici, entre les buissons de rata, à Fenroy Station. La ferme s'est emparée de mon cœur. Mais si tu veux aller ailleurs, Ida, je serai là où seront ton esprit et ton âme. Je les cherche. Je les appelle…

Quand la première lumière du jour perça les ombres de la nuit, il s'endormit, serrant Ida contre lui. Cat, qui avait passé la nuit avec Makutu dans la salle commune, voulut le réveiller quand elle sortit pour aller voir comment allaient son amie et les enfants.

— Mais il ne peut pas faire ça ! s'écria-t-elle. Elle a de la fièvre et il la tire à l'extérieur ? Et en plus il s'endort ! Qui s'occupe alors des enfants ? Et Ida…

— Ida n'a plus de fièvre, dit Makutu après avoir posé brièvement la main sur le front d'Ida.

Puis elle alla chercher une couverture chez elle.

— Les enfants dorment encore. Kunari aussi. Elle semble bien avoir vaincu tous les esprits.

La vieille *tohunga* couvrit avec précaution Karl et Ida.

— Tu sais, Poti, quand nous dormons et rêvons, notre esprit vagabonde. Les corps et les âmes de Karl et d'Ida sont déjà réunis. Et l'esprit de Karl ramènera aujourd'hui le sien chez eux, à Aotearoa.

5

Quand elle se réveilla quelques heures plus tard dans les bras de Karl, Ida n'était pas libérée de son effroi et de ses sentiments de culpabilité, mais elle se sentait bien mieux et surtout en sécurité comme jamais. D'où lui venait ce sentiment, elle n'aurait su le dire ; elle était soulagée, comme si on venait de lui enlever un poids. Puis Cat lui fit part de ses hypothèses à propos des événements de Wairau et Ida versa à nouveau des larmes pour Te Ronga et les hommes qui avaient alors perdu leur vie, pour Cat qui avait perdu, elle, sa mère et sa tribu. Mais aussi pour Ottfried et son père. Elle avait gardé de ce dernier le souvenir d'un homme rigide et elle savait qu'il ne prenait jamais de gants quand il estimait que quelque chose était juste. Mais anéantir un village entier et détruire des dizaines de vies afin de construire un nouveau Raben Steinfeld…

— Je suis certaine qu'il a demandé assistance à Dieu, chuchota Ida, horrifiée. Il a dû être totalement aveuglé. Et à présent il est… oh, mon Dieu, s'il en a vraiment été ainsi, alors… alors ils sont tous damnés !

— Dieu n'a sans doute rien entendu, la consola Cat. Il n'entend de toute façon jamais. Sauf pour Karl dont les prières ont aujourd'hui été exaucées.

Karl, radieux, n'arrivait pas à quitter Ida des yeux depuis qu'elle était réveillée. Il tisonna le feu, lui apporta du thé et du pain plat et réussit à la protéger de l'officier de police qui voulait l'entendre à son tour.

— Je n'ai jamais osé prier Dieu de nous réunir Karl et moi, murmura-t-elle, je l'ai souhaité, mais…

Cat sourit.

— Makutu dirait certainement que les dieux lisent tes pensées et qu'ils entendent les demandes derrière les prières. Et, pour Te Ronga, les dieux n'ont en tout cas pas joué de rôle essentiel. Bien sûr qu'ils font partie de l'ensemble. Exactement comme le monde dans lequel nous vivons, les animaux que nous chassons, les plantes que nous ramassons. Mais l'essentiel, dans ce monde, ce sont les êtres humains. Alors, oublie ton Dieu et les vieillards méchants qui l'ont créé à leur image. Sois heureuse d'avoir Karl, les enfants et toi-même !

Elle redevint grave quand elle entendit des chants et des prières qui n'appartenaient pas à l'ordinaire du village, et qu'elle sentit le parfum d'herbes brûlées.

— Ce sont Makutu et ses femmes, dit-elle. Écoute, Ida, as-tu quelque chose contre le fait d'inhumer Ottfried dès aujourd'hui ? Makutu dit qu'elles prépareraient le corps et que les *pakehas* feraient ensuite ce qu'ils ont l'habitude de faire. Je sais que, chez les *pakehas*, on attend deux ou trois jours, alors que les Maoris préfèrent enterrer aussitôt leurs morts. Afin que leur âme puisse partir pour Hawaiki. Pour ce qui est d'Ottfried, ils semblent réellement craindre que son esprit hante le village. Kunari a chanté toute la nuit pour l'en chasser. Elle dit qu'il t'épiait. Donc, si tu n'as rien contre…

— Non, je veux juste qu'il repose en paix.

Ce fut finalement O'Malley qui officia pour le service funèbre. L'ancien instituteur, connaisseur de la Bible et croyant, présida une cérémonie grave et solennelle, priant Dieu de pardonner à Ottfried tous ses péchés. Ida y assista sans émotion visible, Karl se demandant même si elle remarquait que son époux vieux-luthérien était inhumé selon les rites de l'Église catholique romaine d'Irlande. Il ne put s'empêcher de sourire : les rites magiques des Maoris, puis les prières des papistes… Même si le Ciel s'ouvrait à Ottfried, il avait peu de chances de se retrouver là où il le désirait.

Mais tout cela n'avait aucune importance. Cat avait raison : l'essentiel, c'étaient les êtres humains. Les vivants.

— Qu'allez-vous faire maintenant ? demanda Cat à la fin de la cérémonie.

O'Malley, les Redwood et la troupe étaient repartis pour Port Cooper. Au préalable, Ida avait pu répondre à quelques questions de l'officier de police. Non, avait-elle déclaré, elle ne savait rien sur les dessous de l'incident de Wairau et elle n'avait pas non plus la moindre idée du lieu de résidence de son père et de Peter Brandmann. Ils nieraient de toute façon leur participation à l'affaire et on ne pourrait sûrement rien prouver à leur encontre. Le seul complice, Ottfried, était décédé. Elle avait aussi ajouté qu'elle n'avait pas entendu le cri d'avertissement de Cat et n'avait pas réfléchi aux possibles motivations d'Ottfried quand elle avait tiré.

— J'ai juste vu l'arme et qu'il visait les Maoris. Après, tout a été automatique. Je n'ai pas réfléchi, monsieur l'officier. Tirer et penser sont incompatibles.

O'Malley lui avait à nouveau exprimé ses condoléances, rougissant jusqu'aux oreilles en raison de l'étrangeté de la situation, et avait clos son enquête.

— Je vais en tout cas épouser Ida ! déclara Karl. Après un temps de deuil convenable, bien sûr, mais si possible avant la naissance de l'enfant. Peu importe que j'en aie été le géniteur ou non. Il ne s'appellera pas Brandmann. Et, si tu en es d'accord, Chris, nous aimerions rester à Fenroy Station. Nous nous construirions une maison. Sur les terres d'Ottfried ou, mieux encore, plus près de la vôtre, ne serait-ce qu'en raison des enfants. Nous pouvons aussi garder l'ancienne maison, bien que, à vrai dire, je ne pense pas qu'Ida ait envie de continuer à l'habiter !

— Nous y avons pensé nous aussi, Cat et moi, répondit Chris. Nous commencerons par vous céder la nôtre.

— Celle de Jane, rectifia Cat.

— Peut-être pourriez-vous la prendre définitivement, poursuivit Chris en souriant à la remarque de Cat, et nous, nous en bâtirions une neuve. En tout cas, vous pouvez l'avoir jusqu'à ce qu'une solution définitive soit trouvée.

— Non, refusa Karl. C'est très gentil de votre part, merci. Mais, les prochaines semaines, aussi longtemps que la grossesse le permettra, nous comptons voyager un peu. C'est bon pour l'âme, dirait Makutu. Nous prendrons une charrette et deux chevaux. Je montrerai la Nouvelle-Zélande à Ida, les plages de l'île du Nord, les palmiers, les fougères, les montagnes… Qu'elle découvre la beauté de notre pays. Et qu'elle arrive enfin vraiment ici, sans plus regarder en arrière, en oubliant Raben Steinfeld à tout jamais.

— Je crois qu'elle l'a déjà oublié, sourit Chris. Elle est enfin auprès de toi.

— Et nous, maintenant ? demanda un peu plus tard Chris, dans sa maison, après le repas du soir.

La journée était terminée, Ottfried avait peut-être enfin trouvé la paix. Ida et Karl s'étaient retirés dans une des chambres d'amis de Jane. Ils se partageraient la maison à quatre les jours suivants et allaient discuter de ce qu'il convenait de faire de Carol et Linda. Elles resteraient bien entendu chez Cat pendant le voyage de Karl et d'Ida, mais aucune décision n'avait encore été prise quant à l'avenir : continuerait-on à les élever comme deux « jumelles » ou les confierait-on à leurs mères biologiques ?

Cat retardant le moment où elle devrait répondre à la question de Chris, il revint à la charge :

— Je parle sérieusement, Cat. C'est de notre avenir qu'il s'agit. Karl et Ida vont se marier. Et nous ?

— Nous ne pouvons pas nous marier. Ou bien crois-tu que les autorités d'Auckland reconnaîtront qu'un *karakia toko* t'a permis de divorcer ? Sans parler des prêtres. J'aimerais te voir expliquer ça à un sage révérend anglican !

— Peut-être qu'Ida a tiré trop vite. Elle aurait au moins pu laisser à Ottfried le temps de viser ! déclara Chris d'un ton mélodramatique.

— Tu ne parles pas sérieusement ! Tu es juste furieux parce que Jane te fait concurrence pour ce qui est de l'élevage des moutons. Pourquoi a-t-elle, hier, passé son temps à discuter avec les Redwood ? Nous devons prendre garde à ce qu'elle ne nous pique pas sous le nez les prochains moutons à vendre !

— Cat, il n'est pas question de moutons présentement ! Nous parlons de toi et de moi. Que comptes-tu faire si tu ne veux pas te marier ? Comptes-tu au moins continuer à vivre avec moi ? Tu n'envisages pas de partir, si ?

Cat étreignit Chris et se serra contre lui.

— Non, mais je ne peux pas non plus m'installer chez toi, dans cette maison. C'est la maison de Jane et elle le sera toujours aussi pour moi. Sans même dire que je m'y sens perdue. Elle est trop grande, Chris ! Je ne veux pas de chambre à coucher au premier étage et pas de salon parqueté. Je suis trop maorie pour cela. J'ai besoin de sentir la terre sous mes pieds…

— Emménageons alors dans l'ancienne maison !

— J'irai dans l'ancienne maison, d'abord pendant le voyage de Karl et d'Ida, avec les deux enfants. Ensuite, on verra. Tu pourras conserver la maison de Jane, ou la donner à Karl et Ida et t'en construire une nouvelle. Si tu renonces aux chambres d'amis, au hall de réception et au fumoir et à tout ce dont Jane avait paraît-il besoin ici, tu auras vite fait.

— Je n'ai besoin de rien. J'ai juste besoin de toi ! Et je croyais que tu avais besoin de moi aussi. Tu veux vraiment vivre seule ? Toute seule ? Enfin, seule avec Linda ?

Cat lui caressa tendrement la joue en souriant.

— Je pense que Linda et Carol resteront ensemble et vivront chez Ida. La maison de Jane est immense et ce serait cruel de les séparer. Et moi, ajouta Cat en l'embrassant, j'inviterai très souvent un voisin.

— Et les moutons ? Tu ne vas tout de même pas vouloir posséder ta propre ferme comme Ottfried, ton propre troupeau et ta propre terre ?

— N'importe quoi ! répliqua Cat. Encore que j'aimerais beaucoup posséder la terre sur laquelle il avait mis le grappin. Au moins la moitié. J'en parlerai à Ida. J'ai droit à une compensation, pour Te Ronga. Un peu de terre à moi, ça ne me déplairait pas…

— Mais si tu m'épouses, tu posséderas Fenroy Station en entier !

— Je n'aurais rien. Pense au *karakia toko* ! Cela resterait ta ferme, Chris. Je ne fais naturellement aucune différence entre tes moutons, ceux de Karl et les miens. Considérez-moi comme une associée. J'ai pourtant envie d'avoir quelque chose à moi, tout à moi, qu'on ne pourra jamais m'enlever, même si… au cas où… nous ne nous aimerions plus. Chris, j'ai entendu dire, ma vie durant, qu'une femme ne pouvait être qu'épouse ou putain. Et je ne veux être ni l'une ni l'autre !

— Mais tu aurais un nom si tu m'épousais, murmura Chris. Je te donnerais mon nom. Tu n'aurais plus besoin de t'appeler « juste Cat ».

— Tu ne le peux pas, je te l'ai déjà dit. Et je n'y tiens pas non plus. C'est toujours moi qui me suis donné un nom. De Kitten j'ai fait Cat, de Cat Poti. Et maintenant je vais faire de Poti Rata. Et à cela, j'y tiens ! Notre ferme commune s'appellera Rata Station. Et on ne va pas tarder à parler de moi, Chris. De Catherine Rata, propriétaire associée de Rata Station.

Dans ses yeux brillait la fierté, mais plus encore l'amour.

— Est-ce que tu as au moins besoin de moi ?

Cat allait rire, mais elle lut le désarroi sur son visage. Elle ne voulait ni le blesser ni le renvoyer. Elle avait juste voulu démontrer qu'aimer et être libre n'était pas incompatible.

— Comment m'appellerais-tu donc? demanda-t-elle en se blottissant tendrement contre lui.

Lui levant la tête d'un doigt sous le menton, il la regarda au fond des yeux. Puis il prononça enfin le nom qu'il avait si longtemps choisi pour elle et gardé secret en lui. Un nom signifiant que leurs âmes étaient unies, qu'ils étaient faits l'un pour l'autre et le resteraient, qu'ils habitent ou non la même maison. Aussi libre fût-elle !

— Fleur de feu, dit-il tendrement. Je t'appellerais Fleur de feu.

NOTE DE L'AUTEUR

L'arrière-plan historique de ce roman a fait l'objet de recherches approfondies, à savoir l'histoire du village de Sankt Pauli, le conflit à propos de la plaine de Wairau et les débuts de l'élevage des moutons sur l'île du Sud. Il a été assez aisé de reconstituer les événements de Wairau. Bien que l'on ignore qui a été l'auteur du coup de feu, on dispose des sources nécessaires pour retracer jusque dans le détail le déroulement des faits. Même les termes de la plainte funèbre de Te Rangihaeata nous sont parvenus. En revanche, il n'a existé, ni chez les Anglais ni chez les Maoris, de traducteurs aussi performants que Cat et Christopher, personnages fictifs. La communication entre les deux camps reposait sur les seules épaules de Te Puaha. On dispose également de quelques mots anglais utilisés en la circonstance par Te Rauparaha. L'exécution de Wakefield et des prisonniers doit s'être déroulée à peu près telle que je la décris, bien qu'il n'y ait pas eu de témoin survivant du côté anglais. La nouvelle de la mort de Wakefield n'a été connue à Nelson que grâce à un missionnaire.

La suite des événements, c'est-à-dire l'enquête menée par les arpenteurs Spain et Tuckett et, finalement, les excuses du gouverneur, correspondent pour l'essentiel aux faits historiques. La version officielle est jusqu'à nos jours que le « tumulte » de Wairau – l'ancien nom donné au massacre est aujourd'hui politiquement incorrect – résulta d'un tir de fusil « accidentel » ou de ce que le coup soit parti de lui-même. Des experts affirment pourtant aujourd'hui que la conception des fusils de l'époque rend impossibles l'une et l'autre hypothèses. Ce qui m'a inspirée dans l'interprétation que je donne de la mort de Te Ronga.

Retracer la traversée à bord du *Sankt Pauli* et les aventures de ses passagers dans la vallée du Moutere a été beaucoup plus compliqué. Non par manque d'informations à ce sujet, mais en raison de leur caractère souvent contradictoire. Il est certain que John Nicholas Beit a recruté les colons au Mecklembourg aux conditions ici décrites et qu'il les a accompagnés jusqu'à Nelson avec sa famille. En première classe, ce qui a sans aucun doute été la cause du mécontentement des passagers de l'entrepont. Jane Beit est un personnage fictif. Je n'ai malheureusement pas pu déterminer le nombre et les noms des enfants de Nicholas et Sarah.

La liste des colons passagers a en revanche été conservée. On peut en déduire qu'il s'agissait essentiellement d'artisans, donc de petits propriétaires, et de leur famille, soucieux de rester ensemble dans leur nouvelle patrie. Et supposer qu'ils relevaient d'une ou de deux communautés villageoises. Les raisons pour émigrer que j'évoque dans le roman sont authentiques. À cette époque, nombre de petits ou moyens propriétaires de terres choisirent l'exil à cause de leur religion, de leur hostilité envers le système féodal et surtout de l'impossibilité d'acquérir de la terre à leur gré. Le choix du village de Raben Steinfeld comme lieu d'origine des premiers colons allemands pour la Nouvelle-Zélande est arbitraire. Les membres de la communauté sont des personnages fictifs, même si certains doivent leur nom à la liste des passagers du *Sankt Pauli*.

Il n'a pas été très difficile de reconstituer les épisodes de la traversée. L'arrogance de Beit et son attitude despotique envers les colons sont attestées, tout comme les protestations qu'elles ont provoquées, par exemple la pétition de onze personnes à Bahia et la fuite de deux jeunes célibataires. Les récits diffèrent pourtant sur des détails, par exemple sur le point de savoir si l'escale à Bahia était initialement prévue ou si elle fut la conséquence d'une épidémie de variole à bord. Des témoins confirment en tout cas l'atmosphère de rêve qui entoura leur séjour. Certains passagers se souviendront jusqu'à la fin de leurs jours de la musique venant de la ville, de la plage et des fruits tropicaux.

D'autres données contradictoires existent quant à l'hébergement des Allemands à Nelson lorsqu'il se révéla que la distribution des terres serait différée. Ce qui est sûr, c'est que la ville organisa leur accueil. Mais furent-ils logés chez l'habitant ou dans des logements d'urgence ? Les sources divergent là aussi, tout comme les informations sur la date de la fondation d'une mission dans la vallée du Moutere : avant l'arrivée des missionnaires Wohlers et Riemenschneider ou non ? On ignore toujours qui devait être christianisé, car la vallée n'était pas habitée et il n'est nulle part fait mention de contacts avec des autochtones. D'après une source, les Maoris de la région auraient déjà été convertis à l'arrivée des deux pasteurs, ce qui me semble fort douteux. Je crois pour ma part que mon interprétation est la plus plausible, à savoir que la mission fut fondée par des gens ayant fui la politique religieuse de Frédéric-Guillaume III, les vieux-luthériens y vivant leur foi en toute tranquillité tandis que le fleuve débordait au-dessous d'eux.

Il est en tout cas attesté que la vallée était connue pour être un territoire inondable que le capitaine Wakefield s'était laissé fourguer, certainement une des raisons de ses mauvais rapports avec Te Rauparaha. On a sans doute dû enjoliver les choses pour les colons allemands, mais ils ne pouvaient ignorer les risques qu'ils encouraient. Si la scène avec Karl et l'assemblée de la paroisse est fictive, il est en revanche prouvé que Tuckett a tenté de les dissuader et a désapprouvé le lotissement de la vallée. Sur les raisons de l'obstination des colons, on ne peut que spéculer.

Il est probable que les choses se sont passées telles que je les ai décrites : craignant une assimilation à la communauté anglaise de Nelson, ils négocièrent avec trop de hâte. Leur conviction d'agir selon la volonté divine a dû jouer également un rôle, même s'ils étaient moins fanatiques que les membres de l'Église d'Écosse ou les Boers d'Afrique du Sud.

Les récits et les sources ne manquent pas sur la vie à Sankt Pauli. Ils fournissent malheureusement des données fort variables quant aux dates et aux distances, mais aussi à des événements importants. J'ai pris la liberté de choisir, parmi ces données, celles qui convenaient le mieux à mon histoire, mais les données de base, elles, sont incontestables : le village fut fondé en août 1843 et abandonné un peu plus d'un an plus tard, à la suite de la plus terrible des inondations (la troisième ou la quatrième selon les sources). J'ai pu également emprunter des détails non contestés, par exemple l'existence de Chasseur, acheté afin de combattre les rats. Je lui ai seulement inventé une existence ultérieure de chien de berger.

Après l'abandon du village, la paroisse s'est effectivement disloquée. Quelques familles s'intégrant à leur nouvel environnement, d'autres partant pour l'Australie d'où certaines revinrent pour s'associer aux colonies allemandes florissantes de Rantzau et de Sarau.

C'est en 1843 ou 1844 que les premiers moutons furent introduits dans l'île du Sud, soit par les frères Greenwood, que j'ai rebaptisés Redwood, soit par les frères Deans. Il semble qu'ils aient eu au même moment l'idée de développer l'élevage des moutons dans les Canterbury Plains. Au début, on a eu prioritairement en vue la production de fromage et de viande, jusqu'à ce que le développement de l'industrie textile en Angleterre ait fait exploser les prix de la laine.

J'ai pris pour modèle de la Fenroy Station la ferme des frères Deans, qui travaillèrent effectivement, au début, en association avec d'autres familles. L'acquisition des fermes s'effectuait sous la forme du fermage payé aux Maoris, et les moutons provinrent essentiellement d'Australie, de l'île du Nord et d'Europe. Le vol de bétail opéré par Ottfried a eu des modèles à l'époque, puisqu'en 1844 les Greenwood furent victimes à Purau du premier enlèvement de moutons de Nouvelle-Zélande, dont les auteurs appartenaient à un gang criminel du nom de Blue Cap.

En revanche, j'ai purement et simplement inventé le chef maori Te Haitara, ses entreprises de produits médicaux et son élevage de moutons. Même dans les années 1850, les autochtones ne s'étaient pas encore lancés dans des entreprises commerciales. Le droit familial des Maoris était par contre très moderne. La cérémonie du *karakia toko* est authentique, de même que les conditions du divorce. Un homme ou une femme pouvait quitter son partenaire en peu de mots et sans son accord.

Chris, lui, se trompe : depuis Henri VIII, le mariage n'est plus indissoluble en Angleterre ! En théorie, il aurait donc pu se séparer de Jane selon le droit anglais. En pratique, c'était quasi impossible au milieu du XIXe siècle. Il fallait compter le versement d'environ 5 000 livres pour obtenir l'*Act of Parliament* nécessaire.

DU MÊME AUTEUR
AUX ÉDITIONS ARCHIPOCHE

L'ÎLE DE LA MANGROVE ROUGE

Jamaïque, 1753. Deirdre, la fille de Nora et de l'ancien esclave Akwasi, vit dans la plantation de sa mère et de son beau-père.

Les garçons de l'île, fascinés par la jeune métisse, ne cessent de lui tourner autour. Mais Deirdre n'a d'yeux que pour un seul homme : le Dr Victor Dufresne…

Après *L'Île aux mille sources*, Sarah Lark entraîne de nouveau ses héroïnes dans les décors enchanteurs des îles caribéennes. Mais, sous les tropiques, le temps comme le destin se montrent parfois capricieux…

« Une épopée dans les Caraïbes du XVIIIe siècle.
Une saga flamboyante ! »
Babelio

ISBN 978-2-3773-5984-4 / 9,95 €

L’ÎLE AUX MILLE SOURCES

Londres, 1732. Pour satisfaire ses envies d’horizons lointains, Nora, la fille d’un riche négociant, accepte d’épouser Elias, un veuf bien plus âgé qu’elle, et embarque pour une île enchanteresse : la Jamaïque.

Mais Nora déchante bien vite : les conditions de vie des esclaves dans les plantations la révoltent. Décidée à faire évoluer les mentalités, elle pourra compter sur le soutien de Douglas, le fils d’Elias. Mais la révolte gronde, qui pourrait bouleverser à jamais la vie de la jeune femme.

Avec le premier volet de sa nouvelle saga, Sarah Lark nous entraîne sur les pas d’une héroïne forte et attachante, à la découverte de contrées lointaines où tout reste à inventer, à commencer par sa propre destinée.

« Amour, haine et trahisons : un roman qui vous transporte par-delà les océans. »
goodreads.com

ISBN 978-2-37735-465-8 / 9,95 €

LES RIVES DE LA TERRE LOINTAINE

Hiver 1846. La famine est terrible en Irlande, où la maladie de la pomme de terre fait des ravages. Kathleen et Michael sont jeunes. Ils s'aiment et rêvent de partir en Amérique pour y faire fortune.

Mais ce projet s'effondre lorsque Michael est arrêté pour avoir volé de l'orge et du seigle. Condamné au bagne, il est envoyé en Australie pour y purger sa peine.

Un vendeur de bétail, Ian Coltrane, en profite pour demander Kathleen – enceinte de Michael – en mariage. Ses parents, pour éviter le déshonneur, acceptent sans hésiter. Bientôt, les jeunes époux embarquent pour les rives d'une terre lointaine, promesse d'espoir : la Nouvelle-Zélande.

Mais Kathleen n'a pas oublié Michael. Le destin saura-t-il les réunir ? Ou se jouera-t-il encore de leur passion ? De coups du sort en désillusions, la vie n'a pas fini de les surprendre…

« Une histoire captivante.
Un roman intense. »
Le Tarn Libre

ISBN 978-2-3773-5397-2 / 7,99 €

À L'OMBRE DE L'ARBRE KAURI

Nouvelle-Zélande, 1875.

Lizzie et Michael espèrent un jour posséder leur propre domaine. Mais ce rêve est soudain assombri par la disparition de leur fille adoptive, kidnappée par un chef maori.

Pendant que Michael se démène pour retrouver sa fille, Kathleen – son ancienne fiancée – reçoit une bonne nouvelle : son fils Colin rentre au pays. Or, nul ne mesure les conséquences de ce retour pour les deux familles…

Prenant pour toile de fond les paysages grandioses de Nouvelle-Zélande, Sarah Lark fait la part belle à ses héroïnes, et au combat qu'elles mènent pour conquérir liberté et indépendance.

« L'auteure déroule son intrigue avec le talent
qui a fait le succès de sa trilogie
Le Pays du nuage blanc. »
Historia

ISBN 978-2-3773-5356-9 / 12 €

Cet ouvrage a été composé
par Atlant'Communication au Bernard (Vendée)

Impression réalisée par
CPI France
en mai 2022
pour le compte des Éditions Archipoche

Imprimé en France
N° d'édition : 731
N° d'impression : 3047851
Dépôt légal : mai 2022